# 李太白集

线装典藏



册一

唐·李白 著

黄山书社

线装典藏

# 李太白集

唐·李白 著

册一

黄山书社

# 总序

中华文明的历程，源远流长，据地下出土的实物考证，迄殷商之际，就已经出现文明起源的标志——文字。此种文字，或刻于甲骨，或铭于青铜，概因材料限制，所记史事无不约略而简明。春秋时期，简牍出现，而后缣帛流传于世。但仍未步入寻常百姓家。直到纸张的出现，典籍才真正扩大了传播的范围。

璀璨的中华民族文化典籍，先后在这些载体中延续，为后世留下了一笔宝贵的精神财富。延至唐代，雕版印刷术的发明，加快了典籍的传播进程。有宋以来，活字印刷术的出现，使大批量典籍的印制成为可能。刻书不再为官府独有，开始扩大到民间。两宋三百余年间，刻书事业极为兴盛，据不完全统计，官私刻书竟达一万多种，而印刷数量更是以千万来计，各种名目的图书进入了百姓之家。即便元代，虽不足百年，然刻书数目也达到三千多种，蔚为可观。

然而，随着朝代更迭，『兵燹』与『祸乱』并行，各种典籍散佚极其严重，加之历代执政者焚书，传世典籍已经日趋珍稀。至明清，唐五代时期所刻典籍，如片鳞只甲，大多湮没于世；而宋元时期所刻典籍，亦所剩无多。宋版书千金难求，一旦偶获，即被奉为瑰宝。无怪乎清代版本学家、校勘学家顾广圻发出这样的概叹：『宋元本距今远者八百余年，近者不足五百年，而天壤间乃已万不一存。』

时至今日，文物古籍已成稀世之宝，多被束之高阁，藏于各大图书馆、博物馆之中。随着科技的进步，通过高超的影印技术可以把古籍准确地还原出来，让人思接千载，神游万仞。但令广大读者遗憾的是，面对这些艰涩的辞句，真能入乎其中、探骊得珠者，为数甚少。而境外诸邦，咸称中国传统文化，尊奉其为修身真理，治世良策。有鉴于此，新排古籍应运而生。这种融古今于一体的出版方式，真正适应了大众读者的需求。它采用了线装的形式，加入现代人的阐释和解读，使这些曾闪现在历史长河中鲜为人知的思想火花，呈现出绚丽的光芒，有力地推动了中华文化在海内外的传播和发展。

# 前言

纵观诗的发展，唐代时可谓达到了顶峰。何故？唐以诗取士，故唐朝涌现出了大批优秀的诗人。然而于众星熠熠中，声名最显赫者，当属为后人尊为『诗仙』的李白。对此，处于同时代的『诗圣』杜甫曾称赞其诗曰『笔落惊风雨，诗成泣鬼神』；处于晚唐的皮日休也慨叹其诗『言出天地外，思出鬼神表』；及至当代著名诗人、评论家余光中更为形象地比喻李白的诗歌『绣口一吐就半个盛唐』。可见历代文人诗客对其诗评价之高。

不仅如此，他那『冠绝古今』的诗作对后代也产生了非常深远的影响。唐代的韩愈、李贺，宋代的欧阳修、苏轼，明代的高启，清代的龚自珍等著名诗人，都不同程度地从李白的诗歌中汲取了营养，成就了佳篇。

李白的诗之所以有如此大的影响力，不仅仅在于其诗豪放飘逸、雄奇奔放、神奇莫测，更重要的是其诗歌中所蕴含的那种追求自由与理想、昂扬奋发的执著精神。『长风破浪会有时，直挂云帆济沧海』，一种执著、自信、对未来充满信心的心境跃然纸上；『揄扬九重万乘主，谑浪赤墀青琐贤』，一种蔑视帝王权贵的傲然作风令人振奋；『安能摧眉折腰事权贵，使我不得开心颜』，一种超然脱俗的洒脱令人一新；『仰天大笑出门去，我辈岂是蓬蒿人』，一种豪情万丈、踌躇满志的昂扬神态使人一览无余……这些精神，不仅对古人，甚至对今人，都产生了非常积极的作用，鼓舞和激励着现代的人们。

时光匆匆流去，转眼间，李白所生活的时代已与我们相隔了千年。历经千年，留传下来的李白诗歌现存九百余首，为了方便读者更快、更好地汲取李诗精髓，在编撰此书时，我们精选了其中最为经典、最有表现力的二百余篇，包括《蜀道难》、《将进酒》、《梦游天姥吟留别》等许多流传千年、光辉千年的佳作。

千百年来，随着语言文字不断地发展变化，现代人读起李诗来不免艰涩难懂。为了帮助读者更好地欣赏李白的诗歌，最大限度地理解诗意，在编撰本书过程中，我们为每首诗添加了注释和诗解，并为大多数诗添加了题解和诗评，穿插其中的还有一些诗人逸事。除此之外，为了缓解单纯的文字为读者带来的视觉疲劳，营造一种『诗中有画，画中有诗』的意境，使读者更加深入地理解诗文内涵，我们翻阅了大量的中国古代刊刻资料，从中精选了二百余幅与原诗相契合的经典古代版画，以图释文，使读者能够更轻松地畅游其间，真正领会到诗的乐趣。

悠悠白云，千古变幻，历史总是在不经意间就变换了千年。千年当中，许多事物都在大浪淘沙中洗尽铅华，变为过眼云烟，消失在历史的尘埃当中，而李白的诗虽历经千年却不失其光辉本色，以其独有的韵味被历代人们广泛诵读。让我们一起走进李白诗歌的世界，去体会更精彩的别样人生。

# 目录

## 册一

卷一　乐府
远别离　〇〇三
公无渡河　〇〇五
蜀道难　〇〇七
梁甫吟　〇一三
乌夜啼　〇二〇
乌栖曲　〇二二
战城南　〇二四
将进酒　〇二六
行行且游猎篇　〇三〇
飞龙引二首
其一　〇三二
其二　〇三三
天马歌　〇三五
行路难三首
其一　〇四〇
其二　〇四一
其三　〇四四
长相思　〇四七
上留田行　〇四九
春日行　〇五三
夜坐吟　〇五四
野田黄雀行　〇五六
箜篌谣　〇五七
雉朝飞　〇六〇
上云乐　〇六一
侠客行　〇六六
卷二　乐府
关山月　〇六九

# 目录


独漉篇 〇七〇
登高丘而望远海 〇七三
阳春歌 〇七六
杨叛儿 〇七七
山人劝酒 〇七九
于阗采花 〇八一
鞠歌行 〇八三
幽涧泉 〇八六
结袜子 〇八八
王昭君二首
其一 〇九〇
其二 〇九一
中山孺子妾歌 〇九二
荆州歌 〇九四
久别离 〇九五
白头吟 〇九六
采莲曲 〇九九
司马将军歌 一〇〇
君道曲 一〇三
结客少年场行 一〇五
长干行二首
其一 一〇七
其二 一一〇
古朗月行 一一二
上之回 一一四
独不见 一一六
白辞三首
其一 一一七
其二 一一八
其三 一一九

# 目录


妾薄命 一二〇
幽州胡马客歌 一二二

**卷三 乐府**

门有车马客行 一二五
君子有所思行 一二七
东海有勇妇 一二九
白马篇 一三三
怨歌行 一三六
塞下曲六首（录五首）
其一 一三八
其二 一三九
其三 一四〇
其五 一四二
其六 一四三
来日大难 一四四
北风行 一四六

**册二**

玉阶怨 一四九
襄阳曲四首
其一 一五〇
其二 一五一
其三 一五一
其四 一五二
大堤曲 一五二
清平调词三首
其一 一五四
其二 一五四
其三 一五五
鼓吹入朝曲 一五六
秦女休行 一五八

# 目录

秦女卷衣 一六〇
东武吟 一六一
邯郸才人嫁为厮养卒妇 一六四
出自蓟北门行 一六六
北上行 一六八
短歌行 一七一
空城雀 一七三
**卷四 乐府**
发白马 一七五
陌上桑 一七六
枯鱼过河泣 一七八
丁都护歌 一七九
相逢行 一八一
千里思 一八三
树中草 一八四
君马黄 一八五
拟古 一八六
折杨柳 一八八
紫骝马 一八九
豫章行 一九〇
沐浴子 一九三
静夜思 一九四
渌水曲 一九五
从军行 一九六
秋思 一九七
春思 一九八
秋思 一九九
秋歌 二〇〇
冬歌 二〇二
对酒行 二〇三

# 目录

估客行 二〇四
捣衣篇 二〇五
少年行 二〇八
长歌行 二一〇
长相思 二一二
猛虎行 二一三
去妇词 二一八

**卷五　古近体诗**

襄阳歌 二二二
江上吟 二二六
侍从宜春苑，奉诏赋龙池柳色初青、听新莺百啭歌 二二八
玉壶吟 二三〇
扶风豪士歌 二三四
梁园吟 二三七
鸣皋歌送岑征君 二四三
横江词六首
其　一 二四九
其　二 二五〇
其　三 二五〇
其　四 二五一
其　五 二五一
其　六 二五二
金陵城西楼月下吟 二五三

**卷六　古近体诗**

秋浦歌十七首（录十四首）
其　一 二五五
其　二 二五六
其　三 二五六
其　四 二五七

## 目录

其五　二五八
其六　二五八
其七　二五九
其八　二五九
其九　二六〇
其十　二六〇
其十一　二六一
其十三　二六二
其十四　二六二
其十五　二六三
当涂赵炎少府粉图山水歌　二六三
永王东巡歌十一首(录十首)
其一　二六七
其二　二六七
其三　二六九
其四　二六九
其五　二七〇
其六　二七〇
其七　二七一
其八　二七一
其十　二七二
其十一　二七二
峨眉山月歌　二七四
清溪行　二七五
临路歌　二七六
**卷七　古近体诗**
赠孟浩然　二七八
赠从兄襄阳少府皓　二七九
赠何七判官昌浩　二八一
**卷八　古近体诗**

# 目录


秋日炼药院镊白发，赠元六兄林宗 二八四
忆襄阳旧游赠马少府巨 二八六

**卷九 古近体诗**

赠王判官，时余归隐居庐山屏风叠 二八八
在水军宴赠幕府诸侍御 二九〇

**卷十 古近体诗**

赠从弟冽 二九四
赠钱征君少阳 二九七
赠汪伦 二九九

**卷十一 古近体诗**

淮南卧病书怀寄蜀中赵征君蕤 三〇〇
望终南山寄紫阁隐者 三〇二
沙丘城下寄杜甫 三〇四
闻王昌龄左迁龙标遥有此寄 三〇六
忆旧游寄谯郡元参军 三〇七
独酌清溪江石上寄权昭夷 三一三

**册三**

**卷十二 古近体诗**

庐山谣寄卢侍御虚舟 三一五
书情寄从弟邠州长史昭 三一七
寄王汉阳 三一八
流夜郎永华寺寄浔阳群官 三一九
自汉阳病酒归寄王明府 三二〇
望汉阳柳色寄王宰 三二二
早春寄王汉阳 三二三
寄从弟宣州长史昭 三二三
泾溪东亭寄郑少府谔 三二四
寄崔侍御 三二五
游敬亭寄崔侍御 三二七
三山望金陵寄殷淑 三二八

# 目录


自金陵流过白壁山玩月，达天门，寄句容王主簿　三二九
秋日鲁郡尧祠亭上宴别杜补阙范侍御　三三二

**卷十三　古近体诗**

别鲁颂　三三三
别中都明府兄　三三四
梦游天姥吟留别　三三五
魏郡别苏明府因北游　三三八
广陵赠别　三四〇
金陵酒肆留别　三四〇
黄鹤楼送孟浩然之广陵　三四一
渡荆门送别　三四二
别山僧　三四三
南陵别儿童入京　三四四

**卷十四　古近体诗**

南阳送客　三四七
送张舍人之江东　三四七
送温处士归黄山白鹅峰旧居　三四八
鲁郡尧祠送吴五之琅琊　三五〇
金乡送韦八之西京　三五一
送族弟凝至晏单父三十里　三五二

**卷十五　古近体诗**

鲁郡东石门送杜二甫　三五四
杭州送裴大泽赴庐州长史　三五五
灞陵行送别　三五六
送窦司马贬宜春　三五七
送贺宾客归越　三五八
送裴十八图南归嵩山二首
其一　三五九

# 目录

其二　三六〇
同王昌龄送族弟襄归桂阳二首
其一　三六一
其二　三六二
送别　三六三
送梁公昌从信安王北征　三六四
送崔度还吴，度故人礼部员外国辅之子　三六五
送祝八之江东赋得浣纱石　三六六
送杨山人归嵩山　三六七
送范山人归太山　三六八
卷十六　古近体诗
送韩侍御之广德　三七〇
江上送女道士褚三清游南岳　三七〇
送友人入蜀　三七一
送舍弟　三七二
送别　三七三
送郄昂谪巴中　三七四
宣州谢楼饯别校书叔云　三七五
宣城送刘副使入秦　三七六
卷十七　古近体诗
同友人舟行　三七九
下终南山过斛斯山人宿置酒　三八〇
侍从游宿温泉宫作　三八二
邯郸南亭观妓　三八四
春日游罗敷潭　三八五
春陪商州裴使君游石娥溪　三八七
陪从祖济南太守泛鹊山湖三首
其一　三八九
其二　三九〇

## 目录

其三 三九一
春日陪杨江宁及诸官宴北湖感古作 三九二
游谢氏山亭 三九四
把酒问月 三九六
同族评事黯游昌禅师山池二首
其一 三九七
其二 三九八
金陵凤凰台置酒 三九九
秋浦清溪雪夜对酒，客有唱鹧鸪者 四〇〇
与周刚清溪玉镜潭宴别 四〇一
宴陶家亭子 四〇三
在水军宴韦司马楼船观妓 四〇三
流夜郎至江夏陪长史叔及薛明府宴
兴德寺南阁 四〇四
泛沔州城南郎官湖并序 四〇五
楚江黄龙矶南宴杨执戟治楼 四〇七
铜官山醉后绝句 四〇七
与南陵常赞府游五松山 四〇八
宣城青溪 四〇九
与谢良辅游泾川陵岩寺 四一〇
游水西简郑明府 四一一
九日登山 四一二
九日 四一四
九日龙山饮 四一五
陪族叔当涂宰游化城寺升公清风亭 四一六
**卷十八 古近体诗**
登锦城散花楼 四一七
登峨眉山 四一八
大庭库 四一九
登单父陶少府半月台 四二〇

# 目录

天台晓望 四二三
早望海霞边 四二四
焦山望松寥山 四二四
杜陵绝句 四二五
登太白峰 四二六
登邯郸洪波台置酒观发兵 四二七
登新平楼 四二八
谒老君庙 四二九
秋日登扬州西灵塔 四三〇
登金陵冶城西北谢安墩 四三一
登瓦官阁 四三三
登梅岗望金陵赠族高座寺僧中孚 四三四
登金陵凤凰台 四三五
望庐山瀑布二首
其一 四三七
其二 四三九
登庐山五老峰 四三九
望黄鹤山 四四〇
与夏十二登岳阳楼 四四二
秋登宣城谢北楼 四四三
望天门山 四四四
望木瓜山 四四六

**卷十九　古近体诗**

夜下征虏亭 四四七
客中作 四四八
太原早秋 四四九
上三峡 四五〇
早发白帝城 四五一
秋下荆门 四五二
宿五松山下荀媪家 四五三

西施 四五四
王右军 四五五
苏台览古 四五六
越中览古 四五七
经下邳圯桥怀张子房 四五八
望鹦鹉洲怀祢衡 四五九
谢公亭 四六一
夜泊牛渚怀古 四六二
卷二十 古近体诗
月下独酌四首（录一首） 四六三
山中与幽人对酌 四六四
寻雍尊师隐居 四六五
与史郎中钦听黄鹤楼上吹笛 四六六
独坐敬亭山 四六七
自遣 四六七
访戴天山道士不遇 四六八
忆东山二首
其一 四六九
其二 四七〇
卷二十一 古近体诗
越中秋怀 四七一
拟古十二首（录一首） 四七二
秋夕旅怀 四七三
翰林读书言怀呈集贤诸学士 四七三
览镜书怀 四七五
听蜀僧弹琴 四七六
南轩松 四七七
紫藤树 四七八
白鹭鸶 四七九

# 目录

册四
卷二十二 古近体诗
题元丹丘山居 四八一
劳劳亭 四八一
题宛溪馆 四八二
军行 四八三
从军行 四八四
春夜洛城闻笛 四八五
宣城见杜鹃花 四八六
白田马上闻莺 四八六
三五七言 四八七
杂诗 四八八
长信宫 四八九
长门怨二首
其一 四九〇
其二 四九一
春怨 四九一
代赠远 四九二
陌上赠美人 四九四
怨情 四九五
思边 四九六
秋浦寄内 四九七
赠内 四九八
南流夜郎寄内 四九九
越女词五首
其一 五〇〇
其二 五〇〇
其三 五〇一
其四 五〇二
其五 五〇三

目录

浣纱石上女 五〇三
巴女词 五〇四
哭晁卿衡 五〇五
附录 五〇九

# 李太白集

卓尔不群的豪放之思

『白也诗无敌，飘然思不群。』李白的诗歌犹如田野里吹来的一股清风，清凉之余使人振奋，振奋之余使人体会到李白的那种洒脱、那种飘逸、那种傲然，体会到一种别样的人生。千年间，他的诗歌激发了中华民族追求自由与理想、昂扬奋发的执著精神。

**题解**

《远别离》，乐府别离曲十九首之一。诗人借传说中舜帝皇英二妃的别离，来抒发对现实政治的感慨。唐玄宗晚年贪图享乐，荒废朝政，把政事交给李林甫、杨国忠，边防交给安禄山、哥舒翰。『太白熟观时事，欲言则惧祸及己，不得已而形之诗，聊以致其爱君忧国之志。』李白诗中强调人君如果失权，即使是圣哲也难保社稷妻子。后来在马嵬驿事变中，玄宗和杨贵妃演出一场远别离的惨剧，可以说是正好被李白言中了。

## 远别离

**远别离，古有皇英之二女[1]。乃在洞庭之南，潇湘之浦[2]。海水直下万里深，谁人不言此离苦[3]？日惨惨兮云冥冥，猩猩啼烟兮鬼啸雨。我纵言之将何补？皇穹[4]窃恐不照余之忠诚，雷凭凭[5]兮欲吼怒。尧舜当之亦禅禹。君失臣兮龙为鱼[6]，权归臣兮鼠变虎。或云：尧幽囚[7]，舜野死[8]。九疑[9]联绵皆相似。重瞳[10]孤坟竟何是？帝子[11]泣兮绿云间，随风波兮去无还。恸哭兮远望，见苍梧[12]之深山。苍梧山崩湘水绝，竹上之泪乃可灭。**

**注释**

①皇英之二女，皇英，尧的女儿，长娥皇、次女英。传说帝尧曾经将两个女儿嫁给舜。舜南巡，死于苍梧之野。二妃从之，溺于湘江，神游洞庭之渊，出入潇湘之浦。

②浦，水滨。

苍梧山崩湘水绝，竹上之泪乃可灭

③此离苦，离别之苦。这句诗为倒装句，意思是离别之苦似海深。

④皇穹，天。

⑤凭凭，凭，盛。形容雷电众多。

⑥为鱼，典出《说苑·正谏篇》，吴王欲从民饮酒，伍子胥谏曰：『昔白龙下清冷之渊，化为鱼，渔者豫且射中其目。』

⑦尧幽囚，《竹书纪年》记载，尧年老德衰为舜所囚，使尧的儿子丹朱不得与其父相见。由此有人怀疑尧禅位于舜的说法。

⑧舜野死，舜南征有苗，死于苍梧之野。

⑨九疑，《史记·五帝本纪集解》记载，舜冢在零陵营浦县，其山九谷皆相似，故曰九疑。

⑩重瞳，传说舜的眼珠是双瞳孔。

⑪帝子，尧的女儿。

⑫苍梧，古地名，在今湖南境内。

**诗解**

古代传说中舜妃娥皇、女英就投水自尽在浩渺的洞庭湖南面，清清的潇湘江畔。这种相思之苦，就像万里深的海水一样，有谁能说尽这离别的痛苦？太阳惨淡无光，云天晦暗，猩猩在烟雾中啼叫，鬼魅在风雨中呼啸。对于这一切，我一个诗人，即使说了，又何补于世，有谁能听得进去呢？皇天恐怕不能照察我的忠心，相反，雷声殷殷，好像正在对我发怒呢。奸邪当道，国运堪忧，当此之际，就是尧亦得禅舜，舜亦得禅禹，如果君主用人失当，大权旁落，就会像龙化为可怜的鱼类，而把权力窃取到手的野心家，则会像鼠变成吃人的猛虎一样。有人传说尧年老德衰为舜所囚、舜南巡时死于苍梧，这些事情恐怕都与失权有关吧？舜死在湘南的九疑山，但九座山峰联绵相似，究竟何处是他的葬身之地呢？娥皇、女英二位帝子，在绿云般的丛竹间哭泣，哭声随风波远逝，去而无应。二妃一边痛哭，一边抬头远望。舜帝的影子却茫茫不知其所，只有莽莽深幽的苍梧山映入眼帘。也不知道他们什么时候才能团聚，恐怕要等到苍梧山崩倒之日，湘水也涸绝之时吧，到那时二妃滴在潇湘竹上的泪痕也许才会消失吧。

**诗评**

此篇最有楚人风。所贵乎楚言者，断如复断，乱如复乱，而辞意反复行于其间者，实未尝断而乱也；使人一唱三叹，而有遗音。

——瞿蜕园、朱金城《李白集校注》

**题解**

《公无渡河》是《相和歌辞》之一，即《箜篌引》。箜篌是一种弦乐器，形似今天的『竖琴』。据《古今注》记载，《箜篌引》为朝鲜津卒霍里子高的妻子丽玉所作。有一天子高晨起撑船渡河，见一

夏禹

夏禹，姓姒氏，名文命，亦称大禹，古代传说中的部落联盟领袖，历史上有名的治水英雄。

个白头的狂夫，披散头发，提着酒壶，不顾河水汹涌只身过河，他的妻子在后边呼喊着，却没来得及阻止，狂夫溺水而死。狂夫的妻子悲痛欲绝，拿起箜篌弹奏，声音凄怆，曲终也投河自尽。子高回家后告诉妻子丽玉，丽玉听后感触很深，于是也用箜篌模仿狂夫妻子弹奏的曲子，闻者无不落泪。后来丽玉把曲子传给邻家女丽容，起名为《箜篌引》。李白的这首《公无渡河》大抵用此意。

## 公无渡河

**黄河西来决昆仑[1]，咆哮万里触龙门[2]。波滔天，尧咨嗟。大禹理[3]百川，儿啼不窥家[4]。杀湍堙洪水，九州始蚕麻。其害乃去，茫然风沙[5]。披发之叟狂而痴，清晨径流欲奚为？旁人不惜妻止之，公无渡河苦渡之。虎可搏，河难冯，公果溺死流海湄。有长鲸白齿若雪山，公乎公乎挂罥于其间。箜篌所悲竟不还。**

注释

①昆仑，昆仑山。

②龙门，即龙门山，在今陕西韩城东北五十里，黄河流经其间。

③理，唐人避高宗讳，改『治』为『理』。

④窥家，大禹在外治水八年，三过家门而不入。

⑤风沙，此句的意思是水虽不至有滔天之害，仍有风沙之患。

**诗解**

黄河之水决开昆仑山的阻挡，咆哮着奔流万里抵达龙门。洪水肆虐，波浪滔天。尧帝无可奈何，派大禹治水。大禹一心治水，不顾儿啼妻唤，三过家门而不入，终于阻断激流，将洪水堵塞，从此天下百姓才能安居乐业。洪水灾害退去，水虽不至再为患，但仍常有风沙之患。那个传说中披头散发的老者真是疯癫得厉害，有什么事情非要大早晨过河才行？别人不怜悯他可以，可他的妻子不能不阻止他。她哭喊，丈夫呀，你不能过河为什么偏要渡河？就是老虎搏斗尚且有生还的希望，可这湍急的河流是无情的，难以徒步涉险。果然不出所料，最终丈夫溺水而亡，被激流冲走。水面上浮出一条大鲸鱼，张开的牙齿像雪山，丈夫啊就挂在那上面。妻子用箜篌弹奏着凄怆的曲子诉说着她的悲伤。

**诗评**

『波滔天，尧咨嗟。大禹理百川，儿啼不窥家。杀湍堙洪水，九州始蚕麻。其害乃去，茫然风沙。』太白之极力于汉者也。然词气太逸，自是太白语。

——胡应麟《诗薮》

**题解**

《蜀道难》，古乐府曲名，属《相和歌·瑟调曲》，古代诗人常用来描写蜀地道路的艰难。古蜀地本和中原隔绝，秦惠王灭蜀国，使张仪筑都城，置蜀郡。据说当时惠王许嫁五位美女于蜀王，蜀王派五位力士去迎接，回到梓潼，见一大蛇钻入山穴之中，五力士共掣蛇尾，把山拉倒，五力士被压死，五美女上山化为石，山也就成为五岭。这首诗大约是唐玄宗天宝初年，李白第一次到长安时写的。《蜀道难》是他袭用乐府古题，展开丰富的想象，着力描绘了秦蜀道路上奇丽惊险的山川，并从中透露了对社会的忧虑与关切。此诗风骚极致，以气行文，是李白的传世名作，也是中国诗歌史上最引人瞩目的奇构佳作之一。

## 蜀道难

**噫吁嚱[1]！危乎高哉！蜀道之难！难于上青天。蚕丛及鱼凫，开国何茫然[2]！尔来四万八千岁[3]，不与秦塞[4]通人烟。西当太白有鸟道[5]，可以横绝峨眉巅[6]。地崩山摧壮士死，然后天梯石栈[7]相钩连。上有六龙回日之高标[8]，下有冲波逆折之回川[9]。黄鹤[10]之飞尚不得过，猿猱[11]欲度愁攀援。青泥何盘盘[12]！百步九折[13]萦岩峦。扪参历井仰胁息[14]，以手抚膺[15]坐长叹。问君[16]西游何时还，畏途巉岩[17]不可攀。但见悲鸟号古木，雄飞雌从绕林间。又闻子规[18]啼夜月，愁空山[19]。蜀道之难，难于上青天，使人听此凋朱颜[20]。连峰去天不盈尺，枯松倒挂倚绝壁。飞湍瀑流争喧豗[21]，砯[22]崖转石万壑雷。其险也如此，嗟[23]尔远道之人胡为[24]乎来哉！剑阁峥嵘而崔嵬[25]。一夫当关，万夫莫开。所守或匪亲[26]，化为狼与豺[27]。朝避猛虎，夕避长蛇。磨牙吮[28]血，杀人如麻。锦城[29]虽云乐，不如早还家。蜀道之难，难于上青天，侧身西望长咨嗟。**

**注释**

①噫吁嚱，惊叹声，蜀地方言。

西当太白有鸟道，可以横绝峨眉巅

②『蚕丛』二句，蚕丛、鱼凫，传说中古蜀国的两个国王。茫然，渺远的样子。扬雄《蜀王本纪》：『蜀王之先，名蚕丛，柏灌，鱼凫，蒲泽，开明……从开明上至蚕丛，积三万四千岁。』

③尔来，自从蚕丛、鱼凫开国以来。四万八千岁，极言时间之长。

④秦塞，塞，山川阻隔之处。秦中自古称四塞之国。

⑤『西当』句，西当，西面面对着。太白，山名，在今陕西郿县南，太白山在京城长安之西，故云『西当太白』。鸟道，极言山路险窄，仅能容鸟飞过。

⑥横绝峨眉巅，横绝，横渡。峨眉，山名，即今四川峨眉山市。巅，顶峰。

⑦天梯石栈，天梯，高耸入云的山路。石栈，在悬崖上凿石架木而建成的栈道。

⑧六龙回日之高标，古代神话，羲和驾着六条龙拉的车子，载着太阳在空中运行。六龙回日，是说羲和的车子到了这里也要从高的地方回车而返之意，形容山的高峻险阻。高标，山的最高峰。

⑨回川，漩涡。

⑩黄鹤，即黄鹄，善飞的大鸟。

⑪猱，一种猿类动物，善于攀援。

⑫青泥何盘盘，青泥，岭名，是由秦入蜀的必经之路。盘盘，回旋曲折的样子。

⑬百步九折，形容在极短的路程内，就要转许多弯。

⑭扪参历井仰胁息，意谓山高入天，竟至可以伸手摸到一路所见的星辰。扪，摸。历，经过。参、井，两星宿名，据古代天文学家所说，秦属参宿的分野，蜀属井宿的分野，由井到参是由蜀入秦的星空。仰胁息，抬头就感到呼吸抑迫。

⑮膺，胸口。

⑯君，泛指入蜀的人。

⑰畏途巉岩，畏途，使人望而生畏的道路。巉岩，险峻的山岩。

⑱子规，即杜鹃，又名杜宇，蜀地最多的一种鸟，相传为古蜀望帝魂魄所化，啼声哀婉动人，似『不如归去』。

⑲愁空山，愁于空山之中，行人在空山之中听到子规哀啼而发愁。

⑳使人听此凋朱颜，此，指『子规啼月夜』的凄凉景色。凋朱颜，青春容颜为之黯淡。

㉑『飞湍』句，意思是山上的瀑布和山下的激流发出巨大的声响。喧豗，哄闹声。

㉒砯，撞击声，这里是撞击的意思。

㉓嗟，叹词，相当于『唉』。

㉔胡为，即为胡，为什么。

㉕剑阁峥嵘而崔嵬，剑阁，在今四川剑阁县北，即大剑山和小剑山之间的一条栈道，又名剑门关。峥嵘，山高峻突兀的样子。崔嵬，高险而突兀不平的样子。

㉖或匪亲，假若不是可靠的人。

㉗狼与豺，指残害人民的叛乱者。后『猛虎』、『长蛇』意思相同。

㉘吮，吸。

㉙锦城，锦官城，成都的别称。成都以产锦著名，古代曾设官专理，故称锦官城。

## 诗解

一开篇就极言蜀道之难，以感情强烈的咏叹点出主题，为全诗奠定了雄放的基调。唉呀呀，多么危险多么高峻伟岸！蜀道真是太难攀，简直难于上青天。传说中蚕丛和鱼凫建立了蜀国，开国的年代实在久远无法详谈。自从那时至今约有四万八千年，秦蜀被秦岭所阻从不沟通往返。西边太白山有飞鸟能过的小道。从那小路走可横渡峨眉山顶端。山崩地裂把蜀国五壮士压死了，两地才有天梯栈道开始相通连。你看那突兀而立的高山，接天蔽日；山下则是冲波激浪、曲折回旋的河川。善于高飞的黄鹄尚且无法飞过，即使猢狲也愁于攀援。青泥岭多么曲折！绕着山峦盘旋，百步之内萦绕岩峦转九个弯弯。仰起头，伸出手就好像要摸到天上的星星，叫人不由得屏息，坐下来用手抚胸不已徒来长叹。好朋友呵，请问你西游何时回还？可怕的山道实在难以登攀！只见那悲鸟在古树上哀鸣啼叫；雄雌相随飞翔在森林之间。月夜听到的是杜鹃悲惨的啼声，空谷传响，使人闻声失色，更觉蜀道之难行。蜀道难走呵，简直难于上青天，叫人听到这些怎么不脸色突变？山峰座座相连离天还不到一尺，枯

又闻子规啼夜月，愁空山

松老枝倒挂倚贴在绝壁之间。漩涡飞转，瀑布飞泻争相喧闹着；水石相击像万壑鸣雷一般。既然前途如此艰险，唉，你为何远方而来这个地方？剑阁那地方崇峻巍峨高入云端，只要一人把守，千军万马也难攻克。驻守的官员若不是皇家的近亲；难免要变为豺狼踞此为非造反。清晨你要提心吊胆地躲避猛虎；傍晚你要警觉防范长蛇的祸患。豺狼虎豹磨牙吮血真叫人不安；毒蛇猛兽杀人如麻即令你胆寒。锦官城虽然说是快乐的所在；如此险恶还不如早早地把家还。蜀道太难走呵，简直难于上青天；侧身西望令人不免感慨与长叹！诗人从剑阁的险要引出对政治形势的描写，诗中他劝人引为鉴戒，警惕战乱的发生，并联系当时的社会背景，揭露了蜀中豺狼的『磨牙吮血，杀人如麻』，从而表达了对国事的忧虑与关切。

**诗评**

至如《蜀道难》等篇，可谓奇之又奇。然自骚人以还，鲜有此体调也。

——殷璠《河岳英灵集》

**题解** 《梁甫吟》是古代用做葬歌的一支民间曲调，音调悲切凄苦。古辞今已不传，宋郭茂倩《乐府诗集》收有诸葛亮所作一首，写春秋时齐相晏子『二桃杀三士』事，通过对死者的伤悼，谴责谗言害贤的阴谋。李白这首也有『力排南山三壮士，齐相杀之费二桃』之句，显然是沿用了诸葛亮那首的立意。这首诗大概写于天宝三载（744），李白『赐金放还』，刚离开长安之后。作者通过吕尚、郦食其等人的故事和一些神话传说，表达遭受挫折的愤懑以及期盼明君知己的愿望。全诗纵横跌宕，变幻惝恍，淋漓悲壮，是李白的代表作之一。

## 梁甫吟

长啸[1]梁甫吟[2]，何时见阳春[3]？君不见，朝歌屠叟辞棘津[4]，八十西来钓渭滨！宁羞白发照清水，逢时壮气思经纶[5]。广张三千六百钩，风期暗与文王亲[6]。大贤[7]虎变[8]愚不测，当年颇似寻常人。君不见，高阳酒徒起草中，长揖山东隆准公！入门不拜骋雄辩，两女辍洗来趋风[9]。东下齐城七十二[10]，指挥楚汉如旋蓬[11]。狂客落魄尚如此，何况壮士当群雄[12]！我欲攀龙[13]见明主，雷公砰訇震天鼓[14]。帝旁投壶[15]多玉女，三时大笑开电光，倏烁晦冥起风雨[16]。阊阖九门不可通，以额叩关阍者怒[17]。白日不照吾精诚，杞国无事忧天倾[18]。猰貐磨牙竞人肉[19]，驺虞[20]不折生草茎。手接飞猱搏雕虎，侧足焦原未言苦[21]。智者可卷愚者豪，世人见我轻鸿毛[22]。力排南山三壮士，齐相杀之费二桃[23]。吴楚弄兵无剧孟，亚夫咍尔为徒劳[24]。梁甫吟，声正悲。张公两龙剑，神物合有时[25]。风云感会起屠钓，大人岘屼当安之[26]。

**太公垂钓** 诗人在此引用高阳酒徒和太公垂钓的故事，意在抒发自己期冀报效国家的理想和愿望。

**注释**

①长啸，吟唱。

②梁甫吟，梁甫，又名梁父，泰山下的小山，古时死人丛葬的地方。《梁甫吟》，亦作《梁父吟》，乐府相和歌辞楚调曲，声调悲凉。

③阳春，阳光明媚的春天。这里喻指光明。

④朝歌屠叟，指吕尚，即姜太公。棘津，在今河南延津县东北。相传吕尚五十岁时曾在棘津当小贩，七十岁时在朝歌宰牛，八十岁时西行在渭河边钓鱼，九十岁遇到周文王被重用。

⑤『宁羞』二句，意思是说吕尚不以白发垂钓为羞，坚持在渭河边钓鱼，相信总有一天能够发挥自己治理国家的才能。经纶，整理丝线，喻治理国家大事。

⑥『广张』二句，意思是说吕尚所以终为周文王所赏识，是因他的政见与文王暗合。广张，指每天设置钓具。三千六百钓，指吕尚在渭河边垂钓十年，共三千六百日。风期，风度。这里引申为谋略。

⑦大贤，指吕尚。

⑧虎变，指更新后的老虎皮毛所发出的光彩。《易经·革卦》有

「大人虎变」之句，比喻有雄才大略的人，行动变化莫测，骤然得志，非常人所能料。

⑨「高阳」四句，高阳酒徒，西汉人郦食其的自称。起草中，喻出身微贱。长揖，古时不分尊卑的相见礼，自上而下，拱手行礼。隆，高。准，鼻子。隆准公，指刘邦。据《史记·高祖本纪》记载，刘邦「隆准而龙颜」。骋，发挥。趋风，疾行如风。据《史记·郦生陆贾列传》记载，郦食其是陈留高阳（今河南杞县西）人，好读书，家贫落魄，被称为狂生。刘邦行军过陈留时，郦食其到军门求见，正逢刘邦坐在床上叫两个侍女替他洗脚，听说郦食其是儒生打扮，拒不接见。郦食其怒向守门人说：「我是高阳酒徒，并非儒生。」刘邦于是请他相见。见面时，他长揖不拜，并责备刘邦说：「你既然要起兵讨秦，就不该对长者如此无礼。」刘邦听后立即停止洗脚，以礼相待。这四句是叙郦食其见刘邦的情况。

⑩东下齐城七十二，据《史记·郦生陆贾列传》记载，楚、汉在荥阳、成皋一带相持时，郦食其建议刘邦联齐孤立项羽。他受命到齐国游说，齐王田广表示愿以所辖七十余城归汉。

⑪旋蓬，在空中飘旋的蓬草，这里形容轻而易举。

⑫「狂客」二句，意思是穷困失意的郦食其尚且能如此，何况我是个足抵群雄的壮士。狂客，指郦食其。

⑬攀龙，据《后汉书·光武帝纪》记载，耿纯对刘秀说：「天下士大夫所以跟随大王（指刘秀）南征北战，本来是希望攀龙鳞，附凤翼，以成就功名。」后人因以「攀龙附凤」比喻依附帝王建立功业。

⑭「雷公」句，雷公，传说中的雷神。砰訇，形容声音宏大。震天鼓，指打雷。

⑮投壶，古时宴会时的娱乐活动，大家轮流把筹投入壶中，投中少者须罚酒。

⑯「三时」二句，三时，指春、夏、秋三个季节。大笑，指天笑，古人称不雨而有闪电为天笑。倏烁，

刘邦

刘邦，字季，沛县丰邑（今江苏丰县）人，西汉王朝的开国皇帝，史称汉高祖。

电光闪动的样子。晦冥，昏暗。这两句指权奸和宦官弄权，朝廷政令无常。

⑰『阊阖』二句，阊阖，神话中的天门。叩关，敲门。阍者，指看守天门的人。这两句指唐玄宗昏庸无道，宠信奸佞，使有才能的人报国无门。

⑱杞国无事忧天倾，相传古代杞国有人害怕天掉下来，无处藏身，愁得不吃不睡，见《列子·天瑞》。这两句意为，皇帝不理解我的忧国之心，这样我岂不是同杞人忧天倾一样。

⑲『㺄』句，㺄，古代神话里一种吃人的野兽，这里比喻阴险凶恶的人物。竞人肉，争吃人肉。

⑳驺虞，古代神话中一种白质黑纹的虎，不伤人畜，不践踏生草。这里李白以驺虞自比，表示不与㺄一样的人同流合污。

㉑『手接』二句，接，执、抓住。雕虎，毛色斑斓的猛虎。侧足，指因恐惧而不敢正立。焦原，传说春秋时，莒国有一块宽五十步的大石，名叫焦原，下有百丈深渊，只有无畏的人才敢站上去。这两句意为，我一手抓住猕猴，一手搏斗猛虎，即使站在别人不敢正立的焦原上也不以为险。这里表明自己有才能和勇气，经得

起艰难险阻的考验。

㉒『智者』二句，可，却。卷，曲。这里指政治抱负不得施展。豪，骄横。这两句意为，有智慧的人受到压抑，而愚蠢庸俗的人反而骄横一时，因此世俗的人把我看得比鸿毛还轻。

㉓『力排』二句，据《晏子春秋·谏下二》记载，齐景公手下有公孙接、田开疆、古冶子三勇士，有一次得罪了相国晏婴，晏婴便向齐景公建议除掉他们。他要景公给三人送去两只桃子，要他们自己比较功劳的大小，功劳大的可以吃桃子。公孙接、田开疆叙功后先拿了桃子，古冶子认为自己的功劳比他们二人大得多，要他们把桃子退出来。于是二人羞愧自杀，古冶子觉得对不起他们也自杀了。

㉔『吴楚』二句，剧孟，西汉洛阳（今河南洛阳）人，以任侠闻名。亚夫，周亚夫，汉景帝时名将，沛县（今江苏沛县）人，曾任太尉，后任丞相。哈，讥笑。尔，指反叛的吴、楚七国。吴楚弄兵无剧孟，据《史记·游侠列传》记载，汉景帝时，以吴王刘濞为首的吴、楚七国诸侯起兵叛汉，景帝派周亚夫领兵去平乱。当周亚夫到达河南时，找到了剧孟，便高兴地说：『吴楚七国反叛，不用剧孟，可见他们必然失败。』这两句是以剧孟自比，暗示不被重用。

㉕张公两龙剑，《晋书·张华传》载，西晋时丰城县令雷焕，在丰城掘地得到一个石制的剑匣，中有双剑，即古代有名的宝剑干将和莫邪，他把干将给了张华，莫邪留着自佩。后来张华犯罪被杀，干将就此失踪。雷焕死后，他的儿子雷华有一天带着莫邪经过延平津（今福建南平东），突然，剑从腰间跳进水中，过一会，只见水上出现两条蛟龙。原来那把干将就在水中，莫邪入水是去和它会合的。两条龙就是两把宝剑的化身。这两句运用典故，表示相信自己的才能总有一天会得到施展。

**周亚夫**

周亚夫，汉初名将周勃之子，以治军严整著称，被誉为真将军。

㉖风云感会，即风云际会。古人认为云从龙，风从虎，常以风云际会形容君臣相得，成就大业。大人，指有才干的人。岘、屼，危险，不安。这两句意为，从事屠宰、钓鱼的吕尚还有风云际会之时，有才能的人虽暂时处境困厄，仍应该耐心等待。这里是作者的自励。

**诗解**

『长啸梁甫吟，何时见阳春？』诗人一上来就单刀直入，显示此时心情极不平静，为全诗定下了感情的基调。宋玉《九辩》中有『恐溘死而不得见乎阳春』之句，故『见阳春』有从埋没中得到重用、从压抑中得以施展抱负的意思。以下诗句，全是由此生发。接着诗人连用两组『君不见』提出姜太公钓鱼和高阳酒徒两个历史故事。诗人引用这两个历史故事，实际上寄寓着自己的理想与抱负：『大贤虎变愚不测，当年颇似寻常人』，『狂客落魄尚如此，何况壮士当群雄』。他不相信自己会长期沦落毫无作为，对前途有着坚定的信念，诗歌声调高亢昂扬，语言节奏爽利明快。自『我欲攀龙见明主』句起，诗人一下子从乐观陷入了痛苦。诗人置身于惝恍迷离、奇幻多变的神话境界中，通过描写奇特的遭遇来反映对现实生活的感受：他为了求见『明主』，依附着夭矫的飞龙来到天上，可是凶恶的雷公擂起天鼓，用震耳欲聋的鼓声来恐吓他，他想求见的那位『明主』，也只顾同一班女宠玩投壶的游戏。他们高兴得大笑时天上闪现出耀眼的电光，一时恼怒又使天地昏暗，风雨交加；尽管如此，诗人还是不顾一切以额叩关，冒死求见；不料竟触怒了守卫天门的阍者。在这段描写中，诗人的感情表现得很强烈，他在天国的遭遇，实际上就是在现实生活中的遭遇，他借助于幻设的神话境界，尽情倾诉了胸中的愤懑与不平。自『白日不照吾精诚』至『亚夫哈尔为徒劳』这段中，诗人通过各种典故或明或暗地抒写了内心的忧虑和痛苦，并激烈地抨击了现实生活中的不合理现象：上皇不能体察我对国家的一片精诚，反说我是『杞人忧天』；权奸们像恶兽猰貐那样磨牙利齿残害人民。诗人自信有足够的才能和勇气去整顿乾坤，就像古代能用左手接飞猱、右手搏雕虎的勇士那样，虽置身于危险的焦原仍不以为苦。但在现实的生活中，只有庸碌之辈可以趾高气扬，真有才能的人反而只能收起自己的聪明才智，被世人看得轻如鸿毛。古代齐国三个力能排山的勇士被相国晏子设计害死，可见有才能的人往往受到猜疑。明明有剧孟这样的能人而摒弃不用，国家的前途真是不堪设想了。诗人那股汹涌而来的感情激流，至此一波三折，成迂回盘旋之势，更显得恣肆奇横，笔力雄健。最后一段开头，『梁甫吟，声正悲』，直接呼应篇首两句，语气沉痛而悲怆。突然，诗人又笔锋一折，仍是信心百倍地回答了『何时见阳春』这一设问。诗人确信，正如干将、莫邪二剑不会久没尘土，我同『明主』一时为小人阻隔，终当有会合之时。既然做过屠夫和钓徒的吕望最后仍能风云际会，建立功勋，那自己也就应该安时俟命，等待风云际会的一天到来。饱经挫折的诗人虽然沉浸在迷惘和痛苦之中，却仍在用各种办法自我慰藉，始终没有放弃对理想的追求。

**诗评**

长篇不失古意，此极难。将诸葛亮旧词二桃三士窜入夹点，局阵奇绝。

——王夫之《唐诗评选》

首言钓叟遇文王，又言酒徒遇高祖，卒自叹己之不遇。

——葛立方《韵语阳秋》

**题解**

《乌夜啼》为乐府旧题，内容多写男女离别相思之苦，李白这首的主题也与前代所作相类，但言简意深，别出新意，遂为名篇。

## 乌夜啼

**黄云城边乌欲栖，归飞哑哑枝上啼。机中织锦①秦川女②，碧纱如烟隔窗语。停梭怅然忆远人③，独宿孤房④泪如雨。**

**注释**

①机中织锦，指闺中织妇。

②秦川女，东晋窦涛的妻子苏氏，名蕙，字若兰，善属文。秦苻坚当政时，窦涛曾为秦州刺史，被贬谪放逐到流沙。苏氏思念心切，织锦作回文旋图诗寄给窦涛，诗文婉转循环，凄惋动人。这里泛指唐

时关中一带征夫远戍的思妇。

③怅然忆远人，此句又作『停梭向人问故夫』等。

④独宿孤房，孤，指空。此句又作『知在流沙泪如雨』。

机中织锦秦川女，碧纱如烟隔窗语

**诗解**

『黄云城边乌欲栖，归飞哑哑枝上啼』，起首两句绘出一幅秋林晚鸦图。夕曛暗淡，返照城闉，成群的乌鸦从天际飞回，盘旋着，哑哑地啼叫。『乌欲栖』，正是将栖未栖，叫声最喧嚣、最烦乱之时，无所忧愁的人听了，也会感物应心，不免惆怅，更何况是心绪愁烦的离人思妇呢？在这黄昏时候，乌鸦尚知要回巢，而远在天涯的征夫，到什么时候才能归来呢？起首两句，描绘了环境，渲染了气氛，在有声有色的自然景物中蕴含着的愁绪牵引了读者。站在秦川女的闺房之外，在暮色迷茫中，透过烟雾般的碧纱窗，依稀看到她伶俜的身影，听到她低微的语音。这个深锁闺中的女子，她的一颗心牢牢地系在远方的丈夫身上，悲愁郁结，无从排解。停下手中织布的梭子，追忆昔日的恩爱，此时倍感孤独，种种的思绪涌上心来，怎不泪如雨下呢？短短六句诗，起手写情，布景出人，景里含情；中间两句，

人物有确定的环境、身份和身世，而且绘影绘声，想见其人；最后点明主题，却又包含着许多意内而言外之音。

**诗评**

蕴含深远，不须语言之烦。

——沈德潜《唐诗别裁集》

**题解**

《乌栖曲》是乐府《清商曲辞·西曲歌》旧题。现存南朝梁简文帝、徐陵等人的古题，内容大都比较靡艳，形式则均为七言四句，两句换韵。李白此篇，不但内容从旧题的歌咏艳情转为讽刺宫廷淫靡生活，形式上也作了大胆的创新。据唐孟棨《本事诗》记载，李白初至长安，贺知章见其《乌栖曲》，叹赏苦吟，说：『此诗可以泣鬼神矣。』

## 乌栖曲

**姑苏台①上乌栖时，吴王宫里醉西施。吴歌楚舞欢未毕，青山欲②衔半边日。银箭金壶③漏水多，起看秋月坠江波，东方渐高④奈乐⑤何！**

**注释**

①姑苏台，相传吴王夫差耗费大量人力物力，用三年时间，筑成横亘五里的姑苏台。台上建春宵宫，造千石酒盅以备饮酒之用，并造天池龙舟，舟中盛陈妓乐。夫差日夜与宠妃西施在宫中饮酒嬉水。

②欲，指犹。

③银箭金壶，即刻漏，古代利用漏水计时的器具。通过有刻度的立箭浮起的高度来表示时间。带孔的壶为漏，有刻度的箭为刻。

④高，通『皜』，光明。

⑤乐，本作『尔』。

## 诗解

诗的开头两句，以洗练而富于含蕴的笔法，勾画出日落乌栖时分姑苏台上吴宫的轮廓和宫中美人西施醉态朦胧的剪影。诗人将吴宫设置在昏林暮鸦的背景中，无形中使『乌栖时』带上某种象征色彩，使人们隐约感受到包围着吴宫的幽暗气氛，联想到吴国日暮黄昏的没落趋势。沉醉在狂欢极乐中的人，往往意识不到时间的流逝。轻歌曼舞，朱颜微酡，享乐还正处在高潮之中，却忽然意外地发现西边的山峰已经吞没了半轮红日，暮色就要降临了。『未』字、『欲』字，紧相呼应，微妙而传神地表现出吴王那种惋惜、遗憾的心理。李白巧妙地通过计时用的铜壶滴漏暗示漫长的秋夜渐次消逝，从侧面描绘出吴宫的荒淫之夜。一轮秋月，在时间的默默流逝中越过长空，此刻已经逐渐黯淡，坠入江波，天色已近黎明。这里在景物描写中夹入『起看』二字，不但点醒景物所组成的环境后面有人的活动，而且揭示出享乐者内心不免浮动着难以名状的怅恨和无可奈何的悲哀。这正是末代统治者所特具的颓废心理。『秋月坠江波』的悲凉寂寥意象，又与上面的日落乌栖景象相应，使渗透在全诗中的悲凉气氛在回环往复中变得越来越浓重了。东方已经发白，天就要亮了，寻欢作乐难道还能再继续下去吗？诗人以一个孤零零的单句结尾，既像是恨长夜之短的吴王所发出的欢乐难继、好梦不长的叹喟，又像是诗人对沉溺不醒的吴王敲响的警钟。诗就在这冷冷地一问中陡然收煞，特别引人注目，发人深省。

**西施**

西施，原名施夷光，春秋战国时期人，生于浙江诸暨苎萝村，是吴王夫差最宠爱的妃子。

**诗评**

乐极生悲之意写得微婉，未几而麋鹿游于姑苏矣。全不说破，可谓寄兴深微者。……末缀一单句，有不尽之妙。

——乾隆御选《唐宋诗醇》

**题解**

《战城南》是汉乐府旧题，属《鼓吹曲辞》，为汉《饶歌》十八曲之一。汉古辞主要是写战争的残酷，同样，李白这首诗是抨击封建统治者穷兵黩武的。天宝年间，唐玄宗轻动干戈，逞威边远，而又几经失败，给人民带来深重的灾难。一宗宗严酷的事实，汇聚到诗人胸中，同他忧国悯民的情怀产生激烈的矛盾。他将沉思、悲愤、内心的呼喊倾泻而出，铸成这一名篇。

## 战城南

**去年战桑干①源，今年战葱河②道。洗兵③条支海上波，放马④**

天山雪中草。万里长征战，三军尽衰老。匈奴以杀戮为耕作，古来惟见白骨黄沙田。秦家筑城⑤备胡处，汉家还有烽火燃。烽火燃不息，征战无已时。野战格斗死，败马号鸣向天悲。乌鸢啄人肠，衔飞上挂枯树枝。士卒涂草莽，将军空尔为。乃知兵者是凶器，圣人不得已而用之。

**注释**

①桑干，即桑干河，在山西大同城南六十里。

②葱河，葱河即发源于西域葱岭的河，在今新疆境内。『桑干』、『葱河』及下文『条支』、『天山』都是边疆地名。

③洗兵，洗去兵器上的污秽。

④放马，牧放战马。

⑤秦家筑城，《史记·秦始皇本纪》记载：『……乃使蒙恬北筑长城以守藩篱，却匈奴七百余里。』

**诗解**

诗人首先从征伐的频繁和广远方面落笔，有力地表达了主题。去年征战桑干河源头，今年转战葱河河畔，曾经在条支海中洗过兵器上的污秽，也在天山草原上牧放过疲惫的战马。唐代兵士远离故土到这些地方征战，往往有去无回。长年远征使得广大士兵在无谓的战争中耗尽了青春的年华和壮盛的精力。诗人从历史方面着墨，描写了有些边疆民族以战争劫掠为业，古今不知有多少人战死荒漠之中，结果只是一片白骨黄沙。秦筑长城防御胡人的地方，汉时仍然烽火高举。诗人从历史教训中深刻地认识到：没有正确的政策，争斗便不可能停息。历来战争都是残酷的，悲壮而凄凉，战败的马匹在战场

万里长征战，三军尽衰老

上悲鸣寻找它的主人，而它的主人却被乌鸦和鹰啄食，肠子都挂上枯树枝头。诗人感叹士卒作了无谓的牺牲，将军到头来也一无所获。最后诗人用古代兵书的话说：战争可不是好玩的东西，有德的君主只有在不得已时才用到它。结语画龙点睛，点明主题，使全诗意旨豁然。

**诗评**

古词云：『战城南，死郭北，野死不葬乌可食。』又云：『愿为忠臣安可得？』白诗亦本其意，而语犹惨痛，意更切至，所以刺黩武而戒穷兵者深矣。

——乾隆御选《唐宋诗醇》

**题解**

《将进酒》属汉乐府《鼓吹曲·铙歌》旧题，题目意译即『劝酒歌』，内容多写宴饮游乐。《将进酒》是李白咏酒的代表作，极能表现他的个性。此诗是李白天宝年间离京后，漫游梁、宋，与友人岑勋、元丹丘相会时所作。从诗的主要内容看似乎写的都是及时行乐，看透人生，只愿长醉不愿醒的情感，相当消极。但深入理解李白的内心深处，就会发现李白不是真正的消极颓废，而是借酒发泄，以此来排解心中的苦闷，来表现对权贵和世俗的蔑视。在豪饮行乐中，实则深含怀才不遇之情。

## 将进酒

**君不见，黄河之水天上来[1]，奔流到海不复回！君不见，高堂明镜悲白发，朝如青丝暮成雪[2]！人生得意[3]须尽欢，莫使金樽[4]空对月。天生我材必有用，千金散尽还复来。烹羊宰牛且为乐[5]，会须[6]一饮三百杯。岑夫子，丹丘生[7]。将[8]进酒，君莫停。与君歌一曲，请君为我倾耳听。钟鼓馔玉[9]不足贵，但愿长醉不愿醒。古来圣贤皆寂寞，惟有饮者[10]留其名。陈王昔时宴平乐，斗酒十千恣欢谑[11]。主人[12]何为言少钱？径须沽[13]取对君酌。五花马[14]，千金裘[15]，呼儿将出换美酒，与尔同销万古愁。**

注释

①天上来，黄河发源于青海，因那里地势极高，故云『天上来』。

②『高堂』二句，意思是岁月易逝，愁催人老。

③得意，有兴致的时候。

④金樽，金杯，指华美的酒器。

⑤且为乐，姑且作乐。

⑥会须，应该。

⑦岑夫子、丹丘生，即岑勋和元丹丘，两人都是李白的好友。

⑧将，请。

⑨钟鼓馔玉，功名富贵的代称。钟鼓，即权贵人家的钟鸣鼎食。馔玉，以玉为馔形容饮食精美。

⑩饮者，饮酒的人。

⑪「陈王」二句，意思是陈王曹植从前在平乐观举行宴会。陈王，即曹植，因封于陈（今河南淮阳一带），死后谥「思」，世称陈王或陈思王。这句和下句都出自曹植《名都篇》：「归来宴平乐，美酒斗十千。」平乐，观名，汉明帝所建，在洛阳西门外，为汉代富豪显贵的娱乐场所。斗酒十千，一斗酒值十千钱，极言酒美。恣，放纵、无拘束。谑，玩笑。

⑫主人，李白自称。

⑬沽，通「酤」，买或卖，这里指买。

⑭五花马，毛色呈五种颜色的马，这里指名贵的马。

⑮千金裘，价值千金的狐裘。

**诗解**

这首诗用长句开篇，两组排比突兀惊人：你难道没有看见，汹涌奔腾的黄河之水，有如从天上倾泻而来？它滚滚东去，奔向东海，永远不会回还。你难道没有看见，在高堂上面对明镜，深沉悲叹那一头白发？早晨还是满头青丝，傍晚却变得如雪一般。李白表面是在感叹人生易老，内里则在感叹怀才不遇，这些诗人都无能为力，于是把冲天的激愤之情化做豪放的行乐之举。人生在世每逢得意之时，理应尽情欢乐，切莫让金杯空对皎洁的明月。既然老天造就了我这栋梁之才，就一定会有用武之地，即使散尽了千两黄金，也会重新得到。烹羊宰牛姑且尽情享乐，今日相逢，我们要干满三百杯。岑夫

岑夫子，丹丘生。将进酒，君莫停

子，丹丘生，请快喝不要停，我为你唱一首歌，请你们侧耳为我细细倾听。在钟鼓齐鸣中享受丰美食物的豪华生活并不值得珍贵，但愿永远沉醉不愿清醒。自古以来那些所谓圣贤无不感到孤独寂寞，惟有寄情美酒的人才能留下美名。陈王曹植过去曾在平乐观大摆酒宴，即使一斗酒价值十千也在所不惜，恣意畅饮。诗人借着陈王宴饮之事劝酒发挥，尽吐郁积在胸中的不平之气，也流露了施展抱负的愿望。最后以一番豪言壮语结尾：主人啊，你为什么说钱已经不多，快快去买酒来让我们一起喝个够。牵来名贵的五花马，取出价钱昂贵的千金裘，统统用来换美酒，让我们共同来消融这无穷无尽的万古长愁！

**诗评**

此怀才不遇，托于酒以自放也。

——唐汝询《唐诗解》

读李诗者于雄快之中，得其深远宕逸之神，才是谪仙人面目。

——沈德潜《唐诗别裁集》

**题解**

《行行且游猎篇》是征戍十五曲中的校猎曲，多用来歌颂天子游猎的事情。此篇是李白在幽燕一带漫游时，目睹边城儿游猎有感而作。李白少时，好任侠，他自称『十五好剑术』，且剑术高超，常使『四座皆扬眉』。魏颢在《李翰林集序》中提到李白参与斗殴的情形：『少任侠，手刃数人。』他自己也说『结发未识事，所交尽豪雄』、『托身白刃里，杀人红尘中』。

## 行行且游猎篇

**边城儿，生年不读一字书，但知游猎夸轻趫①。胡马秋肥宜白草②，骑来蹑影③何矜骄。金鞭拂雪挥鸣鞘④，半酣呼鹰出远郊。弓弯满月不虚发，双鸧⑤迸落连飞髇。海边观者皆辟易⑥，猛气英风振沙碛⑦。儒生⑧不及游侠人，白首下帏⑨复何益！**

**注释**

①轻趫，轻捷矫健。

②白草，牧草。干熟时呈白色，故名。

③蹑影，亦作『蹑景』，比喻极其迅速。《文选》曹植《七启》：『忽蹑景而轻惊，逸奔骥而超遗风。』李善注：『景，日景也。蹑之言疾也。』

④鸣鞘，挥动鞭梢使发声。鞘，鞭梢。

⑤鸧，灰鹤。

⑥辟易，退避，多指受惊吓后控制不住而离开原地。

弓弯满月不虚发，双进落连飞

⑦沙碛，沙漠。

⑧儒生，指遵从儒家学说的读书人。后来泛指读书人。

⑨下帏，同『下帷』，放下室内悬挂的帷幕，指教书。后引申指闭门苦读。

**诗解**

边塞的健儿们，生下来不晓得读书识字，只知夸耀骑马射猎的矫健轻盈。胡地的马儿饱食秋草，膘肥体健，边塞健儿快马疾驰，身姿何等潇洒，挥动马鞭拂过雪地发出阵阵鸣响，酒至半酣，擎着雄鹰驰出郊外。拉弓如满月箭不虚发，一箭而出，双鸟带着飞箭落地，北海边观看的人都纷纷惊慌地退去，健儿的勇猛英气震撼大漠。书生怎么能和游侠相比，在帷幔下诵经直到白头又有什么益处呢！

**题解**

《飞龙引》是乐府诗中的《琴曲歌辞》。两篇都是李白借黄帝升天的神话传说描写游仙的情景。

### 飞龙引二首

其一

**黄帝①铸鼎于荆山②，炼丹砂③，丹砂成黄金，骑龙飞上太清④家，云愁海思令人嗟。宫中彩女颜如花，飘然挥手凌紫霞，从风纵体登鸾车⑤。登鸾车，侍轩辕⑥，遨游青天中，其乐不可言。**

注释

①黄帝，我国古代神话中的五天帝之一，中华民族的始祖。《史记·孝武本纪》载，黄帝采首山铜，铸鼎于荆山之下，鼎既成，有龙垂胡髯下迎黄帝。黄帝上骑，群臣后宫上者七十余人皆乘龙升天。

②荆山，山名，在今河南省灵宝县附近。相传黄帝采首山铜铸鼎于此，亦名覆釜山。

③丹砂，即朱砂，矿物名，色深红，古代道教徒用以化汞炼丹，中医作药用，也可制作颜料。

④太清，三清之一。道教谓元始天尊所化法身，道德天尊所居之地，其境在玉清、上清之上，惟成仙方能入此，故亦泛指仙境。

⑤鸾车，神仙所乘的车。

⑥轩辕，黄帝居于轩辕之丘，故名曰『轩辕』。

诗解

黄帝采首山之铜，在荆山下铸造宝鼎，炼制仙丹，仙丹炼成后，黄帝和群臣后宫乘龙飞仙进入仙境。天上的彩云迷迷茫茫，变幻如海，找不到升天的途径，让我们世间的凡人空自感叹。联想天宫中的披着七彩霓裳羽衣的宫女一定貌美如花。真想乘风飞身而上，登上黄帝乘坐的鸾车，陪在黄帝旁边，一起遨游在青天中，那种乐趣一定妙不可言。

## 其二

**鼎湖①流水清且闲，轩辕去时有弓剑②，古人传道留其间。后宫婵娟③多花颜，乘鸾④飞烟亦不还，骑龙攀天造天关⑤。造天关，闻天语，屯云⑥河车载玉女。载玉女，过紫皇⑦，紫皇乃赐白兔⑧所捣之药方。后天⑨而老凋三光⑩，下视瑶池见王母，蛾眉⑪萧飒如秋霜。**

下视瑶池见王母，蛾眉萧飒如秋霜

**注释**

①鼎湖，地名。古代传说黄帝在鼎湖乘龙升天。

②弓剑，相传黄帝与群臣后宫乘龙飞天，剩下些小吏不能上去，于是都拽住龙髯不放，龙髯都被拔掉坠落下来，黄帝用的弓也掉了下来。黄帝在百姓的仰望中飞向天庭，那些小吏们只能抱着龙髯和弓大声呼喊，但也无济于事。

③婵娟，美女。

④乘鸾，传说春秋时秦有萧史，善吹箫，穆公有女弄玉喜之，穆公遂以女妻之。史教玉学箫作凤鸣声后，凤凰飞止其家，穆公为作凤台。一日，夫妇俱乘凤凰升天而去。后因以『乘鸾』比喻成仙。

⑤天关，犹天门。
⑥屯云，积聚的云气。
⑦紫皇，道教传说中最高的神仙。《太平御览》卷六五九引《秘要经》：『太清九宫，皆有僚属，其最高者，称太皇、紫皇、玉皇。』
⑧白兔，指神话中月亮里的白兔。
⑨后天，谓后于天，极言长寿。后用为祝寿之词。晋王嘉《拾遗记·炎帝神农》：『时有流云洒液，是谓「霞浆」，服之得道，后天而老。』
⑩三光，日、月、星。
⑪蛾眉，蚕蛾触须细长而弯曲，因以比喻女子美丽的眉毛。

**诗解**

鼎湖的水静静地流动，清澈见底，这里就是传说中黄帝乘龙飞天时不小心把弓剑遗落在人间的地方。天宫中的美女一定众多，光彩照人。仙人们乘鸾而去消失在烟波浩渺中，也都一去不复返。如果再有机会能乘龙升天的话，我一定到达仙境，登上天门，去聆听天上神仙的谈话，坐上伴着祥云的河车，载着美丽的仙女，去拜访玉皇。玉皇见到我一定会很高兴，并赐给我天宫玉兔捣制的长生不老药。吃了仙药，我就可以长生不老，寿比天齐，可以活到日月星辰都凋谢的时候。到那时我再去看瑶池的西王母，她已经满头白发如霜了。

**诗评**

按《飞龙引》者，本为乐府鱼龙之曲，白则以黄帝之事言之，盖亦不泥于陈迹，而自出乎新意也。

——朱谏《李诗选注》

**题解**

《天马歌》是古乐府车马六曲之一。据《汉书·武帝纪》记载，汉武帝听说西域大宛国有良马，马蹄坚利，踩石有迹，汗如赭血，速度极快。于是，派百余人的使团，带着一具用黄金做的马模型前去大宛国，希望以重礼换回大宛马。大宛国王不肯。汉使归国途中金马在大宛国境内被劫，汉使被杀害。汉武帝大怒，命李广利为贰师将军征伐大宛，斩首大宛国王，挑取国中上马数十匹，中马以下三千余匹，率马罢战而归，史称『天马战役』。汉武帝作《西极天马之歌》赞曰：『天马来兮从西极，经万里兮归有德。承灵威兮降外国，涉流沙兮四夷服。』李白的《天马歌》大约是在他流放夜郎途中被赦免后以为天地再新所拟作，诗歌中以马之老而见弃自喻，希望能重新被赏识，复有用世之意。

## 天马歌

天马来出月支窟①，背为虎文②龙翼骨。嘶青云，振绿发，兰筋③权奇④走灭没。腾昆仑，历西极，四足无一蹶。鸡鸣刷燕晡秣越⑤，神行电迈蹑恍惚。天马呼，飞龙趋，目明长庚⑥臆双凫⑦。尾如流星首渴乌⑧，口喷红光⑨汗沟朱⑩。曾陪时龙跃天衢，羁金络月照皇都，逸气棱棱凌九区⑪。白璧如山谁敢沽？回头笑紫燕⑫，但觉尔辈愚。天马奔，恋君轩，駷跃惊矫浮云翻。万里足踯躅，遥瞻阊阖门⑬。不逢寒风子⑭，谁采逸景⑮孙？白云在青天，丘陵远崔嵬⑯。盐车⑰上峻坂，倒行逆施畏日晚。伯乐翦拂⑱中道遗，少尽其力老弃之。愿逢田子方⑲，恻然为我悲。虽有玉山禾⑳，不能疗苦饥。严霜五月凋桂枝，伏枥衔冤摧两眉。请君赎献穆天子㉑，犹堪弄影舞瑶池。

天马来出月支窟，背为虎文龙翼骨

注释

①月支窟，秦汉时西域月支国，位于今甘肃中西部和青海东部，游牧为业，多产好马。

②虎文，虎身上的斑纹。

③兰筋，马目上部的筋名。筋节坚者能行千里，因之为骏马的代称。

④权奇，奇谲非凡。多形容良马善行。

⑤鸡鸣刷燕晡秣越，这句的意思是早晨还在燕地刷洗，傍晚已在越地进食了。刷，给马刷洗。秣，喂马的谷饲料。

⑥长庚，太白金星，早晨出现叫启明、黄昏出现叫长庚。

⑦臆双凫，《齐民要术》载，马胸欲直而出，凫间欲开，望之如双凫。又曰，双凫欲大而上。双凫，胸两边肉如凫。

⑧渴乌，翻车上的曲筒。《后汉书》载，作翻车渴乌，施于桥西，

用洒南北郊路。章怀太子注：渴乌，为曲筒，以气引水上也。此言马尾流转，有似奔星，马首昂矫，状类渴乌。

⑨口喷红光，也是良马的特征。

⑩汗沟朱，汗沟，马身上的部位。汗沟呈红色是汗血宝马的特征。

⑪九区，即九州。

⑫紫燕，紫燕骝，古代骏马名。

⑬阊阖门，古宫门名。

⑭寒风子，古代传说中人名。以善相马称。

⑮逸景，指快马。晋代陆云在《与陆典书》中说：『晞世之宝，久隐岑崟之山；逸景之迹，永絷幽冥之坂。』

⑯崔嵬，本指有石的土山。后泛指高山。

⑰盐车，运载盐的车子。典出《战国策·楚策四》：『夫骥之齿至矣，服盐车而上太行。蹄申膝折，尾湛胕溃，漉汁洒地，白汗交流，外坂迁延，负棘而不能上。伯乐遭之，下车攀而哭之，解纻衣以幂之。骥于是俛而喷，仰而鸣，声达于天，若出金石者，何也？欣见伯乐之知己也。』后以『骥伏盐车』谓才华遭到抑制，处境困厄。

⑱翦拂，修剪毛鬃，洗拭尘土。

⑲田子方，据《韩诗外传》记载：『昔者田子方出，见老马于道，喟然有志焉，以问于御者曰：「此

**周穆王八骏巡游**

周穆王喜好游历，曾于穆王13年—17年驾八骏之乘驱驰九万里，西行至『飞鸟之所解羽』的昆仑之丘，观黄帝之宫。又设宴于瑶池，与西王母做歌相和。

何马也？」御曰：「故公家畜也，罢而不为用，故出放也。」田子方曰：「少尽其力，而老弃其身，仁者不为也。」束帛而赎之。穷士闻之，知所归心矣。』

⑳玉山禾，琼山上的禾苗，长五寻，大五围。这里比喻锦衣玉食的生活。

㉑穆天子，是指西周天子周穆王姬满，曾坐八匹日行三万里的骏马，由京城出发，千里迢迢西赴昆仑山，拜访西王母，与其在瑶池宴饮酬酢的神话故事。

**诗解**

天马来自于月支窟那个地方，它脊背的毛色如同虎纹一样漂亮，骨如龙翼一样坚韧有力。天马仰天而嘶，声震青云，振动着漂亮的绿色鬃毛。它兰筋权奇，骨相神俊，飞跑起来，倏然而逝，连影子也看不清楚。它腾迈昆仑，飞越西极，四蹄生风，从不失足。鸡鸣时它还在燕地刷毛理鬃，到傍晚时它已在越地悠闲地吃草了。其神行之速真如电闪一般，只见其影而不见其形。天马呼啸着驰骋而过，就像是飞龙一样夭矫。它目如明星，胸如双凫，尾如流星，首如渴乌，口喷红光，汗流如血。它曾载着天子在天街上奔驰，羁金络月，光照皇都。豪逸之气，凌迈九州。此时天马的身价就是堆积如山的白璧，也难抵其值。那些所谓的名马，什么紫燕之类，跟它相比，真是不值一提。但是时过境迁，好景不长。如今的天马，虽然依旧顾恋天子的车驾，它奔跑起来依然能驰骋万里，耸跃浮云，英姿不减当年，但却遥望天门，踯躅而不得进了，遇不到寒风子这样的识马者，谁还认得逸景这样的名马呢？想当年，曾经驾着穆天子的车驾，穿过白云，迈越丘山，前往西天与西王母相会，是何等的神气得意啊，但如今却驾着盐车向着高峻的山坡上苦苦挣扎，盐车倒行下滑而力尽途中，天色已晚。对天马此种不幸遭遇，只有伯乐才会中途停车为之抚慰悲叹。少尽其力而老被遗弃，多么想能够遇到像田子方这样的仁人啊，只有他才会对老马的命运感到悲恸和同情。即使有玉山上的仙禾，可是，也难以疗救如今落羁天马之苦饥啊。五月的严霜摧凋了桂枝，天马伏枥含冤感到忧愁。请您将它赎献给穆天子，它虽然不能出力拉车子，但依然能够在瑶池上作一匹弄影的舞马。

**诗评**

此篇为逸群绝伦之士不遇知己者叹，亦白自伤其不用于世而求知己于人也与！

——萧立之《冰涯诗集》

**题解**

《行路难》是古乐府《杂曲歌辞》名，其内容多叙写社会道途艰难和离别悲伤。《行路难》是李白创作的一组诗歌。开元十年（722）诗人应诏入京，供奉翰林，试图施展自己经国济世的宏愿，但他很快感到受到排挤，找不到政治出路，在或去或留之时，写下这组诗。诗人此时心情复杂：失意、愤懑、迷惘困惑、愤世嫉俗、自负、自信等种种情感交织在一起，感慨万千。诗中写世路艰难，充满了政治上遭遇挫折后的抑郁不平之感。

## 行路难三首

### 其一

**金樽①清酒斗十千②，玉盘珍羞直③万钱。停杯投筋不能食，拔剑四顾心茫然④。欲渡黄河冰塞川，将登太行雪满山。闲来垂钓碧溪上，忽复乘舟梦日边⑤。行路难，行路难，多歧路，今安在？长风破浪⑥会有时，直挂云帆济沧海。**

注释

①樽，古代盛酒的器具。

②斗十千，形容酒价昂贵。

③珍羞，珍贵的菜肴。羞，通「馐」。直，通「值」。

④「停杯」二句，化用鲍照《行路难》「对案不能食，拔剑击柱长叹息」句。

⑤「闲来」二句，垂钓碧溪，《史记·齐太公世家》记载，吕尚年老垂钓于渭水边，后遇西伯姬昌（即周文王）而得重用。乘舟梦日边，相传伊尹在受商汤聘请的前夕，梦见自己乘船经过日月之旁。吕尚和伊尹都曾辅佐帝王建立不朽功业，李白借此表明对自己的政治前途仍抱极大的希望。

⑥长风破浪，据《宋书·宗悫传》载，宗悫少年时，叔父宗炳问他的志向，他说：「愿乘长风破万里浪。」

后人用『乘风破浪』比喻施展政治抱负。济，渡过。

**诗解**

金杯盛着昂贵的美酒，玉盘装满价值万钱的佳肴，朋友设下盛宴为诗人饯行。诗人举起酒杯想痛饮一番却又把酒杯推开了；拿起筷子，却又把筷子撂下了。他离开坐席，拔出宝剑，举目四顾，心绪茫然。想渡黄河，冰雪却冻封了河川；要登太行山，但风雪堆满了山，把山给封住了。诗人胸怀壮志受诏入京有幸接近皇帝，皇帝却不能任用，被『赐金还山』撵出了长安，这不正像是遇到冰塞黄河、雪拥太行的情景吗！当年吕尚闲居，曾在碧溪垂钓；伊尹受聘前，梦里乘舟路过太阳边。行路难啊，行路难！岔路何其多，我的路在何处？总会有一天，我能乘长风破巨浪，高高挂起云帆，在沧海中勇往直前！

长风破浪会有时，直挂云帆济沧海

## 其二

**大道如青天，我独不得出。羞逐长安社中儿，赤鸡白狗①赌梨栗。弹剑作歌②奏苦声，曳裾王门③不称情。淮阴市井笑韩信④，汉朝公卿忌贾生⑤。君不见，昔时燕家重郭隗⑥，拥篲⑦折节⑧无嫌猜。剧辛⑨乐毅⑩感恩分，输肝剖胆效英才。昭王白骨萦蔓草，**

谁人更扫黄金台？行路难，归去来！

注释

①赤鸡白狗，羽毛呈红色的鸡，白色的狗。

②弹剑作歌，冯谖在孟尝君门下作客，觉得孟尝君对自己不够礼遇，开始时经常弹剑而歌，表示要回去。后以『弹剑作歌』比喻怀才不遇。

③曳裾王门，《汉书·邹阳传》：『饰固陋之心则何王之门不可曳长裾乎？』后以『曳裾王门』比喻在王侯权贵门下做食客。

④『淮阴』句，据《汉书·韩信传》记载，西汉开国功臣韩信是淮阴人。他出身平民，父母早逝，贫寒无依。淮阴屠户中有个年轻人想侮辱韩信，说：『虽长大，好带刀剑，怯耳。』并当众侮辱他说：『能死，刺我；不能，出胯下。』韩信注视了对方良久，慢慢低下身来，从他的胯裆下爬了过去。街上的人都耻笑韩信，认为他是个怯懦之人。

⑤贾生，贾谊，西汉著名的政论家，力主改革弊政，提出许多重要政治主张，但却遭谗被贬，一生抑郁不得志。

⑥郭隗，战国中期燕国大臣、贤者。燕王哙七年，齐宣王攻破燕国，哙被杀。赵武灵王闻燕国内乱，将燕王哙的庶子职从韩国送回燕国，职被燕人拥立为王，称燕昭王。昭王为报齐灭燕之仇，并复兴燕国，拜访郭隗，求计问策。郭隗以古人千金买骨为例，使昭王广纳社会贤才，建筑『黄金台』，昭王并尊郭隗为师。此举天下震动，乐毅、邹衍、剧辛及其他有才能的人皆来归附燕国，燕国因此强大起来。

**韩　信**

韩信，字重言，淮阴（今江苏淮安）人，汉初著名军事家，在秦末之际，始投项梁，继随项羽，后归刘邦，辅佐刘邦建立西汉王朝。

⑦拥篲，拿扫帚扫门。这里表示恭恭敬敬迎接宾客或长者。篲，扫帚。

⑧折节，降低自己身份。

⑨剧辛，战国时燕将。原居于赵。闻燕昭王下诏求贤，乃由赵赴燕。

⑩乐毅，战国后期杰出的军事家，曾替魏出使到燕国，燕昭王用客礼厚待乐毅。乐毅谦辞退让，最后终于被昭王诚意所动，答应委身为臣，燕昭王封乐毅为亚卿。乐毅辅佐燕昭王振兴燕国，率军攻下齐国七十余城，报了强齐伐燕之仇。

**诗解**

天地如此之大，为什么单独就我一个人找不到出路呢？诗人怀抱一腔热血却被逐出长安，心中抑郁万分。我羞于去结交长安里社中的纨绔子弟，和他们一起斗鸡走狗，游戏赌博，以求得仕途上的平坦。和那些达官贵人交往又感觉自己像冯谖在孟尝君门下作客时一样不能忍受，权贵们并不把我当一回事，我受不到应有的礼遇，这种滋味有说不出的苦。韩信未得志时，在淮阴曾受到一些市井无赖们的嘲笑和侮辱。贾谊年轻有才，汉文帝本打算重用，但由于受到大臣灌婴、冯敬等的忌妒、反对，后来竟遭贬逐。我此时在长安受到的嘲笑、忌妒和他们有什么不同呢？难道你们没有看到当初燕国君臣互相尊重和信任的情景吗？燕昭王为了使国家富强，尊郭隗为师，筑黄金台，招贤纳士，乐毅、邹衍、剧辛纷纷来归，为燕所用。燕昭王对于他们不仅言听计从，而且屈己下士，折节相待，甚至当邹衍到燕时，昭王亲自清扫道路迎接，恐怕灰尘飞扬，用衣袖挡住扫帚，以示恭敬。剧辛、乐毅等感激昭王的恩德，恨不得剖开肚子，拿出自己的肝胆以示自己的忠诚。可是今天朝廷昏庸，像燕昭王这样的明君早已经化为白骨埋葬在乱草中，世间已经没有了，还有谁去打扫昔日的黄金台招揽贤士呢？仕途太难了，既然朝廷容不下，我只有拂手而去，归隐山林了。

## 其三

**有耳莫洗颍川水①，有口莫食首阳蕨②。含光混世贵无名③，何用孤高比云月。吾观自古贤达人，功成不退皆殒身。子胥既弃吴江上④，屈原终投湘水滨⑤。陆机雄才岂自保，李斯税驾苦不早。华亭鹤唳讵可闻，上蔡苍鹰何足道⑥。君不见，吴中张翰⑦称达生，秋风忽忆江东行。且乐生前一杯酒，何须身后千载名？**

注释

①颍川水，传说帝尧曾多次向当时的贤人许由请教，后来表示想把君位传给他，但遭到了他的严词拒绝。他逃到了登封的箕山隐居起来，再也不愿意与世俗社会交往。帝尧派人找到了他，想请他出任九州长官，他跑到颍水边洗耳，表示不愿意听这种话。许由以自己淡泊名利的崇高节操赢得了后世的尊敬，从而被奉为隐士的鼻祖。

**许由**

许由，尧舜时代的贤人，被奉为许姓的始祖。相传为我国最早的一位隐士。

②首阳蕨，蕨，薇，前人误以薇、蕨为同一种草本植物。《史记·伯夷列传》：『武王已平殷乱，天下宗周，而伯夷、叔齐耻之，义不食周粟，隐于首阳山，采薇而食之。……遂饿死于首阳山。』

③含光混世，《高士传》记载巢父谓许由曰：『何不隐汝形，藏汝光？』此句言不露锋芒，随世俯仰之意。

④子胥既弃吴江上，伍子胥，名员，春秋时楚国人，其父兄为楚平王所杀，他逃至吴国，助吴王阖闾筑城练兵，发愤图强，后率吴兵攻下楚国都城郢，掘楚平王墓，鞭尸三百。阖闾死后，被吴王夫差逼迫自杀。《吴越春秋》中记载：『吴王乃取子胥尸，盛以鸱夷之器，投之于江中。』

⑤屈原终投湘水滨，屈原早年被楚怀王信任后受奸人谗言与排挤，被楚怀王逐出郢都，流落到汉北。后秦兵南下攻破郢都，屈原在绝望和悲愤之下怀大石投汨罗江而死。

⑥『陆机』四句，李白借历史上陆机、李斯的遭遇说明功成应身退的道理。《晋书·陆机传》载，陆机因宦人诬陷而被杀害于军中，临终叹曰：『华亭鹤唳，岂可复闻乎？』秦丞相李斯

陆机

陆机，字士衡，吴郡吴县华亭人，西晋文学家，书法家，曾历任平原内史等职，在『八王之乱』中，因奸人陷害而死于军中。擅长草书，有《平复帖》传世。

辅助秦始皇完成了统一六国的大业，官拜丞相，后为赵高所忌，于秦二世二年被腰斩于咸阳闹市。《史记·李斯列传》载，李斯喟然叹曰：『……斯乃上蔡布衣……今人臣之位，无居臣上者，可谓富贵极矣。物极则衰，吾未知所税驾也。』……斯出狱，与其中子俱执，顾谓其中子曰：『吾欲与若复牵黄犬俱出上蔡东门逐狡兔，岂可得乎！』税驾，解驾，指休息。

⑦张翰，字季鹰，西晋文学家。性格放纵不羁，酣饮恣游，时人号为『江东步兵』。《晋书·张翰传》载，有人劝他顾惜点名声，他却说：『使我有身后名，不如即时一杯酒。』齐王司马冏执政，召授为大司马东曹掾。当时王室争权，张翰托言见秋风起而思吴中莼羹、鲈鱼，弃官还乡。不久，齐王冏败，张翰因得免于难。

**诗解**

此篇纯言退意，与前两篇心情有异。许由你不是不想接受黄帝的领导吗？那么就别用颍川水洗耳朵！伯夷和叔齐不是不吃周朝的粮食吗？那么就不要吃首阳山的蕨！因为普天之下莫非王土，你们并不是真的归隐，只不过是沽名钓誉罢了。人生须含光混世，不务虚名，何必故作清高，装作归隐山林，淡泊名利呢？据我的观察，自古以来那些贤人达士，功成名就后如果不退隐的话都会招来杀身之祸。伍子胥最后被吴王夫差逼迫自杀，弃尸江上，屈原被楚怀王逐出郢都，流放汉北，最后怀石投汨罗江而死。陆机怀雄才大略还不是被人诬陷死于军中，难道你没听说过『华亭鹤唳』的典故吗？李斯功成名扬后不及早地退隐，以至于在刑场的路上怀念和儿子一起出上蔡东门牵黄犬逐狡兔的日子，这些例子还用我一一列举吗？你们难道没看到，西晋张翰见秋风起而思吴中美味佳肴，弃官还乡因而得免于难，我们真应该像张翰说的一样，只求现在能喝酒行乐，适意人生，管他千载年后是否名留青史，后人对我们的评价又是如何呢？

**诗评**

冰塞雪满，道路之难甚矣。而日边有梦，破浪济海，尚未决志于去也。后有二篇，则畏其难而决去矣。此篇被放之初，述怀如此，真写得『难』字意出。

——乾隆御选《唐宋诗醇》

**题解**

《长相思》，属乐府《杂曲歌辞》。多写思归之怨，李白此诗拟其格而别有寄寓，豪放之外更兼含蓄。这首《长相思》大约是他离开长安后于沉思中回忆过往情绪之作，意旨在于抒写政治理想不能实现的苦闷。

孤灯不明思欲绝，卷帷望月空长叹

## 长相思

长相思，在长安。络纬①秋啼金井阑②，微霜凄凄簟色寒③。孤灯不明思欲绝，卷帷望月空长叹。美人如花隔云端，上有青冥④之高天，下有渌水之波澜。天长路远魂飞苦，梦魂不到关山难。长相思，摧心肝。

**注释**

①络纬，虫名，即莎鸡，称络丝娘、纺织娘。夏秋夜间振羽作声，声如纺线，故名。

②金井阑，精美的井阑。

③簟色寒，指竹席的凉意。

④青冥，形容青苍幽远。指青天。

**诗解**

在长安城中，有一个孤独的人，他身居华府，但内心却感到寂寞和空虚。暮秋的傍晚，阶下纺织娘凄切地鸣叫。天气渐凉，竹席上泛着微微寒意，一个人躺在竹席上，夜不能眠。昏黄的孤灯下一个人守着这份寂寞，这种滋味真叫人痛苦欲绝。起身卷起帏帐，抬头看看天上的那一轮明月，清寒凄幽，更让人哀叹。想念的如花美人的影子总在眼前浮现，有时近在眼前，有时却似乎很远，远隔云端，与月儿一样，可望而不可即。恍惚中他梦魂飞扬，要去寻找他所思念的人儿。然而天长地远，上有幽远难及的高天，下有波澜动荡的渌水，路途遥遥，关山迢递，梦魂依然无法和思念的人相聚。剩下的依然是梦中苦苦的思念，相思的苦楚像刀子在心肝上搅动一样。

**诗评**

题中偏不欲显，象外偏令有余，一以为风度，一以为淋漓，乌乎，观止矣。

——王夫之《唐诗评选》

**题解**

《上留田》，古地名。后亦为乐府曲名。晋崔豹《古今注·音乐》：『上留田，地名也。其地人有父母死，兄不字其孤弟者，邻人为其弟作悲歌，以讽其兄，故曰《上留田》。』李白诗中『弟死兄不葬』、『他人举铭旌』之事与前人记载有所不同，可能诗人在现实中目击类似之事，有感而发，故作《上留田行》以讽刺当时之事。

## 上留田行

行至上留田，孤坟何峥嵘①！积此万古恨，春草不复生。悲风四边来，肠断白杨声。借问谁家地，埋没蒿里茔。古老向予言，言是上留田。蓬科②马鬣今已平，昔之弟死兄不葬，他人于此举铭旌③。一鸟死，百鸟鸣。一兽走，百兽惊。桓山④之禽别离苦，欲去回翔不能征。田氏仓卒骨肉分，青天白日

**摧紫荆⑤。交让⑥之木本同形，东枝憔悴西枝荣。无心之物尚如此，参商⑦胡乃寻天兵？孤竹⑧延陵⑨，让国扬名。高风⑩缅邈⑪，颓波⑫激清。尺布之谣⑬，塞耳不能听。**

注释

①峥嵘，高峻的样子。

②蓬科，同『蓬颗』，土坟上长满的荒草。

③铭旌，古时竖在灵柩前标有死者官衔和姓名的旗幡。

④桓山，在今江苏省铜山县东北。《孔子家语》载，孔子在卫，昧旦晨兴，颜回侍侧，闻哭者之声甚哀，子曰：『回！汝知此何所哭乎？』对曰：『回以此哭声非但为死者而已，又有生离别者也。』子曰：『何以知之？』对曰：『回闻桓山之鸟生四子焉，羽翼既成，将分于四海，其母悲鸣而送之，哀声有似于此，为其往而不返也。回窃以音类知之。』后以桓山之泣比喻家人离散的悲痛。

⑤紫荆，《续齐谐记》中记载，京兆田真兄弟三人共议分财，生资皆平分，惟堂前一株紫荆树，共议欲破三片，明日就截之，其树即枯死，状如火然。真往见之大惊，谓诸弟曰：『树本同株，闻将分斫，所以憔悴，是人不如木也。』因悲不自胜，不复解树，树应声荣茂。兄弟相感，更合财宝，遂为孝门。

⑥交让，《述异记》中记载，黄金山有楠树，一年东边荣，西边枯；后年西边荣，东边枯，年年如此。

⑦参商，参星与商星。《左传·昭公元年》：相传黄帝有两个儿子，大的叫阏伯，小的叫实沉，住在荒山野林里，不能和睦相处，每天动武，互相讨伐。后来黄帝为避免两人争斗，把阏伯迁到商丘，去管心宿，也就是商星；把实沉迁到大夏，主管西方的参星。参宿在西，心宿在东，彼出此没，永不相见。

**伯夷**

伯夷，商末孤竹君之长子。与其弟叔齐因耻食周粟而逃隐于首阳山，以采食野菜为生，最后饿死在山上。

后比喻兄弟不和睦，彼此对立。

⑧孤竹，是指商末孤竹国君墨胎氏二子伯夷和叔齐。孤竹君欲以次子叔齐为继承人，及父卒，叔齐让位于伯夷。伯夷以为逆父命，于是放弃君位，流亡国外。而叔齐亦不肯立，也逃到孤竹国外，和他的长兄一起过流亡生活。

⑨延陵，季札，春秋时期吴王寿梦的小儿子。吴王寿梦一心想把君主之位传给他，于是吴王的其他几个儿子都主动放弃了继承权。但是季札辞让了。于是他的哥哥诸樊、余祭、余昧弟兄几个商议，以兄终弟及的方式，最终传给季札，可是季札最终还是没有继位。于是，三哥余昧死后，由余昧的儿子继承了王位。季札封于延陵，所以称其为『延陵季子』。

⑩高风，美善的风教、政绩。

⑪缅邈，久远、遥远。

⑫颓波，向下流的水势。比喻衰颓的世风。

⑬尺布之谣，《史记·淮南衡山列传》载，淮南王刘长其反被汉文帝流放，刘长途中绝食而死，民间作歌歌淮南厉王：『一尺布，尚可缝；一斗粟，尚可舂。兄弟二人不相容。』

宫乐图

皇宫深深，楼阁高耸，美人奏乐，绕梁不绝。诗人拟作咏君王游乐之词，用来赞颂歌舞太平的场面。

**诗解**

我走到上留田这个地方，看到一处新土坟孤零零地伫立在野外，其他地方早已青草漫漫，惟独这座坟冢上春草还未长出，裸露的黄土似乎在向人们展示死者的不幸。一阵风刮过凄凉的旷野，坟旁杨树上的叶子哗哗作响，像是有人在伤心地哭泣。这是谁家的坟墓，埋没在这荒凉的地方，无人洒扫？经当地的老人介绍才知道这里埋葬的是田氏，他英年早逝，哥哥置之不理，连他的尸首都不肯埋葬，当地人只好把他埋在这里，在坟旁按照习俗插上了旌幡。我感慨万分，连一只鸟死了，其他的鸟都哀鸣不止，一只野兽走了，其他的野兽都惶惶不安。鸟兽尚知为死去的同类哀鸣，没有思维的花草树木也是如此，何况骨肉兄弟？本是同宗同类，骨肉相连，为什么要像参商二星一样，你争我斗，彼此不相容呢？伯夷、叔齐与延陵季子推位让国，人家兄弟情深，美誉名扬天下，相比之下不感到羞愧吗？看来淳朴的社会风气已经遥远了，衰颓的世风泛滥开来，江河日下，昔日街头讽刺兄弟之事的歌谣，人们都充耳不闻了。

**诗评**

萧士赟说得之，白之从璘虽曰迫胁，亦其倜傥自负，欲借以就功名故也。词气激切若有不平之感。……桓山之禽，盖白自比也。

——乾隆御选《唐宋诗醇》

**题解**

《春日行》，时景二十五曲之一，本咏春游，李白拟作咏君王游乐之词。唐玄宗春日泛游白莲池，召李白作辞。时李白已酒醉翰林苑，乃命高力士扶以登舟，即兴而作。

## 春日行

**深宫高楼入紫清①，金作蛟龙盘绣楹。佳人当窗弄白日，弦将手语②弹鸣筝。春风吹落君王耳，此曲乃是升天行③。因出天池泛蓬瀛，楼船蹙沓波浪惊。三千双蛾献歌笑，挝钟考鼓宫殿倾，万姓聚舞歌太平。我无为，人自宁。三十六帝欲相迎，仙人飘翩下云軿。帝不去，留镐京。安能为轩辕，独往入窅冥？小臣拜献南山寿，陛下万古垂鸿名。**

**注释**

①紫清，紫微清都之所，天帝居住的地方。

②弦将手语，意思是弦与手摩擦而成声。

③升天行，古乐府名。

**诗解**

皇宫深深，楼阁高耸云霄，金色的蛟龙盘旋在堂前华丽的柱子上，美女们在窗前化妆打扮，玉手抚动琴弦，美妙的筝声随春风吹落，传入游乐的君王的耳里，这应该是那首《升天行》吧。泛舟在白莲池上，如蓬莱仙境一般，楼船划破湖面急促前进，惊起阵阵波浪。众多的宫女们奏起音乐唱起歌曲，敲打钟鼓的声音都令要宫殿轰倒。这是多么壮观的天下百姓歌舞太平的场面呀！只要君王让人民休养生息，百姓就会安居乐业，天下太平。天庭上三十六个天帝要来迎接，仙人们驾着彩云翩然而下。但皇帝不愿意随他们而去，宁愿留在人间。皇帝岂能像轩辕氏那样，乘龙飞天而去，不顾他的子民，独自来往于青天之上？小臣我祝愿皇帝寿比南山，陛下的英明万古流芳。

**诗评**

此以王道讽求仙也。不直讥求仙，而曰『帝不去，留镐京，安能为轩辕，独往入窅冥？』以反规荒废万机之失，明不如王道太平之可慕也。孰谓太白不闻道，但赋凌云飘遥之气者？

——陈沆《诗比兴笺》

**题解**

《夜坐吟》，乐府歌辞名，始于鲍照，内容为听音乐歌曲时的感触。李白这首《夜坐吟》塑造的就是一个具有刚强性格的女性。诗中的女子要求的是男女双方建立在彼此平等相待、情投意合基础上的爱情，否则，即使对方唱出千万支动人的歌曲她也不屑一听。

冬夜夜寒觉夜长，沉吟久坐坐北堂

## 夜坐吟

冬夜夜寒觉夜长，沉吟久坐坐北堂。冰合井泉①月入闺，金釭②青凝照悲啼。金釭灭，啼转多。掩妾泪，听君歌。歌有声，妾有情。情声合，两无违。一语不入意，从君万曲梁尘③飞。

**注释**

①井泉，水井。《礼记·月令》：『天子命有司，祈祀四海、大川、名源、渊泽、井泉。』

②釭，油灯。

③梁尘，相传汉朝鲁人虞公擅长歌唱，发声清哀，振动梁尘。

**诗解**

冬天的夜晚寒冷而漫长，闲无聊赖，夜起坐在北屋低吟歌唱，消解难耐的寂寞。窗外的水井台上已经结了厚厚的一层冰，月光透过窗户将清辉洒落在我的闺房，更给冬夜增添了一丝的孤寒。凝望昏黄的烛光，泪止不住地流淌，泣声在低吟中已经不能拖音，随着灯光越来越暗淡，哭啼声越来越大。我不时地擦擦眼泪，倾听着情郎歌唱，歌声缠绵，情意浓浓，好像诉说我们彼此的爱意。两个人必须情意相投，才能忠贞不渝。如果有一丝的虚情假意，就是他唱上一万首美妙的歌曲，我也不放在心上，不屑一顾。

**题解**

《野田黄雀行》，相和歌瑟调。天宝十四年（755），永王李璘出师东巡，李白应邀入幕，力劝永王勤王灭贼，永王不久即败北，李白也因之被系浔阳狱。这首诗大约是此时所做。诗中李白以鸟雀无处容身为喻，黯然自伤。

## 野田黄雀行

**游莫逐炎洲①翠，栖莫近吴宫燕②。吴宫火起焚巢窠，炎洲逐翠遭网罗。萧条两翅蓬蒿③下，纵有鹰鹯奈若何！**

**注释**

①炎洲，海南琼州，其地居大海之中，广袤数千里，四季炎热，故唤炎洲，多产翡翠。

②吴宫燕，巢于吴宫之燕。春秋吴都有东西宫。据汉袁康《越绝书·外传记吴地传》载：『西宫在长秋，周一里二十六步，秦始皇帝十一年，守宫者照燕，失火烧之。』后以『吴宫燕』比喻无辜受害者。

③蓬蒿，蓬草和蒿草，亦泛指草丛、草莽。

**诗解**

鸟儿们呀，游玩千万不能到炎洲的翡翠堆里追逐玩耍，栖息千万不能接近吴宫的燕子窝，吴宫筑巢虽好，可经常会有人要烧毁你们的巢穴，炎洲翡翠虽然无比华丽，可经常会有人设下网罗捕捉你们。可怜的鸟儿只有拍动着两只疲惫的翅膀在野外荒凉的蓬蒿乱草中找到一处容身之所。就算你是只雄鹰又能如何？还不是一样的命运？

**诗评**

白言不逐他鸟同祸，宁处蓬蒿自全，皆借雀寓意也。

——胡震亨

**题解**

《箜篌谣》，古乐府旧题，即《箜篌引》，又名《公无渡河》。李白这首诗是借用旧题名，大致说朋友结交当有始有终，内容上与《箜篌引》有差别。

## 箜篌谣

**攀天莫登龙，走山莫骑虎。贵贱结交心不移，惟有严陵①及光武。周公②称大圣，管蔡③宁相容！汉谣一斗粟，不与淮南舂④。兄弟尚路人，吾心安所从？他人方寸间，山海几千重？轻言托朋友，对面九疑峰⑤。多花必早落，桃李不如松。管鲍⑥久已死，何人继其踪！**

**注释**

①严陵，严光，字子陵，东汉余姚人。少有高名，与刘秀同游学。刘秀即位为光武帝后，严光乃隐名换姓，避至他乡。刘秀思贤念旧，令绘形貌寻访。齐地报称有一男子披着羊裘在泽中垂钓，帝疑是严光，

**管仲**

管仲，名夷吾，又名敬仲，字仲，春秋时期齐国著名的政治家、军事家，颍上（今安徽颍上）人，经鲍叔牙推荐，拜齐国上卿，被称为『春秋第一相』，辅佐齐桓公成为春秋时期的第一霸主。

即遣使备车，三聘而始至京都洛阳。刘秀至馆所看望，光卧不起。帝抚光腹说『咄咄子陵，为何不肯相助？』光不应，良久乃张目熟视，答：『士故有志，何至相迫乎？』刘秀叹息而去。后复请他入宫论道旧故，因共偃卧。相传严光以足加帝腹上，次日太史官奏『客星犯御座甚急』，帝笑着说，这是我与故人子陵共卧耳。授谏议大夫，不从，归隐富春山耕读垂钓。

②周公，周文王姬昌第四子。因封地在周（今陕西岐山北），故称周公或周公旦，西周初期杰出的政治家、军事家和思想家，被尊为儒学奠基人，孔子一生最崇敬的古代圣人之一。

③管蔡，管叔和蔡叔，是周武王的弟弟。周武王死后，成王年幼，周公摄政，管叔、蔡叔不服，扬言周公将不利于成王，和商纣王之子武庚一起作乱。周公三年东征，平定管蔡作乱。管叔、武庚被杀，蔡叔被逐。

④『汉谣』二句，语出自《史记·淮南衡山列传》：『民有作歌歌淮南厉王曰：「一尺布，尚可缝；一斗粟，尚可舂。兄弟二人不相容。」』讲的是汉文帝与淮南王兄弟之间的恩怨故事。

⑤九疑峰，山名。在湖南宁远县南。其山九谷皆相似，故称

『九疑』。

⑥管鲍，春秋时期的政治家管仲和鲍叔牙。管仲年轻的时候，常和鲍叔牙交往，鲍叔牙知道他贤明、有才干。管仲家贫，经常占鲍叔的便宜，但鲍叔始终很好地对待他，不因为这些事而有什么怨言。不久，鲍叔侍奉齐国公子小白，管仲侍奉公子纠。等到小白即位，立为齐桓公以后，桓公让鲁国杀了公子纠，管仲被囚禁。于是鲍叔向齐桓公推荐管仲。人们常常用『管鲍之交』，来形容好朋友之间亲密无间、彼此信任的关系。

**诗解**

要想升天飞仙，千万不要骑龙，要想游历河川，千万不能骑着老虎。龙虎虽然能叱咤风云，但最终必然会给自己带来祸害。朋友相交应不分贵贱，不管以后是荣华富贵还是贫困潦倒，都不能忘掉朋友之间珍贵的友谊，就像东汉的严陵和光武帝一样。可惜周公执政时是如此的圣贤，管叔和蔡叔为什么还苦苦相逼，不能相容呢？汉代歌谣中说『一尺布，尚可缝；一斗粟，尚可舂。』汉文帝却容不下淮南王，将他流放。骨肉兄弟尚且如同路人，我要结交的知己哪里会有呀？朋友虽然表面上亲密无间，可是心却如同隔着千重山、千重海，真是咫尺天涯！和他们相交心时，就像面对着九疑山一样，让人分不清真假，茫然找不到边际。许多花长在一个树枝上，必然会早早凋谢，桃李开花虽然很美丽，但不如松柏能四季常青，朋友也是一样。管仲和鲍叔牙这样彼此信任的朋友早已死去，不知道后世还有没有人像他们一样，结交朋友能够贵贱不相移。

诗评

此诗亦有所指，观其引管仲及淮南事，疑亦与永王一案有关。

——瞿蜕园、朱金城《李白集校注》

题解

《雉朝飞》，《诗经》中曾以『雉之朝飞』作为爱情生活的象征。后琴曲继承了这一主题，并流传着一个故事：牧犊子终年放牧打柴，直至暮年仍是孤身一人，他见雉鸟都是成双成对地愉快飞翔，非常羡慕，愈加感到自己的孤独凄凉，伤心地唱道：『雉朝飞兮鸣相和，雌雄群兮于山阿，我独伤兮未有室，时将暮兮可奈何？』据《乐府古题要解》记载，魏武帝时有个卢姓宫女，擅长此曲，可见它是源远流长的古曲。

## 雉朝飞

**麦陇青青三月时，白雉①朝飞挟两雌。锦衣绮翼何离褷②，犊牧采薪③感之悲。春天和，白日暖。啄食饮泉勇气满，争雄斗死绣颈断。雉子斑奏急管弦，倾心酒美尽玉椀。枯杨枯杨尔生稊，我独七十而孤栖。弹弦写恨意不尽，瞑目归黄泥。**

注释

①白雉，白色羽毛的野鸡。古时以为瑞鸟。

②离褷，亦作『褵褷』，毛羽始生貌。

麦陇青青三月时，白雉朝飞挟两雌

③犊牧采薪，喻指老而无妻的人。

## 诗解

阳春三月，万物生机勃勃，垄上青青的麦苗散发着春天的气息，一只白色的雄野鸡带着两只雌鸡从田间飞起，雌鸟的新羽毛刚刚长出，色彩鲜亮。我这个老而无妻的人看到这情景心中感到一片凄凉。春风和煦，太阳暖洋洋的，鸟儿们在河边啄食，成熟的雄鸟为求得配偶在互相争斗，脖子上的羽毛散落一地，还不肯罢休。雌鸟也急切地鸣叫着，准备好好地犒劳自己未来的丈夫。就连枯死的杨树在春天都能生出嫩芽，为什么单独我一个人到了七十岁这把年纪还一个人生活没有伴偶，这种滋味是管弦音乐、诗词歌赋无法表达，无法排遣的痛彻心扉，恐怕只有在我死后化为灰烬，灵魂才能得以安息。

## 题解

乐府神仙二十二曲中有《上云乐》，又名《洛滨曲》。相传是梁武帝时所制，假想生于上古时期的西方神仙老胡文康，长得青眼高鼻白发，携弄孔雀、凤凰、白鹿，慕梁朝来游，伏拜祝千岁寿。李白拟作《上云乐》，在前人歌辞的基础上作了发挥，写西域胡人携狮子、凤凰来唐朝祝天子寿的盛况。

## 上云乐

金天①之西，白日所没。康老②胡雏③，生彼月窟④。巉岩⑤容仪，戌削⑥风骨。碧玉炅炅双目瞳，黄金拳拳⑦两鬓红。华盖⑧垂下睫，嵩岳⑨临上唇。不睹诡谲貌，岂知造化神？大道是文康之严父，元气⑩乃文康之老亲。抚顶弄盘古⑪，推车转天轮。云见日月初生时，铸冶火精与水银⑫。阳乌未出谷，顾兔半藏身⑬。女娲⑭戏黄土，团作愚下人。散在六合间，蒙蒙若沙尘。生死了不尽，谁明此胡是仙真⑮？西海栽若木，东溟植扶桑⑮。别来几多时，枝叶万里长。中国有七圣⑰，半路颓鸿荒。陛下应运起，龙飞入咸阳。赤眉立盆子⑱，白水⑲兴汉光。叱咤四海动，洪涛为簸扬。举足蹋紫微⑳，天关自开张。老胡感至德，东来进仙倡。五色师子㉑，九苞凤凰㉒。是老胡鸡犬㉓，鸣舞飞帝乡㉔。淋漓飒沓，进退成行。能胡歌，献汉酒。跪双膝，并两肘。散花指天举素手。拜龙颜，献圣寿。北斗戾，南山㉕摧。天子九九八十一万岁，长倾万岁杯。

**注释**

①金天，西方之天。

②康老，即西方老胡文康，传说中胡人神仙名。生自上古，长生不死，能歌善舞，又善弄凤凰、狮子。

③胡雏，胡人小儿，胡人僮仆。

④月窟，传说月的归宿处，这里泛指边远之地。

**凤凰**

凤凰，又称朱鸟、丹鸟、火鸟、不死鸟等，是古代神话传说中的神鸟。传说凤凰每次死后，周身会燃起大火，然后其在烈火中重生，周而复始，从而获得永生。

⑤巉岩，本意是指山峰陡峭，这里形容长相奇特。

⑥戌削，清瘦的样子。

⑦黄金拳拳，金黄色弯曲的头发。

⑧华盖，指眉毛，道教的说法。

⑨嵩岳，嵩山，这里比喻高高的鼻梁。

⑩元气，指天地未分前的混沌之气。

⑪盘古，我国神话中开天辟地首出创世的人。《太平御览》载：『天地混沌如鸡子，盘古生其中。万八千岁，天地开辟，阳清为天，阴浊为地。盘古在其中，一日九变，神于天，圣于地。天日高一丈，地日厚一丈，盘古日长一丈，如此万八千岁，天数极高，地数极深，盘古极长，后乃有三皇。』

⑫火精、水银，指太阳和月亮。汉王充《论衡·说日》：『夫日，火之精也；月，水之精也。』

⑬『阳乌』二句，古代神话传说中在太阳里有三足乌，月中阴精积成兔形，这里借指太阳和月亮。

⑭女娲，古代神话传说中在天地开辟之初，大地上并没有人类，是女娲抟捏黄土造了人。开始时她用手捏，后来，为了造更多的

人，她就拿了绳子投入泥浆中，举起绳子一甩，泥浆洒落在地上，就变成了一个个的人。后人说，富贵的人是女娲亲手抟黄土造的，而贫贱的人只是女娲用绳沾泥浆，把泥浆洒落在地上变成的。

⑮仙真，道家称升仙得道之人。

⑯若木、扶桑，古代神话中的树名。

⑰七圣，典出《庄子·徐无鬼》：『黄帝将见大隗乎具茨之山，方明为御，昌寓骖乘，张若、谐朋前马，昆阍、滑稽后车，至于襄城之野，七圣皆迷，无所问涂。』此处『七圣』应指高祖、太宗、高宗、中宗、睿宗、玄宗六君，其一则武后。

⑱赤眉立盆子，赤眉，指汉末以樊崇等为首的农民起义军。因以赤色涂眉为标志，故称。《汉书·王莽传下》载，赤眉樊崇等众数十万人入关，立刘盆子，称尊号。

⑲白水，水名，源出湖北枣阳东大阜山，相传汉光武帝旧宅在此。

⑳紫微，即紫微垣。星官名，三垣之一。《晋书·天文志上》：『大帝之座也，天子之常居也，主命主度也。』

㉑五色师子，即五色狮子，道家传说中元始天尊的坐骑。

㉒九苞凤凰，古时认为凤凰在外形和内在上有许多美质，有『凤有六象九苞』的说法。『九苞』则是就内在而言的。

㉓鸡犬，传说汉朝淮南王刘安修炼成仙后，把剩下的药撒在院子里，鸡和狗吃了，也都升天了。

㉔帝乡，传说中天帝住的地方。

㉕南山，指终南山帝乡，传说中天帝住的地方。

**刘 安**

刘安，汉高祖刘邦之孙，淮南厉王刘长之子，以长子身份袭封淮南王，喜好黄白之术，当时的许多术士都去投靠他。

**诗解**

在遥远的西方，太阳落山的地方，传说中的胡人神仙文康就出生在那里。老胡文康仪容奇特，五官就像陡峭的山峰一样古怪，骨骼清瘦，风度不凡。他的双眼眼瞳碧绿而有光，头发金黄而弯曲，两鬓呈红色。眼眉下垂着长长的睫毛，高耸的鼻子像山峰一样耸立在嘴唇的上方。要不是没看到这样离奇古怪的容貌，真不知道天地造物的神奇。大道应该是文康的严父，元气是文康之老亲。老胡文康站起身举手可以像盘古一样摸到天顶，可以像推车一样推动天地转动。他说他曾看见日月出生时的情景，当时太阳和月亮没有铸造成功，三足乌还没有出谷，月中阴精还没有积成兔形，半隐着身子。女娲百无聊赖用黄土捏造了富贵人，把泥浆洒落在地上，变成了一个个贫贱的人，把他们散落到天地间，茫茫就像沙尘一样。文康生命不息，长生不老，谁又能说明他不是神仙呢？在西海栽上若木，在东海种植扶桑，过些日子再来看，种树的枝叶已经长了有几万里那么长了。安禄山倡乱，两京覆没，天下就像上古时期的洪荒之世。陛下应运而起，即位于灵武，克复西京，大驾还都。安禄山已死，群贼又拥立他的儿子为首领，但这不足为患，这就像汉代赤眉军叛乱立刘盆子为天子一样，成不了什么气候，陛下您就要像光武帝一样，励精图治，光复汉室。天下振动，寰宇洗清，边关无事，贸易开通。西方的老胡文康感激陛下您的恩德，不远万里来到长安朝拜。他带来了五彩狮子、九苞凤凰等戏剧舞蹈，酣畅淋漓，英姿飒爽，进退有序，纵横成行。他们唱胡歌，献上美酒。朝拜陛下时，他们双膝跪地，前臂举起，素手指天如散花状，给陛下祝寿。愿陛下寿比南山，万寿无疆！

**诗评**

广平王复西京，此诗当是闻西京克捷音以后而作。

——瞿蜕园、朱金城《李白集校注》

**题解**

《侠客行》，属于乐府《杂曲歌辞》。在李白这首诗之前，没有以《侠客行》命篇的诗作。同类题材的诗多见于《汉书·游侠传》，以《游侠篇》或《游侠行》为名。李白这首诗用的是乐府体制吟咏传统的游侠题材。李白所吟咏的侠客，是慷慨悲歌、行侠仗义的勇士。李白借这首诗表达了他豪猛的壮志，期望立功边塞的决心。

## 侠客行

**赵客[1]缦胡缨[2]，吴钩[3]霜雪明。银鞍照白马，飒沓[4]如流星。十步杀一人[5]，千里不留行。事了拂衣去，深藏身与名。闲过信陵饮，脱剑膝前横。将炙啖朱亥，持觞劝侯嬴[6]。三杯吐然诺[7]，五岳倒**

银鞍照白马，飒沓如流星

为轻。眼花耳热⑧后，意气素霓生。救赵挥金槌，邯郸先震惊。千秋二壮士⑨，烜赫大梁城。纵死侠骨香，不惭世上英。谁能书阁下，白首太玄经⑩？

**注释**

①赵客，战国时燕赵一带多出侠士，所以后人称侠客一类的人物为燕赵之士。

②缦胡缨，一种没有文理的粗制帽带。

③吴钩，钩，兵器，形状似剑而刃弯曲。这里用的是典故。春秋战国时吴王阖闾命令国中之人制作金钩，有人贪图吴王的重赏，杀了他自己的两个儿子，以血衅金，因而成二钩，献给了吴王。后来，吴钩就用来泛指利剑宝刀。

④飒沓，群飞的样子。这里指马行疾速。

⑤十步杀一人，形容刀剑疾快。这里用的是典故。源自《庄子·说剑》：『臣之剑十步一人，千里不留行。』

⑥『将炙』二句，用的是信陵君窃符救赵的故事。炙，用火烤的肉。啖，食用，吃。持觞，举杯同饮。

⑦然诺，许诺。

⑧眼花耳热，形容酒酣时的形态。

⑨二壮士，指朱亥和侯嬴。

⑩『谁能』二句，用的是西汉末年著名辞赋家扬雄的典故。扬雄曾在皇帝藏书的天禄阁校勘经典，对《太玄经》有很深的研究。书阁下，代指扬名后世，丹青留名。

诗解

燕赵一带多出侠士，他们身佩宝刀，骑白马，利剑明亮逼人，白马疾飞像天上的流星。侠士的宝剑锋利无比，剑术高超，所向无敌，在十步之内就能结束别人的性命；侠士身下的白马日行千里，千里漫长的路途也阻留不住他们前进飞驰的脚步。然而，他们不愿示恩于人，让人感恩戴德，等事情办完之后，他们便拂身而去，隐姓埋名，远离红尘，浪迹天涯。这些侠士闲来到信陵君门上饮宴，膝前横剑，志气威猛。七国争雄的战国时期，信陵君礼贤下士，广纳门客，朱亥和侯嬴都曾受到信陵君的知遇和厚待。信陵君爱士、重士、敬士，与朱亥和侯嬴啖肉共食，举杯同饮。朱侯二人豪爽重义，适逢知己，三杯酒觞之间，便立定了为信陵君效命，士为知己者死的决心。他们二人的豪爽和一诺千金，感动了时人，感动了苍天，天空中呈现了白虹。朱亥槌杀晋鄙，壮举雄风，一时震动了赵国邯郸。朱侯的豪侠精神，千古传诵，万古不朽，他们的侠肝义胆、铮铮铁骨将永远垂照大梁都城。万年之后，究竟谁能彪炳史册、垂名千古呢？难道是老于《太玄经》的扬雄这样的儒生吗？

## 卷二　乐府

**题解**

《关山月》是乐府旧题。《乐府古题要解》：『「关山月」，伤离别也。』关山月不是词牌，也不是作品风格。以《关山月》为主题就是写离别感情。李白在这首诗里描写的是征人戍守边塞的生活，表达了诗人对国事的深重关切和希望能够立功边塞的渴望。

### 关山月

**明月出天山①，苍茫云海间。长风几万里，吹度玉门关。汉下②白登③道，胡窥④青海湾。由来⑤征战地，不见有人还。戍客⑥望边色，思归多苦颜。高楼⑦当此夜，叹息未应闲。**

**注释**

①天山，即祁连山。在今甘肃、青海两省边界。

②下，出兵。

③白登，在今山西大同东北。匈奴曾在此地围困汉高祖。

④窥，窥伺，觊觎，指胡人对青海有侵略之意。

⑤由来，自古以来。

⑥戍客，出征远方、戍守边关的战士。

⑦高楼，指住在高楼里的士兵的妻室。

诗解

征人戍守在天山之西，回首东望，看到明月正从天山升起。云海之间，一片苍茫。秋风吹拂下的边塞，到处散发着阵阵寒意。长风万里，吹向玉门，也吹动了战士们浓郁的思乡之情。在这广阔的边塞之上，汉高祖刘邦曾经领兵征战匈奴，被匈奴在白登山围困了七天七夜。而青海湾一带，则是唐军与吐蕃连年征战之地。从汉代到唐代，边地烽火一直没有停息，使得从来出征的战士，几乎见不到有人生还故乡。战士们望着边地的景象，思念家乡，脸上多现出愁苦的表情，他们推想自家高楼上的妻子，在此苍茫月夜，一定也是叹息不已。战士们想象中的高楼思妇的情思和他们的叹息，在辽阔边塞这样一个广阔背景的衬托下，显得更加浓郁而深沉。

诗评

浑雄之中，多少闲雅。

——胡应麟《诗薮》

题解

《独漉篇》原为乐府《拂舞歌》五曲之一，古辞以『刀鸣削中，倚床无施。父仇不报，欲活何为』，抒写了污浊之世，为父复仇的儿女之愤。这首《独漉篇》是李白仿古之作。全诗可分六小段，沈德潜说：『中作六解，似岭断之连，若离若合。』反映了李白以天下为己任，把为国雪耻建功立业作为第一奋斗目标的伟大抱负。

## 独漉篇

**独漉①水中泥，水浊不见月。不见月尚可，水深行人没。越鸟从南来，胡雁亦北度。我欲弯弓向天射，惜其中道失归路。落叶别②树，飘零随风。客无所托，悲与此同。罗帏舒卷，似有人开。明月直入，无心可猜。雄剑挂壁，时时龙鸣。不断犀象③，绣涩苔生。国耻未雪，何由成名？神鹰梦泽，不顾鸱鸢④。为君一击，鹏抟九天。**

**注释**

①独漉，河流之名，在今河北，传说它湍急浚深、浊流滚滚，即使在月明之夜，也吞没过许多行人。

②别，离别，离开。这里指树叶从树上飘落。

③犀象，犀牛和象，这里代指乱臣贼寇。《孟子·滕文公下》有『（周公）驱虎豹犀象而远之』语。

④神鹰梦泽，不顾鸱鸢，这里运用的是典故。据《幽明录》载，楚文王得一神鹰，带到云梦泽打猎。此鹰对攻击凶猛的鸱、鸢毫无兴趣，只是瞪目远瞩云际。突然看见『一物鲜白不辨』，它即『竦翮而升，轰若飞电。须臾羽堕如雪，血下如雨。良久，有大鸟坠地，其两翅广十余里』——那是被神鹰击落的九天巨鹏！

**诗解**

独漉之水，污泥青黑，河水浑浊而映不出明月的影子。映不出月亮的影子也是可以的，但它水深不可测，不知道湮没了多少行人，这样的罪恶怎能原谅呢？这独漉之水是一种象征：诗人所愤切斥责的，其实就是占据了长安，并将『河北』诸郡以污浊之水吞没的安禄山叛军！他们不正如肆虐河北

**越鸟从南来，胡雁亦北度**

鸟雁飞归北方，那里是京师的所在地，而诗人自己却漂泊在东南，报国无门。居然不能像鸟雁一样，回到自己国家的都城。

的独漉水一样，暗了天月，吞噬了无数生灵么？当中原罹乱时，诗人正孤身一人，漂泊在东南。眼看着『越鸟南来』、『胡雁北度』，诗人心中不胜悲哀：那鸟雁飞归的北方，不正是河山拱卫的京师所在吗？而今陷于叛军的铁蹄之下，自己却只能避难客中，这实在令人痛苦。诗人客中漂泊、报国无门，一腔激愤，欲弯弓射天，又怕误伤了空中的鸟、雁，徒然使它们中道折翮、失却归路，这真叫人左右为难！眼望月下的树影，偶有落叶在风中飘坠，诗人不禁一声长叹：他不正如这风中落叶一样，飘荡无主吗？四野万籁俱寂，诗人却还独伫空堂，他究竟在等待着谁？门边的罗帷忽然飘拂起来，仿佛有人正披帷而入。诗人惊喜中转身，才发现来客只有清风！随着罗帷之开，月光便无声直入，正如豪爽的友人，未打招呼便闯了进来——然而它只是月光的『无心』造访，又哪有什么深意呢？诗人的雄剑此刻就挂在壁间，它如同古帝颛顼的『曳影之剑』一样，当四方兵乱之际，便震响龙虎之吟，意欲腾空飞击。令人伤怀的是，它却至今闲置不用，没有一试锋芒，断其犀象的机会。神鹰击空，对攻击凶猛的鸱、鸢毫无兴趣，只是瞪目远瞩云际。诗人也甘愿像这神鹰一样，搏击长空，洗雪国耻并施展自己的抱负。

**诗评**

此诗共分六解，初读起来似乎『解各一意』，互不相属，其实却是『峰断云连』，浑然一体。从时局的动乱，引出客中漂泊的悲愤；从独伫空堂的期待，写到雄剑挂壁的啸吟；最后壮心难抑、磅礴直上，化出神鹰击天的奇景。其诗情先借助五、七言长句盘旋、摩荡，然后在劲健有力的四言短句中排宕而出。诗虽作于诗人五十六岁的晚年，而奇幻峥嵘之思、雄迈悲慨之气，就是与壮年时代的名作《行路难》、《梦游天姥吟留别》相比，亦更见其深沉而一无逊色之憾。

——萧涤非《唐诗鉴赏辞典》

**题解**

《登高丘而望远海》，乐府《相和歌辞》旧题。这首诗作于天宝十载（751）。诗人从登高望海引出一系列的联想，表示对古代仙山琼阁等传说的怀疑，并嘲笑了秦皇、汉武求仙的愚蠢行为。

## 登高丘而望远海

**登高丘，望远海。六鳌骨已霜[1]，三山流安在？扶桑[2]半摧折，白日沉光彩。银台金阙如梦中[3]，秦皇汉武空相待[4]。精卫[5]费木石，鼋鼍[6]无所凭。君不见骊山茂陵尽灰灭[7]，牧羊之子来攀登[8]。盗贼劫宝玉[9]，精灵[10]竟何能？穷兵黩武今如此，鼎湖飞龙安可乘[11]？**

秦始皇遣使求仙

注释

①鳌，传说中海里的大鳌。六鳌，传说渤海的东面是无边无际的大海，上面浮着岱舆、员峤、方丈、瀛洲、蓬莱五座神山，山上长有长生不老药。由于仙山常随波流动，上帝命禺疆使十五只鳌把它顶住，免致流失。后来有个龙伯国的巨人，一次就钓去了六只鳌，并把它们杀死，烧灼骨骼，用以占卜。因此，员峤、岱舆两山沉入海中，只剩下其余三山。见《列子·汤问》。骨已霜，骨头都已发白了。

②扶桑，神话中树木名。传说太阳每天在咸池沐浴后，渐渐升起，升高到扶桑树梢的时候，天刚刚微明。

③银台金阙，黄金白银建成的亭台宫阙，指神仙居住的地方。

④秦皇、汉武，秦始皇、汉武帝。空相待，指秦始皇派遣方士入海求长生不老药，方士一去不返，没有结果；汉武帝迷信神仙，派方士去蓬莱山求见仙人安期生，想取得长生不老药，结果也成为泡影。

⑤精卫，传说中的鸟名。据《山海经》记载，炎帝的少女名叫女娃，因在东海游玩淹死，化为精卫鸟。它不停地从西山衔木石，

欲填没东海。

⑥鼋，大鳖。鼍，鼍龙，俗称猪婆龙，鳄鱼的一种。鼋鼍，传说周穆王征越国，在九江架鼋鼍为桥渡江。

⑦骊山，在今陕西临潼东南，秦始皇的陵墓筑在此中。茂陵，汉武帝刘彻的陵墓，在今陕西兴平东北。

⑧牧羊，据《汉书·刘向传》记载，牧童在骊山牧羊，有一只羊进入山洞中，牧童用火照明，到洞里去寻羊，以致引起一场大火，把秦始皇的外棺烧掉了。

⑨盗贼劫宝玉，盗贼是作者沿用统治者对农民起义军的蔑称。据《晋书·索靖传》记载，赤眉军曾取走了汉武帝陵园中的一部分金银财宝。

⑩精灵，指秦皇、汉武的神灵。

⑪鼎湖飞龙，据《史记·封禅书》记载，黄帝曾在荆山下铸鼎，铸成后，乘龙上天，成为仙人。其地被称为鼎湖。这句以不能像黄帝那样乘龙上天，表示不可能成仙。

**诗解**

登上高山，远望大海，烟波浩渺，一望无际。传说中那六只天帝派来驮负五座神山的大海龟被龙伯国的人钓起后早已变成了一堆白骨吧，蓬莱、方丈、瀛洲三座仙山不知道现在是否还在？大海上波浪滔天，连太阳都被遮住了光彩，仙山上的仙树也恐怕都被摧折死掉了。由此看来，长生不老的神仙之说是不实在的，只害得秦始皇、汉武帝辛勤地追求了一番。大海如此深广，精卫是不可能衔一些树枝和石子就能填平的，鼋鼍为梁之说也无所凭据。秦始皇和汉武帝的陵墓早已经灰飞烟灭，这些地方就连牧童都可以随意攀登，盗墓贼经常来挖掘珍宝，他们的灵魂又能怎么样呢？相比之下，如今执政者不顾百姓安危大肆征战，杀人开边，就算建立了不世之功业，又怎能会得道飞仙，永垂不朽呀？

**题解**

《阳春歌》，乐府《清商曲辞》旧题。在这首诗中，诗人描写了阳春三月的景色，字里行间充满对春天的喜爱之情。

## 阳春歌

**长安白日照春空，绿杨结烟桑袅风①。披香殿②前花始红，流芳③发色④绣户中。绣户中，相经过。飞燕皇后⑤轻身舞，紫宫夫人⑥绝世歌⑦。圣君三万六千日，岁岁年年奈乐何！**

**注释**

①袅风，微风，轻风。

②披香殿，汉代长安的宫殿名。在未央宫中。

③流芳，散发着香气。

④发色，显露颜色。

⑤飞燕皇后，即赵飞燕。赵飞燕本是长安宫中的侍女，后为阳阿公主的舞女。汉成帝见而喜欢，召她入宫，初为婕妤，终为皇后。

⑥紫宫夫人，指汉武帝最宠爱的李夫人。

⑦绝世歌，指李延年的《北方有佳人》之歌：『北方有佳人，绝世而独立。一顾倾人城，再顾倾人国。

**赵飞燕**

赵飞燕，原名宜主，汉成帝时入宫，封为婕妤，后被立为皇后。因其舞姿轻盈如燕飞，故称『飞燕』。

宁不知倾城与倾国，佳人难再得。』

**诗解**

阳春三月，暖暖的太阳照耀着长安城，碧空下，杨树的枝条已经抽出嫩芽，在和煦的春风吹拂下，远看轻烟曼舞。披香殿前的花儿正含苞待放，已经显露出红色，在绣房间散发着芬芳。诗人从绣房间经过，不禁联想到美女皇后飞燕曼妙的身段舞姿、紫宫夫人的绝世嗓音。但春日里皇宫内园中这些美好的景色，都在历代帝王之家被消磨了，世人无法欣赏，实在可惜。

**题解**

《杨叛儿》本北齐时童谣，后来成为乐府诗题，为乐府西曲歌名。相传南朝齐隆昌时，女巫之子杨旻随母入内宫，长大后，为何后所宠爱。当时童谣云：『杨婆儿，共戏来。』讹传为『杨伴儿』、『杨叛儿』，并演变而为西曲歌的乐曲之一。李白此诗与《杨叛儿》童谣的故事无关，而与乐府《杨叛儿》关系十分密切。

## 杨叛儿

**君歌杨叛儿，妾劝新丰酒①。何许最关人②？乌啼白门③柳。乌**

**啼隐④杨花，君醉留妾家。博山炉⑤中沉香⑥火，双烟一气凌紫霞。**

注释

①新丰酒，新丰，汉代县名。在今陕西临潼东北。六朝以来以产美酒而著名。

②最关人，最牵动人心的，最让人动情的。

③白门，本是刘宋都城建康（今江苏南京）城门。因为南朝民间情歌常常提到白门，所以成了男女欢会之地的代称。

④隐，隐没，这里指乌栖息在杨花丛中。

⑤博山炉，一种炉盖作重叠山形的熏炉。

⑥沉香，一种名贵的香木，放到水里就会沉下去，所以称为沉水香。

诗解

一对热恋的青年男女，相聚在清爽盎然的夏日，感到无限甜蜜幸福。女子哼唱着情歌小曲，劝男子举杯畅饮，他们的感情十分融洽。在这温馨幸福的时刻，什么事物是最牵动这对幸福之人的心呢？是日暮时分的乌啼、白门前的垂柳。杨柳依依，昭显着他们彼此间无限的柔情蜜意，依恋缱绻。乌鸦归巢之后渐渐停止啼鸣，在柳叶杨花之间甜蜜地憩息了。男子陶醉在和女子之间的柔情蜜意中，不忍离去，留宿在女子家。帷幄内，熏炉散发着阵阵沉水香的香味，这香火化成屡屡清烟，双双凌入云霞。而男女双方的醉留，正像沉香投入炉中，爱情的火焰立刻燃烧起来一样。

诗评　李白《杨叛儿》中一男一女由唱歌劝酒到醉留。这在封建礼教面前是带有解放色彩的。较之古《杨叛儿》，情感更炽烈，生活的调子更加欢快和浪漫。这与唐代经济繁荣，社会风气比较解放显然有关。

——余恕诚《唐诗鉴赏辞典》

题解　《山人劝酒》，乐府《琴曲歌辞》旧题。在这首诗里，诗人借隐逸之士来抒发自己的归隐之意以及对仕途不顺的无奈和感伤。

## 山人劝酒

**苍苍云松，落落①绮皓②。春风尔来为阿谁③？蝴蝶忽然满芳草。秀眉霜雪颜桃花，骨青髓绿长美好。称是秦时避世人，劝酒相欢不知老。各守麋鹿志④，耻随龙虎争⑤。欻⑥起佐太子，汉皇乃复惊。顾谓戚夫人，彼翁羽翼成。归来商山下，泛若云无情。举觞酹巢由⑦，洗耳⑧何独清！浩歌望嵩岳，意气还相倾⑨。**

注释

①落落，豁达、开朗。

②绮皓，指商山四皓，是秦代末年四位白发苍苍的老人，他们隐居在商山，人称『商山四皓』。汉高祖

苍苍云松，落落绮皓

刘邦素来敬重他们四人的贤名，想让他们辅佐自己，而被拒绝。后来，吕后用张良的计谋，让太子亲自去恭请四位长者出山，四人才决定辅佐太子。他们四人与太子同去见高祖刘邦，太子的地位由此才得以巩固。

③阿谁，谁人。

④麋鹿志，指隐居山野的志向。

⑤龙虎争，刘邦和项羽的楚汉之争。

⑥欻，忽然，突然。

⑦酹，用酒洒地以祭拜。巢由，巢父和许由。

⑧洗耳，这里运用了典故。尧欲让天下于许由，许由不想听，就洗耳于颍水之滨。

⑨相倾，指意气相投。

**诗解**

松柏苍翠挺拔，高入云端，商山四皓的胸襟豁达开朗。又到了温暖的春日，春风为谁而轻轻吹拂？小草绿了，花儿开了，芳香在满园弥漫。引来了蝴蝶，在绿丛花间翩翩飞舞。商山四皓长得眉清目秀，眉间充溢着一片侠义傲骨。他们自称是秦代避乱世而居的人，归隐在林间过着闲适无忧的生活，饮酒谈笑间，不知道年老将至。他们各自守着隐居山野的志向，以项羽和刘邦的楚汉之争为耻。汉朝基业确立后，刘邦多次请商山四皓出山辅佐，他们都没有答应。却又忽然间辅佐了刘邦的太子，刘邦为此而惊叹不已。回头告诉戚夫人说，虽然想改换戚夫人的儿子继承大业，但无奈太子羽翼已成，有贤人辅佐而改动不得了。巢父和许由归隐在南山之下，似乎像飘忽不定的云一样无情于世间的尘事。诗人不禁举杯，把酒洒在地上以祭拜巢父和许由，洗耳不闻尘间事时多么清静啊！诗人唱着浩歌，仰望着贤人所居的嵩岳，觉得自己和他们的志向十分相投。

**题解**

《于阗采花》，乐府《杂曲歌辞》旧题。李白借王昭君身陷胡虏事，感伤君子生不逢时，为谗妒所蔽，有才能的人被埋没，那些无能的人反而受到重用。

## 于阗采花

**于阗[1]采花人，自言花相似。明妃[2]一朝西入胡，胡中美女多羞死。乃知汉地多名姝，胡中无花可方比。丹青[3]能令丑者妍[4]，无盐[5]翻在深宫里。自古妒蛾眉[6]，胡沙埋皓齿[7]。**

**注释**

①于阗，古代西域的国名。在今新疆和田一带。

②明妃，即王昭君。

明妃一朝西入胡，胡中美女多羞死

③丹青，指画家。

④能令丑者妍，这里运用的是典故。汉成帝时后宫佳丽特别多，成帝就令画工绘图，按照画工绘的图招幸宫人。很多宫女都贿赂画工，让画工把自己画得美些，以得到皇帝的招幸。王昭君不肯贿赂画工，画工就把她的样貌画得很丑，所以她一直得不到皇帝的招宠。匈奴派使者来汉朝求美女和亲，王昭君画像丑陋，被选中远嫁匈奴。出嫁前入宫辞别汉成帝，昭君光彩照人，惊动左右，汉成帝悔恨不及，但考虑不能失信于匈奴，无可奈何，追究画工失责，将画工毛延寿等处死。

⑤无盐，战国时齐国一位相貌极丑的女子，宣王立她为皇后。

⑥蛾眉，美女的代称。

⑦皓齿，美女的代称。

**诗解**

西域于阗的采花人，自认为天下的花虽出自不同地域，但大体上都差不多，女人大概也是如此。自从明妃王昭君远嫁匈奴，胡地原来自认为貌美的女子惭愧得要死，这时才知道汉地多出美女，是胡地的女子不能相提并论的。只可惜王昭君不肯贿赂画工才被丑化其画像，以致得不到汉成帝的召见，让那些相貌丑陋的女子占据皇宫后妃的位置。于是诗人感慨，自古以来有多少的貌美女子，因为人妒忌，不被明主赏识，像被弃置在荒漠胡地的王昭君一样，抑郁终老。

**诗评**

此篇是借事引喻，以刺时君昏聩，而贤不肖易置者，读之令人感叹。

——萧立之《冰涯诗集》

**题解**

《鞠歌行》，乐府旧题，属于《相和歌辞》。李白在这首诗中借卞和、宁戚、百里奚、吕望等人抒发了自己强烈的用世之心，他期望施展自己的抱负，但报国无门，在诗中流露出了他抑郁不得志的愤懑。

## 鞠歌行

**玉不自言如桃李①，鱼目②笑之卞和③耻。楚国青蝇④何太多？连城白璧⑤遭谗毁。荆山长号泣血人⑥，忠臣死为刖足鬼⑦。听曲知宁戚，夷吾因小妻⑧。秦穆五羊皮，买死百里奚⑨。洗拂⑩青云上，当时贱如泥。朝歌鼓刀叟⑪，虎变磻溪中。一举钓六合⑫，遂荒营丘东。平生渭水曲，谁识此老翁？奈何今之人，双目送飞鸿⑬。**

**注释**

①桃李，古谚有『桃李不言，下自成蹊』，比喻人不善于言谈而很优秀。这里用的就是这个意思。

②鱼目，指伪造的劣质品。张协有诗『鱼目笑明月』。

③卞和，春秋时代的楚国人。相传他在荆山发现一块玉璞，先后献给楚厉王、武王，都被以为他是在欺诈，被先后截去双脚。文王即位，卞和抱璞哭于荆山下，文王命令玉工加工，果然得到了美玉，世称和氏璧。

④青蝇，比喻颠倒黑白的小人。

⑤连城白璧，指和氏璧，价值连城。赵惠王得和氏璧，秦昭王愿意用十五个城作为交换。

⑥泣血人，指在荆山之下哭泣的卞和。

⑦忠臣死为刖足鬼，卞和本是忠臣，但两次被君王截去自己的脚。

⑧『听曲』二句，用的是典故。宁戚，春秋时齐国人。夷吾，管仲的小名。小妻，小妾。宁戚想入朝为官，为齐桓公效力，但他没有见齐桓公的理由，就作为别人的车夫，将车停在齐国的东门之外。齐桓公出来后，他就叩击牛角而歌『浩浩乎白水』，歌声十分悲切。齐桓公让管仲接待他。管仲不知宁戚所歌之意，面带忧虑之色。管仲的小妾说，这是宁戚想要为国家效力啊！管仲就把宁戚的意图告诉了齐桓公，齐桓公就任宁戚为佐助，齐国得以很好的治理。

⑨百里奚，春秋时秦国的大夫。后来他流亡到楚国，被楚国国君扣留。秦穆公就拿五张羊皮把他赎回，用为大夫。

⑩洗拂，洗涤与拂拭尘垢。

⑪朝歌鼓刀叟，朝歌，地名，殷代京城，在今河南。鼓刀叟，指屠夫吕望。相传他在五十岁时作小贩，七十岁在朝歌屠牛，八十岁在渭水之滨钓鱼，九十岁见到周文王，得到周文王的重用。

**听曲知宁戚，夷吾因小妻**

宁戚心怀天下，可惜报国无门。他在齐桓公门前唱曲，因齐桓公的小妾理解了曲意，并向桓公禀报，才得到了重用。

⑫钓六合，取得天下。

⑬双目送飞鸿，这里用的是典故。卫灵公与孔子说话，见到天上的飞雁，就抬头观望，无意与孔子交谈，孔子就走了。这里指想对君王谈治国王霸之策，但却无人肯听，欲报国而无门。

**诗解**

美玉自知自身高洁无瑕，但不与桃李攀比，非要与之争个上下高低。但那些小人却不懂得谦虚、不争是一种美德，反而鱼目混珠，不分优劣，把劣质的当成好的，把美玉当成引以为耻的东西。堂堂楚国，颠倒黑白的小人怎么那么多呢？价值连城的美玉屡次遭到谗言和毁弃。怀抱美玉而痛哭于荆山下的卞和，本是忠信之臣，却遭到割足砍脚的不幸命运。宁戚报国无门，在桓公门前歌唱小曲，曲意经过管仲小妾的解释才最终使他获得了齐桓公的重用。百里奚流亡到楚国，秦穆公用五张羊皮把他赎回来，并任用为大夫。朝歌的屠夫吕望在渭水之滨垂钓，九十多岁终于得到周文王的重用。周武王取得天下以后，封吕望在齐国营丘之地，治理齐国。吕望一生都在渭水之滨垂钓，有谁人认识他，关注他呢？如今的人，更是无人来关注像他这样的垂钓者了，顾盼天上的飞鸿，却无意于他的报国之心。

诗评

太白此词，始伤士之遭谗废弃，中则羡乎昔贤之遇合有时，终则重叹今人不能如古人之识士也。亦借此自况云尔。

——萧立之《冰涯诗集》

题解

《幽涧泉》，乐府旧题，属于《琴曲歌辞》。李白在这首诗里抒发自己哀时失志的苦闷之情，他的抑郁苦闷之情无处可倾诉，只能借幽咽的琴声而传达。

## 幽涧泉

拂彼白石，弹吾素琴。幽涧愀①兮流泉深，善手②明徽③高张④清。心寂历⑤似千古，松飕飗兮万寻⑥。中见愁猿吊影而危处兮，叫秋木而长吟。客有哀时失志而听者，泪淋浪⑦以沾襟。乃缉商缀羽⑧，潺湲成音。吾但写⑨声发情于妙指，殊不知此曲之古今。幽涧泉，鸣深林。

注释

①愀，忧愁的样子。

②善手，高手，这里指弹琴的高手。

③明徽，徽，指琴节，这里代指琴。古代用金玉、水晶等宝物装饰以显示琴的明亮晶莹。

拂彼白石，弹吾素琴

④高张，弹琴的手法。古代有诗：『高张生绝弦，声急由调起。』

⑤寂历，寂寞。

⑥寻，八尺为一寻。

⑦淋浪，泪流不止的样子。

⑧缉商缀羽，指奏乐。商、羽都是五声之一。

⑨写，通『泻』，流出。这里指发出声音。

**诗解**

拿起白玉拨子，拂动琴弦，我开始弹奏我心爱的素琴。清澈的山泉缓缓流入山涧，清幽而深远，像是满载着绵绵不断的淡淡忧愁。我弹琴的技术娴熟，弹琴的手法高超，琴弦在我的拨弄下闪动出美妙的音符，纯净而美妙。琴声中诉不尽我的千古哀愁，我的琴声似乎承载了我太多的凄怨。幽涧边的松树高耸入云，在秋风的吹拂下发出瑟瑟的声响，诉不尽我心中凄苦的寂寞。一只愁猿吊在高危之处，发出凄惨的哀鸣。它的鸣叫声[illegible]，[illegible]，久久不散。空中[illegible]的过客，有哀时失志的，听到琴声感慨万千，泪湿沾襟。琴曲接近尾声，我缓缓拨动琴弦，结束了此曲。我只是借琴声以抒发自己的情怀，真不知道古今以来与我有同样情怀的人竟是如此之多。琴声如幽涧中潺潺流淌的泉水，在深林中鸣荡不已。

题解

《结袜子》，乐府旧题，在古乐府中属《杂曲歌辞》。

## 结袜子

**燕南壮士①吴门豪②，筑中置铅鱼隐刀。感君恩重许君命，太山一掷轻鸿毛③。**

注释

①燕南壮士，指高渐离。高渐离是战国时期的燕国人，擅长击筑。荆轲刺秦王，他们在易水送别，高渐离击筑，荆轲和而歌。荆轲刺秦王失败后，他隐姓埋名。秦始皇统一天下后，听说他擅长击筑，就命人熏瞎他的眼睛，让他为自己击筑。他在筑内暗藏铅块，扑击始皇，没有扑中而被杀害。易水送别之时，易水在燕之南界，因此称『燕南』。

②吴门豪，指专诸。春秋时期吴国人。吴国的公子阖闾想杀掉吴王而自己称王自立，伍子胥就把他推荐给公子阖闾。公子阖闾摆设宴席邀请吴王，专诸把匕首藏在鱼腹中进献。虽然刺杀成功，但因为刺杀吴王，自己也当场被杀害。专诸刺杀吴王僚在吴王宫中，所以称『吴门』。

③太山一掷轻鸿毛，此句取自司马迁《报任少卿书》：『人固有一死，或重于泰山，或轻于鸿毛。』这里指士为知己者死，为报知遇之恩，不惜献出自己的生命。

**荆轲刺秦王**

荆轲，战国末期人，喜好读书击剑，应燕国太子丹的请求去刺杀秦王，没有成功，反被秦王所杀。

**诗解**

燕南壮士高渐离，吴门豪客专诸，他们的英声侠气无处不存，无处不在。高渐离在筑中暗藏铅块伏击秦始皇；专诸将匕首暗藏在鱼腹中刺杀吴王僚。他们两人的壮志豪情至今被人们所称颂。高渐离、专诸之所以置个人生死于不顾，是为了实践自己『士为知己者死』的人生信条。这里的『恩』，不是『恩惠』，不是珍宝珠玉、车骑美女等物质的赐予，而是一种超越功利计较的『知遇之恩』，是一种对自我价值的理解和人格的尊重。这里的『许』，也不单是『报答』，更不是人身依附，而是一种自觉的自我价值的实现，是人格力量的自我完成。人固有一死，或重于泰山，或轻于鸿毛。壮士的生命应该像『泰山』那样重，而不能像『鸿毛』那样轻。

**诗评**

这首诗，可以看做是李白读《刺客列传》后所作的咏史诗；也可以看做是李白顿悟生命价值即兴抒发的豪情。

——马茂元《唐诗鉴赏辞典》

题解

《王昭君》，乐府旧题，属于《相和歌辞》。汉成帝时，后宫嫔妃众多，就命画工给后宫佳丽画像，按图招幸，于是很多宫女都贿赂画工，为了让画工把自己画得美些，以得到皇帝的招幸。王昭君不肯贿赂画工，画工就把她的样貌画得很丑，所以她一直得不到皇帝的招宠。匈奴派使者来汉朝求美女和亲，王昭君画像丑陋，被选中远嫁匈奴。出嫁前入宫辞别汉成帝，昭君光彩照人，竦动左右，汉成帝悔恨不及，但考虑不能失信于匈奴，无可奈何，追究画工失责，将画工毛延寿等处死。汉人怜昭君远嫁，为她作歌辞，题名曰《王昭君》。

## 王昭君二首

其一

**汉家秦地月，流影照①明妃。一上玉关道②，天涯去不归。汉月还从东海出，明妃西嫁无来日。燕支③长寒雪作花，蛾眉④憔悴没胡沙。生乏黄金枉图画⑤，死留青冢⑥使人嗟。**

注释

①照，照耀，相送。

②玉关道，玉门关。在今甘肃敦煌西北。

③燕支，指焉支山，在今甘肃永昌东南。

④蛾眉，美女的代称。

⑤枉图画，被图画而冤枉，这里指画工把王昭君画得很丑。

一上玉关道，天涯去不归

⑥青冢，指王昭君墓。相传她的墓上草色常青，在今内蒙古呼和浩特市。

诗解

秦时的月亮洒在汉代的大地上，苍茫大地间惟有月亮的流影与王昭君相随。她从此便走出了玉门关，将在遥远的胡地生活，远在天涯再也没有归来之日了。汉月还从东面升起，但西行远嫁的王昭君再也没有归来之时了。焉支山外凄冷无比，常年飘雪，一个绝代美丽的女子就这样在荒漠的胡地容颜憔悴，老死他乡，怎不令人感伤！就因为她缺乏黄金，没有贿赂画工，画工就把她画得很丑，所以始终没有得到皇帝的招幸，从此便注定了这悲剧的命运。死后，她的坟墓留在异乡他地，怎能不使人嗟叹不已！

## 其二

**昭君拂玉鞍，上马啼红颊。今日汉宫人，明朝胡地妾。**

诗解

昭君手拂着玉鞍，踏上了出塞的路程。她在马上想起自己将永远远离自己的故土，归来无期，不禁泪流满面，泪水濡湿了她的脸颊。今天，她还是汉宫之人，明天就要成为胡地之人的妻妾，人生的命运如此多变，不知明日胡地的生活，迎接她的将会是什么。

**诗评**

此二篇盖言当时公主出嫁异国者。

——萧立之《冰涯诗集》

**题解**

《中山孺子妾歌》，乐府旧题，属于乐府《杂歌谣辞》。诗人在这首诗里表达了失意之人的苦闷与心酸。

## 中山孺子妾歌

**中山孺子妾，特以色见珍。虽不如延年妹[1]，亦是当时绝世人。桃李出深井[2]，花艳惊上春[3]。一贵复一贱，关天岂由身？芙蓉老秋霜，团扇[4]羞网尘。戚姬髡发入春市[5]，万古共悲辛。**

**注释**

①延年妹，李延年的妹妹李夫人，有倾国倾城之貌，是汉武帝最宠爱的妃子。

②深井，庭中天井。

③上春，指孟春，春季的第一个月。

④团扇，汉成帝时，班婕妤失宠，供养于长信宫，作了一首《团扇歌》，以表达自己失宠后的心情。

**班婕妤**

班婕妤，楼烦（今山西宁武）人，左曹越骑校尉班况的女儿，相传为班固、班超和班昭的姑母。汉成帝时被立为婕妤，善诗赋，有美德。

⑤戚姬髡发入春市，汉高祖刘邦时，戚夫人得宠，高祖驾崩以后，吕后成为皇太后，用残酷的手段整治戚夫人，挖去她的双眼，并将其放入脏臭的猪圈中。

## 诗解

中山王的孺子妾，只是凭着美丽的容貌而得到中山王的宠爱。虽然说比不上李延年的妹妹李夫人，但仍然是当时的绝色佳人。庭院天井中生出的桃树和李树，花开在初春季节，分外艳丽。一贵一贱，自己怎么能够决定呢，全在于上天的安排。芙蓉花在寒意渐深的秋霜季节里渐渐老去凋零，美人的团扇很久不用，已经落满了灰尘。戚夫人在高祖时曾是多么的得宠，却落得髡发入春市的悲惨下场。万古以来，失意人的悲辛都是一样的啊！

## 诗评

以鲍照《行路难》意致作艳诗，此公三头六臂，采娑今古，作一玩弄，直由本等圆彻，好向异类中行，非但拗一章法也。

——王夫之《唐诗评选》

**题解**

《荆州歌》，乐府旧题，属于《杂曲歌辞》。李白的这首诗，模拟旧题，描写了闺中少妇一人独居，思念情郎的怀春情绪。

## 荆州歌

**白帝城①边足风波，瞿塘②五月谁敢过？荆州③麦熟茧成蛾，缫丝④忆君头绪多，拨縠⑤飞鸣奈妾何！**

**注释**

①白帝城，在今四川奉节白帝山上。

②瞿塘，瞿塘峡，长江三峡之一，峡中水流险急，水中多暗礁，夏历五月涨水时，行舟更加危险。

③荆州，在今湖北江陵。

④缫丝，抽茧成丝。这里指思绪。

⑤拨縠，布谷鸟，五月飞鸣，鸣叫声像呼唤情哥哥一样。

**诗解**

白帝城边，风波甚多，瞿塘峡本就水流险急，动不动就会触到水中的暗礁。在夏历五月水流上涨之时，在瞿塘峡中行舟就更加危险了。荆州的麦子熟了，蚕茧吐完蚕丝，生命殆尽，破茧化成飞蛾。少妇的思绪交错，就像蚕抽的丝那样纷乱，理也理不清。布谷鸟在窗外鸣叫，似乎是在呼唤自己的情郎，使少妇思夫的情绪更加浓郁，她真不知道此时该如何整理自己的这份情怀。

诗评

此歌有汉谣之风。唐人诗可入汉魏乐府者，惟太白此首。

——杨慎《李诗选》

题解

《久别离》，乐府《杂曲歌辞》。李白这首诗写的是女子等待久别不归的丈夫，盼其早日归来的思念之情。

## 久别离

**别来几春未还家，玉窗五见樱桃花。况有锦字书①，开缄②使人嗟。至此肠断彼心绝，云鬟绿鬓③罢梳结，愁如回飙④乱白雪。去年寄书报阳台⑤，今年寄书重相催。东风兮东风，为我吹行云⑥使西来。待来竟不来，落花寂寂委⑦青苔。**

注释

①锦字书，这里运用的是典故。前秦苻坚时，秦州刺史窦涛被流放在边远之地，他的妻子思念他，就织锦为文，在丝锦上写信赠给丈夫，她的词作写得凄婉动人。

②缄，封。

③云鬟绿鬓，形容女子头发浓密如云，而且很有光泽。

④回飙，旋风。

云鬟绿鬓罢梳结，愁如回飙乱白雪

⑤阳台，楚王梦到与巫山神女欢会，神女离开时对楚王说：「旦为朝云，暮为行雨，朝朝暮暮，阳台之下。」

⑥行云，取「旦为朝云，暮为行雨」之意。

⑦委，堆积。

**诗解**

自从分别以后，丈夫不知几个春天没有回家了。又是个温暖的春日，隔窗望去，樱桃花已经开放了。这美好的季节，丈夫还没有归来。这时远方又有书信传来，开启后女子不禁嗟叹不已，伤心肠断，悲痛欲绝。她愁绪万千，像旋风吹动雪花那样纷乱，连头发也懒得梳理。去年寄书回来，就说要回来了；今年寄书仍只是重新诉说将要归来之意。东风啊，你捎去我的思念，使他早些归来吧。等待他归来他却迟迟未归，实在是百无聊赖，只见满地落花堆积，青苔蔓延整个台阶。

**题解**

《白头吟》，传说最初为卓文君所作。司马相如要娶茂陵的女子为妾，卓文君作《白头吟》以自绝，相如才不再纳茂陵女为妾。李白在这首诗里借女子的失宠来抒发自己不得志的怀抱。

## 白头吟

**锦水[①]东北流，波荡双鸳鸯。雄巢汉[②]宫树，雌弄秦草芳。宁同万死碎绮翼[③]，不忍云间两分张[④]。此时阿娇[⑤]正娇妒，独坐长门愁日暮。但愿君恩顾妾深，岂惜黄金买词赋？相如作赋得黄金，丈夫好新多异心。一朝将聘茂陵女，文君因赠白头吟。东流不作西归水[⑥]，落花辞条羞故林[⑦]。兔丝[⑧]固无情，随风任倾倒。谁使女萝[⑨]枝，而来强萦抱。两草犹一心，人心不如草。莫卷龙须席[⑩]，从他生网丝[⑪]。且留琥珀枕，或有梦来时。覆水再收岂满杯？弃妾已去难重回。古来得意不相负，只今惟见青陵台[⑫]。**

注释

①锦水，即锦江，在今四川成都南。

②汉，指长安一带。

③绮翼，鸳鸯美丽的翅膀。

④分张，分离。

⑤阿娇，指汉武帝陈皇后。陈皇后失宠，退居长门宫，愁闷悲思。请司马相如作了一首《长门赋》以表自己的悲伤之情。

⑥东流不作西归水，用『不见东流水，何时复西归』的语意。

⑦羞故林，羞于重返故林。

⑧兔丝，菟丝，一种寄生植物，茎细如丝，寄生缠绕在其他植物上。

**陈阿娇**

陈阿娇，馆陶长公主刘嫖的女儿，汉武帝刘彻的皇后，其自幼深得外祖母窦太后的宠爱。窦太后去世，汉武帝独揽大权后，逐渐被冷落。

⑨女萝，菟丝有时缠在女萝上，比喻男女的爱情。

⑩龙须席，用龙须草编织的席子。

⑪从他生网丝，任他生蛛网。

⑫青陵台，战国时宋康王所筑。在今河南商丘。康王的舍人韩凭的妻子何氏长得貌美出众，被康王所夺，夫妻二人先后自杀。康王非常愤怒，把他们分开埋葬，后来两人的坟上长出连理枝，根交于下，枝错于上，人称相思树。树上有鸳鸯一对，交颈悲鸣，音声感人。

**诗解**

锦江之水潺潺流向远方，水波荡漾，一对鸳鸯在水波荡漾处快乐相伴。它们虽然来自不同的地方，一个家在长安，一个家在芳草弥漫处，但彼此心心相许，宁愿共死也不忍分离。此时阿娇失宠了，长门宫前无限凄凉，她常常愁苦地独坐到天黑。但愿汉武帝还能够顾念往日的恩情，为了这个心愿，又岂会顾惜黄金让司马相如为自己作赋呢？相如作赋得了黄金，就喜新厌旧，对卓文君怀有异心了。他要聘茂陵一女子为妾，卓文君十分伤心，作《白头吟》以相赠。从来没有见过东流之水返回西去的，凋零落败的花朵也羞于重返故林。兔丝本就无情，随风倾倒。是谁让女萝枝，前来与它萦抱在一起。自然界的两草尚且如此，人心却不如草那样执著坚定。不要把龙须席子卷起来，任它落满灰尘，生满蛛网。暂且留着琥珀枕头，或许彼此还会有相梦时候。覆水难收，弃妾难以重回。自古以来，至死不相负的爱情，只有青陵台的韩凭和他妻子的故事。

**诗评**

太白诗固多寄托，然必欲事事牵合，谓此指废王皇后事，殊支离也。

——沈德潜《唐诗别裁集》

**题解**

《采莲曲》，乐府《清商曲辞》。兴起于梁武帝时，后人多有拟作。这首诗清丽明快，抒发诗人的闲情逸致，带有民歌色彩。

## 采莲曲

**若耶溪①旁采莲女，笑隔荷花共人语。日照新妆水底明，风飘香袂②空中举。岸上谁家游冶郎③，三三五五映垂杨。紫骝④嘶入落花去，见此踟蹰⑤空断肠。**

**注释**

①若耶溪，在今浙江绍兴南。

②袂，衣袖。

若耶溪旁采莲女，笑隔荷花共人语

③游冶郎，出游寻乐的青年男子。

④紫骝，毛色枣红的好马。

⑤踟蹰，徘徊。

诗解

若耶溪旁采莲的女子，在荷花间快乐地谈笑。阳光照耀下的溪水澄清明亮，女子美丽的脸庞映在水面上。采莲女子的衣袖在微风中轻轻飘扬。溪岸上，是谁家出游寻乐的青年男子呢？他们也出来踏青了，三个一群，五个一伙，在垂杨边笑谈。但他们骑着紫骝马很快又离开了。只见马嘶鸣处，落花点点。这让采莲的女子看后非常感伤，徘徊不去，独自惆怅。

诗评

卸开一步，取情为景，诗文至此，只存一片神光，更无行迹矣。

——王夫之《唐诗评选》

题解

《司马将军歌》，乐府《征伐王曲》调名，是李白模仿《陇上歌》而作的乐府诗。诗中歌颂南征将士威武的气概和严肃的纪律，表达了诗人对平定康、张叛乱的必胜信念。

## 司马将军歌

**狂风吹古月[1]，窃弄章华台[2]。北落明星动光彩，南征猛将如云雷[3]。手中电曳倚天剑[4]，直斩长鲸海水开。我见楼船壮心目，颇似龙骧下三蜀[5]。扬兵习战张虎旗[6]，江中白浪如银屋。身居玉帐临河魁[7]，紫髯若戟冠崔嵬[8]。细柳开营揖天子，始知灞上为婴孩[9]。羌笛横吹阿亸回[10]，向月楼中吹落梅[11]。将军自起舞长剑，壮士呼声动九垓[12]。功成献凯[13]像见明主，丹青画像麒麟台。**

注释

①古月，是『胡』的隐语。这里指叛将康楚元、张嘉延。

②窃弄，非法弄兵。章华台，楚灵王所筑。旧址在今湖北。这里代称荆、襄一带。这两句指康、张叛军占据荆州。

③北落，星名，即北落师门星。位置在北方，古代常用此星占卜战争胜负。如星光明亮，就认为胜利在望。这两句意为，北落星的光彩明亮闪耀；南征猛将密集如云，气势如雷。

④电曳，像闪电一样地挥动。倚天剑，意谓靠近天的长剑。

⑤龙骧，人名，指益州刺史王浚。西晋太康元年（280），他率领军队东下，直取吴主於都城，接受了吴军的投降，官至大将军。三蜀，指蜀郡、广汉、犍为三郡，皆在今四川境内。

⑥虎旗，即熊虎旗，古时主将的军旗。

周亚夫　军纪严明，绝非儿戏。李白此处引周亚夫治军严谨之例，赞扬了南征将领们治军的严谨。

⑦玉帐，指主将所居的军帐，坚固不可侵犯，像玉制作的帐篷一样。河魁，星名。临河魁，在河魁星的方位设置军帐。古人认为军中主将须根据时历选择一定的方位设置军帐。

⑧髯，胡须。紫髯，原为三国时吴国孙权容貌的美称，这里指南征将领容貌的威武。崔嵬，高耸的样子。

⑨细柳开营，据《史记·绛侯周勃世家》记载，文帝后六年，匈奴侵犯边境，朝廷任命刘礼、徐厉、周亚夫率军屯驻灞上和棘门、细柳（古代西北的两个要塞，在今陕西渭河沿岸）等地，以防匈奴的袭击。一次，文帝亲往劳军，先到灞上、棘门，刘礼、徐厉恭敬地迎送，军门内外，通行无阻。后到细柳，军中戒备森严，车驾被阻不得入。文帝下诏后，周亚夫才传令开营门，请皇帝下马徐行；仅以军礼相见，没有跪拜。事后，文帝对将士们说：『这才是真正的将军！灞上和棘门两处队伍，就像孩子们在做游戏，容易受到敌人的袭击。』李白引用这个典故，称赞南征将领治军的严谨。

⑩羌笛，由西方部族传入的笛子，这里泛指笛。阿辨回，即《阿滥堆》，乐曲名。

⑪落梅，乐曲名，即《梅花落》。

⑫九垓，九重天。

⑬献凯，即献捷、奏凯歌，军队得胜庆功时演奏的乐曲。

**诗解**

叛将康楚元、张嘉延非法弄兵，窃取荆州。北落星的光彩明亮闪耀，战争胜利在望；南征猛将密集如云，气势如雷。靠近天的长剑像闪电一样的挥动，直斩长鲸，劈开海水。我看到楼船这样壮阔，就像王濬当年率领军队东下，直取吴国的三蜀，接受了吴军的投降的景象。扬兵开战，虎旗张扬，杀声震天，江中顿时白浪翻滚，犹如银屋。指挥的将军身居玉帐之内，在河魁星的方位设置军帐。紫髯若戟，头冠崔嵬，十分威武雄壮。天子驾临，细柳营开。天子见细柳治军严谨，纪律严明，才知道灞上的队伍，就像孩子们在做游戏，容易受到敌人的袭击。羌笛横吹《阿亸回》曲子，月光笼罩下的戍楼中吹起《落梅》。将军舞起长剑，壮士呼声震天。军队得胜庆功，演奏献凯之曲时，希望自己的画像能被画在未央宫的麒麟台上。

**题解**

李白在这里抒发的是自己不被重用而不得志的郁闷之情及其欲图报国的壮志难酬。

## 君道曲

大君①若天覆，广运②无不至。轩后③爪牙常先太山稽④，如心之使臂。小白⑤鸿翼于夷吾⑥，刘葛⑦

诸葛亮

诸葛亮，字孔明，号卧龙居士，生于琅邪阳都县（今山东沂南），三国时期著名的政治家、军事家，曾辅佐刘备成就蜀汉大业。

**鱼水本无二[8]。土扶可成墙，积德[9]为厚地。**

## 注释

①大君，指天子。
②广运，东西为广，南北为运。
③轩后，黄帝。
④常先太山稽，两个人的名字。常先、太山稽，传说为黄帝的两个臣子。
⑤小白，齐桓公的小名。
⑥夷吾，管仲。
⑦刘葛，刘备和诸葛亮。
⑧鱼水本无二，刘备曾说：『孤之有孔明，犹鱼之有水也。』
⑨积德，地德，因为地能孕育万物。积德，这里指君王能施恩惠于臣子。

## 诗解

天子好像大地能覆载万物一样，东西南北没有不孕育其中的。黄帝的两个臣子常先、太山稽，竭力辅佐黄帝，就像黄帝的左膀右臂。齐桓公重用管仲，齐国才得以称霸诸侯。刘备重用诸葛亮。像鱼水不能相离。土尚可扶起为墙，如果君王能施恩惠于臣子的话，那国家会非常兴旺昌盛。

**诗评**

都不成语，当时醉中口滕率笔耳。

——严羽《严羽评点李集》

**题解**

《结客少年场行》，乐府旧题，属于《杂曲歌辞》。李白在这首诗里表达了他任侠使气的豪猛情怀以及渴望建功立业的壮志。

## 结客少年场行

**紫燕①黄金瞳，啾啾②摇绿鬃。平明相驰逐，结客洛门③东。少年学剑术，凌跞④白猿公⑤。珠袍曳锦带，匕首插吴鸿⑥。由来万夫勇，挟此生雄风。托交从剧孟⑦，买醉入新丰。笑尽一杯酒，杀人都市中。羞道易水寒，从令日贯虹⑧。燕丹事不立，虚没秦帝宫。武阳⑨死灰人，安可与成功？**

**注释**

①紫燕，骏马的名字叫紫燕。

②啾啾，马的鸣叫声。

③洛门，指洛阳城门，汉代的长安城门。

④凌跞，欺凌，辱没。

⑤白猿公，这里运用了典故。越国的一名女子善于剑术，在路上遇见了一名老翁，他自称袁公，与女子比试剑术，没有胜利，而飞上树，变成了一只白色的猿猴。

⑥吴鸿，宝剑，吴钩的代称。

⑦剧孟，人名，汉代洛阳人，著名侠士。

⑧日贯虹，白虹贯日，形容志气威猛。

⑨武阳，指秦武阳，是荆轲的副手，见到秦王后特别惊恐，让秦王有所察觉。

## 诗解

紫燕这匹骏马有着黄金色的眼珠，马嘶鸣时摇动着它颈上那美丽的绿色鬃毛。它一路奔驰，天刚亮的时候就到了长安洛阳。年少时学习剑术，剑术高超，白猿公败在少年的手下，飞上树化为一只猿猴。少年穿着饰有珠宝的锦袍，腰间插着匕首和吴钩。他自小一个人就有万人的英勇，如今腰间插有宝剑就更显出一派雄风。与豪侠剧孟结为好友，二人一见如故，一同去新丰畅饮美酒。少年志气豪猛，在都市中，杯酒之间就可以结束一个人的性命。休道易水寒冷如冰，且看白虹贯日，气势豪雄。只可惜荆轲刺秦没有成功，徒然死在秦宫之中。像秦武阳那样的人如同死灰一样，让他这样的人做助手，事情怎么会取得成功呢？

## 题解

《长干行》，乐府旧题《杂曲歌辞》调名，原为长江下游一带民歌，其源出于《清商西曲》，内容多写船家妇女的生活，崔颢也以绝句形式写过四首《长干行》。长干，地名，今江苏南京秦淮河南，古时有长干里，其地靠近长江。行，古诗的一种体裁。李白《长干行》是一篇以商人妇思夫为题材的富于民歌风味的作品。全篇通过人物的独白，以景物为衬托，描述了幼小相处、结婚、远别等几个生活阶段，把叙事、写景、抒情巧妙地融为一体。诗的基调爽朗明快，真挚动人。

## 长干行二首

### 其一

**妾①发初覆额②，折花门前剧③。郎骑竹马来④，绕床弄青梅⑤。同居长干里⑥，两小无嫌猜⑦。十四为君妇，羞颜未尝开。低头向暗壁，千唤不一回⑧。十五始展眉，愿同尘与灰⑨。常存抱柱信，岂上望夫台⑩？十六君远行，瞿塘滟滪堆⑪。五月不可触，猿声天上哀。门前迟⑫行迹，一一⑬生绿苔。苔深不能扫，落叶秋风早。八月胡蝶来，双飞西园草⑭。感此⑮伤妾心，坐愁⑯红颜老。早晚下三巴⑰，预将书报家。相迎不道远⑱，直至长风沙⑲。**

注释

①妾，古代妇女自称。

②初覆额，指头发还短，盖不住额头。覆，掩盖。

③剧，玩耍，游戏。

④骑竹马，把竹竿当做马骑。

⑤床，井床，井上的栏杆。弄，游戏。这句意为，绕着井栏互相追逐，以投掷青梅为游戏。

八月胡蝶来，双飞西园草

⑥长干里，里巷名，故址在今江苏南京秦淮河南，靠近长江。

⑦嫌猜，嫌疑和顾忌。

⑧以上四句，写初婚时害羞情景。

⑨这两句意为，十五岁方才开朗不害羞，愿像尘与灰一样与丈夫长相厮守。

⑩抱柱信，相传古代有一个叫尾生的人，与一女子约好在一座桥下相会。女子临期未至，潮水忽然上涨，尾生不肯失信于女，抱着桥柱等待，结果被水淹死。见《庄子·盗跖》。望夫台，即望夫山。据《寰宇记》记载，古代有人久出不归，其妻登山望夫，后来变成一块石头。这两句是说相信丈夫对自己爱情的坚贞，而丈夫哪里想到有离别的悲痛。

⑪滟滪堆，原是瞿塘峡峡口的一个危险的石滩。冬季水位低，它突出江面，夏历五月江水上涨，就没入江中，船只容易触礁。这两句意为，我十六岁的时候，你就远行去经商，常为你经过瞿塘滟滪堆担心。

⑫迟，一作『旧』。

⑬一一，一处一处。

⑭西园草，西园的草地上。

⑮此，指蝴蝶双飞。

⑯坐愁，因愁。

⑰早晚，什么时候。三巴，巴郡（今重庆）、巴东（今四川奉节东北）、巴西（今四川阆中）的总称。

⑱不道远，不管多远。

⑲长风沙，地名，在今安徽安庆东长江边上，距离金陵长干里约七百余里。

**诗解**

女子回忆童年时与丈夫一起长大，他们共同居住在长干村，彼此青梅竹马，两小无猜。那时女子还小，头发刚刚覆额，她和丈夫在门前无忧无虑地玩折花的游戏，绕着井栏互相追逐，以投掷青梅为游戏。十四时，女子嫁给了丈夫，尽管对方是童年的伙伴，但出嫁时仍然羞涩不已。女子低着头，朝向墙壁的方向，任男子呼唤千遍也羞涩得难以抬起头来。女子十五岁才懂得些人事，感情也在眉宇间显现出来。他们夫妇之间发展起来了炽热的爱恋，女子愿意永远和丈夫结合在一起，至死不渝。小夫妻但愿同生共死，常日怀着尾生抱柱的信念，哪里曾想到会有上望夫台的今日呢？遥思丈夫远行经商，而所去的方向又是长江三峡中的险途，想到那哀猿长啸的恶劣环境，想到高浪急流下的暗礁滟滪堆，女子日夜为丈夫担惊受怕。今日女子触景生情，她看到自己门前伫立等待时留下的足迹已经长满了青苔，盖上了落叶，再加上西园双飞的蝴蝶，格外叫人伤感。因为忧愁的煎熬，女子的容貌不觉憔悴了，刻骨的相思折磨着她的心。少妇寄语远方的丈夫：你不论什么时候回来，预先都要给家里捎封书信，好让我去迎接你，即使到七百里外的长风沙去迎候，也不会嫌远。

**诗评**

儿女情事，直从胸臆中流出。萦回曲折，一往情深。

——乾隆御选《唐宋诗醇》

其二

**忆妾深闺里，烟尘不曾识。嫁与长干人，沙头候风色。五月南风兴，思君下巴陵[1]。八月西风起，想君发扬子[2]。去来悲如何！见少离别多。湘潭[3]几日到？妾梦越风波。昨夜狂风度，吹折江头树。淼淼暗无边，行人在何处？好乘浮云骢[4]，佳期兰渚东。鸳鸯绿蒲上，翡翠锦屏中。自怜十五余，颜色桃花红。那[5]作商人妇，愁水复愁风。**

**注释**

①巴陵，郡县名称。在今湖南岳阳。

②扬子，渡口名称。在今江苏扬州。

③湘潭，即今湖南湘潭。

④浮云骢，汉文帝的骏马名称。

⑤那，奈何，无奈。

**诗解**

想起我当初未嫁在春闺绣房中的时候，年纪尚小，不懂得世间男女间的情愁。自我嫁给做商人的

嫁与长干人，沙头候风色

丈夫后，经常在长江的渡头，伴着江风，顶着秋月，等候丈夫归来，这时我才明白思念与等待的苦楚。每当五月，南风吹起，柳絮飘飞的时候，我就在想，此时丈夫应该到达巴陵了吧！八月西风吹起，秋意浓浓的时候，我就在想丈夫此时应该从扬州出发，正在回家的路上了。不管是离去还是归来，都让人感到那么的感伤。因为相见的日子总是短暂，而离别总是那么漫长。从湘潭出发，几天才能到达家中呢？我希望他能够一路上没有风波，早日顺利返回家中。然而，昨天夜晚，狂风不止，吹断了江岸边的柳树，江中波浪滚滚，暗无边际，不知丈夫现在何处。真想乘上一匹骏马，到兰渚东面去迎接他。一对鸳鸯在绿色的江水边相互依偎，一双翡翠鸟在枝间紧紧相随。可怜我只有十五岁的年纪，本应该是面如桃花般美丽，无奈嫁给了商人，每日为远行在外的丈夫担忧，怕他路上多风雨，怕江中多风浪，路途难行。

**诗评**

人负轻捷妍媚之才者，每于换韵疾佻，结句疏宕。太白尤甚。

——谭元春《唐诗归》

题解

《朗月行》，乐府古题，属于《杂曲歌辞》。这首诗，大概是李白针对当时朝政黑暗而发的。唐玄宗晚年沉湎声色，宠幸杨贵妃，权奸、宦官、边将擅权，把国家搞得乌烟瘴气。诗中『蟾蜍蚀圆影，大明夜已残』似是刺这一昏暗局面。然而诗人的主旨却不明说，而是通篇作隐语，化现实为幻景，以蟾蜍蚀月影射现实，说得十分深婉曲折。诗中一个又一个新颖奇妙的想象，展现出诗人起伏不平的感情，文辞如行云流水，富有魅力，发人深思，体现出李白诗歌雄奇奔放、清新俊逸的风格。

## 古朗月行

**小时不识月，呼作白玉盘。又疑瑶台①镜，飞在青云端。仙人垂两足②，桂树何团团？白兔捣药成，问言与谁餐？蟾蜍蚀圆影，大明③夜已残。羿昔落九乌，天人清且安④。阴精⑤此沦惑⑥，去去不足观。忧来其如何？凄怆摧心肝。**

注释

①瑶台，神话中西王母的居所，在昆仑山。

②仙人垂两足，指古代的传说。传说月亮里有仙人和桂树，先看见仙人的两只脚，月亮渐渐升起，就看到仙人的全身，然后看见桂树。

③大明，这里指月亮。

④『羿昔』二句，是说尧帝时天上有十个太阳，十个太阳同时升起，草木焦枯，尧帝命令后羿射掉九个太阳，只留下一个，这样人民才能安定。乌，三只脚的乌鸦，这里代指太阳。

**羿昔落九乌，天人清且安**

后羿是传说中的射日英雄，也是李白心目中可以扫除天下污秽、复将月明的英雄。由此可见李白对于天下清平的期待。

⑤阴精，指月亮。

⑥沦惑，沉没，这里指被蟾蜍吃掉。

**诗解**

诗中先写儿童时期对月亮稚气的认识。小时候天真烂漫，对月亮是没有什么认识的，只把它称呼为白玉盘。月光如此皎洁可爱，诗人又怀疑它是仙人瑶台之上的一块明镜，飘飞在青云之端。月亮由初升逐渐明朗，宛若仙境般美丽。古代神话说，月中有仙人、桂树、白兔。当月亮初升的时候，先看见月中仙人的两只脚，而后逐渐看见仙人和桂树的全貌，看见一轮圆月，月中白兔在捣药。不知道他们在月中和谁共餐呢？然而好景不长，月亮渐渐地由圆而蚀，这就是蟾蜍食月所造成的。月亮被蟾蜍所啮食而残损，变得晦暗不明。后羿，射落了九个太阳，只留下一个，使天、人都免除了灾难。诗人为什么在这里引出这样的英雄来呢？也许是为现实中缺少这样的英雄而感慨吧！也许是希望有这样的英雄来扫除天下，射掉蟾蜍，复将月明吧！然而，现实毕竟是现实，诗人深感失望：月亮既然已经沦没而迷惑不清，还有什么可看的呢！不如趁早走开吧。这显然是无可奈何的办法，心中的忧愤不仅没有解除，反而加深了。

**诗评**

暗指贵妃能惑主听。

——沈德潜《唐诗别裁集》

**题解**

《上之回》是汉《鼓吹铙歌十八曲》之一。这首诗借美人的失宠表达了对唐明皇巡幸游仙，不关心国事，不重用人才的愤懑之情，以及诗人希望能够得到重用，建功立业的情怀和功成身退的思想。

## 上之回

**三十六离宫①，楼台与天通。阁道②步行月，美人愁烟空。恩疏宠不及，桃李伤春风。淫乐意何极？金舆向回中③。万乘出黄道④，千旗扬彩虹。前军细柳⑤北，后骑甘泉⑥东。岂问渭川老⑦，宁邀襄野童⑧？但慕瑶池宴⑨，归来乐未穷。**

**注释**

①离宫，指上林苑有离宫三十六所，有建章、承光等十一宫，平乐等二十五馆，合为三十六所。

②阁道，即复道，高楼之间架空的通道。

③金舆向回中，金舆，天子的车驾。回中，汉宫名。

④黄道，是古人想象中太阳绕地的轨道。

阁道步行月，美人愁烟空

⑤细柳，指军营。

⑥甘泉，汉宫名，故址在今陕西淳化西北甘泉山。

⑦渭川老，指渭水河畔垂钓的吕尚。

⑧襄野童，这里运用的是典故。黄帝出访圣人，到了襄阳城，迷路。就向一个牧童问路，又问他治国之道。牧童以『除害马』为喻作答，被黄帝称为『天师』。后来就用以歌咏皇帝出巡。

⑨瑶池宴，瑶池是古代神话中神仙居住之地。在昆仑山上。西王母曾于此宴请远道而来的周穆王。

## 诗解

上林苑有离宫三十六所，离宫高耸入云，楼台和天相连。月亮在高楼之间架空的通道上流转。美人在烟雾迷茫中带着点点愁绪。自从失宠之后，恩情渐渐淡了，桃李似乎也在春风中为美人今日的孤寂而伤怀。君王的恣意享乐什么时候才到尽头，好让他的车驾早日回到汉宫之中。想象中皇帝的车驾绕着太阳的轨道疾驰行进，锦旗在明月的彩虹间飘荡。皇帝亲自去细柳营和甘泉宫检阅军队。不知当今的皇帝能不能像周文王那样起用在渭水河畔垂钓的老人，也不知道君王是否能向襄野牧童询

问治国之道。真期望能够有那一天，能够和皇帝共宴，归来其乐无穷。

**诗评**

诗言汉武巡幸回中，不过溺志于神仙之事，岂为求贤哉？明皇亦好神仙，此其讽谏之作与！

——萧立之《冰涯诗集》

**题解**

《独不见》，乐府《杂曲歌辞》旧题。这首诗描写的是闺中女子对丈夫的思念之情。

## 独不见

**白马谁家子，黄龙[1]边塞儿。天山三丈雪，岂是远行时？春蕙[2]忽秋草，莎鸡[3]鸣曲池。风摧寒梭响，月入霜闺[4]悲。忆与君别年，种桃齐蛾眉。桃今百余尺，花落成枯枝。终然独不见，流泪空自知。**

**注释**

①黄龙，古代城池名，又名龙城，在今辽宁朝阳一带。此处泛指边塞地区。

②蕙，蕙兰，兰花的一种，春日开花。

③莎鸡，梭子，纺织用的工具。

④霜闺，即秋闺。此处指秋天深居闺中的女子。

**诗解**

骑在白马上翩翩而驰的，那是谁家的少年，是在龙城边塞戍城立功的征戍之人。天山如今天寒地

**蕙**

蕙，我国栽培最久、最普及的兰花之一，今称之为『蕙兰』，开花时，有沁人肺腑的幽香。

冻，积雪厚有三丈，这个时候怎么适合远行呢？春日的蕙兰忽而枯萎，变成了秋草，闺中的美人也已经到迟暮之年了。在这凄清落寞的深秋，曲池边惟传来阵阵吱吱呀呀梭子的声响。那是风吹动寒梭发出的声响，月亮伴着清霜，更显出秋天深居闺中的女子的无限伤悲。还记得与丈夫离别的那年，门前种的桃树与她齐眉。如今桃树已经高百余尺了，花开花落许多年过去，很多枝条已经枯萎了。始终不见丈夫归来，只有凄伤的眼泪独自空流。

**诗评**

太白诗：『天山三丈雪，岂是远行时！』又云：『水国秋风夜，殊非远别时。』『岂是』、『殊非』，变幻二字，愈出愈奇。

——杨慎《升庵诗话》

**题解**

《白纻辞》，乐府《舞曲歌辞》旧题。

## 白纻辞三首

其一

**扬清歌，发皓齿。北方佳人①东邻子②，且吟白纻停绿水③。长**

**袖拂面为君起。寒云夜卷霜海空，胡风吹天飘塞鸿。玉颜满堂乐未终。**

注释

①北方佳人，指李延年的诗《北方有佳人》，诗中歌颂女子貌美绝伦。

②东邻子，指貌美的女子。宋玉《登徒子好色赋》：『天下之佳人莫若楚国，楚国之丽者莫若臣里，臣里之美者莫若臣东家之子。』

③绿水，舞曲名。

诗解

女子貌美如花，真如李延年所歌的《北方有佳人》那样的倾国倾城之貌，如东邻子那样貌美无双，无人能与其相比。女子轻启皓齿，便发出了曼妙的歌声。今日逢君到来，她十分高兴，为君轻轻舞动长袖，显出她轻盈的舞姿。外边夜卷寒云，秋霜浓浓，胡地之秋夜如此寒冷，惟有塞鸿飘飞到国中。在遥远的胡地逢到知己，真是让人感到快乐的事，屋内满堂的欢快还没有终消。

其二

**馆娃[1]日落歌吹深，月寒江清夜沉沉。美人一笑千黄金[2]，垂罗舞縠[3]扬哀音。郢中白雪[4]且莫吟，子夜[5]吴歌动君心。动君心，冀君赏。愿作天池双鸳鸯，一朝飞去青云上。**

注释

①馆娃，宫名。春秋时期吴王夫差为西施所造，故址在今苏州西南灵岩山上。

②一笑千黄金，指女子笑容娇美。一笑，价值千金。

愿作天池双鸳鸯，一朝飞去青云上

③縠，轻纱。

④白雪，古歌曲名。郢中，楚国。郢中白雪，指美妙的音乐。

⑤子夜，晋曲名。

**诗解**

已经是日落时分，在这月寒江清的夜晚，馆娃宫中传来了阵阵哀妙的歌声。女子笑容娇美，价值千金，她舞动衣袖，唱出了哀伤的曲子。不唱郢中白雪，因为高山流水，能懂得相和的人太少了。唱的是易让人动情的子夜吴歌，希望能够得到君王的恩赏。愿与君王做天池的鸳鸯一双，同飞到青云之上。

## 其三

**吴刀剪彩[1]缝舞衣，明妆丽服夺春晖。扬眉转袖若雪飞，倾城独立[2]世所稀。激楚结风[3]醉忘归。高堂月落烛已微。玉钗挂缨[4]君莫违。**

**注释**

①吴刀，吴地出产的剪刀。彩，指彩色的丝织品。

②倾城独立，指女子貌美。

③激楚结风，激楚、结风都是歌曲名。

④玉钗挂缨，这里运用的是典故。宋玉出行，夜间投宿，主人之女殷勤留客，引入兰房，『以其翡翠之钗，挂臣冠缨』。后用做男女狎昵的典故。

**诗解**

女子漂亮的彩色丝制舞衣是用吴地出产的剪刀裁制而成的，她明妆丽服，比今日的春光还要灿烂光彩照人。她的一举一动都是那么的迷人，扬眉转袖之间，好像片片雪花在轻盈地飞舞。她的容貌真是倾国倾城，为世间所罕见。听歌的君子陶醉在她的歌声中，忘却了时间，忘记了归去。月亮已经落下，屋内烛光已微，希望君子能够在此留宿，不要违背了她的一片痴情。

**题解**

《妾薄命》，《杂曲歌辞》旧题。这首诗写的是阿娇失宠的事情，但诗人借此事寄托了自己的认识：『以色事他人，能得几时好？』李白认为如果想始终得到君王的恩宠一定要有真本领，不是以色侍人。李白在这首诗里，表达的是对那些没有真正本领，光靠谄媚来侍奉君主的朝中臣子的不满之情，并指出他们的谄媚不会维持多长时间，自己这样的贤人终会得到君王的重用。

## 妾薄命

**汉帝重阿娇，贮之黄金屋①。咳唾落九天，随风生珠玉②。宠极爱还歇，妒深情却疏。长门一步地，不肯暂回车。雨落不上天，水覆难再收③。君④情与妾⑤意，各自东西流。昔日芙蓉花⑥，今成断根草⑦。以色事他人，能得几时好？**

长门一步地，不肯暂回车

**注释**

①「汉帝」二句，是指汉武帝「若得阿娇作妇，必作金屋贮之」的典故。

②「咳唾」二句，化用《庄子·秋水》：「子不见夫唾者乎？喷则大者如珠，小者如雾，杂而下者不可胜数也。」

③「水覆」句，运用典故，传说姜太公妻子马氏，不堪贫困而离开了他。到太公富贵的时候，她又回来找太公请求和好。太公取了一盆水泼在地上，令其收之，不得。太公就对她说：「若言离更合，覆水定难收。」

④君，指汉武帝。

⑤妾，指阿娇。

⑥芙蓉花，指荷花。

⑦断根草，比喻失宠。

**诗解**

汉武帝曾经十分宠爱阿娇，为她筑造金屋使她居住。武帝对她娇宠万分，即使她的唾沫落下，也会被看做像珠玉那样珍贵。娇宠到极点，恩爱也就停歇了，武帝对她的情意渐渐淡却。

阿娇被贬长门后，即使与武帝的寝宫相距很近，武帝也不肯回车，在阿娇那里暂作停留。雨落之后再不会飞上天空，覆水也难再收回。武帝与阿娇的情意，各自东西。往日美丽的芙蓉花，今日成为了凄凉的断根之草。如果凭借姿色侍奉他人，相好的日子是十分短暂的。

**诗评**

太白之诗，其旨出于国风，往往寄兴深远。

——萧立之《冰涯诗集》

**题解**

《幽州胡马客歌》，梁《鼓角横吹曲》旧题有《幽州马客吟》。幽州，在今河北北部与北京及辽宁西南一带。唐明皇喜事边功，宠任藩将。天宝十载（751），高仙芝败于大食，安禄山败于契丹。李白这首诗就是当时之作，讽刺安禄山等人不认真分析当时的战争局势，轻易率领疲兵发动战争，以致遭到惨败。言切而意悲。

## 幽州胡马客歌

幽州胡马客，绿眼虎皮冠。笑拂两只箭，万人不可干。弯弓若转月，白雁落云端。双双掉鞭[1]行，游猎向楼兰[2]。出门不顾后，报国死何难？天骄五单于[3]，狼戾[4]好凶残。牛马散北海[5]，割鲜[6]若虎餐。虽居燕支山[7]，不道朔雪寒。妇女马上笑，颜如赪玉盘。翻飞射鸟兽，花月醉雕鞍。旄头[8]四光芒，争战若蜂攒[9]。白刃洒赤血，流沙为之丹。名将古谁是？疲兵良可叹。何时天狼灭？父子得安闲。

**幽州**

古九州及汉十三刺史部之一，是隋唐时北方的军事重镇、交通中心和商业都会，其范围大至包括今河北北部及辽宁一带，居住着契丹、奚等少数民族。

**注释**

①掉鞭，指摇鞭。

②楼兰，汉代西域的国名。故地在今新疆若羌县一带。汉昭帝时，楼兰王反叛，多次杀掉汉使。元凤四年（前77），大将军霍光遣傅介子刺杀楼兰王。

③五单于，匈奴诸王争相自立，分为五个部落，五个单于相互攻击。

④狼戾，狼本性凶暴。

⑤北海，匈奴居地，在今贝加尔湖。

⑥鲜，新杀的禽兽。

⑦燕支山，在甘肃永昌西，绵延于祁连、龙首二山之间。

⑧旄头，星宿的名字，二十八宿之一。

⑨攒，聚集。

**诗解**

居住在幽州之地的胡人，样貌十分奇特。长的是绿眼珠，头上戴的是虎皮的帽子。他们十分好弯弓射箭，射箭技术之高，万人不能抵挡。弯弓成弯月的形状，一张弓白雁就落下了云端。

唐军双双摇鞭，向楼兰进发，准备对胡人进行讨伐。但将领们没有好好分析战争局势，只知出门而不顾后果，只知报国而不顾士兵的生死。胡人将领，凶恶残暴。他们吃的是北海间养起的牛马，以新杀的禽兽为餐。虽然居住在燕支山，但不觉得朔雪的奇寒。在冰雪之天，妇女可以在马上谈笑，颜色姣好如玉盘。妇女们也有一身好本领，翻身射鸟兽，也能在雕鞍上驰骋。而唐军没有做好战前准备，打起仗来像蜂一样乱攒。结果兵败了，战士的血空洒边漠。率领疲兵杀敌，真是让人感叹不已。什么时候才能消灭天狼，使得中原的父子得到安闲？

诗评

明皇喜事边功，宠任藩将。天宝十载，高仙芝败于大食，安禄山败于契丹。是时之作，必刺禄山也。『出门不顾后，报国死何难』，诘之也。『名将古谁是？疲兵良可叹』，伤之也。言切而意悲矣。

——乾隆御选《唐宋诗醇》

题解

《门有车马客行》，乐府《相和歌辞》旧题。李白在这首诗里表达了自己被弃置不用的无奈与愤慨。

## 门有车马客行

**门有车马宾，金鞍耀朱轮。谓从丹霄[①]落，乃是故乡亲。呼儿扫中堂，坐客论悲辛。对酒两不饮，停觞泪盈巾。叹我万里游，飘飖三十春。空谈帝王略，紫绶[②]不挂身。雄剑藏玉匣，阴符[③]生素尘。廓落[④]无所合，流离湘水滨。借问宗党[⑤]间，多为泉下人。生苦百战役，死托万鬼邻。北风扬胡沙，埋翳[⑥]周与秦。大运且如此，苍穹宁匪仁？恻怆竟何道？存亡任大钧[⑦]。**

注释

①丹霄，指朝廷。

②紫绶，紫色丝带。古代高级官员用于系印章，或衣饰。

③阴符，古兵书名。泛指兵书。

④廓落，孤寂的样子。

⑤宗党，宗族，乡党。

⑥埋翳，掩埋，掩盖。

⑦大钧，指天或自然。

对酒两不饮，停觞泪盈巾

诗解

门前车马喧腾，原来有乘着朱轮金鞍的贵宾来访，他说他从朝廷而来，回归故乡，见到故乡的人感到亲切。我赶紧呼唤自己的小儿子打扫中堂招待客人，坐在一起共同谈论人生的悲辛。我们相对而坐，桌上的两觞酒还没饮尽，暂时停下酒杯就泪流满面了。我哀叹自己漂泊万里，已经三十年过去了。可怜我的半生，空谈王霸之略，却始终没有得到过朝廷的重用。我的雄剑空藏在玉匣之中，已经很久没有用过了；兵书上浮满了灰尘，也好久没有人听我谈论这些用兵之策了。在朝廷中没有人和我的意见相同，我只得像屈原一样流离到湘水之滨。真正懂得我的知己，多已是泉下之人了。生来苦于百战，在征战中死去的人太多太多了，死去之后可以与众多的鬼魂为邻居。北风扬起胡沙，掩埋了周秦两朝。大运尚且如此，难道是上天不仁？心里无限伤感凄怆，又能说什么呢？就让一切顺其自然，随从天意吧。

诗评

本瑟调曲曹植《门有万里客行》也。陆机、张华拟辞，大率言问讯其客，备叙市朝迁谢亲友凋丧之意。白辞同，而『空谈帝王略，紫绶不挂身』等语，微寓自叹，『胡沙埋翳周与秦』，亦咏其时事云。

——胡应麟《诗薮》

**题解**

《君子有所思行》，乐府《杂曲歌辞》旧题。在这首诗里，李白抒发了自己不得重用的无奈和愤懑，以及『老骥伏枥，志在千里』的情怀。

## 君子有所思行

**紫阁[①]连终南[②]，青冥天倪[③]色。凭崖望咸阳，宫阙罗北极。万井[④]惊画出，九衢[⑤]如弦直。渭水银河清，横天流不息。朝野盛文物[⑥]，衣冠何翕赩[⑦]？厩马散连山，军容威绝域[⑧]。伊皋[⑨]运元化[⑩]，卫霍[⑪]输筋力。歌钟[⑫]乐未休，荣去老还逼。圆光过满缺，太阳移中昃[⑬]。不散东海金，何争西辉匿。无作牛山悲[⑭]，恻怆泪沾臆。**

**注释**

①紫阁，终南山峰名。

②终南，山名。秦岭主峰之一。在陕西西安南。一称南山，即狭义的秦岭。

③天倪，天际，天边。

④万井，古代以地方一里为一井，万井即一万平方里。指南北大街纵横交错。

紫阁连终南，青冥天倪色

⑤九衢，纵横交叉的大道，繁华的街市。

⑥文物，文彩物色。指礼乐典章制度。

⑦翕艴，光色盛貌。

⑧绝域，极远之地。

⑨伊皋，伊，伊尹，商代名相。皋，皋陶，舜之大臣，掌刑狱之事。后二人常并称，喻指良相贤臣。

⑩元化，造化，天地。

⑪卫霍，西汉名将卫青和霍去病。他们皆以武功著称，后世并称「卫霍」。

⑫歌钟，伴唱的编钟。

⑬中昃，日过午而渐西斜。

⑭牛山悲，亦作「牛山叹」。《晏子春秋·谏上十七》：「景公游于牛山，北临其国城而流涕曰：『若何滂滂去此而死乎？』」后以「牛山叹」、「牛山泪」、「牛山悲」、「牛山下涕」喻为人生短暂而悲叹。

**诗解**

紫阁山峰和终南山相连，遥远天边的颜色青翠鲜明。凭崖远望，可以看到咸阳城，城里宫阙众多，似乎能与北极相接。城内的南北大街交错纵横，好像画里画的那样；繁华的街市像弓弦那样笔直。渭河的水清澈明净，奔流不息。朝廷的礼乐典章制度非常完善，只有高官重臣的衣冠才会光色鲜亮。祁连山边经常有战争发生，汉朝的军威浩荡，声播西域。有像伊尹和皋陶这样的良相贤臣辅佐，又有卫青、霍去病这样的武将为朝廷出战效力，所以才有今日昌盛的局面。宫内歌舞升平，欢乐未歇。月圆月缺，如今诗人也已经老去了。日头正旺时都没有尽情散发自己的光彩，又何必在夕阳西下时去争那些许的光辉呢？不要为人生的短暂而悲叹恻怆以致泪满衣襟。

**诗评**

诗云：『紫阁连终南，凭崖望咸阳，渭水银河清』，当是在长安作。

——詹锳

**诗人逸事**

天宝三年（744），李白离开长安，来到临淄。他在太守李邕的陪同下，游览了孟姜庙、杞梁墓和淳于意墓等胜迹。李白有感于东海勇妇的英烈事迹，作了此诗。在这首诗里，李白以高度的热情，讴歌了齐地勇妇不辞万死为夫报仇的义勇行为，流露出诗人除暴安良的侠义思想。

## 东海有勇妇

梁山①感杞妻②，恸哭为之倾。金石忽暂开，都由激深情。东海有勇妇，何惭苏子卿③？学剑越处子④，超腾若流星。捐躯报夫雠，万死不顾生。白刃耀素雪，苍天感精诚。十步两躩跃，三呼一交兵。斩首掉国门，蹴踏⑤五藏行。豁此伉俪⑥愤，粲然大义明。北海李使君⑦，飞章奏天庭。舍罪警风俗，流芳播沧瀛⑧。名在列女籍，竹帛已光荣。淳于免诏狱⑨，汉主为缇萦。津妾一棹歌，脱父于严刑。十子若不肖⑩，不如一女英。豫让⑪斩空衣，有心竟无成。要离杀庆忌⑫，壮夫所素轻。妻子亦何辜？焚之买虚声。岂如东海妇，事立独扬名！

注释

①梁山，山名。在今山东东平。

②杞妻，春秋齐大夫杞梁之妻，或云孟姜。杞梁，名殖（一作植）。齐庄公四年（前550），齐袭莒，杞梁战死，其妻迎丧于郊，哭甚哀，遇者挥涕，城为之崩。后演为孟姜女哭长城的传说。

③苏子卿，苏武，字子卿。他奉汉武帝命令，出使匈奴，被囚禁北海牧羊十九年，坚贞不屈。后来汉武帝去世，昭帝即位，汉朝与匈奴修好，苏武归汉。苏武的民族气节流传千古。

④越处子，即越女。春秋越国南林会稽一个山野少女，在竹林中奇遇一化身老翁的通灵白猿，白猿以竹枝为剑与少女对阵，遂长啸一声而去。少女悟出用剑法，与越王勾践坐而论剑，动静之术，虚实之法，无不精通。越王赐其号曰『越女』，称『当世莫胜越女之剑』。

⑤蹴踏，踩，踢。

⑥伉俪，夫妇。

⑦北海李使君，李邕，中国唐代书法家。字泰和。广陵江都（今江苏扬州）人。曾任左拾遗、户部员外郎、括州刺史、北海太守，人称李北海。

**东海有勇妇，何惭苏子卿**

苏子卿即出使匈奴，坚定守节的苏武。诗人以苏子卿来比照东海勇妇，意在赞扬东海勇妇的高尚志节。

⑧沧瀛，大海。这里指东方海隅之地。

⑨『淳于』句，运用的是典故。淳于，即淳于意，西汉初期著名医学家，因曾任齐太仓长，故人们尊称他为『仓公』或『太仓公』。淳于意自幼热爱医学，曾拜公孙光、公乘阳庆为师，学黄帝、扁鹊的脉书、药论等书，精于望、闻、问、切四诊，尤以望诊和切脉著称。淳于意为使自己专志医术，辞去官职，不营家产，长期行医民间，对封建王侯不肯趋承。赵王、胶西王、济南王、吴王都曾召他做宫廷医生，他都一一谢绝了。因常拒绝对朱门高第出诊行医，被富豪权贵罗织罪名，送京都长安受肉刑。其幼女淳于缇萦毅然随父西去京师，上书汉文帝，痛切陈述父亲廉洁无罪，自己愿意身充官婢，代父受刑。文帝被感动，宽免了淳于意，且废除了肉刑。

⑩不肖，品行不好，没有出息。

⑪豫让，春秋战国间晋国人。为晋卿智瑶家臣。晋出公二十二年（前453）赵、韩、魏共灭智氏。豫让用漆涂身，吞炭使哑，暗伏桥下，谋刺赵襄子未遂，后为赵襄子所捕。临死时，求得赵襄子衣服，拔剑击斩其衣，以示为主复仇，然后伏剑自杀。

淳于免诏狱，汉主为缇萦

⑫要离杀庆忌，庆忌是吴王僚的儿子，有万夫不当之勇，据说他能够『走追奔兽，手接飞鸟』，是吴国第一勇士。吴王阖闾派专诸刺杀王僚后，登上王位。庆忌逃亡卫国，招兵买马，欲报杀父之仇。阖闾想除掉庆忌。伍子胥就推荐要离刺杀庆忌。要离身材瘦小，但足智多谋，而且是击剑能手。经过策谋，要离决定采用苦肉计。一日要离在王宫与阖闾斗剑时，故意先用竹剑刺伤阖闾的手腕，再取真剑斩断自己的右臂，投奔卫国找庆忌去了。要离走后，阖闾还依计杀掉了他的妻子，焚骨扬灰。庆忌探得事实，便对要离深信不疑，视为心腹，委他训练士兵，同谋举事。三月之后，庆忌出征吴国，与要离同坐一条战舰。要离乘庆忌在船头畅饮之机，迎着月光独臂猛刺庆忌，透入心窝，穿出背外。庆忌诧异之极倒提要离，沉溺水中三次，然后将要离放在膝上，笑着说：『天下竟有如此勇士敢于刺我！』遂让士兵放走要离。要离回国后辞谢封赏，自刎而死。

## 诗解

杞梁死后，他的妻子在梁山脚下哭泣，梁山为她的一片至诚所感动，为之倒倾。只要是一往情深，至诚一片，金石都会为之打开。东海有勇妇，怎么会惭愧不如苏子卿呢？东海的勇妇有苏子卿的气节。她向越处子学剑，腾奔若流星。她不惜自己的生命，为夫报仇，即使死一万次也绝不后悔。连苍天都被她的真情所感动了。她身手不凡，终于杀掉仇人，为夫报仇。她的行为大义粲然。北海的李邕，把她的事迹奏到朝廷。天子免去了她杀人的罪过，把她作为烈妇忠妇的典型给予表彰，并以她来警明风俗，使她的美名远播苍茫大地。她名在列女籍里，彪炳史册，已很光荣了。淳于意之所以能免诏狱，是因为他的幼女淳于缇萦毅然随父西去京师，上书汉文帝，痛切陈述父亲廉洁无罪，自己愿意身充官婢，代父受刑。文帝被感动，宽免了淳于意，并废除了肉刑。如果十个儿子都没有出息，那还不如一个女英。豫让为报智氏对自己的知遇之恩，用漆涂身，吞炭使哑，暗伏桥下，谋刺智氏的仇人赵襄子，后为赵襄子所捕。临死时，他求得赵襄子衣服，拔剑击斩其衣，以示为主复仇，然后伏剑自杀。要离谋杀庆忌，向来是被壮夫所轻视的。要离的妻子和孩子是无辜的，焚烧他们的尸体为了买虚的声名。怎么能够与东海勇妇相比呢？东海勇妇为夫报仇成功了，而且还宣扬了自己的美名！

## 诗评

《东海有勇妇》，为夫报仇，必实有其事，而注家不详。

——查慎行《初白阉诗评》

## 题解

《白马篇》，乐府《杂曲歌辞》旧题。李白在这首诗里表现了自己任侠使气的精神特质，以及他期望建功边塞的热切心情。

## 白马篇

**龙马[1]花雪毛，金鞍五陵豪[2]。秋霜[3]切玉[4]剑，落日明珠袍[5]。斗鸡事万乘[6]，轩盖[7]一何高？弓摧南山虎[8]，手接太行猱。酒后竞风采，三杯弄宝刀。杀人如剪草，剧孟同游遨。发愤去函谷[9]，从军向临洮。叱咤经百战，匈奴尽奔逃。归来使酒气[10]，未肯拜萧曹[11]。羞入原宪[12]室，荒径隐蓬蒿。**

注释

①龙马，马八尺以上为龙。

②五陵豪，指高门贵族的豪迈气概。

③秋霜，形容剑的颜色。

④切玉，形容剑的锋利。

⑤明珠袍，镶珠的衣袍。

⑥万乘，指天子。周制，天子地方千里，出兵车万乘，诸侯地方百里，出兵车千乘，故称天子为『万乘』。

⑦轩盖，带篷盖的车。显贵者所乘。

⑧『弓摧』句，运用典故。讲的是晋代周处的故事。相传南山有白额猛虎为患，周处入山杀射此虎，为人除害。

⑨函谷，古代的关塞名，在今河南。

⑩使酒气，因酒使气。

萧何

萧何，汉初政治家，沛（今江苏沛县）人，早年任秦沛县狱吏，后辅佐刘邦建立西汉王朝。

⑪萧曹，西汉名相萧何和曹参。

⑫原宪，孔子的弟子，字子思。原宪家里非常贫困。

诗解

我有一匹宝马，它高八尺，毛色纯正，能显示出高门贵族的豪迈气概。我身佩锋利的宝剑，落日下镶珠的衣袍依然发出灿然的光彩。我的宝马可以为天子参乘，天子的车驾还能有多高呢？我手里的弓箭足可以射杀南山之虎，我足可以手搏太行猕猴。酒后我们常常竞逞风采，三杯酒后宝刀在我的手中更是闪光明亮。杀人像剪草那样快，与剧孟结为好友，常同遨游。发愤去边塞立功，在临洮从军。叱咤风云，经历了百战，匈奴被打得到处奔逃。杀敌归来趁着酒气，不肯承认自己的才能居于萧何和曹参之下，更以原宪隐居蓬蒿，居住在荒径陋室为羞耻。

诗评

此诗寓贬于褒，寓扬于抑，深得国风之旨，读者宜细味之。

——萧立之《冰涯诗集》

**题解**

《怨歌行》，乐府《相和歌辞》旧题。这首诗借美人在宫中得宠与失宠不定的悲惨命运，来抒发诗人自己得不到君王恩宠的失意心情。

## 怨歌行

**十五入汉宫，花颜笑春红。君王选玉色①，侍寝金屏②中。荐枕③娇夕月，卷衣④恋春风。宁知赵飞燕⑤，夺宠恨无穷。沉忧能伤人，绿鬓成霜蓬。一朝不得意，世事徒为空。鹔鹴换美酒⑥，舞衣罢雕龙。寒苦不忍言，为君奏丝桐⑦。肠断弦亦绝，悲心夜忡忡⑧。**

**注释**

①玉色，美女。

②金屏，锦帐。

③荐枕，侍寝。

④卷衣，侍寝。

⑤赵飞燕，本为长安宫人，后为阳阿公主的舞女。汉成帝见而幸之，召入内宫，为婕妤，后终为皇后。

⑥鹔鹴换美酒，鹔鹴，骏马名。司马相如初与卓文君还成都，家里十分贫困，曾用鹔鹴换美酒喝。

⑦丝桐，指琴。丝为琴弦，桐为琴身。

⑧忡忡，忧虑的样子。

**宁知赵飞燕，夺宠恨无穷**

后宫三千佳丽，赵飞燕凭借着俏丽的容貌和妙曼的舞姿，获得了君王的宠爱。而她得宠之后，其他后宫女子的怨恨也便集中在她身上了。

**诗解**

十五岁来到汉宫中，正是青春烂漫的年纪，她微微的一笑就会让春天的美景为之羞愧。君王选美女，她被选中服侍君王的寝息。柔曼的夕月下，她娇羞的俏丽模样让君王难以自持，君王对她恋恋不舍。可否知道赵飞燕，她夺宠后别的女子对她恨意无穷。但青春总是不能永驻的，绿鬓终会变白，成为霜蓬。在宫廷中，只要一朝不得意，世事都会成空。一旦不得宠，只能用骏马换酒喝，舞衣也是很寒酸的。那样的寒苦不堪言表，只能暗自伤悲，偷偷为君王琴奏一曲。肠断弦也绝，心中无限伤悲而不能成音。

**诗评**

《怨歌行》，苦辞也。王僧虔《技录》相和歌楚调十曲有《怨诗》，亦曰《怨歌行》，亦曰《明月照高楼》。

——萧立之《冰涯诗集》

**题解**

《塞下曲》，唐代的新乐府辞，其源出自汉乐府的《出塞曲》，内容主要描述边塞的征戍生活。这组诗以汉武帝平定匈奴侵扰的史实，谱写了一曲热情洋溢的战斗颂歌。诗中描绘了将士们餐雪卧沙、日夜奋战的动人景象。这一组诗以乐观高亢的基调和雄浑壮美的意境反映了盛唐的精神风貌。

## 塞下曲六首（录五首）

### 其一

**五月天山①雪，无花只有寒。笛中闻折柳②，春色未曾看。晓战随金鼓③，宵眠抱玉鞍④。愿将腰下剑，直为斩楼兰⑤。**

注释

①天山，指祁连山。

②折柳，即《折杨柳》，古乐曲名。这两句意为，只能在笛声中听到《折杨柳》的乐曲，却看不到柳色青青的春景。

③金鼓，以金装饰的珍贵的鼓，古代军队中作战时要击鼓前进。金鼓与玉鞍对举，金和玉都是修饰语，金非指锣。

④玉鞍，装饰华贵的马鞍。这两句意为，拂晓随金鼓声与敌作战，晚上抱着马鞍露宿守卫。

⑤楼兰，汉代西域国名，在今新疆境内。这里指楼兰国王。据《汉书·西域传》记载：楼兰地当汉通西域的要冲，汉使经过常被杀害。西汉大将军霍光派傅介子设计杀死了楼兰王。这里借用典故表示愿意身赴绝域，为国立功。

五月天山雪，无花只有寒

**诗解**

五月，在内地正值盛夏。而祁连山还在大雪纷飞，那里没有鲜花盛开，只有彻骨的寒冷。战士们只能在笛声中听到《折杨柳》的乐曲，却看不到柳色青青的春景。他们在边疆，十分辛劳。拂晓随金鼓声与敌作战，晚上抱着马鞍露宿守卫。战士们来戍守边塞，早已把生死置之度外，他们愿意腰挎宝剑，身赴楼兰绝域，为国立功。

**诗评**

太白『五月天山雪，无花只有寒。笛中闻折柳，春色未曾看』，一气直下，不就羁缚。

——沈德潜《说诗碎语》

## 其二

**天兵①下北荒，胡马欲南饮②。横戈从百战，直为衔恩甚③。握雪海上餐，拂沙陇头寝④。何当破月氏⑤，然后方高枕⑥。**

**注释**

①天兵，指汉朝军队。

②这句意为，匈奴妄图向南侵扰。

③直，但，只。衔恩，受恩。甚，很多。

④握雪，捏雪成团。海，瀚海，大沙漠。陇头，田野。这两句意为，在沙漠上抟雪而食，在田野里拂沙露宿。

⑤何当，何日。月氏，汉代西域国名，在今甘肃西部。

⑥高枕，即高枕无忧。《汉书·匈奴传》：『故北狄不服，中国未得高枕安寝也。』

诗解

汉朝军队意欲攻下北方荒漠，匈奴妄图侵扰南方，两方都期望在战争中取得胜利，好夺取更多的土地。汉军的战士们在战场奋力拼杀，只是因为他们受到朝廷和皇帝的恩典很多。他们在沙漠上抟雪而食，在田野里拂沙露宿，条件虽然很艰苦，但绝不后退。什么时候才能消灭掉月氏，天下才能高枕无忧。

### 其三

**骏马似风飚①，鸣鞭出渭桥②。弯弓辞汉月③，插羽破天骄④。阵解星芒尽⑤，营空海雾消⑥。功成画麟阁⑦，独有霍嫖姚⑧。**

注释

①飚，暴风。这句意为，骏马奔驰疾如暴风。

②鸣鞭，挥鞭。因鞭挥动即发出响声，故称。渭桥，长安城西面咸阳东南渭水河上的一座大桥，是古代从长安到西域的要道。

③辞汉月，指离开中原。

功成画麟阁，独有霍嫖姚

④羽，指箭，因箭杆上有羽毛。天骄，指匈奴。据《汉书·匈奴传》记载，匈奴首领单于曾自称：『胡者，天之骄子也。』

⑤阵解，指队伍瓦解。星芒，星的光芒。古代迷信说法，当客星的光芒变成白色时战争就要爆发。

⑥海雾，喻指战场上烟尘弥漫。这句指战争胜利结束。

⑦麟阁，即麒麟阁，汉高祖时造。据《汉书·苏武传》记载，汉宣帝甘露三年，曾画十一位功臣像于阁上。这里是用画像于麒麟阁来表示卓越的功勋。

⑧霍嫖姚，即霍去病。汉武帝时抗击匈奴的名将，因功封嫖姚校尉。

**诗解**

骏马奔驰疾如暴风，兵士们挥动马鞭驰出渭水河桥，奔赴西域战场。他们为征战离开中原，带着弓箭为击破傲慢无礼的胡人。经过一场战争，胡人的队伍瓦解，战场上烟尘弥漫，汉军取得了胜利。击破胡军后，功臣的画像将画上麒麟阁，表示卓越的功勋，这样崇高的赫赫的战功只有霍去病能够担当得起。

诗评 总为末二语作前六句，直而赫奕，正以激昂见意。俗笔开口便怨。

——王夫之《唐诗评选》

其五

**塞虏乘秋下①，天兵出汉家。将军分虎竹②，战士卧龙沙③。边月随弓影，胡霜拂剑花④。玉关殊⑤未入，少妇莫长嗟。**

注释

①塞虏，对匈奴的贬称。这句意为，匈奴乘着秋天兵强马壮的时候，大举南侵。

②虎竹，古代发给将帅的兵符，分铜虎符和竹使符两种，朝廷和领兵将领各执一半，发兵或调动军队时对合起来作为凭信。分虎竹，受命带兵出征的意思。

③龙沙，也称白龙堆。这里泛指塞外沙漠之地。

④这两句意为，月光伴着弓影，霜花拂着剑锋。描写战士连夜行军的情状。

⑤殊，远。

诗解 匈奴乘着秋天兵强马壮的时候，大举南侵，汉军派出兵力进行反击。将军受命带兵出征，战士们出征在塞外沙漠之地。战士们夜晚行军十分艰苦，月光伴着弓影，霜花拂着剑锋。战士还远没有进入玉门关，少妇可不要长叹呀！

汉皇按剑起，还召李将军

## 其六

**烽火①动沙漠，连照甘泉云②。汉皇③按剑起，还召李将军④。兵气天上合⑤，鼓声陇底闻⑥。横行负⑦勇气，一占静妖氛⑧。**

注释

①烽火，古代边境上夜间举火报警的信号。

②甘泉，陕西淳化有甘泉山，秦时在此山造甘泉宫，汉武帝曾加修理，作为避暑处。《史记·匈奴列传》：『胡骑入代（郡名）句注（山名）边，烽火通于甘泉、长安。』这句指报警的信号传到京城。

③汉皇，指汉武帝。

④还，仍旧。李将军，即西汉名将李广，陇西成纪（今甘肃秦安）人，善骑射。文帝时击匈奴有功，为武骑常侍。武帝时任右北平太守，匈奴数年不敢犯界，称之为『飞将军』。后随大将军卫青攻匈奴，以失道被责，自杀。

⑤[illegible]

⑥陇底，山坡下。

⑦负，凭，靠。

⑧静，平息。妖氛，指侵扰边疆的匈奴贵族。

**诗解**　边境上燃起了烽火，沙漠上又兴起了战事。报警的信号迅速传到了京城。汉武帝十分愤怒，按剑而起，仍旧召见将军李广。战斗气氛顿时弥漫中原大地和边境地区，战争十分激烈。擂动的鼓声在山坡下都能清楚地听到。前进依靠的是勇气，汉武帝期望一次战役就能平息匈奴的侵扰之患，他的气魄真是浩大。

**诗评**　以太白之才咏关塞，而悠悠闲淡如此，诗所以贵淘炼也。

——邢昉《唐风定》

**题解**　《来日大难》，即古《善哉行》，以《善哉行》的首句而命名。

## 来日大难

来日一身，工携粮负薪。道长食尽，苦口焦唇。今日醉饱，乐过千春。仙人相存①，诱我远学。海凌三山②，陆憩五岳③。乘龙天飞，目瞻两角。授以仙药，金丹满握。蟪蛄④蒙恩，深愧短促。思填东海，强衔一木⑤。道重天地，轩师⑥广成。蝉翼九五⑦，以求长生。下士⑧大笑，如苍蝇声。

道重天地，轩师广成

**注释**

①存，询问。

②三山，指蓬莱、方丈、瀛洲。

③五岳，指南岳衡山、东岳泰山、西岳华山、北岳恒山、中岳嵩山。

④蟪蛄，蟪蛄生命力极其短暂，春生夏死，不知春秋。

⑤思填东海，强衔一木，用的是精卫填海的典故。

⑥轩师，指黄帝的老师广成子。黄帝立为天子十九年，听说广成子在崆峒山上，就去拜访，向广成子询问治国之道。

⑦蝉翼九五，九五，指帝位。这里的意思是看待帝位如蝉翼一样轻。

⑧下士，指世俗之人。

**诗解**

我独自一人携粮负薪外出。道路太漫长了，带的粮食都吃完了，口渴也没有水可以饮用，嘴唇都焦躁干裂了。只要今日能够吃饱喝足，那就是世上最快乐的事情。仙人也来向询问，让我跟从他远学。我随他越过海上的蓬莱三山，在陆地上的五岳暂作休息。我乘着巨龙在天上遨游，那种感觉真是无比畅快。

神仙授我以仙药，我把金丹紧紧握在手里。蟪蛄蒙受了恩典，为自己短暂的生命感到惭愧。精卫填海，常常衔着西山木石。天地间以治国之道为正事，黄帝拜访广成子，并以广成子为师。黄帝地位如此高贵，但他看待帝位如蝉翼一样轻，只把长生看做是人生第一重要的事。那些世俗之人不理解他们高傲的情怀，对他们大肆嘲笑，笑声卑微得像苍蝇发出的声响。

**诗评**

李白常谓寄兴深微，五言不如四言，七言又其靡也。非有志于古者不能作此语。此题本属寓言，白诗亦是拟古，辞旨恍惚，奇谲可喜，故存之一备一体。

——乾隆御选《唐宋诗醇》

**题解**

《北风行》为乐府古题，多描写北风雨雪、行人不归之事。李白此诗也采用了这类题材，但思想意义和表现手法上都有较大提高。

## 北风行

烛龙栖寒门[1]，光耀犹旦开。日月照之何不及此，唯有北风号怒天上来。燕山雪花大如席，片片吹落轩辕台[2]。幽州思妇十二月[3]，停歌罢笑双蛾摧。倚门望行人，念君长城苦寒良可哀。别时提剑救边去，遗此虎文金鞞靫[4]。中有一双白羽箭[5]，蜘蛛结网生尘埃。箭空在，人今战死不复回。不忍见此物，焚之已成灰。黄河捧土尚可塞，北风雨雪恨难裁。

注释

①寒门，《淮南子 墬形训》中记载，烛龙生活在雁门以北，隐蔽于山中，不见太阳。他人面龙身没有脚。高诱注释说：龙衔着蜡烛以照耀太阴之地，呼出气息即为冬天。《淮南子》中又说，北方的北极之山，名为寒门。

②轩辕台，《山海经》中记载：大荒之内有轩辕台，射者不敢西向，为轩辕台故也。世传轩辕台为轩辕黄帝陵。

③幽州，古九州及汉十三刺史部之一，也是隋唐时期北方的军事重镇、商业都会和交通中心。据《周礼职方》载：『东北曰幽州』，其范围大至包括今河北北部及辽宁一带。

④鞞，一说为刀剑柄上或鞘上近口处的装饰，一说为刀剑鞘；靫为装箭的袋子。

⑤白羽箭，尾部装有白翎的箭。《北史·突厥传》记载，『（隋炀帝）取桃竹白羽箭一枚以赐射匮，因谓之曰：「此事宜速，使急如箭也。」』

诗解

烛龙栖息在极北的地方，那里终年不见阳光，只有北风怒号着从天上吹来。燕山一带的雪花大得像席子一样，片片吹落到轩辕台上。幽州的思妇十二月里停止了歌舞，不再微笑，眉头紧锁。她倚靠着门，望着路上的行人，思念长城苦寒中的丈夫而感到悲哀。丈夫在离别时慷慨提剑从戎援助边关，只留得饰有虎纹的箭袋。箭袋中有一白羽箭，蜘蛛在上面结网，落满厚厚的灰尘。白羽箭虽在，人却战死不能再回来。不忍心看到它，焚烧它成为灰烬。手捧泥土尚可以把黄河堵断，唯独这北风雨雪中的怨恨难以排遣。

**诗评**

『燕山雪花大如席』虽是生活中决不可能发生的事，但却可以理解。此诗妙语惊人，自然流畅，胡应麟赞之：『出鬼入神，惝恍莫测。』

——胡应麟《诗薮》

# 李太白集

线装典藏

册二

唐·李白 著

黄山书社

线装典藏

# 李太白集

唐·李白 著

册二

黄山书社

**题解**

《玉阶怨》，属《相和歌·楚调曲》，与《婕妤怨》、《长信怨》等曲一样，从古代所存歌辞看，都是专写『宫怨』的乐曲。这首诗描写幽居深宫的妇女的苦闷心情。全诗没有一个字正面写『怨』，却暗含着一种强烈的幽怨。

## 玉阶怨①

**玉阶生白露②，夜久侵罗袜③。却下水精帘④，玲珑望秋月⑤。**

**注释**

①玉阶怨，乐府《相和歌·楚调曲》调名，内容多写宫女的怨情。

②玉阶，玉石砌成的台阶。

③罗袜，用丝绸缝制的袜子。

④却，还。下，放下。水精，即水晶。水精帘，用透明体制成的垂帘，像后来的琉璃帘，古时宫中及权贵人家用物。

⑤玲珑，清晰明亮的样子。这句意为，透过水精帘望着明亮的秋月。

**诗解**

这是一首宫怨诗。前两句写无言独立玉阶，露水浓重，浸透了罗袜，主人公却还在痴痴等待。后两句写寒气袭人，主人公回房放下窗帘，却还在凝望秋月。

玉阶生白露，夜久侵罗袜

**诗评** 太白此篇，无一字言怨，而隐然幽怨之意见于言外，晦庵所谓圣于诗者此与！

——萧立之《冰涯诗集》

## 襄阳曲四首

**题解** 《襄阳曲》，即《襄阳乐》，乐府《清商曲辞》旧题。这首诗表达了李白对酒的钟爱以及意欲通过饮酒来忘却世事不如意的情怀。

### 其一

**襄阳行乐处，歌舞白铜鞮①。江城回渌水②，花月使人迷。**

**注释**

①白铜鞮，南朝齐梁时候的歌谣，流行在襄阳一带。

②渌水，清澈的水。

**诗解** 襄阳城里行乐的地方，唱的是白铜鞮，那里载歌载舞，好不热闹。清澈的江水在襄阳城边迂回，那里的花是如此美丽，那里的月是如此迷人。怎能不让人流连！

其二

**山公醉酒时，酩酊高阳下①。头上白接䍦，倒着还骑马。**

注释

①『山公』二句，最初见于《世说新语·任诞》：『山季伦为荆州，时出酣畅，人为之歌曰：「山公时一醉，径造高阳池。日暮倒载归，酩酊无所知。」』

诗解

山季伦醉酒时酩酊倒卧在高阳池。他头上戴着一个白头巾，倒着骑在马上，好不惬意悠闲！

其三

**岘山临汉江，水绿沙如雪①。上有堕泪碑②，青苔久磨灭。**

注释

①水绿沙如雪，又一作『水色如霜雪』。

②堕泪碑，晋代羊祜镇守襄阳时，常常登岘山，置酒赋诗。羊祜死后，他的部属在岘山建碑立庙，每年祭祀。见到此碑者都流泪，杜预因而称此碑为『堕泪碑』。

诗解

岘山临近汉江，那里的水绿如轻纱，净如霜雪。岘山之上有堕泪碑，是后人为纪念羊祜而建的，如今碑上的字迹已经磨灭不见，惟有青苔蔓满在石碑之上。

羊祜

羊祜，字叔子，泰山南城（今山东费县西南）人，西晋著名战略家。博学多才、善于写文、长于论辩，官至征南大将军。

### 其四

**且醉习家池①，莫看堕泪碑。山公②欲上马，笑杀襄阳儿。**

注释

①习家池，这里运用的是典故。汉代侍中郎习郁在岘山南边作鱼池，成为襄阳的旅游胜地。晋征南将军山简镇守襄阳时，常在此醉饮。

②山公，指晋征南将军山简，耽于饮酒。

诗解

暂且醉倒在习家池，耽于这种饮醉的快乐，不要看让人感伤的堕泪石碑。如果征南将军山简在醉时意欲上马而行，那不是他惯有的风格，就会笑杀襄阳之人。

题解

《大堤曲》是南朝乐府旧题，属于《清商曲辞》。这首诗里诗人触景伤情，抒发的是作者久别家乡，对家乡的无限思念之情。

## 大堤曲

**汉水临襄阳，花开大堤①暖。佳期②大堤下，泪向南云③满。春**

**风复无情，吹我梦魂散。不见眼中人，天长音信断。**

注释

①大堤，在襄阳城外，东临汉江，西自万山。

②佳期，指美好的春日。

③南云，陆机《思亲赋》中有『指南云以寄款，望归风而效诚』句。后来，『南云』指思念家乡或是怀念亲人之词。

诗解

汉水临近襄阳城，襄阳城已经有花盛开，襄阳城外的大堤也变得暖起来了。大堤下美好的春日总让人看不尽，只是看到这样的美景总会让人想起家乡，思乡的泪水弥漫在整个大堤上。总觉春风无情，屡屡吹散我回家的梦。很久已经没有看到我的亲人了，相隔万里，音信难通，想起来怎不让人伤怀！

诗评

幽秀绝远俗艳。胡应麟谓白诗人，知其华藻，而不知其神骨之清，于此亦见一斑。

——乾隆御选《唐宋诗醇》

题解

《清平调》，唐代大曲名，《乐府诗集》编入近代曲辞中，后用做词牌。此诗作于天宝二年（743）暮春李白供奉翰林时。正是芍药花开的季节，皇上乘夜召见太白，杨贵妃乘步辇来到此处。春暖花开，唐明皇十分高兴，诏选梨园子弟前来助兴。唐明皇以一句：『赏名花，对妃子，焉用旧乐词』，令李白速进《清平调》三首，并令李龟年歌之。

## 清平调词三首

其一

**云想衣裳发花想容，春风拂槛①露华浓。若非群玉②山头见，会③向瑶台④月下逢。**

注释

①槛，栏杆。

②群玉，山名。神话传说中西王母居住的地方。因山中多玉石，所以得名。

③会，应该。

④瑶台，西王母所居宫殿。

诗解

看到天上美丽缥缈的云彩就会想起贵妃飘逸的衣裳，看到园中盛开的花朵就会想起贵妃那美丽的容颜。正是温暖的春季，春风轻轻拂过栏杆，花朵上还羞羞答答地带着些露水，晶莹透亮。如果不是曾经在西王母居住的地方见过，那就一定是在仙人们居住的瑶台下相逢。

其二

**一枝红艳露凝香①，云雨巫山②枉断肠。借问汉宫谁得似？可怜③飞燕倚新妆。**

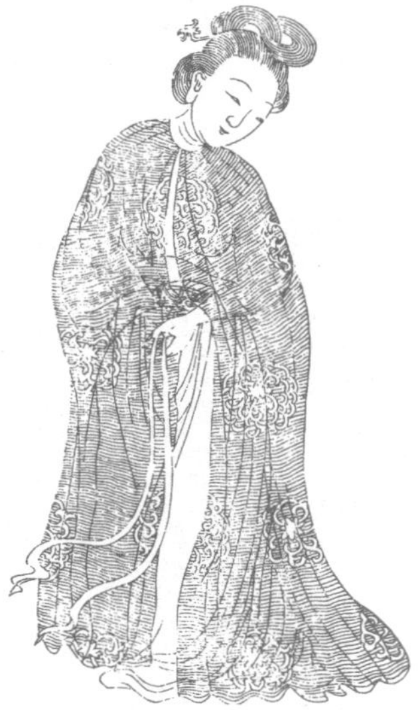

**杨贵妃**

杨贵妃，即杨玉环，号太真，蒲州永乐（今陕西华阴）人。天宝四年（745）入宫，得唐玄宗宠幸，封为贵妃。她精通音律，擅歌舞，喜好弹琵琶。

**注释**

①一枝红艳露凝香，指牡丹花（芍药花）而言。

②云雨巫山，宋玉《高唐赋》描写楚王与巫山神女欢会，神女离去时辞别说：『妾在巫山之阳，高丘之阻，旦为朝云，暮为行雨。朝朝暮暮，阳台之下。』后用来指男女欢会离别。

③可怜，可爱。

**诗解**

一枝红艳的花朵上露水凝香，那是它从天上掉落，与情人相别时痛断心肠的泪水。如果要问汉宫中谁能和它的美艳相比，惟有赵飞燕倚靠新妆才能与其相提并论。

## 其三

**名花[1]倾国[2]两相欢，长得君王带笑看。解释[3]春风无限恨，沉香亭[4]北倚栏干。**

**注释**

①名花，指牡丹花。

②倾国，指杨贵妃。

③解释，消除。

④沉香亭，亭子名称。在唐兴庆宫龙池东。

诗解

今日有牡丹花与美人两相为伴，十分欢洽，惹得君王带着笑容细细观看。君王的笑消除了春风带来的无限恨意，使得春风在沉香亭北驻足，倚在栏杆上欣赏这里的美景与佳丽。

诗评

三章合花与人言之，风流旖旎，绝世丰神。或谓首章咏妃子，次章咏花，三章合咏，殊见执滞。

——沈德潜《唐诗别裁集》

题解

《鼓吹入朝曲》，乐府《鼓吹曲辞》旧题。这首诗写的是金陵都城歌舞欢快的盛况，表达了天下太平，百姓和乐，一派欣欣向荣的社会景象。

## 鼓吹入朝曲

金陵控海浦①，渌水带②吴京③。铙歌列骑吹④，飒沓⑤引公卿。捶钟速严妆⑥，伐鼓启重城⑦。天子凭玉几，剑履若云行。日出照万户，簪裾⑧烂明星。朝罢沐浴⑨闲，遨游阆风亭。济济⑩双阙⑪下，欢娱乐恩荣。

注释

①控海浦，指控制长江出海口。

金陵控海浦，渌水带吴京

②带，环绕。

③吴京，金陵。三国吴都在金陵，所以这样称。

④骑吹，在马上奏乐。

⑤飒沓，歌声飘扬繁盛的样子。

⑥挝钟速严妆，挝，敲击。严妆，整齐装束。

⑦伐鼓，击鼓。启，开。

⑧簪裾，显贵达官的服饰。

⑨沐浴，休假。

⑩济济，众多的样子。

⑪双阙，宫门前两旁的望楼。此处泛指宫殿。

**诗解**

金陵地势险要，控制着长江的出海口，金陵城内环境优美，有一潭清水盈盈环绕。铙歌鼓吹乐在此地非常盛行，歌声飘扬引得公卿贵族也前来欣赏。奏乐时，那些表演的人挝击洪钟，装束整齐，发出阵阵气势很壮的乐声。天子倚靠在玉几旁，和着节奏，腰里别着的宝剑一动一动的，好像在云间飘行。第二天，太阳出来了，照耀着大地，显贵达官的服饰在阳光的照射下烂若明星。在上朝完毕休息的空闲，他们遨游在阆风亭。宫门前两旁的望楼上，公卿众多，他们能够得到皇家的恩宠，都感到无限欢娱。

**诗评**

『金陵控海浦，渌水带吴京。』盖太白初游金陵，缅怀往事而作。

——詹锳

**题解**

《秦女休行》，乐府《杂曲歌辞》旧题。

## 秦女休行

**西门①秦氏女，秀色如琼花。手挥白杨刀②，清昼杀雠家。罗袖洒赤血，英声凌紫霞。直上西山去，关吏相邀遮③。婿为燕国王，身被诏狱④加。犯刑若履虎⑤，不畏落爪牙。素颈未及断，摧眉伏泥沙。金鸡忽放赦⑥，大辟⑦得宽赊⑧。何惭聂政姐⑨，万古共惊嗟。**

**注释**

①西门，左延年《秦女休行》：『始出上西门，遥望秦氏庐。秦氏有好女，自名为女休。』诗用其意。

②白杨刀，宝刀名。

③邀遮，拦截。

④诏狱，奉皇帝的诏命拘禁罪犯的监狱。

⑤履虎，踩在虎身上。比喻处境危险。
⑥金鸡忽放赦，指大赦，赦免罪行。
⑦大辟，死刑。
⑧宽赊，宽大赦免。
⑨聂政姐，这里运用的是典故。聂政为人报仇，刺杀韩国宰相，然后毁容自杀。韩国把他的尸首曝露街头，悬赏千金，购问其姓名。政姐听说这件事，哭诉说：『今死而无名，此为我故也。夫爱身不扬弟之名，吾不忍也。』于是抱尸而哭，自杀于尸下。

**诗解**

西门有秦氏女，长得秀色如花。她手里挥有一把白杨刀，清早她就找仇家报仇去了。杀了仇人，她的罗袖上洒满了血迹，她的英雄豪气充斥在紫霞之上。她报完仇，径直回西山去，官吏把她拦截了下来。她因为杀人就被关在了监狱。官吏向她用刑，处境十分危险时，她仍意气凛然，毫不畏惧那些官吏爪牙。只要她头还没断，她就不会让恶势力得逞，不会向他们屈服。突然遇到了天下大赦，她被宽大处置，赦免了她的死刑。她和聂政姐姐相比，有什么可自愧不如的呢？她们都是万古以来的女侠英豪！

**诗评**

按女休事奇烈，第重述一过便堪击节，太白拟乐府有不与本辞为异，正复难及者，此类是也。

——胡应麟《诗薮》

**题解** 乐府《杂曲歌辞》有《秦王卷衣》，言咸阳春景及其宫阙之美，秦王卷衣以赠所欢也。而李白这首诗与《秦王卷衣》十分不同。李白这首诗表达的是对爱情忠贞的看法，对爱情应该始终如一，不能因为彼此年老色衰而背弃对方。其实，在这首诗里，也隐含着李白自己的用世情怀，他希望为君王效力，不会因年老而放弃这一理想。

## 秦女卷衣

**天子居未央①，妾侍卷衣裳。顾无紫宫②宠，敢拂黄金床。水至亦不去③，熊来尚可当④。微身奉日月⑤，飘若萤之光。愿君采葑菲，无以下体妨⑥。**

**注释**

①未央，汉代宫阙名称。

②紫宫，指天子居住之处。

③『水至』句，运用的是典故。取自《烈女传》：『贞姜者，齐侯之女，楚昭王的夫人。楚昭王出游，留夫人渐台之上而去。王闻江水大至，使使者迎夫人，忘持其符。夫人与楚昭王以符相约，没符不去。于是使返回取符，则水大至。台崩，夫人流而死。』

④『熊来』句，是运用的典故。汉元帝观斗兽，有熊逃出圈，攀槛欲上殿。左右皆惊走。惟有冯婕好上前，当熊而立，保护元帝。

⑤日月，比喻皇帝。

水至亦不去，熊来尚可当

⑥『愿君』二句，是化用《诗经》里的句子『采葑采菲，无以下体』。葑、菲，是植物的名称，上下都可以吃。但根有的长得美，有的长得丑，不损害它们的味道。比喻夫妇应该以礼仪合，不可以因为颜色衰老而相弃。

**诗解**

天子居住在未央宫，妾卷衣为君王侍寝。妾知道自己没有皇帝的百般恩宠，所以不敢在帝王面前娇纵造次。只是期望能够常伴在君王的左右，为他守护一生。没有他的约定，即使水至淹没，付出妾的生命也在所不惜。猛熊若对他构成威胁，妾愿为他阻挡。自己身份如此卑贱，微身侍奉君王，已经感到很满足了。希望君王能够懂得妾的一片真情意，不要因为妾的颜色衰老而遭到遗弃。

**题解**

《东武吟》：乐府《相和歌辞》旧题。这首诗描写了李白曾伴随皇帝左右、风光无限的昔日时光，以及今日的冷落无依，表达了希望辅佐明主，建功立业的热切愿望，以及他对现实的无奈之情。

## 东武吟

好古笑流俗①，素闻贤达②风。方希佐明主，长揖辞成功。白日在高天，回光烛微躬③。恭承凤凰诏④，欻⑤起云萝中⑥。清切⑦紫霄⑧迥，优游丹禁⑨通。君王赐颜色，声价凌烟虹。乘舆拥翠盖，扈从⑩金城⑪东。宝马丽绝景⑫，锦衣入新丰⑬。依岩望松雪，对酒鸣丝桐。因学扬子云，献赋甘泉宫。天书美片善，清芬⑭播无穷。归来入咸阳，谈笑皆王公。一朝去金马⑮，飘落成飞蓬。宾客日疏散，玉樽亦已空。才力犹可倚，不惭世上雄。闲作东武吟，曲尽情未终。书此谢知己，吾寻黄绮翁⑯。

注释

①流俗，流行的习俗。

②贤达，指有才德、声望的人士。

③烛，照耀。微躬，自谦。

④凤凰诏，指皇帝的诏书。

⑤欻，忽然。

⑥云萝中，指草野间，隐者所居住的地方。

⑦清切，清贵而接近天子的官职。

⑧紫霄，帝王的居处。

⑨丹禁，帝王宫禁。

清切紫霄迥，优游丹禁通

⑩扈从，随从皇帝出行。

⑪金城，指长安。

⑫绝景，绝美的风景。

⑬新丰，古代县名。唐代的温泉宫在此。

⑭清芬，好名声。

⑮金马，代指唐代的翰林院。

⑯黄绮翁，指商山四皓。

**诗解**

十分喜好古风，常常嘲笑流俗的轻薄，我向来就受到了有才德、声望的人士的熏陶，目睹了贤达之士的风采。特别希望能够辅佐明主，建立一番功业后归隐山林，过着一种悠游的日子。终于有了这样的机会，太阳的光辉终于也照耀在了我的身上。我恭敬地承奉了皇帝的诏命，突然就从隐居之地出山了。能进入宫廷接近天子，能目睹帝王居处的高迥雄伟，还能够进入帝王的禁宫，那是皇帝对自己多高的礼遇啊！因为受到了君王的宠赐，所以我的声价倍高。威风地乘着翠盖车舆，随从皇帝长安出游。骑在宝马上，沿途看不尽的绝美景色，穿着锦衣随皇帝到了新丰温泉宫。温泉宫的景色真是别有一番天地。高高的劲松挺立，还有美酒和听不厌、看不尽的美妙歌舞。面对如此的良辰美景，我也不禁学习扬雄，向皇帝献赋甘泉宫一首。文章写得很好，为我传播了声名。归来后入咸阳，在朝廷上谈笑的人都是些王公贵族。一旦离开了翰林院，就会如飞蓬般飘落无依。先前围绕在自己身边的宾客渐渐地散去了，玉樽里再也没有了美酒，时常空着。我自认为，自己的才力是可以和天下间的英豪相比的。闲来作了首东武吟，曲尽了但情还没终了。写这首诗是为了酬谢知己，我将去深山中寻找商山四皓的影踪。

**诗评**

此诗乃太白放黜之后，作此以别知己者。抱材于世，始遇而卒不合，见知而不见用。眷恋不忘之意悠悠然见于辞外，亦可慨叹也已。

——萧立之《冰涯诗集》

**题解** 《邯郸才人嫁为厮养卒妇》，乐府《杂曲歌辞》旧题。这首诗描写的是后宫女子失宠后的无聊与苦闷心情，诗人借女子的境况来表达自己不得志的郁闷之情。

## 邯郸才人嫁为厮养卒妇

**妾本丛台①女，扬蛾入丹阙。自倚颜如花，宁知有凋歇？一辞玉阶下，去若朝云②没。每忆邯郸城，深宫梦秋月。君王不可见，惆怅至明发③。**

君王不可见，惆怅至明发

**注释**

①丛台，台名。在赵国邯郸城内。

②朝云，指男女辞别。

③明发，黎明。

**诗解**

妾本是邯郸丛台人，容颜初展时就进入了深宫之中。自倚仗自己貌美如花，哪里知道也有君王恩情淡薄，以致失宠的一天？曾记得与君王最后的相见，那时他与妾在玉阶辞别，相约再会的日期。如今却如朝云般影迹无踪。在深宫一人独居，常常想起小时候在邯郸城里的美好时光，可惜那些欢快无忧的日子已经一去不复返了，而今只有凄清的深宫和相伴的寒秋之月。等不到君王，真是无限的惆怅，一直无眠悲伤到天亮。

**诗评**

太白《邯郸才人嫁为厮养卒妇》诗，妙在不说目前之苦，只追想宫中乐处，文章于虚里摹神，所以超凡入圣耳。

——马位《秋窗随笔》

题解

《出自蓟北门行》，乐府《都邑曲》调名，内容多写行军征战之事。天宝十一年（752），李白北游蓟门时作此诗。诗中歌颂了反击匈奴侵扰的战争，同时也描绘了远征将士的艰苦生活。

## 出自蓟北门行

**虏阵①横北荒，胡星耀精芒②。羽书速惊电，烽火昼连光③。虎竹救边急，戎车森已行④。明主不安席⑤，按剑心飞扬。推毂⑥出猛将，连旗登战场。兵威冲绝幕⑦，杀气凌穹苍。列卒赤山下⑧，开营紫塞傍⑨。孟冬风沙紧，旌旗飒凋伤⑩。画角悲海月，征衣卷天霜⑪。挥刃斩楼兰⑫，弯弓射贤王⑬。单于一平荡⑭，种落⑮自奔亡。收功报天子，行歌归咸阳。**

注释

①虏阵，指敌阵。

②胡星，指旄头星。古人认为旄头星是胡星，当它特别明亮时，就会有战争发生。精芒，星的光芒。这两句意为，胡虏横行于北方，胡星闪耀着光芒。

③羽书，同羽檄。这里指告急的文书。这两句意为，告急的文书快如闪电，报警的烽火日夜燃烧。

④虎竹，泛指古代发给将帅的兵符。这两句意为，救边的将领受命出征，战车森严地列队前进。

⑤明主，英明的皇帝。不安席，寝不安席，形容焦急得不能安眠。

⑥毂，车轮。推毂，相传是古代一种仪式，大将出征时，君王要为他推车，并郑重地嘱咐一番，授之以指挥作战全权。

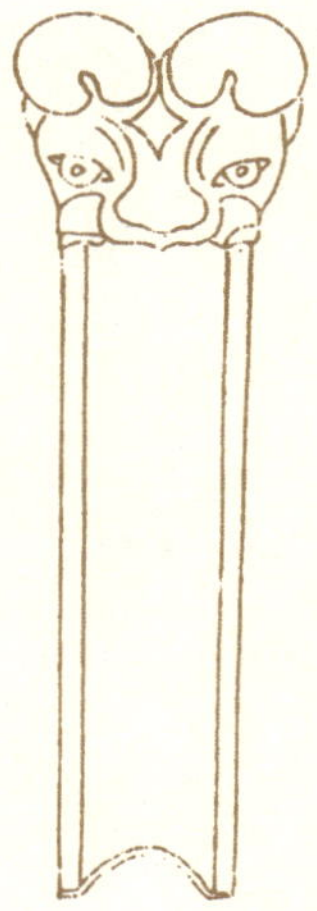

**虎竹**

虎竹，即虎符，常用青铜或黄金做成伏虎形状，是古代传达命令或调兵遣将时所用的凭证。其分为两半，将帅和皇帝各执一半，使用时两半互相符合才可以调兵遣将。

⑦幕，通『漠』。绝幕，极远的沙漠。

⑧列卒，布阵。赤山，山名，在辽东（今辽宁西部）。

⑨开营，设营，扎营。紫塞，指长城。因城土紫色，故名。

⑩孟冬，初冬。飒，飒飒风声。这两句意为，北方的初冬风沙十分猛烈，旌旗飒飒，飘扬在万物凋伤的边塞。

⑪画角，古乐器。本细末大，用竹木或皮革制成，外加彩绘，军中用以报告昏晓。卷，这里是凝聚的意思。天霜，古人认为霜是从天上落下来的。两句意思为，在边地的月光下吹奏出悲壮的画角声，战士的军衣上凝聚了层层寒霜。

⑫楼兰，见《塞下曲》其一注⑤。

⑬贤王，这里指敌军的高级将领。

⑭单于，匈奴的首领。平荡，荡平。

⑮种落，种族，部落。这里指匈奴所属的部落。

**诗解**

胡虏横行于北方，胡星闪耀着光芒，胡人又一次发动了侵略战争。告急的文书快如闪电，报警的烽火日夜燃烧。汉朝救边的将领受了皇帝的命令出征，战车森严地列队前进。英明的

皇帝着急得不能安眠，他按着宝剑，驱除胡虏的决心十分坚定。大将出征讨伐胡人时，君王亲自为他推车，并郑重地对他嘱咐一番，授之以指挥作战全权。极远的沙漠上顿时扬起了战争的灰烟，杀气顿时充斥在边塞。在赤山安兵布阵，在长城边的紫塞设营扎寨。北方的初冬风沙十分猛烈，旌旗飒飒，飘扬在万物凋伤的边塞。在边地的月光下吹奏出悲壮的画角声，战士的军衣上凝聚了层层寒霜。弯弓射杀胡人的贤王，终于平荡了单于的部队，匈奴所属的部落各自奔亡。功成后归报天子，各地人民纷纷行歌庆贺，一直迎接战胜的军队回归到咸阳。

**题解**

《北上行》，乐府《征行曲》调名，多写从军征役之苦。原作《苦寒行》，李白取其第一句『北上太行山』的『北上』两字，改名为《北上行》。安禄山攻占洛阳后，给当地人民带来了深重的灾难。诗中抓住逃难人民『北上缘太行』的经过和心情，具体地表现了当时人民在战乱中离乡背井、餐风饮露的痛苦生活，也反映出作者渴望天下太平的思想。

## 北上行

北上何所苦？北上缘[1]太行[2]。磴道盘且峻，巉岩凌穹苍[3]。马足蹶侧石，车轮摧高岗[4]。沙尘接幽州[5]，烽火连朔方[6]。杀气毒剑戟[7]，严风裂衣裳。奔鲸[8]夹黄河，凿齿屯洛阳[9]。前行无归日，返顾思旧乡。惨戚[10]冰雪里，悲号绝中肠。尺布不掩体，皮肤剧枯桑[11]。汲水涧谷阻，采薪陇坂长[12]。猛虎又掉尾[13]，磨牙皓[14]秋霜。草木不可餐，饥饮零露浆[15]。叹此北上苦，停骖[16]为之伤。何日王道平，开

猛虎又掉尾，磨牙皓秋霜

颜睹天光[17]？

注释

①缘，沿着。

②太行，即太行山，在山西、河北交界处。

③磴道，上山的石径。巉岩，高峻的山崖。穹苍，天空。这两句意为，磴道盘旋而险峻，山崖高耸入云霄。

④蹶，摔倒。这两句意为，马在坡道上行走，被斜石绊倒，车轮也要被崎岖不平的高岗所摧折。

⑤幽州，即安禄山盘踞下的范阳。乾元元年（758）复改范阳郡为幽州。这句指安禄山在范阳叛乱，率军南下。

⑥朔方，北方；又为郡名，在今宁夏回族自治区以北和内蒙古自治区西南一带。这句是说战火延及整个北方。一说可能指安禄山的党羽侵扰河曲（今山西保德北），被朔方节度使郭子仪所击败之事。

⑦毒，凝成。这句意为，杀气凝注在剑戟上。

⑧奔鲸，奔突的鲸鱼，指安禄山的部将。

⑨凿齿，传说中的野兽，『齿长三尺，其状如凿』，喻指安禄山。

这句是指安禄山在洛阳自称大燕皇帝。

⑩戚，忧愁。

⑪剧，甚。这两句意为，衣不蔽体，皮肤龟裂甚于枯桑。

⑫汲水，打水。涧谷，两山间流水之道。陇坂，山冈上的斜坡。这两句意为，取水，涧谷险阻；砍柴，山坡太长。

⑬掉尾，摇尾。指老虎扑食时的凶态。

⑭皓，白。

⑮零露浆，树上滴下来的露水。

⑯骖，驾在车前两旁的马。停骖，即停车。

⑰睹天光，重见光明。

诗解

安禄山攻占洛阳后，给当地人民带来了深重的灾难。逃难人民不得不离乡背井，沿着太行山北上。他们在北上的途中过着风餐露宿的苦难日子。太行山路极其难走，磴道盘旋而险峻，山崖高耸入云霄。马在坡道上行走，被斜石绊倒；车轮也要被崎岖不平的高岗所摧折。自从安禄山在范阳叛乱，率军南下后，战火就延及了整个北方。叛乱的军队杀气凝注在剑戟上，严酷的寒风把他们的衣裳都吹裂了。安禄山的部将在黄河边起兵，安禄山自己则在洛阳自称大燕皇帝。流离家乡的人们，自知道继续北上前行没有归路，就回头张望，倍加思念故乡。他们只得在冰雪里凄惨露宿，哀绝悲号。

身上衣不掩体，皮肤龟裂甚于枯桑。他们想要取水，但无奈涧谷险阻；他们想要砍柴，但山坡太长。凶猛的老虎扑食时掉尾的凶态，猛虎在秋霜之夜磨牙吮血的凶残都使人们感到害怕。无奈之下，这些无辜的百姓只能吃草木充饥，饮露水解渴。北上的人民是如此凄苦，诗人不禁停车为之感伤。什么时候国家才能太平，使人民重新喜笑颜开，重见光明？

**诗评**

按《北上行》者，征行之曲，言行役者之苦也。太白此诗其作于至德之后乎！隐然有国风爱君忧国劳而不怨厌乱思治之意，读者其勿忽诸！

——萧立之《冰涯诗集》

**题解**

《短歌行》，乐府《相和歌·平调曲》调名，内容多写人生短促，及时行乐。这首诗利用乐府旧题，赋予新的含义，通过奇妙的神话传说，揭示了生命有限、宇宙无穷的规律。『吾欲揽六龙，回车挂扶桑』，显示了作者珍惜年华、奋发有为的精神。全诗构思新颖，基调积极，具有浓厚的浪漫主义色彩。

## 短歌行

**白日何短短！百年苦易满①。苍穹浩茫茫，万劫太极长②。麻姑③垂两鬓，一半已成霜。天公见玉女，大笑④亿千场。吾欲揽六龙，回车挂扶桑。北斗酌美酒，劝龙各一觞⑤。富贵非所愿，为人驻颓光⑥。**

麻姑垂两鬓，一半已成霜

注释

①白日，白昼。这里泛指时光。何，何其，多么。短短，非常短促。乐府诗常用叠字以加强语气。这两句意为，时光多么短促，人生百年很快就要过去。

②苍穹，苍天。茫茫，没有边际。万劫，万世。太极，本意是天地未分之前混而为一的状态，这里借指太初时代。

③麻姑，神话传说中的仙女。

④大笑，据《神异经·东荒经》记载，东王公经常和玉女作以箭投壶的游戏，每次投一千二百支，投不中的，天就为之大笑。

⑤揽，挽住。扶桑，传说中生于海上的仙树，高数千丈，大一千余围，两干同根，为太阳所出之处。北斗，北斗星，排列的形状像一只勺子。《诗经·小雅·大东》：『维北有斗，不可以挹酒浆。』这里是反用其意。酌，斟酒。觞，古代盛酒的器皿。这四句意为，我要挽住六龙，转回太阳的座车，拴在扶桑树上；我要以北斗作酒勺，斟上美酒，请六龙各喝一杯。

⑥颓光，流逝的日光。

**诗解** 时光多么短促，人生百年很快就要过去。宇宙是那么广阔邈远，从太初到如今，人间已经历了万世。神话传说中的仙女麻姑低垂的两鬓现在有一半已经斑白。传说中东王公经常和玉女作以箭投壶的游戏，每次投一千二百支，投不中的，天就为此而大笑。我要挽住六龙，转回太阳的座车，拴在扶桑树上；我要以北斗作酒勺，斟上美酒，请六龙各喝一杯。富贵并不是我想要的，只希望流逝的时光能够回流，能长久为我驻足。

**诗评** 乐府诗古皆有此词，言人寿不可得长，思与知友及时为乐，并自戒劝之意，太白此词虽拟之，然其词意则出于骚，肆为诞词以寄兴而已。

——萧立之《冰涯诗集》

**题解** 《空城雀》，乐府《杂曲歌辞》旧题。诗人在这首诗里表达的是自己志向不得伸展，又不想屈节钻营，只能过着悲苦日子的愤懑与无奈之情。

## 空城雀

**嗷嗷空城雀，身计何戚促！本与鷦鷯[①]群，不随凤凰族。提携四黄口[②]，饮乳未尝足。食君糠秕余，常恐乌鸢[③]逐。耻涉太行险，羞营覆车粟[④]。天命有定端，守分[⑤]绝所欲。**

注释

①鷦鷯，鸟名，似黄雀而小。

②黄口，雏鸟。

③鸢，鹰类的猛禽。

④覆车粟，这里运用的是典故。杨宣为河内太守，行县，有群雀鸣桑树上，宣谓吏曰：『前有覆车粟，此雀相随欲往食之。』行数里，果如其言。

⑤分，名分，职分。

诗解

嗷嗷待哺的空城雀，生计是多么的窘迫啊！本与鷦鷯为群，不随凤凰飞舞。哺育着四口雏鸟，饮乳常常不足。吃人间的秕糠的时候，常常畏惧鸟鸢来追逐。以涉太行险为耻，羞于争食覆车粟。天命自有定数，安守着自己的本分，不得不屡屡断绝自己这小小的欲望。

## 卷四 乐府

**题解**

《发白马》，属乐府《杂曲歌辞》旧题。

### 发白马

**将军发白马①，旌节度黄河。箫鼓聒川岳，沧溟涌涛波。武安有震瓦②，易水无寒歌③。铁骑若雪山，饮流涸滹沱④。扬兵猎月窟⑤，转战略朝那⑥。倚剑登燕然⑦，边烽列嵯峨。萧条万里外，耕作五原⑧多。一扫清大漠，包虎戢金戈⑨。**

**注释**

①白马，白马津，在今河南滑县。

②武安有震瓦，这里运用的是典故。《史记》中记载，秦国伐魏，赵王令赵奢救魏，秦军驻军在武安西，秦军鼓噪勒兵，武安屋瓦尽振。武安，在今河北武安县。

③易水无寒歌，这里运用荆轲的事。荆轲刺秦之前，与高渐离慷慨悲歌，为之送行。歌曰：『风萧萧兮易水寒，壮士一去兮不复还。』

④滹沱，河名。在河北西南部，为子牙河的北源。

⑤月窟 月生之处 最西边。

⑥略朝那，朝那，是古代的城市名，旧址在今宁夏固原。略，取的意思。

⑦燕然，燕然山，在今内蒙古境内。

扬兵猎月窟，转战略朝那

⑧五原，郡县名。治所在今陕西定边。

⑨包虎戢金戈，《礼记》记载，『武王克殷反周，倒载干戈，包之以虎皮。』包之以虎皮，意思是表示能够以武服兵。戢，收藏兵器。

诗解

将军从白马津出发，张展旌旗跨渡黄河。箫鼓声震动川岳，气势壮大如海上涌起的波涛。武安县有战事，战事浩大，把屋瓦全都震落了，但易水却无寒歌，战场上兵士气势昂扬，没有慷慨的悲歌。铁骑如若是在雪山上行走，那马饮的水之多能让滹沱河的水全部干涸。战争在最西部的月窟发起，后来又转战到朝那。倚剑登上燕然山，那里边烽嵯峨，战争频繁。万里外十分萧条，惟有五原的耕作多。希望能够一扫大漠对中原的威胁，能以武力制服大漠的胡虏。

题解

《陌上桑》，乐府《相和歌辞》旧题。这首诗写的是秋胡戏妻的故事，诗中赞扬了罗敷的坚贞自洁，诗人也用以寄托自己

妾本秦罗敷，玉颜艳名都

对国、对君的忠诚。

## 陌上桑

**美女渭桥东，春还事蚕作。五马①如飞龙，青丝结金络。不知谁家子，调笑来相谑。妾本秦罗敷，玉颜艳名都。绿条映素手，采桑向城隅。使君且不顾，况复论秋胡②。寒螀爱碧草，鸣凤栖青梧。托心自有处，但怪旁人愚。徒令白日暮，高驾空踟蹰。**

### 注释

①五马，汉代太守出行时乘坐五马之车，所以以『五马』为太守的代称。

②秋胡，鲁秋胡成婚五日就赴陈做官，五年后回家，在路上看到一个采桑的妇人，秋胡调戏妇人，许以千金，被严词拒绝。到家里才知道那个被自己调戏的采桑妇竟是自己的妻子。秋胡十分惭愧，他的妻子悲愤而投河自尽。

### 诗解

美女在渭桥东采桑，春天正是忙于蚕事的时候。这时，突然有个乘坐五马之车的太守疾驰经过此地，他的马装饰华美，还饰有金络。不知是哪家公子，前来调笑采桑女。采桑的人本是秦罗敷，她的美貌在整个都城里都是有名的。嫩绿的桑条映着她那洁白的纤纤细手，她正在都城的一角采桑。像使君那样的高官都调戏不动她，何况是秋胡呢！寒蝉喜爱碧草，鸣凤栖息在青翠的梧桐树上。她自己心中已经有中意之人，只怪旁人愚钝，不知道她已托心于人。只让他们从白天空等到日暮，停下车来空自踟蹰。

**题解**

《枯鱼过河泣》，属于乐府《杂曲歌辞》旧题。这首诗以鱼拟人，应该是遭遇祸患的人警告伙伴的诗。这首诗中，『枯鱼作书』的确是奇想，突出了汉乐府里所有寓言体歌辞极活泼的想象力。

## 枯鱼过河泣

**白龙改常服，偶被豫且制①。谁使尔为鱼？徒劳诉天帝。作书报鲸鲵②，勿恃风涛势。涛落归泥沙，翻遭蝼蚁噬。万乘慎出入，柏人③以为诫。**

**注释**

①『白龙』二句运用的是典故。《说苑》中记载：『吴王欲从民饮酒，伍子胥谏曰：「不可。昔白龙下清泠之渊，化为鱼，渔者豫且射中其目。」』豫且，捕鱼之人的名字。

②鲸鲵，大鱼。雄的叫鲸，雌的叫鲵。《韩诗外传》记载：『夫吞舟之鱼，大矣，荡而失水，则为蝼蚁所制，失其辅也。』

③柏人，这里运用的是典故。《史记》中记载：『汉高祖从平城过赵，赵王待之以礼，而高祖甚慢易之，

赵相贯高怒。后高祖又过赵，贯高等于柏人县馆复壁中布下伏兵欲杀之。高祖欲宿，心动，问曰：「县为何名？」对曰：「柏人。」高祖曰：「柏人者，迫于人也。」遂不宿而去。』

**诗解**

神话传说中说，白龙一改其龙的面目，化为鱼，跃下清泠之渊，被打渔的豫且射中它的眼睛。白龙遭受这样的不幸，怎么了得呢？谁让它当时化为了鱼呢？只白白向天上的玉帝哭诉。真想作书信一封寄给鲸鲵，告诉它们不要倚仗风涛的势力。一旦风涛平落归于泥沙，它们就会遭到被蝼蚁吞噬掉的命运。贵为天子的万乘之君，一定要谨慎出入，要戒备那些图谋不轨的柏人。

**题解**

《丁都护歌》，乐府《清商曲·吴声歌》旧题。《古今乐录》记载，南朝宋高祖刘裕的女婿徐逵被鲁轨所杀，宋高祖派府内直督护丁旿去办理丧事。徐的妻子向丁旿询问收葬的情况时，每问必叹一声『丁都护』，其声哀切，后人因其声而制曲，题为《丁都护歌》。天宝六载（747），李白漫游江南润州（今江苏镇江）一带时，目睹船工长途运石的悲惨生活，有感而作此诗。本篇用旧题写新意，全诗倾注了对劳动人民的同情。

## 丁都护歌

**云阳上征去，两岸饶商贾①。吴牛喘月时，拖船一何苦②！水浊不可饮，壶浆③半成土。一唱都护歌，心摧④泪如雨。万人凿盘石，无由达江浒⑤。君看石芒砀⑥，掩泪悲千古。**

吴牛喘月时，拖船一何苦

注释

①云阳，今江苏丹阳县。上征，逆水向上游行驶。饶，多。商贾，商人。这两句意为，从云阳沿运河行船北上，两岸商贾众多。

②吴牛，南方一带的水牛。吴牛喘月，形容天气酷热。据说吴牛怕热，在夏天夜晚看到月亮也当做太阳，喘气不止。一何，多么。这两句意为，在天气炎热的时候，船工拉纤行船是多么辛苦！

③壶浆，壶里的水。

④摧，折裂。

⑤盘石，大石头。江浒，江边。这两句意为，万人开凿的大石不计其数，无法运到江边。

⑥芒砀，芒山、砀山，在今安徽、江苏、山东三省的交界处。古时芒山、砀山一带盛产文石（有纹理的石头）。一说，芒砀是叠韵联绵字，形容石头粗重难移。此处形容盘石又多又大。

诗解

从云阳沿运河行船北上，两岸商贾众多。南方一带的水牛因为害怕天气炎热，在夜晚看到月亮也当做太阳，喘气不止。在天气炎热的时候，船工拉纤行船是多么辛苦啊！气候如此炎热，劳动强度如此大，渴，自然成为纤夫们最强烈的感觉。但是，渴极也只能就河取水，可河水还浑浊不堪，不能饮用，舀起一壶来得有一半是沙土，这哪是人喝的水呢？纤夫们悲伤得唱起了拉船的号子『都护歌』，其声凄切哀怨，他们口唱心悲，泪下如雨。他们拖船非常艰难，开凿的大石不计其数，即使有万人之力也无法运到江边。盘石又大又多，是采之不尽、输之难竭的，而纤夫之苦是足以感伤千古的了。

**诗评**

落笔沉痛，含意深远，此李诗近杜者。

——乾隆御选《唐宋诗醇》

**题解**

《相逢行》，乐府《相和歌辞》旧题。这首诗表面上写的是男女间彼此钟情而不能相伴的刻骨相思之情，实际上抒发的是诗人自己能见到帝王，但却不能与他更深相知，成为知己的无限遗憾之意。

## 相逢行

**朝骑五花马①，谒帝出银台②。秀色谁家子，云车③珠箔④开。金鞭遥指点，玉勒⑤近迟回⑥。夹毂⑦相借问，疑从天上来。蹙⑧入青绮门，当歌共衔杯。衔杯映歌扇，似月云中见。相见不得亲，不如不相见。相见情已深，未语可知心。胡为守空闺，孤眠愁锦衾。锦衾与罗帏，缠绵会有时。春风正澹荡⑨，暮雨来何迟？愿因三青鸟⑩，更报长相思。光景不待人，须臾发成丝。当年⑪失行乐，老去徒伤悲。持此**

**道密意，无令旷佳期。**

相见情已深，未语可知心

注释

①五花马，毛色呈五种颜色的马，这里指名贵的马。

②银台，唐代大明宫有左右银台门，翰林院在右银台门内。

③云车，绘有云纹的车。

④珠箔，珠帘。

⑤勒，马络头。

⑥迟回，徘徊不前。

⑦夹毂，形容两个车相靠特别近。毂，车轮中央穿轴之处。

⑧蹙，急迫。

⑨澹荡，荡漾。

⑩三青鸟，神话中的鸟名，西王母的使者。后用来指爱情信使。

⑪当年，又作『少年』或『壮年』。

诗解

早上骑着五花马，拜谒了皇帝后，走出银台。不知是谁家的公子，驾着绘有云纹的车，珠帘轻轻掀开。他抡起金鞭遥指远处，可他身下的宝马却迟迟徘徊不前。他的车和女子的车相靠得特别近，向她打问道路，因为女子太貌美了，所以他怀疑女子从天上而来。两个人急迫地踏入青绮门，一起当歌共同举杯。女子举杯，十分娇羞地用歌扇掩映着自己的脸庞，好像月亮掩映在云层中，不能明晰地看到。相见而却不能亲近，还不如不见呢！相见情就会更深，即使没有交谈也已经刻在心中了。为什么要独守空闺，抱着锦衾彻夜难眠？锦衾与罗帏，尚且缠绵难舍。春风正在荡漾，春雨为何到黄昏才下起来，来得这样迟？愿通过三青鸟这爱情的信使，来表达他们彼此的相思之情。光景是不会待人的，人的头发须臾间就会变白。少年的时候太耽于行乐，老了以后徒有独自伤悲。让青鸟捎去此封密函，不要荒废了他们彼此相约的佳期。

**诗评**

按古辞言相逢年少，问知其家之豪盛。此则言相逢其人，仍不得相亲。恐失佳期，回环致望不已，较古辞用意尤深。

——胡应麟《诗薮》

**题解**

《千里思》，乐府《杂曲歌辞》旧题。这首诗表达的是对那些滞留在胡地，不能归汉之人的无限同情。

## 千里思

**李陵①没胡沙，苏武②还汉家。迢迢五原关③，朔雪乱边花。一去隔绝国，思归但长嗟。鸿雁向西北，**

**苏　武**

苏武，字子卿，杜陵（今陕西西安西南）人，代郡太守，苏建之子，曾任中厩监，后拜中郎将。天汉元年（前100）奉汉武帝的命令出使匈奴。

**因书报天涯。**

**注释**

①李陵，汉武帝命令将军李广利抗击匈奴，李陵率兵出击匈奴。后李陵军于居延北千余里被匈奴大军围困，兵败而降。

②苏武，苏武出使匈奴被扣留，不屈服匈奴，就在北海牧羊。多年后才得以重返汉朝。

③五原关，在唐盐州五原县境内。

**诗解**

汉武帝时，李陵被匈奴大军围困，兵败后投降匈奴，从此他的一生就埋没在胡沙边塞之地。苏武出使匈奴被扣留，不屈服匈奴，就在北海牧羊，多年后才得以重返汉朝。五原关迢迢万里，朔雪纷飞，大如夏花。从此一去就相隔在绝远之国，思念家乡却不能归来，只能长嗟短叹。鸿雁年年飞向西北，让它们来替自己传递书信，寄到远方的亲人身边。

**题解**

《树中草》，乐府《杂曲歌辞》旧题。在这首诗里，诗人抒发了世间人的命运飘忽不定的郁闷之情。

## 树中草

**鸟衔野田草，误入枯桑里。客土[1]植危根[2]，逢春犹不死。草木虽无情，因依尚可生。如何同枝叶，各自有枯荣？**

注释

①客土，异地的土壤。

②危根，入地不深容易拔起的根。

诗解

鸟在野草田间衔枝，却误入了枯桑丛里。入地不深容易拔起的根植生在异地的土壤上，适逢春天尚且不会枯死。草木虽然无情，因为彼此的依靠尚可以生存。为什么是同一棵树上的枝叶，命运却各不相同，各自有枯荣呢？

诗评

明皇之时，诸王相继诛戮，此诗似有感而作也。

——萧立之《冰涯诗集》

题解

《君马黄》，汉《鼓吹铙歌十八曲》之一。在这首诗里，李白抒发的是知己难得的苦闷之情。

## 君马黄

**君马黄，我马白。马色虽不同，人心本无隔。共作游冶盘①，双行洛阳陌。长剑既照曜，高冠何艳赫。各有千金裘，俱为五侯②客。猛虎落陷阱，壮士时屈厄。相知在急难，独好亦何益？**

### 注释

①盘，游乐。

②五侯，河平二年（前27），汉成帝同日封其舅王谭、王商等五位为侯，世称五侯。

### 诗解

你的马是黄色的，我的马是白色的。马的颜色虽然不同，但人心本没有什么相隔。我们一起来游乐玩耍，双双行驶在洛阳的街头巷陌。我们都腰挎明闪闪的宝剑，戴着修饰鲜丽的高高的帽子，都各拥有千金裘，都是五侯的门客。即使是猛虎，有时候也会不小心落在陷阱里面，壮士有时也会陷于危难之中。兄弟之间的情意只有在急难中才能真正体现，如果只是自己孤零零一个人又有什么好处呢？

### 诗评

此诗其伤朋友之道缺乎，抑白遭诬被谤之时所作也耶？婉而不迫，可谓得国风之体矣。

——萧立之《冰涯诗集》

### 诗人逸事

李白年轻时，曾在绵州彰明县（今四川江油）做过县中小吏，他为人不拘小节，有一次他牵牛

娥皇、女英

娥皇、女英，中国古代传说中尧的两个女儿，同嫁帝舜为妻。

从县令府第堂下经过，县令夫人很生气，并要责罚李白，李白连忙上前谢罪，并作诗：『素面倚栏钩，娇声出外头。若非是织女，何必问牵牛？』一旁的县令听了，连忙制止自己的夫人，并让李白专门伺候自己的笔墨等事。

## 拟古

**融融白玉辉，映我青蛾眉。宝镜似空水①，落花如风吹。出门望帝子，荡漾不可期②。安得黄鹤羽，一报佳人知③？**

注释

①『宝镜』句，取自庾信《咏镜诗》中诗句：『光如一片水。』

②帝子，尧的女儿，指娥皇、女英。荡漾，是说随波上下，不可与之结期。

③『安得』二句，取江淹《去故乡赋》：『愿使黄鹤兮报佳人』之意。

诗解

在寂静的夜晚，月亮轻柔地洒下融融的光辉，照出我娇美的脸庞。月亮圆如宝镜，洒下的光辉如水一样轻柔，落花飘零，似乎是因为轻风吹拂的缘故。我默然地走出房门，仰望着天上的神女，但天上与地下两相隔，不可能有相约结合的那天。怎么才能唤来黄鹤，让它把我的倾慕之情告晓神女知道呢？

**题解**

《折杨柳》，属于乐府《横吹曲辞》旧题。此首诗抒写女子在春光明媚的日子里，触景生情，引起了对征戍在外的丈夫的思念之情。

## 折杨柳

**垂杨拂渌水，摇艳①东风年②。花明玉关雪，叶暖金窗烟。美人结长想③，对此心凄然。攀条折春色，远寄龙庭④前。**

**注释**

①摇艳，美丽的枝条随风飘扬。

②年，时节。

③长想，又作『长恨』。

④龙庭，又叫龙城，是匈奴祭天、大会诸部之地。

**诗解**

春天来了，垂杨荡漾在白云绿水间，它那美丽的枝条随着春风飘扬，好不娇美。这里适逢生机蓬勃的春天，花儿争相开放，但玉关边塞此时却是冰雪交加，美人每当想起这些，都会倍感惆怅。她在

紫骝行且嘶，双翻碧玉蹄

金窗前独自凭依，看叶暖烟空，心中更有无限离愁。她面对此景心中常会荡起一种凄凉之感。真想攀折柳条，以远寄到情郎所在的龙城前，让他明白她的一片相思。

**题解**

《紫骝马》，乐府《横吹曲辞》旧题。这首诗表达的是诗人即将立功边塞的矛盾心情。他十分渴望立功边塞，但踏上遥远的征途时总不免对家乡有些恋恋之情。

## 紫骝马

**紫骝[1]行且嘶，双翻碧玉蹄[2]。临流不肯渡，似惜锦障泥[3]。白雪关山远，黄云海戍迷。挥鞭万里去，安得念[4]春闺？**

**注释**

①紫骝，暗红色的马。

②碧玉蹄，此句来自沈佺期的《骢马》，『四蹄碧玉片，双眼黄金瞳』。

③障泥，披在马鞍旁以挡溅起的尘泥的马具。

④念，又作『恋』。

**诗解**

紫骝马在行进途中不时发出嘶鸣，在地上踢踏着它那碧玉般的马蹄。经过河流面前时它不肯蹚渡，好像是爱惜它自己的锦织的障泥。在白雪映照下，向关山去的路显得更加遥远，如今黄云迷漫，天空黯淡，迷住了踏向征戍之地的路途。骑在马上的征客故作潇洒地挥鞭向万里行去，怎么能够留恋家中的她呢？

**诗人逸事**

上元元年（760），李白寓居豫章。当时安史余党仍骚扰河南。诗人目睹吴地人民应募从军、奔赴战场的悲壮情景，有感而作此诗。诗中对出征战士寄予同情和希望，鼓励他们英勇作战。在这首诗里，李白借用旧题，描写了行军作战的悲壮情景。

## 豫章①行

**胡风吹代②马，北拥鲁阳关③。吴兵照海雪④，西讨何时还？半渡上辽津，黄云惨无颜⑤。老母与子别，呼天野草间。白马绕旌旗，悲鸣相追攀。白杨秋月苦，早落豫章山⑥。本为休明人⑦，斩虏素不闲⑧。岂惜战斗死？为君扫凶顽。精感石没羽⑨，岂云惮⑩险艰？楼船若鲸飞，波荡落星湾⑪。此曲⑫不可奏，三军发成斑⑬。**

**注释**

①豫章，今江西南昌。《豫章行》，乐府《相和歌·清调曲》调名。古词是写豫章山上白杨变为洛阳

胡风吹代马，北拥鲁阳关

宫栋梁的根株分离之苦。李白借用旧题，描写行军作战的悲壮情景。

②代，古国名，在今山西东北部和河北蔚县一带。其地盛产良马。

③鲁阳关，古关名，在今河南鲁山，是古代的军事要地。

④吴兵，吴地征来的兵。照海雪，指吴兵旗帜鲜明，照耀如同海中的雪浪。这句写唐军出发西征。

⑤上辽津，即上辽水，今名潦水。源出江西奉新西，流经永修，与修水汇合。这两句意为，大军正在上辽津渡河，当时黄云蔽空，天色暗淡。

⑥豫章山，泛指豫章境内的高山。

⑦休明人，太平时候的人。

⑧素，向来。闲，通『娴』，熟悉。

⑨精，精诚。羽，指箭。石没羽，据《史记·李将军列传》记载，李广在边塞打猎时，把草中的石头误认为是隐伏着的老虎，立即弯弓射去，射出的箭竟深深地陷入石中。后来再射，就不能入石。

⑩惮，惧怕。

⑪落星湾，也叫落星湖，在今江西鄱阳湖西北。

⑫此曲，指《豫章行》。

⑬发成斑，头发变成花白。

**诗解**

唐代的军士要远离家乡，远征去讨伐胡虏，他们的战马在胡风的吹拂下，鬃毛尽卷起来，更显飒爽强健。往北去就是军事要地鲁阳关了。而这时唐军的大部队也已经出发了，吴兵旗帜鲜明，照耀如同海中的雪浪。不知道他们西征什么时候才能归来？大军正在上辽津渡河，当时黄云蔽空，天色暗淡。老母与儿子离别，十分悲痛，呼号不绝，她们远远相送儿子到野间，仍然不愿离去，因为他们都不知再次相见会在何时。旌旗飘扬，白马嘶鸣，征人已经离去了，可她们仍哭着久久追攀，不愿回去。秋天最是悲凉的季节，豫章山上的白杨苦闷无依，早早便叶落凋零了。士兵们本是太平时代的人，生来就对斩杀胡虏的事并不熟悉。怎会爱惜自己的生命，害怕在战争中死亡呢？只期望能够为君主扫除敌寇。李广在边塞打猎时，把草中的石头误认为是隐伏着的老虎，射出的箭深深地陷入石中。战士们身在边塞，同样也是怀抱一腔报君建功的热诚，怎会惧怕危险呢？战船急驰如鲸飞一般，落星湾波浪激涛。《豫章行》这首曲子不可以奏响，因为那太悲凉了，会令三军将士感到无限悲伤，头发变得斑白。

**诗评**

此白咏永王璘事自悼也。

——萧立之《冰涯诗集》

**题解**

《沐浴子》，属于乐府《杂曲歌辞》旧题。诗人李白在这首诗里，表达的是自己对人生处世的一种独特的认识，其中流露出一种他对人生不得意的无奈。

## 沐浴子

**沐芳莫弹冠，浴兰莫振衣①。处世忌太洁，至人贵藏晖②。沧浪有钓叟，吾与尔同归。**

**注释**

①「沐芳」二句，取自《楚辞渔父》：「新沐者必弹冠，新浴者必振衣。」

②藏晖，掩藏其光芒。

**诗解**

人用芳香的洗头液洗过头之后，大多数人都会拍打一下自己所戴的帽子，以弹去它上面的灰尘。人用幽兰洗过澡后，大都会抖抖自己的衣衫，以抖落上面粘有的不洁之物。但希望你，沐浴过后，不要这样做，因为人生于世，十分忌讳把什么事情都搞得那么洁净无瑕，真正达到境界的人是懂得掩藏其光芒的。沧浪之滨有一个渔父，我想随同他一同归去。

**诗评**

白因《渔父》一篇反其意而用之，盖其涉世之久，英气将敛，故云然耳。不然，与世沉浮，漫无介节胡广中庸，冯道长乐，其可嗤又何如耶！

——乾隆御选《唐宋诗醇》

举头望山月，低头思故乡

**题解**

《静夜思》是诗人离开家人后，写出的诗句。全诗仅短短四句，每句五个字，共二十个字，却意味深长地表达出一位远在他乡的游子对故乡那深深的怀念之情。

## 静夜思[1]

**床前看月光，疑[2]是地上霜。举头[3]望山月，低头思故乡。**

**注释**

①静夜思，在静静的夜晚所引起的思念。

②疑，怀疑，以为。

③举头，抬头。

**诗解**

坐在床上看见明月洒进屋内的月光，宛如地上结了层白霜。仰首看那空中的一轮明月，不由得低下头来沉思，愈加想念自己的故乡。

**诗评**

太白诸绝句，信口而成，所谓无意于工而无不工者。

——胡应麟《诗薮》

**题解**

《渌水曲》，属于乐府《琴曲歌辞》旧题。诗仅短短四句，却形象生动地展现了一幅妇女生活的风俗画面，勾勒出了人物瞬间的心理动态。

## 渌水曲

**渌水明秋日，南湖采白蘋①。荷花娇欲语，愁杀荡舟人。**

**注释**

①白蘋，水草名。叶子是四方的，中拆如十字，夏天开花。俗称『田字草』。

**诗解**

一潭清澈的水在这个明朗的秋日更显澄澈鲜亮，女子们在幽美的南湖边悠悠地采撷着白蘋。荷花如此娇艳欲滴，如同女子美丽的面庞，她们姿态轻盈，虽未启唇但嘴角已经漾起了笑意。她们可望却不可及，这让在湖中荡舟的人感到无限伤感。

**诗评**

少陵『春去春来洞庭阔，白蘋愁杀白头人』，太白『荷花娇欲语，愁杀荡舟人』，风神摇漾，一语百情。李、杜洵敌手也。

——马位《秋窗随笔》

题解

《从军行》，乐府《相和歌辞》旧题。李白在这首诗里抒发了在战场上建功立业的强烈愿望。

## 从军行

**从军玉门[1]道，逐虏金微山[2]。笛奏梅花曲[3]，刀开明月环。鼓声鸣海上[4]，兵气拥云间。愿斩单于[5]首，长驱静铁关[6]。**

注释

①玉门，指玉门关。

②金微山，即今天的阿尔泰山。东汉窦宪曾在此击破北匈奴。

③梅花曲，指歌曲《梅花落》，是横吹曲辞。

④海上，海，瀚海，意指大漠之上。

⑤单于，匈奴称其王为单于。

⑥铁关，指铁门关。在今新疆境内。

诗解

在玉门关从军，曾在金微山急迫匈奴，驱逐胡虏。有人吹奏起《梅花落》，这是战士们在庆祝战争的胜利。鼓声在大漠上鸣起，士兵们的英勇豪气充斥在云间。只愿能亲取单于的首级，长驱直入静铁关。

春阳如昨日，碧树鸣黄鹂

**题解**

《秋思》，乐府《琴曲歌辞》旧题。

## 秋思

**春阳如昨日，碧树鸣黄鹂。芜然蕙草①暮，飒尔凉风吹。天秋木叶下②，月冷莎鸡③悲。坐愁群芳歇，白露凋华滋④。**

**注释**

①蕙草，香草名。

②天秋木叶下，《楚辞·九歌》里有诗句：『袅袅兮秋风，洞庭波兮木叶下。』

③莎鸡，虫子名。即指纺织娘，又名络纬、络丝娘。

④华滋，繁盛的枝叶。

**诗解**

今日的春光如同昨天一样明媚，碧树绿草间，有黄鹂鸟在啁啁鸣叫。但突然之间，蕙草就枯萎凋零了，衰飒的秋风吹来阵阵凉意，让人顿感忧伤。已经进入秋天，落叶纷纷而下，一片凄清的景象。冰冷的月光下纺织娘正在伤悲。只因为秋露渐浓，群芳凋零。

**题解** 我国古典诗歌中的『春』字通常语意双关：既指春天，又可以用来比喻男女之爱。这首《春思》中的『春』就包含有这两方面的意思。本诗以相隔遥远的燕秦两地春天景物起兴，别具一格。秦地思妇触景生情，想起了远方的丈夫，颇为伤怀。她申斥春风，正是明志自警，恰到好处。

## 春思

**燕草如碧丝，秦桑低绿枝①。当君怀归②日，是妾断肠时。春风不相识，何事入罗帏？**

**注释** ①燕，今河北北部、辽宁南部一带。秦，指长安一带。这两句意为，北方的草刚刚发芽，细小得像碧色的丝；秦地的桑叶已经很茂盛，绿枝也垂下来了。

②怀归，思念家乡。

**诗解** 燕地的春草刚刚发芽，细嫩得像丝一样，秦地的桑树低垂着嫩绿的树枝。当你心里想着归家的日子时，正是我思念你断肠的时候。春风与我不相认识，为什么要吹入我的罗帐里来？

**诗评** 从李白的这首诗中不难看出，所谓无理而妙，就是指在看似违背常理、常情的描写中，反而更深刻地表现了各种复杂的感情。

——吴汝煜《唐诗鉴赏辞典》

燕支黄叶落，妾望白登台

诗人逸事

传说李白小时候不喜欢读书，经常跑出去玩。一天，他跑到野外，看见一位老婆婆坐在矮凳上，手里拿着一很粗大的铁棒，在磨刀石上努力地磨着。李白不知道老婆婆在做什么，便好奇地问：『老婆婆，您在干什么呀？』『磨针。』老婆婆头也没抬，简单地回答了李白，依然认真地磨着手里的铁棒。李白不解地又问：『老婆婆，铁棒这么粗大，怎么能磨成小小的绣花针呢？』老婆婆说：『只要有恒心什么事都做得到。』李白听了老婆婆的话很有感触，从此专心读书，成为历史上有名的大诗人。

## 秋思

**燕支[1]黄叶落，妾望白登台[2]。海上碧云断，单于[3]秋色来。胡兵沙塞[4]合，汉使玉关回。征客无归日，空悲蕙草摧。**

注释

①燕支，山名。在今甘肃山丹东南。

②白登台，在今山西大同东白登山上。匈奴冒顿单于曾经围困汉高祖于此地。

③单于，指的是唐代的单于都护府，治所在今内蒙古和林格尔西北。
④沙塞，北方边塞多沙漠，所以称为沙塞。

诗解

燕支山上的黄叶已经簌簌落下了，妾独自登上燕支山向远方的白登台望去，期望能够见到征戍在外的丈夫。如今胡地大漠肯定已经笼罩在一片片凉凉的秋意中了，已不见夏日的碧云蓝天。胡兵兵合一处，在战争中暂时占有优势，这一消息已经从玉门关传到京城。可悲的是出征在外的丈夫又不能回来了，而蕙草已渐渐枯萎，妾也已经随着岁月的流逝渐渐老去了，这怎不让人伤悲？

诗评

神藻飞动，乃所谓龙跃天门，虎卧凤阙也。以此及『塞虏乘秋下』相比拟，则知五言近体正闰之分。

——王夫之《唐诗评选》

题解

《子夜吴歌》，又名《子夜歌》，乐府《吴声歌曲》调名。内容多写妇女思念情人的哀怨之情。《子夜吴歌》四首是长安时期的作品，分别以春夏秋冬四季为背景，描写长安女子对远方征人的怀念。这首《秋歌》和下一首《冬歌》诗通过描绘妇女月夜为亲人捣衣和缝制征袍的心情，表现了她们对远征丈夫的深切怀念。这组诗语言朴素，含意深远，富有民歌色彩，是《子夜吴歌》中较好的作品。

长安一片月，万户捣衣声

## 秋歌

**长安一片月，万户捣衣①声。秋风吹不尽，总是玉关②情。何日平胡虏，良人③罢远征。**

注释

①捣衣，古时缝制衣服的一个过程，由两人对立，各执一棒，像春米似的把铺好的布帛敲平，然后缝制。

②玉关，即玉门关，故址在今甘肃敦煌西北。

③良人，指丈夫。

诗解

长安城里今日月明如昼，正好捣衣，在这明朗的月夜，长安城就沉浸在一片此起彼落的砧杵声中！这特殊的秋声不禁勾起了思妇的怀人之情。月朗风清，阵阵秋风不断，送来砧声，声声都是思妇对玉关征人的怀念。什么时候才能扫平胡虏，丈夫得以重返家园呢？

诗评

前四句是天壤间生成好局，被太白拾得。

——王夫之《唐诗评选》

诗人逸事

李白有次去紫极宫，不料竟在那里遇见了贺知章。他早就拜读过贺老的诗，这次相遇，自然立刻上前拜见，并呈上了袖中的诗本。贺知章颇为欣赏其中的《蜀道难》和《乌栖曲》，兴奋地解下衣带上的金龟叫人出去换酒与李白共饮，并说：『你是不是太白金星下凡到了人间？』

## 冬歌

**明朝驿使发，一夜絮征袍①。素手②抽针冷，那堪把③剪刀。裁缝寄远道，几日到临洮④？**

注释

①驿使，古时传递公文、邮件的人。絮，在衣服里铺棉花。这两句意为，明晨驿使就要出发，必须连夜絮好亲人的棉袍。

②素手，指妇女洁白的手。

③把，拿着。

④临洮，郡名，在今甘肃境内。此处泛指边地。

诗解

明天清晨驿使就要出发了，妇人必须连夜絮好亲人的棉袍，好及时给远方征戍的丈夫寄去。妇人在昏暗的灯光下认真地缝补着给丈夫做的棉袍，心中充满了对远行的丈夫的牵挂之情。女子洁白的手抽着缝针，来回密密地缝着，像她这样纤弱的细手怎能拿得动重重的剪刀呢？天气渐渐转凉了，现在边塞也已经奇寒无比了吧，不知道远方的丈夫身上添没添衣，只希望今夜能把棉衣赶做出来，

**赤松子**

赤松子，上古仙人，相传为神农时掌管雨水的神，能入火自焚，随风雨而上下。

明日好为丈夫寄去。这棉衣几天才能寄到临洮，送到丈夫的身边呢？

**诗评**

《冬歌》纯从侧面落笔，通过形象刻画与心理描写结合，塑造出一个活生生的思妇形象，成功表达了诗歌的主题。结构上一波未平，一波又起，起得突兀，结得意远，情节生动感人。

——周啸天《唐诗鉴赏辞典》

**题解**

《对酒行》，属于乐府《相和歌辞》旧题。在这首诗里，诗人表达的是对天地久长而人生易逝的深沉感慨。

## 对酒行

**松子①栖金华②，安期③入蓬海。此人古之仙，羽化④竟何在？浮生速流电，倏忽变光彩。天地无雕换，容颜有迁改。对酒不肯饮，含情欲谁待⑤？**

**注释**

①松子，即赤松子，古代的仙人。

②金华，山名。在今浙江金华北。相传赤松子在此山得道，羽化成仙。

③安期，指安期生。传说中的仙人，居住在东海仙山。

④羽化，成仙。

⑤『对酒』二句，化用了王粲的诗句：『今日不极欢，含情欲谁待？』含有欢情而不畅。

## 诗解

赤松子栖息在金华山上，安期生居住在东海的蓬莱仙山，他们都是古代修炼成仙的仙人，不知今日他们是否还在？人生浮幻如梦，如闪电般转眼即逝，忽然一下子就到了暮年。几十年间，天地并没有多大的变化，改变的只有人的容颜。人生易逝，谁能不感慨万千呢？眼前虽然有盛宴美酒，但欢情不畅，没有举杯的心情。

## 诗评

人非元气，安得与之久徘徊。白固非不达于理者，岂复以冲举为可待耶？蓬莱烟雾，聊以寄兴。此诗乃似胸臆间语，自然流出者耳。

——乾隆御选《唐宋诗醇》

## 诗人逸事

李白曾在江陵遇见了受三代皇帝崇敬的道士司马祯，并送上自己的诗文供其审阅。司马祯见李白气宇轩昂，资质不凡，一见就十分欣赏，看到他的诗文后，更是赞叹不已，夸赞他『有仙风道骨，可与神游八极之表』。李白因司马祯如此高的评价而欢欣鼓舞。从此，开始了自己鹏程万里的飞翔。

## 估客行

**海客[①]乘天风，将船远行役。譬如云中鸟，一去无踪迹。**

注释

①海客，商人。

诗解

商人常常划着船出外远行，乘着疾风离家万里。好像云中的飞鸟，飞去后再也寻不到他的踪迹。

诗人逸事

传说有一次李白去金陵，在文德桥旁边的酒楼上赏月。那天正是冬月十五，他一边喝酒，一边吟诗作赋。到了半夜，他趁着酒兴，下楼走到文德桥上。一低头，突然看见月亮掉在水里了，河水一动，月影上增添了几条黑纹。醉醺醺的李白以为月亮被河水弄脏了，就跳下桥去捞月亮。这样一来，月亮没捞着，却被打成了两半儿。后来人们在文德桥旁修了个『得月台』，据说那里就是当年李白赏月的地方。

## 捣衣篇

**闺里佳人年十余，嚬蛾[①]对影恨离居。忽逢江上春归燕，衔得云中尺素书[②]。玉手开缄长叹息，狂夫[③]犹戍交河[④]北。万里交河水北流，愿为双燕泛中洲[⑤]。君[⑥]边云拥[⑦]青丝骑[⑧]，妾处苔生红粉楼。楼**

闺里佳人年十余，蛾对影恨离居

上春风日将歇，谁能揽镜看愁发！晓吹员管⑨随落花，夜捣⑩戎衣向明月。明月高高刻漏⑪长，真珠帘箔掩兰堂⑫。横垂宝幄⑬同心结⑭，半拂琼筵⑮苏合香⑯。琼筵宝幄连枝⑰锦，灯烛荧荧照孤寝。有使凭⑱将金剪刀，为君留下相思枕。摘尽庭兰不见君，红巾拭泪生氤氲⑲。明年若更征边塞，愿作阳台一断云。

注释

①嚬蛾，皱眉。嚬，同『颦』。

②尺素书，指书信。

③狂夫，丈夫。

④交河，车师前国都城交河城。在今新疆吐鲁番。

⑤中洲，水中陆地。

⑥君，指丈夫。

⑦云拥，形容众多。

⑧青丝骑，用青丝做缰绳的坐骑。

⑨员管，乐器名。

⑩夜捣，捣衣，指妇女把织好的布帛，放在砧上，用杵捶击，使之软熟，以备裁缝衣服。

⑪刻漏，古代滴水的计时器。这里指时间。

⑫兰堂，香气散发的堂室。

⑬宝幄，珍贵的帐幔。

⑭同心结，用锦带打成的连环回文样式的结子，用做男女相爱的象征。

⑮琼筵，珍美的筵席。

⑯苏合香，一种珍贵的香料。

⑰连枝，连理枝，比喻夫妻相爱。

⑱凭，倚仗。

⑲氤氲，烟雾弥漫的样子，这里形容泪眼模糊。

## 诗解

佳人一个人独守空闺已经有十余年了，常常对镜皱眉，顾影自怜，恨这无期限的离居。忽然看到江上的春燕从南方归来，为她捎来一封书信。佳人玉手开缄，不禁长长叹息，可叹自己的丈夫现在还戍守在交河北边的边塞。万里交河的水悠悠流向北面，佳人愿与丈夫相见，共做一对鸳鸯甜蜜地浮游。而如今丈夫身边却是众多用青丝做缰绳的坐骑，佳人居住的楼台上却生满了青苔。楼上春风荡尽，这一天又要过去，怎忍心揽镜看新生的点点愁发！清晨，佳人常常随落花吹奏贞管排遣寂寞，晚上独自对着明月捣衣。明月高悬在天空，时间一点点过去，她的兰堂却还是一片冷清，惟有珍珠帘箔与她相伴。室内垂着珍贵的帐幔，挂着同心结，屋内散发着迷人的芳香。但屋内灯烛孤照，连枝锦被却只有一人孤寝。夜夜思君，常常泪流满面。佳人用金剪刀为丈夫裁制了一个相思枕，希望有使者为丈夫带去。摘尽庭兰仍然不见君归来，只有用红巾擦拭脸上的泪痕。明年若还有戍守边塞的征诏，她愿做一片流云，如此便能朝朝暮暮陪伴在夫君的身边。

**诗评**

末句曰：『明年若更征边塞，愿作阳台一断云。』意谓滔滔不归，则惟有托梦以从其夫于四方上下耳，此亦极其怀思之形容也与！

——萧立之《冰涯诗集》

**题解**

《少年行》，乐府《杂曲歌辞》旧题。古代诗人一般以此题咏少年壮志，以抒发其慷慨激昂之情。

李白的《少年行》，一组两首，这里所选的是其中的一首。这两首《少年行》，皆沿用乐府旧题，以寥寥数语勾勒了豪侠少年的形象，摹写了其个性特征。

## 少年行

君不见，淮南少年游侠客，白日球猎夜拥掷。呼卢①百万终不惜，报雠千里如咫尺。少年游侠好经过，浑身装束皆绮罗。蕙兰相随喧妓女，风光去处满笙歌。骄矜自言不可有，侠士堂中养来久。好鞍好马乞与②人，十千五千旋③沽酒。赤心用尽为知己，黄金不惜栽桃李④。桃李栽来几度春，一回花落一回新。府县尽为门下客，王侯皆是平交人。男儿百年且乐命，何须徇⑤书受贫病？男儿百年且荣身，何须徇

蕙兰相随喧妓女，风光去处满笙歌

节甘风尘？衣冠半是征战士，穷儒浪作[6]林泉民。遮莫[7]枝根长百丈，不如当代多还往。遮莫姻亲连帝城，不如当身自簪缨[8]。看取富贵眼前者，何用悠悠身后名？

注释

①呼卢，古代的博戏。

②乞与，给予。

③旋，漫然，随意。

④栽桃李，这里指的是交朋友。

⑤徇，又写为『读』。

⑥浪作，使作。

⑦遮莫，尽管，任凭。

⑧簪缨，古代达官贵人的冠饰，这里指仕宦高官。

诗解

你难道不知，淮南游侠的少年郎，白天游猎晚上投壶。他们玩博戏一日散尽百万也不惋惜，报仇即使要行千里之远也让人觉得近在咫尺。少年游侠，他们注重的只是经过，浑身上下装束华贵，遍身绮罗。他们身边常有美女香花为伴，常光顾风月场所，他们所去之处皆是笙歌飘飞。他们看来虽然骄纵但其实却很谦和，与他们结交的人都是高人侠士。自己的好鞍好马都送给了自己的友人，遇见相投之人散尽千金也不爱惜，对知己绝对是一片赤诚。他们散尽千金，年年如此，所以结交了很多朋友，府县都是他们的门下客，王侯都与他们平起平坐。男儿生来就应该享尽人生的欢乐，何必要读书遭受贫穷和疾病？男儿生来就应该豪气冲天，自己建立功业，不要凭借着与帝王的姻亲关系而爬上高枝儿。尽情享用眼前的荣华富贵，何必贪图身后的虚名呢？

**题解**

《长歌行》，属于乐府《相和歌辞》旧题。这首诗表达的是诗人期望及早建功立业，功垂千古、名留史册的强烈的用世之心。

## 长歌行

**桃李得日开，荣华照当年。东风动百物，草木尽欲言。枯枝无丑叶，涸水吐清泉。大力运天地，羲和①无停鞭。功名不早著，竹帛②将何宜？桃李务③青春④，谁能贳⑤白日？富贵与神仙，蹉跎成两失。金石犹销铄，风霜无久质。畏落日月后，强欢歌与酒。秋霜不惜人，倏忽侵蒲柳⑥。**

**注释**

①羲和，神话中羲和驾车，指的是太阳的运行。

②竹帛，史册。

③务，须要。

④青春，春天。

⑤贳，借。

⑥蒲柳，蒲与柳都早落叶，这里用来比喻人的早衰。

**诗解**

桃李盛开的日子，荣华灿烂照耀当年。春风吹动万物，大地上处处充满了蓬勃的生机，草木都意欲彰显自己最美的一面。在这万物复苏的季节，枯枝上不会长出丑叶，干涸之水也会吐出清泉。天地万物都跟随大自然的运转，羲和驾着太阳没有停鞭休息的时候。如果功名不早著，自己的功勋怎会彪炳史册呢？桃李开时须是春天，谁能让白天悄悄流逝，而期望它能再次回来？富贵与神仙，两者是不能同时得到的，再蹉跎下去二者都会以失败而告终。金石尚且能够销铄，风霜尚且没有固定的行质，何况是人呢？害怕等到日下月落之后，只会在歌与酒之间强颜欢笑，蹉跎时光。秋霜是不会等人的，突然之间蒲柳与柳树的叶子就凋落了。随着时间的流逝，人也会忽然之间变得衰老。

秋霜不惜人，倏忽侵蒲柳

虚字有力，便生出情来。如『桃李务青春，春风不相识』，春风知别苦之类是也。『识』字说得春风有心，『务』字说得桃李有事。

——徐文弼《诗法度针》

题解

《长相思》，属于乐府《杂曲歌辞》旧题。李白这首诗以春花春风起兴，写女思男。望月怀思，抚琴寄情，忆君怀君，悱恻缠绵。真有『人比黄花瘦』之叹。

## 长相思

**日色欲尽花含烟，月明如素愁不眠。赵瑟[1]初停凤凰柱[2]，蜀琴欲奏鸳鸯弦[3]。此曲有意无人传，愿随春风寄燕然。忆君迢迢隔青天。昔日横波目，今作流泪泉。不信妾肠断，归来看取明镜前。**

注释

①赵瑟，相传古代赵国的人善弹瑟。瑟，弦乐器。

②凤凰柱，瑟柱上雕饰凤凰形状。

③『蜀琴』句，旧注谓蜀琴与司马相如琴挑文君《凤求凰》的曲子的故事有关。按：鲍照有『蜀琴抽白雪』句。白居易也有『蜀琴安膝上，周易在床头』句。李贺『吴丝蜀桐张高秋』，王琦注云：『蜀中桐木宜为乐器，故曰蜀桐。』蜀桐实即蜀琴。似古人诗中常以蜀琴喻佳琴，恐与司马相如、卓文君事

无关。鸳鸯弦也只是为了强对凤凰柱。

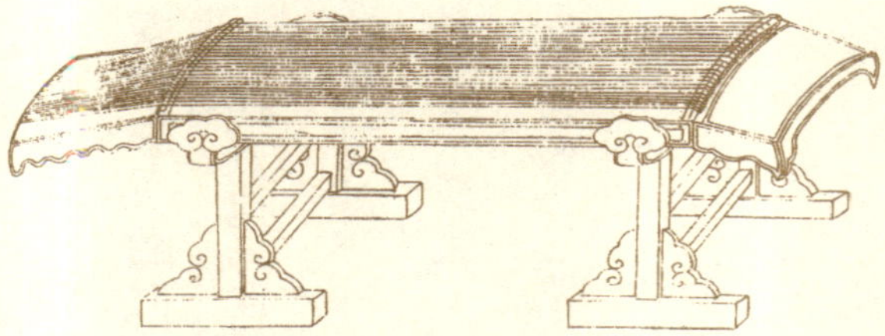

**瑟**

瑟，一种古代的丝弦乐器，形状似琴，通常有二十五根弦，常与琴或笙合奏。

**诗解**

夕阳西下暮色朦胧，花蕊笼罩轻烟，月华如练，我思念着情郎终夜不眠。奏毕柱上雕饰凤凰的赵瑟，又想再弹奏蜀琴，轻轻触动鸳鸯弦。这饱含情意的曲调，可惜无人传递，但愿它随着春风，送到遥远的燕然。忆情郎呵！情郎他迢迢隔在天那边，当年递送秋波的双眼，而今成了泪泉。您若不信我怀思肝肠断，请归来看看明镜前我的容颜！

**题解**

《猛虎行》，属于乐府《相和歌辞》旧题。李白以此题写自己安史之乱后的遭遇。至德元年（756）春天，李白因避安史之乱，离开宣城南赴剡中途中，遇大书法家张旭于栗阳（今江苏栗阳），作此诗以赠张。这首诗叙述安禄山攻占东都洛阳，劫掠中原的暴行及诗人眼见河山破碎、社稷危亡、生灵涂炭而忧心如焚的思想感情。

## 猛虎行

朝作猛虎行，暮作猛虎吟。肠断非关陇头①水，泪下不为雍门琴②。旌旗缤纷两河道③，战鼓惊山欲倾倒。秦人④半作燕地⑤囚，胡马翻衔洛阳草。一输一失⑥关下兵，朝降夕叛⑦幽蓟⑧城。巨鳌⑨未斩海水动，鱼龙⑩奔走安得宁？颇似楚汉时，翻覆无定止。朝过博浪沙，暮入淮阴市⑪。张良未遇韩信贫，刘项存亡在两臣。暂到下邳受兵略，来投漂母作主人。贤哲栖栖⑫古如此，今时亦弃青云⑬士。有策不敢犯龙鳞⑭，窜身南国避胡尘。宝书玉剑挂高阁，金鞍骏马散故人。昨日方为宣城客，掣铃⑮交通二千石。有时六博⑯快壮心，绕床⑰三匝呼一掷。楚人每道张旭奇，心藏风云⑱世莫知。三吴邦伯⑲皆顾盼，四海雄侠两追随。萧曹曾作沛中吏，攀龙附凤⑳当有时。溧阳酒楼三月春，杨花茫茫愁杀人。胡雏绿眼吹玉笛，吴歌白纻飞梁尘。丈夫相见且为乐，槌牛挝鼓会众宾。我从此去钓东海，得鱼笑寄情相亲。

**注释**

①陇头，即陇山。古乐府《陇头歌》有：『陇头流水，鸣声幽咽。遥望秦川，心肝断绝。』

②泪下不为雍门琴，这里运用的是典故。雍门子周以琴见孟尝君，孟尝君涕泪涟涟，曰：『先生之鼓琴，令文（孟尝君名）若破国亡邑之人也。』

③两河道，指唐代的河北、河南两道。天宝十四年（755），安禄山反于范阳，河北、河南诸郡相继陷落。

④秦人，指关中的百姓。

⑤燕地，在今河北北部及北京一带。是安禄山叛军的根据地。

⑥一输一失，一输，指的是高仙芝、封常清之败。安禄山攻陷洛阳，高仙芝、封常清两人退守潼关，

张旭

张旭，字伯高，吴郡（今江苏苏州）人，唐代大书法家，以草书最为知名，被称为『草圣』，因其常于醉中以头发濡墨大书，如醉如痴，又被称做『张颠』。

不战自溃，伤亡惨重。一失，指的是唐玄宗在战略上的重大失误。玄宗一怒之下，杀了高仙芝、封常清二人。

⑦朝降夕叛，指的是河北诸郡纷纷起来抗击安禄山，但不久失事，原来抗击安禄山的人又都归降了安禄山。

⑧幽蓟，幽州、蓟州，泛指河北一带。

⑨巨鳌，指安禄山。

⑩鱼龙，指百姓。

⑪『朝过』二句，用的是张良、韩信的故事。秦国灭韩，张良因为他的先人五世辅佐韩国，立志为韩报仇，就尽散他的家产，以求刺客。得到一个力士，用铁锤击秦始皇于博浪沙，误击副车，没有击中。黄石公曾在下邳传授张良兵法。韩信曾寄食于淮阴下乡南昌亭长家。他的妻子为亭长所辱。韩信封为楚王后，召见下乡南昌亭长，曰：『公，小人也。为德不足。』

⑫栖栖，惶惶不安。

⑬青云，志向远大的人。

⑭犯龙鳞，指触怒君主。

⑮掣铃，唐代时官府多悬铃于外，出入则牵铃以通报。

张良

张良，字子房，他擅于运筹帷幄，是汉初开国谋臣。

⑯六博，玩耍的博戏。

⑰床，坐具。

⑱心藏风云，怀藏不平凡的志向与才能。

⑲邦伯，周代官名。此指地方长官。

⑳攀龙附凤，随皇帝建功立业。

**诗解**

诗中将安禄山叛军比作吃人的猛虎。对安史叛乱，大唐帝国危在旦夕的局势，诗人十分焦虑。他肠断泪下，不是因为古乐府歌辞『陇头流水，鸣声幽咽，遥望秦川，心肝断绝』的忧伤曲调勾起了他的故乡之思；也并非因为听了像战国时的音乐家雍门子周那样的高手所弹的凄楚动人的琴声而触动了他个人的伤心之事。而是为国家的安危，人民所遭受的灾难痛哭。胡兵掳掠洛阳，时局混乱，国衰民亡，到处是一片惨状，也是诗人伤心的原因。安禄山叛乱时，河北道、河南道相继陷落，被胡人所占领。安禄山攻破洛阳后，朝廷派大将高仙芝率兵至陕州抵抗，被安史叛军所败，他的部下（即秦人），大半做了叛军的俘虏。东都陷落，胡骑遍于市郊。高仙芝因兵败于安禄山

（故云『一输』），明皇闻此大怒，命宦官边令诚斩高仙芝于军中。高仙芝不战而退，退守潼关，乃出于保卫长安的战略考虑，而唐明皇听信宦官谗言，草率杀掉干城大将，是极失策的（故云『一失』）。至德元年（756）十二月，常山太守颜杲卿起兵讨贼，河北十七郡皆归朝廷，等到颜杲卿被安史叛军所败，河北诸郡又复归贼手。安史叛军如海中的巨鳌，搅得海水翻滚，以致海中的鱼龙（指唐朝的军民百姓）奔走不宁。之后，诗人借张良、韩信未遇的故事，抒发他身遭乱世，不为昏庸的统治者任用，虽胸怀『王霸大略』、匡世济民之术，也无处施展，无奈只得随逃难的人群『窜身南国』的感慨。安史叛军来势凶猛，东都洛阳很快沦陷，战争的局势颇似楚汉相争时的拉锯状态。这使李白联想起历史上决定汉朝命运的杰出的谋臣和大将——张良和韩信来。他们在未遭君臣际遇之时，境况也与自己目前的状况差不多。张良在博浪沙锤击秦始皇，误中副车，被秦追捕，他只能更名改姓，亡命下邳，在下邳圯上遇黄石公，得授《太公兵法》。韩信最初在淮阴（今江苏淮阴）市曾受市井无赖的胯下之辱，无以为生，钓于城下。受漂絮的老妇的饭食充饥。后来韩信投汉，汉高祖一开始也未重用他，他月夜逃亡，演了一出『萧何月下追韩信』。像张良和韩信这样的贤才智士，尚且有困顿不遇之时，像汉高祖那样的明君，还有不明之时，『今时亦弃青云士』就不足为怪了。李白在安史之乱未发前，就曾单身匹马闯幽州，探安禄山虚实。天宝十三年（754）曾三入长安，欲向朝廷报告安禄山欲反叛的情状，无奈唐玄宗十分昏聩，凡是告安禄山欲反的人，都被送给安禄山本人发落。李白因此『有策不敢犯龙鳞，窜身南国避胡尘』了。愤慨之余，诗人只好『宝书玉剑挂高阁，金鞍骏马散故人』。表面上看起来是很旷达，其实所表达的是对朝廷不用贤才的深切愤懑。诗人无事可做，只好在诸侯门里做客。

昨天在宣城太守家里做筵上客，今天又在溧阳府上当座上宾。自己的满腔豪情和壮志无处抒发，惟有在赌博场中吆五喝六，搏髀大呼，以快壮心，一吐愤懑。大书法家张旭的才能和为人真是值得称赞的。张旭不但因善书被尊为『草圣』，而且胸怀大志，『心藏风云世莫知』。他不但深得吴郡的地方长官的赏识，而且甚为海内雄侠所钦佩。因张旭做过常熟县尉，因此诗中将他与曾做过沛中吏的汉初大臣萧何、曹参相比，称他将来也会有风云际会『攀龙附凤』之时，干出一番事业来。这几句话虽是祝愿张旭的，其中也有诗人自期的意味。后几句点明和张旭等人宴别的时间和地点，及席上轻歌曼舞、挝鼓欢饮的热闹场面。最后向张旭等人赠别，表示自己要像《庄子》中的神人任公子一样钓鳌东海，施展自己安社稷、济苍生的宏伟抱负。

### 诗评

首尾一贯，脉络分明，浩气神行，浑然无迹。

——王琦《李太白诗集注》

### 诗人逸事

李白性情豪放，蔑视权贵。有一次，他喝醉酒，曾在玄宗面前让当时最有权势的大宦官高力士为自己脱靴。玄宗十分想得到李白的诗文，就答应了。高力士认为这是奇耻大辱，就摘取李白的一些诗句来激怒杨贵妃。杨贵妃由此也深恨李白，玄宗每次让李白做官，杨贵妃都加以阻止。李白很苦闷，发出了『行路难』的感叹。天宝三年（744）春，李白上疏，『恳求归山』。玄宗没有挽留他，『赐金放还』。

## 去妇词

古来有弃妇，弃妇有归处。今日妾辞君，辞君遣[1]何去？本家零落尽，恸哭来时路。忆昔未嫁君，闻君却周旋[2]。绮罗锦绣段，有赠黄金千。十五许嫁君，二十移所天[3]。自从结发[4]日未几，离君缅山川。家家尽欢喜，孤妾长自怜。幽闺多怨思，盛色无十年。相思若循环，枕席生流泉。流泉咽不扫，独梦关山道。及此见君归，君归妾已老。物情恶衰贱，新宠方妍好。掩泪出故房，伤心剧秋草。自妾为君妻，君东妾在西。罗帏到晓恨，玉貌一生啼。自从离别久，不觉尘埃厚。常嫌玳瑁[5]孤，犹羡鸳鸯偶。岁华[6]逐霜霰，贱妾何能久？寒沼落芙蓉，秋风散杨柳。以此憔悴颜，空持旧物还。余生欲何寄，谁肯相牵攀？君恩既断绝，相见何年月？悔倾连理杯，虚作同心结。女萝附青松，贵欲相依投。浮萍失绿水，教作若为[7]流？不叹君弃妾，自叹妾缘业[8]。忆昔初嫁君，小姑才倚床。今日妾辞君，小姑如妾长。回头语小姑，莫嫁如兄夫。

注释

①遣，一作『欲』。

②周旋，行礼时进退揖让之礼。

③所天，妇人未嫁时以父母为天，出嫁以后以丈夫为天。

④结发，成婚。

⑤玳瑁，动物名，甲片可以做装饰品。

幽闺多怨思，盛色无十年

⑥岁华，岁时，时间。

⑦若为，如何。

⑧缘业，因缘定分，业，佛教用语，泛指一切身心活动。

**诗解**

古来就有被弃的妇人，但她们被弃之后都有自己的归处。今日我无可奈何，辞别自己的夫君而去，该往哪里栖身呢？如今自己的娘家已经没有亲人健在了，不知道哪里才能容得自己安身，只得在当初出嫁的路上恸哭。还记得还没嫁到夫君家的时候，听说夫君能以礼相待，进退揖让，对人很是谦和。夫君家里条件宽裕，以绮罗锦绣、黄金百千作为聘礼。十五岁时，我家应许了这门亲事，二十岁时嫁到你家。但我们成婚没有几天，丈夫就远离了，与他山川相隔，无法相见。家家都是欢天喜地，只有我一人常常自怜，倍觉孤单。在幽闺中常常产生思怨之情，想着美好的年华就要在这凄清中耗去，不免感伤。对丈夫日日思念，常常在夜里哭泣。不能与丈夫在现实中相见，我便时常在睡梦中梦到自己踏过了关山万里，与丈夫相会。终于等到丈夫回家的一天，但我容颜已老，再也得不到丈夫的宠爱了。丈夫的新宠正值青春，她貌美如花，完全夺去了丈夫的心。面对此情，我不禁掩泪悲泣，如秋草般绝望伤心。自从成为你的妻子，我们便东西分离，不能长相聚首。罗帏空寂，我常常哭泣到天明。离别日久，我也无心再打扫庭屋，任它落满灰尘。一个人孤寂的日子里，常常会羡慕鸳鸯能相陪相伴。时间一年年过去，我的青青的容颜怎么能长久呢？如今的我，已经是年老珠黄，早已过了貌美如花的年纪。如今容颜憔悴，空持有原先的定情旧物。不知余生将寄居何处，谁肯与我相伴相依？我们之间的恩情既然已经断绝，不知什么时候才有再次相见的机会？如今想来，连理杯、同心结那样美好的爱情，是可望而不可即的。女萝和青松相互依偎，不离不弃，才有美好的爱情。浮萍若是失去了绿水，还不知会流向哪里呢？不为丈夫的休弃而感叹，而是自叹自己与丈夫无缘相守。记得初嫁到丈夫家时，小姑刚刚学会走路。今日当我离开的时候，小姑已经长得像我这么高了。回过头来告诉小姑，千万不要嫁给像你哥哥这样的夫君啊。

**诗评** 此篇是顾况《弃妇辞》也。后人添增数句，窜入太白集中，语俗意重，斧凿之痕斑斑可见。可谓作伪心劳日拙者矣。

——萧立之《冰涯诗集》

## 卷五　古近体诗

**题解**　开元十三年（725），李白从巴蜀东下。十五年，在湖北安陆和故相许围师的孙女结婚。襄阳离安陆不远，这首诗可能写在这一时期。它是李白怀古之作，也是一首醉歌，诗中用醉汉的心理和眼光看周围世界，实际上是用更带有诗意的眼光来看待一切，思索一切。

### 襄阳歌

落日欲没岘山①西，倒着接䍦②花下迷。襄阳小儿齐拍手，拦街争唱白铜鞮③。傍人借问笑何事，笑杀山公醉似泥④。鸬鹚杓⑤，鹦鹉杯⑥。百年三万六千日，一日须倾三百杯。遥看汉水鸭头绿⑦，恰似葡萄初酦醅⑧。此江若变作春酒，垒麹便筑糟丘台⑨。千金骏马换小妾⑩，笑坐雕鞍歌落梅⑪。车旁侧挂一壶酒，凤笙龙管⑫行相催。咸阳市中叹黄犬⑬，何如月下倾金罍⑭？君不见晋朝羊公一片石⑮，龟头剥落生莓苔⑯。泪亦不能为之堕，心亦不能为之哀。清风朗月不用一钱买，玉山自倒⑰非人推。舒州杓⑱，力士铛⑲，李白与尔同死生。襄王云雨⑳今安在，江水东流猿夜声。

**注释**

①岘山，又名岘首山，在今湖北襄阳南，东临汉水，为襄阳南面要塞。西晋羊祜镇襄阳时曾登此山，置酒吟咏。

②接䍦，古代一种头巾。倒着接篱，据《晋书·山简传》记载，山简镇守襄阳时，常外出饮酒，喝得酩酊大醉，才倒戴着头巾，骑马而回。当时襄阳有童谣说他：『日夕倒载归，酩酊无所知，时时能骑马，

倒着白接䍦。』

③白铜鞮，曲名，也叫《襄阳白铜鞮》。

④醉似泥，醉得不省人事，像一堆泥。

⑤鸬鹚杓，一种形如鸬鹚的舀酒的杓子。

⑥鹦鹉杯，似鹦鹉嘴形状的酒器。

⑦鸭头绿，翠绿的颜色。

⑧酦醅，没有滤过的重酿酒。葡萄初酦醅，刚酿成的绿色葡萄酒。

⑨麴，酒药，酿酒时用。糟丘，据《韩诗外传》记载，夏桀筑酒池，池中可以航船，酒糟堆得像土山，十里路远都能望得见。这两句意为，汉水如果变成酒，其曲便能堆做一座糟丘台。

⑩骏马换小妾，据《独异志》记载，魏曹彰见到一匹骏马，十分喜爱，想得到它，马主人舍不得出让，曹彰就用美妾与他交换。

⑪落梅，曲名，即《梅花落》。

⑫凤笙龙管，凤笙，笙形如凤。龙管，指笛，相传笛声如龙鸣。

⑬叹黄犬，秦李斯被杀时曾对他的儿子说，我要与你再牵黄犬出上蔡东门逐狡兔，哪里还可能呢！

⑭金罍，古代酒器，木制饰金，刻着云雷纹，故称。

⑮羊公，即羊祜，字叔子，西晋大将，泰山南城（今山东黄县）人。一片石，指纪念羊祜的石碑。羊祜镇守襄阳时，常到岘山游览。死后，襄阳人在岘山羊祜生前常憩息的地方，建碑纪念他，看到碑的

人莫不流泪，晋人杜预将它称做堕泪碑。

⑯龟头，旧时石碑下面常刻有一个名叫赑屃的动物，头伸出碑前。传说它能负重，故刻以负碑。因形状像龟，故称龟头。这句形容羊祜碑附近的荒凉破落。

⑰玉山，形容仪容美好。玉山自倒，山简称赞嵇康为人，平时好像高峻独立的青松，喝醉了酒的时候，就像玉山摇摇欲倒的样子。后因以玉山自倒形容喝醉了酒。

⑱舒州，今安徽潜山，唐时这里出产的酒器很出名。

⑲力士铛，用力士瓷制成的温酒器。力士瓷是唐代豫章（今江西南昌）出产的一种名瓷。

⑳襄王，即楚襄王。云雨，宋玉《高唐赋》中说，楚王曾经游于高唐地方，梦中与巫山神女相会。神女临去时说自己『旦为朝云，暮为行雨』。

**诗解**

诗一开始用了晋朝山简的典故说自己像当年的山简一样，终日饮酒游乐，喝得烂醉如泥。每当日落西山，他就戴着头巾，倒骑着马，沿着缀满野花的篱笆歪歪扭扭地回家来了，每当此时，经常被襄阳的儿童拦住拍手唱歌，引起满街的喧笑。人生百年，一共三万六千日，每天都应该往肚里倒上三百杯酒，那是多么美妙的事。酒酣意浓时，透过朦胧的醉眼朝四方看，远远看见襄阳城外碧绿的汉水，幻觉中就好像刚酿好的葡萄酒一样。啊，这汉江若能变做春酒，那么单是用来酿酒的酒曲，便能垒成一座糟丘台了。诗人醉骑在骏马雕鞍上，唱着《梅花落》的曲调，后面还跟着车子，车上挂着酒壶，载着乐队，奏着劝酒的乐曲。他洋洋自得，忽然觉得自己的纵酒生活，连历史上的王侯

**嵇康**

嵇康，字叔夜，谯郡铚县（今安徽宿州）人，『竹林七贤』之一，三国时期魏末著名诗人、音乐家，当时玄学的代表人物之一，为人耿直，励志勤学，在曹氏当权时期，曾任中散大夫。

也莫能相比呢！秦丞相李斯不是被秦二世斩杀于长安市中吗，临刑时对他的儿子说：『吾欲与若（你）复牵黄犬，俱出上蔡（李斯的故乡）东门，逐狡兔，岂可得乎！』还有晋朝的羊祜，镇守襄阳时常游岘山，曾对人说：『由来贤达胜士登此远望，如我与卿者多矣，皆湮没无闻，使人悲伤。』羊祜死后，襄阳人在岘山立碑纪念。见到碑的人往往流泪，名为『堕泪碑』。但这碑到了今天又有什么意义呢？如今碑也已剥落，再无人为之堕泪了！一个生前即未得善终，一个身后虽有人为之立碑，但也难免逐渐湮没，哪有月下畅饮这般快乐而现实呢！那清风朗月可以不花一钱尽情享用，酒醉之后，像玉山一样倒在风月中，该是何等潇洒、适意！快拿来舒州杓、力士铛，快与我一起畅饮享受酒醉后同生共死的乐趣吧。即便是当年在巫山遇到神女的楚襄王又怎能和我们比拟，他早已随着东逝的江水，在猿啼悲鸣中化为乌有了。

**诗评**

宋欧阳永叔曰：『落日欲没岘山西，倒着接䍦花下迷。襄阳小儿齐拍手，大家争唱《白铜鞮》』，此常语也。至于『清风朗月不用一钱买，玉山自倒非人推』然后见其横放，其所以惊动千古者固不在此乎！

——萧立之《冰涯诗集》

题解

诗题一作《江上游》，大约是李白三四十岁客游江夏时所作。这首诗以江上的遨游起兴，表现了诗人对庸俗、局促的现实的蔑弃，和对自由、美好的生活理想的追求。诗人认为『屈平词赋悬日月，楚王台榭空山丘』，两者是不能相比的。他表示要以屈原为榜样，在诗歌方面作出贡献。

## 江①上吟

**木兰之枻沙棠舟②，玉箫金管坐两头③。美酒樽中置千斛④，载妓⑤随波任去留。仙人有待乘黄鹤⑥，**
**海客无心随白鸥⑦。屈平词赋悬日月，楚王台榭空山丘⑧。兴酣落笔摇五岳⑨，诗成笑傲⑩凌沧洲⑪。**
**功名富贵若长在，汉水亦应西北流。**

注释

①江，指汉江。

②木兰之枻沙棠舟，木兰，香木名，又名紫玉兰。枻，船桨。沙棠，传说汉成帝曾以沙棠木为舟，这种树产于昆仑山，人吃了它的果实，入水就可以不沉。

③玉箫金管，用金玉装饰的箫笛。这句意为，船两头坐着吹箫奏笛的人。

④樽，酒器。置，盛放。斛，量器名，古时十斗为一斛。

**屈原**

屈原，名平，字原，战国末期楚国人，中国最伟大的浪漫主义诗人之一，创立了『楚辞』这种文体，并开创了『香草美人』的传统。

⑤妓，歌女。

⑥乘黄鹤，传说曾有仙人骑黄鹤飞过了汉水。

⑦海客，住在海滨的人。无心，指没有机诈之心。据《列子·黄帝》记载，海边有一人喜欢白鸥，每天凌晨就坐在海边，成群的白鸥飞来与他做伴。一次他的父亲叫他捉一只白鸥，从此白鸥就再也不到他的身边来了。

⑧『屈平』二句，屈平，即屈原，战国楚人，我国最早的大诗人。曾辅佐楚怀王，任左徒、三闾大夫，主张彰明法度，任用贤才，东联齐国，西抗强秦。顷襄王时被放逐，长期流浪在沅湘之间。后愤而自沉于汨罗江。楚王，指楚怀王和楚顷襄王，屈原生活时代的楚国国君。台榭，泛指亭台楼阁。空山丘，只剩下土丘了。

⑨『兴酣』句，酣，浓。落笔，挥笔。摇，震撼。五岳，指东岳泰山、西岳华山、南岳衡山、北岳恒山、中岳嵩山。

⑩笑傲，嘲笑和轻视。

⑪沧洲，水边。古时常用以指隐士或神仙居住的地方。

**诗解**

一只豪华的游船，沙棠船身，木兰船桨，以珍奇的木料制成，船的两头坐着吹奏箫笛的歌妓，我满斟千杯美酒，听歌笑乐，任凭兰舟在江中随意飘荡。高飞成仙须待黄鹤再来，这实在渺茫无期；还是像海客那样不存私欲，时时与白鸥为伍吧！屈原的煌煌词赋如日月高悬，辉耀千古，而楚王豪华的楼台亭阁却早已荡然无存，只剩下一片荒丘。想到这里我诗兴浓烈，醉酒赋诗，落笔之际气势磅礴，雄健无敌，可以撼动山岳，诗成后傲然卓立，阔大的胸襟可以凌驾江海之上。权势和富贵是不可能常在的，否则汉江水就该向西北流了。

**诗评**

此达者之词也。汉水无西北流之理，功名富贵不能常在，亦独是乎！

——萧立之《冰涯诗集》

**题解**

天宝年间，李白被召供奉翰林，职务是草拟文告，陪侍皇帝左右。玄宗每有宴请或郊游，必命李白侍从，利用他敏捷的诗才，赋诗纪实。这首诗就是当时李白随唐玄宗春游时描写的宜春苑的春日风光。

## 侍从宜春苑①，奉诏赋龙池②柳色初青、听新莺百啭歌

**东风已绿瀛洲草，紫殿红楼觉春好。池南柳色半青青，萦烟袅娜拂绮城。垂丝百尺挂雕楹，上有好鸟**

池南柳色半青青，萦烟袅娜拂绮城

相和鸣，间关早得春风情。春风卷入碧云去，千门万户皆春声。是时君王在镐京③，五云垂晖耀紫清④。仗出金宫随日转，天回玉辇绕花行。始向蓬莱看舞鹤，还过茝若⑤听新莺。新莺飞绕上林苑，愿入箫韶⑥杂凤笙。

注释

①宜春苑，即唐朝时东宫的宜春北苑。

②龙池，唐朝时兴庆宫池。

③镐京，西周武王建都镐京。这里借代指国都。

④紫清，紫微清都之所，天帝居住的地方。这里借代指皇宫。

⑤茝若，宫殿名。

⑥箫韶，相传为舜所制乐。《尚书》：『箫韶九成，凤凰来仪。』

诗解

东风送暖，宜春苑龙池中的小岛上已经绿草茵茵，与周围的紫殿红楼相衬托更加感觉春天色彩绚丽。龙池南面的柳树已经抽出嫩黄的新叶，在春风的吹拂下如袅袅烟雾缭绕在皇宫内院中。柳树上一根根细细的枝条如同碧绿的丝绦垂挂在雕栏楹柱上。柳枝上成对的鸟儿在嬉戏鸣叫，声音婉转动听，似乎早已经闻到春天来临的气息。春风吹走天上的云层，阳光明媚，温暖和煦，人们都知道这是春天来临的征兆。此时陛下您在长安城内春游，五色祥云笼罩皇城，仪仗队走出金碧辉煌的皇宫，陛下您驾着玉辇来到宜春苑游玩，苑内路旁的花有些已经开放，您先来到龙池中小岛上看仙鹤舞动，还来到茝若宫听雏莺鸣叫，雏莺飞入上林苑，快活地鸣叫着飞来飞去，仿佛在说愿意和上林苑的珍禽们一起生活。

**诗评**

听新莺歌首入境，次出莺，次以莺合境，次出入次收归莺而以自意结，甚有法度。

——吴乔《围炉诗话》

**题解**

这首诗大约写于天宝三年（744）供奉翰林的后期，赐金还山的前夕。李白在长安的三年中，虽然过着荣登御筵、赤墀朝见及数换龙马、敕赐玉鞭的豪华显贵的生活，但他觉得皇帝只是以近幸之臣相待，并不重用，和古代东方朔的处境没有什么两样；加之群奸当道，谗毁屡至，因此他在诗里不仅抒写了『壮心惜暮年』、抱负无法实现的苦闷，并以丑女效颦为喻来表现自己鄙视权贵、耻与为伍的傲岸性格，反映了诗人当时内心的抑郁和愤慨。

## 玉壶吟[1]

**烈士[2]击玉壶，壮心惜暮年[3]。三杯拂剑舞秋月，忽然高咏涕泗涟[4]。凤凰初下紫泥诏，谒帝称觞登**

御筵⑤。揄扬九重万乘主⑥，谑浪赤墀青琐贤⑦。朝天数换飞龙马，敕赐珊瑚白玉鞭⑧。世人不识东方朔⑨，大隐金门是谪仙⑩。西施宜笑复宜嚬，丑女效之徒累身⑪。君王虽爱蛾眉⑫好，无奈宫中妒杀人。

三杯拂剑舞秋月，忽然高咏涕泗涟

注释

①玉壶吟，《世说新语·豪爽》记载，东晋王处仲酒后常吟唱曹操《步出夏门行》中『老骥伏枥，志在千里；烈士暮年，壮心不已』的悲壮诗句，一面唱，一面用如意（古代供玩赏的一种器物）敲打吐痰用的玉壶，结果壶口都被敲缺了。《玉壶吟》即以此为题。

②烈士，壮士。

③壮心，雄心。暮年，垂暮之年，即老年。

④『三杯』二句，涕，眼泪。泗，鼻涕。涟，流不断。这两句意为，酒后在秋月下拔剑起舞，忽然内心愤慨，高歌泪下。

⑤凤凰诏，《十六国春秋》记载，后赵武帝石虎下诏时，坐在高台上，让木制的凤凰衔着诏书往下飞。后称皇帝的诏书为凤诏。紫泥，甘肃武都县的一种紫色泥，性黏，古时用以封诏书。谒，

**东方朔**

东方朔，西汉文学家，性格诙谐，爱好喝酒，自称是位避世于朝廷的隐士。

朝见。称觞，举杯。御筵，皇帝设的宴席。这两句意为，当初我奉诏入京朝见皇帝，登御宴举杯畅饮。

⑥揄扬，赞扬。九重，这里指皇帝居住的地方。万乘主，这里指唐玄宗。

⑦谑浪，戏谑不敬。赤墀，皇宫中红色的台阶。青琐，刻有连锁花纹并涂以青色的宫门。赤墀、青琐，指宫廷。贤，指皇帝左右的大臣。

⑧朝天，朝见皇帝。飞龙马，古时皇帝有六个马厩，其中飞龙厩所养的都是上等好马。这里泛指宫中的良马。敕，皇帝的诏书。敕赐，皇帝的赏赐。珊瑚白玉鞭，用珊瑚、白玉装饰的马鞭。这里泛指华贵的马鞭。这两句意为，上朝时经常换乘皇家马厩中的飞龙名马，手拿着皇帝赏赐的名贵马鞭。

⑨东方朔，字曼倩，西汉平原厌次（今山东惠民）人。汉武帝时为太中大夫，为人诙谐滑稽，善辞赋。后来关于他的传说很多。他曾说：『古人隐居于深山，我却认为宫殿中也可以隐居。』这里是以东方朔自喻。

⑩大隐，旧时指隐居于朝廷。晋王康琚《反招隐诗》：『小隐隐

陵薮，大隐隐朝市。』金门，又名金马门，汉代宫门名。这里指朝廷。谪仙，下凡的神仙。李白友人贺知章曾称他为『谪仙人』，李白很喜欢这个称呼，常用以自称。

⑪嚬，通『颦』，《庄子·天运》中有一则故事，美女西施因病而皱着眉头，邻居丑女见了觉得很美，就学西施也皱起眉头，结果显得更丑。这两句是用丑女效颦的典故来揭露当时权贵庸碌无能而又装腔作势的丑态。

⑫蛾眉，古时称美女。这里是作者自比。

## 诗解

有抱负、志向高远的人总是在酒后击节吟唱，感叹暮年而壮心不已。酒后在秋月下拔剑起舞，忽然内心愤慨，高歌泪下。当初我奉诏入京朝见皇帝，登御宴举杯畅饮。歌颂赞扬圣明的君主，在朝堂上戏谑皇帝左右的大臣，我上朝时经常换乘皇家马厩中的飞龙名马，手拿着皇帝赏赐的名贵马鞭。我就像东方朔一样才华横溢，大隐于朝堂之上，只是世间的俗人没人识得。那些权贵庸碌无能而又装腔作势，在我看来比东施效颦还要可笑。当今皇帝虽然爱惜我的才华，受到玄宗的宠信，同僚不胜艳羡，但也有人因此而产生了忌恨之心。

## 诗评

太白诗虽若升天乘云，无所不之，然自不离本位，故放言实是法言。

——刘熙载《艺概》

**题解**

天宝十五载（756），安禄山在洛阳称帝。他手下的士兵在洛阳城中肆意横行，无恶不作。百姓们纷纷逃难，李白也带领家人逃到南方。三月，他在溧溪（今江苏溧阳）参加扶风豪士家的一次宴会，并写下了这首《扶风豪士歌》。本诗诗人将洛阳被占领的凄惨情况与东南一带暂时宁静的景象进行对比，真实地再现了洛阳失守后的悲惨景象。在称赞豪士的热情好客时，也抒发了诗人以天下为己任，要为国建功的胸怀。

## 扶风豪士①歌

**洛阳三月飞胡沙②，洛阳城中人怨嗟。天津③流水波赤血，白骨相撑如乱麻。我亦东奔向吴国④，浮云四塞道路赊⑤。东方日出啼早鸦，城门人开扫落花。梧桐杨柳拂金井⑥，来醉扶风豪士家。扶风豪士天下奇，意气相倾山可移⑦。作人不倚将军势⑧，饮酒岂顾尚书期⑨？雕盘绮食⑩会众客，吴歌赵舞⑪香风吹。原尝春陵六国时，开心写意君所知。堂中各有三千士，明日报恩知是谁⑫。抚长剑，一扬眉⑬，清水白石何离离⑭！脱吾帽，向君笑⑮，饮君酒，为君吟。张良未逐赤松去，桥边黄石知我心⑯。**

**注释**

①扶风，郡名，在今陕西凤翔一带。扶风豪士，指安史之乱发生后由扶风逃难到吴地的豪士。

②飞胡沙，指安禄山叛军攻陷洛阳。

③天津，桥名，在洛阳西南洛水之上。

④吴国，这里泛指我国东南一带。

东方日出啼早鸦，城门人开扫落花

⑤浮云四塞，形容逃难的人像浮云一样从四面八方涌来，充塞了道路。赊，远，长。

⑥金井，围栏上有华美雕饰的井。

⑦相倾，互相敬慕。山可移，形容友谊的深厚。

⑧作人，为人。不倚将军势，这是反用辛延年《羽林郎》『依倚将军势，调笑酒家胡』的句意，称赞豪士不依仗他人的权势。

⑨尚书，官名，古代协助皇帝处理政务的大官。期，约会。饮酒岂顾尚书期，据《汉书·陈遵传》记载，西汉陈遵嗜酒好客，每次宴会，总关上大门留客不放，甚至将客人车轴上的键拔出投入井中，使他们虽有急事也不能离去。一次有个刺史虽与尚书有约，也无法走脱。直到陈遵酒醉后，才由陈母从后门将他放出。这句是称赞豪士的不凡，不但好客，而且不把官放在眼里。

⑩绮食，美盛的酒菜。

⑪吴歌赵舞，指出色的歌舞。古时吴地的人善歌，赵地（今河北一带）的人善舞。

⑫原尝春陵，指战国时著名的贵族平原君、孟尝君、春申君、信陵君四公子。他们门下各有食客数千人。六国，指战国时齐、楚、

燕、韩、魏、赵六国。开心写意，推心置腹的意思。这四句意为，战国时原、尝、春、陵四公子的真诚待人是你所深知的，但三千食客中报恩出力的是谁呢？

⑬这两句化用江晖《雨雪曲》『恐君不见信，抚剑一扬眉』的句意，表示自己的才干不同于一般宾客。

⑭清水白石，即水清石见的意思。乐府《艳歌行》：『语卿且勿眄，水清石自见。』离离，清晰可见。这句比喻自己胸襟爽朗，光明磊落。

⑮这两句是说脱帽欢笑。这在当时是从北方部族传来的一种礼俗。

⑯张良，字子房，汉初大臣，传为城父（今安徽亳县东南）人。祖先五代相韩。秦灭韩后，他结交刺客，在博浪沙（在今河南原阳）狙击秦始皇未果。秦末农民战争中，他聚众归刘邦，成为刘邦的重要谋士。刘邦很器重他，赞为『运筹帷幄之中，决胜千里之外』的豪杰。汉王朝建立后，封为留侯。逐，跟随。赤松，即赤松子，古代神话中的仙人。张良晚年曾有『愿弃人间事，从赤松子游』的念头。黄石，即黄石公，又称圯上老人。传说张良刺秦始皇失败后，逃亡下邳（今江苏邳县），遇老人于圯（桥）上，授以《太公兵法》，并说后十三年见我于济北谷城山下，黄石即我。十三年后，张良随刘邦过济北，果在谷城山下得黄石。见《史记·留侯世家》。这两句诗人以张良自比。

**诗解**

三月安禄山的叛军攻陷洛阳城，贼军在洛阳城中肆意横行，无恶不作，百姓们叫苦连天，怨声载道。天津桥下的河水都被血染成了红色，死人骨骸如乱麻一样堆积在一起，百姓们纷纷逃难，我也带领家人跋山涉水，千里迢迢逃到南方。东南这一带远离战火，宁静安逸。清晨太阳刚刚升起，鸟儿们就在树上欢快地啼叫，城门早早地打开，有人已经开始打扫路边的落花。一口围栏上有华美雕饰的水井旁栽着梧桐和杨柳，在春风吹拂下，枝叶迎风摆动。我来到扶风豪士家求得一醉。扶风豪士乃天下之奇士，为人不倚仗权势，豪爽意气，热情好客。席上极尽酒食之乐，声色之欢。战国四公子天下闻名，但食客中真正报恩出力的是何人？脱帽欢笑，向君表示敬意。饮君酒，为君作这首歌。张良未随赤松子远游世外，桥边的黄石能理解我像张良一样的心胸。

**诗评**

流离中有如此风韵，如此调荡。高适少年行，『未知肝胆向谁是，令人欲忆平原君』已为佳句。即观太白『原尝春陵』数语，其意气犹觉旷荡，比高警策。抚长剑以下，是太白真处。末句调笑入神，不可及。

——桂天祥《李诗选》

**题解**

这首诗一名《梁苑醉酒歌》。梁园，汉代梁孝王所建。平台，春秋时宋平公所建。这两处遗迹，分别在唐时的大梁和宋州。李白是离长安后来到这一带的。此时距他被唐玄宗『赐金放还』已三年，但理想落空、宏图不能施展、抑郁愤怨之情丝毫未减，这首诗就表达了这种悲苦心情。这首诗抒发了作者眷念京城而又欲归不得的愁思，表现了对权贵的蔑视，但也流露出随遇而安的消极情绪。

## 梁园①吟

我浮黄河去京阙②，挂席欲进波连山③。天长水阔厌远涉④，访古始及平台⑤间。平台为客忧思多，对酒遂梁园歌。却忆蓬池阮公咏，因吟渌水扬洪波⑥。洪波浩荡迷旧国，路远西归安可得⑦？人生达命岂暇愁⑧？且饮美酒登高楼。平头奴子⑨摇大扇，五月不热疑清秋。玉盘杨梅为君设，吴盐⑩如花皎白雪。持盐把酒但⑪饮之，莫学夷齐⑫事高洁。昔人豪贵信陵君⑬，今人耕种信陵坟⑭。荒城⑮虚照碧山月，古木尽入苍梧云⑯。梁王宫阙今安在？枚马先归不相待⑰。舞影歌声散渌池，空余汴水东流海⑱。沉吟此事⑲泪满衣，黄金买醉未能归。连呼五白行六博⑳，分曹赌酒酣驰晖㉑。歌且谣，意方远。东山高卧时起来，欲济苍生未应晚㉒。

注释

①梁园，又名梁苑，故址在今河南商丘东，是汉代梁孝王游乐和接待各方来客的宾馆。

②去，离开。京阙，京城，指长安。

③挂席，扬帆。波连山，形容波涛汹涌。

④远涉，渡水远行。

⑤平台，台名，在梁园内。春秋时宋平公所筑，梁孝王曾予扩建。

⑥蓬池，据《述征记》记载，在大梁西南的尉氏县（今河南尉氏）。阮公，指阮籍，三国时期魏国诗人。阮公咏，指阮籍的《咏怀》诗，共八十余首。阮籍在诗中对当时的社会现实加以讽刺。但诗意隐约，且流露出忧愁孤独的悲愤情绪。《咏怀诗》其二十中说：『徘徊蓬池上，还顾望大梁。渌水扬洪波，旷

我浮黄河去京阙，挂席欲进波连山

野莽茫茫。』这两句是借阮诗以抒发自己伤时忧国之情。

⑦迷，分辨不清。旧国，指长安。西归，指回长安，因长安位于梁园之西。这两句意为，黄河波涛汹涌，京城迷茫难见；路途遥远，怎能西归长安呢？

⑧达命，对命运持达观的态度。实际上是对人生的消极看法，一切听其自然，随遇而安。这里是李白蔑视权贵的愤激之辞，借以表示不值得因权贵的诋毁而忧愁。岂暇愁，哪里有工夫去发愁。

⑨平头，头巾名。平头奴子，带平头巾的奴仆。

⑩吴盐，吴地出产的盐。

⑪但，只。

⑫夷齐，即伯夷、叔齐。商末孤竹君的两个儿子。孤竹君欲以次子叔齐为继承人。孤竹君死后，叔齐推让，长子伯夷也不肯继位，两人都投奔到周。后来周武王伐商，他们曾扣马而谏，反对武王进军。商王朝灭亡后，他们又逃避到首阳山（今山西运城西），不食周粟而死。

⑬信陵君，即魏无忌，战国时魏安釐王之弟，封于信陵（今河南宁陵），号信陵君。魏安釐王二十年（前257），他设法取得兵符，

击杀将军晋鄙，夺取兵权，救赵胜秦。后十年为上将军，联合五国击退秦将蒙骜的进攻。门下有食客三千人，是战国著名的四公子之一。

⑭信陵坟，信陵君的坟墓，在今河南开封市郊。

⑮荒城，指魏都大梁（今河南开封）。

⑯苍梧，山名，又名九疑山，在今湖南宁远南。苍梧云，传说有白云出自苍梧入大梁。

⑰梁王，梁孝王。枚，枚乘，字叔，汉初辞赋家，淮阴人。马，司马相如，字长卿，西汉辞赋家，蜀郡成都（今四川成都）人。枚、马都曾在梁园做过梁孝王的宾客。这两句意为，梁王的豪华宫殿今在何处？枚乘、司马相如早已去世不能相见了。

⑱渌池，清澈的池水。这里指蓬池。汴水，古水名，从河南荥阳，经开封，东流入淮河，宋以后湮废。这两句意为，当年蓬池周围的歌声舞影早已烟消云散，如今只剩下汴水依旧东流入海。

⑲此事，指上述的往事。

⑳五白，五子皆白。古代一种以『五木』为博具的博戏，共有五子，上黑下白，掷得五子皆黑或皆白为胜采。掷时欲得采，故呼五白。六博，一种博戏，共有棋子十二枚，六黑六白，两人相博，每人六枚，故名。呼五白、行六博，形容当时宾主狂乐的情景。

㉑曹，两人一对。分曹，分成若干对。驰晖，飞驰的时光。

㉒歌且谣，有乐器伴奏的叫歌，不用乐器伴奏的叫谣。这里泛指歌唱。东山高卧，指谢安早年隐居东山，等待时机。这四句意为，暂且纵情歌唱，托意于未来，效法谢安的待时而起，实现济世宏愿也不算太晚。

荒城虚照碧山月，古木尽入苍梧云

诗解

这首诗抒发的是作者离开长安后抑郁悲苦的情怀。离开长安，意味着政治理想的挫折，使李白感到极度的苦闷和失落。然而这种低沉迷惘的情绪，诗人没有直接叙述出来，而是融情于景，巧妙地结合眼前景物的描绘，自然地流露出来。滔滔巨浪如群峰绵亘起伏，多么使人厌倦的艰难行程，然而这不也象征诗人脚下坎坷不平的人生途程吗！万里长河直伸向缥缈无际的天边，多么遥远的前路，然而诗人的希望和追求不也正像这前路一样遥远和渺茫吗！在这里，诗人传达出来的情绪含蓄而又强烈，我们几乎可以感觉到诗人沉重、疲惫的步履。之后，诗人访古以遣愁绪，而访古徒增忧思；作歌以抒积郁，心头却又浮现阮籍的哀吟，这更加触动诗人的心事，不禁由阮诗的蓬池洪波又转向浩荡的黄河，由浩荡的黄河又引向迷茫不可见的长安旧国。路途太远了，什么时候才能西归呢？一声慨叹包含着对理想破灭的痛惜，道出了忧思纠结的根源。之后，诗人的情绪更加激昂，苦闷之极转而为狂放，但已不再一味宣泄愤激之情，改从排解忧怀角度着笔，诗人以『达命』者自居，

阮籍

阮籍，字嗣宗，陈留尉氏（今河南尉氏）人，『竹林七贤』之一，曾任步兵校尉，世称『阮步兵』，崇尚老庄之学，政治上采取谨慎避祸的态度。

对不合理的人生遭遇采取藐视态度，登高楼，饮美酒，遣愁放怀，高视一切。玉盘鲜梅，吴盐似雪，饮馔精美。大可开怀饮食，而不必像伯夷、叔齐那样苦苦拘于所谓高洁。夷齐以薇代粮，不食周粟，持志高洁，士大夫们常引以为同调。这里『莫学』两字，透出诗人理想破灭后极度悲愤的心情，他痛苦地否定了以往的追求，这就为下文火山爆发一般的愤激之情拉开了序幕。但诗人在情感上也是有剧烈的矛盾冲突的。他痛苦的主观根源来自对功业的执著追求，于是诗意便像汹涌的波涛一般激愤地向功业思想冲刷过去。诗人即目抒怀，就梁园史事落墨。豪贵一时的魏国公子无忌，今日已经丘墓不保；一代名王梁孝王，宫室已成陈迹；昔日上宾枚乘、司马相如也早已作古，不见踪影。一切都经不起时间的冲刷，烟消云散，功业又何足系恋！冷月荒城，高云古木，构成一种凄清冷寂的色调，为荒凉遗迹做了很好的烘托。蓬池、汴水较为永恒的事物，同舞影歌声人世易于消逝的事物对举，将人世无常之意点染得十分浓足。随着感情的激越，诗人已近于纵酒癫狂。呼五纵六，分曹赌酒，简单几笔便勾勒出酣饮豪博的形象。愈写出狂放，愈显出诗人的痛苦之深；愈表现否定，愈见出系恋之挚。

**诗评** 这首长篇歌行体诗随着诗人感情的自然奔泻，诗境不停地转换，从抑郁忧思变而为纵酒狂放，从纵酒狂放又转而为充满信心的期望。波澜起伏，陡转奇兀，愈激愈高，最终高唱入云。

——萧涤非《唐诗鉴赏辞典》

**题解** 天宝四年（745）冬，梁园积雪三尺，李白在园内清冷池上作诗，送岑征君去鸣皋山。诗中想象岑征君旅途中冰封雪飘、山高水深的艰险情景，刻画了鸣皋山幽深寂静的环境，也抒发了自己遭受排斥的不平心情。特别是诗的后半，通过一连串的比喻，生动地勾勒出一幅统治阶级内部尔虞我诈、争权夺利的图画。『鸡聚族以争食，凤孤飞而无邻』等句，不仅揭露和抨击了当时政治的黑暗，也表达了自己不愿与权奸为伍的耿直性格。这首诗在语言、结构方面富于变化，设想的奇妙、气势的奔放，使人无法预测，是李白歌行体中较好的一首。

## 鸣皋歌送岑征君①

若有人②兮思鸣皋，阻积雪兮心烦劳。洪河凌兢不可以径度③，冰龙鳞兮难容舠④。邈仙山之峻极兮，闻天籁之嘈嘈⑤。霜崖缟皓以合沓兮，若长风扇海，涌沧溟之波涛⑥。玄猿绿罴，舔舕崟岌，危柯振石，骇胆慄魄，群呼而相号⑦。峰峥嵘以路绝，挂星辰于岩嶅⑧。送君之归兮，动鸣皋之新作⑨。交

盘白石兮坐素月，琴松风兮寂万壑

鼓吹兮弹丝[10]，觞清泠[11]之池阁。君不行兮何待？若返顾[12]之黄鹄。扫梁园之群英，振大雅于东洛[13]。巾征轩兮历阻折[14]，寻幽居兮越巇崿[15]。盘白石兮坐素月，琴松风兮寂万壑[16]。望不见兮心氛氲[17]，萝冥冥兮霰纷纷[18]。水横洞以下渌，波小声而上闻[19]。虎啸谷而生风，龙藏溪而吐云[20]。冥鹤清唳，饥鼯嚬呻[21]。块独处此幽默兮，愀空山而愁人[22]。鸡聚族以争食，凤孤飞而无邻[23]。蝘蜓嘲龙，鱼目混珍[24]。嫫母衣锦[25]，西施负薪[26]。若使巢由桎梏于轩冕兮，亦奚异于夔龙蹩躠于风尘[27]？哭何苦而救楚[28]？笑何夸而却秦[29]？吾诚不能学二子，沽名矫节以耀世兮[30]，固将弃天地而遗身。白鸥兮飞来，长与君兮相亲。

注释

①鸣皋，又名九皋山，在今河南嵩县东北。相传有白鹤飞鸣于此，故名。岑征君，李白的好友岑勋。

②人，指岑征君。

③洪河，大河。凌兢，寒冷而令人战栗。径度，直渡。

④冰龙鳞，冰块呈锯齿状，参差如龙鳞。舠，小船。

⑤仙山，指鸣皋山。天籁，自然界的声响。嘈嘈，声音嘈杂众多。

这两句意为，遥远的鸣皋山多么高峻啊，能听到自然界的多种音响。

⑥霜崖，白雪覆盖的山崖。缟皓，洁白的样子。以，而。合沓，重重叠叠。沧溟，大海。这三句意为，皎洁的白雪覆盖重叠的山崖，像大风扇动海水，掀起了层层的波涛。

⑦玄猿，黑色的猿。绿罴，熊的一种，毛带有绿光。舔舕，吐舌的样子。峑岌，山峰险峻。相号，互相叫喊。这五句意为，险峻的山峰，使猿熊惊颤吐舌；高危的树枝和摇晃的巨石，更使它们丧魂落魄，群相呼号。

⑧岩嶅，多石的山崖。这两句意为，山势高峻仿佛无路可通，星星像挂在山崖一样。

⑨这两句意为，为了送你归隐啊，我写了这首《鸣皋歌》的新诗。

⑩弹丝，弹奏弦乐。这句意为，各种乐器在交替地演奏。

⑪觞，饮酒。清泠，指梁园的清泠池。

⑫返顾，形容分别时依恋不舍的样子。苏武《古诗四首》中有『黄鹄一远别，千里顾徘徊』之句，这里化用其意。

⑬扫，扫尽。群英，指梁园内所有的杰出人物。振，振兴。《大雅》，《诗经》的组成部分之一。这里借指古代优秀的文学传统。东洛，洛阳。这两句称赞岑征君在文学上的成就。

⑭巾征轩，用帷幕盖住的远行的车子。历阻折，经历艰难险阻。

⑮巇崿，山崖的别名。

⑯盘白石，盘腿坐在白石之上。坐素月，坐在皎洁的月光下。琴，弹琴。松风，即《风入松》，琴曲名。

这两句是想象岑征君在寂静的群山中，独自盘坐在月光下弹琴。

⑰氛氲，即纷纭。心氛氲，内心烦乱。

⑱萝，女萝，植物名。冥冥，昏暗。霰，雪珠。

⑲横洞，汪洋无际的样子。渌，清澈。这两句意为，清澈的水汹涌地往下流；声音虽小，但山上也能听到。

⑳这两句意为，虎在山谷中怒吼，发生了狂风；龙在深溪里腾起，吐出了云雾。

㉑唳，鹤鸣声。鼯，鼯鼠，形似蝙蝠，常在夜里飞鸣，鸣声像人的哭叫声。嚬呻，痛苦呻吟。这两句意为，凄厉的鹤鸣声在山谷中回荡，饥饿的鼯鼠在痛苦地呻吟。

㉒块，孤独。独处，独居。幽默，僻静。愀，凄怆的样子。这两句意为，孤独地住在这僻静的地方啊，凄怆地面对空山，更使人愁闷。

㉓聚族，成群。这两句意为，群鸡为争食而相斗，凤凰独飞而无伴。

㉔蝘蜓，蝎虎。鱼目混珍，即鱼目混珠。这两句意为，蝎虎居然嘲笑巨龙，鱼目竟敢冒充珍珠。

㉕嫫母，传说是黄帝的妃子，貌丑，后用做丑女的代称。衣，穿。锦，美丽的衣服。

㉖负薪，背柴。

㉗巢由，巢父和许由。相传是唐尧时不愿做官的隐士。桎梏，脚镣手铐。这里指束缚。轩冕，古代大官用的车和帽。这里指做官。奚异，何异，有什么不同。夔龙，传说是虞舜时的两个贤臣。蹩躠，匍匐而行的样子。风尘，指民间。这两句意为，如果硬叫巢父和许由去做官，就同夔、龙被废弃于民间一样，都是不适其志的。

巢　父

巢父，相传为尧时的一位有德之士，帝尧敬重他的才德，想把帝位禅让于他。巢父不愿做官，跑到颍河岸边，在一棵大树下筑巢而居，巢父的名字由此而来。

㉘救楚，据《战国策・楚策》记载，春秋时吴楚交战，吴军攻破了楚都，楚国大夫申包胥赶到秦国求援，在秦国的宫殿上哭了七天七夜，感动了秦王，最后秦王发兵救楚。这句意为，申包胥为什么这样悲苦地哭求秦王救楚呢？

㉙却秦，据《战国策・赵策》记载，秦军围困赵都邯郸，魏王派将军辛垣衍劝赵尊秦为帝。鲁仲连赶到辛垣衍面前，大讲秦国称帝之害，使他不敢再说尊秦为帝的话。秦将闻之退兵五十里。这是种夸张的说法。这句意为，鲁仲连谈笑退秦兵，又有什么值得夸耀的呢？

㉚沽名，有意做作以猎取名声。矫节，矫揉造作，装出节操很好的样子以赚取好评。

## 诗解

送友人去鸣皋山，想象那里应该是冰封雪飘，一片寒冷的气象。想起路途阻险重重，诗人不禁为朋友感到心情忧烦。大河寒冷而令人战栗，不可以直接渡过去，冰块呈锯齿状，参差如龙鳞，实在难以容得下形状如刀的小船通过。遥远的鸣皋山多么高峻啊，能听到自然界的多种音响。皎洁的白雪覆盖重叠的山崖，像大风扇动海水，掀起了层层的波涛。险峻的山峰，使猿熊惊颤吐舌；高危的树枝和摇晃的巨石，更使它们丧魂落魄，群相呼号。山势高峻仿佛无路可通，星星像挂在山崖一样。为了送友人岑征君归隐，诗人写了这首《鸣皋歌》的新诗。各种乐器在交替地演奏，诗人在梁园的清泠池饮酒与友人相送。友人你为什么迟迟不肯出发，在等待什么呢？好像黄鹄将飞走时反复回头那样依恋不舍。友人在文学上的成就很高，扫尽了梁园内所有的杰出人物，振兴了古代优秀的文学传统。他乘坐用帷幕盖住的远行的车子经历了艰难险阻，越过巘崿山去寻求幽居之地。想象今后自己的友人将要在寂静的群山中，独自盘坐在皎洁的月光下弹琴，诗人就感到无限感伤。想着再也望不见他，诗人的内心就很烦乱，心中就好像压有阴霾一样堵得难受。清澈的水汹涌地往下流，声音虽小，但山上也能听到。虎在山谷中怒吼，引起了狂风；龙在深溪里腾起，吐出了云雾。凄厉的鹤鸣声在山谷中回荡，饥饿的鼯鼠痛苦地在呻吟。想起友人你将孤独地住在这僻静的地方，凄怆地面对空山，更使人愁闷。群鸡为争食而相斗，凤凰独飞而无伴。蝎虎居然嘲笑巨龙，鱼目竟敢冒充珍珠。丑女穿着锦袍，美女却背着柴薪。如果硬叫巢父和许由去做官，就同夔、龙被废弃于民间一样，都是不适其志的。申包胥为什么悲苦地哭求秦王救楚呢？鲁仲连谈笑退秦兵，又有什么值得夸耀的呢？诗人自己可真的不能学这两个人，有意做作以猎取名声，千万不能矫揉造作，装出节操很好的样子以赚取好评。愿白鸥飞来，让它时常与友人为伴。

**诗评**

学楚骚而长短疾徐，横纵驰骤，有复变化其体，是为仙才。

——沈德潜《唐诗别裁集》

人道横江好，依道横江恶

题解

开元十四年（726），李白来到了横江浦，面对白浪滔天的长江，以夸张的语言，描绘了一幅汹涌澎湃的长江天险图。这组诗汲取了民歌的格调，语言自然，形象动人。《横江词》六首，多写横江浦波高浪险的景象和行人被阻的心情。诗句自然流畅，感情朴实真率，深受南朝乐府民歌的影响。

## 横江词六首

### 其一

**人道横江①好，侬②道横江恶。一风三日③吹倒山，白浪高于瓦官阁。**

注释

①横江，即横江浦，在今安徽和县东南，是长江下游的一个渡口。

②侬，我，吴地（今江苏南部一带）人自称为侬。

③一风三日，连刮三天大风。

诗解

人人都说横江好，但是我觉得横江地势险恶无比。这里能连刮三天大风，风势之猛烈能吹到山峰。江中翻起的白浪有瓦官阁那么高。

其二

**海潮南去过寻阳①，牛渚②由来险马当③。横江欲渡风波恶，一水牵愁万里长。**

注释

①海潮，倒灌进长江的海水。南去，从横江浦流往寻阳的水是西南向，所以说南去。寻阳，今江西九江。

②牛渚，山名，在安徽当涂长江边，北部突入江中，山下有矶，是唐代大江南北的重要渡口之一。

③马当，山名，在今江西彭泽东北，山形似马，横枕长江，回风撼浪，船行艰阻。险马当，险过马当。

诗解

倒灌进长江的海水从横江浦向南流去，途中要经过寻阳。牛渚山北部突入江中，山下有矶，地势本就十分险要，马当山横枕长江，回风撼浪，船行艰阻。横江欲渡风波十分险恶，要跨渡这一水之江会牵动愁肠几万里。

其三

**横江西望阻西秦①，汉水东连扬子津②。白浪如山那可渡？狂风愁杀峭帆人③。**

注释

①西秦，即西方之秦，借指长安。阻西秦，指视线为横江的如山白浪所阻，望不到长安。

②汉水，即汉江，长江的最大支流，发源于陕西西南部，东南流经湖北至武汉入长江。扬子津，古代长江下游的重要渡口之一，在今江苏扬州南，长江北岸。

③峭帆，高耸的船帆。峭帆人，指船夫。

**诗解**

从横江向西望去，视线为横江的如山白浪所阻，望不到长安。汉江东边与扬子津相连。江中的白浪翻滚如山，如此险阻怎么能够渡过呢？狂风愁杀了将要出行的船夫。

## 其四

**海神来过恶风回，浪打天门石壁开①。浙江八月何如此②？涛似连山喷雪来。**

**注释**

①天门，山名，由东、西梁山组成。东梁山位于当涂西南方，西梁山位于和县以南，两山隔江相对如门，故称天门。这句意为，汹涌的浪涛把天门山劈成两半。

②浙江，即钱塘江。钱塘江潮水汹涌，夏历八月十八更为猛烈。此指横江浦浪涛。

**诗解**

横江江上常有急风暴雨而至，汹涌的浪涛能把天门山劈成两半。钱塘江八月的潮水比起它来怎样？横江上的波涛好似连山喷雪而来。

## 其五

**横江馆前津吏迎①，向余东指海云生②。郎今欲渡缘何事③？如此风波不可行！**

**注释**

①横江馆，横江浦渡口的驿馆。津吏，管理渡口的小吏。

②海云生，指海上升起了云雾，这是大风雨的预兆。

③郎，古时对年轻男子的称呼。这里是津吏对作者的称呼。缘何事，到底为了什么事？

**诗解**

我在横江浦渡口的驿馆前受到了管理渡口的小吏的相迎，他向我指着东边，告诉我海上升起了云雾，大风雨即将来临。你这样急着横渡到底为了什么事情呢？如此大的风波危险，可不能出行啊！

## 其六

**月晕[①]天风雾不开，海鲸东蹙百川回[②]。惊波一起三山[③]动，公无渡河[④]归去来。**

**注释**

①月晕，环绕月亮周围的白色光带，是起风的预兆。

②蹙，急促。东蹙，迫向东南。这句是说海鲸东向，百川倒流。

③三山，山名，在今江苏南京西南长江边，三峰并列，故名。

④公无渡河，乐府《瑟调曲》调名。据《古今注》记载，朝鲜水夫霍里子高早起撑船，见一白发狂夫横渡急流，其妻阻之不及，

横江馆前津吏迎，向余东指海云生

夫堕河死，妻弹箜篌而唱：『公无渡河，公竟渡河，渡河而死，当奈公何！』曲终，也投河而死。这里是借用乐府曲调名告诫人，横江水势湍急，勿轻易渡江。

**诗解**

横江之上经常月晕起风，整日笼罩在风雾中，江里的海鲸东向，百川倒流。波涛大浪一起，声势浩大，三山都会被之摇动，横江水势湍急，千万不要轻易渡江，如果轻易而渡，将会有去无回。

**诗评**

太白《横江词六首》，章虽分，意如贯珠。俗本以第一首编入长短句，后五首编入七言绝，首尾冲决，殊失作者之意。

——杨慎《李诗选》

**题解**

李白游金陵时，月夜独登城西孙楚酒楼作此诗。诗中通过水摇空城、白露垂珠的夜景描绘，抒发了对南齐诗人谢朓的追慕和自己孤寂的心情。

## 金陵城西楼①月下吟

**金陵夜寂凉风发，独上高楼望吴越②。白云映水摇空城③，白露垂珠滴秋月。月下沉吟久不归，古来相接眼中稀。解道④澄江净如练，令人长忆谢玄晖。**

金陵夜寂凉风发，独上高楼望吴越

**注释**

①西楼，《景定建康志》卷二十一《李白酒楼》条下引有此诗，注云：即城西孙楚酒楼。

②吴越，即今江苏苏州至浙江绍兴一带。

③空城，指城中寂无声息，像无人居住的空城。

④解道，懂得说。

**诗解**

金陵的夜晚静寂而孤独，秋风吹起，已经有凉凉的寒意，我独自一人登上城西的孙楚楼，登高临风，遥望吴越大地。俯视白云和城垣的影子倒映在江面上，微波涌动，恍若白云、城垣在轻轻摇荡；仰观遥空垂落的露珠，在月光映照下，像珍珠般晶莹，仿佛是从月亮中滴出。我伫立在月下，沉思默想，久久不肯归。人世混浊，知音难遇，不仅是我眼前知音稀少，自古以来有才华、有抱负的人当时也都是如此。谢朓能吟『澄江净如练』这样的好诗，使人永远忆念。我与谢玄晖精神『相接』，他的诗我能理解；今日我写此诗，与谢玄晖当年心情相同，有谁能『解道』，能『长忆』呢？

**题解**

天宝十三年（754）李白从广陵、金陵至秋浦，这里是江南著名的风景胜地。《秋浦歌十七首》即作者此次游历秋浦所作，整组诗从不同角度对秋浦风景以及民情之美进行了讴歌，同时抒发了诗人怀才不遇的苦闷和感慨。

## 秋浦①歌十七首（录十四首）

### 其一

**秋浦长似秋，萧条使人愁。客愁②不可度，行上东大楼③。正西望长安，下见江水流。寄言向江水，汝意忆侬④不？遥传一掬泪，为我达扬州。**

**注释**

①秋浦，地名，原属于宣州，后又归属池州，位于今安徽贵池县。
②客愁，羁旅之愁。
③大楼，山名，位于秋浦县以南。
④侬，我，吴地方言。

**诗解**

秋浦总是像秋天一样，景物萧瑟使人愁苦。羁旅之愁多得无法丈量，缓缓地登上了大楼山。向着西面眺望长安，只看到下面奔流不息的长江水。对着长江水说，你是否还记得我？遥遥地传送一掬忧

正西望长安，下见江水流

国之泪，为我寄往扬州。

其二

**秋浦猿夜愁，黄山堪白头。清溪非陇水①，翻作断肠流。欲去不得去，薄游②成久游。何年是归日？雨泪下孤舟。**

注释

①清溪，位于秋浦境内。陇水，指从陕西西南的陇山流下的水。

②薄游，短暂的游览。

诗解

秋浦夜里猿声的啼叫充满哀愁，黄山都要愁白了头。清溪并不是陇水，但清溪却像陇水一样是使人愁断肠的水流。想要离去却回不去，原本短暂的出游成了长久的出游。什么时候才是我回去的日子呢？泪水如雨落在孤舟之上。

其三

**秋浦锦驼鸟①，人间天上稀。山鸡②羞渌水，不敢照毛衣。**

注释

①锦驼鸟，又名楚雀，羽毛华美无比。

②山鸡，山鸡毛色颇美，自己也很珍爱，整天对着水看自己的影

子，最后因目眩落水而死。

诗解

秋浦的锦驼鸟羽毛华美无比，不管是在人间还是天上都很罕见。山鸡见了它都感到羞愧，不敢在渌水中映照自己的羽毛了。

## 其四

**两鬓入秋浦，一朝飒已衰。猿声催[1]白发，长短尽成丝。**

注释

①催，催生。

诗解

来到秋浦，一朝之间原本的飒爽之态已经变得衰老。婉转凄绝的猿啼催生出白发，长发短发都成了银丝。

诗评

李太白往来江东池州，所赋尤多。如秋浦歌十七首及九华山、清溪、白笴陂、玉镜潭诸诗是也。秋浦歌云：『秋浦长似秋，萧条使人愁』。又云『两鬓入秋浦，一朝飒已衰。猿声催白发，长短尽成丝。』则池州之风物可见矣。然观太白此歌高妙乃尔，则知姑熟十咏决为赝作也。杜牧之池州诸诗，正尔观之，亦清婉可爱；若与太白诗并读，醇醨异味矣。

——陆游《入蜀记》

## 其五

**秋浦多白猿，超腾①若飞雪。牵引条上儿，饮弄水中月。**

注释

①超腾，动作敏捷。

诗解

秋浦有很多白猿，动作迅速地嬉戏，就好像飞舞的雪花。母猿牵引着儿女结成条链子，饮水戏弄水中的月亮。

## 其六

**愁作秋浦客，强看秋浦花。山川如剡县①，风日似长沙。**

注释

①剡县，即剡中，戴陆隐居之地，此地山岩秀美，草木繁盛，风景十分宜人。

诗解

忧愁地作为秋浦之地的游客，勉强观看秋浦的花。却发现秋浦的山川之美如同戴陆隐居的剡县，秋浦的风物之美如同贾谊被贬居的长沙。

诗评

不言怀抱而言风日，正见诗人托兴深微处。

——唐汝询

## 其七

**宁醉上山公[1]马，寒歌宁戚[2]牛。空吟白石烂，泪满黑貂裘[3]。**

注释

①山公，即山简，西晋时人，竹林七贤之山涛之子。此人很喜欢喝酒，当地豪门之家有个高园池，山公出游多到此地，每次都要喝得酩酊大醉，人事不知，却还能骑马而归。

②宁戚，春秋时人。相传当时齐桓公夜出迎客，闻宁戚击其牛角唱道：『南山矸，白石烂，生不逢尧与舜禅。短布单衣裁至骭，长夜冥冥何时旦。』齐桓公听闻之后赶紧召见他，后来宁戚被拜为大夫。

③此句以苏秦暗比自己的不得志，当年苏秦游说秦王，上了十道奏疏，但秦王始终没用采纳他的建议，最终苏秦黑貂裘衣都穿破了，百镒黄金也用完了。

诗解

醉酒之后骑上山公的骏马，寒夜唱起宁戚的牧牛歌。空自唱着《白石烂》，泪洒满了黑貂裘。

## 其八

**秋浦千重岭，水车岭[1]最奇。天倾欲堕石，水拂寄生[2]枝。**

注释

①水车岭，位于秋浦县西南方向七十余里，地形十分陡峭，又临深渊，水流冲击发出富有节奏的声音。

②寄生，一种植物，它不需要像一般的植物那样扎根于泥土，而是攀附于别的植物枝干上，吸取别的植物的养料维持生命所需。

诗解 秋浦之地崇山峻岭，山势陡峭，尤以水车岭最为奇特。好像青天都要倾斜，危石都要掉下来了，下面翻腾的水浪时时拂动着寄生枝。

其九

**江祖一片石[1]，青天扫画屏。题诗留万古，绿字锦苔生。**

注释

①江祖，山名，位于贵池县西南方向。一片石，江祖山中有一奇石，从水流中突出，有数十丈，相传上面留有仙人的遗迹，称为江祖石。

诗解 江祖山中有一块奇石，它的倒影在碧空的映衬下如同一座花屏。题在石上流传千古的诗，字迹上也长满了碧绿的苔藓。

其十

**千千石楠[1]树，万万女贞[2]林。山山白鹭满，涧涧白猿吟。君莫向秋浦，猿声碎客心。**

注释

①石楠，树名，二月开花，花朵比较细碎，花色淡白中又带有一丝绿意。

②女贞，树名，四季常青。

**诗解**

千万株石楠树，到处是女贞林。山山飞满白鹭，涧涧都是猿啼声。你不要去秋浦，那里的猿啼声会使羁客心碎。

**诗评**

《周南·采蘋草》章，连用六『于以』字，《十九首·青青河畔草》连用六叠字，白诗祖之。

——乾隆御选《唐宋诗醇》

其十一

**逻人横鸟道①，江祖出鱼梁②。水急客舟③疾，山花拂面香。**

**注释**

①逻人，又作逻叉，江边一巨石之名，因为其形状像鲁莽的大汉突出水面，阻挡水流，故称之为『逻人』。鸟道，形容道非常窄。

②鱼梁，以土石之坝修于水上，阻拦水势，中间留一缺口，可将竹筐放置于此捕鱼。

③舟，又作行。

**诗解**

逻人石横在狭窄的水道上，江祖石阻拦在鱼梁处。水流很急，游客的小舟行驶得也很快，迎面扑来山花的香气。

其十三

**渌水净素月①，月明白鹭飞。郎听采菱女，一道夜歌归。**

注释

①渌水，水名。素月，皎洁的明月。

诗解

渌水澄净如同皎洁的明月，皎洁的明月下白鹭在飞翔。郎听到采菱女的歌声，与之一起唱着夜歌而归。

其十四

**炉火①照天地，红星乱紫烟。赧郎明月夜②，歌曲动寒川。**

注释

①炉火，开矿处的冶炼之火。

②赧郎，指被炉火照红了脸的冶炼工人。明月夜，为月夜增添光彩，明，动词。

诗解

炉火照亮了天地，火星混着紫烟升空。被炉火映红了脸的儿郎为月夜增添光彩，他们的歌声震动了寒冷的水流。

**渌水净素月，月明白鹭飞**

渌水澄净、明月皎洁、白鹭飞翔，月下男女歌声相和，一片恬美的景象，诗人了了几笔，一幅渌水边的生活图画便跃然纸上。

其十五

**白发三千丈，缘愁似个长①。不知明镜里，何处得秋霜②？**

注释

①缘，因为。个，这般。

②秋霜，形容发白如霜。

诗解

满头的白发有三千丈长，只因为我的忧愁有这么长。不知道明镜中的我，从什么地方染上了秋霜。

诗评

突然而起，四句三折，格力极健，要是倒装法耳。

——乾隆御选《唐宋诗醇》

题解

李白题画诗不多，此篇可谓是其此类作品中难得的佳作。诗人通过对山水壁画的传神描述，不仅再现了画工的精湛技艺，同时也淋漓尽致地展示了自己复杂的情感。诗人以极具才情的笔触展示了粉图中大自然的宏伟，视野开阔，气势磅礴。

## 当涂赵炎少府粉图山水歌①

**峨眉②高出西极天，罗浮直与南溟连③。名工绎思④挥彩笔，驱山走海置眼前。满堂空翠⑤如可扫，**

惊涛汹涌向何处，孤舟一去迷归年

赤城霞气苍梧烟[6]。洞庭潇湘[7]意渺绵，三江七泽情洄沿[8]。惊涛汹涌向何处，孤舟一去迷归年。征帆不动亦不旋，飘如随风落天边。心摇目断兴难尽，几时可到三山[9]巅？西峰峥嵘喷流泉，横石蹙[10]水波潺湲。东崖合沓[11]蔽轻雾，深林杂树空芊绵[12]。此中冥昧[13]失昼夜，隐几寂听无鸣蝉。长松之下列羽客[14]，对坐不语南昌仙[15]。南昌仙人赵夫子[16]，妙年历落青云士[17]。讼庭无事罗众宾[18]，杳然如在丹青[19]里。五色粉图安足珍？真仙可以全吾身。若待功成拂衣去，武陵桃花[20]笑杀人。

注释

①当涂，地名，今安徽当涂。少府，即县尉，主管地方治安。粉图，粉壁上的图画。

②峨眉，即今四川峨眉山。

③罗浮，山名，位于今广东增城东。南溟，即南海。

④绎，蚕抽丝。绎思，在此指艺术构思。

⑤空翠，翠绿色的山水之态。

⑥赤城，山名，位于今浙江天台北，山之土石呈赤色，山上红霞缭绕。苍梧，山名，位于今湖南宁远一带。

⑦潇湘，潇水和湘江。

⑧三江七泽，指水流很多。洄，逆水而上。沿，顺水而下。

⑨三山，指蓬莱、方丈、瀛洲三山，此三山为神仙居住之山。

⑩蹙，迫，在此有阻挡之意。

⑪合沓，重峦叠嶂的样子。

⑫芊绵，草木茂盛的样子。

⑬冥昧，幽冥昏暗。

⑭羽客，道士。汉代曾有道士身穿羽衣，象征得道成仙可以腾空之意，因此羽客即指道士。

⑮南昌仙，汉成帝之时，南昌县尉梅福离家修道，相传最终得道成仙。

⑯南昌仙人赵夫子，即指赵炎。

⑰历落，胸怀坦荡。青云士，高雅之士。

⑱讼庭，指赵炎办公的衙门。罗，罗列。

⑲丹青，画。

⑳武陵桃花，陶渊明的桃花源，这里代指隐居之所。

## 诗解

峨眉山高高耸峙直插云天，罗浮绵延与南海相连。名师巧妙构思挥彩笔，高山大海都驱至眼前。满堂都是翠绿的美景，好像可以打扫一样，赤城的红霞、苍梧的云烟皆在眼前。洞庭、潇湘之水绵延

缥缈，江水湖泽相互交错。惊涛骇浪要流向何处？孤舟一去不知何时才能返还。征帆不动也不回旋，就像随风而逝飘落在天边。心情激动目光阻断意兴难尽，什么时候才能到达神仙居住的三山之巅？西峰峥嵘瀑布飞泻，又遭横石阻拦水流缓慢；东崖峰峦叠嶂烟雾弥漫，林深树杂草木繁盛。林中幽冥不分昼夜，静静聆听没有蝉鸣之声。高高的松树下聚集着一些道人，对坐无语的是南昌仙。南昌仙人赵炎，胸怀坦荡，志趣高雅，正当妙年。衙署无事请来宾客，在画中肆意徜徉。五彩的图画有什么珍贵的呢？真正的仙境可以保全我身。等到功成名就之时拂衣而去，在武陵桃源之地开心生活以终老。

## 诗评

通篇皆赋题目，只此是达胸情。始知作诗贵本色，不贵着色。

——严羽《严羽评点李集》

## 题解

天宝十四载（755），安禄山在范阳起兵造反，第二年攻陷潼关。京师震恐，唐玄宗仓皇出逃四川，途中命其第十六子永王李璘经营长江流域。十二月下旬，永王引水师顺江东下，途经九江时，三请李白出庐山，诗人应召，参加了李璘幕府。随军途中，写下《永王东巡歌十一首》。李白第二次从政活动虽然以悲惨的失败告终，但他燃烧着爱国热情的诗篇却并不因此减色。在唐绝句中，像《永王东巡歌》这样饱含政治热情，把干预现实和追求理想结合起来，运用浪漫主义手法创作的作品不可多得。此诗形象飞动，词气夸张，写得兴致淋漓，千载以下读之，仍凛凛有生气。

## 永王东巡歌十一首①（录十首）

其一

**永王正月②东出师，天子遥分龙虎旗③。楼船一举风波静，江汉翻为雁鹜池④。**

注释

①永王，唐宗的第十六子，名璘，安史之乱中，唐玄宗委以要职，掌管部分兵权，同年十二月起兵东下，李白此时正隐居于庐山，永王三次征召李白，李白终于加入了永王府。此时的李白再次踌躇满志，决心大展宏图，实现伟大抱负，《永王东巡歌十一首》就是作于李白入住永王府之时，对永王的军容军威进行歌颂褒扬。只是永王起兵不久，就被当时已经继位的肃宗李亨以谋反叛乱之罪加以剿杀，而李白也因此入狱，经由一些朝臣营救出狱后，又遭流放。

②正月，指至德二年（757）正月。

③龙虎旗，指军队所举的将领、主帅的旗，象征着犹如龙虎一样的威猛。

④江汉，指长江和汉水。雁鹜池，西汉时期的梁孝王为了饲养一些禽类以供观赏而修建了此池。

诗解

永王正月出兵东下，与天子相隔遥远十分威猛。永王一举义师风波立刻就平息了，汹涌的长江、汉水变成了饲养禽类的雁鹜池。

其二

**三川北虏①乱如麻，四海南奔似永嘉②。但用东山谢安石③，为君谈笑静胡沙。**

**永王正月东出师，天子遥分龙虎旗**

唐肃宗即位，永王李璘不服，打算在江陵起兵。肃宗抢先下手，对弟弟永王李璘做了严密防范。后来，李璘以平乱为号召，擅自在江陵起兵，引军东下，这便是『永王东巡』。

**注释**

①三川，地名，位于今洛阳，因为境内有黄河、洛水、伊水三川，故得名。北虏，北面的胡虏，即指安史叛军。

②四海，全国，在此指中原地区的百姓。永嘉，晋怀帝永嘉五年的时候，洛阳被攻陷，当时上至官员下至百姓三万余人被杀，中原地区的百姓往南逃避祸患。天宝十四年（755）安史之乱中，两京受迫，百姓们举家迁徙的境况与永嘉时极为相似。

③谢安石，谢安，字安石。在与敌军交战中，诸将相聚败退，谢安派遣他的兄长子玄等出征，最终取胜。

**诗解**

三川之地胡虏遍地都是，中原百姓向南逃奔就像永嘉之乱一样。倘若能够起用谢安石这样的人，谈笑间就能平定叛乱。

**诗评**

永王璘之行师盖横暴之极者，太白以安石起之，欲其务镇静也……一说太白尝臣东山，此云安石当是自况。若然，置永于何地？青莲亦不应放诞至此。

——唐汝询《唐诗解》

雷鼓嘈嘈喧武昌，云旗猎猎过寻阳

其三

**雷鼓[1]嘈嘈喧武昌，云旗猎猎过寻阳[2]。秋毫不犯三吴[3]悦，春日遥看五色光。**

注释

①雷鼓，响声就像打雷一样大的鼓。

②猎猎，军旗在风中飘扬的声音。寻阳，即浔阳，位于今江西九江一带。

③三吴，指吴兴、吴郡、丹阳三地。

诗解

鼓声犹如打雷一样响亮，震动了武昌，高高飘扬在上空的军旗已经过了浔阳；军队对百姓秋毫不犯，三吴的百姓都十分欢悦，在和煦的春日遥遥地看到了五彩的祥云。

其四

**龙盘虎踞帝王州[1]，帝子金陵访古丘[2]。春风试暖昭阳殿[3]，明月还过鳷鹊楼[4]。**

注释

①龙盘虎踞，形容地势十分险要。帝王州，指金陵。

②帝子，指永王。古丘，指古代的遗迹。

③试，在这里指开始。昭阳殿，六朝时期金陵的一座宫殿。

④鳷鹊楼，六朝时金陵的宫殿名。

**诗解**

金陵地势险要，永王到金陵访求古迹。春风已经再次吹暖昭阳殿，明月依然照耀鳷鹊楼。

## 其五

**二帝巡游①俱未回，五陵②松柏使人哀。诸侯不救河南地③，更喜贤王④远道来。**

**注释**

①二帝，即唐玄宗、唐肃宗。巡游，出逃，是一种委婉的表达。

②五陵，指唐高祖、太宗、高宗、中宗和睿宗的陵墓。

③诸侯，指统帅各路军队的将领。河南地，在此特指洛阳。

④贤王，指永王。

**诗解**

两位帝王出逃都还未归，祖先们陵墓前的松柏使人哀伤。各路将领都不救助洛阳，贤明的永王远道而来特别使人惊喜。

## 其六

**丹阳北固①是吴关，画出楼台云水间。千岩烽火连沧海，两岸旌旗绕碧山。**

注释

①丹阳，地名，三吴之一，位于今江都丹徒一带。北固，山名。

诗解

丹阳的北固山是吴地的关隘，站在北固山上，俯视沿江诸名胜，像屏障中画出的一般。千万座山上的烽火与海相连，两岸的旌旗围绕着碧绿的大山。

### 其七

**王出三山按五湖[①]，楼船跨海次扬都[②]。战舰森森罗虎士[③]，征帆一一引龙驹。**

注释

①按，巡行。五湖，指太湖。

②次，驻扎。扬都，指扬州。

③罗，排列。虎士，像虎一样勇猛的士兵。

诗解

永王出三山巡行五湖，渡船跨海驻扎在扬州。战舰威武兵士勇猛，永王大军水陆并进。

### 其八

**长风挂席[①]势难回，海动山倾古月摧[②]。君看帝子浮江日，何似龙骧出峡[③]来。**

注释

①长风挂席，船借风势行驶得十分迅速。

②古月，暗指胡人，古月摧，即言安史之乱很快就会平息。
③龙骧出峡，言公元279年西晋龙骧将军王濬从成都取道三峡水路进军伐吴之事。

诗解

船借风势飞速行驶，势不可当，水军威力无比震得海动山倾，胡人很快就会被打垮。你看永王从水路顺江而行，与当年龙骧将军取道三峡水路进军伐吴是多么相似啊。

其十

**帝宠贤王入楚关①，扫清江汉始应还。初从云梦开朱邸②，更取金陵作小山。**

注释

①帝，指唐玄宗。楚关，泛指今湖南、湖北一带。
②朱邸，古时诸侯的府邸大门为朱红色，故称朱邸。

诗解

玄宗宠信永王，永王入军楚关，将江汉一带的胡虏扫荡殚尽之后才回去。刚刚在云梦建立府邸，夺取了金陵之后还会在那里修建新的永王府。

其十一

**试借君王玉马鞭①，指挥戎虏坐琼②筵。南风③一扫胡尘静，西入长安到日边④。**

注释

①玉马鞭，代指军权。

南风一扫胡尘静，西入长安到日边

②琼，盛大。

③南风，暗指永王屯兵于南方的军队。

④日边，皇帝的身边。

**诗解**

试图向君王暂借兵权，坐在盛大的宴席中从容不迫地指挥剿灭胡虏的战争。永王的军队平定了胡人的叛乱后，就会西入长安到皇帝跟前告捷。

**诗评**

太白之从永王璘，世颇疑之，《唐书》载其事甚略，亦不为明辨其是否。独其诗自序云：『半夜水军来，寻阳满旌旃。空名适自误，迫胁上楼船。徒赐五百金，弃之若浮烟。辞官不受赏，翻谪夜郎天。』太白岂从人为乱者哉？盖其学本出纵横，以气侠自任，当中原扰攘时，欲借之以立奇功。故其《东巡歌》有『但用东山谢安石，为君谈笑静胡沙』之句。其卒章云：『南风一扫胡尘静，西入长安到日边』，亦可见其志矣。大抵才高意广如孔北海之徒，固未必有成功，而知人料事，尤其所难。议者或责以璘之猖獗，而欲仰以立事，不能如孔巢父、萧颖士察于未萌，是矣，若其志亦可哀矣。

——蔡启《蔡宽夫诗话》

**题解**　本诗作于李白青年时期出游期间，应在游历成都之后、夔门之前。本诗以『峨眉山月』开起，五个地名巧妙地安插在诗句中，勾勒了自己的行程，并且在峨眉山月的笼罩中燃起了浓浓的思乡之情。

## 峨眉山月歌

**峨眉山月半轮秋，影入平羌①江水流。夜发清溪②向三峡，思君不见下渝州③。**

**注释**

①平羌，即青衣江，流经峨眉山前，最终流入岷江。

②清溪，位于峨眉山附近。

③渝州，地名，位于今重庆一带。

**诗解**　峨眉山上悬挂了半轮秋月，月影映入平羌江，江水缓缓而流。夜间在清溪乘船发往三峡，思念你却见不到你，顺水直下渝州。

**诗评**　王右丞《早朝》诗，五用衣服字，李供奉《峨眉山月歌》五用地名字，古今脍炙。然右丞用之八句中，终觉重复，供奉只四句，而天巧浑成，毫无痕迹，故是千秋绝调。

——金献之《唐诗选脉会通》

**题解**

此诗是作者于天宝十二年（753）游历池州时所作，是一首情景交融的作品。清溪似乎颇受李白的喜爱，写下了大量与之有关的诗作，本诗主要描写了清溪水之清澈这一特点，暗示着诗人喜清厌浊的情怀。

## 清溪行

**清溪清我心，水色异诸水。借问新安江①，见底何如此？人行明镜中，鸟度屏风里。向晚猩猩啼，空悲远游子。**

**注释**

①新安江，源于安徽黄山，东流入浙江。

**诗解**

清溪洗涤我的心灵，水色与一般的溪水之色不同。请问新安江，清澈见底能否与清溪相比？人如同是行走在明镜中，鸟有如在屏风里飞翔。傍晚猩猩哀鸣，徒然使游子悲伤。

**诗评**

复斋漫录云：山谷言：『船如天上坐，人似镜中行。』又云：『船如天上坐，鱼似镜中』，沈云卿诗也。老杜云：『春水船如天上坐，祖述期之语也』；继之以『老年花似镜中看』，盖触类而长之。予以云卿之诗，原于逸少镜湖诗所谓『山阴路上行，如坐镜中游』之句。然李太白入青溪山亦云：『人行明镜中，鸟度屏风里。』虽有所袭，然语益工也。

——胡仔《苕溪渔隐丛话》

**题解**

《临路歌》，疑为《临终歌》，是李白的临终之作，也是其自撰的墓志铭。大鹏对李白而言是一个带有浪漫色彩的非凡英雄，并将其作为自己精神的化身，然而此刻他这只大鹏再也不能飞翔了，于是他为大鹏也为自己唱出了这支悲壮的《临终歌》。本诗对其一生进行了回顾，长歌当哭，显示了其在生命的最后阶段对人生依然流露出无比的眷念，并为自己不能发挥才能而惋惜和感慨。

## 临路歌

**大鹏飞兮振八裔①，中天摧②兮力不济。余风激③兮万世，游扶桑兮挂石袂④。后人得之传此⑤，仲尼亡兮谁为出涕⑥。**

**注释**

①大鹏，李白曾作《大鹏赋》，以大鹏自比。八裔，八方。

②摧，摧折。

③激，激荡、激励。

**孔子**

孔子，名丘，字仲尼，春秋末期鲁国陬邑（今山东曲阜东南）人，中国古代著名的思想家、教育家、儒家学派的创始人。

④扶桑，古代神话中的一种神树，相传为太阳升起的地方，古代又经常将君王比为太阳，因此游扶桑暗指到了君主身边。石袂，应为『左袂』，即左袖之意。此句比喻自己虽然到了君王身边，却没机会大展宏图。

⑤此，指大鹏摧折。

⑥『仲尼』句，相传鲁哀公时，鲁国曾捕获一只麒麟，孔子知后认为麒麟乃祥瑞之物，为其夭折十分伤心。

**诗解**

大鹏振翅高飞啊，撼动了四面八方；飞到半空啊，翅膀折断，无力翱翔。然而其遗风仍可激荡万世，游览扶桑，左翅却不幸被其枝条挂住。后人得知相传此事，然仲尼已亡，又有谁会为此发出感慨。

**诗评**

年六十有二不偶，赋《临终歌》而卒。

——李华《故翰林学士李君墓铭序》

## 卷七　古近体诗

**题解**　本诗作于开元二十七年（739）诗人游历襄阳造访孟浩然之时。李白在此诗中高度赞扬了孟浩然不仕官宦的高洁品格，对孟浩然隐居田园纵情吟诗喝酒的生活显示出无限的神往和羡慕。

### 赠孟浩然

**吾爱孟夫子①，风流②天下闻。红颜弃轩冕③，白首卧松云④。醉月频中圣⑤，迷花⑥不事君。高山⑦安可仰，徒此揖清芬⑧。**

**注释**

①孟夫子，即孟浩然，一生未入仕宦，隐居田园。

②风流，指纵情吟诗喝酒，不受羁绊的生活方式。

③红颜，指青年。轩，高官乘坐的车子。冕，高官所戴的帽子。弃轩冕即指舍弃高官厚禄。

④卧松云，即隐居。

⑤醉月，喝酒赏月。中圣，古时把清酒称为圣人，浊酒称为贤人，故中圣在此指喝醉酒。

⑥迷花，迷恋花木，以花为友象征着人品行之高洁。

⑦高山，《诗经·小雅·车辖》中有云：『高山仰止，景行行止。』李白在此借高山来表达自己对孟浩然的敬仰之情。

⑧徒，徒然。揖，拱手，在此表示尊敬。清芬，比喻孟浩然的高洁品行。

**孟浩然**

孟浩然，唐代著名诗人，襄州襄阳（今湖北襄樊）人，世称孟襄阳，因其未曾入仕，又被称为孟山人，大半生居住在襄阳城南岘山附近的涧南园，诗多写山水田园的幽清境界，为当世诗坛所推崇。

**诗解**

我很欣赏孟浩然，潇洒不羁名闻天下。青年之时就舍弃高官厚禄，晚年依然隐居山林。喝酒赏月常常醉酒，迷恋花木不侍君主。其品格如高山一般别人难以达到，在此只能表达我的敬意。

**诗评**

太白赠浩然诗，前云『红颜弃轩冕』，后云『迷花不事君』，两联意颇相似。刘文房《灵祐上人故居》诗，既云『几日浮生哭故人』，又云『雨花垂泪共沾巾』，此与太白同病。兴到而成，失于检点。意重一联，其势使然；两联意重，法不可从。

——谢榛《四溟诗话》

**题解**

此诗作于李白漫游吴越之后又回到湖北之时，李白为人不惜钱财，正所谓『千金散尽还复来』，曾有游历扬州不到一年，就『散金三十余万』之说。此诗所述是其漫游花尽积蓄、生活潦倒，向其堂兄李皓求助的情景。

## 赠从兄襄阳少府皓

结发①未识事，所交尽豪雄。却秦不受赏②，击晋宁为功③？小节岂足言？退耕春陵④东。归来无产业，生事如转蓬⑤。一朝乌裘敝，百镒黄金空⑥。弹剑⑦徒激昂，出门悲路穷。吾兄青云士⑧，然诺⑨闻诸公。所以陈片言，片言贵情通。棣华⑩傥不接，甘与秋草同。

**注释**

①结发，古时成年男子始束发，这里是指年轻的时候。

②却秦不受赏，指战国时鲁仲连为赵退却秦军却拒不受赏的典故。鲁仲连是高义之士。当年秦国围困赵国都城邯郸，赵求救于魏，但魏畏惧秦国，不敢出兵救赵，并派辛垣衍游说赵国奉秦为帝。当此之时，鲁仲连恰巧在邯郸，就前去拜见平原君，并亲自面见辛垣衍，对其言说奉秦为帝的危害。最终辛垣衍欣然听从了他的建议联赵抗秦，秦畏惧退军。平原君十分感激鲁仲连，以千金相赠，但鲁仲连坚持拒收。

③击晋，指战国时朱亥从魏公子无忌袖铁锤杀晋鄙，夺其军以救战事。宁为功，不居功。

④春陵，地名，位于今湖南宁远北。李白曾跟随胡紫阳学道，寄居春陵以东的随州。

⑤生事，生计。如转蓬，形容生活不稳定。

⑥『一朝』两句，化用苏秦的典故，苏秦游说秦王，上了十次书，秦王始终不采纳他的建议，最终身上的黑貂裘都破旧了，百镒黄金也已用完，十分潦倒。镒，古重量单位，一镒相当于二十四两。

⑦弹剑，战国时冯谖为孟尝君门客，孟尝君初将其以下等门客待之，冯谖就弹剑长歌，感叹待遇不如意，最终平原君以上等门客待之。

⑧青云士，高士。

⑨然诺，信守诺言。

⑩棣华，比喻兄弟。

**诗解**

年少时，不谙世事，所结交的尽是豪杰之士。做事像鲁仲连退却秦军却不受赏，朱亥击杀晋鄙救赵，击退晋军一样岂能居功？行事小节岂能言说计较？我退耕于春陵以东。回来之后已没有了产业，生活很不稳定，犹如转蓬。我现已如同苏秦一样裘衣破旧，散尽了百镒黄金。我空有冯谖弹剑那样的激昂之情，出门感叹穷困。我的兄长你是高义之士，信守诺言众所周知。所以向你陈言求助，述说我们的感情。倘若兄长你不接济我，我甘心像秋草一样枯萎。

**题解**

此诗作于上元二年（761），安史之乱已延续了七年，诗人虽已年近暮年，仍想为国排解纷争，建立功勋，而不愿做只知诵读古文的『济南生』，也不愿做隐居山野的长沮、桀溺，表达了诗人不甘老死于阡陌，想要乘风破浪，大展宏图的雄心壮志。

## 赠何七判官昌浩[1]

**有时忽惆怅，匡坐[2]至夜分。平明空啸咤[3]，思欲解[4]世纷。心随长风去，吹散万里云。羞作济南生[5]，九十诵古文[6]。不然[7]拂剑起，沙漠[8]收奇勋。老死阡陌[9]间，何因扬清芬[10]？夫子今管乐[11]，英才冠[12]三军。**

有时忽惆怅，匡坐至夜分

终与同出处⑬，岂将沮溺群⑭？

注释

①何七判官昌浩，何昌浩排行老七，此时正出任京西北面节度使的判官。

②匡坐，正坐。

③平明，黎明。啸咤，大声喊叫，在此形容内心十分苦闷。

④解，解除，排除。

⑤济南生，伏生，名胜，西汉时人，济南人。西汉时传播《尚书》的人都出自他的门下。

⑥古文，在此指《尚书》。

⑦不然，不这样。

⑧沙漠，指北面的边疆战场。

⑨阡陌，田间小路。

⑩清芬，高洁的品行。

⑪夫子，即指何昌浩。管、乐，管仲和乐毅。管仲为春秋齐桓公之相，辅佐齐桓公称霸。乐毅为战国时期燕国名将，为燕国洗刷前耻。

⑫冠，超过。

⑬出处，出仕和隐居，这里专指出仕。

⑭将，与、和。沮溺，即长沮、桀溺，春秋时蔡国的两位隐士。

**诗解**

有时忽然会很惆怅，正襟危坐到半夜。只能黎明时分大声呼喊宣泄，想要为世间解除纷乱。有心想要随风而去，吹散万里阴云。羞作西汉的伏生，九十了还在诵读《尚书》。不能那样，要拔剑而起，在北面的边疆建立奇勋。倘若老死于田间小路，怎能发扬高洁的品行？你就是当今的管仲、乐毅，英才超过全军。我终将与你一起出仕建立功勋，岂能像长沮、桀溺一样隐居？

## 卷八　古近体诗

**题解**

李白一生郁郁不得志，虽被承认有才，可是却始终未被重用，于是不能施展抱负的遗憾变成了其诗歌表达的主题之一。此篇正属于此类诗作，诗人发已斑白，可依然报国无门，空有余恨。

### 秋日炼药院镊①白发，赠元六兄林宗

**木落识岁秋，瓶冰知天寒。桂枝②日已绿，拂雪凌云端。弱龄③接光景，矫翼攀鸿鸾。投分④三十载，荣枯同所欢。长吁望青云，镊白⑤坐相看。秋颜入晓镜，壮发凋危冠⑥。穷与鲍生⑦贾，饥从漂母⑧餐。时来极天人⑨，道在岂吟叹？乐毅方适赵⑩，苏秦⑪初说韩。卷舒⑫固在我，何事空摧残？**

**注释**

①镊，拔掉。

②桂枝，化用了古代郄诜的典故，以郄诜喻指元林宗才华之出众。《晋书·郄诜传》记载：『累迁为雍州刺史，武帝于东堂会送，向郄诜询问道：「卿以为如何？」郄诜回答说：「臣举限量对策，为天下第一，犹桂林之一枝，昆山之片玉。」』

③弱龄，少年。

④投分，意气相投。

⑤白，白发。

⑥危冠，高高的帽子。

乐毅

乐毅，中山灵寿（今河北灵寿西北）人，战国后期杰出的军事家，拜燕上将军，受封昌国君，辅佐燕昭王振兴燕国。

⑦鲍生，鲍叔牙，辅佐齐桓公称霸，官至宰相，以知人善交著称，与管仲之交为一段美谈。

⑧漂母，这个典故源于《史记·淮阴侯列传》。韩信少年时虽有才能却无人赏识，做生意又不善于谋划，日子过得饥寒交迫，河边一老妪看见韩信饥饿难耐的样子，就将自己的饭给韩信吃。韩信非常感激，发誓要报答老妪，但老妪却不求其报答。后来，人们就用这个典故来表示馈赠食物。

⑨时，建功立业之时。极天人，位居高层。

⑩乐毅，原为中山人，后被燕国拜为上将军，命其讨伐齐国，以雪前耻。乐毅主张联合赵、楚、魏，于是燕王派其游说赵国。适，到达。

⑪苏秦，战国时期著名的说客，曾游说六国共同抗秦，但终未成功。

⑫卷舒，出仕与隐居。

**诗解**

由树木凋落可知秋天来临，由瓶水结冰可知天气寒冷。桂枝日渐变绿，在云端拂成飞雪。少年时我们既已相识，都希望能大有所为。我俩志趣相投，现已经相识三十年，荣辱与共，欢乐同享。长叹一声望着青云，拔掉头上白发仔细相看。衰老的容颜映入镜中，壮发已经凋落只能带着高冠。贫穷之时与你成为知交，饥饿之时有你给我提供餐饭。有建功立业的机会就会直上云天，如果世道好，如今又怎么会感叹呢？乐毅刚刚到达赵国，苏秦刚刚游说韩国。如果出仕还是隐居在于我的心意，我又怎会徒然遭受折磨？

**诗评**

按太白少年与元丹丘结为方外之交，二人先后入朝，元丹丘去京未久，太白亦被谮放归，与此诗『投分三十载，荣枯同所欢』正合。岂林宗即是元丹丘欤？设太白与林宗弱冠相交，则是时当已年五十矣。

——詹锳《李白诗文系年》

**题解**

此诗是李白重游襄阳之时所作，往事历历在目，如今已头发斑白，却还未建立功名，心中感慨万千。

## 忆襄阳旧游赠马少府巨①

**昔为大堤②客，曾上山公楼③。开窗碧嶂④满，拂镜沧江流。高冠佩雄剑，长揖韩荆州⑤。此地别夫子⑥，今来思旧游。朱颜君未老，白发我先秋⑦。壮志恐蹉跎，功名若云浮。归心结远梦，落日悬春愁。空思羊叔子⑧，堕泪岘山头。**

**注释**

①襄阳，地名，位于今湖北襄樊一带。少府，即县尉。

②大堤，位于襄阳府城外，东临汉江。

③山公，即西晋时期山涛之子山简，此人曾任襄阳太守，山公楼应是其遗迹。

④碧嶂，层峦叠嶂的青山。

⑤韩荆州，即韩朝宗，曾任荆州大都督府长史兼襄州刺史。李白曾经谒见，长揖不拜。

⑥夫子，即指马巨。

⑦秋，衰老。

⑧羊叔子，即晋代羊祜，据载羊祜每次游山玩水，必会造访岘山，在此把酒言欢，但时而也会慨叹不能大展宏图。在其死后，当地人在岘山为其修建碑庙，进行祭祀，凡是来其碑前的人都会为其慨然泪下，因此将其碑命名为堕泪碑。

**诗解**

昔日为大堤的游客，也曾登临山公楼。打开窗向外看都是层峦叠嶂的青山，擦拭明镜感觉到沧江水奔流不息。戴着高高的帽子佩带宝剑，谒见韩荆州。曾经在此与你离别，今天前来追忆与你一起交游的情景。你还朱颜未老，我却已经白发如霜。曾经抱有凌云壮志担心岁月蹉跎，如今功名于我如浮云。归隐之心连接远游之梦，落日悬系着春愁。突然思念起羊叔子，还有那立在岘山之巅的堕泪碑。

卷九　古近体诗

题解

至德元年（756），李白隐居在庐山的屏风叠。当时安禄山叛军势力十分猖獗，洛阳以北的广大地区都沦陷于叛军之手，而都城长安也在这一年被叛军所攻破。时局十分危急，李白想要为国效力却又无人赏识，心情十分悲愤和失望。这首诗就是诗人的情感真实写照。

## 赠王判官，时余归隐居庐山屏风叠①

昔别黄鹤楼，蹉跎淮海秋。俱飘零落叶，各散②洞庭流。中年不相见，蹭蹬③游吴越。何处我思君？天台④绿萝月。会稽风月好，却绕剡溪回。云山海上出，人物镜中⑤来。一度浙江北，十年醉楚台。荆门⑥倒⑦屈宋，梁苑⑧倾⑨邹枚。苦笑我夸诞⑩，知音安在哉？大盗⑪割鸿沟⑫，如风扫秋叶。吾非济代⑬人，且隐屏风叠。中夜⑭天中望，忆君思见君。明朝拂衣去，永与海鸥群⑮。

注释

①屏风叠，今江西庐山五老峰下，形如九叠屏风。

②各散，各自分散，像洞庭湖分散的支流一样。

③蹭蹬，不得志。

④天台，山名，在今浙江天台北。

⑤镜中，形容水清如镜。

⑥荆门，山名，在今湖北宜都西北。

中年不相见，蹭蹬游吴越

⑦倒，压倒。

⑧梁苑，汉梁孝王之苑囿，邹阳、枚乘曾作客于梁孝王处。

⑨倾，压倒，倾倒。

⑩夸诞，浮夸，荒诞。

⑪大盗，这里是指安禄山叛军。

⑫鸿沟，今河南贾鲁河，楚汉相争时，曾一度以鸿沟为界，这里是形容安禄山所割据的区域很大。

⑬济代，即济世，匡救时世。

⑭中夜，夜半。

⑮永与海鸥群，这里是说永远过着隐居的生活。

**诗解**

昔日你我在黄鹤楼分别之后，我一直游离在淮海一带，大好时光也全都虚度。想当年，你我在洞庭湖分离，如同洞庭湖的支流一样分散各方，如同落叶一样各自飘零。时值中年依然没能再相见，失意的我独自一人在吴越漫游。我在什么地方思念你呢？是天台山的月光正在照耀着绿萝的时候。会稽的风光是多么美好，剡溪水在周围萦回。云山仿佛从是那海上生出来，水清如镜，人行走在水边，就像是在镜子中走来。自从北渡浙江以后，十年的时间都在楚王的宫殿楼台上饮酒吟诗，沉醉不已。才智压倒了那荆门的屈原、宋玉，也可以令梁园的邹阳和枚乘倾倒。才华如此卓绝，却不见知音在何处，对此我只能苦笑。而今时局动乱，安禄山叛军猖獗，像秋风扫落叶一样。而我却不是那个可以拯救时局的人，只好在这屏风叠隐居。夜半时分，我仰望天空，思念着你啊，想要和你相见。明天我就要拂衣归去了，从此以后永远和海鸥为伴（也就是说永远隐居避世）。

**题解**

天宝末年，安史之乱爆发，李白走向南方避难，先到达了宣城（今属安徽），后又隐居到庐山。当时永王李璘奉玄宗之命，担任江淮兵马都督、扬州节度大使，占据了江淮地区，途中经过庐山时召李白入幕。李白感到自己一展身手的时机终于来了，意气飞扬，经常为永王出谋划策，这首诗就是写于李白在永王军中时。

## 在水军宴赠幕府诸侍御

**月化五白龙[1]，翻飞凌九天[2]。胡沙惊北海，电扫洛阳川[3]。虏箭雨宫阙[4]，皇舆成播迁[5]。英王[6]受庙略[7]，秉钺[8]清南边。云旗卷海雪，金戟罗江烟。聚散百万人，弛张在一贤。霜台[9]降群彦[10]，水国奉戎旃[11]。绣服[12]开宴语，天人借楼船[13]。如登黄金台[14]，遥谒紫霞仙[15]。卷身[16]编蓬[17]下，冥机四十年。宁知草间人[18]，腰下有龙泉？浮云在一决[19]，誓欲清幽燕[20]。愿与四座公，静谈金匮[21]篇。齐心戴朝恩，不惜微躯捐。所冀旄头灭[22]，功成追鲁连[23]。**

**鲁仲连**

鲁仲连，又称做鲁仲连子、鲁连子和鲁连，战国末期齐国人，他常周游各国，为人排难解忧。

**注释**

①『月化』句，《十六国春秋》记载，后燕慕容熙建始元年，太史丞梁延年梦到月亮变成了五条白龙。在梦中，他解释说，月亮是臣子的象征，而飞龙是帝王的象征。月亮变成龙，预示着要有臣子来做皇帝。在此，李白是用这个典故比喻安史之乱。

②『翻飞』句，指安禄山叛军的气焰十分嚣张，阵势汹汹。九天，是上天的最高处。

③『胡沙』二句，指安禄山从范阳起兵，一发而不可挡，叛军很快就占领了洛阳。

④『虏箭』句，胡虏的箭像雨点一般射向了宫阙。

⑤皇舆，皇帝坐的车子，这里代指唐玄宗。播迁，是指流亡。

⑥英王，英明之王，这里是指永王李璘。

⑦庙略，指朝廷的策划。

⑧秉钺，比喻执掌军事大权。

⑨霜台，即是指御史台，这里借用赞美永王的幕府。

⑩群彦，即群贤。

⑪戎旃，军旗。奉戎旃即是指参加军队。

⑫绣服，古代的御史都身穿绣衣，这里指诸侍御。

⑬天人，指永王李璘。古人常将王室贵族称为『天人』。这句是赞美永王招集贤士聚会。

⑭黄金台，战国时燕昭王所筑之台，台上尽黄金，用来招纳四方贤士。

⑮『遥谒』句，形容在永王幕府中过得很逍遥痛快，如同是见了紫霞中的仙人。

⑯卷身，屈身。

⑰编蓬，喻指平民的居所。

⑱草间人，隐居草泽中的人。

⑲『浮云』句，形容剑之锋利。决，决开。

⑳幽燕，指安禄山的根据地。清幽燕，即是平定安史叛乱。

㉑金匮，周初姜太公的兵书名称。

㉒旄头，胡星。旄头灭，是指平定安史之乱。

㉓鲁连，即鲁仲连，战国时鲁仲连曾为赵国退秦军，事后不愿受赵国的封赏，隐身而退。这里是说诗人要效法鲁仲连的功成身退。

**诗解**

据说梦见月亮变化成飞龙，直飞于九天之上，天下就会有祸乱发生。现今世界也是如此，安禄山叛军起兵于范阳，气焰嚣张，来势汹汹，很快就长驱直入，攻占了长安。胡人的箭像雨点一般繁密地射向了天子所居的宫阙，天子只好仓皇地起驾出逃，奔向了四川。在国事危难之际，英明的永王奉天子之命，执掌了军中大权，要肃清这些胡人的叛乱。大军纷出，只见军旗到处高扬招展，如同海水卷起的白雪一样的浪花一般，武器林立，如同江上的烟雾一般。永王一人统率着这百万大军，只见他气度恢宏，指挥若定，进退张弛自如。四周的贤人名士也纷纷慕名而来，加入到永王军中。群贤聚集，永王在黄金台上大摆宴席，招待群士。我们身处其中，十分欣喜欢悦，如同得见紫霞中的仙人。想我屈身久居于编蓬之下，长达四十余年，虽然身为布衣，但是一直都在韬光养晦，关心着国事。你们可曾知道，我这个草间之人，腰间佩戴着龙泉宝剑？而那些安史叛军就如同浮云一样，被我的宝剑一下子决开消散，我发誓要参加到这场战争之中，将那些叛军一下子平定肃清。我希望和在座的诸公，一同谈论那金匮篇，然后齐心协力，不惜自己区区一身，为国尽力，报答朝廷的恩遇。将那安史叛军一举攻灭，然后像鲁仲连一样，功成身退，隐居而去。

**题解**　这首诗写于天宝五年（746），是李白离开长安以后居住于山东时所作。诗中反映了诗人的矛盾心情：他认为自己胸怀报国的壮志豪情，又有满腹才华，却没有一展身手的机会，只好隐居，但是心情却有不甘，并且躬耕也缺乏相应的条件。诗中用『楚人不识凤，重价求山鸡』、『傅说降霖雨，公输造云梯』等典故，表示了自己不受重用的悲愤；同时也传达出了自己虽然受到排挤，但仍为边地的动乱而担忧的胸怀天下之意。

## 赠从弟冽①

**楚人不识凤，重价求山鸡②。献主昔云是，今来方觉迷③。自居漆园北，久别咸阳西④。风飘落日去，节变流莺啼⑤。桃李⑥寒未开，幽关岂来蹊⑦？逢君⑧发花萼⑨，若与青云齐。及此桑叶绿，春蚕起中闺。日出布谷鸣，田家拥锄犁。顾余乏尺土，东作谁相携⑩。傅说降霖雨⑪，公输⑫造云梯。羌戎⑬事未息，君子悲涂泥⑭。报国有长策⑮，成功羞执珪⑯。无由⑰谒明主，杖策⑱还蓬藜⑲。他年尔相访⑳，知我在磻溪。**

**注释**

①冽，即李冽，李白的堂弟。

②『楚人』二句，据《笑林》记载：从前楚国有一个人，看见一只山鸡，误以为是凤凰，就高价买了来，打算献给楚王。不想山鸡死了，但是楚王依然为其诚心感动，重赏了他。

③『献主』二句，是说自己当初入长安做官，正像楚人想要献山鸡一样，十分自信，但是到了现在方

**傅说**

傅说，汉族傅氏的始祖，商朝武丁时的宰相，因在傅岩（今山西平陆东）地方从事版筑，被武丁起用，故以傅为姓。

才觉悟到过去是迷误了。

④漆园，在今山东菏泽北（一说是在河南商丘北），庄周曾在那里做过漆园吏。咸阳，代指长安。这两句说自己离开长安，在山东居住，时间已经很久了。

⑤节变，即季节变换。流莺，飞行不停的黄莺。

⑥桃李，《史记·李将军列传》中有『桃李不言，下自成蹊』句，意思是说桃李虽然不会开口说话，但是因为它们有花果，便吸引着人们竞相前去欣赏、攀摘，因此树旁便踏出了一条路来。

⑦幽关，是指幽静冷落的门户，比喻自己门庭冷落，独处幽居。这两句的意思为，天寒桃李尚未开花，自然不会有人攀摘；而我这幽静的家门，又怎么会有人来过访。

⑧君，指李冽。

⑨花萼，指花和萼，这里是比喻兄弟友爱。

⑩东作，是指春耕。携，提携，这里指做伴。

⑪傅说，商朝时武丁的大臣，相传他原本是给人打土墙、盖房子的奴隶，后来被武丁发现并予以重用，成了著名的贤臣。降霖雨，即是说傅说被武王发现并重用，就像是久旱的庄稼喜逢甘雨一样。

⑫公输，即公输盘，他是春秋时鲁国人，有名的巧匠。据说他曾为楚国制造出了攻城用的云梯，用来攻打宋国。

⑬羌，古代西北方的部族。戎，古代对西方部族的通称。羌戎，即是指当时侵扰唐边界的吐蕃。

⑭涂泥，涂炭。

⑮长策，深谋远虑，长远有效的策略。

⑯珪，代表爵位的玉器。执珪，即是指得到官爵。

⑰无由，没有机会。

⑱杖策，即策杖，拄着拐杖。

⑲蓬藜，是指野草，这里是说草野之间（乡间隐居之处）。

⑳他年，泛指以后、将来。尔，你，指李洌。

**诗解**

当年有一个楚人，不认识山鸡，误以为就是传说中的凤凰，便高价买下送给楚王。而我当年身入长安，也像那个楚人一样信心满满，想要把满腔忠心报效于君前，而直到今天，我才发现自己当初实在是陷入了迷途。我自从长安归来以后就一直居住在山东，为时已经很久了。每日太阳升升落落，季节在黄莺的鸣叫声中几度变换。春天刚到，桃树、李树的花朵还没有盛开，那些攀折的人还没有到来，而我幽居之人的门庭当然就更为冷落，无人过访了。但你和我的兄弟之情，却可以与青云并齐了。在那桑树的叶子发绿的时候，村中的女子们就要开始忙碌地养蚕了。晴朗的天气里，布谷鸟在山间鸣叫，农人们在田地里开始了辛勤的耕作。但是我却没有土地，有谁会带上我一同前去耕作呢？如果我能像傅说一样得到君王的重用，如同那久旱的庄稼得到了甘霖，我也会像公输盘制作出云梯一样，为国立功。边地的战事还没有停止，生民正遭战火的荼毒，我却没有机会一展身手，只能白白地叹息，无能为力。我有那报效国家的长远策略，想要以此为国尽忠立功，取得战功以后也不想获取官爵。但却没有机会前去拜谒君主，以陈心愿，只好拄着拐杖走向山野草林之间。以后你要前去寻访我的话，就去当年姜尚钓鱼的磻溪去寻找我吧。

**题解**

钱少阳是一个隐士，很有才华，颇得李白赏识。钱少阳其时年已八十余岁，李白在另一首诗《赠潘侍御论钱少阳》中说他是『眉如松雪齐四皓』，对他十分推重。这首诗即是对钱少阳的相赠之作，赞扬钱少阳年老而仍怀出仕建功的抱负，同时也是诗人的自慰自勉之语，蕴涵着诗人暮年志犹壮的雄心。

## 赠钱征君①少阳

**白玉②一杯酒，绿杨三月时。春风余几日？两鬓各成丝。秉烛惟须饮，投竿也未迟。如逢渭水猎③，犹可帝王师。**

**注释**

①征君，不接受朝廷征聘做官的人。

②白玉，即是指白玉酒杯。

③渭水猎，相传姜尚年老之时，垂钓于渭水之滨，当时正值周文王出猎在渭水之阳，于渭水岸边遇到姜尚，和他谈论得十分投机，发现其胸中有经纶之志，便予以重用。姜尚得以大展身手，为文王立下了宏大功绩。这里是用姜尚得遇的故事来勉励友人，同时也是诗人的自慰之语。

白玉一杯酒，绿杨三月时

**诗解**

在这阳春三月，你我共尽这白玉杯中的美酒，此时杨柳葱茏，碧绿可喜。时光易逝，春天还剩下几天呢？转眼间你我的两鬓已经有了白发。光阴足珍，你我需要秉烛夜游，夜以继日地饮酒享乐，投竿垂钓也不算太迟。如果能像姜尚在渭水之滨遇到文王一样的话，你也一定能够大展才华，成就帝王之师，名垂于千古。

**诗评**

盖才气豪迈，全以神运，自不屑束缚于格律对偶，与雕绘者争长。然有对仗处仍自工丽，且工丽中别有一种英爽之气，溢出行墨之外。

——赵翼《瓯北诗话》

**题解**

据宋蜀本的李白集记载，这首诗下面还有这样一段注解：『白游泾县桃花潭，村人汪伦常酝美酒以待白，伦之裔孙至今宝其诗。』也就是说，这首诗是当时李白在泾县的桃花潭游玩时所作，当时村人汪伦酿造美酒款待李白，两人交情甚笃。李白离开此地时，汪伦专门赶来送别，李白便写了这首诗相赠，而汪伦的后人也一直保存着这首诗。据詹锳的《李白诗文系年》所记载，这首诗应当作于天宝十四年（755）秋。

## 赠汪伦

**李白乘舟将欲行，忽闻岸上踏歌声。桃花潭水深千尺，不及汪伦送我情。**

**诗解**

李白登上了小船将要离开之际，忽然听到岸上传来一阵优美的歌声，原来是好朋友汪伦前来踏歌相送。眼前这桃花潭水虽然深达千尺，依然比不上汪伦前来相送的这份深情啊。

**诗评**

诗有四格，曰兴、曰趣、曰意、曰理。太白《赠汪伦》曰：『桃花潭水深千尺，不及汪伦送我情。』此兴也。陆龟蒙《咏白莲》曰：『无情有恨何人见？月晓风清欲堕时。』此趣也。王建《宫词》曰：『自是桃花贪结子，错教人恨五更风。』此意也。李涉《上于襄阳》曰：『下马独来寻故事，逢人惟说岘山碑。』此理也。

——谢榛《四溟诗话》

卷十一　古近体诗

**题解**　这首诗写于开元十四年（726），是当时李白在扬州卧病时所写的咏怀诗。诗人在诗中慨叹光阴易逝、功业未成，同时抒发了在病中对赵蕤的思念，十分真挚感人。

## 淮南卧病书怀寄蜀中赵征君蕤①

**吴会②一浮云，飘如远行客③。功业莫从就④，岁光屡奔迫⑤。良图⑥俄⑦弃捐⑧，衰疾乃绵剧⑨。古琴藏虚匣⑩，长剑挂空壁。楚怀奏钟仪⑪，越吟比庄舄⑫。国门⑬遥天外，乡路⑭远山隔。朝忆相如台⑮，夜梦子云宅⑯。旅情初结缉⑰，秋气方寂历⑱。风入松下清，露出草间白。故人不可见，幽梦谁与适⑲？寄书西飞鸿，赠尔慰离析⑳。**

**注释**

①淮南，在今江苏扬州一带，唐代时淮南道的治所正位于扬州境内。赵蕤是唐梓州盐亭（今四川盐亭）人，著有《长短经》，据记载，李白曾一度从学于赵蕤，历时一年多。征君，古时候用来称那些被朝廷征召过而不愿受职的贤士哲人。

②吴会，即吴郡和会稽郡。这里是泛指吴地。当时李白所在的扬州在古时属于吴国。

③远行客，指李白自己。

④从就，即成就。

⑤岁光，即光阴。奔迫，是指匆匆飞逝。

⑥良图，指宏伟远大的政治抱负。
⑦俄，顷刻。
⑧弃捐，抛弃，这里是说落空，成空。
⑨衰疾，年岁衰老以及疾病缠身。乃，于是。绵剧，连绵地加剧。
⑩虚，白白地，徒然。藏虚匣，即『虚藏匣』。
⑪楚怀奏钟仪，据《左传》记载，楚国人钟仪做了晋国的俘虏以后，仍然还戴着楚国的帽子。有一次，晋国的国君让他弹琴，他便弹奏了楚国的乐曲，用来表达对故国的怀念之情。
⑫越吟比庄舄，《史记》载，越国人庄舄在楚园担任官职，后来他生了重病，楚王便问左右：『庄舄原是越国人，不知他现在是否还想念越国？』左右便回答道：『人在病中往往会更加思念故国。他如果思念越国，必然会讲越语，反之，就会讲楚语。』楚王便派人去探听，而庄舄所讲的果然就是越语。这里诗人用钟仪、庄舄的故事，来表示自己对故乡的思念之情。
⑬国门，即城门。这里是用来借指蜀地。
⑭乡路，通向故乡的道路。
⑮相如台，指西汉名赋家司马相如的琴台。
⑯子云宅，即指西汉另一词赋家扬雄（字子云）的住宅。相如台和子云宅的故址均在今四川成都市。这两句是用怀念相如台、子云宅来表示自己对身处蜀中的赵蕤的思念。
⑰旅情，是指旅人的心情。结缉，即结合，会合。这句是说病中思念友人，希望能够和赵蕤相会。

⑱方，正。寂历，凋零稀疏的样子。

⑲故人，指赵蕤。适，从，在一起。这两句是说，老朋友不能相见，梦中能和谁在一起呢？

⑳离析，即分离，这里是指离别之情。

诗解

吴地上空那飘来飘去的浮云啊，就像我这个远在他乡的羁旅之客。可叹我功业未成，时光就已经匆匆而逝了。昔日宏伟远大的抱负都白白地化成了泡影，而我已经成了衰老病残之身了。古琴被藏在了匣中，宝剑徒自挂在光光的墙壁上。而我这个身在他乡之人，就像钟仪、庄舄那样深切地怀念着故乡。而蜀地却远在天外，回乡的道路也被层层的远山阻断。我朝朝暮暮都在怀念着蜀地的风情人物，那相如台、子云宅都让我魂牵梦绕。我这旅人的思乡之情正在郁积，秋日的萧瑟之气也正在蔓延，满眼一派凋零情象。秋风从松树间刮过，带来清冷之气，白露生满了秋草。而昔日的老朋友却无法相见，我在梦中能和谁在一起呢？我托那西去的鸿雁将我的书信带去，以此来宽慰你我的离别之情。

题解

这首诗大约作于天宝十年（751），是李白在长安任翰林供奉时所作。终南山位于长安城南，相距长安城约数十里，在天气晴朗澄静的日子里，人们在城内就可以望见其轮廓。这是一首写景抒怀之作，表达自己对山中悠然安闲生活的向往。

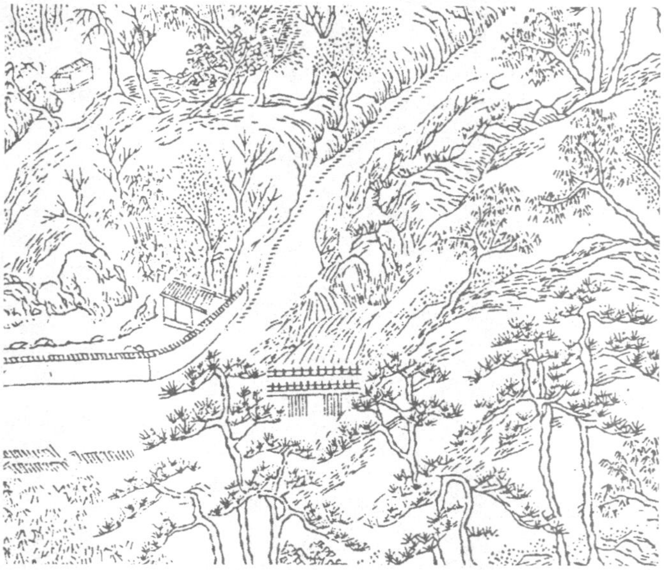

秀色难为名，苍翠日在眼

## 望终南山寄紫阁①隐者

**出门见南山，引领②意无限。秀色难为名，苍翠日在眼③。有时白云起，天际自舒卷。心中与之然，托兴每不浅。何当造④幽人⑤，灭迹⑥栖绝巘⑦。**

**注释**

①紫阁，也就是终南山上的紫阁峰。经朝阳照射，呈紫色，楼阁状，故名。

②引领，翘首瞻望。

③日在眼，日日都在眼前，即每天在长安城中就可以看到终南山苍翠葱茏的景色。

④造，造访。

⑤幽人，即山中的隐者。

⑥灭迹，遁迹，也就是归隐。

⑦绝巘，陡峭的山。

**诗解**

走出家门，抬起头就可以望见城外的终南山了，翘首瞻望那山上的景色，真的勾起了我无穷的意绪和美妙的怀想。那里的山色秀美，景色清幽，美得难以名状，那苍翠葱茏的景色日日都展现在我的眼前，这是多么的美妙惬意啊。只见那儿的天空上方不时飘浮起朵朵白云，它们在天际自在悠然地舒卷伸展。看着这样美好的景象，我的心也每每心旷神怡，意兴盎然。什么时候我能够去造访那个居住在山中的隐士呢？到那时我也要和他一样遁迹于人世，自由自在地栖身在那紫阁峰上。

题解

这首诗应当作于天宝四年（745）秋（一说是天宝五年）。天宝三年（744）春，李白离开长安，在洛阳遇到了杜甫，两人一见如故，结伴出游。同年秋，李白、杜甫和高适三人相会于梁园（今河南商丘），并同游了孟诸（今山东单县）、齐州（今山东济南）等地，途中相互诗文唱和，结下了深厚的友情。分手以后，李白前往齐州的紫极宫，请那里的高如贵天师授予道箓，正式履行了入道的仪式。而杜甫则去寻找道师华盖，未能得遇。第二年秋天，二人又相会于东鲁，度过了一段『醉眠秋共被，携手日同行』的亲密无间的生活。不久二人又再次分手，杜甫西去长安，李白则东游吴越。从此以后两个人便再也未能相见，这首诗就是李白送走杜甫后，客居于沙丘寓所时所作，也是留存下来的李白写给杜甫的两首诗篇中的一首。

## 沙丘城下寄杜甫

**我来竟何事，高卧①沙丘城。城边有古树，日夕连秋声②。鲁酒不可醉，齐歌空复情③。思君若汶水，浩荡寄南征。**

城边有古树，日夕连秋声

**注释**

①高卧，高枕而卧，形容闲居无事。

②秋声，秋日西风吹动，草木零落的肃杀之声。

③『鲁酒』二句，是说自己因为怀念杜甫，酒不能使其醉，歌声也不能动其情，心情寂寥失落。鲁、齐均指山东。

**诗解**

究竟是什么原因，让我来到了沙丘这个地方，在这里我整日闲居无事，生活乏味，尝尽了孤单无聊之苦。自从和你（指杜甫）分别以后，每天早早晚晚陪伴我的，就只有那城边的古树，以及秋日西风乍起，木叶凋零的萧瑟秋声。我独自一个人喝着闷酒，听着弦歌，无奈这里（指山东）的酒不能让我沉醉，歌声也无法打动我的心灵。我是多么的思念你啊，这份思念之情就如同眼前这浩浩荡荡的汶河之水，我多想紧紧跟随着它一同南去，到你的居所和你再度相逢。

**诗评**

有余地，有余情，此诗家正声也。

——沈德潜《唐诗别裁集》

**题解**

王昌龄和李白一样都是唐代的著名诗人，同时还是李白的好朋友。王昌龄在天宝年间被贬为龙标县尉。龙标也就是现在的湖南黔阳县，唐时这里十分荒凉偏僻。李白得知这个消息后，十分担心，便写了这首诗遥相赠寄，以表达自己的关心和慰问。古时候称贬官为左迁，这首诗大约写于天宝七年（748）或天宝八年（749）。

## 闻王昌龄左迁龙标遥有此寄

**杨花落尽子规①啼，闻道龙标过五溪②。我寄愁心与③明月，随风直到夜郎④西。**

**注释**

①子规，即杜鹃鸟，其鸣叫声十分悲切。

②五溪，是指走往被贬之地所要经过的五条溪名，即辰溪、西溪、巫溪、武溪和沅溪，在今天的湖南西部和贵州东部。

③与，给。

④夜郎，地名，在今天的贵州桐梓，泛指湖南西部和贵州一带。

**诗解**

在这个暮春时节，杨花已经落尽，杜鹃在不停地啼叫，声音十分悲切，我听说你要被贬到龙标去，一路上要经由辰溪、西溪、巫溪、武溪以及沅溪，对此我是多么忧愁担心，就让这天上的明月带走我这颗为你担忧的心吧，让它随着这吹动的风儿一起陪伴你走到那夜郎以西。

**诗评**

首句托兴，次句赋事，末二句言情。

——《李太白诗醇》

**题解**

在这首诗中，李白详细地叙述自己和谯郡元参军数次聚散的经过，可以看做一首长篇叙事纪实诗，是了解李白生平和思想的重要作品之一。谯郡在今安徽亳县一带。元参军，名元波，生平不详。

## 忆旧游寄谯郡元参军

忆昔洛阳董糟丘[1]，为余天津桥[2]南造酒楼。黄金白璧买歌笑，一醉累月[3]轻王侯。海内贤豪青云客[4]，就中与君心莫逆[5]。回山转海不作难，倾情倒意[6]无所惜。我向淮南攀桂枝[7]，君留洛北愁梦思。不忍别，还相随[8]。相随迢迢访仙城，三十六曲水回萦[9]。一溪初入千花明[10]，万壑度尽松风声。银鞍金络[11]倒平地，汉东[12]太守来相迎。紫阳之真人[13]，邀我吹玉笙。餐霞楼上动仙乐[14]，嘈然宛似鸾凤鸣[15]。袖长管催欲轻举[16]，汉中太守醉起舞。手持锦袍覆我身，我醉横眠枕其股。当筵意气凌九霄，星离雨散不终朝[17]。分飞楚关[18]山水遥。余既还山[19]寻故巢，君亦归家度渭桥。君家严君勇貔虎[20]，作尹并州遏[21]戎虏。五月相呼渡太行[22]，摧轮不道羊肠[23]苦。行来北凉岁月深[24]，感君贵义轻黄金。琼杯绮食[25]青玉案，使我醉饱无归心。时时出向城西曲，晋祠[26]流水如碧玉。浮舟弄水箫鼓鸣，微波龙鳞莎草[27]绿。兴来携妓恣经过，其若杨花似雪何。红妆欲醉宜斜日[28]，百尺清潭写翠娥[29]。翠娥婵娟初月辉[30]，美人更唱舞罗衣。

银鞍金络倒平地，汉东太守来相迎

清风吹歌入空去，歌曲自绕行云飞。此时行乐难再遇，西游因献长杨赋㉛。北阙青云不可期㉜，东山㉝白首还归去。渭桥南头一遇君，酂台㉞之北又离群。问余别恨今多少，落花春暮争纷纷。言亦不可尽，情亦不可及。呼儿长跪㉟缄此辞，寄君千里遥相忆。

注释

①董糟丘，其人不详，应当是当时在洛阳一个开酒店的人。

②天津桥，在今河南洛阳西南。

③累月，一连好几个月。

④海内，即指中国。古时人们认为中国四面环海，所以有此称。贤豪，是指当时德才出众，并且享有声望的人。青云客，指身居高位之人。

⑤就中，其中。莫逆，即莫逆之交，指志趣相投之人。

⑥倾情倒意，即是说竭尽心力。

⑦攀桂枝，这里是化用汉代淮南王刘安《招隐士》诗中的『攀援桂枝兮聊淹留』之意，是说诗人隐居深山，求仙访道。李白曾在开元二十七（739）年前往淮南。

⑧还相随，这里指的是李白和元波在开元二十七（739）年冬一

同游历于随州。

⑨回萦，迂回旋绕。这两句是形容前往仙城山的道路迂回曲折。

⑩千花明，是指众花盛开，明艳非常。

⑪银鞍金络，指所骑之马装饰华丽。

⑫汉东，即汉东郡，也就是随州，在今湖北随县一带。

⑬紫阳之真人，即道士胡紫阳。真人，是对道士的敬称。

⑭餐霞楼，道士胡紫阳在随州苦竹院中所建造的楼。仙乐，指笙管等乐器。

⑮嘈然，形容众乐齐奏、声音杂乱。宛似，十分相似。鸾凤，即凤凰。

⑯轻举，飘然欲飞，形容舞姿轻盈，飘然飞动的姿态。

⑰星离雨散，即是指分散、离别。不终朝，不满一个早晨，形容欢聚的时间非常之短。

⑱楚关，也是指随州，此地在古时候属于楚国。

⑲还山，即回乡，开元二十八年（740），李白曾回到了山东的家中，这里即是指此事。

⑳严君，即是指父亲。貔虎，一种猛兽。勇貔虎，比貔虎还要勇猛，元参军的父亲是位武将，这里形容其父的勇猛。

㉑遏，阻止，抵挡。

㉒『五月』句，是指开元二十三年（735）李白、元波同游于太原之事。太行，也就是太行山。当时从洛阳前往太原需要经过太行山。

袖长管催欲轻举，汉中太守醉起舞

㉓羊肠，即羊肠坂，指太行山上的狭窄险峻的小道。

㉔北凉，应作『北京』。天宝初年曾一度称太原为『北京』。岁月深，是说时间很长。

㉕琼杯，玉杯。绮食，精美的食物。

㉖晋祠，周代晋国始祖唐叔虞的祠庙，在今山西太原西南。当时叔虞受封为唐侯，后改国号为晋。

㉗莎草，指河边的水草。

㉘宜斜日，是指所携之妓在斜阳的照映下，容颜更加美丽了。

㉙写，画。翠娥，指美女。这句的意思是清潭百尺，里面映出美女的倩影。

㉚婵娟，秀丽、美好的样子。初月辉，也就是新月的光辉。

㉛西游，这里是指游历到长安。长杨赋，西汉时，扬雄献给汉成帝的一篇赋。长杨，指的是汉宫的长杨殿，而当年李白初到长安时也一度想要通过进献诗赋来赢得君王的信任。

㉜北阙，指朝廷。汉初萧何为汉高祖建未央宫，立东阙、北阙，尚书奏事及谒见时，皆到达北阙。青云不可期，是指没有希望获得官职。

㉝东山，在今浙江绍兴。晋宰相谢安曾在此地隐居，这里的东山是用来借指隐居之地。

㉞酂台，一作酂亭，位于谯郡境内。

㉟长跪，即长坐。古人的习惯是席地而坐，坐时两膝踞地，臀部靠在脚跟上叫『坐』，而伸直腰身，臀部离开脚跟则叫『跪』。

## 诗解

遥想当年，洛阳城中的那个董糟丘，专门为我们在洛阳城南开了一个酒肆。在那里我们用大把的黄金白璧买来歌舞欢笑，接连数月沉醉于美酒之中，笑傲王侯，睥睨万物。当时座中皆是四海之内的英才豪俊，以及位居青云的达官显贵，而我独独和你一见如故，成为了莫逆之交。对于我们的知己之情来说，回山转海都不是难事，即便是倾注了所有的感情心力也不会吝惜。以后的日子，你我分离，我前往淮南，去攀折桂枝，而你留在了洛北，只有在梦中彼此思念，愁绪满怀。实在是舍不得分开啊，便再度相伴而行。我们千里迢迢前往仙城，路途遥远，其间有三十六曲水萦绕。春日的溪水边，千花竞争开放，明艳无比，春风吹过千山万壑的松林，发出阵阵的松涛声。我们骑着佩饰精美的马儿，在平地上奔腾纵横，那汉东的太守前来相迎。随城中的紫阳真人，邀请我吹奏玉笙。在紫阳真人所建造的餐霞楼上，各种乐器吹奏，乐曲美妙如同仙界之音，如同凤凰的鸣叫声。席间的舞女长袖飘飘，舞姿轻盈，几欲凌空飞举，汉东太守也在醉酒中翩然起舞。他亲手拿来锦袍盖在我的身上，醉意朦胧之中，我枕着他的大腿躺下。筵席之上的诸位个个意气飞扬，气势直凌九霄，然而美好的时光总是太短，时间还不到一个早晨，我们就又再度分离，星离雨散了。在楚关各自分飞，别后天各一方，相隔山水迢迢。我回乡寻找旧日的家园，你也度过了渭桥归家而去。你的父亲是一位勇武无比的武将，在尹州担任太守，遏制住了那些前来进犯的胡军。你我在五月之际，相互唱和着攀越那太行山，山间的羊肠小道十分艰险，我们却并不以为苦。我们一同到了太原，在那里度过了很长的时间，我越发感觉到你的情意比那黄金还要宝贵。我们在那里的生活十分逍遥丰裕，玉杯盛满了美酒，青玉案上摆满了美食，我在其间终日醉酒，全然没有归去之心。时不时出城向西，晋祠前的水流淙淙，水色碧绿如玉。我们乘舟漂浮于其上，在船上吹箫击鼓，徐风吹来，水波粼粼，岸边的莎草碧绿。兴致高昂时，我们携带歌妓在其间恣意行游，杨花纷纷飘落，如同雪花漫天飞舞。歌妓们一个个妆扮美艳，在斜阳的照耀下，容颜更加美丽，百尺潭水，清澈如镜，映照着岸边美女的倩影。月亮出来了，如水的月华映照着秀美的容颜，月下的美人们一个个罗衣华服，清歌吟唱，舞姿翩然。清风将美妙的歌声直吹向天上，歌声绕着云际回环飞荡。而此时我们却各自分离，以前的欢乐时光难以再来，我游历到长安，像扬雄进献《长杨赋》一样向帝王进献诗赋，想要以此来赢取名位。然而官位却得之无望，没有荣幸能够登上北阙，只得像东晋的谢安一样退居于东山。当年我在渭桥之南得以和你相见，顷刻之后却又在酂台之北分离。如果要问我分离之恨有多少，就如同那暮春时节的纷纷落花一样多啊。这种感情是言语所不能说得尽的，这份感情是无人能及的。我唤来儿子长跪在面前，写下这番言辞，然后寄给千里之外的你，让我们一同追忆当年的情形。

**诗评**

此篇最有纪律可循。历数旧游，纯用叙事之法。以离合为经纬，以转折为节奏。结构极严而神气

我携一樽酒，独上江祖石

自畅。至于奇情胜致，使览者应接不暇，又其才之独擅者耳。

——乾隆御选《唐宋诗醇》

**题解**

这首诗是诗人写给和自己一同学道的权昭夷的，表达自己乐于归隐的心情，并且将权昭夷引为同调之人，想要和他一起共度那悠然岁月。

## 独酌清溪江石上寄权昭夷①

**我携一樽酒，独上江祖石。自从天地开，更长几千尺？举杯向天笑，天回②日西照。永愿坐此石，长垂严陵③钓。寄谢山中人④，可与尔同调。**

**注释**

①权昭夷，人名，甘肃天水人，据说李白曾和他一起在贵池修道炼丹。

②回，回旋。

③严陵，即严光，字子陵，曾和汉光武帝刘秀同学，刘秀称帝以后，想要让他出来做官，严陵便隐姓埋名，隐居在江边钓鱼，恰

然自乐，这里李白是以严陵自喻，表明自己安于归隐的生活。

④谢，告诉。山中人，也就是权昭夷。

**诗解**

我手中提着一坛美酒，独自一个人来到了秋浦清溪的江祖石上。不知道自从盘古开天辟地以后，这江祖石又长了几千尺？酒酣兴起之际，我举杯向天大笑，只见天空回旋，太阳已经落山。我多想能够永远坐在这江祖石上，像那个在江边垂钓的严子陵一样怡然自乐啊。我将这份心情写出来，寄给山中的你（即权昭夷），不知道你是否愿意做我的同调之人，和我一同在这江边石上度此悠然岁月。

线装典藏

# 李太白集

册四

唐·李白 著

黄山书社

线装典藏

# 李太白集

唐·李白 著

册四

黄山书社

题解

此诗约作于开元十二年（724），当时李白的故交元丹丘卜筑嵩山之颍阳山居，李白应邀前去游玩。诗歌赞美了元丹丘超尘闲适的生活，表达了钦羡隐居之情。

## 题元丹丘山居

**故人栖东山[①]，自爱丘壑美。青春卧空林，白日犹不起。松风清襟袖，石潭洗心耳。羡君无纷喧，高枕碧霞里。**

注释

①东山，东晋谢安隐居之地，此处代指元丹丘隐居的颍阳山居。

诗解

故人栖居于东山之中，自己爱那里的山丘丹壑之美。整日闲卧于空寂的林中，即使明媚的白天也不起。清凉的松风吹着襟袖，欢快的石潭水洗涤着人的身心耳目。羡慕你隐居于此没有纷扰喧闹，高枕无忧地在那碧霞中闲适自乐。

题解

李白写这首绝句时，春风初到，柳条未青，应当是早春时节。不过，诗人要写的并非这座古亭的春光，只是因地起意，借景抒情，以亭为题来表达人间的离别之苦。

## 劳劳亭①

天下伤心处，劳劳送客亭。春风知别苦，不遣②柳条青。

注释

①劳劳亭，三国时建，故址在今南京市区南，是古时送别之所。

②遣，让。

诗解

最让天下人伤心的地方是劳劳亭这个送客的地方。春风知道离别的人们的痛苦之情，故意不让柳条发芽，让人们无法折柳送别，试图留住离人。诗的前两句『天下伤心处，劳劳送客亭』，以极其洗炼的笔墨，高度概括的手法，破题而入，直点题旨。这两句诗里，诗人极言离别之苦，已经把诗意推到了高峰，似乎再没有什么话好讲，没有进一步盘旋的余地了。如果后两句只就上两句平铺直叙地加以引申，全诗将纤弱无力，索然寡味。而诗人才思所至，就亭外柳条未青之景，陡然转过笔锋，以『春风知别苦，不遣柳条青』这样两句，另翻新意，振起全篇。

题解

此诗作于天宝十二年（753）秋，李白漫游宣城时。诗先从侧面以新安水来衬托宛溪的清澈，然后再从正面描写宛溪的风光之胜，最后又以严陵濑不应独享高名作结，高度评价了宛溪。全诗正侧交融，写出了宛溪的风情神韵，清新自然，且蕴涵着诗人的人生哲理。

## 题宛溪[1]馆

**吾怜宛溪好，百尺照心明。何谢[2]新安水？千寻[3]见底清。白沙留月色，绿竹助秋声。却笑严湍[4]上，于今独擅名。**

**注释**

①宛溪，新安江上游的支流之一，流经宣城敬亭山下。

②谢，辞让，这里有逊色的意思。

③寻，长度单位，八尺为一寻。

④严湍，即严陵濑，在今浙江省桐庐县南，属于富春江风景区，因东汉严子陵曾在这里居住而得名。

**诗解**

诗人爱好宛溪的美好景色，它的溪水是如此的清澈，就像照明心底的明镜一样。它哪里比新安水逊色呢？水深千寻依然清澈见底。月光照耀着洁白的沙滩，在秋风中绿竹沙沙作响。可笑人们只知道有严湍，因为著名隐士严子陵曾在这里居住，而不知道其他地方也有很多情志高洁的隐士。诗句隐隐透露着诗人不被人赏识的伤感。

**题解**

诗中描写了月明之夜沙场征战结束后的情景，渲染了战场声威犹在的气氛，颂扬了从军将领浴血奋战、英勇豪迈的精神风貌。

骝马新跨白玉鞍，战罢沙场月色寒

## 军行

骝马[1]新跨白玉鞍，战罢沙场月色寒。城头铁鼓声犹震，匣里金刀血未干。

**注释**

①骝马，古书上指黑鬃黑尾巴的红马。

**诗解**

黑鬃黑尾巴的红马佩上了新的以白玉装饰的马鞍，沙场战罢后笼罩着一层寒冷的月色。城头铁鼓发出的震耳声响犹然在耳，鞘中金刀上的血迹还没有干。

**题解**

此诗的写作年代不详。诗中以孤城被围困为背景，描写戍地的将士们艰苦奋战，顽强杀敌的英武形象，展现了将士们慷慨报国的英雄气概。全诗以恶劣的环境来反衬士兵的勇猛，语言刚健有力，有很强的感染力。

## 从军行

百战沙场碎铁衣，城南已合数重围。突营射杀呼延将[1]，独领残

**兵千骑归。**

注释

①呼延将，匈奴四姓，即呼延氏、卜氏、兰氏、乔氏，其中以呼延氏地位最为尊贵，此处代敌方的将领。

诗解

经过几百次的沙场战斗盔甲已经破碎不堪，城南已经被敌兵包围了好几层。突袭敌营射杀了敌方的将领，独自带领着千骑骑兵回到营中。

题解

这首诗写于开元二十二年（734）春天，李白在当时的东都洛阳游玩的时候。幽怨的笛声引起了诗人的思乡之情。但是这首诗的格调是明快的，悠悠的思乡之情被洛城美好的春景给淡化了。

## 春夜洛城①闻笛

**谁家玉笛暗飞声？散入春风满洛城。此夜曲中闻折柳②，何人不起故园③情？**

注释

①洛城，即洛阳城，唐代的东都。

②折柳，即《折杨柳》，是汉代的横吹曲名，后来成为专门的笛曲，多写离别之情。

③故园，家乡。

**诗解**

不知道是谁家里暗暗传出了悠扬的笛子声，笛声随着春风散播到洛阳城的每一个角落。这天晚上诗人听到了《折杨柳》曲，怎么能不引发悠悠的思乡之情呢？

**题解**

此诗乃诗人晚年流寓安徽宣城时所作。诗人触景生情，可见思乡情深，对偶绝妙，音节凄婉。

## 宣城见杜鹃花

**蜀国曾闻子规[1]鸟，宣城还见杜鹃花。一叫一回肠一断，三春[2]三月忆三巴。**

**注释**

①子规，即杜鹃。

②三春，指春天的三个月，分别为孟春、仲春、季春。

**诗解**

诗人在宣城看见了杜鹃花盛开，不禁想到了家乡四川杜鹃鸟的叫声。杜鹃鸟哀婉的叫声像叫在心里一样，让人不禁断肠，在这春天杜鹃花盛开的时候无比思念家乡。

**题解**

此诗当为诗人漫游江淮地区，五月途经安宜（今江苏宝应）所作，写了途中的见闻，也抒写了漫游的艰辛以及客中的心绪，最后两句写出了人生的漂泊，百感交集之情跃然纸上。

## 白田①马上闻莺

**黄鹂啄紫椹，五月鸣桑枝。我行不记日，误作阳春时。蚕老客未归，白田已缫丝。驱马又前去，扪心空自悲。**

注释

①白田，地名，在今江苏宝应。

诗解

黄鹂啄食着紫色的桑椹，五月在桑枝上鸣叫。我行事不记得日期，误以为是阳春的时节。蚕已经快要死了，而客居他乡之人还没有归期，白田的人们已经开始缫丝。驱马再次前去，扪心自问枉自伤悲。

题解

此诗写作年代不详。古代没有这种诗体，这是李白自创的诗体。句式三、五、七长短错落，音节流畅，略具词的雏形。诗写秋夜的思绪，意境幽深恬静。

## 三五七言

**秋风清，秋月明。落叶聚还散，寒鸦①栖复惊。相思相见知何日，此时此夜难为情。**

注释

①鸦，乌鸦，古人认为是不祥之鸟。

诗解

秋风清冷，秋月明亮。聚在一起的落叶又被风吹散，栖息在树枝上的乌鸦，也被风惊醒了。相思情深，不知道何时才能相见，此时此夜的相思之情令人难忍。

题解

这是一首游仙诗，写作年代不详。诗中宣扬了神仙出世的思想。前四句感叹人生易老，为全诗做铺垫；后八句描写传说中蓬莱仙山的长生不老之树，表达了遁迹尘世，远游仙境的人生理想。

## 杂诗

**白日与明月，昼夜尚不闲。况尔悠悠人，安得久世间？传闻海水上，乃有蓬莱山①。玉树生绿叶，灵仙每登攀。一食驻玄发，再食留红颜。吾欲从此去，去之无时还。**

注释

①蓬莱山，传说中的仙山。

诗解

白天的太阳和夜晚的明月交替升起，白昼和黑夜尚且不能空闲。何况那些匆忙之人，怎么能够永久地生活在世上呢？听说在海水之上，有一座蓬莱仙山。玉树生长着绿色的叶子，仙人经常攀上玉树。吃一次绿叶就会黑发永驻，第二次食用就会留住年轻的容颜。我想要去那里，再也不回来。

**题解**

此诗作于天宝二年（743），当时诗人待诏翰林，但是遭谗被疏，因此托汉代班婕妤的故事以自伤。诗中开篇用对比手法，写赵飞燕的受宠幸和班婕妤的失宠幽独。中间铺陈赵飞燕的专宠，并暗含了君王的昏庸，最后照应诗题，仍写班婕妤的忧伤。

## 长信宫①

**月皎昭阳殿②，霜清长信宫。天行乘玉辇，飞燕与君同。更有欢娱处，承恩乐未穷。谁怜团扇妾③，独坐怨秋风？**

**注释**

①长信宫，班婕妤的居处。

②昭阳殿，汉宫赵飞燕的居处。

③团扇妾，代指班婕妤。班婕妤失宠之后，曾经作《怨歌行》，写团扇秋天被抛弃，以自伤，因此诗人以此称呼。

**诗解**

皎洁的月光照在昭阳殿上，霜雪让长信宫清冷寒凄。君王出行乘玉辇，飞燕也曾与君王同辇而行。更有那欢娱快乐的时候，承受无限的恩宠，欢乐无穷。谁来怜惜我这失宠孤单的人，

独自坐在萧瑟的秋风中发愁？

**题解**

《长门怨》是古乐府诗题，相传汉武帝陈皇后失宠后退居长门宫，命司马相如作《长门赋》写她的愁思，后人因之作《长门怨》曲。李白沿用此旧题，是诗人在天宝二年（743）的自况之作。诗中隐含汉武帝陈皇后的故事，借天回北斗、金屋萤火渲染漫漫长夜中寂寞凄清的气氛，景中含情。

## 长门怨二首

### 其一

**天回北斗挂西楼，金屋①无人萤火流。月光欲到长门殿②，别作深宫一段愁。**

**注释**

①金屋，辉煌的宫殿，指宫女居住的地方。

②长门殿，皇帝住的宫殿。

**诗解**

已经是午夜时分了，北斗星高高悬挂在西楼之上，宫女寂寞地住在辉煌的宫殿之中，只见萤火虫飞来飞去。这是何等的苍凉啊！月光想要到皇帝住的地方，为深宫中寂寞的女子诉说哀愁。从中我们可以看出诗人对于不幸的人们有着深切的关怀。

题解

诗人借汉武帝昔日宠幸的陈皇后被冷落在长门宫一事，泛写宫中女性的幽怨，以明月独照烘托愁思，倍感凄凉，通篇没有一个怨字，却怨在言外。

其二

**桂殿①长愁不记春，黄金四屋起秋尘。夜悬明镜②青天上，独照长门③宫里人。**

注释

①桂殿，指宫殿。

②明镜，明月。

③长门，司马相如曾作《长门赋》，写宫女的哀怨。

诗解

住在深深的宫殿中不被皇帝宠幸，于是宫女们长久以来一直觉得非常愁苦，根本不记得春天的美好了，华丽的宫殿里因为冷清，四壁都沾满了灰尘，在秋色中显得更加苍凉。月亮高高挂在天空中，独自照着宫中寂寞苦闷的宫女们。

题解

诗中以思妇的口吻写春日独居的情况。前两句一句写征人，一句写思妇，记叙了离别之事。后两句运用了拟人手法，写春花春月作反衬，抒发了离别之情。

## 春怨

白马金羁辽海①东，罗帷绣被卧春风。落月低轩窥烛尽，飞花入户笑床空。

**注释**

①辽海，泛指辽河流域以东的地区，南临大海，因此称辽海。古诗中多用来指征人从军远行之地。

**诗解**

征人骑着装饰有金羁的白马，奔赴那遥远的边地。思妇躺在绫罗帷帐织锦的被子中任凭春风吹拂。月亮低落在轩窗外窥视着屋内的烛火就要燃尽，院子中的花飞入屋内嘲笑我空荡的床帷。

**题解**

诗中以思妇的口吻寄情久别的征夫。前半篇铺陈了男子从军西行，不思团聚的情形，后半篇描写思妇独守空房，思念夫君作书言情又徘徊不定的情形。诗中模仿男子今昔不一和女子思夫难耐的矛盾心理，十分细腻传神。

## 代赠远

妾本洛阳人，狂夫幽燕客。渴饮易水①波，由来多感激。胡马西北驰，香鬟摇绿丝。鸣鞭从此去，逐虏荡边陲。昔去有好言，不言久离别。燕支②多美女，走马轻风雪。见此不记人，恩情云雨绝。啼流玉筯尽，坐恨金闺切。织锦作短书③，肠随回文结。相思欲有寄，恐君不见察。焚之扬其灰，手迹自此灭。

鸣鞭从此去，逐虏荡边陲

注释

①易水，暗指丈夫是幽燕人，有荆轲的遗风。

②燕支，即焉支山，一作胭脂，在今甘肃境内。

③织锦作短书，《晋书·烈女传》记载，前秦窦滔的妻子苏蕙，因思念丈夫，织锦作回文书以寄相思。

诗解

妾本是洛阳人，丈夫是幽燕人。有荆轲的遗风，由来多感慨激昂。骑上胡马要去西北边地驰骋，马鬓抖动闪着绿色的光泽。鸣响鞭子驱驰马儿从此离去，到边陲追逐敌人。以前说得很好，不会长久地离别。焉支山有很多美女，路上遇见都会将马缓下来观望，以至马蹄激起的风雪都小了许多。看到她们更忘记了故人，咱们的恩情就断绝了。食不下咽，泪流已尽，空坐在金闺之中怨恨不已。像窦滔的妻子苏蕙那样织锦作回文书以寄相思，愁肠随着回文诗缠结。想将相思寄给你，又害怕你体会不到我的心意。把它焚烧后扬灰而去，手迹从此就消失了。

题解

诗中描写了春天陌上男女对答情事，前两句写男子，后两句写女子，情趣盎然。

## 陌上赠美人

**骏马骄行踏落花，垂鞭直拂五云车[1]。美人一笑褰[2]珠箔[3]，遥指红楼是妾家。**

注释

①五云车，传说中仙人升天时乘坐的车子。此代指美人乘坐的游玩之车。

②褰，撩起、提起。

③箔，帘。

诗解

骏马昂首挺胸前行，马蹄踏在落花之上，垂下鞭驱使马去追美人乘坐的车子。美人笑着撩起车帘，指着远处的红楼说那就是我的家。

题解

此诗写作年代不详，可能是诗人天宝二年（743）在朝廷被玄宗疏远后所作。这是一首七言古诗，借宫中新人受宠、故人见弃的规律，讽刺了皇帝的喜新厌旧。

## 怨情

**新人如花虽可宠，故人似玉犹来重[1]。花性飘扬不自持，玉心皎洁终不移。故人昔新今尚故，还见新**

美人卷珠帘，深坐颦蛾眉

**人有故时。请看陈后②黄金屋，寂寂珠帘生网丝。**

注释

①重，贵重、敬重。

②陈后，指汉武帝刘彻的皇后陈阿娇。汉武帝在小的时候非常喜爱自己的表姐陈阿娇，并当众承诺如果能娶到阿娇做妻子，会建造一座金屋子给她住。

诗解

新人好像美丽的鲜花虽然应该宠幸，可是故人似玉一般自古就被看重。鲜花的性情飘扬不能自持，而玉心却皎洁终究不会改变。故人过去是新人而今也成了故人，现在的新人也有变成故人的时候。请看失宠的陈皇后华丽的宫殿，寂寞的珠帘上已经布满了蛛网。

题解

诗中描写了女子幽居独处、颦眉垂泪的形象，抒写其愁思之情。文笔简练，却情思深远，含蓄蕴藉。

## 怨情

**美人卷珠帘，深坐嚬①蛾眉。但见泪痕湿，不知心恨谁？**

注释

①嚬，同『颦』，皱眉。

诗解

美人卷起珠帘，久久地坐在那里皱着蛾眉。只见她脸上泪痕湿，却不知道她心里在恨谁？

题解

诗中以秦地女子的口吻，抒发了对边地征夫的思念。描写昔日别离和今日别后的光景，景中含情，写出了离别时空的悠远久长，抒发了强烈的思念之情。

## 思边

**去年何时君别妾？南园绿草飞蝴蝶。今岁何时妾忆君？西山①白雪暗秦云。玉关去此三千里，欲寄音书那可闻？**

注释

①西山，泛指女子在秦地所见的雪山。

诗解

去年什么时候你和我分别？当时园中绿草丛生蝴蝶飞舞。今年何时我回忆起你？当西山罩上了皑皑白雪彤云密布之时。玉门关离这里有三千里，即使想要寄送书信怎么可能到达？

**题解**

此诗作于天宝十四年（755）秋，是李白游秋浦时的寄内之作，当时宗氏夫人在梁苑寄书思念，此诗好像是答书。诗中点明了自己的行踪，抒发了离居的苦楚，写到了偶得家书的慰藉，表达了虽然关山遥远，却难以阻挡相思的深情。

## 秋浦①寄内

**我今寻阳②去，辞家千里余。结荷见水宿，却寄大雷书③。虽不同辛苦，怆离各自居。我自入秋浦，三年北信疏。红颜愁落尽，白发不能除。有客自梁苑，手携五色鱼。开鱼得锦字，归问我何如。江山虽道阻，意合不为殊。**

**注释**

①秋浦，县名，因为境内有秋浦水而得名，即今安徽池州。

②寻阳，即浔阳，郡名，即今江西九江。

③大雷书，典出鲍照《登大雷岸与妹书》：『吾自发寒雨，全行日少。……始以今日食时仅及大雷。』《太平寰宇记》载：『舒州望江县有大雷池。』

**诗解**

今天我离开了浔阳，已经是离家千里之外了。宿在水中荷花边，为你寄上一封家书。虽然辛苦不相同，却因为两地分离而悲怆。我自从到秋浦之后，三年中很少收到北来的书信。年轻的容颜已经老去，头上的白发没有办法除去。有个客人来自梁苑，手中提着五色鱼。打开鱼肚子看到你的书信，问我有什么打算。虽然路途遥远，江山阻隔，但我们心念如一，永远不变。

三百六十日，日日醉如泥

**题解**

此诗约作于开元年间诗人隐居安陆时期。当时诗人和故相许圉师的孙女结婚，夫妻感情深厚。此诗以调侃的口吻，化用了东汉太常卿周泽的典故，自嘲自己的醉酒，以戏谑安慰夫人，幽默风趣。

## 赠内

**三百六十日，日日醉如泥。虽为李白妇，何异太常①妻？**

**注释**

①太常，指东汉太常卿周泽。周泽勤于政事，经常不回家，其妻甚有怨言。时人谓『生世不谐，作太常妻，一岁三百六十日，三百五十九日斋，一日不斋醉如泥』。

**诗解**

一年三百六十天，天天都喝得酩酊大醉如烂泥。你虽然是我李白的夫人，和那整天不顾家的周太常的妻子又有什么区别呢？

**题解**

此诗为肃宗乾元二年（759）春，李白流放夜郎途中寄给居住在豫章的妻子宗氏所作。首句中的『怨』字，揭示了诗人内心的悲愤不平。次句言自己身在天外，妻子音信杳疏。最后写北飞的大雁都没有了，仍没有等到妻子的书信。

## 南流夜郎寄内

**夜郎天外怨离居，明月楼中音信疏。北雁春归看欲尽，南来不得豫章书。**

**诗解**

身在夜郎的我因离居而怨恨愁闷，明月楼中音信稀疏。北飞的大雁就要归尽了，仍然没有收到你的书信。

**题解**

此诗为诗人开元十三年（725）初游金陵时所作。诗的题材和语言都深受六朝乐府民歌的影响。在诗中描写了金陵长干里吴女的美丽。

## 越女词五首

### 其一

**长干①吴儿女②，眉目艳星月。屐③上足如霜④，不着鸦头袜⑤。**

**注释**

①长干，在今江苏南京南。

②儿女，这里是偏义复词，指女儿。

③屐，木鞋。

④足如霜，脚像霜一样白。

⑤鸦头袜，拇指与其他四指分开的袜子。

**诗解**

长干吴地的女孩子们，眉毛像弯弯的月亮一样，眼睛像星星一样明亮。她们的脚上没有穿袜子，露在外面像霜一样白净。

**题解**

此诗写吴女喜爱荡舟的游戏，以眼色传情，调弄过往的客人。

### 其二

**吴儿①多白皙，好为荡舟剧②。卖眼③掷春心，折花调④行客。**

耶溪采莲女，见客棹歌回

**注释**

①儿，这里指女儿。

②剧，游戏。

③卖眼，抛媚眼。

④调，调戏。

**诗解**

吴地的女孩子们皮肤都很白皙，她们往往爱在河上荡舟游戏。她们常常抛媚眼，展示春心，折花调戏过路的客人。这首诗写尽了她们的调皮和美丽。

**题解**

此诗为开元十四年（726）李白初次游越时所作。本诗表现了若耶溪采莲女的容貌和神态，别有韵味。以清丽的荷花映衬红润秀丽的少女的脸庞，以棹歌清唱增添荷塘的活泼生机，十分欢快。

## 其三

**耶溪①采莲女，见客棹歌②回。笑入荷花去，佯③羞不出来。**

注释

①耶溪，即若耶溪，在今浙江绍兴市南。

②棹歌，一边划桨一边唱歌。

③佯，假装。

诗解

耶溪的采莲女，看见客人就边唱歌边划桨回去。她们笑着把船划入荷花丛中，假装害羞不出来了。

这首诗中的女儿比上首多了几分含蓄，但是调皮劲儿丝毫不减。

题解

写作年代同前首。诗人歌唱了越中少男少女纯真的爱情。

## 其四

**东阳[1]素足女，会稽[2]素舸[3]郎。相看月未堕，白地[4]断肝肠。**

注释

①东阳，今浙江东阳，唐时属婺洲。

②会稽，今浙江绍兴，唐时属越州。

③素舸，指新船。舸，船。

④白地，平白地。

**诗解**

东阳的女孩子有着白嫩的纤脚，会稽的男儿乘着新做的小舟。他们相互爱慕，但是没有深入发展，平白地让人断了愁肠。

**题解**

写作年代同前首。诗人将美丽的耶溪采莲女放在景色秀美的镜湖中加以描写，雪白洁净的耶溪女的倩影倒映在春水中，人景相互映衬，人美景更美。

## 其五

**镜湖①水如月，耶溪女如雪。新妆荡新波，光景两奇绝。**

**注释**

①镜湖，在今浙江绍兴，若耶溪流入其中。

**诗解**

镜湖的水像月亮一样皎洁澄澈，耶溪的女孩子像雪一样的白皙。她们穿戴一新在湖面上荡着小船，新妆和新波相互映衬着显得格外美丽。

**题解**

李白游越中时，看到若耶溪上的浣纱女，乃根据她们头上和足上的特征，加以描写。

## 浣纱石①上女

**玉面耶溪女，青蛾②红粉妆。一双金齿屐③，两足白如霜。**

注释

①浣纱石，在若耶溪旁，相传是西施浣纱的地方。

②青蛾，黛眉。

③金齿屐，装有铁齿的木屐。金，乃夸张的说法。

诗解

若耶溪旁的浣纱少女面容姣好，脸上黛眉红粉妆扮漂亮。穿一双装有铁齿的木屐，两只脚异常白嫩，好像霜雪一般。

题解

此诗作于开元十二年（724），李白离家出蜀途经巴地所作。这是李白用女子的口气写的一首怨妇诗，表现了诗人对于妇女的同情之心。风格大胆、热烈，直率自然，与当地的民歌相似。

## 巴女词①

**巴水急如箭，巴船去若飞。十月三千里②，郎行几岁归？**

注释

①巴女词，四川东部一带妇女所唱的民歌。

**巴水急如箭，巴船去若飞**

巴水流逝，随之而去的是丈夫乘坐的小船。远方的人啊，何时能够归来呢？

②三千里，这里是虚写，指路途之遥。

诗解

巴水像射出去的箭一样急流而去，丈夫乘坐的小船飞一般地驶去。丈夫离开已经有十个月了，夫妻已经相隔千万里，郎啊郎，你什么时候才能回来呢？

题解

此诗约作于天宝十二年（753），当时李白在江南，传闻日本友人晁衡归国遇难，悲哀而作此诗，以悼念友人。诗中赞美了晁衡杰出的才华和高洁的品质，将自己的哀痛寄托于一片缥缈的景色之中，意境深远，是一首别具一格的挽诗。

## 哭晁卿衡①

**日本晁卿辞帝都，征帆一片绕蓬壶②。明月不归沉碧海，白云愁色满苍梧③。**

注释

①晁卿衡，『卿』是对人的敬称。晁衡是日本人，开元七年（719），随日本第九次遣唐使团来中国求学，学成之后留在唐朝

做官。与李白有深厚的友谊，曾经有诗篇唱和。

②蓬壶，即蓬莱。

③苍梧，山名。

**诗解**

日本的晁衡辞去众人离开了长安回国，他是乘船离开的，路上遇到众多的海岛。不幸的是他没有回到自己的家乡，在路上遭遇海难，就像明月沉到大海中一样，白云似乎也为他感到忧伤，层层地笼罩着苍梧山。本诗寄情于景，情景交融，自然感人。

# 杜甫诗选

附录·旷世稀有的诗歌史诗

『诗人以来，未有如子美者。』杜甫既经历了繁荣昌盛的开元时期，又经历了黑暗动荡的安史之乱，遍尝人间冷暖，饱经世态炎凉。他的诗犹如历史长卷，记录了战火与衰败，但却令读诗者在叹息之余体会到不屈的奋斗精神和顽强的生命力，让人们领略到真实的别样人生，激起生活和工作的激情，让人变得勇敢而执著。

**题解**

这是杜甫现存诗作中最早的一首。杜甫在开元二十四年（736）第一次游齐赵，这首诗大约就是这时候写的。这是一首气势雄大、情思昂扬的写景诗。岳，古代山之高并且尊者都称为『岳』，中国名山中有著名的五岳，杜甫这次所望便是五岳之首的东岳泰山。全诗围绕『望』字，热情赞美了泰山的雄伟险峻，抒发了诗人非凡的抱负和胸襟。这时诗人刚刚二十五岁，而气势之高壮、造句之警拔，足以显示出诗人过人的才华。

## 望岳

**岱宗夫如何①？齐鲁青未了②。造化钟神秀③，阴阳割昏晓④。荡胸生层云，决眦入归鸟⑤。会当凌绝顶，一览众山小！**

**注释**

①岱宗，也就是泰山。宗，长。泰山被公认为五岳之首，故称之为『岱宗』。夫如何，是自己问自己：它是怎么样呢？这句话是写初次见到泰山的雄奇，赞叹惊异不已，一时不知该如何形容，不免就沉吟测度起来。

②这句则是对上句的回答。齐国在泰山之北，鲁国在泰山之南。青，指青郁的山色，用作名词。未了，没完、未尽。这句话是说走出了齐鲁的国境还能望得见泰山的山色，极写泰山之高大绵长。

③造化，指天地或者说是大自然。钟，聚集或专注。神秀，指山色的瑰奇绝伦。这句话是说大自然将一切瑰奇绝伦之景都聚集于泰山。

④阴，指山的后面背日之处，也就是山之北。阳，指山的前面向日之处，也就是山之南。割，分割、划分，这里指区别。昏晓，背阴处为『昏』，向阳处为『晓』。这句写泰山高峻蔽日，山南向日处天色明亮，而山北背阴处依然昏暗。

⑤决，裂开。眦，眼眶。决眦，形容张目极视的样子。鸟向着山飞，目便随鸟而去，于是便说是『入归鸟』。

**题解**

这首诗和前一首诗《望岳》应该都是第一次出游齐赵时所作，是杜甫诗歌中现存最早的一首五言律诗。这首诗写了登楼时的所见所感，结构严谨，格律工整，向来多为他人所取法。

## 登兖州城楼

**东郡趋庭日①，南楼纵目初②。浮云连海岱，平野入青徐③。孤嶂秦碑在，荒城鲁殿余④。从来多古意，临眺独踌躇⑤。**

**注释**

①东郡，也就是兖州。趋庭，引用了《论语》中的典故，为子承父教的意思，此时杜甫的父亲杜闲为兖州司马，他前来省视，所以称之为『趋庭』。

②南楼，即兖州南城楼。初，初次。

③海岱、青徐，都是和兖州接境的地区。入，一直延伸到。这两句写出了登楼纵目时所望见的远景。

④秦碑，指秦始皇登临峄山所刻的石碑。鲁殿，即鲁灵光殿，汉景帝的儿子鲁恭王所建。王延寿写有《鲁

灵光殿赋》，颇具盛名，此殿在曲阜市东二里处。余，残余。

⑤从来，向来。古意，即缅怀、追念古人。登高怀古，故不免感慨顿生，一时间颇为踌躇惆怅。

**题解**

这首诗大约写于开元二十九年（741），当时杜甫在洛阳。兵曹，也就是兵曹参军，掌管军防、驿传等事的官吏。房兵曹为何人不详。杜甫原本就善骑射，对马十分喜爱，有很真挚的感情，所以他写的咏马的诗大都十分深刻，寄寓了自己的精神。这首诗便是借马寓志，写得豪放沉雄。

## 房兵曹胡马

**胡马大宛名①，锋棱瘦骨成。竹批双耳峻②，风入四蹄轻③。所向无空阔④，真堪托死生⑤。骁腾有如此，万里可横行⑥。**

**注释**

①大宛，汉西域国名，盛产良马，汗血宝马就产于此处。大宛名，著名的大宛马。

②竹批，形容马耳之尖，像是竹管削成似的。这是良马的特征之一。批，削。峻，尖锐。

③这句是说马奔走的时候，四蹄轻快迅疾，快如御风。

④所向，马奔驰所向之处。空阔，指距离很远。无空阔，形容马极为善走，无论多远的距离，都能够顷刻而至，这是杜甫的自创语。

⑤堪，胜任。这句更进一步，写出了胡马奔走时的非凡气势和可托生死的高贵品质，如同一个血性男子。

⑥骁腾，健步奔驰的样子。最后两句总写马的勇猛健壮，表面上是赞美马，实际上是赞美房兵曹，希望他可以大展宏图，万里立功扬名。

**题解**

这是一首题画诗，大约和上一首诗《房兵曹胡马》作于同一时期。诗中赞美了画家画技的高超，歌颂了苍鹰的威猛，同时也寄托了诗人奋发进取的精神和疾恶如仇的性格。本诗题画而不仅仅限于画，律句中具有古风意味，开创了一个题画诗的新时代。

## 画鹰

**素练风霜起①，苍鹰画作殊②。㩳身思狡兔，侧目似愁胡③。绦镟光堪摘，轩楹势可呼④。何当击凡鸟，毛血洒平芜⑤！**

**注释**

①素练，画鹰时所使用的白绢。风霜起，写出一种肃杀之气，用来形容画鹰之凶猛，犹挟风霜之肃杀，写出了画鹰的威猛可畏。

②殊，奇异、特殊，指画得十分出色。

③这两句以真鹰来写画鹰。㩳身，耸身，形容若有所思的样子。愁胡，一指发愁发怒的猿猴；一指胡人，因为胡人为碧眼，故以此为喻。

④这两句又从画鹰写到了真鹰。绦，丝绳，指系鹰的绳子。镟，指转轴（也就是辘轳），这里是说用绦

鹰

鹰是画家最喜欢的题材，著名画家徐悲鸿、齐白石、王雪涛、李苦禅等都画过雄鹰图。在他们的笔下，雄鹰虽雄姿英发，但又风格各异，画家们从不同角度刻画出鹰的神韵。

绑住鹰足系于镟上。轩楹，画鹰所处的位置。势可呼，是指可以呼唤此画鹰一同去打猎，形容画鹰之形态逼真，呼之欲出。

⑤何当，何时。凡鸟，平凡的鸟。平芜，荒野。最后两句从题画写到了己身，寄予了诗人的非凡抱负和进取精神，我们可以从中体察到诗人那种奋发有为的激情和疾恶如仇的性格。

**题解**

庄，也就是庄园。唐代的地主庄园经济十分发达，很多诗人也都拥有自己的庄园，诗题中也有很多『山庄』、『山池』、『池馆』、『别墅』一类的称呼。左氏，姓名不详。这首诗写了夜宴时的情景。时间、地点、事件、景物全都包含其中，但丝毫不觉繁杂，显示出诗人高超的写作技巧。

## 夜宴左氏庄

**风林纤月落①，衣露净琴张②。暗水流花径，春星带草堂③。检书烧烛短④，看剑引杯长⑤。诗罢闻吴咏，扁舟意不忘⑥。**

**注释**

①纤月，未弦之月，月牙。

暗水流花径，春星带草堂

②衣露，衣服沾露。净琴，琴音清，所以称『净琴』。张，弹琴。

③这两句写月落以后的庄园夜景。暗水，因为月亮落下，只能听闻得水声，所以称『暗水』。带，即映带、拖带。因为月已落下，所以星光显得尤其明亮，妙在一『带』字。

④检，检阅翻看。大概是这位姓左的主人有很多藏书，检书费时，蜡烛也被烧得很短，故为『烧烛短』。

⑤看，一作『说』，大概是因为后人看到《庄子》中有《说剑》一篇，所以就对此妄加修改，但『看』和『说』虽然一字之差，意境却大不相同。『说剑』则无须有剑，『看剑』则需剑在目前；并且『看剑』会让人为之气壮，喝起酒来也会酣畅痛快，『说剑』则太平淡。长，深长。引杯长，即喝满满的一杯。

⑥诗罢，也就是说诗成。吴咏，用江南之吴音来吟咏诗歌。因杜甫曾一度游历吴越，今日听闻吴咏，便不免想起昔日旧游。扁舟，小船。

**题解**

临邑，县名，属于齐州，在今天的山东省。杜甫的弟弟有颖、观、丰、占四人，这首诗中的『舍弟』当是指颖。此诗为五言排律，仅末两句为散行。关于这首诗的写作年代，说法不一。有人认为是作于开元二十九年(741)，有人则对此表示怀疑，但从诗中的总体情调来看，应当写于困守长安之前，也就是三十五岁以前的作品。

## 临邑舍弟书至，苦雨，黄河泛溢，堤防之患，簿领所忧，因寄此诗，用宽其意

**二仪积风雨，百谷漏波涛①。闻道洪河坼②，遥连沧海高。职司忧悄悄③，郡国诉嗷嗷④。舍弟卑栖邑，防川领簿曹⑤。尺书前日至，版筑不时操⑥。难假鼋鼍力，空瞻乌鹊毛⑦。燕南吹畎亩，济上没蓬蒿⑧。螺蚌满近郭，蛟螭乘九皋⑨。徐关深水府，碣石小秋毫⑩。白屋留孤树，青天失万艘⑪。吾衰同泛梗⑫，利涉想蟠桃⑬。却倚天涯钓，犹能掣巨鳌⑭。**

注释

①这两句是说明河溢的原因。二仪，也就是天地。积风雨，指久雨。这首诗的诗题很长，先说舍弟书至，次说久雨河水泛滥；诗则是先说久雨河水泛滥，再说舍弟书至，故写得很不平直，颇有气势。

②洪河，指黄河。坼，裂开，这里指黄河决口。

③职司，指主管治水防河的官吏。悄悄，形容忧愁的样子。

④嗷嗷，拟声词，忧愁声，哀叹声。这句写的是灾区的地方官吏诉说当地灾民嗷嗷待哺的惨状。

⑤这两句才说到自己的弟弟。卑栖，指居于低下的位置。防川，指防河。簿曹，官名。

⑥版筑，指用版夹土而筑。不时操，即时时刻刻都在筑堤。

⑦这两句形容版筑所面临的困难。相传周穆王到了九江，也需要叱令鼋鼍变成桥才能通过。织女也需

闻道洪河坼，遥连沧海高

要在七月七日凭借乌鹊填河搭成的桥才能过。如能果真如此，那么会对筑堤防水提供多少便利，只可惜那都是神话而不能当真，所以说是『难假』、『空瞻』。假，假借。瞻，仰望。

⑧这两句是写河面的面积之广。燕南，也就是河北省的南部。济上，指济南兖州一带。畎，指田中的小沟。

⑨这两句是说大水久久不退，导致螺蚌、蛟螭等一系列水族横行于陆地之中。

⑩这两句写水势之大。『徐关』变成了『水府』，『碣石』也显得渺小如『秋毫』。碣石，山名，位于渤海之东。

⑪这两句写河水泛滥外溢带给人民的灾难。白屋，即老百姓居住的茅草屋。因为被水冲走，所以只『留孤树』。『青天』句，指没有狂风暴雨的天气，但在这样的天气中还是会有很多船只发生事故，失事沉没。

⑫泛梗，因为诗的内容是在写大水，并且当时杜甫还是一个没有职位的人，故自比为『泛梗』。

⑬这句话是说虽然我如泛梗一样无能，但依然想要涉过大水去摘取蟠桃。蟠桃，《山海经》中出现的仙桃。

⑭这两句是说要以蟠桃作为诱饵，将大鳌制服。

**题解**

这首诗为天宝三年（744）所作，是杜甫最早赠给李白的一首诗。前八句是自叙，表明自己厌倦都市机巧、羡慕山林归隐的情怀；后四句为赠李白之语，希冀自己能够和李白一同归隐。

## 赠李白

**二年客东都，所历厌机巧①。野人对膻腥，蔬食常不饱②。岂无青精饭③，使我颜色好？苦乏大药资，山林迹如扫④。李侯金闺彦⑤，脱身事幽讨⑥。亦有梁宋游，方期拾瑶草⑦。**

**注释**

①客，客居。东都，即洛阳。所历，是说凡所经历的。这两句是说在洛阳客居的两年，所见到的人所经历的事，全都是奸刁巧诈的。

②野人，杜甫的自谦。膻，指牛羊一类的牲畜。腥，指鱼类。蔬食，蔬菜饭食。这两句是说，面对朱门大户的顿顿大鱼大肉，杜甫十分厌恶，宁可食蔬不饱。

③青精饭，是说取南烛草木的叶子，掺杂茎皮熬煮，取其汁用来浸米蒸饭，饭便作青色。相传，这种饭食之可以益寿延年。

④这两句是说杜甫不愿意看到周围这些机巧之人，便想离开都市前往山林采药，只是苦于没有资财，最终也只能绝迹于山林。大药，也就是金丹。迹如扫，是说没有足迹。在唐代，道教十分盛行，统治

苦乏大药资，山林迹如扫

者与一般的士大夫大多炼制丹药，服食金丹以希求长生。

⑤侯，对人的尊称。李侯，即李白。金闺，即金马门。彦，指有才华的人。天宝元年（742），李白到长安，玄宗李隆基曾命他供奉翰林，专门执掌密命。

⑥这句话是说李白曾于醉中令高力士为自己脱靴，高力士深以之为耻，于是就在杨贵妃面前大说李白的坏话，李白自知将不被所容，于是便自求归山，所以说『脱身』。事幽讨，是说在山林中从事采药和访道的事情。

⑦梁宋，指开封一带。期，相约。瑶草，玉芝。这两句是说既有梁宋同游，便相约一同前去寻求玉芝。

## 题解

这首诗是天宝四年（745）夏，杜甫第二次游历齐赵时，到达济南时所作。李北海，即李邕，当时为北海郡（今山东青州）太守，是杜甫的老朋友，享誉当时的文豪兼书法家。李邕闻讯后便从北海赶来和杜甫相会。当年夏天，李邕专门在当地的历下亭设宴款待杜甫，杜甫便当席赋作此诗。诗中赞美了济南的

云山已发兴，玉佩仍当歌

美丽风光以及名士风度，表达了两人间的深厚友谊，同时也有一种盛会难再逢的伤感流露其中。历下亭，位于济南的大明湖畔，因历山而得其名。

## 陪李北海宴历下亭

**东藩驻皂盖①，北渚凌清河②。海右此亭古，济南名士多③。云山已发兴，玉佩仍当歌④。修竹不受暑，交流空涌波⑤。蕴真惬所欲⑥，落日将如何⑦？贵贱俱物役，从公难重过⑧！**

注释

①东藩，指李邕。北海位于京师之东，李邕为北海太守，故称之为『东藩』。杜甫少年居于洛阳时便为李邕所赏识，李邕比杜甫年长，故杜甫尊称他为『李北海』而不直呼其名。皂盖，指青黑色的车盖，汉时的太守所乘之车皆用皂盖。

②渚，指水中的小块陆地。清河，也就是大清河，古代称为济水，在济南北面。这句是说从北渚乘舟经由清河前往历下亭。

③这两句申明前往历下亭的原因。海右，在方位中以西为右，以东为左，齐地位于海之西，故称『海右』。此亭，即历下亭，因为此亭建于北魏之前，到唐代已经有二百多年的历史了，所以说

『此亭古』。

④兴，兴会，兴致。玉佩，指古代衣带上所佩的玉饰，唐代宴会时多有女乐，这里当是指侑酒的歌伎。仍，又，复，和上句的『已』字相互应。当，相对。这两句是说云山已经引发了人们的兴致，歌伎们也正在当筵歌唱。

⑤修竹，长得很高的竹子。交流，指历水与泺水相交，共同流入鹊山湖。空，空自，空劳。以上两句描写环境的清幽。水原本是可以生凉的，但因此亭中有竹林的荫蔽，很是凉爽，于是便用不着水，所以说『空涌波』。

⑥蕴真，是说此亭蕴含着真趣，富有自然美，所以诗人很为能在此一游感到快乐。惬，满意，称心。

⑦这句话是说日落则筵席将散，不能久留，表现出不胜流连之感。

⑧贵，指李邕。贱，杜甫的自谓。俱物役，是说不管公私贵贱，一样是被事物所役使，不得自由。正因不得自由，所以发出了难以重游之喟叹。公，李邕比杜甫年长三十四岁，所以称李邕为『公』。

题解

这首诗大约是天宝四年（745），李杜一同游历齐赵时所作，是杜甫现存诗作中最早的一首绝句。天宝三年（744），杜甫和李白在洛阳相识，当时李白被玄宗赐金放还，两人相见甚欢，相约一同出游梁宋。天宝四年（745），两人又一同出游齐赵，其间两人一同饮酒、骑马、射猎、诗文唱和，感情甚笃。这年秋天，两人在鲁郡（今山东兖州）分别，于是杜甫写下这首赠别诗，感叹二人的漂泊不定、学道无成。『痛饮』二句写得用心良苦，可见两人感情之诚挚深厚。

## 赠李白

**秋来相顾尚飘蓬①，未就丹砂愧葛洪②。痛饮狂歌空度日，飞扬跋扈为谁雄③？**

注释

①秋来，是说二人相会的季节。相顾，相对而视，见到彼此的样子。飘蓬，蓬为草本植物，容易随风飘荡，常用来比喻人的漂泊不定，当时李杜二人在仕途上都很失意，漂泊于山东境内，所以称之为『飘蓬』。

②未就，没有成功。丹砂，朱砂，道家认为可以将朱砂炼制成丹药，服用可以益寿延年。葛洪，东晋道士，号抱朴子，曾入罗浮山炼丹。李白素来好神仙，曾一度自炼丹药，并在济州跟从道士高如贵受了『道箓』（道箓即道教的一种入教仪式），但一直以来丹药都未曾炼成，而杜甫也曾一度渡黄河登王屋山访道士华盖君，但因华盖君逝去，未曾见到，二人在学道方面都没有什么成就，所以有这种说法。

③空度日，白白地浪费时间，虚度年华。当此时，杜甫考进士时未中，而李白也因得罪高力士、杨贵妃等人而被放还，两个人都政治失意，漂泊度日，所以说『空度日』。飞扬跋扈，指超出常规，狂傲不羁。为谁雄，到底是为谁而如此任性逞强呢？这两句是朋友之间相规劝的话，末句的规劝之意尤其明显。李白好任侠和剑术，曾手刃数人，且又傲视一切，但当世已无知己，又何必如此不羁呢，意思是希望李白以后不要太过任性使气，应该收敛一些。杜甫虽然嗜酒，但一向不甘于『空度日』；虽然也喜好豪放，但又不以『跋扈』为然，故以此规劝李白。

题解

这首诗大约写于天宝五年（746），是杜甫初到长安时所作，基调比较高昂欢快，而此后的生活则日益困顿，再也没有心情写如此欢喜的诗歌。这首诗是追述，诗歌中的八人，虽然都曾在长安呆过，但又不是同时都在长安，苏晋已于开元二十二年（734）去世，而贺知章和李白，也都在天宝三年（744）离开了长安，是杜甫把他们放在一起写的。诗中描写了他们嗜酒的爱好和各自醉后的形态，既写了他们共同的豪放不羁，又勾画了他们各自的鲜明个性。这首诗充满浪漫幻想但也带有一定的真实面目，尤其是李白与张旭，一定意义上也可当作史料来看。

这首诗乍一看似乎很乱，实际上却甚有条理。八人中，以贺知章的资历最老（贺比李白年长41岁，比杜甫年长52岁），于是便放在了第一位。余下的人则是按照官职，从王公宰相一直说到了平民布衣。分别吟咏八人，每人用二、三、四句不等，写李白最多，大概是因为八人中李白的成就最大，有意将他作为重点。句句押韵，一韵到底，结构十分独特，别具匠心。

## 饮中八仙歌

**知章骑马似乘船，眼花落井水底眠①。汝阳三斗始朝天②，道逢麹车口流涎③，恨不移封向酒泉④。左相日兴费万钱⑤，饮如长鲸吸百川⑥，衔杯乐圣称避贤⑦。宗之潇洒美少年⑧，举觞白眼望青天⑨，皎如玉树临风前⑩。苏晋长斋绣佛前⑪，醉中往往爱逃禅⑫。李白一斗诗百篇，长安市上酒家眠。天子呼来不上船，自称臣是酒中仙⑬。张旭三杯草圣传⑭，脱帽露顶王公前⑮，挥毫落纸如云烟⑯。焦遂五斗方卓然⑰，高谈雄辩惊四筵。**

注释

①知章，即贺知章，他自号为四明狂客，酷爱饮酒，性格狂放。似乘船，形容他骑在马上的醉态，摇摇晃晃。据说他一看到李白，便径直呼为『谪仙人』，因为没有酒钱，就直接将所佩的金龟摘下，换酒以为乐。眼花，醉眼昏花。这两句写贺知章酒后的醉态，他骑在马上，摇摇晃晃地像是坐船一样，醉眼蒙眬，跌入到井中而不知，便于井底安眠。

②汝阳，即汝阳王李琎，唐玄宗的侄子，杜甫曾为他的宾客。

③麹车，酒车。涎，口水。

④移封，改换封地。酒泉，即酒泉郡，据说郡城下面有泉，其水味如酒，故称之为『酒泉』。

⑤左相，即李适之。《唐书》本传以及《玄宗纪》上记载，李适之在天宝元年（742）为左丞相，天宝五年（746）四月，受到李林甫的排挤陷害而罢相，同年七月被贬为宜春太守，到任以后服毒而死。

⑥长鲸吸百川，用来形容李适之豪饮的狂态。

⑦衔杯，指贪杯。

⑧宗之，即崔宗之，吏部尚书之子，官至侍御史，他同时也是李白的朋友。

⑨觞，酒杯。白眼，晋代阮籍能做青白眼，对于那些庸俗迂阔者，便加之以白眼，轻蔑视之。

⑩玉树临风，形容崔宗之的醉态摇曳，因宗之貌美，故喻之为『玉树』。写出了宗之的年少自负，狂傲不羁的样子。

⑪苏晋，开元年间担任户、吏的两部侍郎，是太子庶子。长斋，长期斋戒，指佛教徒不吃荤腥，不饮

酒等。绣佛，用彩色丝线绣成的佛像。

⑫逃禅，指不守佛教戒律。这里写他一方面长斋，一方面却又贪杯好酒，所以说『逃禅』。

⑬这四句写的是即使是天子也没有被李白放在眼里，将李白豪放桀骜的性格刻画得极为生动立体。一斗诗百篇，是说饮酒只一斗便可以写出诗作百篇，不但酒兴豪爽，而且文思敏捷。

⑭张旭，吴中人，性嗜酒，善狂草，时人誉之为『草圣』，也就是草书之圣的意思，张旭有『三杯草圣传』的佳话。据说张旭每每于大醉之时，呼叫狂走，挥洒下笔，有时竟然会以头蘸墨书写，世人又称其为『张颠』。

⑮脱帽露顶，写张旭狂放不羁的神态。

⑯如云烟，形容张旭书写的草书飞动鲜活，宛如天上云烟。

⑰焦遂，当时的布衣之士。卓然，神采飞扬，精神焕发的样子。五斗方卓然，是说喝了五斗酒之后才开始精神焕发，高谈阔论起来。

**题解**

这是天宝六年（747）春，杜甫到达长安以后不久所作。杜甫和李白在天宝四年（745）秋于鲁郡分别后，就没有再见过面，诗中表达了对李白的深切怀念，两人的深厚情谊，以及对李白诗歌才能的高度评价。自古文人相轻，但杜甫却明确赞扬宣称李白『诗无敌』，可见他对李白的诚心叹服以及自己的谦逊态度。诗作极质朴又极清新，写得极贴切，感情自然流露其中，令人叹然、羡然。

## 春日忆李白

**白也诗无敌，飘然思不群①。清新庾开府，俊逸鲍参军②。渭北春天树，江东日暮云③。何时一樽酒，重与细论文④。**

注释

①也，语气助词，表示强调。诗无敌，诗歌造诣无人可以匹敌。思不群，才思远远高于一般人。这两句是倒装句式，因为李白才思敏捷超绝，不同凡响，所以他的诗没有人能比得上。

②这两句以古代两位负有盛名的诗人来赞美李白诗。庾开府，庾信。庾信是六朝末期的著名诗人，曾担任北周的骠骑大将军、开府仪同三司，故称『庾开府』。鲍参军，鲍照，刘宋时曾担任前军的参军，写有著名的七言诗《行路难》，甚为豪放。他们都是南北朝时的大诗人，诗歌一为自然清新，一为豪放飘逸，都为杜甫所喜爱推崇。在这里，杜甫以庾信、鲍照来赞美李白之诗兼具二人之长。俊逸，飘逸洒脱。

③渭北，渭水北岸，指长安一带，是当时杜甫的所在地。江东，今天的江苏和浙江一带，是当时李白的所在地。这两句寓情于景，写二人各居一处，天各一方，却又彼此相互追思怀念。

知章骑马似乘船，眼花落井水底眠

④樽，酒器。论文，即论诗。杜甫一向喜欢和李白共同讨论诗文，当年李杜同游齐鲁时，曾多次互相讨论彼此写诗的心得，并在自己的诗集中常常提到这段佳事。只可惜此后这两位大诗人竟然没能再度见面，杜甫一直为此感到遗憾。这两句就是说何时能够再次欢聚一处，共同饮酒赋诗，细细论文呢。

**题解**

这首诗也是杜甫于天宝六年（747）春，在长安时所作，是杜甫诗集中一首最早的七言古诗。孔巢父，字弱翁，冀州（今河北冀县）人。《旧唐书》中有其传记，早年曾和李白、韩准等六人在山东徂徕山隐居，号为『竹溪六逸』，安史之乱平定后，他才开始出来做官。谢病，也就是托病弃官，并非是真病。当时，孔巢父在长安拒绝就职，谢病而去，意欲东游吴越，有一蔡姓的友人为之设宴饯行，杜甫便于此次宴会上写下此诗相赠。当此李白正在浙东，故杜甫又在诗中怀念他，所以说『兼呈』。巢父此去意在求仙访道，故诗中多有缥缈恍惚之语，带有浓厚的浪漫色彩，充满丰富的想象，一定程度上也能看出杜甫早期所受到的屈原的影响。

全诗篇幅较长，而结构井然。前十二句写巢父的谢病归游，多言及神仙之事。次四句写蔡侯饯别，抒发依依惜别之情。最后两句则是『兼呈』李白，表述对李白的想念。

## 送孔巢父谢病归游江东，兼呈李白

**巢父掉头不肯住，东将入海随烟雾①。诗卷长留天地间②，钓竿欲拂珊瑚树③。深山大泽龙蛇远，春寒野阴风景暮④。蓬莱织女回云车，指点虚无是归路⑤。自是君身有仙骨，世人那得知其故⑥。惜君**

诗卷长留天地间，钓竿欲拂珊瑚树

只欲苦死留，富贵何如草头露[7]。蔡侯静者意有余，清夜置酒临前除[8]。罢琴惆怅月照席[9]，几岁寄我空中书[10]？南寻禹穴见李白，道甫问讯今何如。

**注释**

①这两句写巢父无心留恋于功名富贵。掉头，摇头，表示丝毫也不犹豫。不肯住，不肯留在长安。『不肯住』与下文『苦死留』形成了鲜明的对比，朋友们都想要他留在长安，但他总是摇头不肯。同时，巢父又是传说中尧帝时代的一个有名的隐士，这里有双关之意。海，东海。传说中，东海有蓬莱、方丈、瀛洲三山，为神仙所居之所，而孔巢父即将归去隐居，出游江东，所以说『东将入海随烟雾』。

②这句表明了巢父不但不留恋富贵，甚至连自己的诗集也留于人间，不再携带了；另一方面也正说明了巢父的诗能够流传不朽。

③珊瑚树，生长于热带深海之中，是由珊瑚虫聚集而成，形状如树，古人不知其故，便误以为是植物，称之为『珊瑚树』。上面写巢父入海，这里写珊瑚树，表明孔巢父将于海滨隐居，垂钓珊瑚。

④远，远去，指避世隐居。春寒，点明送别的季节。这两句写巢

父东游时的境界。上句以龙蛇的远处深山大泽来比喻巢父的高韬遗世。下句则兼点明送别的时节是在乍暖还寒的春天，由此也可以看出光阴飞驰，人生苦短之意。

⑤这两句以幻境来写巢父东游时的遭遇。蓬莱，传说中东海的三座仙山之一。织女，星座名，神话传说中天帝的孙女，这里以织女来泛指仙子。虚无，虚无缥缈的神仙世界。归路，归宿。这两句是说蓬莱仙子遇到巢父，便调转云车的方向返回，对巢父说他的归宿正是虚无缥缈之地。

⑥仙骨，仙风道骨，是说巢父能够成仙。知其故，指知道巢父弃官访道的原因。

⑦苦死留，唐时的方言，即拼命挽留。草头露，草上的露水，形容极容易消逝。这两句是说富贵功名皆如草上露水，极易消逝，可是世人参悟不透，总想苦苦相留。

⑧这两句写蔡侯的饯行。蔡侯，生平不详。侯，对人的尊称。静者，恬静的人，指代不眷恋富贵、淡泊名利的人。意有余，情意深厚。此时别人都在挽留巢父，唯独蔡侯一人能够参透，设宴欢送，其情意更为深厚，所以说『意有余』。前除，庭前阶除。

⑨唐时的宴会多有歌伎为乐，但饯别巢父时却不适用，所以就只用琴。罢琴，弹完了琴。惆怅，伤感。酒阑琴罢后，马上要面临分别，故免不得要『惆怅』。

⑩空中书，仙人从仙界寄来的信，这里指巢父的来信。把对方看作神仙，故称之为『空中书』。

**题解**

都护，官职名。唐代置备了六大都护府，用以统辖边疆地区。这首诗写于天宝八年（749）。

高都护，高仙芝，仙芝是唐时的安西副都护，安西都护府设置于贞观年间。天宝八年（749），高仙芝奉诏入朝，此时杜甫正困守于长安，看到了高仙芝带来的西域良马，便借骢马来寄托自己政治理想不能实现的慨叹。

本诗分为四段，每段有四句。首四句言明此马的来历，它原本是一匹在西域扬名立功的良马。次四句写此马的性格，再次四句写此马的骨相才气。最后四句写此马的志向。全诗雄健高壮，杜甫的人格也由此可见。

## 高都护骢马行

**安西都护胡青骢①，声价欻然来向东②。此马临阵久无敌，与人一心成大功③。功成惠养随所致④，飘飘远自流沙至⑤。雄姿未受伏枥恩⑥，猛气犹思战场利⑦。腕促蹄高如踣铁⑧，交河几蹴曾冰裂⑨。五花散作云满身⑩，万里方看汗流血⑪。长安壮儿不敢骑，走过掣电倾城知⑫。青丝络头为君老，何由却出横门道？**

注释

①安西都护，即高仙芝。唐在龟兹设置安西都护府。胡青骢，即为西域的良马。骢，指马青白色。

②声价，声誉和地位。欻，同『忽』，忽然。表明此马原本在西域声价便已经很高了，现来到了东方，自然是声价骤增。

③与人一心，写马通人性，可以和主人同心。这两句写骢马的品格和感情，既在战场上勇猛无比，又通人性，和主人一心，共立大功。

安西都护胡青骢，声价欻然来向东

④惠养，指得到周到备至的豢养。随所致，听从所随主人的心意。

⑤流沙，泛指西北的沙漠地区。

⑥未受，不愿意接受。枥，马槽，是说伏在马槽中白白地受豢养。此处写骢马愿意战场赴死，实际上是杜甫借马来暗喻自己。当时杜甫虽然『涕泪受拾遗』，但还是非要管皇帝的『闲事』，这些都是所谓的『未受伏枥恩』。

⑦这句是说此马依然时时刻刻切记要立功于战场。

⑧腕促，指腕节粗短。蹄高，指马蹄高厚。这些都是良马的特征。踣，踏。踣铁，写马蹄的坚硬，踏地如铁。

⑨交河，在此泛指西北高寒地区。几，不止一次。曾，同『层』。这句是说此马的腕节粗短，马蹄高厚，踏地如铁，不知有多少次将交河上的冰层踏破，写出了马的飒爽英姿。

⑩五花，马毛的颜色斑驳。云满身，身如云锦。据记载，唐代宗曾以九花虬马赏赐给郭子仪，此马额高九寸，毛拳如鳞，身着九花，便以此为名。

⑪这句极写骢马的矫健有力，奔驰万里之后才能看到其流汗。汗流血，相传汉代西域大宛国产有千里马，征战奔跑时，所流之汗

颜色如血。

⑫掣电，即闪电，极言马行之速。倾城知，全城人皆知晓。

**题解**

这首诗写于天宝七年(748)。韦左丞，指韦济。当时韦济为尚书左丞，他很赏识杜甫的诗，曾一度表示过关怀。这时候杜甫困守于长安，应试落第，心情消沉黯淡，有意要出京游历，写这首诗向韦济告别，表示感激之意。诗中写了自己的才学以及生平志向和抱负，倾吐了仕途失意，生活困顿的窘状，并且抨击了当时黑暗的社会和政治现实。全诗慷慨陈词，抒写胸臆，是杜甫自叙生平的一首重要诗作。

## 奉赠韦左丞丈二十二韵

纨袴不饿死①，儒冠多误身②。丈人试静听，贱子请具陈③。甫昔少年日④，早充观国宾⑤。读书破万卷，下笔如有神⑥。赋料扬雄敌⑦，诗看子建亲⑧。李邕求识面⑨，王翰愿卜邻⑩。自谓颇挺出⑪，立登要路津⑫。致君尧舜上，再使风俗淳⑬。此意竟萧条，行歌非隐沦⑭。骑驴十三载⑮，旅食京华春⑯。朝扣富儿门，暮随肥马尘⑰。残杯与冷炙，到处潜悲辛⑱。主上顷见征⑲，欻然欲求伸⑳。青冥却垂翅，蹭蹬无纵鳞㉑。甚愧丈人厚，甚知丈人真㉒。每于百僚上，猥诵佳句新。窃效贡公喜㉓，难甘原宪贫㉔。焉能心怏怏㉕？只是走踆踆㉖，今欲东入海㉖，即将西去秦㉘。尚怜终南山，回首清渭滨㉙。常拟报一饭，况怀辞大臣㉚。白鸥没浩荡㉛，万里谁能驯㉜？

读书破万卷，下笔如有神

注释

①袴，同『裤』。纨袴，指用细绢做成的裤子，是富贵子弟的标志，在此便以物代人。这句暗喻社会现实，当时如杨国忠之子杨暄，考试时分明连及格都不到，但考官迫于其父之威势，依然将其列为第一名，另有御史中丞张倚之子奭，于诗文学问一窍不通，也被列为首选。

②儒冠，儒巾，即古代没有进入仕途的读书人所戴的帽子，也是以物代人，这里是杜甫自谓。

③贱子，杜甫的自称。具陈，细细叙说。

④少年，开元二十三年(735)，杜甫由乡贡参加进士考试，时年二十四岁，故称之为『少年』。

⑤充，充当。观国宾，参观国光的王宾，此处指参加科举考试。

⑥破，是说读书要读得烂熟透彻，了然于心。万卷，极言之多。如有神，形容思维敏捷，纵横自如，犹如神助。这两句是杜甫的经验之言，谈自己读书精细广博，思维敏捷神灵。

⑦扬雄，西汉的著名赋作家。敌，匹敌。

⑧子建，曹植的字，曹植为建安时代的大诗人。亲，接近。

⑨李邕，唐代的文豪兼书法家，曾做北海太守。求识面，杜甫少年时代在洛阳时，李邕便赏识其才华，主动前去交往，所以说是『求识面』。

⑩王翰，当时的著名诗人，曾一度自撰乐歌，在酒席上自唱自舞。卜邻，择邻，相传古代常常卜地而居。李邕和王翰都是杜甫的前辈，这里是说杜甫少年时代就得到了有名望的前辈们的赏识和器重。

⑪自谓，自以为。挺出，特出。

⑫津，渡口。要路津，比喻重要的职位。这里是说杜甫认为自己出类拔萃，以为自己可以很快得到重用，身居要职。

⑬致，促使。上，超过。淳，淳朴。这两句表明杜甫的政治理想和抱负。这两句是说如果自己可以得到重用的话，一定能够辅佐皇帝成为超越尧舜的贤明之君，让已经败坏了的社会风俗再恢复到如尧舜时代的淳朴。

⑭非隐沦，隐逸之士行歌于路上，有些类似隐士的样子，但自己却并非逃避现实之人，所以说『非隐沦』。

⑮骑驴，和上文中的『萧条』相对，写自己的贫困，只能骑驴，无法和骑马的富人相比。

⑯京华，京师。春，用来形容长安城的繁华。这两句是说自己困顿长安十余年，一直未能入仕，在繁华的京师中漂泊。

⑰随，并非是徒步相随，而是骑着小驴子跟在其后。肥马，亦是用物代人，代指那些纨袴之流。这句写自己四处奔走的惨状。

⑱潜，藏。潜悲辛，是说自己将悲哀痛苦埋藏在心头，极言自己生活的穷困、内心的悲苦。

⑲顷，不久之前。当时，唐玄宗曾于天宝六年（747）下诏天下，四处征求人才，凡有一技之长的人都可到长安应试。

⑳欻，同『忽』。求伸，是说求能实现致君尧舜的志向。

㉑这两句皆为比喻，上句用鸟，下句则用鱼。青冥，指青云、天空。蹭蹬，失势的样子。当时，李林甫嫉妒贤能，让所有应试之人都遭落选，并且上书玄宗表示庆贺，声称『野无遗贤』。这对杜甫来说，无疑是一个沉重的打击。但当时李林甫尚任宰相之职，故在此只好含糊其词。

㉒愧，愧对，是古人经常用到的客气词，如同『蒙』或『承』一样。唐人的风气是重诗，不但以诗来结求知己，也以诗来推荐人。这两句是对韦济经常在百官面前吟咏自己的诗句表示感谢。

㉓贡公，西汉人贡禹，当时贡禹和王吉为友，听到了王吉贵显，高兴得『弹冠』相庆，因为他知道自己也将出头，王吉一定会举荐他为官。此处杜甫以贡禹自比，期待韦济，希望他能够推荐提拔自己。

㉔原宪，孔子的弟子，以贫穷著称。

㉕怏怏，气愤难平。

㉖踆踆，且前且却的模样。

㉗东入海，归隐避世。

㉘秦，本指秦地，此处代指长安。表明自己想要归隐，马上就要离开长安了。

㉙这两句是说欲去却又一直迟迟不忍，对国事和朝廷仍念念不忘。终南山与渭水皆位于长安。怜，怜

骑驴三十载，旅食京华春

爱，舍不得。回首，表示留恋之意。

㉚大臣，指韦济。这句是说古人对于一饭之德，尚且不忘回报，更何况这次既是远辞大臣，又是文章知己，怎能不说一声就走？

㉛白鸥，是杜甫的自比。没浩荡，灭没消隐于水面上浩荡的烟波间。

㉜谁能驯，是说谁还可以拘束我？

**题解**

这首诗应当作于天宝十年（751）杜甫在长安时。此诗题下有杜甫的自注：『晦日贺兰杨长史筵醉歌。』晦日，指正月晦日，唐代以正月晦日、三月三日、九月九日为三令节。到了德宗时，李泌请求废去正月晦日，以二月朔作为中和节。乐游园，即乐游原，为汉代的宣帝时所建，位于长安东南郊，地势极高，登此园远眺，四下皆敞亮，是唐时的登高赏玩之胜地。每到三月、九月登高之日，便有各色人等登此园，或鼓女乐，或赋新诗，热闹非常。这时候杜甫在长安的生活已经日益困顿，此诗写园中的宴会情景，以景寓情，多作感慨语，抒发自己年渐衰而不遇的悲情。

## 乐游园歌

乐游古园崒森爽，烟绵碧草萋萋长[①]。公子华筵势最高，秦川对酒平如掌[②]。长生木瓢示真率，更调鞍马狂欢赏[③]。青春波浪芙蓉园，白日雷霆夹城仗[④]。阊阖晴开诛荡荡，曲江翠幕排银牓。拂水低徊舞袖翻，缘云清切歌声上。却忆年年人醉时，只今未醉已先悲。数茎白发那抛得？百罚深杯亦不辞！圣朝亦知贱士丑，一物自荷皇天慈。此身饮罢无归处，独立苍茫自咏诗。

**注释**

①这两句写乐游园的景色。崒，险峻，用以形容高貌。森爽，森疏而萧爽，用来写园中的乔木参天。烟绵，烟笼。

②这两句写设宴置酒。公子，即杨长史。势最高，即宴会的筵席摆在了园中的地势最高处，所以也是视野最开阔的地方。其中的『最』字，表示这一日游园宴饮的除了杨长史外，还有其他公子。秦川，原本为水名，又名樊川，在此是指长安周围的平原，唐人多习惯用『秦川』来形容平原。对酒，面对着酒。平如掌，用来说周围的平原十分平坦，犹如手掌一样。

③这两句写饮酒行乐，兼赞美主人。长生木瓢，用长生木做成的酒瓢。示真率，指主人用长生木瓢来酌酒宴客，祝福客人能得长寿，而并没有拘于一般的礼节，显示了主人的真诚与坦率。更调鞍马，指饮酒以后又请客人乘马游玩游戏。调，戏弄、游戏。狂欢赏，发狂一样地欢喜游乐。唐人所说的『调马』一般有两种意思，一为驯马，一为戏马。在这里是后一种意思，指当时酒毕后戏马以为乐。

④这两句写芙蓉园。芙蓉园位于乐游园的西南，园中有芙蓉池，池中芙蓉满塘、绿水弥漫。开元二十年（732），玄宗曾下令于大明宫中建筑夹城连通了芙蓉园和曲江。白日雷霆，形容仪仗的气势和声音。仗，仪仗。这句话是写玄宗出游芙蓉园。

**题解**

这是一首『即事名篇，无复依傍』的新题乐府诗。行，乐府歌曲体裁的一种。杜甫没有套用老一套的《从军行》之类的乐府旧题，而是自创新题，书写新事。同时，这又是一首反对唐玄宗不断发起不义战争的政治讽刺诗，可能作于天宝十年（751）。天宝以来，唐王朝的统治者开始实施以掠夺财富为目的的『开边』政策，不断对西南、西北的少数民族边疆地区发动战争，此时的战争已经不再是安定边疆，而是不义之战。

《通鉴》中有记载，天宝十年（751）四月，剑南节度使鲜于仲通发兵征讨南诏，率领军队8万，但在西洱河遭到了大败，死伤士兵6万余人，于是，统治者便又在两京（长安和洛阳）地区及河南、河北地区继续招募兵士。当时人们都听说云南多为瘴疠之地，不等交战，士卒死伤者就会有十之八九，于是无人肯来应募。杨国忠便遣御史在各个道路上捕人，将壮丁驱遣到前方战区，一时间造成行者愁怨，父母妻子奔走相送，哭声震天。

全诗分为前后两大段，以回答的形式，先记事后记言。第一段摹写道边亲人送别的惨状，是为记事；『问行人』以下为第二大段，记录征夫的诉苦，是为记言。借征夫之口，进行客观的、具体的描写，有很强的感染力。

## 兵车行

车辚辚①，马萧萧②，行人弓箭各在腰③。爷娘妻子走相送，尘埃不见咸阳桥④。牵衣顿足拦道哭，哭声直上干云霄。道旁过者问行人⑤，行人但云点行频⑥。或从十五北防河⑦，便至四十西营田⑧。去时里正与裹头⑨，归来头白还戍边。边庭流血成海水，武皇开边意未已⑩。君不闻汉家山东二百州，千村万落生荆杞⑪。纵有健妇把锄犁，禾生陇亩无东西。况复秦兵耐苦战，被驱不异犬与鸡⑫。长者虽有问，役夫敢申恨⑬？且如今年冬⑭，未休关西卒⑮。县官急索租，租税从何出？信知生男恶，反是生女好。生女犹得嫁比邻⑯，生男埋没随百草。君不见青海头⑰，古来白骨无人收。新鬼烦冤旧鬼哭，天阴雨湿声啾啾。

**注释**

①辚辚，车轮的声音。

②萧萧，马的嘶鸣声。

③行人，出行之人，这里是行役之人，也就是被征发的士兵。

④咸阳桥，位于咸阳西南的渭水之上，秦汉时名作『便桥』。由长安到云南，大都要经过四川，也就是要往西走。这句话是说爷娘妻子全都奔走相送，不但道路上尘埃弥漫，连大桥也都被淹没其中了。

⑤过者，指杜甫自己。

⑥点行，当时的征兵用语，指按照户籍名册强制征兵从军。频，频繁、多。

车辚辚，马萧萧，行人弓箭各在腰

⑦或，不定指代词，有的人。十五，指年龄。防河，因为当时吐蕃经常侵扰黄河以西地区，唐王朝曾一度征召陇右、关中、朔方诸路军队集合于河西一带进行防御，所以说『防河』。

⑧四十，指年龄。营田，也就是汉时的屯田制度，军队没有战事时就种田，有了战事便作战。

⑨里正，唐时的制度，每一百户设一里，负责管理户籍，检查民事，催促赋役等事。裹头，古代以皂罗也就是黑绸三尺裹头，称之为『头巾』。这句是说因为他年纪太小，出征时还须里正为他裹头。

⑩这两句是全诗的主题所在：边疆战士的血已经流成了海水，但玄宗开边之意还没有停止。成海水，《通鉴》中曾有记载，在天宝八年（749），哥舒翰率兵攻打吐蕃石堡城，当时士卒伤死者数万，血流成河。『成海水』即是指此类事。武皇，指汉武帝，这里是代指唐玄宗，当时唐玄宗好战尚『开边』，这和当年的汉武帝有很多类似之处，诗人不敢对此直加斥责，便用汉武帝来比拟玄宗。开边，以武力来开辟边疆。意未已，意图还没有休止。

⑪汉家，即汉朝，这里是借指唐朝。山东，指当时华山以东的地区。因为唐代实行『府兵制』，兵农不分，长时间的穷兵黩武，自然

会导致生产遭到严重的破坏。

⑫秦兵，关中的士兵。耐苦战，指能够顽强苦战。这句话是说关中的士兵能耐苦战，就像鸡犬一样被驱使上战场血战。

⑬长者，是征夫对诗人的尊称。敢，不敢，岂敢。敢申恨，不敢申说自己的愤恨冤屈。这句话以反问的口气，写出了士兵『敢怒而不敢言』的痛苦悲愤。

⑭今年冬，据《通鉴》中记载，当是指天宝十年（751）冬。

⑮休，罢，停止。这句话是说因为对吐蕃的军事战争还没有停止，所以关西的兵士也都无法得以罢遣回家。

⑯信知，确知。恶，不好。比邻，唐时的习惯用语，即近邻。这三句是以女形男，控诉兵役之苦，点出战争带给人民的危害是如此之大、之深，竟然能够改变人们长期以来形成的喜生男而不喜生女的观念，可见战争之残酷，人民之痛苦。

⑰青海头，青海边上，唐军和吐蕃常常在此处交战。唐高宗龙朔三年（663），青海被吐蕃所吞并。仪凤年中，李敬立和吐蕃交战，又大败于青海。玄宗开元年间，王君㚟、张景顺、张忠亮、崔希逸、皇甫维明、王忠嗣等先后攻破吐蕃，地点也都是在青海西。青海边上，自古以来战争频繁，留下的白骨之多，自然可想而知。

**题解**

这首诗当为天宝十二年（753）春所作，杨国忠在天宝十一年（752）十一月做了右丞相，这首诗就

况复秦兵耐苦战，被驱不异犬与鸡

是来讽刺杨国忠兄妹骄奢淫逸的。玄宗在其后期，一味宠幸杨贵妃，生活奢侈荒淫糜烂。而杨国忠依靠杨氏姐妹的裙带关系而飞黄腾达，为相以后更是权倾朝野，气焰嚣张，并且杨氏兄妹之间也有淫乱之事。而当时的唐王朝也已经是政治腐败，风雨飘摇，这首新题乐府便是由此而写。

本诗的首二句是全诗的提纲，『态浓』一段细写丽人的姿态服饰之美，『就中』二句点出讽刺的主角，『紫驼』一段细写饮食之精，末段则写杨国忠的嚣张气焰以及无耻之态。全诗写眼前所见，不空发议论，只是尽情揭露事实，无一讽刺语，而讽刺之意毕现，手法极为高妙，是一首绝妙的讽刺诗。

## 丽人行

三月三日天气新[1]，长安水边多丽人。态浓意远淑且真[2]，肌理细腻骨肉匀[3]。绣罗衣裳照暮春，蹙金孔雀银麒麟[4]。头上何所有？翠为匐叶垂鬓唇[5]。背后何所见？珠压腰衱稳称身[6]。就中云幕椒房亲[7]，赐名大国虢与秦[8]。紫驼之峰出翠釜[9]，水精之盘行素鳞[10]。犀箸厌饫久未下[11]，鸾刀缕切空纷纶[12]。黄门飞鞚不动尘[13]，御厨络绎送八珍[14]。箫鼓哀吟感鬼神，宾从杂逻实要津[15]。后来鞍马何逡巡[16]，当轩下马入锦茵[17]。杨花雪落覆白苹[18]，青鸟飞去衔红巾[19]。炙手可热势绝伦[20]，慎莫近前丞相嗔[21]。

**注释**

①三月三日，此为上巳日，开元年间，长安城中的女子多是于此日外出游赏于曲江之上。

②态浓，姿态浓艳。意远，指神气高远。淑且真，形容十分端庄，贤淑而不做作，这里是反语。

③肌理细腻，也就是《诗经》中所说的『肤如凝脂』。匀，匀称。骨肉匀，指不高不低，不胖不瘦，十分匀称。

④罗衣裳，指衣服上用金银线绣有孔雀和麒麟。这里指所着服装颜色之丽。

⑤翠，翡翠。㔩叶，妇人的首饰。鬓唇，鬓边。这里指头上所着首饰之丽。

⑥腰衱，裙带，因为怕被风掀起，故置宝珠缀于其上，使其压而下垂。

⑦就中，其中、从中，为唐人惯用的口语。也就是从那很多的丽人当中，特别提出几个人来说。云幕，云雾似的帐幕。椒房，指汉代皇后的居室，因为其宫室的墙壁是以椒和泥所涂成，所以后世称皇后为『椒房』，称皇后的亲属为『椒房亲』。

⑧这句话是指杨贵妃有姐妹三人，才貌皆美。天宝七年（748），唐玄宗赐杨贵妃的大姐为韩国夫人，三姐为虢国夫人，八姐为秦国夫人，一并承受龙恩，可以随意出入宫廷，权倾天下，炙手可热。

⑨驼，橐驼，一种珍贵的食物。唐时贵族的食品中大多都有驼峰炙。

⑩水精，水晶。素鳞，指白色的鳞鱼。这里是说用水晶盘去盛白色的鱼。

三月三日天气新，长安水边多丽人

⑪犀箸，用犀牛角制作的筷子。厌饫，吃腻了。久未下，是说这些东西在他们看来都吃腻了，所以说『久未下』。

⑫鸾刀，饰有银铃的刀。缕切，细切。空纷纶，指厨师们白忙活了一阵，因为贵妇们吃腻了各种美味，这些食品都没有动。

⑬黄门，指代宦官。鞚，马勒头。飞鞚，飞马。

⑭御厨，指天子的厨房。

⑮杂遝，众多。实，表示嗟叹的口气。要津，本指重要的路口，这里指杨国忠兄妹的家门。

⑯后来鞍马，指丞相杨国忠。逡巡，徐行的样子，带有大模大样、旁若无人、趾高气扬的意味。这句话是说一直到最后杨国忠才大摇大摆地缓缓纵辔而来。

⑰轩，指门户。锦茵，锦织成的地毯，这里指杨氏兄妹的游宴之处。

⑱这一句和下一句都采用了隐语，结合眼前的『杨花雪落』的景致来揭露杨国忠和其妹虢国夫人淫乱通奸的丑恶行径。杜甫采用了南朝民歌中双关语的用法，以『杨花』作双关语暗指杨氏兄妹。杨花、苹虽名字不同，但实际上却是同出一体，所以杜甫在这里

便以此来影射杨氏兄妹无耻苟合的乱伦行为。

⑲青鸟，神话传说中西王母的使者，后来也指给男女之间传递消息的人。飞去衔红巾，指为杨氏兄妹传递消息。红巾，指妇人所用的红手帕，唐时的贵族妇女多使用红巾。这句话是借青鸟衔巾来喻指杨氏兄妹的传递私情。

⑳炙手可热，指气焰嚣张，声势灼人。绝伦，指无人可比。

㉑丞相，指杨国忠，杨国忠于天宝十一年(752)十一月担任右丞相。嗔，发怒。这里是说气焰灼人的权势无人可比，千万不要轻易上前去，以免惹丞相发怒。

**题解**

《出塞》为乐府横吹曲名，汉乐府中有《出塞》、《入塞》曲，李延年根据西域的乐曲而造，原本是以边疆的战斗生活为题材，在这里杜甫是借这一乐府旧题来写当时的时事。杜甫写有多首《出塞》，先写的九首称之为《前出塞》，后写的五首称之为《后出塞》。这九首诗，当为天宝末年，边将哥舒翰用兵于吐蕃而作。

这首诗的主题思想是讽刺玄宗的穷兵黩武，通过这组诗，集中描写了一个征夫十年戍边的过程，以点带面，反映了战争带给人民的沉重苦难以及军中赏罚不公的种种弊端。组诗采用了第一人称的写法，让征夫直接对读者诉说；寓主观于客观之中，既可以畅所欲言，又不会触犯直斥时政的罪状。结构十分紧凑，从第一首的出门到第九首的论功，循序渐进、次序井然，九首只如一首，浑然成为一

**虢国夫人**

虢国夫人有才貌，是唐玄宗贵妃杨玉环的姐姐。她因杨贵妃得宠而受到封赏，并承恩泽，出入宫掖，势倾朝野，公主以下对她皆持礼相待。

个整体。此外本诗着重对心理特征的刻画，塑造出了一个勇敢、淳朴、谦逊的士兵形象。

## 前出塞九首

### 其一

**戚戚去故里①，悠悠赴交河②。公家有程期③，亡命婴祸罗④。君已富土境，开边一何多⑤！弃绝父母恩，吞声行负戈。**

**注释**

①戚戚，形容愁苦的样子。因为是被迫应征入军，所以不免心怀戚戚。

②悠悠，漫漫、遥远的样子。交河，位于今新疆维吾尔自治区的吐鲁番县，是唐王朝防御吐蕃之所。

③公家，指官家。有程期，是说赶赴交河还有一定期限，需要在规定的日期内到达。

④这句话是说如果想要逃走，则家人会难逃法网。唐代实行『府兵制』，一直到天宝末年，这个制度还没有废除，因为士兵有户籍，如若逃走则会连累父母妻子。婴，触犯。祸罗，灾祸的罗网。

⑤富土境，是说唐朝管辖的领土疆域已经足够辽阔。开边，指当

权者发动的开拓边疆，争夺土地的不义战争。

其二

**出门日已远，不受徒旅欺①。骨肉恩岂断？男儿死无时②！走马脱辔头③，手中挑青丝④。捷下万仞冈⑤，俯身试搴旗⑥。**

注释

①徒旅，指军中的伙伴。这句话是说离家的时日太久后，一切都习惯了，熟悉适应了军旅生活，便不再受到伙伴们的欺负和取笑了，因为当时军中经常有欺负人的现象，故有此说。

②死无时，是说时时刻刻都有死掉的可能，不一定非是在战场。而正是因为人们对自己死活无法把握，所以也就不再顾什么骨肉之情了。

③走马，跑马。脱，拔掉，去掉不用，形容骑术十分高超。辔头，泛指马的络头。

④青丝，马的缰绳。挑，信手挑着。

⑤捷下，飞驰而下。

⑥搴，拔取。试搴旗，练习拔取敌人的军旗。

其三

**磨刀呜咽水，水赤刃伤手①。欲轻肠断声②，心绪乱已久③。丈夫誓许国④，愤惋复何有⑤？功名图麒麟⑥，战骨当速朽⑦。**

注释

①呜咽水，指陇头水。陇头，即陇山，在今天的陕西省陇县。这两句是说刀于陇头水中，一直到血将流水染红才发现手已经被刀刃所伤。

②轻，轻忽，指没有听见。肠断声，指陇头水的呜咽水声。

③这几句话细致入微地描绘了一幅场景：心绪久乱，而水声入耳，触动愁思，不可断绝。心不在焉，故而刀刃伤手。初时尚还不知，等看到水被染红才发觉到。

④丈夫，男儿、健儿、壮士，征夫的自谓。誓许国，即决心要将生命贡献给国家。

⑤这句话承接上句。是说既然决定了要以身许国，那么还有什么是值得悲愤和留恋的呢？

⑥图麒麟，西汉时，汉宣帝曾令画工画了霍光、苏武等18名功臣的画像于麒麟阁上，以示表彰褒奖之意。图，画，用作动词。

⑦当，表面上似乎是甘心这样，其实很不甘心。最后两句也是反语。之所以会出现这种矛盾的现象，是因为这个战争的性质是不义的，人民也是被强制着征发入伍去作战的。

## 其四

**送徒既有长①，远戍亦有身②。生死向前去，不劳吏怒瞋③！路逢相识人，附书与六亲④。哀哉两决绝，不复同苦辛⑤！**

注释

①送徒，押送征夫。长，头目，指率领（也就是押解）征夫的官吏。

②远戍，是指人而言，征夫的自谓。亦有身，是说我们（征夫）也是一个人，也有一条命。这句话是反抗和愤恨之语。

③这两句话是说不论死活我们都要向前去，决不会退缩，无须你们发怒瞪眼，这些也是任性负气的话。

④附书，捎信儿。六亲，即父、母、兄、弟、妻、子。

⑤这两句总括书信中的大意。决绝，永别。似乎是在说：『父亲哪！母亲哪！妻呀！儿呀！……我们再也无法见面了！即便是苦也无法苦在一处了！』

## 其五

**迢迢万里余①，领我赴三军。军中异苦乐②，主将宁尽闻？隔河见胡骑③，倏忽数百群④。我始为奴仆⑤，几时树功勋⑥！**

注释

①迢迢，遥远的样子。

②异苦乐，苦乐不均匀，赏罚不公平。在封建社会的军队中，官兵双方总是对立的。

③隔河，指交河。骑，指骑兵，用作名词。

④倏忽，很快，一会儿工夫。数百群，形容胡兵数量极多。

⑤《通鉴》中有记载，当时戍边的战士多为边将役使，『为奴仆』的确是当时军中的实际情况。

⑥几时，何时。树，立。

## 其六

**挽弓当挽强，用箭当用长。射人先射马，擒贼先擒王①。杀人亦有限②，立国自有疆③。苟能制侵陵，岂在多杀伤④？**

注释

①这四句十分像谣谚，很有可能是当时军队中流行的作战歌谣。因为马的目标大，很容易被射中，而一旦马被射倒则人肯定会非死即伤，所以说『射人先射马』；蛇没有头而不能行走，众贼人会因为他们的首领被擒而自行溃散，所以说『擒贼先擒王』。

②亦有限，是说杀人也应有一个限度，有一个主从，而不应当滥杀无辜。

③自有疆，是说不管再怎么『开边』，也应当有个疆界，而不能无限扩张。

④这两句话是说如果可以抵制外来侵略的话，那么只须擒其罪魁祸首就可以了，又何必再多杀人呢？

## 其七

**驱马天雨雪①，军行入高山。径危抱寒石②，指落层冰间③。已去汉月远④，何时筑城还？浮云暮南征，可望不可攀⑤！**

注释

①雨，用作动词。雨雪，下雪。

②因为山高，所以『径危』。因为需要筑城，所以需要『抱寒石』。

③指落，指手指被冻掉。层冰，冰层。

④汉月，这里指整个中国境内，因为汉代时国力强盛，声名远播，所以后世一般以汉来借指中国，又因唐代也和汉代一样国力强盛，所以唐人更是习惯于以汉寓唐。

⑤南征，南行。因为祖国是在南方，所以看到浮云向南飘去便想要攀住它，和它一起同归故乡。

其　八

**单于寇我垒①，百里风尘昏。雄剑四五动②，彼军为我奔③。虏其名王归④，系颈授辕门⑤。潜身备行列，一胜何足论⑥？**

注释

①单于，是汉时匈奴君主的称号，这里用来泛指边疆少数民族的君长首领。

②雄剑，古代传说中，宝剑有雌雄二剑，这里用来泛指武器。四五动，是说挥动宝剑没有费多大的力气。

③彼军，敌军。奔，败北、奔逃，即吃了败仗。

④名王，指匈奴中有大声名的首领，如左贤王、右贤王。也可以泛指贵人。

⑤辕门，军门。

⑥这两句话主要写不居功炫耀的高尚品格。潜身，藏身，这里是说自己地位低下，所以就不做声响地回到了队伍中，对自己的功劳不加炫耀。备，备位，充数。行列，指队伍。

其　九

**从军十年余，能无分寸功①？众人贵荀得②，欲语羞雷同③。中原有斗争，况在狄与戎④？丈夫四方志，安可辞固穷⑤？**

注释

①能无，同『岂无』、『宁无』，估计揣度。分寸功，极言战功的微小。这里是说在军中征战十余年，怎能没有些微小的功劳呢？是自谦语。

②众人，一般的将士。苟得，指弄虚作假，贪争战功和奖赏。

③欲语，指想说出自己的功劳，却又不屑与和他们同调，索性就干脆不说了。雷同，因为雷一发声，四下皆同应，以此语来说明人云亦云。

④狄，古代对北方少数民族的称呼。戎，古代对西部少数民族的称呼。这两句是说中原尚且有战争存在，更何况那些西北部的边疆地区呢？

⑤四方志，指志向在天下国家。固穷，安于贫穷困顿的境遇。这两句是说大丈夫志在四方，又怎么会怕吃苦呢？

题解

这首诗是天宝十一年(752)秋所作。诸公，是指高适、岑参、储光羲和薛据。他们四人一同登塔，各自写下了一首登塔的诗，至今只有薛据的一首诗失传，其他三人的诗都留存且富盛名。杜甫在诗下有自注：『时高适、薛据先有此作。』可见当时杜甫作此诗是在其后，所以说『同诸公』。同，和。

慈恩寺是唐高宗李治做太子时为其母亲文德皇后而建造的，位于长安东南区的进昌坊，寺塔共有六级，高三百尺，为三藏法师玄奘所立。慈恩寺塔也叫做大雁塔，至今依然存在，在今天的陕西省西安市。

当时的社会政治十分黑暗，『口蜜腹剑』的李林甫把持了相位19年，玄宗则沉溺于酒色，不管朝政。而杜甫也在长安困顿了六七年之久，依然是应试不第，干谒未果，没有任何出路，所以杜甫在诗中寄寓了很深刻的感慨和讽刺。采用比兴的象征手法，将对社会现实的讽刺蕴含在对景物的描写和对故事的感叹之中，曲折含蓄，耐人捉摸和寻味。

## 同诸公登慈恩寺塔

高标跨苍穹，烈风无时休①。自非旷士怀，登兹翻百忧②。方知象教力，足可追冥搜③。仰穿龙蛇窟，始出枝撑幽④。七星在北户，河汉声西流。羲和鞭白日，少昊行清秋⑤。秦山忽破碎，泾渭不可求。俯视但一气，焉能辨皇州⑥？回首叫虞舜，苍梧云正愁⑦。惜哉瑶池饮，日晏昆仑丘⑧。黄鹄去不息，哀鸣何所投⑨？君看随阳雁，各有稻粱谋⑩！

高标跨苍穹，烈风无时休

**注释**

①这两句泛写塔之高。标，高耸之物。高标，指塔。苍穹，青天。因为塔高凌空，所以说是『跨』，因塔势高，而每层又四面有窗，所以感觉到猛风吹个不停。

②旷士，旷达超世之士。兹，指慈恩寺塔。翻，反而。杜甫自言自己并非旷达之士，所以他登塔不但没有消解忧愁，反而触景伤情，增加了无限愁思。

③象教，佛教经常假借形象以教人，所以佛教也被称之为『象教』。而如果没有佛教，也就不会有此塔，所以说依靠了『象教力』。冥搜，探幽，原本是指深入探究事物的深层底蕴，后来也将构思过程称为『冥搜』，这里是说登此塔，百感交集，引发了人们的思考和诗兴。且唐人作诗，每每用心良苦，所以多以『冥搜』指作诗。

④这两句概写登塔的情状。龙蛇窟，指塔内的道路弯弯曲曲，如同是龙蛇盘旋，狭窄的犹如洞窟。枝撑，塔中交错的柱子。

⑤这四句写塔中仰观。七星，即北斗七星。河汉，指银河。前两句写夜晚在塔中仰望，北斗七星清晰可见，似乎就是在塔的北窗口，银河的河水似乎也正在向西流动，发出了声响，用想象之语极力形容塔之高。羲和，古代传说中日神的御车者，故用『鞭』字。少昊，古代神话中秋天的神。后两句写白天在塔中仰观，并且点明了登楼的季节。

⑥这四句写塔中俯视。秦山，指终南诸山。忽破碎，是说凭高远望，因山势大小错杂，有如破碎，同时也隐喻国家也将有破碎的危机。以景物的模糊，象征时局的昏暗。泾渭，二水名，渭水清，泾水浊，泾渭不可求，是说远望泾渭则不能分清其清浊，这也就暗指政治黑暗，善恶不明。

⑦这两句借故事来寄寓感慨。杜甫的理想是『致君尧舜上』，但玄宗却日益昏聩，不辨善恶忠奸，故杜甫远望时不禁想起虞舜之类的贤君。

高生跨鞍马，有似幽并儿

⑧瑶池，古代神话传说中昆仑山上的地名，西王母便居于此处。晏，晚。当时日落，故称为『日晏』，也隐含着天下将乱之意。传说周穆王曾游于昆仑山，和西王母饮于瑶池之上，当时玄宗和杨贵妃正游宴骊山，日夜淫乐无度，故以此为讽。

⑨黄鹄，用来比喻好人，也含有自比意。去不息，指都遭到排斥，不得不高飞远走。

⑩随阳雁，雁为候鸟，秋季由北向南，春日由南向北，随着气候的冷暖而迁徙，所以说『随阳雁』。这里用来喻指那些趋炎附势、见风使舵的小人。稻粱谋，原本指禽鸟寻觅食物的方法，此处用来比喻小人一味谋取个人私利。

**题解**

高三十五，也就是大诗人高适，唐人惯用以排行来作为称呼，表示对其尊敬和亲切。当时高适做河西节度使哥舒翰的掌书记——唐代元帅府以及节度使属官都有掌书记的官。哥舒翰在天宝十一年(752)入朝，高适便跟从其同到长安，这首诗也是大约作于这一年。全诗分为三段，首四句写边事，点出送别高适的本旨。『饥鹰』以下是写高适的为人，既有宽慰语，也有忠告语。『常恨』以下写离别之情，并叮嘱其寄诗相回。诗中的感情诚挚恳切，对高适的感情犹如兄弟骨肉之情，深为笃厚，令人感动。

## 送高三十五书记十五韵

**崆峒小麦熟，且愿休王师①。请公问主将，焉用穷荒为②？饥鹰未饱肉，侧翅随人飞③。高生跨鞍马，有似幽并儿④。脱身簿尉中，始与捶楚辞⑤。借问今何官，触热向武威⑥？答云一书记，所愧国士知⑦。人实不易知，更须慎其仪⑧。十年出幕府，自可持军麾⑨。此行既特达⑩，足以慰所思。男儿功名遂，亦在老大时⑪。常恨结欢浅⑫，各在天一涯。又如参与商⑬，惨惨中肠悲。惊风吹鸿鹄，不得相追随⑭。黄尘翳沙漠，念子何当归⑮。边城有余力，早寄从军诗⑯。**

**注释**

①崆峒，山名，位于临洮，隶属于河西。休，休兵。王师，指唐朝军队。《唐书·哥舒翰传》中记载，吐蕃人每到麦熟季节，便率领部众前往此地，收获抢掠为己有，一时间没有能阻止他的。后来哥舒翰便设下埋伏，将其杀之殆尽。于是吐蕃为之胆寒，不敢在侵近青海。而当时高适则参加了对吐蕃的战役。现今又值麦熟季节，诗人却希望能够休兵息民，早日停战。

②公，指高适。主将，指哥舒翰。穷荒，指贫瘠边远之地。天宝八年（749），哥舒翰攻打吐蕃的石堡城，士卒为之死者数万。

③饥鹰，比喻高适。《唐书·高适传》中记载，高适家贫，客居于梁宋之间，曾一度以求丐取给。侧翅，倾斜着翅膀。

④跨鞍马，指从戎。幽并，指幽州和并州，在今天的河北和山西之地，那里为古代的燕赵之地，民俗以慷慨任气著称，善骑射，多出健儿。这两句是说高适跨着鞍马，如同幽并之地的健儿一样豪迈。

⑤簿尉，指封丘县尉，高适最初所做的官。捶楚辞，告别鞭挞他人的事情，也就是辞别这个官职，作为书记，无须再鞭挞人民。

⑥这两句是杜甫设为问答。触热，指冒着炎热。武威，郡名，在今天的甘肃省武威市。

⑦这两句是高适的回答。国士知，指以国士相知，而非以众人相待。国士，国中才能杰出超众的人。高适客游河西时，哥舒翰见而异之，便以之为掌书记，并且以国士相待。由此可见哥舒翰对高适有知遇之恩，高适对哥舒翰也十分信赖。

⑧这两句话是杜甫对高适的规诫。因为杜甫对哥舒翰的看法和高适很不同，而高适为人豪放粗犷，所以便关照他要对自己的仪表举动加倍小心谨慎。慎其仪，慎言慎行，谨慎从事。

⑨这两句是鼓励的话。高适一向志在封侯，常常言及『公侯皆战争』，但他一直到现在依然还只是一个书记，所以杜甫鼓励他说，只需你在军府中熬上个十年八载，自然就能够成为主将，掌握指挥的大旗了。幕府，指将帅在外的营帐，因为军队中居无定所，经常以行军途中所搭的帐篷为府署，所以就称『幕府』。军麾，指指挥所用的军旗。

⑩特达，特别突出，前途远大。

⑪这两句是对高适的宽慰之语。功名遂，功成名就。老大，这时高适的年龄已经是50多岁了，所以说是『老大』。

⑫结欢浅，刚相聚却又要分散，所以说『结欢浅』。

⑬参与商，指参星和商星，这两颗星此出彼没，永无相见之时，以参商二星的不相见来说明分手以后就难以再得相见。

⑭这两句是说自己不能和高适同往。

⑮这两句是说高适此去便很难再次回来。翳，遮蔽、遮掩。何当，何时。

⑯边城，指高适的所在地，用来代指高适。这两句是对高适的殷殷寄语，希望他在边城有时间的时候，早点将其在军中所写的诗歌寄来给我。

## 题解

这组诗大概是写于天宝十一年(752)。曲江，又名为曲江池，是汉武帝时建造，因为其水流宛转曲折而得名。开元年间，玄宗对其大加修整，一时成为游玩的胜地。曲江风景优美，南有芙蓉苑，西有杏园以及慈恩寺。

杜甫在长安一直蹇舛不得志，他曾先后两次参加科举考试，满腹才学的他却两次皆落第。后又献赋，虽得玄宗赏识，却仍未能得官，天宝十一年(752)又参加应诏，同样也未能如愿。仕途上的坎坷失意，让杜甫悲愤满怀，便在天宝十一年(752)秋游玩曲江时写下了这组诗作，以抒发悲愤。

全诗共三章，每章都是七言五句，且都是在第三句作顿，很有特点，此形式为杜甫的独创。

## 曲江三章章五句

其一

**曲江萧条秋气高，菱荷枯折随风涛，游子空嗟垂二毛①！白石素沙亦相荡②，哀鸿独叫求其曹③。**

注释

①游子，杜甫自谓。二毛，头发有黑白两种颜色，指年纪已老。这里是诗人自己在感秋悲叹：岁月荏苒，年岁老成，逢此萧秋，不禁空自叹息。

②白石素沙，写当时的秋景，指河底的白石、素沙。亦相荡，指秋天到了，不单菱荷枯折，令人悲叹，连河底的白石素沙，也似乎是感染人情而飘荡。

③这句话是说听到哀鸿独自鸣叫，触景生情，加剧了身世孤独飘零之感。哀鸿，鸿雁哀鸣。曹，指同类。

其二

**即事非今亦非古①，长歌激越捎林莽②，比屋豪华固难数③。吾人甘作心似灰，弟侄何伤泪如雨④。**

注释

①这句话是说即事吟诗，随意抒怀，结果吟咏出来的既非今体，也不是古体。

②长歌，引声而歌，长歌当哭之意。激越，歌声浑厚高亢。捎，摧折。林莽，丛生的草木。

③比屋，屋子连着屋子，形容屋子很多。

④吾人，指诗人自己。心似灰，指自己对功名富贵等事已经心灰意冷了。何伤，何必伤心痛哭呢？杜

鸿　雁属中类似天鹅的大型种类旧时的泛称。在中国传统文化中，鸿多喻指书信。

甫守在长安，原本意不在富贵，所以可以做到甘心灰冷，但弟侄辈并不这样看，所以对他的处境十分伤心。

### 其三

**自断此生休问天①，杜曲幸有桑麻田②，故将移住南山边③。短衣匹马随李广，看射猛虎终残年。**

**注释**

①自断，自己判断。休问天，不必问天。这里是极其愤怒、倔强的话。现实的残酷黑暗，已经让杜甫预见到将来自己的前途，无须再去问什么天了。

②杜曲，地名，位于长安南，杜甫的祖籍地。

③故将，所以就，这两个字承接上句而来。南山，终南山，杜曲在终南山北边，所以说南山边，暗指自己将要归隐。

**题解**

这首诗当是天宝六年在长安时所作。李公，即李炎，当时为太子家令。这首诗写了杜甫居所的夏日景色，以及主客相与欢，殷勤劝酒之情态，用语平实，所写景物皆是寻常的村家情事，却巧于结构的布置，让整首诗情态宛然，曲折生动。

## 夏日李公见访

远林暑气薄，公子过我游①。贫居类村坞②，僻近城南楼。旁舍颇淳朴，所须亦易求③。隔屋唤西家，借问有酒否？墙头过浊醪，展席俯长流④。清风左右至，客意已惊秋。巢多众鸟斗，叶密鸣蝉稠⑤。苦遭此物聒，孰谓吾庐幽⑥？水花晚色静，庶足充淹留⑦。预恐樽中尽，更起为君谋⑧。

巢多众鸟斗，叶密鸣蝉稠

注释

①薄，稀少，稀薄，指远林暑气稀薄，可以避暑。过，拜访，探问。这句话是说炎热的夏季，因为远林中的暑气稀薄，所以李公子前来拜访我一同乘凉游玩。

②村坞，村庄。村外筑土形成的小土堡叫做『坞』。

③这句话是说此地的民情淳朴，有所需要也会很容易求到，不像都市中那些富贵人家那样虽富却吝啬。

④过，递过来。浊醪，指酒。因为村居之所，比邻而居，所隔只有一道矮墙，东西可以直接从墙头递过来，这里是说向邻人借来的酒直接隔着墙头递了过来，既能看出邻人的淳朴热情，也可以

看出杜甫和邻人关系之亲密。

⑤稠，众多。写环境的幽静，鸟儿相聚于此，做巢而居。

⑥此物，指蝉。聒，吵闹。

⑦这两句是说因为村野僻远，没有什么好东西可以拿来款待客人，只好将此间美好的景色充作留客之物。水花，莲花。

⑧预，提前，先。这里是说西邻家的酒也许已经没有了，但那也无妨，我定会为你再想办法，总之一定会有酒给你。

**题解**

这组诗应当作于唐玄宗天宝十三年（754）秋天。据《唐书·韦见素传》记载，当时天降大雨，一直下了60多天，不但田中庄稼尽淹没，百姓所居的房屋墙舍也纷纷倒塌坏掉，人民深受其苦。杜甫便于这一年作诗。这组诗共三首，第一首是借物寓意，慨叹自己老大无成；第二首是实写久雨摧伤农作物，感叹人民所遭的苦难；第三首是自伤己身的穷愁潦倒，并兼叹人民所遭受的灾难一时间很难恢复。三首诗都是用赋的手法，而其中兼有比意，各有所讽，寓意深切。

## 秋雨叹三首

其一

**雨中百草秋烂死，阶下决明颜色鲜①。着叶满枝翠羽盖，开花无数黄金钱②。凉风萧萧吹汝急，恐汝**

**后时难独立③。堂上书生空白头，临风三嗅馨香泣④。**

注释

①这两句话是说秋雨连绵不停，百草都纷纷久淹烂死，而只有决明颜色新鲜，所以深为大家喜欢。决明，决明草，豆科植物，初夏生苗，七月开黄白色花，可用作药材，用来明目，所以叫决明。

②这两句话实写决明的颜色鲜艳可爱。羽盖，用鸟的羽毛制成的车盖。

③这两句是为决明担忧，恐怕它难以抵挡秋后寒霜的袭击，同时也是自忧。汝，指决明草。后时，以后的时间，即秋后岁暮天寒之时。

④因为恐怕连决明也难以长久，所以觉得特别可惜。堂上书生，指杜甫。因为杜甫身世和决明有相似之处，故触景生情，不禁为之伤感流泪。

其二

**阑风伏雨秋纷纷，四海八荒同一云①。去马来牛不复辨，浊泾清渭何当分②？禾头生耳黍穗黑，农夫田父无消息③。城中斗米换衾裯，相许宁论两相值④？**

注释

①阑风伏雨，连绵不断的秋雨。四海八荒，指广阔边远的地方。四海，古人认为中国四境有四海环绕，故以四海来代指天下。八荒，八方荒远之地。

②这两句话是说因为连日大雨，所以雨水填积的百川皆盈满，导致牛马难辨，泾渭也无法分清。

③禾头生耳，指由于久下大雨，庄稼又长出了耳朵形状的新芽。黍穗黑，是说庄稼不耐久雨，所以穗

子都被淋得发黑而即将烂掉。无消息，据《资治通鉴》记载，天宝十三年（754）八月，唐玄宗担忧长时间的大雨会危及庄稼，杨国忠却不顾人民死活，只想讨好邀功，就专门取那些尚完好的庄稼献给玄宗，上报说，雨虽大，但并不危害庄稼，玄宗便以为然。于是，灾情日益严重，而没有人敢言，所以杜甫有『无消息』之叹。

④根据《唐书·玄宗纪》记载，因为秋雨连绵，物价暴涨，人民缺乏食物，便令太仓发米一百万石，贱价出售以救济贫民。但是从杜甫的这首诗来看，所谓『贱粜』并没解决问题。这是因为贪吏从中舞弊，又有奸商囤积居奇，而人民对此情况深为无奈，只要『相许』，也就不计较『斗米』和『衾裯』的价值是不是相等了。

## 其三

**长安布衣谁比数①？反锁衡门守环堵②。老夫不出长蓬蒿，稚子无忧走风雨③。雨声飕飕催早寒，胡雁翅湿高飞难④。秋来未曾见白日，泥污后土何时干⑤。**

### 注释

①长安布衣，杜甫自谓。谁比数，指没有人瞧得起，没有人关心我的死活。

②这句话是说自己也不寄希望于别人，所以就从里面将门锁住了。衡门，横木做门，是贫者的居处。环堵，指只有四堵墙。

③这句话用来形容稚子年幼无知的情景。秋雨连日不绝，大人纷纷因为风雨不绝感到担忧；小孩子年幼无知，反而以风雨为乐事。

**菊花**

菊花是多年生菊科草本植物，中国十大名花之一，在中国已有三千多年的栽培历史。中国人极爱菊花，从宋朝起民间就有一年一度的菊花盛会。古神话传说中菊花又被赋予了吉祥、长寿的含义。

④胡雁，北方的大雁。这里写眼前景象，大雁因雨打湿了翅膀而难以高飞，这里隐有自比意。

⑤后土，大地。

**题解** 这首诗作于天宝十三年（754）的重阳节，和前面的《秋雨叹》应当是同时之作。岑参，唐代著名的边塞诗人，和高适齐名，杜甫诗友之一。在长安时，经常和杜甫结伴同游。这首诗以自己为连日大雨所阻，不能和岑参一同在重阳佳节结伴饮酒赏菊表示遗憾，由此传达出对天灾给人民带来深重灾难的深切同情。从中表现出杜甫无时无刻都关心民生的崇高情怀。于怀友当中发出苍生之叹，同时也表示出对朝政的讽刺。

## 九日寄岑参

出门复入门，雨脚但如旧①。所向泥活活②，思君令人瘦。沉吟坐西轩，饭食错昏昼③。寸步曲江头，难为一相就④。吁嗟乎苍生，稼穑不可救！安得诛云师？畴能补天漏⑤？大明韬日月⑥，旷野号禽兽。君子强逶迤，小人困驰骤。维南有崇山，恐与川浸溜。是节东篱菊，纷披为谁秀？岑生多新语，性亦嗜醇酎。采采黄金花，何由满衣袖？

**注释**

①复，多次，再三再四。雨脚，雨丝，雨线。这两句是说想要出门访友，却又为大雨所困，只好『复入门』。

②所向，所到之处。泥活活，形容走在泥泞中发出的声响。这句话是说到处都是烂泥浆。

③这句话是说因为连日阴雨，昏昼不辨，导致时间观念淡漠，饭食颠倒。

④寸步，形容离得十分近，但因为大雨困人，难得前去拜访。相就，相访。

⑤这里是说一想到霖雨给天下苍生所带来的严重灾难，杜甫就更为气愤，而云不散雨就不会停止，所以他想要诛云师。云师，云神，名为丰隆，一说名为屏翳。畴，谁。

⑥大明，日月。韬，韬晦，隐藏。因为昼夜都在下雨，所以日月尽晦。

**题解**

天宝十三年(754)，因为连日秋雨成灾，导致长安乏食，杜甫只好携家眷一同前往奉先，而当时的奉先县令杨某，和杜甫的妻子是同族。这首诗就是在奉先所作。《文苑英华》本中有注云：『奉先尉刘单宅作。』少府，县尉的尊称，唐时，称县尉为少府，县令则称为明府。障，指屏障，山水障，指画有山水的屏障。当时唐人很时兴在障子上写诗，这首诗描绘了画中的景象以及画面的意境，很是细致生动，传神写照，让人有身临其境之感，并且对后来的题画诗有一定的影响。

不见湘妃鼓瑟时，至今斑竹临江活

## 奉先刘少府新画山水障歌

堂上不合生枫树，怪底江山起烟雾①！闻君扫却《赤县图》②，乘兴遣画沧洲趣③。画师亦无数，好手不可遇。对此融心神，知君重毫素④。岂但祁岳与郑虔，笔迹远过杨契丹⑤。得非玄圃裂？无乃潇湘翻⑥？悄然坐我天姥下，耳边已似闻清猿⑦。反思前夜风雨急，乃是蒲城鬼神入⑧。元气淋漓障犹湿⑨，真宰上诉天应泣。野亭春还杂花远，渔翁暝踏孤舟立。沧浪水深青溟阔，欹岸侧岛秋毫末。不见湘妃鼓瑟时，至今斑竹临江活。刘侯天机精，爱画入骨髓。自有两儿郎，挥洒亦莫比。大儿聪明到，能添老树巅崖里。小儿心孔开，貌得山僧及童子。若耶溪，云门寺。吾独胡为在泥滓？青鞋布袜从此始！

注释

①堂上，厅堂中。不合，不应当。底，什么，为六朝时期方言。厅堂中是不应当或者说是不可能长出枫树的，可现在不但长出来了，还有烟雾缭绕着的万里江山，用来形容初见画障时的诧异，画工之妙几乎可以以假乱真。

②君，指刘单。扫却，画成。『扫』字，显示出其绘画的功力精

到、一挥而就。赤县图，画的可能是长安或者奉先县的图画。
③沧洲趣，是说所见的山水画上的隐士们流连于山水之间的乐趣。
④毫素，作画所用的毛笔和绢素，在此代指绘画艺术。这两句是说你（刘单）把全部心灵都融化在画中了，可见其重视画艺。
⑤祁岳与郑虔，杜甫同时代人，皆工于山水画。杨契丹，隋朝的著名画家。
⑥得非，无乃、莫不是。玄圃，也作『县圃』，位于昆仑山之巅，仙人居住的地方。潇湘，潇水和湘水，为湖南的两江，合流于湖南零陵县处，故并称为『潇湘』。因为玄圃为山，所以饰以『裂』字；潇湘为水，所以饰以『翻』字。
⑦这两句写此画可以移人性情，引人沉思和遐想。天姥，山名，在浙江新昌县，杜甫早年游历吴越时曾登此山。清猿，叫声凄清的猿猴。
⑧反思，回想。蒲城，奉先县。鬼神入，鬼神下降。
⑨元气，天地造化的自然之气。元气淋漓，形容笔墨之酣畅饱满。障犹湿，因为障上的画是新画成的，墨迹尚未干，所以说『障犹湿』。真宰，指天神。

**题解**

这首诗大概作于天宝十四年（755）春，此时已经是杜甫困守在长安的第十个年头了，由于仕途坎坷，社会黑暗，诗人的牢骚愤怨自然也与日俱增。而在封建社会里，但凡诗人几乎都会喝酒，而酒后

不须闻此意惨怆，生前相遇且衔杯

吐怨愤语就更为经常，而今天我们不能把他们的醉后狂言全都看成他们真正的观点。这首诗也是如此，诗中充满了嘲笑和自嘲。

诗题下原有注：赠广文馆博士郑虔。郑虔是杜甫的好友，诗、书、画兼善，曾被玄宗称为『三绝』，但郑虔的处境却和杜甫一样很不得意，诗中就是叙述自己和郑虔的不幸遭遇。首段是先嘲郑虔，次段则是嘲自己，实际上也就是嘲笑世人。第三段则举出司马相如、扬雄，似乎是给自己解嘲，实际上是以此来进一步嘲笑当时的整个社会。

## 醉时歌

诸公衮衮登台省[1]，广文先生官独冷[2]。甲第纷纷厌粱肉[3]，广文先生饭不足。先生有道出羲皇[4]，先生有才过屈宋[5]。德尊一代常坎坷[6]，名垂万古知何用[7]！杜陵野客人更嗤[8]，被褐短窄鬓如丝。日籴太仓五升米[9]，时赴郑老同襟期[10]。得钱即相觅，沽酒不复疑[11]。忘形到尔汝[12]，痛饮真吾师[13]。清夜沉沉动春酌，灯前细雨檐花落[14]。但觉高歌有鬼神[15]，焉知饿死填沟壑[16]？相如逸才亲涤器[17]，子云识字终投阁[18]。先生早赋归去来，石田茅屋荒

**苍苔[19]。儒术于我何有哉[20]？孔丘盗跖俱尘埃[21]。不须闻此意惨怆，生前相遇且衔杯[22]！**

注释

①衮衮，形容很多的样子。台，指御史台。省，指中书省、尚书省和门下省。这都是当时最为重要的政治机构。

②广文先生，指郑虔。当时玄宗爱郑虔之才，便为其建置广文馆，任命郑虔为博士，但后来广文馆因雨大而倒塌，却无人来修，郑虔只好搬往国子监去，由此可以得知这个官职是个没有实权的清冷闲官。

③甲第，指头等宅第。厌，饱。

④出，超出，即陶潜所说的『羲皇上人』。羲皇，伏羲氏。

⑤屈宋，即屈原和宋玉。

⑥德尊，指道德高尚。坎坷，即车行不利，常用来比喻人的不得志。

⑦这是愤激的话，并非真的认为功名无用。

⑧杜陵野客，杜甫的自谓。嗤，讥笑。

⑨籴，买入的米。日籴，天天去买，由此可以看出杜甫家没有隔宿的粮食。太仓，京师所设的粮仓。因为长安久雨，米粮缺乏，所以朝廷下令用太仓米救济灾情。

⑩郑老，郑虔的确实年龄不可考，但大约是要比杜甫大上个二十来岁，所以杜甫称他为『郑老』。同襟期，指彼此的襟怀性情相同。襟期，怀抱。

⑪不复疑，毫不迟疑。这里是说得了钱就去买酒找郑虔共饮，丝毫不考虑其他的生活问题。

⑫忘形，不拘形迹，抛开那些长幼之礼节，表示两人之关系亲密。尔汝，称名道姓、你来我往的，毫不客气。

⑬这里是说只要那些能痛饮的就可以作为我的老师。痛饮，拼命地喝。

⑭这两句话写饮酒时的情景。春酌，指酒。檐花，指檐前的细雨，因为有灯光映像，细雨闪烁如花，所以说『檐花』。

⑮高歌，放歌，吟诗抒怀。有鬼神，有鬼神的相助。

⑯焉知，哪知、岂知。填沟壑，死亡，这里指饿死。这句是说饿死就饿死吧，哪里还管那么多。

⑰这里引用了司马相如和卓文君同开酒店，文君当垆卖酒、相如亲自洗涤食器的典故。

⑱子云，扬雄的字。据记载，王莽时，刘棻因为献符命而得罪，扬雄曾经教刘棻作过奇字，所以也被连及。当时扬雄正在天禄阁校书，使者前来捉拿扬雄，扬雄便直接从阁楼上跳下，差点被摔死。这两句是用司马相如和扬子云的典故，来说明有才之士自古以来就不得志。

⑲这两句是劝郑虔尽早弃官归家。石田，沙石之田，这里指瘦硗贫瘠的田地。

⑳儒术，在这里不专门指儒家学说，而是泛指匡君济世的才学。何有，何用。

㉑这句话是说即便是你做到了孔丘，最后也还是要同盗跖一样化作尘埃。盗跖，姓柳下，名跖，春秋末年奴隶起义的领袖，因而被历代统治者诬称为『盗跖』。这里也是极端激愤、牢骚的话，并非否定孔子。

㉒惨怆，极其悲伤。闻此，指『孔丘』句。且衔杯，是说还有什么可说的，还是只管喝酒吧。

遂令大奴字天育，别养骥子怜神俊

**题解**

这首诗大约也是作于天宝末年。天育，马厩名。骠，也就是飞骑。全诗分为三段，首段描写画马，以真马来引出并衬托画马。起二句是以真马作陪，下面的『是何』六句，句句是在说真马，也就是句句在陪衬画马，越发觉其生动真切。『伊昔』八句是第二段，追叙画马的来历，也一并反映了当时养马的盛况。『年多』四句为最后一段，从画马空存、翻出异材常有，只是现在无人得识。叹马实际上就是自叹，这也是作诗的主意所在。

## 天育骠图歌

**吾闻天子之马走千里，今之画图无乃是①？是何意态雄且杰②，骏尾萧梢朔风起③。毛为绿缥两耳黄，眼有紫焰双瞳方④。矫矫龙性含变化，卓立天骨森开张⑤。伊昔太仆张景顺，监牧攻驹阅清峻⑥。遂令大奴字天育⑦，别养骥子怜神俊⑧。当时四十万匹马，张公叹其材尽下⑨。故独写真传世人，见之座右久更新⑩。年多物化空形影，呜呼健步无由骋⑪。如今岂无騕褭与骅骝？时无王良伯乐死即休⑫！**

注释

①天子之马，指皇帝的御马。无乃，只怕是，为推测之词。

②是何，与『无乃』相呼应，是为了证明自己的推测。是，指所画之马。意态，神态。

③萧梢，摇尾貌。朔风起，朔风为之而起。

④这两句实写马之形。缥，淡青色。

⑤这两句虚写马之神。矫矫，桀骜不驯的样子。龙性，像龙一样桀骜难驯的性格，古人多以龙来比拟良马。天骨，天生的雄伟骨干。

⑥伊昔，从前。伊，发语词，无实意。攻，攻治，训练。驹，两岁的马。攻驹，训练小马。阅，检查。

⑦大奴，马奴的头目，即养马人的头领。字，养。

⑧别养，单独驯养。骥子，良马，这里指骠骑。神俊，指马的神态俊逸。这句话是说因为爱其神俊，所以在另一处来养。

⑨材尽下，这里是说别的马都是驽马，这里用普通马的驽钝来反衬骠骑的英勇。

⑩点明独画此马的原因。久更新，因为爱赏，所以张挂于座右。长久观看而不厌，所以说『久更新』。

⑪这两句话是说画马终究不如真马有用。物化，化作异物，这里是说真马已经死去。空形影，空自留下了一幅画。无由骋，画马再好，终究也不能驰骋，所以说是『无由骋』。

⑫这里由马说到人、说到自己、说到社会。这句话是说并非今日就没有好马，只是无人能够识得罢了。

表面上是替马叫屈，实际上是为有才之士、为自己鸣不平。騄裹、骅骝，都指千里马。王良、伯乐，都是春秋时期的能人，王良善御，伯乐善相马。

**题解**

这首诗应当作于天宝十四（755）年十月前后。天宝十四年（755），杜甫被任命为河西县尉，这是一个须讨好上司、欺榨百姓的官职，故而他不肯做，便被改任为右卫率府胄曹参军（正八品之下的一个小官）。这是个负责看守兵甲器具、管理门禁锁钥的小官，和他生平『致君尧舜』的政治理想，实在是相差甚远。杜甫很是无奈，便写了这首诗来自我解嘲赠予自己。名虽为『戏赠』，实际上心情是很伤心、愤懑和无奈的，寓讽于『戏』中。

## 官定后戏赠

**不作河西尉，凄凉为折腰①。老夫怕趋走②，率府且逍遥③。耽酒须微禄④，狂歌托圣朝⑤。故山归兴尽，回首向风飙⑥。**

**注释**

①这句话说明了为什么不做河西尉的原因：唐代的县尉对待官长要巴结逢迎，对待百姓则是要鞭打逼榨，并且有时候自身也难免要受到鞭笞之苦之辱。折腰，原指弯腰，这里指屈身事人。

②怕，实际上是说讨厌，厌烦。趋走，奔走，即侍候上司。

③率府，指右卫率府胄曹。且逍遥，这个官职多少要比作县尉自由一些，所以说『且逍遥』。在此处

焉能作堂上燕，衔泥附炎热

为牢骚、反讽语。

④这句话说明就任率府的原因，也是牢骚语、反语，是说这样的闲散微小官职，又怎能做出有利于国计民生的大事呢。

⑤托，托庇。托圣朝，是说托庇于这个圣明的朝廷可以无所顾忌地纵吟狂歌，这也是任率府的另一原因。

⑥归兴尽，杜甫这时候的家在奉先，因为这个官职的羁绊而不能回家，所以说『归兴尽』，然而又想回家，所以说『向风飙』。

**题解**

这首诗大约是天宝十四年（755）上任右率府胄曹参军以后不久所作。原本杜甫以为『率府且逍遥』，实际上并非如此，在遍地达官王侯间做这样一个小官实在是很不容易，所以就想辞官不干。去矣，也就是辞官。

## 去矣行

**君不见韝上鹰，一饱即飞掣[1]！焉能作堂上燕，衔泥附炎热[2]？**
**野人旷荡无靦颜，岂可久在王侯间[3]？未试囊中餐玉法，明朝且入蓝田山[4]。**

**注释**

①鞲，放鹰人所穿的臂衣，用来保护手臂。鹰，此处是杜甫自比。飞掣，飞去。

②燕，此处用来比喻小人。附炎热，依附于气焰权势嚣张的达官贵人。

③这两句是说我心胸开阔正直，不会厚颜无耻之事，怎么能在王侯贵族之间久处呢？靦颜，即厚颜，不知羞耻。

④这句话是说自己特别讨厌那群王侯，但不做这个官，又无法维持生计，因此就有了试一试餐玉的想法，也就是辞官归隐。蓝田，山名，位于长安东南三十里，盛产玉，也叫玉山。

**题解**

这首诗是在天宝十四年（755）十一月，杜甫从长安赶往奉先县去探望妻子时所作。当时安禄山已经发动叛变，但消息还没传到长安，而唐玄宗和杨贵妃正在骊山游玩作乐，这首诗是诗人对在长安十年生活经历的总结，在其创作史上具有划时代的意义。题目虽然是『咏怀』，但却真实广泛地反映了广大人民的苦难，并对统治阶级的荒淫无耻进行了大胆而尖锐的揭露。

全诗可分为三大段。第一段叙述身世遭遇，表现自己忧国忧民的情怀。所咏的是过去之胸襟怀抱。第二段叙述从京城奔赴奉先县的途中之所闻所见，所咏的是目前的感怀。第三段则是叙述回到家后的情形，所咏的是对将来忧心的情怀。其中的『穷年忧黎元』，是贯穿杜甫一生的思想，也是贯穿本首诗的主旨和骨干。正是因为『穷年忧黎元』，故能够从『朱门酒肉臭』联想到『路有冻死骨』，在『幼子饿已卒』的情况下能够『默思失业徒，因念远戍卒』，可谓是『一篇之中，三致意焉』。

全诗以记行为线索，记叙、议论、抒情有机融合，以千回百转的感情传达了复杂的社会现实，很好地表现了杜甫其诗沉郁顿挫的特点。

## 自京赴奉先县咏怀五百字

杜陵有布衣①，老大意转拙②。许身一何愚，窃比稷与契③！居然成濩落④，白首甘契阔⑤。盖棺事则已⑥，此志常觊豁⑦。穷年忧黎元，叹息肠内热⑧。取笑同学翁，浩歌弥激烈⑨。非无江海志，萧洒送日月。生逢尧舜君⑩，不忍便永诀⑪。当今廊庙具，构厦岂云缺？葵藿倾太阳，物性固莫夺⑫。顾惟蝼蚁辈，但自求其穴⑬。胡为慕大鲸，辄拟偃溟渤⑭？以兹误生理⑮，独耻事干谒⑯。兀兀遂至今，忍为尘埃没⑰？终愧巢与由⑱，未能易其节⑲。沉饮聊自遣⑳，放歌破愁绝㉑。岁暮百草零，疾风高冈裂。天衢阴峥嵘，客子中夜发㉒。霜严衣带断，指直不得结。凌晨过骊山，御榻在嵽嵲㉓。蚩尤塞寒空㉔，蹴踏崖谷滑。瑶池气郁律㉕，羽林相摩戛㉖。君臣留欢娱，乐动殷胶葛㉗。赐浴皆长缨，与宴非短褐㉘。彤庭所分帛，本自寒女出。鞭挞其夫家㉙，聚敛贡城阙㉚！圣人筐篚恩㉛，实欲邦国活。臣如忽至理㉜，君岂弃此物？多士盈朝廷，仁者宜战慄㉝！况闻内金盘，尽在卫霍室㉞。中堂舞神仙，烟雾蒙玉质㉟。暖客貂鼠裘，悲管逐清瑟。劝客驼蹄羹，霜橙压香橘㊱。朱门酒肉臭，路有冻死骨！荣枯咫尺异㊲，惆怅难再述！北辕就泾渭，官渡又改辙㊳。群冰从西下，极目高崒兀㊴。疑是崆峒来㊵，恐触天柱折㊶。河梁幸未坼㊷，枝撑声窸窣㊸。行李相攀援，川广不可越。老妻寄异县㊹，十口隔风雪。谁能久不顾？庶往共饥渴㊺！入门闻号咷，幼子饿已卒。吾宁舍一哀，里巷亦呜咽㊻！所愧为人父，无食致夭折！岂知秋禾登，贫窭有仓卒㊼？生常免租税，名不隶征伐[48]。抚迹犹酸辛[49]，平人固骚屑[50]。默思失业徒，因念远戍卒。忧端齐终南，澒洞不可掇[51]！

注释

①杜陵，位于长安城南，杜甫祖籍所在地。杜陵布衣，杜甫自谓。

②拙，笨拙，不合时宜。这句话是说自己年纪越大反倒变得越发愚笨起来了，这里是反语，意思是越来越无法与这个黑暗的社会兼容。

③许身，自期、自许。稷与契，稷为周代的祖先，曾教人民耕种；契为殷代的祖先，掌管人民的教化。二人皆是古代的贤臣，这里是将自己暗比稷与契。

④居然，竟然。濩落，廓落，大而无用。

⑤契阔，辛苦、勤劳。

⑥盖棺，指人死亡。

⑦觊豁，希望能够达到目的。觊，希望。豁，达。这句话是说只要生命还没有停止，总还是希望能够实现自己的志愿。

⑧穷年，全年，整年，一年到头。黎元，指百姓。肠内热，内心焦急，忧心如焚。这句话是说一年到头都在关心着百姓民生，对他们的不幸境遇忧心如焚。

⑨翁，表面上表示尊敬，实际上暗含讥讽。弥，益，更加。这两句话是说即便别人越发讥笑我，我也丝毫不畏惧，越发坚决、慷慨、激昂。

⑩尧舜君，像尧舜一样贤明的君主，这里用来比唐玄宗。玄宗初年励精图治，曾出现过『开元之治』，李白也曾经称玄宗为『圣明主』。
⑪永诀，永远诀别，再不相见，这里指想要归隐山水，再不做官。
⑫以上四句采用的都是比喻的说法。廊庙具，喻指朝廷百官中的栋梁之臣。廊庙，指朝廷。具，器物，材料。构厦，构造大厦。这两句是说朝廷中尽是些栋梁之才，构造大厦难道还缺我这块料吗？葵藿，东葵和豆叶，二者都是向着太阳转动的，这里用葵藿来比喻自己对朝廷国家的忠诚和热爱。物性，事物的本性，天性。固，本来。夺，改变。这里用来表明诗人忠君爱国是出于天性使然，就像葵藿生就的向日一样，总是想着要为国家竭忠尽力。
⑬顾惟，回想，转头一想。蝼蚁辈，比喻那些自私自利，四处奔走干谒的人。
⑭胡为，为什么要。大鲸，比喻志向远大的人，这里是诗人的自比，照应前面的『窃比稷与契』。辄拟，总是打算着。偃，休息。渤，渤海。溟渤，大海，因为海水溟溟无涯，所以称作『溟渤』。这两句是诗人自我嘲弄、自我责怪。
⑮兹，此，即慕大鲸。误，耽误。生理，生计。这句话是说因为慕大鲸之事而耽误了自己的生计。
⑯事，从事。干谒，拜见，指奔走往来于权贵之门，登门求见。这句话是说以从事钻营请托为耻。
⑰兀兀，穷困貌。忍，岂能忍，反问语气，正是说无法甘心忍受。尘埃没，被尘埃所埋没，尘埃，喻指尘世间的凡俗小事。
⑱终愧，杜甫推崇巢父和许由，但不能做到像他们一样真正地去做隐士，所以说『终愧』。巢与由，指

**稷**

古代周族的始祖，是传说中有邰氏之女姜原踏巨人脚迹感孕而生的。他善于种植各种粮食作物，曾在尧舜时代当农官，教民耕种，被认为是开始种稷和麦的人。

巢父和许由，他们是尧时的两个隐士。

⑲易其节，改变自己的节操。节，节操、意志，即上文的『自比稷契』。其，杜甫自谓，并不是指巢由。

⑳沉饮，无节制地痛饮。这句话是说聊且沉溺于饮酒之中以作消遣。

㉑放歌，放声而歌。破，一作『颇』。愁绝，愁极，极度的忧愁。

㉒天衢，天路，指京师中天子脚下的道路。中夜发，夜半时刻动身出发。

㉓骊山，在今天的陕西省临潼县南，距离长安有60里，其地有温泉，山上建有华清宫。御榻，皇帝所用的床，这里代指玄宗，此时唐玄宗和杨贵妃正游玩于骊山华清宫中，他们于每年的十月都要到那里避寒，所以说『御榻』。嵽嵲，形容山高的样子，这里代指骊山。

㉔蚩尤，传说中黄帝时代的诸侯，相传蚩尤和黄帝大战，蚩尤尝作大雾。

㉕瑶池气，温泉的上升之气。瑶池，传说中西王母的宴会之地。郁律，形容水气氤氲的样子。

㉖羽林，指天子的卫兵。相摩戛，指武器相互碰撞，形容卫兵的人数众多。
㉗殷，宏大，盛。胶葛，形容天空广阔无际的样子，这里是说音乐的声音响彻云霄。
㉘长缨，长的帽带。这里代指权贵。与宴，参加宴会的人。短褐，一般的贫贱百姓所穿的衣服。长缨、短褐，都是以所服衣冠代指人，形成对比。
㉙彤庭，指朝廷。彤，红色的装饰。帛，泛指丝织品。寒女，贫寒人家的女子。这两句是说朝廷所赏赐给群臣的丝织物，都是贫寒之家的女子手中织出来的，朝廷官员所取的俸禄，都是取自于民膏民脂。
㉚城阙，本来指城门上的建筑物，这里指京师、朝廷。因为京师有阙，故称之为『城阙』。
㉛圣人，天子，皇帝。筐篚，盛东西的竹器。筐篚恩，指天子将从百姓处聚敛来的锦帛赏赐给朝中群臣的皇恩。
㉜邦国，国家。活，兴旺、兴盛。忽，忽视，忽略，忘记。至理，即『实欲邦国活』的道理。
㉝多士，指众官员，群臣。战慄，颤抖，引申为警惕小心。这句话是说众多官员站满了朝廷，但凡是略有良知的朝臣，看到这种情形都应当为之惶恐警戒，否则这样下去，一定会出大事。
㉞内，天子的宫禁，也称为大内。唐时有东内、西内、南内。内金盘，指皇宫中统治者所使用的金盘。卫霍，即卫青、霍去病，他们俩都是汉武帝时的外戚权臣，在这里用来比杨国忠。
㉟舞，一作『有』。神仙，是就女乐而言，唐人多称美女为『神仙』，这里指歌舞的宫女。烟雾，用来形容衣裳的轻飘。玉质，形容其肌肤的洁美。
㊱貂鼠裘，指用貂鼠皮所做的大衣。驼蹄羹，用骆驼蹄做成的肉汤。橙、橘，北地的珍稀果品。

㊲朱门，涂有红漆的大门，这里是代指权贵们的豪门。臭，一切气味的总称。荣，即指朱门。枯，指冻死骨。咫尺，形容距离很近，古代八寸为咫尺。咫尺异，宫墙的内外，一荣一枯，一生一死，虽只有一墙之隔，却是两个截然不同的世界，所以说『咫尺异』。

㊳北辕，指车子往北走。就，靠近。官渡，官家所设的渡口，这里是泾渭二水的渡口。改辙，改道。这里是说经过官渡以后又改道。

㊴群冰，一作『群水』。极目，一眼望过去。

㊵兀，高峻突兀的样子。

㊶崆峒，山名，位于甘肃省岷县境内。因为泾渭二水皆自陇西而来，故疑它们来自崆峒。

㊷天柱折，形容群冰的来势之猛。天柱，撑天的柱子，喻指国家，担忧国家将遭覆灭。

㊸河梁，桥。坼，裂开。这句话是说幸好桥没有被冲毁。

㊹枝撑，桥的支柱。窸窣，象声词，形容轻微细碎的声音。

㊺异县，别的县，这里指奉先县。

㊻顾，眷顾。庶，庶几，表示希望，有求之不得之意。这里是说自己此次去奉先探望妻子，即便无法解决全家的生活问题，但是可以全家一起过苦日子也是不错的。

㊼宁，岂能、哪能。舍，舍弃，割舍。一哀，一个人的悲痛。里巷，代指邻居。这两句话是说我怎么能忍住这样的悲痛，连邻居们也跟着我伤心地哭了起来。

㊽登，庄稼成熟。贫窭，贫穷，指穷苦人家。窭，贫。仓卒，指发生突然事故，这里指幼子夭折。生，生来。

隶，属。征伐，征讨，这里指被征从军。

㊾抚迹，抚事，追想已经发生了的事情，指上面提到的幼子饿死的事。犹，尚且如此。

㊿平人，一般的平民百姓。唐人为避唐太宗李世民之讳，多改『民』作『人』，改『世』作『代』。骚屑，骚乱、动荡不安。固，原本，本应。

51忧端，忧思的端绪。齐终南，千头万绪的众多愁思，堆积得如同终南山一般高。终南山是秦岭山脉的主峰，位于长安城南，这里用此来形容忧愁的广漠无边，一发不可收拾。澒洞，广漠无边的样子。掇，收拾。这两句是说忧愁的思绪广漠无边，千头万绪地堆积在一起不可收拾，如同终南山一样高。

**题解**

这组首诗当是作于天宝十四年（755）冬天，安禄山初反唐之时。全诗通过一个得以脱身归来的征夫的自述，揭露出安禄山假借『开边』之名而行反唐之实的真相，意图让唐玄宗尽快清醒过来，看清其真相。并且指出了造成安禄山叛变的原因，即玄宗皇帝的好大喜功，宠信边将，使得安禄山得以边功受宠。安禄山的权势日益显赫，重兵在握，大权在手，终于叛变，给国家和人民造成了巨大的灾难。

此诗的表现手法，基本上和前面的《前出塞》相同，都是以一个从军的征夫形象出场，也都是自辞家写起，中间叙说将帅骄横而叛乱，最后以避胡逃归作结，全诗层次清晰，结构谨严，五首犹如一首。但表现出的情调却从《前出塞》的哀痛委婉变为豪壮明快。同时因为强迫征调与自动应募的处境不同，人物形象也有很大的差别。

## 后出塞五首

### 其一

男儿生世间，及壮当封侯。战伐有功业，焉能守旧丘①？召募赴蓟门，军动不可留②。千金装马鞭，百金装刀头③。闾里送我行，亲戚拥道周④。斑白居上列⑤，酒酣进庶羞⑥。少年别有赠⑦，含笑看吴钩⑧。

**注释**

①及壮，到了壮年。旧丘，故园、老家。守旧丘，老死家乡。

②召募，唐朝此时已开始实行募兵制。蓟门，点明出塞的地点，即幽州范阳镇，今天的北京一带，当时属于渔阳节度使安禄山的管辖范围。军动，军队开拔。

③这两句的句法模仿《木兰诗》中的『东市买骏马，西市买鞍鞯』，夸言马鞍武器的精美。

④闾里，街坊邻居。道周，道边。

⑤斑白，头发斑白，用来泛指老人。居上列，坐在上头、上位。

⑥酒酣，指酒喝到一半的时候。进，献上。庶羞，指美味的菜肴。

⑦别，与众不同，特别，照应上文的『庶羞』。

**橙**

橙有甜橙和酸橙两个基本种。枝条具刺。叶长椭圆形，叶柄长，翼叶发达。花单生、丛生或呈总状花序，白色。种子长椭圆形或卵圆形，表面具棱纹。

落日照大旗，马鸣风萧萧

⑧吴钩，原为春秋时吴王阖闾所锻造的一种弯形宝刀，后来泛指所有的宝刀。这里是说对所赠宝刀的深深喜爱，因其正好暗合自己『封侯』之志，故『含笑』而细细把玩。

其二

**朝进东门营①，暮上河阳桥②。落日照大旗，马鸣风萧萧③。平沙列万幕④，部伍各见招⑤。中天悬明月，令严夜寂寥⑥。悲笳数声动，壮士惨不骄⑦。借问大将谁？恐是霍嫖姚⑧。**

注释

①东门营，洛阳城的东门叫做『上东门』，军营就设在东门处，所以说『东门营』，而由洛阳前往蓟门，须从东门而出。

②河阳桥，位于河南省孟津县，是黄河上的浮桥，晋代的大将军杜预所建造，是通往河北的要津。

③大旗，专门供大将使用的红旗。

④列，指整齐的排列着。这些帐幕位置的排列安置都有一定的方位和距离要求。幕，帐幕，供士兵宿营而用。

⑤部伍，古代军队中的基层编制。因为将要宿营，所以便各自集合各自的部队，以便集中宿营。

⑥这两句是说因为军令森严，所以万幕皆寂然无声，惟有一轮明月高挂于天中。这里是用环境描写来烘托「令严」。

⑦笳，北方的一种乐器，用作静营的一种号令，其声悲而壮。悲笳，悲凉的笳声。惨，凄惨，悲惨。这里是说军令既严，再加上笳声之悲，所以军中战士皆惨然不敢骄纵。

⑧大将，指招募统军之将。恐是，揣度之词，估计是，恐怕是。嫖姚，同「剽姚」，汉代武帝时，霍去病任嫖姚校尉，曾经跟随大将军卫青出塞，所以以此作比。

### 其三

**古人重守边，今人重高勋①。岂知英雄主，出师亘长云②。六合已一家，四夷且孤军③。遂使貔虎士，奋身勇所闻④。拔剑击大荒⑤，日收胡马群⑥。誓开玄冥北，持以奉吾君⑦！**

注释

①古人、今人，都是就边将而言。今人，当今的边将，指安禄山之流。重高勋，贪图大功名。

②岂知，哪里料到，不料。英雄主，指唐玄宗，暗讽其好大喜功。亘，绵亘不断，形容出师之多。

③六合，指天地四方，这里指全国范围内。既然全国已经统一，便没有了出师必要，但他们还是要继续孤军深入，故用一「且」字，和上句的「已」字形成对比，不满之情俨然可见。

④遂使，于是就使得。承上面「且孤军」而来。貔，貔貅，一种猛兽，这里用来比喻战士。勇，勇往。所闻，军令所到之处，也就是下文的「大荒」、「玄冥」。

⑤大荒，穷荒，不毛之地，边远荒凉的地方。

⑥收，虏获。胡马群，边地所出产的那些成群善战的良马。《安禄山事迹》中记载，安禄山暗怀祸心，图谋不轨，虏获了匈奴数万匹善战的胡马，畜作自己的军队物资。这句应当是指这件事。

⑦玄冥，传说中北方的水神。玄冥北，此处指边地极北极远的地方。奉吾君，奉献给我们的君王。

其　四

**献凯日继踵①，两蕃静无虞②。渔阳豪侠地③，击鼓吹笙竽。云帆转辽海，粳稻来东吴④。越罗与楚练，照耀舆台躯⑤。主将位益崇⑥，气骄凌上都⑦。边人不敢议，议者死路衢⑧。**

注释

①献凯，对朝廷献俘报捷，以骗取皇帝的信任。

②这句话点破『献凯』的真相：徒虚报邀赏而已。两蕃，奚和契丹。静无虞，原本就没有寇警。虞，忧患。

③渔阳，唐代的郡名，在今天的河北蓟县一带。豪侠地，渔阳习俗尚武，多出豪士侠客，所以说『豪侠地』。

④辽海，即渤海，为安禄山管辖之地。粳，一种晚熟而不黏的稻子。来东吴，自东吴而来。

⑤越罗，越国出产的丝绸。楚练，楚地出产的绢。照耀，罗和练都是高贵的丝织品，闪闪有光彩，所以说『照耀』。舆台，在封建社会中，周代将人分作十等：王、公、大夫、士、皂、舆、隶、僚、仆、台，这里泛指安禄山所豢养的爪牙。

⑥主将，指安禄山。位益崇，官位日益显赫。天宝七年（748），安禄山被赐铁券，封为柳城郡公；天宝九年（750），又加官晋爵，被封为东平郡王，以节度使的身份被封王，从他开始。

⑦凌，凌犯，指目无朝廷。上都，京师，指朝廷。

跃马二十年，恐辜明主恩

⑧这句是说安禄山又使用恐怖手段来威胁钳制众人之口。当时曾有人告发安禄山要造反，玄宗非但不听，为了表示对安禄山的信任，反而将告发的人缚起来送给安禄山处置，于是自此以后『道路相目，无敢言者』。

## 其五

**我本良家子，出师亦多门①。将骄益愁思②，身贵不足论③。跃马二十年④，恐辜明主恩。坐见幽州骑，长驱河洛昏⑤。中夜间道归，故里但空村⑥。恶名幸脱免，穷老无儿孙⑦。**

注释

①良家子，家世清白的子弟。出师，参加战争，打仗出征。因为是良家子弟，故不肯从逆；又因多次出师，所以能揣度知晓主将的心事。多门，很多门道，许多渠道，指参加各种各样的战争。

②益，增益。愁思，忧虑，用作名词。

③这句话的意思是说如果跟着这样的人叛乱，即使显贵又有什么值得夸耀的呢？

④跃马，即驰骋战场，形容从军多年。

⑤坐见，一是说行见、立见，指时间短暂；一是说对此无能为力，

只能眼睁睁地看着，这里两种含义兼有。长驱，指长驱直入，极言其易。河洛昏，指洛阳将沦陷。河洛，指黄河和洛河一带地区。

⑥间，小道。间道归，抄小道逃跑回家。但，只。这两句是说半夜抄小道逃回家，家乡里的一切人和物都没有了，不管是进庶羞的老者，还是赠吴钩的少年，都统统不见了。

⑦恶名，叛逆的罪恶之名。这两句是说逃回家以后，幸好得以逃脱了叛逆的罪名，但是又已经到了垂暮之年，忧愁穷困又没有儿孙。

今夜鄜州月，闺中只独看

**题解**

这首诗应当是至德元年（756）八月，杜甫被安禄山的叛军所俘后沦陷于长安时所作。诗中抒写了自己对鄜州妻子的真切怀念，情感真挚，语言明白如话，却又写得无比深情隽永动人。

## 月夜

**今夜鄜州月，闺中只独看①。遥怜小儿女，未解忆长安②。香雾云鬟湿，清辉玉臂寒③。何时倚虚幌，双照泪痕干④？**

**注释**

①这两句是想象之语，先不说自己的思亲之苦痛，却从对方处写

来，写妻子对月独看时的孤单和思念，思家之情便越发显得真切、诚挚和深沉。鄜州，指今天的陕西省富县，当时杜甫的妻子在鄜州城北的羌村居住。

②这两句是流水对。承接上句的『独看』，点出妻子看月的心事是忆长安，同时也是自己在感叹身处乱世之苦。遥怜，远怜，因为当时杜甫被困在长安，而妻子在鄜州，所以说是『遥怜』。未解忆，未解，不了解。这里是说『小儿女』因为年幼而不能理解『忆长安』的父亲，也不懂得母亲看月是为了想念他们的父亲。

③这两句是想象妻子一个人闺中独自看月的情景。雾原本无香，香味当是从鬟中之膏沐中生出。清辉，指月亮的清寒之光。『湿』、『寒』二字，写出了夜深久望不能寐的情景，望的时间如此之长，正是因为忆是如此之深。

④双照，指月光照着久别重逢的夫妻。这两句是说什么时候才能够一同倚在窗帷之下，让月光将两个人的泪水一同照干呢？

**题解**

这一篇和下一篇《悲青阪》都写于至德元年（756）冬，杜甫沦陷于长安时期。诗中记录了房琯在和安史之乱的叛军作战时的一次惨败。诗人对此次惨败表示了深深地同情和哀婉，以及对叛军骄横凶残的愤懑，充分体现了杜甫高度的爱国精神。关于诗中记载的这件事，《唐书·房琯传》中有记载。陈陶，即陈陶斜，又名为陈陶泽，位于咸阳县东。因为是兵败于陈陶，故以《悲陈陶》为题，全诗只用记叙手法，而愤怒悲伤之情却彰然可见。

## 悲陈陶

**孟冬十郡良家子[1]，血作陈陶泽中水[2]！野旷天清无战声，四万义军同日死[3]！群胡归来血洗箭，仍唱胡歌饮都市[4]。都人回面向北啼，日夜更望官军至[5]。**

注释

①孟冬，指十月，这是战争发生的时间。十郡，泛指陕西地区，这是言明义军所在的籍贯。良家子，清白人家的孩子。

②从这句话中可以看出战死的人很多，并且死得很惨。

③这两句是悲官军的惨败。无战声，没有交战的声音，这是因为当时房琯『食古不化』，照搬春秋时代的车战之法，而不考虑当时的实际战况，还没有来得及交战，官军就落得个不战自溃，所以说『无战声』。四万义军，指官军死亡的人数众多。义军，指官军，诗人认为官军是为国而死的，虽然他们死得很冤枉，但其为国牺牲的精神是不可抹杀的，故称其为『义军』。这里是说宽广开阔的野外，晴朗的天气中尚无一点交战的声音，却已经有了四万名官军的同日死难。

群胡归来血洗箭，仍唱胡歌饮都市

④这两句是愤慨安史叛军的骄横凶残。群胡，指安禄山的部队。血洗箭，指箭和其他兵器上都沾满了人的鲜血，如同用血洗过一样。饮都市，指在大街上饮酒为乐，甚为放肆。这里是指安禄山的军队不但杀了长安城中的大量百姓，还放肆骄横地在大街上饮酒为乐，毫无忌惮。

⑤都人，指京都也就是长安城中的人民。向北啼，此时唐肃宗居于灵武，灵武位于长安北，所以说『向北啼』。这两句话是说长安的百姓都向肃宗所在的北方而啼，日夜盼望着官军的早日到来，一举将叛军平定，收复故都。

**题解**

青阪，房琯军队驻扎的地方，应当离陈陶斜不远。房琯以北军、中军大败于陈陶之后，存留下来的士兵只有数千人，同年十月，房琯因为被肃宗所派来的监军所催促，便又率领南军和叛军作战，结果惨遭失败。这首《悲青阪》所写的就是这第二次大败。诗人在表示痛惜和悲惋的同时，提出应当审时度势，伺机而发，而不应该轻举妄动，否则会重蹈覆辙。诗中的感情甚为悲愤，低沉。

## 悲青阪

**我军青阪在东门，天寒饮马太白窟①。黄头奚儿日向西②，数骑弯弓敢驰突③。山雪河冰野萧瑟，青是烽烟白人骨④。焉得附书与我军，忍待明年莫仓卒⑤！**

**注释**

①军，驻军，驻扎，用作动词。东门，为驻军之地。太白，山名，位于武功县，距离长安有200里，此

处用以泛指山地。窟，水塘。由此正值寒天，住于寒山，又复饮寒水，可以看出我军正处于劣势。

②黄头，指黄头室韦，是东胡的一支。这里指安禄山的部队。奚儿，指胡儿。

③数骑，寥寥可数的几个骑者。敢驰突，敢于驰骋奔冲。这句话是写安禄山叛军得胜以后的骄横无比、目中无人。

④烽烟，即烽燧，是古代用作边防报警的两种信号，白天放烟称『烽』，夜间举火称『燧』。白人骨，白色的是人骨。

⑤焉得，哪能，岂能。附书，托人捎递书信。仓卒，即仓猝。莫仓卒，是说要好好做准备，不能妄自躁进。忍，坚忍。这里是说无法托人带信给官军，希望我方一定要坚忍等待，不可再次仓促出战。

**题解**

这首诗应当也是至德元年（756），诗人身陷安史叛军中时所作。当时诗人陷于长安，听到官军惨败的消息，心中十分忧愁悲愤沉痛，又值天降大雪，便写下了这首诗，反映这种复杂而痛苦的心情。诗中情景交融，风格独特。

## 对雪

**战哭多新鬼①，愁吟独老翁②。乱云低薄暮，急雪舞回风③。瓢弃樽无绿，炉存火似红④。数州消息断，愁坐正书空⑤。**

乱云低薄暮，急雪舞回风

注释

①战哭，为战事的惨败而哭。多新鬼，多了很多新的鬼魂，暗示上面提到的陈陶和青阪之战的惨败事。

②老翁，指诗人自己。因为想起了官军的惨败，不禁对雪愁吟。『独』字感慨遥深，当时唐朝的那些留在长安的官吏都向安禄山投降，已经没有人再去关心祖国的命运。

③这两句话写景，于景物中寄寓世乱时危的景象。回风，指旋风。

④这两句写生活的穷困无着。无绿，无酒。因为酒的颜色为绿色，所以往往以『绿』来代指酒。火似红，即似火红，这里是说生不起炉子，没有火来取暖，但人还是常常不自觉地伸手向炉子处，像是觉得炉子点燃着像火一样红。

⑤数州，指唐军和安禄山的叛军作战的广大地区。消息，包括妻子弟妹的家事以及国事的情况。书空，用手指比划着在空中写字。

题解

这首诗是至德二年（757）三月杜甫在长安时所作。当时，杜甫被叛军俘获后押解到长安，春天原本是万物复苏、生机勃

感时花溅泪，恨别鸟惊心

勃的时节，但当时长安沦陷，山河破碎，虽是满城春色却无比荒凉，诗人触景生情，忧国伤怀，写下了这首忧国忧民、怀念家人的诗篇。

整首诗围绕『望』字，前半章写春望之景，后半章抒发望中所思，情景融为一体，感情真挚沉痛，既贴切又深刻，成为千古传诵的名篇。

## 春望

**国破山河在，城春草木深①。感时花溅泪，恨别鸟惊心②。烽火连三月③，家书抵万金④。白头搔更短，浑欲不胜簪⑤。**

注释

①这两句话写望中所见，极度概括了所见之景，感情极为沉痛。国，国都，指长安。山河在，是说山河依旧，只是江山已经换了主人。草木深，是说草木丛生，由此可见城中人烟稀少，因为叛军入长安后曾疯狂地焚烧杀戮，让好好的一座长安城变成了草木丛生、人烟稀少之地。

②感时，感伤时局，杜甫诗中的『时』字，大多是指『时事』或者『时局』。花溅泪，对花流泪，觉得花儿自身也在流泪。恨别，

怨恨别离。鸟惊心，听到了鸟鸣声很是心惊，觉得鸟儿也在心惊。花鸟原本为可娱之物，而现在却见其形而悲泣，闻其声而惊悲，可见诗人感情之沉痛，周围景物之荒凉。

③连三月，接连三个月没有断绝，这里是说战争从去年发生，一直打到现在也没有停息。

④抵，抵得上。抵万金，抵得上万金，极言家中音信之难能可贵。

⑤白头，指白发。搔，抓。浑欲，简直是，简直要。不胜簪，因为头发短少，连发簪也用不上了。胜，经得起。这句话是说安史之乱让杜甫愁白了头发，而原本就很稀少的白发，又因其忧伤时局国事，经常搔抓头发，使头发变得更为稀少，几乎连发簪也戴不住了。

**题解**

这首诗约写于至德二年(757)春天，和前一首同时。江头，也就是曲江，位于长安城东南，以前是皇帝大臣以及文士们的游赏胜地。往昔曾有数不尽的繁华热闹，但这年春天，杜甫一个人来到曲江，已经是寂寂落落，分外萧条冷落，再无昔日的繁华盛况，过去和现在形成了强烈的对比，揭示出安史之乱带来的沉重灾难，使繁华昌盛的大唐王国变得衰败贫弱，而这种地方更容易让人感受到国破家亡的痛苦。

诗人在诗中抚今追昔，多有哀悼意，而主旨则在于指出导致国破家亡的根源是因为统治者自己的骄奢荒淫，并且统治者自己也尝到了自己种下的恶果，『明眸皓齿』尽化为『血污游魂』。诗作先由现实写起，然后追溯到历史，最后又回到现实，既有生动的叙事也有沉痛的抒情，既有高度的概括也

明眸皓齿今何在？血污游魂归不得

杨贵妃于马嵬坡被缢身亡，一代美人就此香消玉殒，埋葬在渭水之滨，不会再回来。

有细致的描写，并且汇融的浑然一体。

## 哀江头

少陵野老吞声哭①，春日潜行曲江曲②。江头宫殿锁千门，细柳新蒲为谁绿③？忆昔霓旌下南苑④，苑中万物生颜色⑤。昭阳殿里第一人⑥，同辇随君侍君侧⑦。辇前才人带弓箭⑧，白马嚼啮黄金勒。翻身向天仰射云⑨，一笑正坠双飞翼⑩。明眸皓齿今何在⑪？血污游魂归不得⑫！清渭东流剑阁深⑬，去住彼此无消息⑭。人生有情泪沾臆⑮，江草江花岂终极⑯！黄昏胡骑尘满城，欲往城南望城北⑰。

注释

①少陵，汉时宣帝皇后许氏的墓地，在杜陵附近。少陵野老，杜陵是杜甫的祖籍地，杜甫曾一度居住在那里，故自称『少陵野老』。吞声哭，将哭声咽在肚子里，不敢哭出声来。

②潜行，秘密地偷偷地行走。曲，角落里。因为当时杜甫身陷于叛军中，怕引起注意，便偷偷地潜行。

③为谁绿，绿给谁看呢。这三个字让人感到最为痛心。一旦国家灭亡，草木也变得没有了主人，表面上似乎是在怨蒲柳，实际上

却是在怨造成这种状况的人。

④霓旌，像云霓一样的彩色旗帜，这里指天子之旗。南苑，指芙蓉苑，位于曲江东南，所以称『南苑』。

⑤生颜色，即增光辉，添光彩，这里是回忆当年天子出游曲江时的盛况。

⑥昭阳殿，汉代宫殿名，汉成帝的宠妃赵飞燕所居的宫殿。第一人，最为得宠的人。唐人多以赵飞燕来比杨贵妃，这里就是以昭阳殿来借指杨贵妃。

⑦辇，即天子所乘之车。这句话是写杨贵妃极得玄宗的专宠，受到了和帝王同辇出游的待遇。因为在古代，辇是只供帝王乘坐的车，而玄宗宠爱杨贵妃，竟然让她和自己同辇出游。《汉书·外戚传》中有一个班婕妤拒绝和汉成帝同辇而行的故事，因为只有末世之君，才会让嬖女同辇出行相伴，由此可见，玄宗行事的荒唐。

⑧才人，唐宫中的女官。带弓箭，携带着弓箭等武器而跟随皇帝巡行时的扈从者。这句是说宫中的女官带着弓箭等兵器在车前巡行。

⑨仰射云，仰射飞鸟。

⑩一笑，这里指杨贵妃一笑。因为看到才人射中了飞鸟，杨贵妃便为之一笑。下句的『明眸皓齿』正是写其笑容。这里借用了《左传》中的一个典故，大夫皋射雉，妻方为之开颜而笑的事。双飞翼，指双飞鸟。而『正坠双飞翼』，似乎也暗含了唐玄宗和杨贵妃在马嵬的死别事。

⑪明眸皓齿，明亮的眼睛和洁白的牙齿，形容女子的美丽绝俗，这里指杨贵妃。

⑫血污游魂，指天宝十五年（756）六月，杨贵妃在马嵬兵变中被缢死之事。归不得，不能归去，一是因

为杨贵妃是被缢死，不得好死；二是因为当时长安沦陷，无处可归，所以说『归不得』。

⑬清渭东流，指杨贵妃死后被葬于渭水之滨，也就是马嵬驿的周围。剑阁，在今天的四川省剑阁县，唐玄宗逃往蜀地时需经由此处。剑阁深，指玄宗入蜀事。

⑭去住彼此，指唐玄宗和杨贵妃，一去是指去往蜀地的唐玄宗，一住是指葬于马嵬的杨贵妃。无消息，一生一死，阴阳相隔，没有任何消息。也就是《长恨歌》中的『一别音容两渺茫』。

⑮臆，胸膛。『泪沾臆』照应前面的『吞声哭』。这句话是对唐玄宗和杨贵妃悲惨下场的同情。这是因为当时杜甫身处沦陷之地，又经过此伤心之地，不免会对唐玄宗和杨贵妃给予一定的同情。

⑯终极，即穷尽。岂终极，哪里会有穷尽。这里是说花草无知，蒲柳自绿，年年景色自依旧，哪里会有穷尽呢？

⑰胡骑，指叛军的骑兵。欲往，将要去。这时杜甫住在城南，已经到了黄昏时候，便欲赶往城南返回住处。望城北，一是说盼望着城北的官军早日前来收复京师。当时肃宗在灵武，而灵武处于长安之北。一是说黄昏将暮，诗人想要南行赶回城南的住处，但是由于内心伤痛，神情恍惚，便不由自主地向北而行。

**题解**

这首诗是至德二年（757）春在长安时所作。塞，割断、堵塞。芦子，关名，即芦子关，位于延安西北，是由太原向陕西、甘肃行进时所要必经的重要关口。至德二年（757），叛军史思明、高秀岩等兴兵十万围攻太原，意欲由此西进，因此杜甫建议要当即调兵把守芦子关，塞断敌人的西进之路。诗

边兵尽东征，城内空荆杞

中议论国事，不但体现了杜甫筹边的策略，同时还可以看到杜甫『临危莫爱身』的崇高精神，关心国家时局之情洋溢而出。

## 塞芦子

**五城何迢迢，迢迢隔河水①。边兵尽东征②，城内空荆杞。思明割怀卫③，秀岩西未已④。回略大荒来，崤函盖虚尔⑤。延州秦北户⑥，关防犹可倚⑦。焉得一万人，疾驱塞芦子。岐有薛大夫，旁制山贼起⑧。近闻昆戎徒⑨，为退三百里。芦关扼两寇，深意实在此⑩。谁能叫帝阍，胡行速如鬼⑪。**

注释

①五城，指定远、丰安以及其他三个受降城，它们都位于黄河以北，所以说『隔河水』。

②边兵，驻守五城的兵。尽东征，为了要征讨安禄山，堵塞住芦子关这个交通要道，这五城的驻守士兵全部倾巢而出，前去芦子关，所以说『尽东征』。

③思明，史思明，安史之乱的祸首之一，本名为干，宁夷州突厥人，原为安禄山的旧将，和安禄山是同乡，跟同安禄山一同叛变。割，舍弃，离开。怀卫，二州名，怀州和卫州。至德二

年（757），史思明在安禄山的命令下，从博陵出发进攻太原，舍河北而向西进。

④秀岩，即高秀岩，原本是哥舒翰的部将，后来投降于安禄山，此时他和史思明一同聚合兵众向西攻进。西未已，不停地向西进犯。已，停止。

⑤回略，迂回地包抄。大荒，广大的荒野，这里泛指西北五城地区。崤函，指崤山和函谷关。盖虚尔，成为虚言了。这里是说如果叛军夺取了五城，占据河套，那就等于是迂回地包围了关中，那么历来所谓的函谷关固若金汤之说就是一句空话了。

⑥延州，延安，芦子关是延州的属地。秦，指今天的陕北关中一带。秦北户，秦地的北门。

⑦关防，驻守的关隘，也就是芦子关。

⑧岐，即扶风郡，在今天的陕西省扶风县。薛大夫，指薛景仙，著名爱国官员，在抗击安史叛军中起了很重要的作用。玄宗西逃时，虢国夫人母子和杨国忠经由马嵬驿站时，都被薛景仙诛杀。扶风失守以后，薛景仙被任命为扶风太守，率兵收复，他一度召集豪杰志士，坚守其地，阻止叛军西侵，击败了胡兵，使各地交通保持通达。

⑨昆戎，吐蕃，也就是上面所提到的『山贼』。

⑩扼，扼制。两寇，指史思明和高秀岩。这两句话是说芦子关能扼制住史思明和高秀岩，其深层意义就在于此。

⑪帝阍，指天子之门。叫帝阍，即赶紧提醒朝廷。这两句是说胡兵正在行动，迅疾快速『如鬼』，需要尽快提醒朝廷，通知他们尽快采取应对措施，否则耽误了时机后果将会很严重。

雾树行相引，连山望忽开

**题解**

诗题从《文苑英华》本，其他版本均作为『喜达行在所三首』。至德二年（757）二月，肃宗从彭原迁至凤翔。四月，身陷敌军的杜甫便冒险从长安逃到凤翔。五月十六日，杜甫被任命为左拾遗，是肃宗身旁的一个谏官。这三首诗便是杜甫就任左拾遗以后不久所作。行在所，帝王所在之地，也称为『行在』、『行所』。蔡邕《独断》中有：『天子以四海为家，谓所居为行在所。』第一首写沉陷于长安时的绝望心情和从长安逃归至凤翔的经过；第二首写沉陷长安时的悲痛，出逃途中的危险和到达凤翔以后的欣喜；第三首写对唐王朝再度兴盛的希望。

## 自京窜至凤翔喜达行在所三首

### 其一

**西忆岐阳信，无人遂却回①。眼穿当落日，心死着寒灰②。雾树行相引，连山望忽开③。所亲惊老瘦，辛苦贼中来④。**

**注释**

①这两句话说明了为什么要冒险逃归到凤翔。岐阳，凤翔，凤翔位于岐山之南，山之南为阳，所以称其为『岐阳』。又因凤翔位

于长安西面，所以说是『西忆』。信，指信使或者是信息。自从去年冬天陈陶斜大败之后，杜甫一直在焦急而热切地等待着官军的再次到来，所以天天都在盼望能有人来，可以得到哪怕只是一点点的消息，但最终还是没有人来。遂却回，决意一定要逃回去。

②这两句是写逃奔时的紧张惊惧心情。眼穿，望眼欲穿。当落日，面对着西方，一直等到日落。因为当时杜甫是西走、西望，所以是当着落日。同时他又是一边走一边望，望得十分急切，所以眼为之穿。这说明当时的逃奔是十分危险的，一路上都是提心吊胆、惊惧不安的，所以说『心死着寒灰』。心死，心如死灰，表明自己的绝望之情。着寒灰，指死灰复燃。这里形容心情沉沉浮浮，反反复复，一会儿心如死灰，一会儿又燃起了希望。

③这两句是写逃奔途中拼命逃窜的情形。一路上，重重的烟树就像是在引领着自己一直向前奔走，因为远树迷蒙，所以称『雾树』，而又正因为是远树，人便望树而行，似乎是树在招引着人。连山，太白山和武功山，它们是快要到达凤翔的标志。

④这两句是写初到凤翔时亲友们的慰问。惊老瘦，对诗人在很短的时间内竟变得如此苍老和清瘦表示诧异。

其二

**愁思胡笳夕，凄凉汉苑春①。生还今日事，间道暂时人②。司隶章初睹，南阳气已新③。喜心翻倒极，呜咽泪沾巾④。**

注释

①这两句话追忆沉陷于安史叛军时所受的苦况：每逢入夜，听到胡笳之声，令人不胜其悲，每逢春日，则为汉苑昔盛今衰伤心，总之，所闻所见，都让诗人无比悲凉伤心。胡笳，北方胡人的一种乐器，声音悲凉。汉苑，以汉苑来借指唐苑，也就是曲江、南苑等往日游玩之地。

②这两句是倒叙奔逃途中的事情。生还，活着回来。今日事，今天的事情。因为昨天还在逃命途中，不知道会有什么事情发生。间道，指逃奔途中所走的偏僻小道。暂时人，当时还不知道是人是鬼，因为生死悬于顷刻间，随时都有遭遇不幸的可能。可见逃奔途中十分危险。

③这两句写今日所看到的朝廷的新气象，借古喻今，以汉时的光武帝来比今日的唐肃宗，赞扬肃宗『中兴』时的新气象。司隶，司隶校尉，新莽末年淮阳王刘玄起兵，任命刘秀为司隶校尉，刘秀行政，一如西汉旧章，『老吏或垂涕曰：「不图今日复见汉官威仪！」』（《后汉书·光武帝纪》）章，规章制度。初睹，刚刚看到，是说施行的规章制度刚刚开始见到成效。南阳，代指光武帝刘秀，他是南阳人。气已新，已经出现了新气象。

④这两句是说看到中兴有望，激动欣喜至极，高兴到了极点又忍不住『喜极而悲』，以至于泪水沾湿了所佩带之巾。翻倒，反倒，高兴至极却又泪水满巾，当歌而哭，当喜反悲，似乎是不合常情的反常，所以说是『翻倒』。

其　三

**死去凭谁报？归来始自怜①！犹瞻太白雪，喜遇武功天②。影静千官里，心苏七校前③。今朝汉社稷，**

**犹瞻太白雪，喜遇武功天**

到了唐王朝的管辖区域，见到熟悉的风景，作为一位回归者，必然欢欣至极。

**新数中兴年④。**

**注释**

①这两句是脱险以后的回想。凭谁报，是说如果自己真的在小道上死去的话，也无人会替自己报信。凭，依靠。自怜，自己怜惜自己，是说到达了以后才开始自己怜惜自己。

②太白、武功，皆为山名，在凤翔周边。太白雪，太白山十分高峻，其最高峰的海拔为4113三公尺，所以说山顶终年积雪。武功天，是说到了唐王朝的管辖范围内，如同是重见天日。这两句是写自己脱险以后回到凤翔时无比庆幸、欣喜的感受。

③影，指自身自己。影静，心怀平静。心苏，心情振奋高兴。苏，苏醒、活跃。七校，指武卫，汉武帝曾设立了七校尉。这两句是写自己看到中兴有望后的高兴和欣慰，故置身于朝班之时，觉得心境平静且振奋。

④汉社稷，以汉代指唐王朝。社稷，指国家。社，土神。稷，谷神。新数，开始算得上。中兴，朝廷中衰而再兴。这两句是说现在的唐王朝，开始算得上是处于中兴的年月了。

至德二年（757）五月，杜甫从长安逃脱，投奔肃宗到凤翔，而后被任命为左拾遗，这首诗就是他就任后不久所作的。当时诗人惊魂稍定，因思及家人妻子的下落而作了这首诗。诗中抒发了自己深切的思念和担忧，同时也表现出杜甫时时刻刻都在关心着国家和人民。诗人在诗作中，根据自己的所见所闻，运用丰富的想象，生动具体地描绘出了心中的担忧和惊恐，以及对家人的思念和担忧，娓娓而来，感人至深。

## 述怀

**去年潼关破，妻子隔绝久①。今夏草木长，脱身得西走②。麻鞋见天子，衣袖露两肘③。朝廷愍生还，亲故伤老丑④。涕泪受拾遗，流离主恩厚⑤。柴门虽得去，未忍即开口⑥。寄书问三川，不知家在否⑦？比闻同罹祸，杀戮到鸡狗⑧。山中漏茅屋，谁复依户牖⑨？摧颓苍松根，地冷骨未朽⑩。几人全性命，尽室岂相偶⑪？嵚岑猛虎场，郁结回我首⑫。自寄一封书，今已十月后⑬。后畏消息来，寸心亦何有⑭？汉运初中兴⑮，生平老耽酒⑯。沉思欢会处，恐作穷独叟⑰。**

注释

①隔绝久，至德元年（756）六月，安禄山攻破潼关，长安沦陷，杜甫在流亡中被俘，和家人离散，到此时相聚时已经将近一年，所以说『隔绝久』。隔绝，因为阻隔而音信断绝。

②草木长，杜甫逃离长安时是在四月，那时候草木茂盛，较容易逃脱。得，得以，能够。西走，向西而行，由长安奔往凤翔需要向西走。

③这两句话记叙事实，透露出了逃奔途中奔走流离的苦状：穿着自制的麻鞋来拜见天子，衣袖由于破了洞而露出了胳膊，极言其到达凤翔时的窘状。

④这两句话表现出了杜甫的谦逊，他历尽险阻苦难，终于到达凤翔，但他丝毫不以功臣、节士自居。愍，指怜悯，可怜，同情。亲故，指亲人故友。

⑤受拾遗，至德二年（757）五月十六日，唐肃宗任命杜甫为左拾遗。拾遗，唐代官制中有左右拾遗，虽然官职很小（只是一个八品的小官），但是也属于谏官之列，可以常伴于皇帝左右，并能对皇帝进谏，可以提出不同的意见。流离主恩厚，因为是在流离之中，越发觉得主恩隆厚，故忍不住涕泪交加而受官。

⑥柴门，用树枝和木材所作成的门，用来说明其贫困，这里代指杜甫的家。得去，可以去，能去。因其之前陷于安史叛军中，今日得以逃归，所以说『得去』，可是国难当前，自己又是刚刚授官上任，所以不忍心马上开口要求回家。

⑦这两句是说，既然自己无法分身回家，那就只好寄书告知了，可是寄书又没有得到回信，所以不免想象揣测起来。三川，县名，在鄜州，是当时杜甫家人的居住处。

⑧比闻，即近闻，近来听说。罹祸，即遭难，遇难。

⑨户牖，门窗，这两句是说叛军这样的滥杀横行，不知道家中的破茅屋里还有没有人得以幸存。

⑩这两句想得更深入也更可怕，是说死人很多，尸骨狼藉，希望自己能够收到妻子的骨头。摧颓，毁坏。

⑪这两句是说在这样的年景里，能够有几个人活着？希望全家团聚岂非是做梦？

麻鞋见天子，衣袖露两肘

⑫嵚岑，形容山的高峻貌。猛虎，用来比喻贼寇的残暴。郁结，是指心上的疙瘩。回我首，是说自己不住地回头叹气。

⑬这两句是说由现在的寄书，想到了去年的寄书，而家中的回信却一直没有收到，恐怕妻子儿女皆尽亡命，自己将要成为一个孤独的人。

⑭这两句是写自己盼望着收到信又怕收到信的矛盾心理：一方面在盼望着收到家中的来信，另一方面又害怕收到来信，万一所收到的消息是噩耗，那么仅存的希望就会全部破灭，希望就会变成绝望，所以心情十分矛盾，左也不是，右也不是，心中只是一片空虚，寸心无处寄托。

⑮汉运，指唐运。唐人多以汉来比拟唐。初中兴，虽然这时侯长安和洛阳都还没有被收复，但已经出现了转机，所以说『初中兴』。

⑯耽酒，喜酒，嗜酒。

⑰这两句是说国家已经中兴有望，初见成效，而自己又向来喜欢喝点儿酒，如果妻子儿女都无恙，半于自己身边，那该是多么的美好啊。但认真想来，我这种全家团圆欢聚的幻想实在是很难实现，恐怕最后会变成只有我自己一个孤老儿的悲惨结局啊。叟，

对年老男子的称呼，其实杜甫这时才四十六岁，更多的是一种心情的苍老。

**题解**

这三首诗作于至德二年(757)秋天。杜甫就在这年五月，被任命为左拾遗，因房琯被罢相，杜甫上书为之援救辩护，触怒了肃宗，几乎导致获罪。从此以后肃宗便对他厌弃疏远，八月间准许他回鄜州的羌村去探望家小，实际上是趁机将他疏远流放，这对杜甫的仕途是一个沉重的打击，但是却给了诗人一个得以深入民间体察民生疾苦的机会。

这三首写的是杜甫经过流离失散，终于回到家以后的所见所闻所感。主要采用的是白描手法，抓住了典型的生活情景以及人物的心理，有很强的表现力，景真情挚，足以能够感发人心。

## 羌村三首

### 其一

**峥嵘赤云西，日脚下平地①。柴门鸟雀噪，归客千里至②。妻孥怪我在③，惊定还拭泪④。世乱遭飘荡，生还偶然遂⑤！邻人满墙头，感叹亦歔欷⑥。夜阑更秉烛，相对如梦寐⑦。**

**注释**

①峥嵘，原本形容山之高峻陡峭的样子，这里是用来形容云峰。赤云西，赤云之西。因太阳在云的西边，古人当时不知道是地球在围绕太阳转，而是认为太阳在走，所以有『日脚』之说。这两句是写未到达时的黄昏远望。

柴门鸟雀噪，归客千里至

②柴门，用树枝柴木做成的门，一向是穷苦人家所用，这里是代指杜甫的家。鸟雀噪，因为有人来，所以宿鸟闻人声而惊喧。归客，指杜甫自己。千里至，形容从凤翔到鄜州的距离很远，而如此远的距离，杜甫是徒步走着回来的，他曾经向一个官员借马，可是没能借到，由此可以想见一路上的艰苦和辛酸。

③妻孥，指自己的妻子。怪我在，惊讶我的突然出现，虽然杜甫的妻子以前接到过杜甫的书信，知道他未死，可是当丈夫一旦真的出现在眼前时，仍不免惊疑，所有的反应也只是发愣，所以说是『怪我在』。

④这句是说诧异过后，心情恢复平静，方才相信所见是真，一时间悲喜交加，泪水也不知不觉地流了下来。

⑤生还，活着回来。遂，指如愿以偿。『偶然』二字含义十分丰富，蕴含着无尽的感慨。杜甫能够活着回到家中实在是很『偶然』，很多次他都很可能会死掉：身陷叛军数月，当死；从叛军居处逃奔而归，当死；上疏救护房琯，触怒了肃宗，当死；即便是这次回鄜州，一路上，风霜雪雨交织，饥寒疾病交加，盗贼虎豹出没，随时都有死掉的可能，而凡此种种，杜甫都得以逃脱，

而今竟得以生还，确实是偶然至极，难怪妻子会觉得奇怪。

⑥歔欷，指悲泣感叹之声。这两句是写邻人对诗人归来的关心和途中经历的同情，而就在这些悲泣声中，我们也能够听出家乡的父老们对于这位爱国诗人的赞叹。

⑦夜阑，深夜。更，复，夜深了本应当去睡觉，可诗人反倒高烧蜡烛，所以说『更』。之所以有此举，是因为九死一生后得以生还，和家人又是久别重逢，心情自然十分兴奋，对当下的处境十分欣喜，不忍去睡也无法入睡，故高烧蜡烛，坐于灯前，面面相对，仍然疑心恐是在梦中。

## 其二

**晚岁迫偷生①，还家少欢趣②。娇儿不离膝，畏我复却去③。忆昔好追凉④，故绕池边树。萧萧北风劲⑤，抚事煎百虑⑥。赖知禾黍收，已觉糟床注⑦。如今足斟酌，且用慰迟暮⑧。**

### 注释

①晚岁，指老年，其实杜甫这时只有四十六岁，但是一连串的坎坷经历和不幸遭遇，让诗人过早地衰老，心情尤其苍老悲怆，感觉自己已经到了暮年，自称老者。迫偷生，被迫苟且活着，指这次的奉诏回家。因为杜甫一直是以国家时局为重，而现在却被诏许回家，便以之为偷生苟活。

②少欢趣，杜甫以为在国家万方多难之时，自己却赋闲待在家中，这是一种可耻的偷生，所以感到『少欢趣』。

③却，即。却去，即去、便去。这里是说孩子们担心害怕刚回家的父亲过不了几天就又要离开了，因为他们已经发觉父亲『少欢趣』，所以经常绕膝慰留，希望父亲不会再度离去。

萧萧北风劲，抚事煎百虑

④忆昔，追忆往日。昔，指去年六七月间。追凉，追逐凉爽之地。

⑤因为杜甫此次归来是在闰八月，而西北气候早寒，故有这般景象。萧萧，写落叶情状，兼写自己心情的悲凉。

⑥抚，抚念。抚念家事则是触目皆凄凉，抚念国事则是胡骑遍地猖獗，因此便忧心如焚，不可断绝。

⑦赖，全亏了，依赖。这句话是说情况如此不如意，要是再没有了酒，那简直就要愁死了。糟床，酒醉。注，流，这里指酒。

⑧这两句是预想语，因为当时酒还没有酿出来。足斟酌，有足够的酒喝。且用慰迟暮，是说什么也不要想了，姑且大喝一通，用酒来麻醉自己一下吧。

## 其三

**群鸡正乱叫，客至鸡斗争。驱鸡上树木，始闻叩柴荆①。父老四五人，问我久远行②。手中各有携，倾榼浊复清③。苦辞酒味薄，黍地无人耕④。兵革既未息，儿童尽东征。请为父老歌⑤，艰难愧深情。歌罢仰天叹⑥，四座泪纵横。**

### 注释

①驱鸡上树木，让鸡在树木上栖息。古今养鸡的方法不同，并且

歌罢仰天叹，四座泪纵横

南北地区间也有差异。《诗经》中说『鸡栖于埘』，汉乐府中却说『鸡鸣高树颠』，杜甫说『驱鸡上树木』，可见唐代还是让鸡栖息在树上的，而驱鸡上树，就是将鸡赶回窝，它们自然就安静下来了，这样诗人才得以听见叩门声。始闻，因为最初的叩门声被鸡的叫声所掩没，一直到这时才听见。柴荆，柴门，也叫做『荆柴』、『荆扉』。

②问，问遗，也就是携带着礼物去慰问人，也指以物遥赠。这里是说家乡的父老们带着酒来看望杜甫。

③榼，酒器。浊清，指酒的颜色清浊不一。

④苦辞酒味薄，是说父老们以为酒味劣薄而再三致歉。苦辞，再三地说，觉得很是抱歉。唐人的习惯用语，另有『苦忆』、『苦爱』等。写出了父老们的热情和淳厚，并且说出了酒味薄的原因：连年战乱，导致了田地荒芜，黍粱减产，因而也导致所酿之酒味道寡淡劣薄。

⑤为父老歌，一是为了表示感谢，二是为了宽慰父老。但又因强为欢笑，所以说『歌』也就变成了『哭』。

⑥杜甫作为一个『自比稷与契』的爱国诗人，一直是『穷年忧黎

元』，而此时他又正在做左拾遗，然而面对着眼前如此灾难深重的『黎元』，不但不能解决他们的困难，并且又喝着他们送来的酒，怎么会不生发出感叹，又怎么会不仰天长叹、泪流满面呢？

**题解**

这首诗写于至德二年（757）秋。杜甫因房琯事件触怒肃宗后，从凤翔回鄜州羌村探家，这首诗就是杜甫回到家中后，追叙此次回家的经历和感想以及到家后的所见所闻而作。由凤翔到鄜州需要向东北方向走，所以说『北征』。

杜甫之所以写《北征》：一是根据自己在途中的亲身见闻，写出战乱中人民生活的苦况，想要以此来引起唐肃宗的注意和关心；二是表达出自己对借用回纥兵的意见，以唤起唐肃宗的警惕。诗中广泛反映了当时『乾坤含疮痍』的真实画面，表明了自己的政治见解和看法，这时杜甫担任左拾遗，属于谏官之列，这首诗就是他的谏书，诗的格式写得也很像奏议。

这首诗长达七百字，是杜甫五言古体诗中篇幅最长的一首。全诗可分作五大段，忧国忧民的爱国精神一直贯穿始终，全诗以记叙为主，夹叙夹议，结构完整缜密，描写细腻具体，表情曲折深刻，是杜甫诗中的名篇。

## 北征

**皇帝二载秋①，闰八月初吉②。杜子将北征，苍茫问家室③。维时遭艰虞④，朝野少暇日。顾惭恩私被⑤，诏许归蓬荜⑥。拜辞诣阙下⑦，怵惕久未出⑧。虽乏谏诤姿，恐君有遗失⑨。君诚中兴主，经纬固密勿⑩。东**

顾惭恩私被，诏许归蓬荜

**胡反未已，臣甫愤所切⑪。挥涕恋行在⑫，道途犹恍惚⑬。乾坤含疮痍，忧虞何时毕⑭？**

注释

①皇帝二载，即唐肃宗至德二年（757）。载，这是沿袭旧习，称年为载。

②初吉，即朔日，也就是初一。这两句话写出自己被遣放回家的时间，开篇就抬出皇帝并写清楚年月日，是为了突出严肃和正式，因为诗中所写的主要是国家大事。

③杜子，杜甫，子是古代男子的通称。苍茫，渺茫。当时正值乱世，时局动乱，生死难料，所以有渺茫惘然之感。问，探望。

④维时，当是时。

⑤恩私被，恩赐独加于自己一个人，所以自顾身怀惭愧，指肃宗专门准许杜甫探家之事，而实际上肃宗此举是将杜甫遣放疏远，这里说的是门面话。

⑥诏许，下诏准许。杜甫因为房管事件而触怒了肃宗，肃宗为了疏远和放逐他，便命他从凤翔前往鄜州去探视家小。蓬荜，蓬门荜户，也就是用蓬草荜柴编织的门户，是穷人居住的处所，这里

是指杜甫的家。

⑦诣，到。阙，宫阙，指朝廷。

⑧怵惕，惊恐不安的样子。

⑨这两句说明之所以会『怵惕』的缘故。杜甫担任拾遗，职责是对皇帝谏诤，在封建社会里，皇帝的一切举动和决策，都关系重大，因此身为谏官的杜甫便担心自己行事进言有不够周密之处。谏诤，下对上的规劝称『谏』，直言论事称『诤』。遗失，指考虑不周。

⑩经纬，古时候，织布的织机上的直线叫经，横线叫纬，一经一纬便织成了布。这里是借指对国家大事的计划和措施。密勿，勤谨。

⑪东胡，至德二年(757)正月，安庆绪杀死其父安禄山，自己盘踞于东都洛阳称帝，故称安庆绪为『东胡』。已，停止。臣甫，指杜甫自己，这是章奏上的惯用之词。

⑫行在，天子出行的居所，这里代指临时设立在凤翔的朝廷。

⑬因为自己身在途中，而心存阙下，所以导致心神恍惚，泪水潸然。

⑭这两句是说自己的心事。因为『乾坤含疮痍』，所以导致『挥涕恋行在』。疮，同『创』。痍，伤。因为举国上下，到处都在流血，所以说『含』。

**靡靡逾阡陌⑮，人烟眇萧瑟⑯。所遇多被伤，呻吟更流血。回首凤翔县，旌旗晚明灭⑰。前登寒山重，屡得饮马窟⑱。邠郊入地底，泾水中荡潏⑲。猛虎立我前，苍崖吼时裂。菊垂今秋花，石戴古车辙。青云动高兴，幽事亦可悦⑳。山果多琐细，罗生杂橡栗㉑。或红如丹砂，或黑如点漆㉒。雨露之所濡，甘苦齐**

结实[23]。缅思桃源内，益叹身世拙[24]。坡陀望鄜畤[25]，岩谷互出没。我行已水滨，我仆犹木末[26]。鸱鸮鸣黄桑，野鼠拱乱穴[27]。夜深经战场，寒月照白骨。潼关百万师，往者散何卒[28]！遂令半秦民，残害为异物[29]。

**注释**

⑮靡靡，迟迟。逾，越过。阡陌，指田间的道路，南北为阡，东西为陌。

⑯眇，少。萧瑟，萧条。

⑰回首，虽然身已远行，但依然心寄朝廷，故时时回望。明灭，形容旌旗在日光反照之下飘动，忽明忽灭。

⑱寒山，秋山。重，指重迭。屡得，多次遇到。饮马窟，饮马的水洼，古代在野外行军时，遇到地势低洼有水处，就用其来饮马，称之为『饮马窟』，这里是说到处都可以看到饮马窟，说明战争依然还在进行。

⑲郊，指邠州，在今天的陕西彬县。郊，即郊原，这里指盆地。当时杜甫是在山上，所以看到邠郊就像是如入低地。中，指邠郊之中。荡潏，形容水涌的样子。

鸮

我国民间常把猫头鹰当作『不祥之鸟』，称为逐魂鸟、报丧鸟等，古书中还把它称之为怪鸱、鬼车、魑魂或流离，是厄运和死亡的象征。

⑳青云，因杜甫当时身在山头，所以看云是那样的颜色。幽事，即下面说到的山中所见的景物。亦可悦，幽事原本可悦，但是杜甫一直是心怀忧虑，所以说『亦可悦』。

㉑橡，栎实，形状像栗子，比栗子要小一些。

㉒点漆，指黑而小的山中野果。

㉓濡，即沾濡。这两句是对所见山中景色的总写。写山中的草木尚且各得其所，言外之意有人反倒不如草木的感慨。

㉔缅思，遥想。桃源，晋陶渊明写有《桃花源记》，指虚构的理想社会。因为看到了山中的景物，所以想起了桃源生活。

㉕鄜畤，原本指秦时文公所筑的用来祭天的坛场，这里代指鄜州。望鄜畤，望杜甫鄜州的家。坡陀，形容山冈的起伏貌。

㉖犹，尚。木末，即树梢，用来泛指山上。这里是说杜甫归家的心情十分急切，不知不觉走得很快，反倒将仆人拉在后面了。

㉗拱，拱立。拱乱穴，像人拱着手一样立于乱穴的中间。

㉘百万师，《唐书》上有记载，哥舒翰以20万大军驻守潼关，因为杨国忠极力督促其出战，所以被安禄山大败，导致死者数万，十者不存一二，这里说的就是这件事。『百万』是一种夸张的说法，极言其多。卒，仓猝。

㉙半秦民，秦地一半的人民。为异物，化为异物，即死亡。

经年至茅屋，妻子衣百结

况我堕胡尘，及归尽华发㉚。经年至茅屋，妻子衣百结㉛。恸哭松声回，悲泉共幽咽㉜。平生所娇儿，颜色白胜雪㉝。见耶背面啼㉞，垢腻脚不袜。床前两小女，补绽才过膝㉟。海图坼波涛，旧绣移曲折。天吴及紫凤，颠倒在裋褐㊱。老夫情怀恶，呕泄卧数日㊲。那无囊中帛，救汝寒凛栗㊳。粉黛亦解包，衾裯稍罗列㊴。瘦妻面复光，痴女头自栉㊵。学母无不为，晓妆随手抹㊶。移时施朱铅，狼藉画眉阔㊷。生还对童稚，似欲忘饥渴。问事竞挽须，谁能即嗔喝㊸。翻思在贼愁，甘受杂乱聒㊹。新归且慰意，生理焉得说㊺。

注释

㉚堕胡尘，指沉陷于叛军当中。及归，指从长安逃归至凤翔。华发，白发，是说自己由于悲愤，导致头发也全都变白了。

㉛经年，杜甫离开鄜州的时间是在至德元年（756）七月，一直到至德二年（757）的闰八月才回来，时隔一年。百结，指衣服上打满了补丁。

㉜这两句是借景物写恸哭的哀切。松泉原本是无情之物，但在满是血泪的诗人眼中，仿佛也为之呜咽悲鸣。

㉝白胜雪，指孩子以前养得十分白净，和下面说到的『垢腻』形

成对比。
㉞耶，即『爷』，古代口语中经常称父为『爷』。
㉟补绽，指补缀所用之物。
㊱海图，织绣着大海景象的图障。天吴，指水神，其神为虎身人面，有八手八足八尾。这几句是说因为家境贫寒，没有布料，只好用这种东西来缝补孩子的短衣，导致波纹坼裂，绣纹错乱，所绣的天吴紫凤也都颠倒了。
㊲情怀恶，心情不好。呕泄，吐泻。卧，指卧病在床。
㊳寒凛栗，冷得直打哆嗦。
㊴黛，古代女子用来画眉的黑粉。解包，解开包裹。衾，被褥。裯，床帐。
㊵面复光，面容重新容光焕发。头自栉，主动自己梳起头来。
㊶无不为，无所不为，是说全都照着作。随手抹，信手胡乱地涂抹。
㊷移时，费了很长的时间。朱铅，指红粉。狼藉，杂乱，不整洁。画眉阔，汉代和唐代的女子画眉时都以阔为美。
㊸问事，指孩子们围着父亲问长问短，细问诸多情由。竞，争着。嗔喝，生气地喝止。这里是写娇女幼儿见到父亲时的情状。
㊹杂乱，指上面的问事。聒，吵闹。
㊺生理，生计。这时候叛军尚未完全平定，国家正处于万方多难时期，个人家庭的生计又从何谈起呢。

仰观天色改，坐觉妖氛豁

至尊尚蒙尘[46]，几日休练卒[47]。仰观天色改，坐觉妖氛豁[48]。阴风西北来，惨淡随回纥[49]。其王愿助顺，其俗善驰突[50]。送兵五千人，驱马一万匹[51]。此辈少为贵，四方服勇决[52]。所用皆鹰腾，破敌过箭疾[53]。圣心颇虚伫，时议气欲夺[54]。伊洛指掌收，西京不足拔[55]。官军请深入，蓄锐可俱发[56]。此举开青徐，旋瞻略恒碣[57]。昊天积霜露，正气有肃杀[58]。祸转亡胡岁，势成擒胡月。胡命其能久，皇纲未宜绝[59]。

注释

㊻至尊，封建社会里对皇帝的称呼，这里指肃宗。蒙尘，指皇帝流落在外。

㊼这句话是说何时才能够不练兵呢？也就是渴盼着能够休战。

㊽豁，开朗、澄清。

㊾回纥，即今天的维吾尔族。

㊿助顺，指帮助朝廷。善驰突，善骑射。

(51)驱马一万匹，一人配有两马，故兵有五千，马有一万。

(52)少为贵，杜甫认为借用回纥的兵去平定叛乱并非正确之举，借兵越多以后就越难应付，所以说『少为贵』。勇决，骁勇果断决绝。

(53)鹰腾，像鹰一样飞腾搏击。过箭疾，比箭发射出的速度还要迅急，极言破敌的速度之快。

(54)圣心，肃宗的想法，也就是向回纥借兵之计。气夺，是说百官们虽然不赞同这个想法（向回纥借兵），但是由于慑于皇帝的威严，气为之夺，不敢坚持己见，只好附和皇帝的想法。

(55)伊洛，流经洛阳的二水名。这里用来代指东京（也就是洛阳）。指掌，极为容易。西京，长安。

(56)这两句话是说只须利用官军的力量，便能够消灭安史叛军（无需向回纥借兵）。

(57)青徐，青州、徐州，在今天的山东、苏北一带。旋瞻，眼看。略，略取，攻得。恒碣，恒山和碣石山，代指河北一带。

(58)这两句是写自然界的规律，杜甫意欲借此来提醒唐肃宗要积极主动地备战。

(59)皇纲，代指唐朝的帝业传统，也是国运之象征，相当于《述怀》诗中的『汉运』。

**忆昨狼狈初(60)，事与古先别。奸臣竟菹醢(61)，同恶随荡析(62)。不闻夏殷衰，中自诛褒妲(63)。周汉获再兴，宣光果明哲(64)。桓桓陈将军，仗钺奋忠烈(65)。微尔人尽非(66)，于今国犹活。凄凉大同殿，寂寞白兽闼(67)。都人望翠华，佳气向金阙(68)。园陵固有神，扫洒数不缺(69)。煌煌太宗业，树立甚宏达(70)。**

注释

(60)狼狈，这是追忆去年六月唐玄宗出逃四川的旧事，当时是仓皇出走，路上连要吃的饭都找不到，行至马嵬驿站时，六军又驻步不进，情形的确是『狼狈』。

(61)奸臣，指杨国忠。菹醢，指肉酱。

煌煌太宗业，树立甚宏达

唐太宗李世民即位为帝后，积极听取群臣的意见、努力学习文治天下，成功转型为中国史上最出名的政治家与明君之一，开创了历史上的『贞观之治』。

㉒同恶，指杨国忠的同党。荡析，即消灭，除尽。

㉓夏殷，指夏朝的夏桀王和殷朝的商纣王，二人皆是因女色而致使亡国的暴君。中自，主动。这里是用夏殷旧事来代指唐玄宗赐死杨贵妃事。本来唐玄宗赐杨贵妃死，是出于被逼无奈而非主动，但不好做正面的揭露斥责，只好从侧面点破。

㉔宣光，指周代的宣王和汉代的光武帝，在此用来比喻唐肃宗。

㉕桓桓，形容勇猛威武的样子。陈将军，即陈玄礼，称其官号是为了表示对其充满敬意。仗钺，护卫皇帝。忠烈，指对唐王朝的忠诚刚烈。这里是写马嵬兵变时，陈玄礼除奸的事情。

㉖这里用《论语》孔丘赞美管仲的话来赞美陈玄礼。微，没有。尔，你，指陈玄礼。人尽非，是说人民都将要受到安史的野蛮凶残统治。

㉗大同殿，位于南苑兴庆宫中勤政楼之北，唐玄宗经常在此地朝见群臣。白兽闼，即白兽门，位于凌烟阁之北，太极殿的西南。闼，门。这两句意在激起唐肃宗的故国之思。

㉘都人，指长安城内的子民。翠华，指天子仪仗中饰有翠绿色羽毛的旌旗。望翠华，是说盼望着肃宗能早日举旗前来，收复京师。

金阙，指用金子装饰的阙门。
[69]园陵，指皇帝的墓地。数，礼数。
[70]引用唐太宗事，一是为了激励肃宗；二是以此来增强大家收复失地，平定叛军的信心。唐太宗作为开国皇帝，以史为鉴，励精图治，取得了『贞观之治』的盛绩，贞观四年（630），唐太宗被『四夷君长』推尊为『天可汗』，当时唐王朝国事煌赫，威震天下，四海皆服，所以有『煌煌』句。

**题解**

这首诗写于至德二年（757）八月，是一首感谢朋友的诗，写的是一年前全家逃难途中受到友人孙宰热情招待的事情。当时杜甫举家从奉先逃往白水，潼关失守后，他们又逃往鄜州，在逃难途中，为久雨所困，孙宰热情相邀至其家，并予以周到款待。一年以后，杜甫从凤翔赶回鄜州探家，途中经过彭衙之西，回忆起昔日孙宰热情款待的深情厚谊，但又无法枉道相访，于是就写了这首诗，叙述当日逃难之艰险，友人相待之厚谊。彭衙，位于陕西白水县东北60里，也就是现在的彭衙堡。

## 彭衙行

**忆昔避贼初①，北走经险艰。夜深彭衙道，月照白水山②。尽室久徒步，逢人多厚颜③。参差谷鸟鸣，不见游子还④。痴女饥咬我，啼畏虎狼闻。怀中掩其口，反侧声愈嗔⑤。小儿强解事，故索苦李餐⑥。一旬半雷雨，泥泞相牵攀。既无御雨备，径滑衣又寒⑦。有时经契阔⑧，竟日数里间⑨。野果充糇粮⑩，卑枝成屋椽⑪。早行石上水，暮宿天边烟⑫。少留同家洼，欲出芦子关⑬。故人有孙宰，高义薄层云⑭。延客已曛黑，**

故人有孙宰，高义薄层云

张灯启重门。暖汤濯我足，剪纸招我魂⑮。从此出妻孥，相视涕阑干⑯。众雏烂熳睡，唤起沾盘飧⑰。誓将与夫子，永结为弟昆⑱。遂空所坐堂，安居奉我欢⑲。谁肯艰难际，豁达露心肝⑳。别来岁月周㉑，胡羯仍构患。何当有翅翎，飞去堕尔前㉒。

注释

①本诗全篇都是在追叙往事，只有最后四句是作诗时所说的话，所以用『忆昔』二字领起全诗。

②白水山，白水县的山。杜甫在至德元年（756）六月逃难向鄜州时途经白水。

③尽室，全家。多厚颜，感觉非常不好意思，厚颜，羞惭。

④这两句话是说一路上所经之地都十分荒凉，找不到可吃之物，也找不到可歇息之所。

⑤这几句是说孩子因为饥饿而哭了起来，诗人害怕虎狼会闻声前来，所以就掩其口不让其出声。但这么一来，小孩因为感觉不舒服，哭得越发厉害了，让人着急、恐慌而又无奈。反侧，即挣扎。声愈嗔，指哭声越发大了起来。

⑥强解事，即所谓的『强作解事』。故，故意。索，索取。这两

句话是说小儿们略略比小妹懂事些，没有哭泣而只是要求吃些道旁的苦李充饥，可是他们怎么知道苦李是不能吃的啊。

⑦备，工具，这里指雨具。衣又寒，衣服被雨打湿而越发寒冷。

⑧经契阔，指碰到了特别难走的地方。契阔，劳苦。

⑨竟日，一整天。

⑩糇粮，干粮。

⑪椽，架屋顶的木条。屋椽，屋宇。

⑫天边烟，因为天降大雨，并且持续了很久，道路上都是积水，所以总是在水里走；因露宿于荒僻的山中，烟雾弥漫，所以说『天边烟』。

⑬同家洼，友人孙宰的家。少留，短时间的逗留。

⑭宰，当时唐人对县令的一种敬称，但从诗中的意思来看，应当是友人的名字。薄层云，上接云天，极言友人的义气之高，也就是『义薄云天』。薄，逼近，接近。

⑮暖汤，热水。剪纸招魂，剪纸做旐，用来招人魂，这是古时风俗习惯，这里是写孙宰对杜甫一家无微不至的招待。

⑯阑干，纵横交织的栏子，这里是形容相见时的涕泪之多。

⑰众雏，即上面提到的痴女小儿。烂熳睡，稚子睡得非常香甜的模样。沾盘飧，吃晚饭。沾，感激。飧，晚餐。

⑱这两句是孙宰对杜甫所说的话，也就是下文所说的『露心肝』。夫子，对别人的尊称，这里是孙宰称谓杜甫。
⑲奉我欢，使我愉快。这两句是说孙宰把房间腾出来，安排我们一家人住下。
⑳豁达，待人宽厚。露心肝，推心置腹、坦诚相待。
㉑岁月周，时间满一年。
㉒何当，哪得。这里是说何时能够身长翅膀，飞往孙宰那里去呢！

题解

这首诗大约作于至德二年（757）冬天，是杜甫从鄜州返还长安时所作。郑虔，也就是郑广文，十八是其排行，古人常常以排行相称，有尊敬和亲切意。安禄山叛乱之际，郑虔身陷叛军中，安禄山为了将之收为己用，就授官水部郎中给他，郑虔称病不就，并且私下里与唐政府通消息。至德二年（757）十月，两京收复，十二月，将陷叛军当中的官员分作六等定罪，郑虔被定为三等，贬于台州。郑虔和杜甫的关系十分要好，杜甫对郑虔的垂老陷贼导致被贬深表同情，郑虔出外任时，两人没能当面分别，于是杜甫便写下了这首诗。诗中的感情凄婉真挚，感人至深。台州，即今天的浙江省临海市。司户，县佐小官。

## 送郑十八虔贬台州司户，伤其临老陷贼之故，阙为面别，情见于诗

**郑公樗散鬓成丝①，酒后常称老画师②。万里伤心严谴日，百年垂死中兴时③。苍惶已就长途往，邂逅无端出饯迟④。便与先生应永诀⑤，九重泉路尽交期⑥。**

**苍惶已就长途往，邂逅无端出饯迟**

此句诗抒发了一种离开时未能见面的遗憾之情，令一种惋惜的情绪淡淡弥漫开来。

注释

①樗，一种落叶乔木，质地松散，并且枝叶有臭味，也就是俗称的『臭椿』。《庄子》中有对樗树属于无用之用的树木的故事，杜甫依据其意创作了『樗散』一词，用来形容郑虔的才能不合于世用。

②老画师，郑虔的自称，郑虔擅长画山水，所以有这种称呼；并且老画师兼有老废物的意思。唐代的风气是非常轻视画师的，以绘画为末技，画师的地位非常卑下。『画师『这一名称一向为士大夫所羞称。而今郑虔却常常以『画师』自称，正是牢骚愤怨之语。

③这两句是对郑虔的遭遇深表惋惜和同情。万里，指遥远的台州。严谴，严厉的惩罚。百年，代指人的一生。垂死，一是说郑虔年岁已大，时日不多；一是说在暮年光景中又遭贬谪，当愈发加快其死亡的速度。中兴时，因为当时两京已经收复，肃宗的政策施行初见成效，故有此说。

④这两句写『阙为面别』的原因。郑虔是匆促中上道，杜甫是因故来迟，所以没能当面相别。邂逅无端，遇到了意外的事情。

⑤永诀，指死别。此时郑虔已是暮年，此次一去，相距万里，按

照常理来看，恐怕两个人再无相见之日了，所以说『应永诀』，而事实上二人也的确是未能再度相见。

⑥九重泉，九泉、黄泉，指死后埋葬于地下。

**题解**

这首诗是乾元元年（758）春所作。至德二年（757）九月，长安收复，十月，肃宗从凤翔回到长安，杜甫也从鄜州回到长安，依然担任左拾遗。左拾遗掌管讽谏，遇有大事便当廷而诤，小事也要上『封事』（也就是密封的奏折）。这首诗所描写的就是杜甫在上封事前的心情，表现杜甫的忠君爱国、勤于国事。诗中最为出色的是对宫廷夜色的描写，一向为人所称道。宿，值宿。左省，即门下省，门下省在东，所以说『左省』。

## 春宿左省

**花隐掖垣暮，啾啾栖鸟过①。星临万户动，月傍九霄多②。不寝听金钥，因风想玉珂③。明朝有封事，数问夜如何④。**

**注释**

①这两句写黄昏时的景象。

不寝听金钥，因风想玉珂

②这两句写夜色中的景色。九霄，指天。因为宫殿高耸，直入云霄，距离月亮很近，所以觉其得月独多。

③这两句写不寝时的心情。金钥，即金锁。玉珂，马络头上的饰物，百官上朝时都骑马，玉珂也随之而鸣。而此刻风吹动铎发出鸣声，类似于玉珂的响声，所以便因之而想及。

④这两句写的是不寝的原因：想着明天早晨要向皇帝上封事。封事，即密封的奏折。

**题解**

这首诗作于乾元元年（758）暮春。当时唐军已经收复了长安，肃宗和群臣也已经回到长安，安史之乱渐渐被平息，可是它所带来的劫难却处处可见。杜甫回到长安以后依然担任左拾遗。然而又值宦官李辅国擅权，身为谏官的杜甫被视为异己，受到排斥，志不得行，因而心情极度烦闷，于是便借此诗来伤春感时，表面上是感伤春光易逝，实则是伤感于人事无常。

杜甫写了很多曲江以及和曲江有关的诗，其中安史之乱时所写的曲江诗，多是为自身和国家未来的命运担忧，而安史之乱后的诗作则更多的是在为逝去的年华而伤感叹息，为王朝的衰微没落而哭泣。《曲江二首》就是其中的代表。

## 曲江二首

### 其一

**一片花飞减却春，风飘万点正愁人①。且看欲尽花经眼②，莫厌伤多酒入唇③。江上小堂巢翡翠，苑边高冢卧麒麟④。细推物理须行乐⑤，何用浮名绊此身⑥？**

穿花蛱蝶深深见，点水蜻蜓款款飞

注释

①减却春，减损了春色。这里是说一片飘落的飞花就能让春色减损，更何况万点齐飞，岂不是要愁煞人。

②欲尽花，将尽之花。欲，将要。经眼，过眼。盖因所写的是飞花，故用一『经』字，细细写出。

③伤多酒，过多的酒，即是说超过饮量的酒。

④因为安史之乱，曲江边的建筑多被烧毁，公卿也多被杀戮，致使小堂无主，所以翠鸟来此做巢；因为高冢绝后，遭受焚烧，且无人维护，所以石兽仆卧。苑，指芙蓉苑，位于曲江西南。这里用华丽的句子极写景物的荒凉，更增其荒凉，这也是杜甫惯用的写法。

⑤这句是承上两句而来。物理，就事物的盛衰变化而言。因为有盛必有衰，春去春又会来，人之有生有死，都是物理之常，所以应当及时行乐。

⑥浮名，虚名，表面上似乎在说，人生苦难，事物无常，应当及时行乐，无须为声名所累，实际上正是有感于自己居其位而不能行其事的悲愤和无奈。

其二

**朝回日日典春衣，每日江头尽醉归①。酒债寻常行处有②，人生七十古来稀③。穿花蛱蝶深深见，点水蜻蜓款款飞④。传语风光共流转，暂时相赏莫相违⑤！**

注释

①朝回，退朝后回家。典，典当，一种以实物做抵押获得现钱的贷款形式，利息很大。而时值春日却去典当春衣，这就表明已经是别无他物可典，极度困窘。下句则申明典衣是为了每日买醉，而买醉的背后原因，则当是对时局的不满以及自己处境的不得志，只好喝酒买醉以作排遣。

②这句话是说不管走到了哪里都有自己欠下的酒债，因为每日都是不醉不归的『尽醉』，所以欠下了很多的酒债。

③这句话是醉酒的另一原因：年逾七十，来日无多，所以应当及时行乐。

④这两句写的是曲江的春景。蛱蝶，蝴蝶。蛱蝶恋着花朵，一直来来回回地在花丛中环绕穿梭，所以用『穿』字；而蜻蜓之蘸水却是一触即起，所以用『点』字。见，同『现』。深深现，忽隐忽现、如隐如现。款款飞，即缓缓飞。

⑤这两句用的是拟人手法。传语，传告。共流转，共盘桓。莫相违，是说不要离开人而径自飞去。

题解

这首诗应当是作于乾元元年（758）六月，当时杜甫因为直言上书，又一次被指责为房党徒，遭到了贬谪，从左拾遗贬为华州司功参军。诗题中所用『移』字，即是『贬』，这是一种门面话。这对杜甫的仕途是一个最为重大的打击，是他在政治上一个转折点，但同时也是他创作上的关键处：从此杜甫由皇帝的侍臣走向了人民，得以广泛地深入民生，体察民情和时事，也正是在此以后，他进入了创作上最高峰，写出了著名的『三吏』、『三别』等重要的史诗，奠定了他诗史的地位。长安外郭城的西面有三扇门：北曰开远门，中曰金光门，南曰延平门，这次杜甫贬官别京所走的就是中门金光门。

**至德二载，甫自京金光门出，间道归凤翔。乾元初，从左拾遗移华州掾，与亲故别，出此门，有悲往事**

**此道昔归顺①，西郊胡正繁。至今犹破胆②，应有未招魂。近侍归京邑③，移官岂至尊④？无才日衰老，驻马望千门⑤。**

注释

①归顺，只得以脱离叛军归唐。

②这句是说回想起当时的冒险情形，依然还觉胆战心惊。

③近侍，指左拾遗。京邑，指华州，因为华州距离长安不太遥远，所以称为『京邑』。

④移官，贬官。至尊，指唐肃宗。岂至尊，是说难道这（自己的被贬）是皇帝的意旨吗？

⑤无才，是将贬官的原因归咎于自己的无用。千门，指官殿。

**西岳华山**

华山是五岳之一。相传大禹治水，被华山挡住了去路。一位叫巨灵的大神来帮忙，将华山掰开，但是华山却被掰成一高一低两山。这也是李白诗作中『巨灵咆哮劈两山，洪波喷流射东海』的来历。

**题解**

这首诗作于乾元元年（758）夏杜甫贬官于华州时期。岳，指西岳华山。当时诗人在赶赴华州途中，望见了华山悠然神往，便写下了这首七律。

## 望岳

**西岳崚嶒竦处尊①，诸峰罗立如儿孙②。安得仙人九节杖，拄到玉女洗头盆③？车箱入谷无归路，箭栝通天有一门④。稍待西风凉冷后，高寻白帝问真源⑤。**

**注释**

①崚嶒，形容山的高峻貌。竦处，指最高处。

②如儿孙，用人的长幼来形容山的高下。这是杜甫的自创语，意思是说在西岳华山的最高峰上俯视诸峰，可以看到大者如儿，小者似孙。这两句是诗人远望华山的形态。

③这两句说自己想要得到登山用的器械去登山。

④这两句是写华山的险峻，暗含着难登之意。

⑤白帝，指华山，相传少昊是白帝，治于西岳。真源，指群仙的住居之地，这里有访道问仙之意。

东郊瘦马使我伤，骨骼硉兀如堵墙

**题解**

这首诗作于乾元元年(758)冬天，当时杜甫贬官为华州司功参军。这是一篇写实而抒情尽在其中的诗作。之所以要写瘦马，一是因为杜甫性本爱马，二是因为这匹遭人遗弃的官马，和诗人当时的处境颇为相似，所以就借马来寄托自己的身世蹇舛之感。所以这首诗也多被人称作是杜甫『自伤贬官而作』。全诗可分作两段，前八句是写瘦马的憔悴外形，后十二句是写瘦马的悲怆内心，虽处处写马，却将自己的身世暗喻其中。

## 瘦马行

东郊瘦马使我伤，骨骼硉兀如堵墙①。绊之欲动转欹侧②，此岂有意仍腾骧③。细看六印带官字④，众道三军遗路旁。皮干剥落杂泥滓⑤，毛暗萧条连雪霜⑥。去岁奔波逐余寇⑦，骅骝不惯不得将⑧。士卒多骑内厩马，惆怅恐是病乘黄⑨。当时历块误一蹶⑩，委弃非汝能周防⑪。见人惨澹若哀诉，失主错莫无晶光⑫。天寒远放雁为伴，日暮不收乌啄疮⑬。谁家且养愿终惠，更试明年春草长⑭。

注释

①硉兀，形容马骨突出如山石。如堵墙，形容形体之瘦。

②绊之，用马缰来绊马足。欹侧，歪倒。

③腾骧，飞跃。

④六印带官字，是说马身上印着六个印子，其中的一个是官字印。

⑤剥落，脱落。

⑥毛暗，马因为生病而导致毛头生尘，毛色暗淡。连雪霜，是说身上带着雪霜，这句和上句都是用来描写瘦马的可怜。

⑦至德二年(757)九月，唐军收复长安，十月又收复洛阳，这句所指的即是此事。

⑧骅骝，古代的良马名。将，参与。

⑨内厩，即御厩、天厩，是指天子的马厩。乘黄，亦为古代的良马名，这里指瘦马。

⑩历块，原本是用来形容马行速度之快，这里指逐寇。误一蹶，是说失足跌倒。而杜甫因上疏救房琯，致使肃宗一怒而疏杜甫，从此杜甫的仕途也如此马的跌倒一样一蹶不振。

⑪汝，指马。周防，提防。这里是说要原谅马的无辜，同时也是在申诉自己的无辜。

⑫这两句是写瘦马悲佚可怜的神情。错莫，落寞、索寞。

⑬放，放牧。这里是极写瘦马处境的悲哀可怜。

⑭这句是说等待明年草长马肥，再重新测试其才，必当有可观，希望有人能将此马收养。

**题解**

这首诗大约是乾元二年（759）春，杜甫任华州司功参军时所写。处士，指隐居不仕的人。八，是就处士的排行而言。卫八处士，名不详，当是杜甫青年时代的好友。杜甫在往华州途中，在拜访旧友时和卫八不期而遇，一时间悲喜交加、感慨万端，便写下了这首五言古诗来记叙当时的场景。诗中传达了时局乱离之际，人们所普遍具有的沧海桑田和别易会难之感，具有相当深刻的普遍意义，同时又写得十分生动自然，因此一向为人们广为传颂，受到人们的喜爱。

## 赠卫八处士

**人生不相见，动如参与商①。今夕复何夕，共此灯烛光。少壮能几时，鬓发各已苍②。访旧半为鬼③，惊呼热中肠④。焉知二十载，重上君子堂。昔别君未婚，儿女忽成行⑤。怡然敬父执⑥，问我来何方。问答未及已⑦，儿女罗酒浆⑧。夜雨剪春韭，新炊间黄粱⑨。主称会面难⑩，一举累十觞⑪。十觞亦不醉，感子故意长⑫。明日隔山岳⑬，世事两茫茫⑭。**

**注释**

①参商，星座名，又作『参辰』，参星在西方，而商星在东方，一个上升时则另一个下沉，二者一出一没，永远不能相见，这里是用参商之永不相见来比人生的别后难见。动如，指动不动就像，用来说明这种情况是十分常见的。

②苍，灰白色。

③这句是说打听昔日的故旧亲友，此时已经死亡了一半。

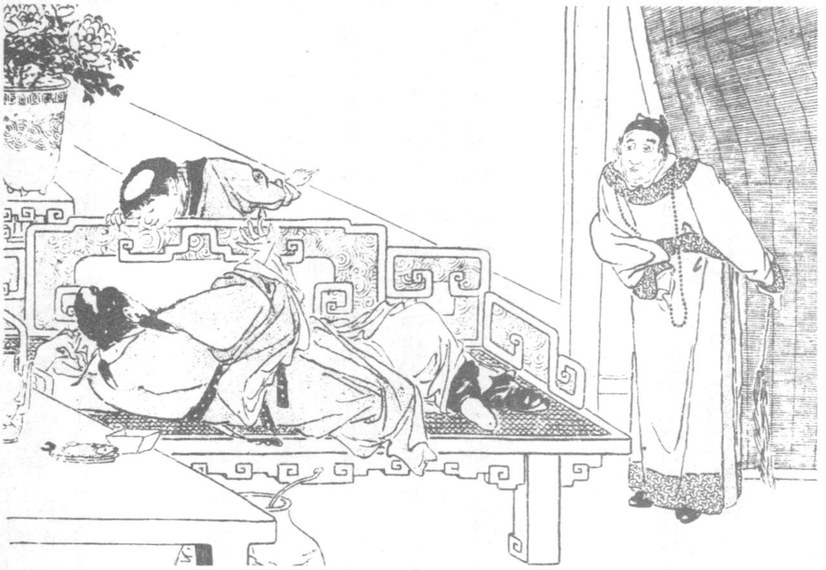
问答未及已，儿女罗酒浆

④这句是说闻之为之惊呼怪叫，心里热流回肠。
⑤成行，指儿女众多。
⑥父执，父亲的挚友。
⑦未及已，还没有来得及说完。
⑧儿女，一作『驱儿』。罗，罗列。
⑨间，掺和。黄粱，指小米。新炊，指刚刚煮出来的新鲜饭。
⑩主，主人，也就是卫八。称，说。
⑪累，一连，接连。
⑫故意长，指老朋友昔日的情谊深长。
⑬山岳，这里指西岳华山。这句是说到了明天就要分手别离了。
⑭世事，指社会也包括个人。两茫茫，是说明天分手以后，各自的命运如何，便都彼此互不知晓了。极言别后再度相见之难，也由此可以看出今夕的相会之乐。

**题解**

这首诗大约是乾元二年（759）春二月，杜甫在洛阳时所作，表现出杜甫的高度爱国主义以及深刻清醒的现实主义精神，当时的国家形势既有形势大好的一面，也有不利的一面，所以此时杜甫的心情也是十分矛盾的，『一则以喜，一则以惧』。所以杜甫在这首诗中，一方面用洪亮的声调，壮丽的词句，对国家的逐步复兴，中兴有望，表现出了极度的喜悦和欣喜；另一方面为了获取彻底的胜利让战争得以早日结束，就用寓讽刺于颂祷之中的手法对朝廷存在的弊端提出了指斥和警告，具有鼓舞人心和警惕隐患的双重作用。洗兵马，出于左思《魏都赋》中的『洗兵海岛，刷马江洲』。此处的意思是洗净兵器，也就是盼望战乱早日结束，这些兵器再也无需使用。诗题下原有注为『收京后作』。

全诗可以分作四段，每段用一韵，每韵十二句，平韵和仄韵轮流使用，诗句也十分整齐华丽，不同于一般的七古，是杜甫的精心之作。宋代王安石选杜诗时，以这首诗作为杜诗的『压卷』之作。

## 洗兵马

中兴诸将收山东[1]，捷书夜报清昼同[2]。河广传闻一苇过[3]，胡危命在破竹中[4]。祇残邺城不日得[5]，独任朔方无限功[6]。京师皆骑汗血马[7]，回纥馁肉蒲萄宫[8]。已喜皇威清海岱[9]，常思仙仗过崆峒[10]。三年笛里关山月[11]，万国兵前草木风[12]。成王功大心转小[13]，郭相谋深古来少[14]。司徒清鉴悬明镜[15]，尚书气与秋天杳[16]。二三豪俊为时出[17]，整顿乾坤济时了[18]。东走无复忆鲈鱼[19]，南飞觉有安巢鸟[20]。青春复随冠冕入[21]，紫禁正耐烟花绕[22]。鹤驾通宵凤辇备，鸡鸣问寝龙楼晓[23]。攀龙附凤势莫当[24]，天下尽化为侯王[25]。汝等岂知蒙帝力[26]？时来不得夸身强[27]。关中既留萧丞相[28]，幕下复用张子房[29]。张公一生江海客，身长九尺须眉苍。征起适遇风云会，扶颠始知筹策良[30]。青袍白马更何有[31]？后汉今周喜再昌[32]。寸地尺天皆入贡，奇祥异瑞争来送[33]。不知何国致白环[34]，复道诸山得银瓮[35]。隐士休歌紫芝曲[36]，词人解撰河清颂[37]。

田家望望惜雨干[38]，布谷处处催春种[39]。淇上健儿归莫懒[40]，城南思妇愁多梦[41]。安得壮士挽天河，净洗甲兵长不用[42]！

注释

①中兴诸将，即下面提到的成王、郭相等人。山东，唐时指华山以东地区，包括河北一带。

②清昼同，是说捷报不分昼夜频频传来，由此可以看出捷报之完全可信，王师必胜。

③河，指黄河。

④胡，指安庆绪、史思明。命在破竹中，指胡兵的灭亡已经在眼前。

⑤祇残，只剩下。邺城，指相州，也就是今天的河南省安阳县，此时安庆绪困守于邺城。不日得，即很快就能够克复失地。

⑥朔方，是指朔方军以及朔方节度使郭子仪。独任，是说专任和信任。指出胜利根源，取决于本国兵力以及君主对将帅的信任。

⑦京师，指长安。汗血马，胡地出产的一种良马，这里泛指胡马。

⑧馁，同『喂』，饲养。这里是说胜利以后，回纥的将士们也都居于葡萄宫中大肆吃喝。汉时元帝曾经在葡萄宫设宴招待单于，这里是借用汉时旧事来写肃宗对回纥的优待，而杜甫从始至终一直是反对借用回纥兵的，此句于铺张中暗含讽刺意。

⑨海岱，东海及泰山，今山东省一带。

⑩这句旨在提醒肃宗不要被暂时的胜利冲昏头脑，应当居安思危，时常想及昔日所遭受的狼狈境遇。

仙仗，指天子的仪仗。崆峒，山名，古时有四个崆峒，此处所指的是位于甘肃平凉县的崆峒。肃宗居于灵武、凤翔时，经常经过这个崆峒山。

⑪这句是提醒肃宗，不要忘却一直苦战的将士们。三年，是说战争持续的时间之长，战乱发生之久。安禄山在天宝十四年（755）十一月起兵造反，到乾元二年（759）春二月，一共是三年又三个月。关山月，汉乐府横吹曲中的一首，是为伤离别之曲。横吹曲，一种军乐、战歌。这句是说三年以来军乐一直没停止，也就是说战争一直没有消歇停止。

⑫这句是提醒肃宗更要想到广大人民所受到的战乱之苦。万国，这是从空间上写战祸所涉及的范围之广。草木风，人心惶惶、草木皆兵。

⑬成王，即肃宗之子李俶，也就是后来的唐代宗。乾元元年（758）三月，李俶从楚王徙封作成王。在收复两京的战争中，俶担任天下兵马元帅，所以说『功大』。这句是于歌颂中寓含规诫之意。

⑭郭相，指郭子仪，乾元元年（758）八月，郭子仪被任命为中书令，所以称为郭相。

⑮司徒，指李光弼，至德二年（757）四月，李光弼被任命为司徒，他御军极为严整肃威，天下皆服其威名，他又曾料中史思明的投降只是诈降，最终必定要再度叛反，所以说其『清鉴悬明镜』。

⑯尚书，指王思礼，他是高丽人，当时担任兵部尚书。气与秋天杳，是说气概像秋天一样高远廓辽，形容王思礼之为人开朗。

⑰为时出，应运而生。

⑱据《通鉴》记载，至德二年（757）十一月，郭子仪来到东京朝圣，皇上对郭子仪说：『吾之家国，由

卿再造。』也就是赞许他们有『整顿乾坤』之功。济时了，渡过了难关。

⑲这句是反用晋代张翰之意。《世说新语》中记载，张翰看到秋风顿起，便思念家乡吴中的莼羹鲈鱼，于是就下令命移驾东归。张翰的本意是在于避乱，而现在则无须如此，可以放心地做官。

⑳这句则是反用了曹操《短歌行》中的：『月明星稀，乌鹊南飞；绕树三匝，何枝可依？』是说普通的百姓现在也有家可归了。

㉑青春，春光。冠冕，用来指代朝中官员。入，进入紫禁城。

㉒紫禁，即皇宫，天子之宫。正耐，即正合、正要，指皇宫中烟花缭绕的气象和大好的春光正好相合。

㉓鹤驾，指太子之驾。凤辇，指皇帝所乘之车。龙楼，即是皇帝所居之所。这两句是说太子鹤驾既来，肃宗的凤辇也已经备好，父子二人每天按时向玄宗问安，一同在玄宗所居处等到天亮。

㉔攀龙附凤，扬雄《法言·渊骞篇》中有：『攀龙鳞，附凤翼。』这里指攀附肃宗和张淑妃的一班小人，如李辅国之流。当时李辅国等人攀附肃宗的宠妃张淑妃，权倾朝野。

㉕这句是批评朝廷滥赐官爵。当时肃宗为了巩固势力，收拢人心，大肆滥赐爵赏，致使王侯遍地。天下，夸张的写法，形容封侯之多。

㉖汝等，指上面说到的所封的王侯辈，这里为对他们斥骂的称呼。蒙帝力，仰仗皇帝之权势，这三字是婉而多讽。表面上是斥责王侯们的无能，暗地是讽刺肃宗对他们的袒护偏私。

㉗这句也是对王侯辈的斥责，是说你们（王侯）不过是运气好，是因人而成事，不要真的认为自己有多大的功劳。

㉘这里用了刘邦派遣萧何留守关中，以镇抚百姓的旧事，用此事来比房琯之留相于肃宗。

㉙张子房，即张良，这里是用张良来比张镐。张镐曾为谏议大夫，后又代房琯为相。而此时房、张二人都已经被罢相，杜甫希望肃宗可以再度起用他们，所以专门提出来加以表章。关中既留，乾元元年(758)六月，房管由太子少师被出调为邠州刺史，而邠州属于关内，地处关中，所以说『关中既留』。幕下复用，同年五月，张镐由平章事被罢为荆州大都督府长史，依然身居幕府，所以说『幕下复用』。

㉚江海客，浪迹江海之人，张镐出身是一介布衣，同时这也暗指张镐的『居身清廉』、『不事中要』。身长，指张镐仪状瑰伟。征起，起用。风云会，风云际会。古代称动乱时代明君和贤臣的遇合为风云际会。扶颠，救亡。

㉛青袍白马，指南朝的侯景作乱事，这里用来借指唐时的安史之乱。并且侯景也是胡人，一度兴兵乱梁，故以胡来比史思明、安庆绪。更何有，不足以平定。

㉜这里是以历史上的中兴之主汉光武、周宣王来比肃宗，说要像光武、宣王一样做天子才能让国家走向再度繁荣复兴。

㉝寸地尺天，也就是所谓『普天之下』，全国各个地方。这里是说当时天下各个地方都在争相进奉贡品，争献祥瑞，哪怕是小到郡县官吏也不例外。

㉞白环，传说虞舜时代，西王母亲自前来朝见，并献上白环玉玦。

㉟相传政治清平，就会有银瓮出。白环银瓮，都是上面所说的『奇祥异瑞』。不知、复道，极言献者之多。从中也可以看出官吏们的趋炎攀附。

㊱这句反用秦末『四皓』隐居商山，作《紫芝歌》之旧事来说明现在隐士们也无须再隐居避乱了。

㊲河清颂，南北朝宋文帝时，黄河水清，大家都以为这是天下太平的祥瑞，所以鲍照作《河清颂》，称赞文帝的功德。这里用此旧事来指当时的文士们纷纷写文章对肃宗歌功颂德的现象。

㊳这句话是说在官吏们忙着呈献祥瑞、文士们忙着呈献颂歌时，广大的百姓却正陷入灾情中，生活极端困苦。望望，望了又望，形容盼望之殷切。乾元二年（759）春，发生了大旱灾，百姓们日日盼雨。可是当时的官员和文士们都报喜不报忧，无人反映灾情。

㊴布谷，即布谷鸟，是催耕之鸟，声如『布谷』。

㊵淇上健儿，指围攻邺城的战士。淇，淇水，位于邺城周遭。

㊶城南思妇，这里泛指从军战士的妻子。

㊷挽天河，引来天河之水。甲兵，盔甲和兵器。

**题解**

『无家别』是说一个人孑然一身，无家可别。诗中所写的是一个在邺城溃败之后返乡而后又被再度征召入伍的单身汉的悲惨遭遇，同样也是行者之词。而这个行者是孤零零的一个人，没有家，也没有告别的对象，只是一个人的自言自语，令人惨然。诗中描绘了安史之乱中百姓饱受战乱之苦的悲惨境遇和命运。诗作以真实具体的细节描写，质朴无华的语言，真实而又客观地再现了安史之乱时的社会生活，感人至深。

无家别

寂寞天宝后，园庐但蒿藜①！我里百余家，世乱各东西。存者无消息，死者为尘泥。贱子因阵败②，归来寻旧蹊。久行见空巷，日瘦气惨凄③。但对狐与狸，竖毛怒我啼④！四邻何所有？一二老寡妻。宿鸟恋本枝，安辞且穷栖⑤？方春独荷锄，日暮还灌畦。县吏知我至，召令习鼓鞞⑥。虽从本州役，内顾无所携⑦。近行止一身，远去终转迷⑧。家乡既荡尽，远近理亦齐！永痛长病母，五年委沟溪。生我不得力，终身两酸嘶。人生无家别，何以为蒸黎？

注释

①天宝后，指安禄山之乱以后。开篇是以追叙写起，追溯无家的原因，引出下文。庐，即居住的房屋。但，只有，极为概括也极为沉痛地传达出安禄山乱后的悲惨景象：什么都没有，唯有一片蒿藜（也就是野草）。

②贱子，这位无家者的自谓。阵败，指邺城之败。

③日瘦，日光淡薄，杜甫的自创语。

④怒我啼，对我发怒且啼叫。写乡村的久已荒芜，野兽猖獗出没。

⑤这句以『宿鸟』自比，言人皆恋故土，所以即便是困守穷栖，依旧在所不辞。

⑥这句是说他又要被征去打仗。

⑦携，即离。无所携，是说家里没有可以告别的人。

⑧这两句是以能够服役于本州而自幸。

**图书在版编目（CIP）数据**

李太白集 ／（唐）李白著. -- 合肥 ：黄山书社，
2014.4
（线装典藏）
ISBN 978-7-5461-4410-8

Ⅰ. ①李… Ⅱ. ①李… Ⅲ. ①唐诗－注释 Ⅳ.
①I222.742

中国版本图书馆CIP数据核字（2014）第054622号

ISBN 978-7-5461-4410-8
9 787546 144108

**李太白集**

总策划 任耕耘 李克
选题策划 赵国华 汤吟菲 白剑峰
项目策划 智品天下图书（北京）有限公司
项目统筹 汤吟菲 朱莉莉
责任编辑 刘春
装帧设计 未氓
责任印制 戚帅
出版发行 黄山书社（http://www.hsssbook.taobao.com）
社址 合肥市蜀山区翡翠路一一一八号出版传媒广场七楼
印刷 安徽联众印刷有限公司
开本 二一〇×二八五毫米 十六开
印张 四十二
版次 二〇一四年六月第一版 二〇一四年六月第一次印刷
书号 ISBN 978-7-5461-4410-8
定价 三百八十元（全四册）

线装典藏

# 李太白集

唐·李白 著

册三

黄山书社

题解

这首诗作于李白流放夜郎遇赦途中从江夏（今湖北武昌）往浔阳（今江西九江）游览庐山的时候。

## 庐山谣寄卢侍御虚舟

我本楚狂人①，凤歌笑孔丘。手持绿玉杖，朝别黄鹤楼。五岳寻仙不辞远，一生好入名山游。庐山秀出南斗旁，屏风九叠云锦张，影落明湖青黛光。金阙前开二峰长，银河②倒挂三石梁。香炉瀑布遥相望，回③崖沓嶂凌苍苍。翠影红霞映朝日，鸟飞不到吴天长。登高壮观天地间，大江茫茫去不还。黄云万里动风色，白波④九道流雪山。好为庐山谣，兴因庐山发。闲窥石镜⑤清我心，谢公⑥行处苍苔没。早服还丹⑦无世情，琴心三叠⑧道初成。遥见仙人彩云里，手把芙蓉朝玉京⑨。先期⑩汗漫⑪九垓⑫上，愿接卢敖⑬游太清。

注释

①楚狂人，指接舆。

②银河，这里指瀑布。

③回，曲折的、盘旋的。

④白波，指水流激起的波浪。

⑤石镜，传说在庐山东面有一圆石悬岩，明净得可以照出人影。

⑥谢公，谢灵运。

**谢灵运**　谢灵运，世称谢康乐，南朝宋诗人，其祖父为东晋名将谢玄。他与颜延之、鲍照并称为『元嘉三大家』，开创了山水诗派。

⑦还丹，吃过之后可以升天的丹药。

⑧琴心三叠，指道家修炼的功夫很深，达到心和神悦的境界。

⑨玉京，道家称元始天尊居住的地方。

⑩期，相约。

⑪汗漫，不可知之神。

⑫九垓，九天。

⑬卢敖，即卢虚舟。

**诗解**

诗人自说他本来就是一个像楚国接舆那样的狂人，高唱凤凰之歌嘲笑孔子。诗人想象自己拿着仙人用的嵌有绿玉的手杖，早晨时候离开了黄鹤楼。为了寻找仙人的踪迹，诗人不怕五岳路途遥远，因为他一生都爱游览名山。庐山秀丽挺拔，高耸入云，九叠屏风像锦绣的云霞一样张开着。山的倒影和湖水的波光相互映照。金阙前面矗立着两座山峰，三石梁瀑布像银河一样挂在山崖上，和香炉峰瀑布遥遥相对，峰峦叠嶂，高耸入云。满天的红霞和苍翠的山色交相辉映，山势很高，连飞鸟都不能到达。登到庐山峰顶，观看天地间的壮观景象，江水茫茫奔流而去。黄云在天空飘动，天色瞬息万变。长江水分为九支向前奔流，激起的浪花像雪山一样。诗人爱作庐山歌谣，诗兴因为庐山而大发。悠闲地照着石镜，心灵就会很清爽，绿色的苔藓掩盖了当年谢灵运游览过的地方。早早地服用灵丹成仙，摆脱俗世的烦恼，修炼成道。远远地看见仙人们在彩色的云彩中，手里拿着芙蓉花飞向玉京。诗人想象着已经和神仙在九天之上约会，愿意迎接卢虚舟共同游览仙境。

**题解**

此诗触景生情，托物兴怀。赞美了从弟昭才情之高，诗人怀念之深。

## 书情寄从弟邠州①长史②昭

**自笑客行久，我行定几时？绿杨已可折，攀取最长枝。翩翩弄春色，延伫寄相思。谁言贵此物？意愿重琼蕤③。昨梦见惠连，朝吟谢公诗④。东风引碧草，不觉生华池。临玩忽云夕，杜鹃夜鸣悲。怀君芳岁歇，庭树落红滋。**

**注释**

①邠州，今陕西郴县。

②长史，州刺史佐职。

③琼蕤，玉花。

④谢公诗，用谢康乐因为梦到族弟惠连而得佳句『池塘生春草』的典故赞美从弟。

绿杨已可折，攀取最长枝

**诗解**

嘲笑自己客居已经很久了，诗人问自己什么时候才能安定下来呢？杨树已经发芽变绿，可以攀折了，诗人折取了最长的一根枝条。手中把玩着杨柳春色，心中却是无限的思念。谁说这种东西十分珍贵？甚至于超过了玉花。昨天晚上梦到了你，这样我在第二天得到了一句佳句。在东风吹拂下，华池之中不知不觉生出了碧草。正要去游玩，云忽然暗下来，夕阳西下了，杜鹃在夜里啼叫，声音悲凉。怀念你，芳岁消歇，庭园中落红缤纷。

**题解**

此诗当作于乾元元年（758）八月。当时诗人被流放夜郎，途经夏口。诗写友人汉阳县令王某，在月夜设宴，邀请自己到沔州城南的郎官湖泛舟，记叙了诗酒欢乐的情景。

## 寄王汉阳①

**南湖②秋月白，王宰③夜相邀。锦帐郎官④醉，罗衣舞女娇。笛声喧沔鄂，歌曲上云霄。别后空愁我，相思一水遥。**

注释

①王汉阳，即汉阳县令王某。唐代江南西道有汉阳县，隶属于沔州汉阳郡。

②南湖，即郎官湖。

③宰，此处指县令。

④郎官，指尚书郎张谓。

诗解

秋天，一个月色皎洁的夜晚，王县令邀请我去郎官湖泛舟。在锦帐飘飘的船中，喝酒欢乐。尚书郎张谓喝得酩酊大醉，穿着绫罗绸缎的舞女娇美婀娜。伴奏的笛子声是如此的悠扬嘹亮，飘散到沔鄂大地，好像要传到九天之上的云霄一般。和他们分别之后，我惟有空自惆怅，沔州和鄂州虽然仅仅一水之遥，但也写满了相思。

题解

诗作于乾元元年（758）。诗人远流夜郎，经过永华寺，群官为他饯别，诗人有感而作，抒发了悲愤失意的心情。最后以反诘结尾，抑扬有致，以『天命有所悬』安慰自己，而不必『愁苦』却使得愁苦倍增。

## 流夜郎①永华寺②寄浔阳③群官

**朝别凌烟楼④，暝投永华寺。贤豪满行舟，宾散予独醉。愿结九江流，添成万行泪。写意寄庐岳⑤，**

何当来此地！天命有所悬，安得苦愁思？

注释

①夜郎，在今贵州正安西北。
②永华寺，在浔阳西面。
③浔阳，在今江西九江。
④凌烟楼，在浔阳，南朝宋临川王刘义庆为江州刺史时所建。
⑤庐岳，庐山，此处代指群官所在的浔阳。

诗解

早晨离开了凌烟楼，傍晚投宿在永华寺。贤士豪杰坐满行船，宾客们散去了独我醉了留下。想要那九江的流水，化成万行泪。写信问诸位，什么时候来到这里呢？这都是上天决定的，有什么好愁苦的呢？

题解

此诗作于乾元二年（759）。当时李白流放遇赦回到汉阳。前六句以司马相如自况，既然已遇赦，就希望得到天子的重用，期望能够一展宏图。次六句写啸歌纵酒的豪情逸兴。

贤豪满行舟，宾散子独醉

## 自汉阳病酒归寄王明府①

**去岁②左迁夜郎道，琉璃砚水长枯槁。今年敕放巫山③阳，蛟龙笔翰生辉光。圣主还听子虚赋，相如却欲论文章。愿扫鹦鹉洲④，与君醉百场。啸起白云飞七泽⑤，歌吟渌水动三湘⑥。莫惜连船沽美酒，千金一掷买春芳。**

**注释**

①王明府，即汉阳县令王某。

②去岁，即乾元元年（758）。

③巫山，在今四川巫山东。李白流放夜郎途经巫山时遇朝廷发布的赦免令而得释。

④鹦鹉洲，原在湖北汉阳西南长江中，后沦于长江。东汉末年，祢衡作《鹦鹉赋》，是以得名。

⑤七泽，今湖北境内。

⑥三湘，指洞庭湖南北、湘江流域一带。

**诗解**

去年被贬谪到夜郎，写诗作文的兴致大为减少。今年被赦免到巫山，诗文创作的兴致又勃然而起，能挥毫泼墨如蛟龙飞腾般地写作了。汉武帝还在听着《子虚赋》，司马相如却想要议论文章。想要扫平鹦鹉洲，和你一起畅饮百场。吟啸之声惊起白云飞向高空，歌吟之声让打动了渌水和三湘。不要怜惜自己的船用它换取美酒，一掷千金及时行乐留住这美好的春光。

汉阳江上柳，望客引东枝

题解

此诗是上元元年（760）李白赦还江夏时所作。诗人望见汉阳的柳色，以诗代简，邀请友人王汉阳。客从『西来』，柳发『东枝』，杨花如雪，纷乱如丝（思）。移情于物，托物寄怀。『春风』『草木』犹达前约，足见其思念之殷切。

## 望汉阳柳色寄王宰①

**汉阳江上柳，望②客③引东枝。树树花如雪，纷纷乱若丝。春风传我意，草木度前知。寄谢弦歌宰④，西来定未迟。**

注释

①王宰，即汉阳县令王某。

②望，对。

③客，诗人自指。

④弦歌，指礼乐教化。弦歌宰，指汉阳县令王某。

诗解

汉阳江边上的柳条，望到客人后向东飘舞枝条。树上的花好像雪一般，纷纷扰扰好像乱成一团的丝。春风为我寄送情意，这些草木能够如约而行。寄信给王县令，一定要向西来到我这里。

**题解**

此诗作于肃宗上元元年（760）春天，这年春天，李白由零陵折返岳阳，到江夏，为思念友人汉阳县县令而作此诗。诗言简意赅，表达了对友人的思念。

## 早春寄王汉阳

**闻道春还未相识，走傍寒梅访消息。昨夜东风入武昌①，陌头杨柳黄金色。碧水浩浩云茫茫，美人不来空断肠。预拂青山一片石，与君连日醉壶觞。**

**注释**

①武昌，唐代鄂州武昌县，即今湖北鄂城。

**诗解**

春天只是刚刚来临，还没有真正和人们相识，它悄悄地来到寒梅那里访问。昨天夜晚东风来到了武昌，陌上的杨柳变成了黄金色。碧绿的河水浩浩荡荡，云朵茫茫翻滚，美人不来令人肠空断。想要拂净青山上的一块岩石，坐在那里和你连日畅快醉饮。

**题解**

诗中夸赞了李昭为政清廉，感激他邀请自己去敬亭山游玩，表达了诗人的思念之情。

## 寄从弟宣州①长史②昭③

**尔佐宣州郡，守官清且闲。常夸云月好，邀我敬亭山④。五落洞庭叶，三江⑤游未还。相思不可见，**

叹息损朱颜。

注释

①宣州，今安徽宣州。

②长史，为州长官刺史之佐职。

③昭，即李昭，是李白的族弟。

④敬亭山，在今安徽宣城北。

⑤三江，言江多，这里是泛指。

诗解

你任宣州长史，为官清闲。经常向我夸耀敬亭山的云月多么美丽，邀请我去游玩。已经看到洞庭湖好几次落叶，历经数个秋天，依然在三江游历。相思却不能相见，叹息我的容颜已经老去了。

题解

此诗作于天宝十四年（755）。李白写此诗寄给友人泾县的县尉郑谔。诗中生动地描绘了泾溪秀丽的春情，抒发了对友人的思念之情。

## 泾溪①东亭寄郑少府②谔

我游东亭不见君，沙上行将白鹭群。白鹭闲时散飞去，又如雪点青山云。欲往泾溪不辞远，龙门③蹙波虎眼转④。杜鹃花开春已阑，归向陵阳⑤钓鱼晚。

**杜鹃花**

杜鹃花，又名映山红、山石榴、山踯躅。相传，古代有一位蜀国国王杜宇在亡国后死去，其魂化为子规，即杜鹃鸟，但他仍对故国念念不忘，每到深夜时在山中哀啼，其声悲切，乃至于啼血，滴血染红遍山花朵，遂名杜鹃花。

**注释**

①泾溪，又名赏溪，在宣州城东。

②少府，县尉的别称。

③龙门，指龙门山，在今安徽太平西北四十里，中间有石窦像门，故名。

④虎眼转，水波旋动，波光相映，好像虎眼的光。

⑤陵阳，山名，在泾县西南一百多里处。相传陵阳令窦子明，钓得白龙，子明释之，后来白龙迎子明上天，遂成仙。

**诗解**

我游东亭没有看到你，沙上飞起了一群白鹭。白鹭四散飞去了，就好像雪花点点飘落到青山上的云彩。想要去泾溪不会嫌路途遥远，龙门波浪滚滚，水波旋动，波光相映，好像虎眼的光。杜鹃花已经盛开，春天也将过去，干脆学窦子明上陵阳山隐居求道。

**题解**

此诗作于天宝十二年（753）。这是一首七言律诗，首联写自己在宣城听到猿声发愁，感到离别故乡以来一直飘荡如不系之舟；颔联写自己好像是一只孤雁飞往南海，只有双溪理解而向北奔流；颈联谓成甫多次解榻相待，但是自己是匆匆的过客，难以登上谢朓的北楼；尾联谓自己在落叶的季节又要和好友在敬亭分别，心情尽在不言中。此诗感叹身世，感激友情，都刻画得入木三分。

## 寄崔侍御

**宛溪[1]霜夜听猿愁，去国[2]长如不系舟。独怜一雁飞南海，却羡双溪解北流。高人屡解陈蕃榻，过客[3]难登谢朓楼[4]。此处别离同落叶，明朝分散敬亭秋。**

注释

①宛溪，在今安徽宣州。

②去国，即言离开故乡。国，指故乡。

③过客，指崔成甫。

④谢朓楼，一名北楼，南齐谢朓为宣城太守时所建，在宣城县东南。

诗解

霜天寒夜中，在宛溪听到的猿声令人哀愁，离开家乡很长时间，自己好像是那没有系绳子的小舟。仰头看到一只大雁孤零零地飞向南海，低头看却是令人羡慕的双溪向北流去。你多次解榻相待，但我只是个匆匆过客，难以登上谢朓的北楼。在落叶纷纷的时节在此处别离，明天在敬亭的秋色中各奔东西。

登高素秋月，下望青山郭

**题解**

此诗作于天宝十二年（753），当时诗人在宣城。诗中首先写自己寓居敬亭山下，经常认为自己是数百年前的谢朓在此吟诵诗歌。接着写崔侍御虽然被贬谪，却仍然心胸宽广，傲岸耿直，还经常照料身处萧瑟的诗人。最后叙写了自己的壮心不已。

## 游敬亭寄崔侍御①

**我家敬亭下，辄继谢公作。相去数百年，风期宛如昨。登高素秋月，下望青山郭。俯视鸳鹭群，饮啄自鸣跃。夫子虽蹭蹬②，瑶台雪中鹤。独立窥浮云，其心在寥廓。时来一顾我，笑饭葵与藿。世路如秋风，相逢尽萧索。腰间玉具剑，意许无遗诺③。壮士不可轻，相期在云阁④。**

**注释**

①崔侍御，即崔成甫。

②蹭蹬，失意潦倒。

③『腰间』二句，用延陵季子之事。春秋时期，季札出使路过徐君处，徐君爱季札配剑，季札心许返回时赠之。返回之时，徐君已经去世，季札将剑挂在徐君的墓树上。玉具剑，剑口和把手部

分用玉装饰的剑。

④云阁，即云台。汉宫中的高台，在南宫中。后汉永平中，明帝追念功臣，画邓禹等二十八将像于其上。

**诗解**

我寓居在敬亭山下，继承谢灵运在此吟诗。虽然相隔已经有数百年之久了，可风景还宛如就在昨天。登高远望，看到的是素洁的秋月，向下望见的是青山村庄。俯看着成群的鸳鹭，在饮水啄食自由地鸣叫飞跃。你现在虽然失意潦倒，但却是落雪的瑶台上的仙鹤。遗世独立，看着浮云，心胸仍寥廓宽广。经常来看我，赠给我饭菜。现在世道人情如秋风般，相逢只感觉萧索凄凉。你有季子一样的才能，一定不会被埋没。壮士不要看轻自己，应该有建功立业，在云台一起相遇的志向。

**题解**

此诗约作于上元二年（761）。全诗以写景为主，仅在尾联抒发了思友之情，但却回味无穷。

## 三山望金陵寄殷淑①

**三山②怀谢朓，水澹③望长安。芜没河阳县④，秋江正北看。卢龙⑤霜气冷，鳷鹊⑥月光寒。耿耿忆琼树⑦，天涯寄一欢。**

**注释**

①殷淑，道士李含光的门人，道号中林子。

②三山，在今江苏南京西南长江边，有三峰南北相连，故名。

③水澹，水动的样子。

④河阳县，在今河南孟县西。因当时已被安史叛军所占领，因此说芜没。

⑤卢龙，山名，在今江苏南京西江边，原名狮子山，晋元帝初登见山连绵不绝，将其比做北方的卢龙山，因此易名。

⑥鳷鹊，即鳷鹊观，南朝的楼台名，在今江苏南京。

⑦琼树，比喻美好的风姿，喻指友人。

**诗解** 站在三山之上，想起了大诗人谢朓，他在澹澹的水波中望向长安。河阳县已经被安史叛军所占领，秋天的江水正在向北奔流。卢龙山霜气寒冷，鳷鹊观上月光凄寒。忆起了你美好的风姿，在这遥远的天涯寄去我的一份情意。

**题解** 此诗作于天宝六年（747）秋天。诗中描绘了自金陵至白壁山一路江行的秋夜景色，极尽形容。最后四句抒发了友人不能同游的长恨之情，希望友谊长存。

## 自金陵泝流过白壁山①玩月，达天门，寄句容②王主簿③

**沧江泝流归，白壁见秋月。秋月照白壁，皓如山阴雪④。幽人停宵征，贾客忘早发。进帆天门山⑤，回首牛渚⑥没。川长信风来，日出宿雾歇。故人在咫尺，新赏⑦成胡越⑧。寄君青兰花，惠好庶不绝。**

进帆天门山，回首牛渚没

注释

①白壁山，在今安徽当涂县北三十里。

②句容，唐代县名，今属江苏。

③主簿，县令的佐官。

④山阴雪，王子猷居山阴的时候，一天夜里大雪，睡醒后，吟诵左思的《招隐诗》。忽然想起戴安道，于是乘着小船去拜访，一夜才到了门前，却没进去而是返回了。人问他缘故，他说：『吾本是乘兴而行，兴尽而返，何必见戴。』山阴，今浙江绍兴。

⑤天门山，即东、西梁山，长江穿行其间。东梁山在今安徽当涂，西梁山在今安徽和县，两山夹江对峙，如天门洞开，故名。

⑥牛渚，即牛渚矶，又名采石矶，在今安徽马鞍山长江边，有一巨石突入江中，峭拔险峻。

⑦新赏，新结交的友人，此处指主簿。

⑧胡越，胡在北，越在南，指相距遥远，不能相见。

诗解

沧江泝流而归，白壁山上秋月高高地升起来了，照耀着白壁山，皓洁如王子猷所居山阴时遇到的那夜大雪。夜行的人停下来休息，商贾忘记了早早出发。扬帆驶进天门山，回头看那牛渚山已经消失了。江水悠长信风徐徐而来，太阳升起来后夜晚的大雾已经消歇。故人就在身旁，新结交的朋友却是相聚遥远，不能相见。寄给你一枝青兰花，友谊地久天长，不断绝。

卷十三　古近体诗

**题解**

此诗作于天宝五年（746），当时李白寄居在东鲁。诗中首先抒发了自己的观点，『我觉秋兴逸，谁云秋兴悲？』一扫悲秋的传统。接着写出了秋天的种种景色。最后两句表达了与杜、范二人分别的惆怅心情，反映出感情的深厚。全诗寓情于景，语言自然流畅，层次分明，风格明快。

## 秋日鲁郡①尧祠②亭上宴别杜补阙范侍御

**我觉秋兴逸，谁云秋兴悲？山将③落日去，水与晴空宜。鲁酒白玉壶，送行驻金羁④。歇鞍憩古木，解带挂横枝。歌鼓川上亭，曲度神飙吹⑤。云归碧海夕，雁没青天时。相失各万里，茫然空尔思⑥。**

**注释**

①鲁郡，即兖州，天宝元年（742）改为鲁郡，在今山东兖州。

②尧祠，故址在兖州南。

③将，带走。

④金羁，马笼头。这里指马。

⑤飙，疾风、暴风。神飙吹，形容乐声激荡有力。

⑥空尔思，徒然思念你。

**诗解**

谁说秋天是悲伤的季节呢？诗人却觉得秋天是高爽清逸的。傍晚，群山把太阳带走了，清澈的流

山将落日去，水与晴空宜

水和晴朗的天空相映成趣。桌上摆好了玉壶美酒，主客都下马停驻，在古老的树木下休息，有人解下衣服挂在树上。在江上的亭子上歌鼓欢笑，音乐奏起像是吹起了仙风一样。黄昏时分，白云飘向了碧海，大雁也回巢了。别后大家相距万里，心情因为思念而怅惘若失。

**题解**

此诗作于开元二十九年（741），诗中将鲁颂比喻为鲁连，赞扬了鲁颂比泰山高的人品，能摧却秦军的才能，『独立天地间』的节操，以及清廉的为人，倜傥诗文的风度。希望他能保持这美好的品质，千载不灭。

## 别鲁颂①

**谁道太山高，下却②鲁连③节。谁云秦军众，摧却④鲁连舌。独立天地间，清风洒兰雪。夫子还倜傥，攻文继前烈⑤。错落⑥石上松，无为秋霜折。赠言镂宝刀，千岁庶不灭。**

**注释**

①鲁颂，李白的友人，生平不详。

②下却，低于。

③鲁连，即鲁仲连。战国时，鲁仲连帮助赵国解除了邯郸之围，平原君赠千金，却而不受。后又帮助齐国收复了聊城，辞去爵位隐于海上。

④摧却，挫败于。

⑤前烈，指鲁仲连。

⑥错落，指交错缤纷。

**诗解**

谁说泰山很高呢？却不及鲁连的节操。谁说秦军人数众多呢？却挫败于鲁连的口舌之下。遗世独立于天地之间，两袖清风，廉洁如兰花和白雪。君还风流倜傥，追寻前烈致力于诗文。交错缤纷的石上青松，没有被秋霜所折服。将赠言镂刻于宝刀上，历经千年也不会磨灭。

**题解**

此诗作于天宝五年（746）。是年秋天，李白将要离鲁南游，临行前与中都县令相别而作此诗。这是一首七言律诗，诗中首联歌颂了友人诗、酒如陶潜，闻名天下。颔联写与友人相聚万分欣喜，却又要分别，表达了难舍难分的心情。将别情寓于写景之中，含蓄蕴藉。

## 别中都①明府②兄

**吾兄诗酒继陶君，试宰中都天下闻。东楼喜奉连枝③会，南陌愁为落叶分。城隅渌水明秋日，海上青**

**陶渊明**

陶渊明，名潜，字元亮，世称靖节先生，自称五柳先生，东晋著名诗人，田园诗的开创者。

**山隔暮云。取醉不辞留夜月，雁行④中断惜离群。**

注释

①中都，唐县名，属兖州，今山东汶上。

②明府，县令。

③连枝，树木连枝而生，常用来比喻兄弟。

④雁行，喻指兄弟之序。

诗解

明府兄的诗、酒如陶潜，闻名天下，在中都做县令也是天下闻名。东楼有连枝而生的树木，令人欣喜，南陌上落叶纷纷，让人愁闷。城隅的渌水澄澈明净，和秋天的太阳相映生辉，从海上望去，青山隐隐约约地如隔着傍晚的云彩。在一个月夜我们都喝醉了，今天，我要离开你，独自离去。

题解

这是一首记梦诗，意境雄伟浪漫，变化多姿多彩。天宝元年（742），李白奉诏入长安，唐玄宗召见于金銮殿，命供翰林，很受恩宠。李白当时也十分得意，以为从此可以施展抱负，干一番事业。谁知天宝三年即遭谗毁，被『赐金还山』，实际是被放逐了。李白愤然离京，这是李白政治上的一次大挫折。离开长安后，李白与杜甫、高适同游梁宋；冬，在临淄郡（今山东济南）紫极宫，李白由道士高如贵授道箓，成为道教徒。天宝四年（745），他准备南游吴越，于是写下了这首著名的与东鲁诸公留别的诗篇。

## 梦游天姥吟留别

海客谈瀛洲①，烟涛微茫信难求。越人语天姥，云霞明灭或可睹。天姥连天向天横，势拔②五岳掩赤城。天台四万八千丈，对此欲倒东南倾。我欲因之梦吴越，一夜飞度镜湖月。湖月照我影，送我至剡溪。谢公③宿处今尚在，渌水荡漾清猿啼。脚着谢公屐，身登青云梯。半壁见海日，空中闻天鸡。千岩万转路不定，迷花倚石忽已暝。熊咆龙吟殷岩泉，栗④深林兮惊层巅。云青青兮欲雨，水澹澹兮生烟。列缺⑤霹雳，丘峦崩摧。洞天石扇，訇然中开。青冥浩荡不见底，日月照耀金银台。霓⑥为衣兮风为马，云之君兮纷纷而来下。虎鼓瑟兮鸾回车，仙之人兮列如麻。忽魂悸⑦以魄动，恍惊起而长嗟。惟觉⑧时之枕席，失向来之烟霞。世间行乐亦如此，古来万事东流水。别君去兮何时还，且放白鹿青崖间。须行即骑访名山。安能摧眉折腰事权贵，使我不得开心颜？

注释

①瀛洲，传说中的海外仙境。

②拔，超过。

③谢公，谢灵运。

天姥连天向天横，势拔五岳掩赤城

④栗，战栗。这里是使动用法。

⑤列缺，闪电。

⑥霓，彩虹。

⑦悸，惊动。

⑧觉，睡醒。

**诗解**

听海上来的客人谈论瀛洲，但它是虚无缥缈，不可寻求的。南方人谈论天姥山，它在浮云彩霓中时隐时现，或许还可以看见。天姥山与天台山相对，高耸入云，山势高出五岳，也高出赤城山。天台山有四万八千丈高，但是却向东南方倾斜着如拜倒在天姥山的足下一样。诗人想象着一夜之间渡过明镜一样的镜湖。湖水中月亮的倒影照耀着诗人，一直把他送到剡溪。谢灵运当年曾经歇宿过的地方仍然存在，清水悠悠，猿啼声声。脚上穿着谢灵运当年特制的木屐，登上云梯。登到一半的时候，看见太阳从海上升起，在空中听到了天鸡的叫声。山上千岩万转道路曲折，在花丛中迷失方向，因此在石头上休息。不知不觉中天已经晚了。山中的泉水发出像熊吼、龙叫一样的声音，使得深林为之战栗，峰峦为之惊动。云层被山峰染成青色，像是要下雨一样，溪水升起阵阵白烟。雷电大作，使得山峦像要崩塌一样。忽然看见了山洞的出口，从那里看山洞黑乎乎的看不到底，日月照耀着金碧辉煌的台子。神仙们穿着彩虹做的衣服，乘着风纷纷来到。老虎弹瑟，凤凰驾车。仙人像芝麻一样排列整齐。诗人忽然魂魄惊动，恍惚中惊起长叹。但是这时候，诗人却醒来了，刚才梦里的美好的情景都消失了。因此，在人世间也要如此行乐，因为世事无常，古今的所有事情都会随着流水而去。告别了天姥山什么时候才能再回来呢？暂且在山崖上系上一只白鹿，兴致来的时候就骑着它访问名山。怎么能阿谀奉承权势豪贵，让人不能开心呢？末尾一吐诗人心中的郁闷之气。这首诗内容丰富、曲折、奇谲、多变，它的形象辉煌流丽，缤纷多彩，不愧为一首浪漫主义的杰作。

**题解**　此诗作于天宝十一年（752）。当时李白北赴幽州行至魏郡，和苏因告别时所作。诗中赞美了魏郡山河人物之美，并以苏秦比喻苏因。

## 魏郡①别苏明府因北游

**魏都接燕赵，美女夸芙蓉。淇水流碧玉，舟车日奔冲。青楼夹两岸，万室喧歌钟。天下称豪贵，游此每相逢。洛阳苏季子②，剑戟森词锋。六印虽未佩，轩车若飞龙。黄金数百镒，白璧有几双？散尽空掉臂，高歌赋还邛③。落魄④乃如此，何人不相从？远别隔两河，云山杳千重。何时更杯酒，再得论心胸？**

天下称豪贵，游此每相逢

**注释**

①魏郡，今河北魏县。

②苏季子，即苏秦，此处喻苏明府。

③还邛，《史记》载，卓文君奔司马相如，同赴成都，司马相如家徒四壁，不得已后和卓文君共归临邛。

④落魄，放荡不羁。

**诗解**

魏国的都城和燕赵大地相接，美女们都和芙蓉一样美丽。淇水如碧玉般清绿，舟车繁华。青楼坐落在两岸，家家户户喧歌钟声不绝。天下的豪贵之人，在这里游览经常可以遇到他们。就好像洛阳的苏秦，文笔犀利，豪放雄健。虽然没有佩带六国的印信，可是他的轩车好像飞龙一般。有多少镒黄金，有几双白璧？散尽之后仍是两手空空，像司马相如和卓文君那样返回临邛。如此的放荡不羁，何人不跟从呢？告别要去遥远之地，隔着长江和黄河，还有几千座云山。什么时候才能够一起饮酒，再次谈天说地呢？

题解

当是诗人出蜀后初游江南时所作，大概在天宝十四年（755）与天宝十五年（756）之间。

## 广陵赠别

**玉瓶沽美酒，数里送君还。系马垂杨下，衔杯①大道间。天边看绿水，海上见青山。兴罢各分袂②，何须醉别颜。**

注释

①衔杯，指饮酒。

②分袂，指离别，分手。

诗解

玉瓶中装着美酒佳酿，已经送别了数里地，该是返回之时了。把马系在垂杨下，在大道上饮酒。远望天边看到幽幽绿水，遥远的海上看到隐隐约约的青山。酒兴过后就要分别了，你们快回去，不要看到酒醉离别的悲伤情态。

题解

此诗作于开元十四年（726）春，当时李白二十六岁，首次游金陵（今江苏南京），拟赴广陵（今江苏扬州）。诗中描写了金陵子弟劝酒相送的情谊，充满了蓬勃的朝气。最后两句以流水的具体形象，比喻抽象的离别之情，耐人寻味，乃此诗的妙处。

## 金陵酒肆留别

**风吹柳花满店香，吴姬[1]压酒[2]唤客尝。金陵子弟来相送，欲行不行各尽觞。请君试问东流水，别意与之谁短长？**

注释

①吴姬，吴地酒店侍女。金陵古代属吴国。

②压酒，酿酒的时候，先将米蒸煮，发酵之后从中压出酒汁。

诗解

风吹着柳花送来满店的香气，吴地的酒女捧出刚刚压好的新酒，劝客人尽情品尝。金陵的朋友来与诗人道别，将要离开却不离开了，只是不断地喝着酒。请问向东流去的江水，这种离愁跟你相比谁更长呢？离别写得饱满而不哀伤，表现了诗人青壮年时期风流潇洒的情怀。

题解

此诗乃开元十六年（728）暮春李白于武昌黄鹤楼送孟浩然赴广陵而作。这是一首送别诗，表现了诗人和孟浩然两位诗人的深厚友情，自然朴实，耐人寻味。广陵，即广陵郡，治所在今江苏扬州。最后两句描写了水天一色、浩渺空廓的景色，寓情于景而情无穷，营造出了深情的送别场面。

## 黄鹤楼送孟浩然之广陵[1]

**故人[2]西辞[3]黄鹤楼，烟花三月下扬州。孤帆远影碧空尽，惟见长江天际流。**

故人西辞黄鹤楼，烟花三月下扬州

注释

①广陵，今江苏扬州的古称。

②故人，老朋友。

③西辞，离开向东去。

诗解

老朋友即将离开黄鹤楼东行，在春暖花开的时候到扬州去。他乘坐的那只小船逐渐消失在远处，只看到江水悠悠向天边流去。本诗表达了诗人和朋友之间深厚的友谊。

题解

此诗作于开元十二年（724）秋天，当时李白初出蜀沿江东下。诗中描写了舟过荆门时所见长江两岸奇丽壮阔的景色，具有雄健豪迈的气势。抒发了对故乡的依恋之情。

## 渡荆门①送别

**渡远荆门外，来从楚国游。山随平野尽，江入大荒②流。月下飞天镜③，云生结海楼④。仍怜故乡水，万里送行舟。**

**注释**

①荆门，即荆门山，位于湖北宜昌西北，在长江南岸，与虎牙山隔江对峙，形势险要。楚国，今湖北一带，春秋战国时属楚。

②大荒，指辽阔无边的原野。

③飞天镜，如飞过天空的镜子。

④海楼，海市蜃楼。

**诗解**

从蜀国出发，渡江远远地来到荆门，到古楚国所在的地方游览。在辽阔的平原的尽头山几乎与平原相接，江水流入广阔的原野汹涌奔流。月亮在水中的倒影好像是从天上飞下的镜子一样，彩云变幻无穷形成蜃楼现象。最让人怜爱的还是故乡的江水，它不辞万里一直把诗人乘坐的小船送到这里。

本诗表达了诗人对家乡的深深眷恋之情。

**题解**

此诗约作于天宝十三年（754）或天宝十四年（755），诗为七言五韵，但是律调不纯，因此仍为古体。

## 别山僧

**何处名僧到水西①？乘舟弄月宿泾溪②。平明别我上山去，手携金策③踏云梯。腾身转觉三天④近，**

举足回看万岭低。谑浪肯居支遁[5]下，风流还与远公[6]齐。此度别离何日见？相思一夜暝猿啼。

**注释**

①水西，即水西县，在安徽泾县西五里。

②泾溪，水西山下临泾溪。

③金策，即锡杖，杖高与眉齐，头有锡环。

④三天，泛指高空。

⑤支遁，东晋的高僧，善谈佛理。

⑥远公，慧远，二十一岁出家，师事道安，后往庐山，居东林寺，为净土宗初祖。

**诗解**

什么地方的高僧来到了水西县？乘着小舟在月光中留宿在泾溪。天亮就要和我告别上山去了，手中携着锡金杖，足下踏着云梯。越走越高，感觉天空离自己越来越近了，停下脚，回头眺望，千山万岭都在自己身下了。调皮的云浪肯居于高僧支遁之下，风流飘逸和慧远祖师不相上下。这次别离之后不知道何日才能相见？相思一夜不能入睡，只听得暝猿啼叫声不绝。

**题解**

此诗作于天宝元年（742）秋天，李白得到唐玄宗召他入京的诏书的时候，当时诗人满心欢喜，以为自己实现伟大抱负的机会终于来了。这首诗描写了诗人豪情万丈的心情。

朱买臣

朱买臣，字翁子，吴（今属江苏）人。家贫，喜好读书，以卖柴为生，并诵书不绝于口，他的妻子常羞辱他，并离开了他。在严助的帮助下，他被汉武帝任命为中大夫，后又被任命为会稽太守、主爵都尉。

## 南陵别儿童入京

**白酒新熟山中归，黄鸡啄黍秋正肥。呼童烹鸡酌白酒，儿女嬉笑牵人衣。高歌取醉欲自慰①，起舞落日争光辉。游说万乘②苦不早，着鞭跨马涉远道。会稽愚妇轻买臣③，余亦辞家西入秦④。仰天大笑出门去，我辈岂是蓬蒿人⑤？**

**注释**

①自慰，自我安慰。

②万乘，地位高贵的人，这里指皇帝。

③买臣，汉代会稽太守朱买臣。先时朱买臣地位卑微，家境贫穷，妻子瞧不起他，离开了他，后来朱买臣受到汉武帝的重用，做了会稽太守。

④入秦，指到长安去。

⑤蓬蒿人，草莽之辈，地位卑微的人。

**诗解**

白酒酿成的时候，诗人从山中返回家中，院里的黄鸡正在啄食黍粒，秋天的这个时候它们个个都长得很肥。呼唤家童杀鸡斟酒，小儿女们高兴地牵着大人的衣服。高歌痛饮表达激动的情绪，酒酣起舞弄剑，闪闪的剑光和落日争辉。诗人因为不能尽早地为皇帝进言而感到苦恼，现在终于可以骑马扬鞭去为国效力了。会稽愚昧的妇人轻视朱买臣，诗人如今也将告别被人轻视的时候而到朝廷做官。诗人仰天大笑出门而去，向天空发语：我难道是一般的草莽之辈吗？本诗表达了诗人踌躇满志的昂扬神态。

## 卷十四　古近体诗

题解

此诗约为开元后期游南阳时所作。中间两联虽然对仗但声律不合，因此体在律诗和非律诗之间。

### 南阳[1]送客

**斗酒勿为薄[2]，寸心贵不忘。坐惜故人去，偏令游子伤。离颜怨芳草，春思结垂杨。挥手再三别，临歧空断肠。**

注释

①南阳，在今河南南阳。

②薄，少。

诗解

斗酒不要嫌少，寸心贵在不忘。深深地叹息故人的离去，游子十分感伤。离别的愁容看到芳草就会埋怨，将自己的思念寄托在春天的垂杨之上。挥起手再三告别，临到分别仍然是枉自断肠。

题解

此诗为开元年间在江夏送友人之作。颔联描绘景色的壮丽，令人称道。

### 送张舍人[1]之江东

**张翰[2]江东去，正值秋风时。天清一雁远，海阔孤帆迟。白日行欲暮，沧波杳难期。吴洲[3]如见月，**

千里幸相思。

**注释**

①张舍人，名字不详。

②张翰，吴县人。因见秋风而起，乃思念吴中的鲈鱼。

③吴洲，即今苏州市。这里泛指江东地区。

**诗解**

当年张翰离开江东，思念自己的家乡，也正值秋风起时。空廓的清天有一行大雁远远飞过，宽阔的大海上有一孤帆在缓慢航行。白天就要结束，傍晚来临了，沧海波涛难以预期。假如在吴洲看到月，那是千里之外有人在思念你。

**题解**

此诗作于天宝十三年（754）与天宝十四年（755）之间。诗中叙写了往昔游黄山的情景以及慕道求仙之意。

## 送温处士①归黄山白鹅峰②旧居

黄山四千仞，三十二莲峰。丹崖夹石柱，菡萏③金芙蓉。伊昔升绝顶，下窥天目④松。仙人炼玉⑤处，羽化⑥留余踪。亦闻温伯雪⑦，独往⑧今相逢。采秀⑨辞五岳，攀岩历万重。归休白鹅岭，渴饮丹沙井⑩。凤吹⑪我时来，云车⑫尔当整。去去陵阳⑬东，行行芳桂丛。回溪十六度，碧嶂尽晴空。他日还相访，

黄山四千仞，三十二莲峰

乘桥蹑彩虹。

**注释**

①温处士，名字不详。

②黄山，在宣州太平县（今属安徽）西南，白鹅峰，黄山群峰之一。

③菡萏，即荷花。

④天目，山名，在今浙江临安西北，上面有两湖好像左右目，故名。

⑤炼玉，指炼仙丹。

⑥羽化，指成仙而去。

⑦温伯雪，名伯，字雪子。李白借其名指温处士。

⑧独往，指离群独居。

⑨采秀，三秀，是灵芝的别名。植物开花称秀。

⑩丹沙井，黄山东峰下有朱砂汤泉，热可点茗，春天即色微红。

⑪凤吹，用仙人王子乔吹笙作凤鸣之事。

⑫云车，仙人所乘之车。

⑬陵阳，即陵阳山。

**诗解**

黄山高达四千仞，有三十二座莲花峰。丹崖夹石柱，好像是镶金的荷花一般。记得攀登到绝顶高处，向下眺望可以看到天目山上的青松。仙人炼仙丹的地方，还留有升仙的余迹。也曾听说温处士，独来独往，今天却有幸相逢。采摘灵芝在五岳之上，攀登万重山的悬崖绝壁。归来后在白鹅岭修炼，渴了就喝丹沙井的水。像王子乔吹笙作凤鸣那样飘然而来，驾着云车而行。到陵阳山的东面，在芳桂丛中穿行。多次渡过回溪，青山上已经是晴空万里。他日还来相访，乘着仙桥踏着彩虹。

**题解**

此诗作于天宝五年（746），诗人在尧祠送客之际。前四句描写送行之时祭奠尧之神像前的情景。后四句抒写送别时悲伤的心情，对离别情景的描写也真切感人。全诗洋溢着对尧的崇敬，对友人的诚挚。

## 鲁郡尧祠①送吴五②之琅琊③

**尧没三千岁，青松古庙存。送行奠④桂酒⑤，拜舞清心魂。日色促归人，连歌倒芳樽。马嘶俱醉起，分手更何言。**

**注释**

①鲁郡尧祠，即兖州尧祠，在兖州瑕丘东南。

②吴五，事迹不详。

③琅琊，郡名，即沂州。天宝元年（742）改为琅琊郡，在今山东临沂。

客自长安来，还归长安去

④奠，以酒洒地祭神。

⑤桂酒，用桂浸泡过的酒。

**诗解**

尧帝已经死去三千年了，而祭祀他的古庙和直立在庙前的青松仍然存在。送行的人将桂酒洒在地上进行祭拜，祭拜的舞乐令人心魂清爽。日色在催促着归去之人，接连不绝的歌声飘进了酒杯之中。马在嘶鸣，好像也醉了似的，分手了，还要说什么呢。

**题解**

这首诗是李白在山东送别友人时所写，抒发了依依惜别的深厚友情。全诗语言生动，情意绵绵，令人回味无穷。尤其是『狂风吹我心，西挂咸阳树』两句，以虚为实，乃千古名句。

## 金乡①送韦八②之西京

**客自长安来，还归长安去。狂风吹我心，西挂咸阳③树。此情不可道，此别何时遇？望望不见君，连山起烟雾。**

**注释**

①金乡，县名，唐代属兖州，今山东金乡。

②韦八，生平不详。

③咸阳，秦的都城，即长安。

**诗解**

客人从长安来到金乡，还要回到长安去。狂风吹动诗人思念长安的心，一直吹到长安的树上。这种思念之情不能尽诉，与友人的这一次离别之后，不知道什么时候才能再见面。诗人目送友人离开，一直到看不见为止，只看到连绵的山峰升起一片烟雾，留给人无尽的思念和惆怅。

**题解**

此诗作于天宝四年（745）秋天，前八句写借游猎来消除忧愁；后六句写转而逐声高歌；为之送别，洋溢着达观之情。既有离别诗的深厚情谊，又一扫离别诗的悲切俗套。

## 送族弟凝①至晏堌②单父③三十里

**雪满原野白，戎装出盘游④。挥鞭布猎骑，四顾登高丘。兔起马足间，苍鹰下平畴⑤。喧呼相驰逐，取乐销人忧。舍此戒禽荒⑥，征声⑦列齐讴⑧。鸣鸡发晏堌，别雁惊涞沟⑨。西行有东音⑩，寄与长河流。**

**注释**

①凝，李凝，乃右卫长史李防之子。

②晏堌，单父一带地名。

③单父，在今山东单县。

④盘游，游乐。
⑤畴，农田。
⑥禽荒，沉迷于打猎。
⑦征声，招歌者唱歌。
⑧齐讴，齐地的歌谣。
⑨涞沟，即涞河，在单县东门外。
⑩东音，即东方的音乐，即齐讴。

**诗解**

雪花飘落，原野发白，一身戎装去游乐。挥舞着鞭子催促着打猎的坐骑，放眼四顾，登上高处的山丘。兔子在马蹄间惊起，苍鹰飞到平整的田野上。喧叫呼喊着竞相驰逐，纵情取乐消除人心中的忧愁。不再耽于打猎之乐，招歌者演唱齐地的歌谣。鸡鸣在晏堌一带响起，惊吓了东门外的归雁。将齐地的歌谣寄给长河流水，让它和你一同西行。

卷十五　古近体诗

题解

天宝四年（745）夏天，李白、杜甫同游齐鲁，诗酒唱和，友情在二人中间滋生。同年秋天，二人在石门山道别。这是临别时李白写给杜甫的诗。语言通俗易懂，意境浑融。

## 鲁郡东石门送杜二甫①

醉别复几日，登临遍池台。何时石门路，重有金樽开？秋波落泗水②，海色明徂徕③。飞蓬④各自远，且尽手中杯。

注释

①杜二甫，即杜甫。杜甫在家族中排行老二，所以叫杜二甫。

②泗水，水名，在今山东。

③徂徕，山名，在今山东。

④飞蓬，草名。

诗解

自从上次诗人和杜甫分别之后，又过了几天了，两人再度重逢，共同游览了各处的池水楼台。到什么时候，还能在石门山的路上，对饮中畅叙离别后思念的情怀呢？泗水泛着秋波，海水的反光映照着徂徕山。分别之后两人就像飞蓬一样各自远去，暂且喝干了手中的酒吧。离别之情写得朴质而情深。

**题解**

此诗作于至德元年（756）夏天的杭州。首联写杭州和庐州之间的旅程相隔遥远；颔联颂扬了裴大泽辞亲报国之心；颈联叙写自己触景生情。尾联以披裘者作喻，言为官者应该有不取金的高洁品行。

## 杭州送裴大泽赴庐州①长史

**西江天柱②远，东越海门③深。去割辞亲恋，行忧报国心。好风吹落日，流水引长吟。五月披裘④者，应知不取金。**

**注释**

①庐州，在今安徽合肥。

②天柱，山名，在今安徽潜山西北。

③海门，钱塘江入海口，其地有二山，对峙于江之南北。

④披裘，典出《论衡·书虚》，延陵季子出游，看到路上有人遗失的金子。当时正是夏天五月，有位穿皮衣砍柴的人经过。季子就让那个人把金子捡起来。砍柴的人没有听他的，并责怪他以貌取人，转身而去。

**诗解**

杭州和庐州之间的旅程相隔遥远。你割断对家人的眷恋，辞亲报国。微风吹拂着落日，流水奔流不息，引发人长吟。为官者应该像传说中那个披裘砍柴者一样，有不取金的高洁品行。

**题解**

此诗作于天宝三年（744），李白春天要去朝而写。这是一首送别诗，诗人抒发了绵长深厚的离情别绪。

## 灞陵①行送别

**送君灞陵亭，灞水流浩浩。上有无花之古树，下有伤心之春草。我向秦人问路歧，云是王粲②南登之古道。古道连绵走西京，紫阙③落日浮云生。正当今夕断肠处，骊歌愁绝不忍听。**

**注释**

①灞陵，在长安东南三十里处。唐代人们经常在这里送别，因此，在唐诗中，灞陵、灞上、灞水等，经常是和离别联系在一起的。

②王粲，建安七子之一，写有《登楼赋》以及《七哀诗》。

③紫阙，指皇宫。

**诗解**

在灞陵送别友人，只看到浩浩荡荡的灞水向前流去。岸上长着不开花的古树，脚下长满了令人伤心的春草。诗人在岔路口向当地人询问，听说是王粲当年离开长安时登临的古道。古道绵绵一直通向京城，落日的照耀下，皇宫生出浮云一样的烟雾。在今夜这个让人断肠的时候，骊歌这样的悲歌让人不忍听。诗人真是百感交集，愁思深广。

天马白银鞍，亲承明主欢

俗话说：『好马配好鞍』。正如一匹骏马发挥作用，必然有与之匹配的马鞍，人要展示个人的才华，必须要有一定的空间。诗人借此抒发了受到贬谪而郁郁不闷的心情。

**题解**

此诗作于天宝二年（743），当时李白居翰林不久，对朝廷仍然抱有厚望。诗的前半写窦司马曾经的恩宠，居官得意的情状；诗的后半写窦司马不幸被贬谪，劝其不要过于失望，以求再起。诗意蕴委婉而畅达。

## 送窦司马[①]贬宜春[②]

**天马白银鞍，亲承明主欢。斗鸡金宫里，射雁碧云端。堂上罗中贵[③]，歌钟[④]清夜阑。何言[⑤]谪南国[⑥]，拂剑坐长叹？赵璧为谁点[⑦]，隋珠枉被弹[⑧]。圣朝多雨露，莫厌此行难。**

**注释**

①司马，郡守佐职。

②宜春，今江西宜春。

③中贵，宦官。

④歌钟，古代的打击乐器，即编钟。

⑤言，料。

⑥南国，指宜春。

⑦『赵璧』句，所谓蝇粪点玉，以蝇粪比喻奸诈小人。赵璧，即

和氏璧。

⑧隋珠，即隋侯珠，也叫明月珠。《庄子·让王》中有『以隋侯之珠，弹千仞之雀，世必笑之』的说法。

**诗解**

骏马佩带着白银装饰的马鞍，得到明主的赏识。在辉煌的皇宫中斗鸡玩乐，射击高空碧云端的大雁。厅堂上宦官们济济一堂，在清凉的夜晚将要结束时，编钟奏起来了。不要说自己被贬谪到了遥远的南方，就坐着拂剑长叹。即使再珍贵无瑕的和氏璧也会粘上污点，隋侯的宝珠也有被用来弹千仞之雀的时候。本朝是开明盛世，一定会有东山再起之日，不要悲愤此行的艰难。

**题解**

贺宾客，即贺知章，当时为太子的宾客。天宝三年（744）正月，请度道士还乡，特诏许之，这是为其送别之作。因为贺知章是越人，工草书、隶书。因此诗中借用了王羲之与山阴道士换鹅的典故来赞美他，表达送归之意，用典极为精切，饶有情趣。

## 送贺宾客归越

**镜湖①流水漾清波，狂客②归舟逸兴多。山阴道士如相见，应写黄庭换白鹅。**

**注释**

①镜湖，即鉴湖，在今浙江绍兴西南。

②狂客，贺知章自号『四明狂客』。

**诗解**

镜湖清澈的湖水荡漾着清波，你乘船归去，行程定会有很多逸兴。那位山阴道士如果看到你，也应该会像和王羲之交换白鹅一样，来要你的墨迹。

**题解**

此诗作于天宝三年（744），当时李白已经在长安耽搁了两年，因遭谗见疏，没有得到朝廷的正式任用，因此建功立业的壮志没有办法实现，诗人又不愿意和权贵们同流合污，随俗浮沉，于是想要离开长安。因此在依依送别中流露出归隐的思想。本诗的语言概括力很强，把丰富的思想感情融入具体的形象之中，韵味无穷。

## 送裴十八图南归嵩山二首

其一

**何处可为别？长安青绮门。胡姬招素手，延客醉金樽①。临当上马时，我独与君言。风吹芳兰折，日没鸟雀喧。举手指飞鸿，此情难具论。同归无早晚，颍水有清源。**

**注释**

①樽，酒杯。

**诗解**

在什么地方送别友人呢？在长安的青绮门前。酒店的胡姬殷勤招呼，招揽客人尽情喝酒。在朋

胡姬招素手，延客醉金樽

友即将上马离开的时候，诗人跟朋友说了几句知心话。风儿把芳菲的兰花都吹折了，日暮的时候，鸟儿唧唧喳喳地返回窝里。抬手指着天上飞过的鸿雁，暗自感慨君子终究遭人陷害远走他方，这种苦闷真是说不出啊。早晚诗人也是要和朋友一样离开长安的，就像颍水有清澈的源头一样。此诗并没有直抒胸臆，而是寓情于物，含不尽之情于其中。

其二

**君思颍水绿，忽复归嵩岑。归时莫洗耳①，为我洗其心。洗心得真情，洗耳徒买名。谢公②终一起，相与济苍生。**

注释

①洗耳，传说尧要把天下让给许由，许由不接受，听到后就去清洗耳朵。这里指隐居。

②谢公，谢安。

诗解

朋友想念着颍水的碧绿澄澈，于是就立马启程回到嵩山。诗人劝朋友回去之后不要隐居，而要摒去心中的杂念。然后回归到自然的本真，隐居只是假隐士徒具虚名而已。谢安不论在朝为官与否，都是真心地在经世济民，这才是真正有抱负和才干的人。

**题解**

此诗作于天宝三年（744）春，李白因遭谗见疏，想要辞官归隐。首四句写送别，中间四句写出仕和归隐的矛盾心态，最后四句写去意已决。诗人借送别来抒发一己的情怀，文字工整，辞气清畅。

## 同王昌龄送族弟襄①归桂阳②二首

其一

**秦地见碧草，楚谣对清樽。把酒尔何思？鹧鸪啼南园。予欲罗浮③隐，犹怀明主恩。踌躇紫宫④恋，孤负沧洲⑤言。终然无心云，海上同飞翻。相期乃不浅，幽桂⑥有芳根。**

**注释**

①襄，即李襄，生平不可考。

②桂阳，唐代郴州，天宝元年（742）改为桂阳郡，即今湖南郴州。

③罗浮，山名，在今广东增城东。

④紫宫，指皇宫。

⑤沧洲，泛指隐士的居处。

⑥幽桂，《楚辞·招隐士》中有『桂树丛生兮山之幽』句。

诗解

秦地已经长出了碧绿的嫩草，一边唱着楚谣一边喝酒。手拿着酒杯你在想什么呢？鹧鸪声声啼叫着自己的家园。我想要到罗浮山隐居，但是心中仍然还想要报答明主的恩德。眷恋皇宫我心中踌躇徘徊，空辜负了那隐士的居处。最终还是羡慕那没有忧愁的闲云，想要和它们一起在海上飞翻。这次不是暂时的相期约定，桂树的芳根决定了它应该生长在那幽静的山谷之中。

题解

此诗作于天宝三年（744）春，首先写李襄对故乡的魂牵梦绕，次写关山阻隔，表达了关切之意，最后希望早回佳音。感情真挚。

其二

**尔家何在潇湘[1]川，青莎[2]白石长沙边。昨梦江花照江日，几枝正发东窗前。觉来欲往心悠然，魂随越鸟飞南天。秦云连山海相接，桂水[3]横烟不可涉。送君此去令人愁，风帆茫茫隔河洲。春潭琼草绿可折，西寄长安明月楼。**

注释

①潇湘，指湘江。

②青莎，莎草，多年生草本植物，多生长在潮湿地区或河边的沙滩上。

③桂水，源头在郴州桂东县小桂山，到衡州府城北和潇湘合流。

送君别有八月秋，飒飒芦花复益愁

**诗解**

你的家在湘江，莎草生长在白石长沙之边。昨天晚上梦到江水浪花映照着倒映在江中的太阳，东窗前的几枝花正含苞待放。醒来后自己想要前往那令心悠然的所在，魂魄随着越鸟飞到了南天。秦地山云相接好像大海一般，桂水上空烟雾缭绕不可渡过。此次送君让人忧愁，风帆茫茫而去远隔着河洲。春天潭水中的琼草已经变绿可以折取了，将它向西寄给长安的明月楼。

**题解**

此诗乃池州送人之作。全篇笔调清畅流宕，别有一番情韵。

## 送别

**寻阳五溪水，沿洄①直入巫山里。胜境由来人共传，君到南中②自称美。送君别有八月秋，飒飒芦花复益愁。云帆望远不相见，日暮长江空自流。**

**注释**

①沿洄，回旋往复。

②南中，指蜀中地区。

**诗解**

浔阳的五溪水，回旋往复流入巫山中。那里的美景一直以来都被人们所传颂，你来到蜀中地区也称之很美。在八月的秋天送君归去，飒飒的芦花增添了人的离情愁绪。远望那白云和船帆都没有看到，傍晚时分长江自己流淌着。

**题解**

此诗作于开元二十年（732）。当时李白在洛阳。梁昌，生平无从考证，当是信安王李祎的幕僚。李白称赞其为一时英豪，在北征中必定能建功立业。这是一首应酬诗，但写得豪放雄壮，是李白应酬诗中的上乘之作。

## 送梁公昌从信安王①北征

**入幕推英选，捐②书事远戎。高谈百战术，郁作万夫雄。起舞莲花剑③，行歌明月宫。将飞天地阵④，兵出塞垣通。祖席⑤留丹景⑥，征麾⑦拂彩虹。旋应献凯入，麟阁⑧伫深功。**

**注释**

①信安王，李祎，唐代宗子吴王恪的孙子。开元二十年（732），李祎为河东、河北两道行军副大总管，率兵讨伐契丹。三月，李祎大破契丹于幽州的北山。

②捐，弃。

③莲花剑，剑把刻做莲未开之莲花形状的剑。

④天地阵，兵阵的名称。

⑤祖席，饯别的筵席。

⑥丹景，指太阳。

⑦麾，旌旗。

⑧麟阁，即麒麟阁，在汉未央宫内。汉宣帝甘露三年（前51），画功臣霍光、苏武等十一人的图像于阁上。

**诗解**

要说信安王李祎幕僚中的英豪，首推梁公昌，投笔从戎来到遥远的边地。对各种战术都可以高谈阔论，想要做万夫长。以剑把刻做莲的剑起舞，在明月映照的王宫中行歌啸傲。将军布置起天阵地阵，调兵遣将。饯别的筵席映衬着耀眼的太阳，出征的旌旗飘荡在彩虹之下。不久就会建立功业，并将功勋留在皇宫之中。

**题解**

此诗作于天宝十一年（752）冬。是李白初到幽燕时送崔度还吴所作。诗人对于崔度握瑾怀玉却未遇深表同情，感情深挚，感人至深。

## 送崔度还吴，度故人礼部员外国辅之子

**幽燕①沙雪地，万里尽黄云。朝吹归秋雁，南飞日几群。中有孤凤雏②，哀鸣九天闻。我乃重此鸟，**

彩章五色分。胡为杂凡禽，鸡鹜轻贱君。举手捧尔足，疾心若火焚。拂羽泪满面，送之吴江渍③。去影忽不见，踌躇日将曛④。

**注释**

①幽燕，今北京、河北北部及辽宁南部一带。
②孤凤雏，喻指崔度。
③渍，水边。
④曛，昏暗。

**诗解**

幽燕地区白沙似雪，万里都是昏黄的云彩。早晨有归去的秋雁，每天有几群向南飞。其中有孤独的小雁，悲哀的鸣叫声九天之上都可以听到。我于是很看重这种鸟，身上有五色的花纹。为什么和凡禽混在一起，鸡鸭都看轻你。举手捧起你的脚，心疾如火般焚烧。抚摸着羽毛泪流满面，送它到吴江水边。离去的身影忽然看不到了，在踌躇中天色将要暗了。

**题解**

此诗作于天宝二年（743）。当时李白在翰林院，这是一首

中有孤凤雏，哀鸣九天闻

应酬之作。祝八已不可考，因为祝八离开秦地赴东越，诗人遂赋浣纱石，诗中运用了西施的典故，写出淡淡的今昔之感。

## 送祝八之江东赋得浣纱石

**西施越溪女，明艳光云海。未入吴王宫殿时，浣纱古石今犹在。桃李新开映古查[1]，菖蒲[2]犹短出平沙。昔时红粉照流水，今日青苔覆落花。君去西秦适东越，碧山青江几超忽。若到天涯思故人，浣纱石上窥明月。**

**注释**

①查，即槎，水中的木筏。

②菖蒲，生长在水边的一种草。

**诗解**

西施乃是越地的浣纱女，长得貌美明艳如云海。没有进入吴王宫殿的时候，她浣纱曾用过的古石今天仍存在。桃李花盛开映衬着古老的木筏，水边的菖蒲草在平沙中冒出头来。昔时红粉美女映照着的流水，今天已是青苔覆盖着落花。君离开西秦到东越，碧山青江都十分遥远。如果到了远方思念故人，就在浣纱石上看那夜空中的明月。

**题解**

此诗作于天宝三年（744）。当时李白想要离开朝廷，对杨山人归嵩山充满了向往之情。诗人超脱尘世而向往归隐，因此诗兴飘逸。

### 送杨山人归嵩山

**我有万古宅①，嵩阳玉女峰。长留一片月，挂在东溪松。尔去掇②仙草，菖蒲花紫茸。岁晚或相访，青天骑白龙。**

**注释**

①万古宅，指玉女峰。

②掇，拾取。

**诗解**

嵩阳玉女峰历史久远，诗人非常喜爱这里的环境，把它当做自己的家一样。诗人想象着可以留住月亮，并且把它挂在东溪边上的松树上。诗人把杨山人去嵩山比喻成拾取菖蒲、紫茸这些仙草。等到诗人晚年的时候，或许会去和杨山人会合，两个人一起骑着白龙在天空翱翔。这是多么浪漫的送别诗啊！

**题解**

此诗作于天宝四年（745）。当时李白在东鲁，与友人经常往来。范山人本来居住在泰山，常往来城郊和山中。此时离开城郊回泰山，李白作诗送别。乃一时的应酬之作，因此感情平淡。

### 送范山人归太山①

**鲁客抱白鹤②，别余往太山。初行若片雪，杳在青崖间。高高至天门③，日观④近可攀。云生望不及，**

**此去何时还。**

注释

①太山，即泰山。

②白鹤，传说白鸡白犬可辟邪。

③天门，泰山有大天门小天门等名胜。

④日观，泰山的峰名。

诗解

鲁客抱着可辟邪的白鹤，和我告别要前往泰山。初行时看上去好像是一片雪花，后来，消失在青崖之间。来到极高处的天门，日观峰已经是近可攀登了。白云在这里生起，不能一眼望尽，此一别去不知何时才能再来。

**题解**

此诗作于肃宗上元二年（761）。诗人借赞美韩侍御表达了自己的归隐之意，诗意洒脱飘逸。

## 送韩侍御①之广德②

**昔日绣衣③何足荣？今宵贳④酒与君倾。暂就东山赊月色，酣歌一夜送泉明。**

**注释**

①韩侍御，即韩云卿。

②广德，唐代县名，属宣州，今安徽广德。

③绣衣，指御史。

④贳，赊。

**诗解**

昔日的韩云卿御史是何等的尊荣。今天赊酒和你畅饮。暂且借着东山的月色，一夜酣歌相送。

**题解**

此诗为诗人去朝后游金陵时所作。

## 江上送女道士褚三清游南岳①

**吴江女道士，头戴莲花巾②。霓衣不湿雨，特异阳台③云。足下远游履，凌波生素尘④。寻仙向南岳，**

**应见魏夫人。**

注释

①南岳，衡山。

②莲花巾，道教传说为玉女所佩。

③阳台，宋玉《高唐赋》中楚王梦与巫山神女欢会，神女去而辞曰：『朝朝暮暮，阳台之下。』

④『足下』二句，以洛神喻女道士。

诗解

吴江的女道士，头上戴着圣女所戴的莲花巾。霓衣雨水无法打湿，特异如阳台的云。脚下穿着远游履，像洛神一样凌波微步。向衡山寻仙问道，应会看到已经成为紫虚元君的魏夫人。

题解

此诗是诗人在开元年间初入长安时送人入蜀而作。当时李白功业无成，十分失意，因此尾联有『升沉应已定，不必问君平』的诗句，写出了失意的牢骚。寓意丰富，写蜀道的崎岖不平，实际寓有入仕困难，融情于景，语义双关。此诗艺术性强，结构富于变化，风格清新，笔力雄浑。

## 送友人入蜀

**见说蚕丛路，崎岖不易行。山从人面起，云傍马头生。芳树笼秦栈①，春流绕蜀城。升沉②应已定，不必问君平③。**

芳树笼秦栈，春流绕蜀城

**注释**

①栈，栈道。

②升沉，指命运的沉浮。

③君平，西汉人，名严尊，字君平，隐居不仕，曾经在成都替人占卜为生。

**诗解**

诗人叮咛友人：听说蜀地的道路非常崎岖难走。高山在人的面前拔地而起，云气在马头上团团升起。俊秀的树木遮盖着山中的栈道，春江环绕着蜀城。人的命运的沉浮应该是已经天定了的，没必要向人占卜问吉凶。表达了诗人达观的性格。

**题解**

诗人有很多赠从弟的诗作，此诗中的舍弟无从考证。

## 送舍弟

**吾家白额驹，远别临东道。他日相思一梦君，应得池塘生春草①。**

**注释**

①『他日』二句，取意谢灵运梦到族弟惠连，写出了『池塘生春

贾谊

贾谊，洛阳（今河南洛阳东）人，西汉著名政治家、文学家，因做过长沙王太傅，又被称为贾长沙、贾太傅，其著作主要有散文和辞赋两大类。

草』的名句。

**诗解**

我家的千里驹，就要远走离家。他日因思念而梦到你，也应该会像谢灵运梦到族弟惠连一样，得到像『池塘生春草』那样的名句。

**题解**

此诗当作于天宝三年（744）被『赐金放还』之后，写自己虽被贬谪，但仍然未泯功名之心。首句写水天相接，江水澄澈见底，舟行其上，如在虚空之中，意境极为优美。

## 送别

**水色南天远，舟行若在虚。迁人发佳兴，吾子访闲居。日落看归鸟，潭澄羡跃鱼。圣朝思贾谊①，应降紫泥书。**

**注释**

①贾谊，为长沙王太傅，后来，文帝思之，征之。

**诗解**

水天相接，小舟行驶在澄澈见底的江水上，好像在虚空之

中。被贬谪的人兴致很高，访问闲居之人。西下的夕阳看着那纷纷回巢的鸟儿，澄澈的潭水羡慕那腾跃的鱼儿。文帝思念长沙王太傅贾谊，用紫泥诏书将其召回。

**题解**

郄昂，原名郄纯，因避唐文宗李纯的讳而改名。性格耿直，与人为善，交友甚广。此诗作于乾元元年（758）秋。以洞庭湖水送给逐臣，遂增添了诗境的苍凉之感。诗人勉励遭贬谪之人要坚持志向节操，于悲思中体现了自己的壮心。

## 送郄昂谪巴中[1]

**瑶草[2]寒不死，移植沧江滨。东风洒雨露，会入天地春。予若洞庭叶，随波送逐臣。思归未可得，书此谢情人[3]。**

**注释**

①巴中，指古巴地。在今四川东部和重庆一带。

②瑶草，仙草。

③情人，唐代称友人为情人。

**诗解**

仙草即使天气寒冷也不会死去，移植到沧江的水滨。东风吹来洒下甘美的雨露，融汇入大地，天地于是春意盎然。我将那洞庭湖水，随波送给被放逐的大臣。想使你归来是不可能了，因此寄书一封

人生在世不称意，明朝散发弄扁舟

表达对友人的情意。

**题解**

李云，李白的族叔，也是朋友，是著名散文家，与萧颖士齐名，世称『萧李』。李云官监察御史，因执法严正，被奸党所仇视，不容于御史府。李白待诏翰林，遭人谗毁，被赐金流放。李白平生最喜欢大小谢（即谢灵运、谢朓），常以小谢自比。谢朓已被人陷害，下狱死。三人遭遇相似，可谓同病相怜。天宝十二年（753）秋，诗人李白饯别族叔李云，二人同登谢朓楼，触目伤怀，忧愤平生，遂借高楼酣畅，挥笔成此绝唱。语言自然豪放，表现了诗人豪放坦率的性格特征。诗中也流露出诗人苦闷的心情和及时行乐的消极思想。

## 宣州谢朓楼饯别校书叔云①

**弃我去者，昨日之日不可留。乱我心者，今日之日多烦忧。长风万里送秋雁，对此可以酣②高楼。蓬莱③文章建安骨，中间小谢④又清发。俱怀逸兴壮思飞，欲上青天揽明月。抽刀断水水更流，举杯消愁愁更愁。人生在世不称意，明朝散发弄扁舟。**

**注释**

①叔云，李云。当时在秘书省校书。

②酣，畅快喝酒。

③蓬莱，海中的神山，藏有大量珍贵书籍。这里借指唐代的秘书省。

④小谢，指谢朓。

**诗解**

昨天已经过去，不能挽回了，今天却一直让诗人烦扰不堪。长风不辞万里一直陪送大雁向南方飞去，面对此景，诗人在高楼上开怀畅饮。李云的文章具备建安风骨，谢朓的诗风清新俊秀，二者的诗作都非常俊逸。诗人想要到天上摘取月亮。用刀断水水却流得更加畅快，喝酒消愁却使人更加烦恼。人生非常不得意，还不如明天散开头发驾一叶扁舟，到处游玩。

**题解**

此诗作于上元二年（761）冬，当时李白来往于宣城、历阳之间。诗的前半以雄豪著称的晋人刘琨作比，赞美刘副使的武功。后半写诗人和将行之人的深厚友谊和依依惜别之情，融情于景，感人至深。

## 宣城送刘副使①入秦

君即刘越石②，雄豪冠当时。凄清横吹曲③，慷慨扶风词④。虎啸俟腾跃，鸡鸣⑤遭乱离。千金市骏马⑥，万里逐王师。结交楼烦⑦将，侍从羽林⑧儿。统兵捍吴越，豺虎不敢窥。大勋竟莫叙，已过秋

虎啸俟腾跃，鸡鸣遭乱离

风吹。秉钺[9]有季公[10]，凛然负英姿。寄深且戎幕[11]，望重必台司[12]。感激一然诺，纵横两无疑。伏奏归北阙，鸣驺忽西驰。列将咸出祖，英僚惜分离。斗酒满四筵，歌笑宛溪湄。君携东山妓[13]，我咏北门诗。贵贱交不易，恐伤中园葵。昔赠紫骝驹，今倾白玉卮。同欢万斛酒，未足解相思。此别又千里，秦吴渺天涯。月明关山苦，水剧陇头悲。借问几时还，春风入黄池。无令长相思，折断绿杨枝。

**注释**

①副使，节度使下有副使一人，同节度副使十人。

②刘越石，刘琨，字越石。

③『凄清』句，用刘琨吹胡笳以退敌之事。西晋时，匈奴围攻晋阳，刘琨登城吹胡笳，触动匈奴士兵的思乡之情，使晋阳解围。

④扶风词，指刘琨的《扶风歌》。

⑤鸡鸣，用祖逖、刘琨闻鸡起舞之事。

⑥『千金』句，即郭隗以千金为燕昭王买骏马骨之事。

⑦楼烦，古族名，春秋末分布于今山西宁武等地。其人善骑射。此以楼烦指善骑射的武将。

⑧羽林，宫廷的禁卫军。

⑨秉钺，执掌兵权。

⑩季公，即季广琛，为宣州刺史。

⑪戎幕，节度使之幕府。

⑫台司，即三公。

⑬东山妓，谢安曾在东山蓄妓。

**诗解**

君即是刘琨，性情雄豪冠绝当时。《横吹曲》凄清感人，《扶风词》慷慨任气。有虎啸之才等待腾跃施展，即使遭受乱离也依然能闻鸡起舞。你用千金换得骏马，追寻万里之外的王师。结交勇武的将领，侍从于宫廷的禁卫军。统领军队捍卫吴越地区，即使凶猛的豺虎也不敢窥视。巨大的功勋无须赘叙，已经是过去的事情了。执掌兵权有季公，风骨凛然英姿飒爽。期望寄望于三公身上。你让我入朝的诺言，令我万分感激，涕泪纵横。你曾经在西方的战场上驰骋，凯旋而回，向朝廷禀报。你要走时，所有的将领都出来送行，大家都依依不舍。筵席之上斗酒而饮，笑声传遍。你携带着东山的美女，而我是个不得志的士人。你武功盖世，我贫困交加，两人相交不容易。你曾经赠给我紫骝驹，现在又拿出了白玉卮。一同豪饮万杯酒，也不足以化解相思之情。从此一别，又要相隔千里，秦吴之地相距遥远，高高的明月照着关山，水流聚集在陇头，这番情景看后令人悲伤愁苦。你几时能够回来，回到黄池。不要让我长相思念，折断绿杨枝为你送行。

题解

这首诗写于同友人在宁海的海上泛舟之时。看到苍茫的大海，不得意的诗人生发出了强烈的归隐之心。

## 同友人舟行

**楚臣伤江枫①，谢客②拾海月。怀沙③去潇湘，挂席泛溟渤④。蹇予访前迹，独往造⑤穷发⑥。古人不可攀，去若浮云没。愿言弄倒景，从此炼真骨。华顶窥绝冥，蓬壶⑦望超忽⑧。不知青春度，但怪绿芳歇。空持钓鳌心，从此谢魏阙⑨。**

注释

①楚臣伤江枫，来源于《楚辞》中『湛湛江水兮上有枫，目极千里兮伤春心』。

②谢客，即谢灵运，东晋名将谢玄的孙子，袭封康乐公，世称谢康乐。因为他幼年寄养于外，族人呼其小名为客儿，所以世人也叫他谢客。

③怀沙，代指屈原。屈原曾写过《怀沙》。

④溟渤，宽广的大海。

⑤造，到。

⑥穷发，《庄子》中说『穷发之北有冥海者』，指荒凉之地。

⑦蓬壶，即蓬莱。

愿言弄倒景，从此炼真骨

⑧超忽，远的样子。

⑨魏阙，这里指天子居住的地方。

**诗解**

屈原因为不得楚王的信任而被流放，在江水之上伤心无比；谢灵运看到海中月亮的倒影感慨万分。屈原做了《怀沙》赋，无奈地离开楚地，如今，诗人和前人一样的遭遇和心境，想要去寻找前人抒情的足迹，因此一个人来到荒无人烟的地方。古人的去处在浮云出没的地方，难以追寻。愿意流连在山清水秀的地方，欣赏水中的倒影，隐世修行。在华顶峰俯瞰深深的大海，在蓬莱山上极目远眺。不知青春已经逝去，只是责怪绿草鲜花都已停歇。从此一心只是钓鱼游乐，而不再关注朝廷大事。李白有才气，并且潇洒不羁，开始的时候深得唐玄宗的赏识。但是因为小人的谗言，玄宗开始排斥李白。致使李白的抱负不得施展，心情郁闷，遂萌发了归隐之心。

**诗人逸事**

李白从少年时起，就羡慕性情高洁的隐士。十八九岁的时候经人引见，来到大匡山向有名的隐士赵蕤学习。大匡山也叫戴天山、大康山，在今四川江油西南。学习之余，他们在自己居住的山林里，饲养了许多奇禽异鸟。这些美丽而驯良的鸟儿，由于饲养惯了，定时飞来求食，好像能听懂人的话语似的，一声召唤，便从四处飞落阶前，甚至可以在人的手里啄食谷粒，一点都不害怕。这件事被远近传为奇闻，最后竟使四川江油太守亲自到山中观看鸟儿们的就食情况。这位太守见他们能指挥鸟儿们的行动，认定他们有非常高的道德修养，便想推荐二人去参加道科的考试。可是，二人都婉言拒绝了。

## 下终南山过斛斯山人宿置酒①

**暮从碧山下，山月随人归。却顾②所来径③，苍苍横翠微④。相携及田家，童稚开荆扉⑤。绿竹入幽径，青萝⑥拂行衣。欢言得所憩，美酒聊共挥。长歌吟松风，曲尽河星⑦稀。我醉君复乐，陶然共忘机⑧。**

### 注释

①终南山，在今陕西西安南。斛斯，复姓，原是北朝胡族的一个部落名。山人，是对隐士的代称。

②顾，回头。

③径，小路。

④翠微，青翠的山坡。

⑤荆扉，柴门。

⑥青萝，即女萝，一名松萝，寄生在树木上，呈丝状，常从树梢悬垂下来。

⑦河星，神话传说天上有一条银河，由明亮的星星组成。

⑧陶然，自得其乐。忘机，忘记计较，与世无争。

却顾所来径，苍苍横翠微

诗解

这首诗是李白在长安供奉翰林时所作。傍晚，诗人游完葱绿的终南山，在初升的新月的陪同下悠然下山。诗人时而回望走过的山路，只见山中小径已融入一片绿色的苍茫之中。行路中遇到了山人，山人相邀来到家中做客，置酒留宿。诗人有感于山人所居之处的清幽、山人一家待客的热情，于是和他开怀畅饮，对酒当歌，直至银河星稀，高兴得忘记了人世间的庸俗和烦恼。诗人以平常之话写平常之事，却能将宾主间的深情厚谊、诗人的率性真情表现得潇洒自然、风流有致，堪称神来之笔。

题解

天宝元年（742）秋天，李白由吴筠、贺知章等人的推荐，被唐玄宗征召入宫，作翰林院待诏，为玄宗草拟文诰诏令之类的文件。初到长安的李白甚是得玄宗的赏识。玄宗初次见到李白，就很欣赏他的天资爽朗，亲自下辇车迎接李白，并且以七宝床赐食，御手调羹。所以，李白有机会陪同玄宗游览华清温泉宫、兴庆宫、白莲池、沉香亭等地方。本篇就是李白在游览华清池温泉宫时所写的激昂之作。

## 侍从游宿温泉宫作

**羽林[1]十二将，罗列应星文[2]。霜仗悬秋月，霓旌[3]卷夜云。严更[4]千户肃，清乐[5]九天闻。日出瞻佳气，葱葱绕圣君。**

### 注释

①羽林，《汉书》说，汉武帝太初元年（前104），首次设置建章营骑，后来改名为羽林骑。羽林军指侍卫皇帝的禁军。

②罗列应星文，羽林军依天象取名。

③霓旌，插有染成五色羽毛的旗子。

④严更，巡行的夜鼓声。

⑤清乐，来源于汉代的清商三调，隋文帝时候在原有基础上进行增删修订，并且设置清商署，总称为清商。这里泛指皇宫中的音乐。

### 诗解

威武的羽林军，像星宿一样排列在皇帝周围。秋高气爽，明月高悬，皇帝出行时的羽盖旌旗像翻卷的云彩。巡行的更鼓声在肃静的夜里分外响亮，乐人演奏的音乐直上九霄。太阳出来呈现出佳和的气象，郁郁葱葱的佳气笼罩着皇帝。作为一个实际上的御用文人，此时的李白感到皇帝的恩宠，早已存于胸间的安世济民的抱负有望实现，因此显得十分得意，把皇帝的出行游览写得豪壮万分。

**题解**

天宝十一年（752），李白经魏州（今河北大名一带）到洛阳，之后又来到永年、邯郸等地，并且在途中游览了邯郸丛台、铜雀台等名胜古迹。其间，李白诗兴大发，借怀古抒发抱负。本诗即写于此时，诗中似乎透露着诗人那种人生无常、及时行乐的近乎消极的思想情绪。但是消极的背后仍然隐隐透出诗人渴望实现抱负的情怀。

## 邯郸①南亭观妓

**歌鼓燕赵儿，魏姝②弄鸣丝③。粉色艳日彩，舞袖拂花枝。把酒领美人，请歌邯郸词。清筝何缭绕，度曲④绿云垂。平原君⑤安在，蝌蚪生古池。座客三千人⑥，于今知有谁？我辈不作乐，但为后代悲。**

**注释**

①邯郸，县名，唐朝属于河北道之磁州。

②姝，美丽的女子。

③鸣丝，代指乐器。

④度曲，弹奏曲子。

⑤平原君，赵国的贵族，战国四公子之一。他是赵武灵王的儿子，赵惠文王的弟弟。因贤能而闻名。他礼贤下士，门下食客至数千人。

粉色艳日彩，舞袖拂花枝

⑥座客三千人，《史记》中说平原君得敢死之士三千人。

## 诗解

燕赵的好男儿擂着歌鼓，魏国美丽的女子拨弄着丝弦。众多女子美丽的容颜比太阳的光辉还要耀眼，婀娜的舞者甩着长长的袖子，就像拂过颤巍巍的花枝一样。端着酒杯敬请美丽的歌姬唱一曲《邯郸词》。古筝清亮的声音缭绕四周，曲子的声响响彻云霄。曾经赫赫威名的平原君现在哪里？曾经养着各种珍贵鱼类、花草的池塘也生满了蝌蚪。平原君座上的三千名敢死之士如今又有几人的名号流传下来？因此，李白告诉人们要及时行乐，否则后代的人们会为我们感到悲哀。这流露出诗人及时行乐、消极悲观的意识，但是因为他怀念赵国因为招揽贤士而著名的平原君，因此，对于实现抱负、建功立业，诗人实际上还是相当向往的。

## 题解

罗敷潭位于河北邯郸，因为李白曾经写了《春日游罗敷潭》这首诗，所以后人在潭北坡上建了一个四角亭，取名李白亭，亭内有石桌、石椅。石椅上塑有李白的塑像，诗人正在挥笔作诗。

## 春日游罗敷潭

**行歌①入谷口，路尽无人跻②。攀崖度绝壑③，弄水寻回④溪。云从石上起，客到花间迷。淹留⑤未尽兴，日落群峰西。**

**注释**

①行歌，边走边唱。

②跻，攀登。

③绝壑，危险的深沟。

④回，弯曲盘旋。

⑤淹留，流连徘徊。

**诗解**

一边唱歌一边相跟着来到山谷口，走到路的尽头，没有其他人再攀登了。诗人几个就攀登险峰、穿越沟谷继续前行。溪水顺着弯曲盘旋的河道潺潺流动。在山崖上，看到白云从石头上飘起，游客在盛开的山花中迷失了方向。山景实在是太美了，致使游客们久久地流连徘徊而不愿意离去，直到太阳落山了而不得不遗憾地离开。春天是代表希望的季节，百花盛开，树木也开始发芽。在这样美好的季节，来到风景秀美的罗敷潭，真的是好不畅快啊！

**诗人逸事**

李白和吴指南是好朋友，年轻时两个人经常在一起谈书论剑说理想，都想要凭自己的一腔热血报效国家。吴指南说他『抓周』的时候抓到了一把剑，家人说自己以后一定会是个勇敢的武士。李白『抓周』时，则是抓到了一本书，家人和族人都预言他将来会是一个大学问家。可是当时，两个人都是二十多岁了，还是一事无成。于是两个人就决定结伴北上，实现自己的抱负。路上李白曾经写下了《峨眉山月歌》，写尽了对于前途的兴奋以及离家的惆怅之情，而吴指南将这种感情分析得很是深刻。两人的感情就这样越来越深。可是月有阴晴圆缺，人有旦夕祸福。吴指南突然得了风寒，并且一病不起，最终死在了洞庭湖。李白悲痛欲绝，但是由于窘迫的经济状态，只好将好友暂时葬在洞庭湖边。三年之后，李白决定把好友的尸骨移回家乡。挖开坟墓之后，吴指南的尸身还没有完全腐烂，帮工们都不愿意帮忙，李白就亲自拿短刀将腐肉刮掉，然后把好友的骨架细心的裹好，并且一直背在身上，直到将好友葬在家乡，让好友入土为安。

## 春陪商州裴使君游石娥溪[1]

**裴公有仙标[2]，拔[3]俗数千丈。澹荡[4]沧洲云，飘飖紫霞想。剖竹[5]商洛间，政成心已闲。萧条出世表，冥寂[6]闭玄关[7]。我来属芳节[8]，解榻[9]时相悦。褰帷对云峰，扬袂[10]指松雪。暂出东城边，遂游西岩前。**

澹荡沧洲云，飘飖紫霞想

横天耸翠壁，喷壑鸣红泉。寻幽殊未歇，爱此春光发。溪旁饶⑪名花，石上有好月。命驾归去来，露华生翠苔。淹留惜将晚，复听清猿哀。清猿断人肠，游子思故乡。明发首东路，此欢焉可忘。

**注释**

①商州，今陕西陕州。使君，即刺史。石娥溪，在商州西十里仙娥峰下面。

②仙标，仙人的气度。

③拔，超过。

④澹荡，波荡起伏、迂回的样子。

⑤剖竹，谢灵运《过始宁墅》诗有『剖竹守沧海』的句子，指砍伐竹子做竹筏来泛水。

⑥冥寂，安静的样子。

⑦玄关，指幽深精妙的道理。

⑧芳节，好的时节。

⑨解榻，指知己相见。源于《后汉书》对于陈蕃的记载。

⑩袂，衣袖。

⑪饶，多，富足。

**诗解**

裴太守有仙人的气度，他的风韵远远超出一般人。沧洲的云彩波涌起伏，让人不禁生起了想做仙人的遐想。乘船在商洛之间的水上观赏风景，治世的抱负已经完成，心里觉得无比轻松。放下政事不问，摒绝思虑，安然静坐。诗人在春天这个美好的时节和裴使君相遇，两心契合，欢乐无比。看到外面高高的山峰参耸入云，峰上的松树还满盖着积雪。于是他们相伴来到东城边上，到西岩游玩。苍翠的山峰拔地而起，喷涌的泉水在山间轰鸣。他们在美好的春光之中尽情地欣赏大自然的赏赐。溪水的旁边盛开着各种鲜花，月亮已经生起了。他们只好打道回府，这时候露水已经沾满了地上的苔藓。他们流连于美好的风光之中，叹息着夜晚来得太早了，这时听到山上猿猴凄清的叫声。听到猿叫不禁让人断肠。因为远离家乡的游子想起了家乡。天明就要离开这个地方了，今天的欢乐又怎么能够忘记呢？

**题解**

开元二十四年（736）李白从安陆移居山东。这是他在济南时所作的诗。

## 陪从祖济南太守泛鹊山湖三首

其一

**初谓鹊山①近，宁知湖水遥？此行殊访戴②，自可缓归桡③。**

**注释**

①鹊山，《隋书》说齐郡历城有鹊山。《一统志》说鹊山在济南府城北二十里。传说每年的七八月间，

李膺

李膺，字元礼，颍川襄城（今河南襄城）人，举孝廉，历任青州等地太守，他反对宦官专擅，纠劾奸佞，在太学生的心目中，他是『天下楷模』。

鸟鹊在此聚集。又说扁鹊曾经在这里炼丹。此山或得名于此。

②戴，指戴安道，名戴逵，东晋琴家、艺术家、哲学家，字安道。『访戴』指《世说新语》记载王子猷访戴安道，『乘兴而行，兴尽而返』。

③桡，船桨。

诗解

开始的时候以为鹊山很近，哪里知道鹊山湖却很遥远。诗人这次访问鹊山湖，不同于王子猷访问戴安道『乘兴而行，兴尽而返』，而是要细细地观赏风景，因此可以不必着急回去，慢慢地摇动船橹欣赏沿路风景。

## 其二

**湖阔数十里，湖光摇碧山①。湖西正有月，独送李膺还②。**

注释

①碧山，这里指青山在水中的倒影。

②独送李膺还，郭林宗送李膺。郭泰，字林宗，东汉太原郡介休人（今山西介休）。郭泰初涉京师洛阳，经陈留名士符融介绍，前往拜访河南尹李膺。李膺，出身于东汉时的官僚地主家庭。是当时声望很高的士人领袖，他生性亢直，不喜交接。时人极难与

之接近，士人中能被他容纳的，都被称之为『登龙门』。李膺接见郭泰后，非常欣赏郭泰的人品才学，待以师友之礼，他感慨万分地说，读书人我见多了，可是『未有如郭林宗者』。这里指月光送诗人和济南太守。

**诗解**

鹊山湖面宽数十里，青山的倒影在湖面上轻轻摇荡。月亮挂在西边的湖水上，静静地伴随诗人他们回去。湖面是如此的宽阔，湖水是如此的清净，游览完青山绿水之后在月亮的陪同之下回去，这是何等的惬意啊。

## 其三

**水入北湖去，舟从南浦①回。遥看鹊山转②，却似送人来。**

**注释**

①南浦，在鹊山湖的南边。

②转，旋转。

**诗解**

湖水向北边流去，诗人的船只却向南边驶去。远远地看着鹊山像在旋转一样，好像是在送客人们回去。诗人已经全身心地投入到青山幽水之中，把静态的东西、无生命的东西都写出了生命和感情，可见诗人是多么爱好自然风光。

**诗人逸事**

李白是个非常爱酒的人，因酒结识了许多有名之士。与汪伦的结识也是因酒而起。一年，李白来到宣州，宣州有个有名的隐士汪伦。汪伦一心想结识酒仙、诗仙李白，听说李白到了宣州便取出自家的陈酿，直奔宣州闹市摆摊卖酒。浓浓的酒香吸引了不少人驻足。但是当人们问价时，无不以为汪伦是个疯子。原来汪伦要价是，一斗酒十千钱。不多一会儿，有一人来到了汪伦的酒摊前面。这次汪伦连钱都不要，直接要客人品尝。此人尝了酒之后，连连称赞酒香。问价时，汪伦说『金樽清酒斗十千』，先生买得起吗？此人愣住了。这时汪伦就笑了起来，原来他认出来人就是李白，他来摆酒摊就是为了与李白相识。之后，李白在汪伦家里小住了几天，到处游玩。俩人结下了深厚的友谊，李白还写下了脍炙人口的《赠汪伦》。

## 春日陪杨江宁及诸官宴北湖感古作

**昔闻颜光禄①，攀龙宴京湖。楼船入天镜，帐殿开云衢②。君王歌大风③，如乐丰沛都。延年献佳作，邈与诗人俱。我来不及此，独立钟山孤。杨宰穆清风④，芳声腾海隅⑤。英僚⑥满四座，粲⑦若琼林敷。鹢首⑧弄倒景，蛾眉缀明珠。新弦采梨园⑨，古舞娇吴歈⑩。曲度绕云汉，听者皆欢娱。鸡栖何嘈嘈⑪！沿月沸笙竽。古之帝宫苑，今乃人樵苏⑫。感此劝一觞⑬，愿君覆瓢壶⑭。荣盛当作乐，无令后贤吁。**

**注释**

①颜光禄，颜延之，字延年，六朝时宋人，官职为光禄大夫。

②衢，大道。

昔闻颜光禄，攀龙宴京湖

③『君王』句，指的是汉高祖刘邦的《大风歌》。
④穆清风，指道德修养高，与之相处让人觉得如沐春风。
⑤隅，角落。
⑥僚，官员。
⑦粲，明亮灿烂。
⑧鹢首，船头。鹢是一种水鸟，因为古代的船头画有鹢鸟，所以用『鹢』来代指船。
⑨梨园，皇家的戏班子。
⑩吴歈，吴歌。
⑪嘈嘈，喧杂的声音。
⑫樵苏，砍柴为『樵』，割草为『苏』。
⑬觞，酒杯。
⑭瓢壶，酒器。

诗解

听说当年颜延之陪同皇帝一同游宴京湖。楼船高耸入天，用帐篷搭建的临时宫殿在云中打通了一条大道。皇帝唱着《大风歌》，像刘邦在家乡一样高兴。颜延之献上优秀的作品，他的诗才很少有人可以赶得上。李白没能赶上这样的盛会，只看到钟山孤独地耸立着。杨江宁的高尚品德让人觉得如沐春风一般，哪怕是偏远的海角也能听到他的英名。座上满是英气干天的俊杰，使得宴会像琼林宴一样光艳无比。船头轻轻激荡着水中的倒影，舞女们打扮得很漂亮。弹奏着梨园新曲，配着吴曲表演舞蹈。歌声久久萦绕天际，听到的人都感到非常高兴。傍晚群鸡入窝发出嘈杂的声响，人们在月光之中笙歌乐舞。古代的帝王宫苑，如今已经一片荒芜。想到这里李白劝大家干一杯，愿大家都喝得尽兴。如今繁华的时候人们应当及时享乐，不要让后代人为我们感到惋惜。

**题解**

这首诗是借古人的酒杯消自己的块垒。诗人来到当年谢灵运所游玩的山亭，感慨人生不得意，而时光已飞逝。如此无奈，不如全心投入自然，放下名禄之心，醉心归隐。

## 游谢氏山亭

**沦老①卧江海，再欢天地清。病闲久寂寞，岁物徒芬荣。借君西池游，聊②以散我情。扫雪松下去，扪③萝④石道行。谢公⑤池塘上，春草飒⑥已生。花枝拂人来，山鸟向我鸣。田家有美酒，落日与之倾⑦。醉罢弄归月，遥欣稚子迎。**

**注释**

①沦老，人到老年。

②聊，暂且。

借君西池游，聊以散我情

③扪，持、握。

④萝，女萝。

⑤谢公，谢灵运。他有诗句『池塘生春草，园柳变鸣禽』。

⑥飒，风声。指草在风的吹拂下飒飒作响。

⑦倾，饮酒。

**诗解**

人到老年经历过风风雨雨，走过万里江河，已经看透了人世的是是非非，就会感到世界是一片清明。久病不起觉得非常寂寥，白白辜负了每年万物的虎虎生气。来到谢灵运的西池游览，暂且舒散诗人心中的忧愁。打扫松下的积雪，拨开爬满道路的女萝行走。谢灵运家里的池塘上，如今春草已经在飒飒的春风中生长。花枝拂向人们，山中的鸟儿朝着诗人歌唱。农家有自酿的美酒，落日和我一起饮酒作乐。酒醉之后在月亮的伴随之下回家，远远地看到小儿子在迎接自己，感到无比欣慰。这是李白晚年的作品，诗中那种落寞之情是无以言说的，同时也表达了诗人宽阔的胸襟。

题解

本诗是诗人绝妙的自我写意。悠悠万世，明月对于人间是一个永久的谜。『问月』把人带入对于宇宙奥秘的神往与探索之境。本诗月与酒交叉描写，将人与月反复对照，又穿插着景物描绘和神话传说，塑造了一个崇高、永恒、美好而又神秘的月的形象，也刻画了一个孤高出尘的诗人自我。

## 把酒问月

**青天有月来几时！我今停杯一问之。人攀明月不可得，月行却与人相随。皎如飞镜临丹阙①，绿烟②灭尽清辉③发。但见宵④从海上来，宁知晓向云间没？白兔捣药秋复春，嫦娥孤栖与谁邻？今人不见古时月，今月曾经照古人。古人今人若流水，共看明月皆如此。惟愿当歌对酒时，月光长照金樽里。**

注释

①丹阙，辉煌的宫殿。

②绿烟，这里指云彩。

③清辉，指月光。

④宵，夜晚。

白兔捣药秋复春，嫦娥孤栖与谁邻

**诗解**

诗人停下酒杯问苍天：明月挂在青天上已经多长时间了？人们都不能够登到月亮上，但是月亮却跟人一起行走。月亮像挂在天空的镜子一样照耀着宫殿，乌云散开月亮的清辉就会洒满人间。我们只是在晚上的时候看到月亮从海上升起，哪里知道其实白天月亮就隐藏在云层中间。月亮中的白兔年复一年地捣药不停，嫦娥时常孤独一人有谁跟她做伴呢？现在的人们看不到古时候的月亮，但是现在的月亮确实曾经照耀过古人。古代人、现在人就像流水一样，他们看到的月亮是一模一样的。只是希望端着酒杯高歌的时候，月光能长久地映照着杯中的清酒。这首诗写尽了宇宙的无穷和神秘，也写尽了人的渺小和生命的短暂。人生短暂，而诗人又不能实现自己的抱负，只好借酒浇愁。

**题解**

这是李白晚年的诗，表现了诗人晚年那种看透世事、洞彻神明的思想境界。

## 同族侄评事①黯游昌禅师山池二首

其一

**远公爱康乐②，为我开禅关③。萧然松石下，何异清凉山④？花将色不染，水与心俱闲。一坐度小劫⑤，观空⑥天地间。**

**注释**

①评事，官职名，《新唐书·百官志》说，大理寺有评事八人，从八品下。

②康乐，谢灵运袭封康乐公，人称谢康乐。

③禅关，佛法的精妙。

④清凉山，即今山西五台山，古代称为神仙之宅。山方三百里，有五高台。上面不生草，松柏青青。其地极其严寒多雪，号为清凉山。

⑤小劫，佛教用语。每经历一小劫，就会有一佛出世。

⑥观空，观照诸法之空相。

诗解

远公赏识谢灵运，为他开启讲解佛教的奥秘。清凉的松树下的石头，与清凉山有什么区别呢？鲜花美丽得一尘不染，心和流水一样娴静。和禅师坐上一会儿就像遭遇了一小劫，观照着天地之间诸法的空相。

其二

**客来花雨①际，秋水落金池②。片石寒青锦，疏杨挂绿丝。高僧拂玉柄，童子献双梨③。惜去爱佳景，烟萝欲暝④时。**

注释

①花雨，佛教用语，这里指下雨。

②金池，佛教用语，这里泛指池塘。

③双梨，『双』疑应作『霜』，双梨指霜降后的梨子。

④暝，这里指天黑。

**诗解**

诗人在下雨的时候来到禅院，看到雨水飘落在池塘里。穿着锦衣坐在石凳上觉得寒凉侵骨，稀疏的枝条上挂着绿叶。得道高僧手里拿着拂尘，侍候的童子端上霜降后的梨子。非常喜爱禅院里清幽的环境，在这里心里会感到无比的宁静。因此，在离去的时候无比惋惜，仍然流连这里的美景，但是天已经晚了，青萝在暮色当中已经朦胧不清了。

## 金陵凤凰台置酒①

**置酒延落景，金陵凤凰台。长波②写万古，心与云俱开。借问往昔时，凤凰为谁来。凤凰去已久，正当今日回。明君越羲轩③，天老坐三台。豪士无所用，弹弦醉金罍④。东风吹山花，安可不尽杯？六帝没幽草，深宫冥绿苔。置酒勿复道，歌钟但相催。**

**题解**

这首应该与《登金陵凤凰台》作于同时，两首诗同为借古伤今。此时，诗人已经步入晚年，对于世事已经看透，所以诗中及时享乐的情绪很明显。

**注释**

①金陵，今江苏南京。凤凰台，故址在今江苏南京东南凤凰山上。相传南朝宋元嘉年间，有三只凤凰飞落山上，因此作为祥瑞建台。

借问往昔时，凤凰为谁来

②长波，流水。

③羲轩，伏羲氏和轩辕氏（即黄帝）的合称。

④金罍，酒杯，这里代指酒。

**诗解**

在金陵凤凰台上置酒赏景，想要延缓岁月的脚步。奔流不息的流水阅尽了古今万事，想到这里不禁豁然开朗，就像乌云散去一样。想要问一问古时候凤凰的祥瑞是为了谁而降落的。凤凰离开已经很久了，现在也该再回来了。实际上是诗人在企求国家清明。如今皇帝不效法圣皇，不用贤才。豪士俊杰无用武之地，只好弹琴喝酒解闷。春风吹拂下，山花都开放了，我们怎么能辜负这样的好景呢？要尽情地喝酒取乐。六朝皇帝的坟墓已经被草木深深覆盖，旧日宫殿也已经长满了绿苔。别再提那些伤心事了，还是尽情地喝酒吧，歌舞钟乐都在催我们了。现实让诗人无可奈何，他只能借歌酒遣怀。

**题解**

由于李白受到道家思想的影响，在经历过一连串政治上的失意之后，心境十分宁静淡泊，对自然有很深的感悟。这首诗就是这样一首浑然天成的作品。

## 秋浦①清溪雪夜对酒，客有唱鹧鸪者

**披君貂襜褕②，对君白玉壶。雪花酒上灭，顿觉夜寒无。客有桂阳至，能吟山鹧鸪。清风动窗竹，越鸟起相呼。持此足为乐，何烦笙与竽？**

注释

①秋浦，在今安徽贵池西南，那里有秋浦河。

②襜褕，一种短式的便衣。

诗解

诗人披着貂皮做的短式便衣，面前放着白玉酒壶。雪花落在酒上就融化了，让人觉得寒意立马就消失了。有从桂阳来的客人，他会唱《山鹧鸪》词。似乎是被客人的歌声给感染了，清风吹动窗外的竹子沙沙作响，鸟儿唧唧喳喳地相呼着。有这种享受就足够了，何必有笙竽的伴奏呢？诗的意境清新优美。

题解

这是一首送别诗，送别与怀古结合，运用典故，是李白送别诗常用的方法。

## 与周刚清溪玉镜潭宴别

**康乐①上官去，永嘉游石门。江亭有孤屿，千载迹犹存。我来游秋浦，三入桃陂源。千峰照积雪，万**

堑尽啼猿。兴与谢公合，文因周子论。扫崖去落叶，席月开清樽。溪当大楼南，溪水正南奔。回作玉镜潭，澄明洗心魂。此中得佳境，可以绝嚣喧。清夜方归来，酣歌出平原。别后经此地，为余谢兰荪。

**注释**

①康乐，即谢灵运。

**诗解**

谢灵运被贬为永嘉太守之后，心情郁闷，所以不理政务，一味纵情山水，在石门游玩。江亭上孤岛的遗迹在千载之后仍然存在。诗人来到秋浦游玩，曾经三次进入桃陂源。阳光照耀着山峰上的积雪，山谷中的猿猴都在哀叫。诗人的兴致跟谢灵运一致，和周刚一起讨论文章义理。在山崖上扫开一片落叶，在月光下席地而坐，畅谈对饮。清溪水正向南奔流，遇到阻挡旋转回来就成为玉镜潭，潭水的澄净可以洗涤心灵。这里的景色如此美好，可以远离世间的喧嚣。入夜了诗人才回家，高歌着出了山。诗人告诉朋友离别之后如果再经过这里，就为他谢谢这里芳草的助兴之恩。

扫崖去落叶，席月开清樽

**题解**

本诗写了陶家的美丽风景，用词华美但不显得堆砌。

## 宴陶家亭子

**曲巷幽人宅，高门大士家。池开照胆镜[1]，林吐破颜花[2]。绿水藏春日，青轩秘晚霞。若闻弦管妙，金谷[3]不能夸。**

**注释**

①照胆镜，比喻池水清澈，可以洗涤心灵。

②破颜花，指花怒放。

③金谷，谷名。晋代石崇曾在此建立园馆。

**诗解**

深幽的小巷中是爱清净的人家，高门墙的是仕宦之家。家中的池塘清澈如镜，园林中的鲜花怒放着。春日的美好在绿水中尽情呈现，轩楼使得晚霞变得非常神秘。好像听到了管弦奏出的美妙乐曲，石崇建立的金谷园馆也不能和陶家亭子媲美。

**题解**

这是李白在永王幕府中时所作的诗。

摇曳帆在空，清流顺归风

## 在水军宴韦司马①楼船观妓

摇曳帆在空，清流顺归风。诗因鼓吹发，酒为剑歌雄。对舞青楼妓，双鬟白玉童。行云且莫去，留醉楚王②宫。

**注释**

①韦司马，应是当时永王的幕僚韦子春。

②楚王，这里指永王。

**诗解**

船帆在江风中摇曳招展，水流方向和风向一样，水流得更加畅快。听着军鼓的声音诗兴大发，观看士兵练剑酒兴也大为增加。眼前像玉一样洁白、挽着双鬟的妓女翩翩起舞。暂且别回去了，留在永王的宫中尽情为乐吧。

**题解**

本诗写了宴会地点的美好景色，从而表达了宴会时的快乐心情。

## 流夜郎至江夏陪长史叔及薛明府宴兴德寺南阁

绀①殿横江上，青山落镜②中。岸回沙不尽，日映水成空。天乐

**流香阁，莲舟扬晚风。恭陪竹林宴，留醉与陶公③。**

注释

①绀，深青带红的颜色。

②镜，指平静清澈的湖面。

③陶公，陶渊明。

诗解

青红色殿阁的倒影横在江水之上，青山倒映在光滑如镜的水面上。水流冲打着岸边的沙子，江水在日光的映照下变得和天空一样澄澈。在流香阁中的宴饮使人无比欢乐，莲舟在晚风中慢慢摇荡着。这场宴会像当年的竹林宴一样让人尽兴，诗人像陶渊明一样在酒中陶醉了。

题解

这首诗李白加有小序，点明了此诗的写作缘由。

## 泛沔州城南郎官湖并序

乾元岁秋八月，白迁于夜郎，遇故人尚书郎张谓出使夏口，沔州牧杜公、汉阳宰王公觞①于江城之南湖，乐天下之再平也。方夜②水月如练，清光可掇。张公殊③有胜概，四望超然，乃顾白曰：『此湖古来贤豪游者非一，而枉践佳景，寂寥无闻。夫子可为我标之嘉名，以传不朽。』白因举酒酹④水，号之曰郎官湖，亦由郑圃之有仆射陂⑤也。席上文士辅翼、岑静以为知言，乃命赋诗纪事，刻石湖侧。

将与大别山共相磨灭焉。

**张公多逸兴，共泛沔城隅⑥。当时秋月好，不减武昌都。四座醉清光，为欢古来无。郎官爱此水，因号郎官湖。风流若未减，名与此山俱。**

张公多逸兴，共泛沔城隅

**注释**

①觞，饮酒。

②方夜，当夜。

③殊，很。

④酹，用酒祭奠。

⑤仆射陂，据《元和郡县志》记载，仆射陂在郑州管城县东四里。后魏孝文帝把此陂赐给仆射李冲，因此得名。

⑥隅，角落、边落。

**诗解**

尚书郎张谓突发雅兴，和诗人几个一起在沔城南郭泛舟游玩。正好赶上美好的秋月悬挂当头，风景毫不比武昌城逊色。客人们都陶醉于月亮的清辉之中，这种欢乐是前所未有的。尚书郎非常喜爱这里的湖水，所以就把这里命名为郎官湖。如果郎官的风流没有减损的话，那么这个名字会和大别山一起长久流传下去。

**题解**

『他乡遇故知』是人生的一大乐事，此诗就是李白与故人相遇写下的酣畅淋漓的诗篇。

## 楚江黄龙矶南宴杨执戟治楼

**五月入五洲①，碧山对青楼。故人杨执戟，春赏楚江流。一见醉漂月②，三杯歌棹讴。桂枝攀不尽，他日更相求。**

**注释**

①五洲，因为楚江上有五洲相连，所以用五洲来命名。

②漂月，指月亮在水中的倒影。

**诗解**

诗人五月的时候来到五洲，看到青山的对面竖立着青色的高楼。遇到了老朋友杨执戟，就一起在楚江喝酒游玩。才喝一杯酒就陶醉在美好的江月景色之中，喝上三杯就开始一边划桨一边歌唱。今日没有尽兴，诗人与朋友相约改天玩个痛快。

**题解**

此诗直抒胸臆，夸张手法的运用使得诗读来朗朗上口，风格一新。

## 铜官山①醉后绝句

**我爱铜官乐，千年未拟还。要须回舞袖，拂尽五松山。**

注释

①铜官山，在宣州境内。

诗解

诗人喜爱铜官山，哪怕住上千年也不会厌倦想要离开。诗人欢快地想要喝酒起舞，一直舞遍五松山。本诗表达了诗人对铜官山的极度热爱之情。

题解

在五松山这样的美景中，加上诗人本身的道学根源，他不禁想要和本诗中提到的谢安石以及庄子一样做一个洒脱高傲的人，这也十分符合诗人洒脱不羁的个性。

## 与南陵常赞府游五松山①

**安石泛溟渤②，独啸长风还。逸韵③动海上，高情出人间。灵异可并迹，淡然与世闲。我来五松下，置酒穷跻攀。征古绝遗老，因名五松山。五松何清幽，胜境美沃州。萧飒鸣洞壑④。终年风雨秋。响入百泉去，听如三峡流。剪竹扫天花，且从傲吏⑤游。龙堂若可憩，吾欲归精修。**

注释

①五松山，在铜陵县南铜官西南。

安石泛溟渤，独啸长风还

②溟渤，深广的大海。

③逸韵，飘逸的神韵。

④壑，山谷。

⑤傲吏，指庄子。庄子曾经做过漆园吏。

**诗解**

谢安石在大海上泛舟，独自在海风中长啸高歌。在海上显示出飘逸的神韵，他高洁的志趣超出俗人。只要把世事看得淡薄，这种灵异是可以追寻的。诗人来到五松山下，攀到峰顶摆酒赏景。以前没有贤人为这座山命名，所以诗人就把它叫做『五松山』。这里的风景是如此清幽宁静，美好的景色可以与富饶的州县相媲美。风吹进山谷发出飒飒的响声，常年都像秋天下雨一样凉爽。泉水响动，听起来像三峡的激流一样。诗人不禁想要在这里修剪竹子，打扫落花，就像庄子一样的逍遥自在。山洞里如果可以居住的话，诗人想要到那里修行。

**题解**

此诗描写了青溪独一无二的美好风景，是多么引人入胜，

可惜没有知音一同游览，淡泊中透出些许的惆怅。

## 宣城青溪

**青溪胜桐庐，水木有佳色。山貌日高古，石容①天倾侧。彩鸟昔未名，白猿初相识。不见同怀人，对之空叹息。**

注释

①容，形状，样貌。

诗解

青溪的风景胜过桐庐，这里的水流和树木都非常吸引人。山显得高古清幽，山石的形状像是天斧削成的。漂亮的鸟儿是以前从未见过的，这里的白猿也与别处不同，让人觉得是第一次看见。但是如此美景，却没有知音的陪伴，只能暗自惆怅。

题解

这是一首记录诗人和朋友一起游玩的诗。

## 与谢良辅游泾川①陵岩寺②

**乘君素舸③泛泾西，宛似云门④对若溪。且从康乐⑤寻山水，何必东游入会稽？**

注释

①泾川，即泾溪，在今安徽泾县西南。

②陵岩寺，在泾县西七十五里，隋朝时所建。
③素舸，木船。
④云门，在会稽县南三十一里。相传王子敬曾经在这里居住，有五色祥云出现，因此在此建立了云门。
⑤康乐，谢灵运。

诗解

诗人和朋友乘坐木船在泾川西部游玩，就好像在云门时泛舟若溪一样。暂且像谢灵运一样纵情于山水吧，不必急着去会稽。表现了诗人对大自然美好风光的热爱，也流露出诗人抱负不得实现的郁闷心情。

题解

此诗中诗人极写水西寺的美丽风景，这里是如此美好，于是诗人写信给朋友邀请他一起来游玩。

## 游水西简①郑明府②

**天宫水西寺③，云锦照东郭。清湍④鸣回溪，绿水绕飞阁。凉风日潇洒⑤，幽客时憩⑥泊。五月思貂裘，谓言秋霜落。石萝引古蔓，岸笋开新箨。吟玩空复情，相思尔佳作。郑公诗人秀，逸韵宏寥廓。何当一来游。惬我雪山诺？**

注释

①简，书信。这里用作动词，写信。

②郑明府，疑指当时溧阳县令郑晏。
③天宫水西寺，在泾县西边五里外的水西山中。
④湍，水流。
⑤潇洒，清爽。
⑥憩，休息。

诗解

在天宫水西寺中，早上可以看到灿烂的云霞布满东半边天空。溪水回旋着发出呜呜的响声，水流不断拥吻着楼阁。在这里凉风习习，喜欢清幽的客人不时在这里休息。五月里本是炎热的天气，这里却凉爽无比，让人想要穿上皮裘，说是秋天已经到来了。青萝盘绕在古石之上，岸边的竹笋冒出新芽。在此吟诗赏景别有一番情趣，容易构思出佳作。郑公是诗人中的俊杰，气度非常超逸。诗人问他为什么不来到这里一起游玩呢？到冬天下雪的时候一起游玩一定非常惬意。

题解

这首诗中可以明显地看出道家思想对诗人的影响。

## 九日登山

渊明归去来，不与世相逐。为无杯中物，遂偶本州牧。因招白衣人①，笑酌黄花菊。我来不得意，虚过重阳时。题舆②何俊发！遂结城南期。筑土按响山③，俯临宛水湄。胡人叫玉笛，越女弹霜丝。自

琴高

琴高，传说为战国末赵国人，善于鼓琴，曾为宋康王的宾客。他修炼道家始祖涓子、彭祖的道法，在河北的冀州、涿郡一带游学二百多年，后于涿水乘鲤归仙。

作英王胄，斯乐不可窥。赤鲤涌琴高④，白龟道⑤冰夷⑥。灵仙如仿佛，奠酹遥相知。古来登高人，今复几人在？沧洲违宿诺，明日犹可待。连山似惊波，合沓出溟海。扬袂挥四座，酩酊⑦安所知？齐歌送清觞，起舞乱参差。宾随落叶散，帽逐秋风吹。别后登此台，愿言长相思。

**注释**

①白衣人，指陶渊明。他任彭泽县令的时候，曾经白衣见前来的官吏。

②题舆，《后汉书》说，周景为豫州牧的时候，征召陈蕃为别驾，但是陈蕃并不上任。于是周景就在别驾的轿子上写着『陈仲举座也』，不再另选其他人为别驾。陈蕃惊奇之下就赶快上任了。

③响山，山名。

④琴高，赵人，善鼓琴。传说他曾经乘坐鲤鱼跃出水面。

⑤道，与『导』相通，引路。

⑥冰夷，即冯夷，传说中的河伯。

⑦酩酊，喝醉的样子。

**诗解**

陶渊明写了《归去来》，表明不追逐俗世的高志。因为诗人没有酒喝了，所以就到州牧那里去喝酒。于是诗人就想象着和陶渊明一起一边观赏菊花一边饮酒。诗人此时的心情不好，白白辜负了重阳佳节。能得到『题舆』这样的待遇是怎样的俊杰才能有的啊！诗人自认为自己没有这么好的运气，就想干脆隐居在城南算了。在山上建一座小房子，下面可以看到宛溪。整日可以听到笛声、琴声，这是多么自在啊。诗人以为即使是皇亲国戚也不能有这样的享受。琴高乘着红鲤鱼跃出水面，仙龟为河伯引路，这是像神仙一样的生活。举酒祭奠和自己志趣相投的先贤。自古九月九日登高的人，现在有几个仍然在世呢？沧洲不是自己的归宿，以后还有机会大展宏图。海上洪波涌起，惊涛骇浪。劝大家举杯为乐，喝醉了就什么都不知道了。边喝酒边听音乐，周围还有人伴舞。没有不散的宴席，客人们像落叶一样都散去了，都喝得醉醺醺的。分别之后再有机会来到这里，请大家记得曾在这里饮酒欢乐过。

**题解**

这是一首写重阳节的诗，诗人独自饮酒，苍凉无比。

## 九日

**今日云景好，水绿秋山明。携壶酌①流霞，搴②菊泛寒荣。地远松石古，风扬弦管清，窥觞照颜欢，独笑还自倾。落帽醉山月，空歌怀友生③。**

注释

①酌，喝酒。

②搴，拿着。

③生，句末语气词。

诗解

九月九日这一天天气非常好，青山绿水，景色优美。诗人拿着酒壶，独自对着天空的流霞饮酒，手中拿着菊花品味秋天的寒凉。由于处于偏僻地带，这里的松树和山石都很古老了。清风送来悠扬的笛声，看着酒杯中苍老的容颜，诗人只能饮酒暗自苦笑。在山月的照耀下喝醉了，以致帽子都掉了，独自唱着伤感的歌曲怀念着老朋友。

题解

这是李白长流夜郎遇赦回去在当涂龙山所作，诗虽短小，但含义无限。

## 九日①龙山②饮

**九日龙山饮③，黄花④笑逐臣。醉看风落帽⑤，舞爱月留人。**

注释

①九日，即九月九日重阳节。

②龙山，在安徽当涂南十里，因为它像龙一样蜿蜒盘桓而得名。

菊

菊花，原产我国，被看做是花中的隐逸者，受到历代文人的青睐，与梅、兰、竹合称四君子。

③饮，喝酒。

④黄花，菊花。

⑤风落帽，晋朝大司马桓温九月九日登龙山，幕僚孟嘉被风吹落了帽子。这里指诗人的醉态。

**诗解** 九月九日诗人登上龙山喝酒，想到自己是个被放逐的人，虽然已被赦免，但终究政治上非常不得意，料想菊花肯定也在嘲笑自己。诗人醉态百出，不禁扬袖起舞。想必月亮是喜欢与诗人做伴的，想要留下诗人。诗人虽遭遇种种挫折，但是诗中的浪漫主义色彩仍然不减。

**题解** 这是诗人游览寺庙时所作，其中表达了诗人的畅达胸怀。

## 陪族叔当涂宰游化城寺升公清风亭

化城若化出，金牓天宫开。疑是海上云①，飞空结楼台。升公湖上秀，粲然②有辩才。济人不利己，立俗无嫌猜。了见水中月，青莲出尘埃。闲居清风亭，左右清风来。当暑阴③广殿，太阳为徘徊。茗[4]酌待幽客，珍盘荐[5]雕梅。飞文何洒落，万象为之摧。季父拥鸣琴，德声布云雷。虽游道林[6]室，亦举陶潜杯。清乐动诸天，长松自吟哀。留欢若可尽，劫石乃成灰。

**注释**

①海上云，海上的雾气形成蜃楼现象。

②粲然，杰出的，突出的，光彩夺目的。

③阴，同『荫』，遮蔽。

④茗，茶。

⑤荐，呈上。

⑥道林，晋代的高僧支道林。

**诗解**

化城像自然造出来的一样，门匾像天宫中的金榜。让人怀疑是海上蜃楼，在空中建造的楼台。升公湖上风景秀丽，客人中有杰出的雄辩之士。他们大公无私，行事正大光明对人毫无猜忌之心。俯瞰水中月亮的倒影，水面上莲花亭亭玉立。悠闲地住在清风亭，四周不断有清风吹来。炎热的夏天这里却无比阴凉，太阳好像是故意躲开这里。用名贵的茶来招待高雅的客人，用好的餐盘盛上美食来招待他们。作出的文章是多么的潇洒，天地万象都为之动容。高人弹琴助兴，天地间都被高尚的道德充满着。虽说是游览僧人居住的寺庙，但是不妨饮酒为乐。优美的音乐惊动了天宫，高高的松树在风中自鸣自唱。如此欢笑可以忘了愁苦，天劫过后只剩下余晖，一切都会过去的。

## 卷十八　古近体诗

题解　开元八年（720），李白春天游成都时所作。诗中词语华丽，赞美所见景物，应是诗人早期的作品，风格清新明快。

### 登锦城①散花楼②

**日照锦城头，朝光散花楼。金窗夹绣户，珠箔悬银钩。飞梯绿云中，极目散我忧。暮雨向三峡，春江绕双流。今来一登望，如上九天游。**

注释

①锦城，即锦官城，成都的别称。

②散花楼，隋朝末年蜀王杨秀所建。

诗解　太阳照耀着锦官城楼，朝霞映满散花楼。楼上有金色的窗户和雕花的大门，到处挂着珠箔、银钩的装饰。登上城楼极目远眺以除去烦恼。傍晚的雨水随着江水流向三峡，春水绕着双流城。如今诗人在这里登楼观望，就好像在天宫中游览一样。

题解　神龙元年（705），五岁的李白随父亲迁居四川绵州青莲乡。四川风景优美，有奇险雄伟的山川，还有大片肥沃的原野，自古人杰地灵，人才辈出。在这样的环境的熏陶下，李白自然有一种超尘之风。再加上他的勤奋好学，广泛阅读，除儒家经典之外，还阅读了许多古代文史名著、诸子百家。此外，李白很小就受到盛行于唐代的道教的影响，喜欢同道士交往，由此培养了超尘脱俗的思想，同时有报效祖国的伟大抱负。这首诗就是他早年在家乡读书时期时候所写的诗，那时候李白热衷于修仙学道。

## 登峨眉山

**蜀国多仙山，峨眉邈难匹。周流[①]试登览，绝怪[②]安可悉[③]？青冥[④]倚天开，彩错疑画出。泠然[⑤]紫霞赏，果得锦囊术[⑥]。云间吟琼箫，石上弄宝瑟。平生有微尚[⑦]，欢笑自此毕。烟容如在颜，尘累[⑧]忽相失。傥[⑨]逢骑羊子[⑩]，携手凌白日。**

注释

①周流，即周游。

②绝怪，指峨眉山奇绝险怪的山势。

③悉，看完。

④青冥，青幽幽昏暗的样子，这里指峨眉山。

⑤泠然，轻灵绝妙的样子。

⑥锦囊术，指仙术。

⑦微尚，微小的志愿，这里指隐居求仙。

⑧尘累，指俗世的烦恼。

**骑羊子**

骑羊子是传说中的仙人，在峨眉山西南的绥山成仙。诗人在此引用骑羊子的传说，意在表达其渴望隐居修道的愿望。

⑨傥，倘若、假如。

⑩骑羊子，传说中的仙人葛由。《列仙传》记载，葛由是周代羌人，喜欢雕刻木羊出售。一天，他骑着羊进入西蜀，蜀中的一些王侯贵族追随他登上峨眉山西南的绥山，结果他们都成仙而去。

**诗解**

四川有很多的仙山，峨眉山尤其缥缈神秘，其他的山是无法和它匹敌的。诗人试图登上此山到处游览，但是山势是如此的奇绝险怪，一时怎么能够看遍呢？青翠的苍山似乎是倚靠着蓝天而起的，各种色彩的交错让人怀疑是谁画出来的。羡慕仙人轻灵的身形，希望能够得到仙人的指点。在白云缭绕之间吹着玉箫，坐在石上弹弄着琴瑟。由此就产生了生平的一个志愿，那就是能够隐居修道，从此不再随人欢笑。呈现出一副仙风道骨，俗世的烦恼都抛到了九霄云外。假如遇到了骑羊子，那就和他一起在天际漫步。这是我们可以看到的李白的第一首游仙诗。从本诗中，我们可以看出李白青少年时期的审美情趣，想象峨眉山水对于李白性情的陶冶一定是十分浓厚的。

题解

此诗为天宝四年（745）李白在曲阜时所作。这首诗是抒发诗人观看大庭库时的感想的一首诗。因受道教的影响，诗中多了游仙的思想。

## 大庭库①

**朝登大庭库，云物何苍然！莫辨陈郑火，空霾邹鲁烟。我来寻梓慎②，观化入寥天。古木翔气多，松风如五弦。帝图终冥没，叹息满山川。**

注释

①大庭库，即大庭氏之库，大庭氏为古国名，在鲁城内，鲁于其处作库，故名。《太平寰宇记》：『大庭氏库，高二丈，在曲阜县城内县东一百五十步。』

②梓慎，梓慎是鲁国的大夫，春秋时期最有名的阴阳家之一，他生活在鲁襄公、昭公时期。

诗解

早上登上大庭库，看到万物一片苍茫。陈、郑两地的烟火都分不清了，邹鲁人家的炊烟和空中的阴霾融合在一起。诗人想要寻找梓慎，和他一起参看人世间的气象。周围的古木幽气聚结，松树在风中发出的声音像五弦弹奏的乐声一样。古时的帝国终究是灭亡了，山川中似乎都充满了叹息声。

题解

此诗作于天宝五年（746）。诗中描写了半月台的美丽风景。

## 登单父陶少府半月台①

陶公有逸兴，不与常人俱。筑台像半月，迥向高城隅。置酒望白云，商飙②起寒梧。秋山入远海，桑柘③罗平芜。水色渌且明，令人思镜湖。终当过江去，爱此暂踟蹰。

**注释**

①单父，县名，唐时属宋州。陶少府，陶沔。李白年轻时作客任城，与孔巢父、韩准、裴政、张叔明、陶沔居徂徕山，日沉饮，号『竹溪六逸』。半月台，相传为陶沔所建。

②商飙，猛烈的风。

③桑柘，桑树和柘树。

**诗解**

陶公有雅兴，情趣跟常人不一样。他建筑了半月形的台子，远立在高城一角。闲来在台上喝酒，仰望白云，大风突起，吹动梧桐树。山与海相连，平原上种着桑树和柘树。海水碧绿并且透明，不禁让人想起镜湖。终究是要到江的另一边的，因为喜爱这里的风景所以暂且流连。

柘

柘树，落叶灌木或小乔木，喜欢生长在阳光充足的地方，具有很好的药用价值。

题解

这首诗大约是天宝六年（747），李白游越时所作。诗中借景抒怀，表达了诗人对仙家境界的向往之情。

## 天台晓望

**天台[1]邻四明，华顶[2]高百越。门标赤城霞，楼栖沧岛月。凭高远登览，直下见溟渤[3]。云垂大鹏翻，波动巨鳌没。风潮争汹涌，神怪何翕忽[4]！观奇迹无倪[5]，好道心不歇。攀条摘朱实，服药炼金骨。安得生羽毛，千春卧蓬阙[6]？**

注释

①天台，天台山，是那一带山的总称。

②华顶，华顶峰，属于天台山。

③溟渤，深广的大海。

④翕忽，收敛、收缩。

⑤无倪，没有边际，没有休止。

⑥蓬阙，指仙人居住的地方。

诗解

天台山和四明相邻，华顶峰高出其他的山峰。朝霞染红了赤城，晚上月亮照映着城楼。登高远眺，望着苍茫的大海。大鹏在垂云中翻飞，掀起的巨浪将巨鳌给淹没了。海风潮水争着显示自己的威力，

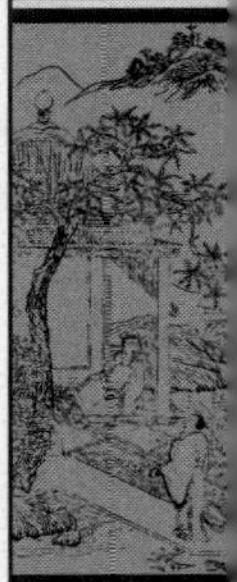

神怪怎么会有所收敛呢？诗人爱好观赏奇迹的兴趣永远不会消退，对于道家修养的追求也永远不会停歇。爬到树上去摘红果，服用丹药炼就神仙之身。怎样才能长出翅膀呢？那样就可以飞向仙境了。

**题解**

这首诗约作于天宝六年（747），李白游越之时。本诗写了诗人看到早霞的所见所感，想象力极为丰富，也导致诗人产生了游仙情绪。

## 早望海霞边

**四明三千里，朝起赤城霞。日出红光散，分辉照雪崖。一餐咽琼液，五内发金沙。举手何所待？青龙白虎车①。**

**注释**

①青龙白虎车，《太平广记》记载沈义学道救人，后来黄老派人驾着青龙白虎车来迎接沈义做神仙去。

**诗解**

四明地广三千里，红红的朝霞笼罩着赤城。太阳出来红霞散去，同时也照耀着积雪的山崖。一旦喝了琼浆，服了金沙，药力在五脏中散去。抬起手来，期待着迎接我升天的青龙白虎车的到来。

**题解**

这首诗约作于天宝六年（747）。本诗表达了诗人的游仙思想，具有浓厚的浪漫主义色彩。

石壁望松寥，宛然在碧霄

## 焦山[1]望松寥山[2]

**石壁望松寥，宛然在碧霄。安得五彩虹，驾天作长桥？仙人如爱我，举手来相招。**

注释

①焦山，在镇江城东北江中。

②松寥山，又名海门山，是焦山东出的余支。

诗解

石壁上孤悬的松树就像是生长在天宫一样。怎么才能得到彩虹呢？可以用它来架一座长桥直通到天上去。仙人们如果喜爱我的话，就邀我一同去做神仙吧。

题解

此诗短小精悍，含不尽之意于有限的文字之中。

## 杜陵绝句

**南登杜陵[1]上，北望五陵[2]间。秋水明落日，流光灭远山。**

注释

①杜陵，在长安城南。

②五陵，五陵是汉代长安城外五个汉代皇帝陵墓所在地，分别是高祖的长陵、惠帝的安陵、景帝的阳陵、武帝的茂陵、昭帝的平陵。

诗解

向南登上杜陵，北望五陵。落日的映照使得秋水显得格外明亮，太阳的余晖在远山中间慢慢消失。其中蕴涵着世事无常、人生易逝的感慨。

题解

这首诗有浓厚的浪漫主义色彩。诗人借助丰富的想象，生动曲折地反映了对黑暗现实的不满和对理想光明的憧憬。

## 登太白峰①

**西上太白峰，夕阳②穷③登攀。太白④与我语，为我开天关⑤。愿乘泠风去，直出浮云间。举手可近月，前行若无山。一别武功去，何时复更还？**

注释

①太白峰，在今陕西武功南九十里，是秦岭的著名秀峰，高耸入云，终年积雪。俗话有说，『武功太白，去天三百』。

②夕阳，这里指太阳落山的时候。

③穷，尽，停止。

**太白峰**

太白峰是秦岭的一座秀峰，终年覆盖积雪，高耸挺立，直入云霄，蔚为壮观。

④太白，这里指太白星。

⑤天关，星名。这里指想象中的天界门户。

**诗解**

诗人从西边开始攀登太白峰，直到夕阳西照才登上峰顶。由此浮想联翩，仿佛听到太白星对他言语，说愿意为他打开通往天界的大门。诗人愿意乘着习习清风，飘然高举，穿过浮云，直向太空。这时候，月亮仿佛伸手可触，前面的重重障碍似乎全都消失了。就在诗人幻想即将飞升而去的时候，回首看见武功山，于是不由得感慨，一旦远离了武功而去，什么时候才能再回来呢？其实这是一种留恋人间，渴望有所作为的思想感情。

**题解**

天宝十一年（752）北游幽州途中所作。这首诗中洋溢着一种昂扬奋发之气，符合诗人早期任侠仗义的性格。

## 登邯郸洪波台置酒观发兵

**我把两赤羽，来游燕赵间。天狼①正可射，感激无时闲。观兵洪波台，倚剑望玉关。请缨不系越，且向燕然山。风引龙虎旗，歌**

钟昔追攀。击筑[2]落高月[3]，投壶[4]破愁颜。遥知百战胜，定扫鬼方[5]还。

**注释**

①天狼，星名。

②筑，一种乐器。

③落高月，指从月高的时候玩到月落的时候。

④投壶，古代的一种娱乐游戏。

⑤鬼方，北方的匈奴。

**诗解**

诗人带着两支羽毛染成红色的箭，来到燕赵英雄之乡游历。正是应该大有一番作为的时候，可惜时间不允许。在洪波台观看兵士操练，手拿着剑遥望玉门关。希望可以到燕然山去为国效力，而不是留恋于南方。大风吹动军旗，击打歌钟气势威猛。夜里击筑、投壶为乐，可以暂时消去烦恼。如此强大的兵力，一定可以百战百胜，打败匈奴而凯旋。

**题解**

此诗为诗人在长安时所作。这是一首怀归思乡之作，情感极为真切，感人至深。

## 登新平楼

去国登兹[1]楼，怀归伤暮秋[2]。天长落日远，水净寒波流。秦云起岭树，胡雁飞沙洲。苍苍几万里，目极令人愁。

注释

①兹，这。

②暮秋，晚秋。

诗解

诗人离开国都登上这座楼，在萧飒的秋风中思念家乡让人特别感伤。天空那么高，使得落日看起来是如此的远，河流在静静地流淌着。岭上的树木被云雾缭绕着，北雁南飞到沙洲上。这里离诗人的家乡有几万里之遥，看不到思念的地方让人不得不烦恼。

题解

这首诗写得深沉感伤，对比手法的运用更增添了沧桑感。

## 谒①老君庙

先君怀圣德，灵庙肃神心。草合②人踪断，尘浓鸟迹深。流沙③丹灶灭，关路紫烟沉。独伤千载后，空余松柏林。

注释

①谒，拜谒、造访。

②合，这里指草长得茂盛。

③流沙，传说中的地名。

**诗解** 先王怀念圣贤的德声，到灵庙中祭奠。草木茂盛的地方就人迹稀少，尘土厚积的地方鸟迹就很明显。流沙炼丹的炉子没有了，边关路上的仙气也消失了。暗自伤心千年以后，这里就只剩下茂盛的松柏了。

**题解** 这首诗中饱含着诗人对于前途渺茫的忧虑和无奈。诗中有很多排偶句，礼佛的思想浓郁。

## 秋日登扬州西灵塔

宝塔凌苍苍，登攀览四荒。顶高元气[1]合，标[2]出海云长。万象分空界，三天[3]接画梁。水摇金刹[4]影，日动火珠光。鸟拂琼檐度，霞连绣栱张[5]。目随征路断，心逐去帆扬。露浩梧楸白，霜催橘柚黄。玉毫[6]如可见，于此照迷方。

**注释**

①元气，指天地之气。

②标，高。

③三天，指天空。

④金刹，这里指宝塔。

⑤张，拱起、突出。

⑥玉毫，佛教用语，它可以照遍一切事物。

**诗解**

宝塔高高耸立，诗人登到高处观览四方景色。在高高的塔顶感应自然之气，塔远远高出水平线。世间万象分为三界，宝塔上与天相接。水波摇动宝塔和太阳的倒影。鸟儿掠过塔檐，塔伸出去的雕饰很美的拱和云霞相连。目光一直望到路的尽头，诗人的心也随着江上的船只远去。露水把梧桐、楸树都洗白了，霜降之后橘子、柚子也都黄了。诗人想如果可以遇到能照遍万物的玉毫，那么就请它为自己照亮迷茫的前途吧。

**题解**

这首诗约作于天宝六年(747)。李白在诗中大力赞扬了谢安『谈笑遏横流，苍生望斯存』的功业，表达了自己的深深仰慕之情，同时抒发了自己希望功成身退的夙愿。

## 登金陵冶城西北谢安墩

晋室昔横溃，永嘉遂南奔。沙尘何茫茫！龙虎斗朝昏。胡马风①汉草，天骄蹙中原。哲匠感颓运，云鹏②忽飞翻。组练③照楚国，旌旗连海门。西秦百万众，戈甲如云屯。投鞭可填江，一扫不足论。皇运有返正，丑虏无遗魂。谈笑遏横流，苍生望斯存。冶城访古迹，犹有谢安墩。凭览周地险，高标绝人喧。想像东山④姿，缅怀右军⑤言。梧桐识嘉树，蕙草留芳根。白鹭映春洲，青龙见朝暾。地古云物在，台倾禾黍繁。我来酌清波，于此树名园。功成拂衣去，归入武陵源。

**注释**

①风，放，向。

②云鹏，这里指有复国抱负的哲人勇将。

③组练，指练兵。

④东山，地名，在浙江会稽。

⑤右军，王羲之。

**诗解**

晋朝当年被敌人所灭，永嘉年间逃亡南方，建立东晋。朝中龙虎相斗，把人间搅得天昏地暗。胡马来到中原来吃草，北方的匈奴威逼中原。哲人们预感到国家将要遭到厄运，于是有志之士奋发起来，整日练兵习武，旌旗布满整个海面。西秦百万的士兵，戈甲像云一样的多，一人投一根鞭子就可以把长江填满，以这种气势打败敌人是不值一提的。国家可以再次恢复，敌人会被俘虏，死无葬身之地。想象当年谢安和王羲之游览东山的情景，怀想当时王羲之说的话，真是让人感慨。梧桐

王羲之

王羲之，字逸少，号澹斋，琅琊临沂（今山东临沂）人，后迁居山阴（今浙江绍兴），官至右军将军，会稽内史，故世称王右军、王会稽。东晋伟大的书法家，被后人尊为『书圣』。代表作品有楷书《乐毅论》《黄庭经》、草书《十七帖》，行书《快雪时晴帖》、《丧乱帖》，行楷《兰亭序》等。

是上等的好树木，蕙草的根部会留下来等待来年再度生长。白鹭和白鹭洲相互映照，青龙曾经出现在谢安墩上。历史悠久，谢安墩仍然存在，一旦坍塌，就会生满野草，让人对之感慨万千。诗人想要在这里隐居修行，一旦成功了，就远离尘世而去。

**题解**

这首诗约为开元十三年（725）初次游历金陵时所做。这是一首想象奇特的写景诗。

## 登瓦官阁①

**晨登瓦官阁，极眺金陵城。钟山对北户，淮水入南荣②。漫漫雨花落，嘈嘈天乐鸣。两廊振法鼓③，四角吟风筝。杳出霄汉上，仰攀日月行。山空霸气灭，地古寒阴生。寥廓云海晚，苍茫宫观平。门余阊阖字，楼识凤凰名。雷作百山动，神扶万栱倾。灵光何足贵？长此镇吴京。**

**注释**

①瓦官阁，在金陵城西南面的瓦官寺中。

②荣，屋檐两端像鸟翼一样的建筑。

③法鼓，钟。

**诗解**

清晨登上瓦官阁，遍观金陵城。南方面对的是钟山，淮水流向北方。雨水落下击打着房顶像是奏着天乐一样。风吹过来，两廊发出像鼓声一样的声响，屋檐四角发出筝一样的乐声。高耸入云，和日月一起起居。山林空寂霸气就会消失，地势古远寒阴之气就会生发。大海辽阔无边，因为如此，远处看起来和观顶一样高。这里有阊阖门、凤凰楼。打雷的时候山摇地动，也许是神明在暗中扶持，所以高山高楼才不会倒塌。希望神灵不要吝啬灵光，长久地镇守在吴地。

**题解**　这首诗约作于天宝六年（747）春末夏初诗人将要去金陵时。诗中描写了金陵的山势，赞美了中孚风骨特秀，最后抒发了惜别之情。从中也可以看出诗人豁达的人生态度。

## 登梅岗望金陵赠族侄高座寺僧中孚

钟山抱金陵，霸气昔腾发。天开帝王居，海色照宫阙。群峰如逐鹿，奔走相驰突。江水九道来，云端遥明没。时迁大运去，龙虎势休歇。我来属天清，登览穷楚越。吾宗挺禅伯①，特秀鸾凤骨。众星罗青天，明者独有月。冥居顺生理，草木不翦伐。烟窗引蔷薇，石壁老野蕨。吴风谢安屐，白足②傲履袜。几宿一下山，萧然忘干谒。谈经演金偈③，降鹤舞海雪。时闻天香来，了与世事绝。佳游不可得，春去惜远别。赋诗留岩屏，千载庶不灭。

**注释**

①禅伯，高僧。

②白足，赤脚。

③金偈，佛祖说的话。

钟山抱金陵，霸气昔腾发

**诗解**

钟山环抱着金陵，霸气升腾。于是这里成为帝王居住的地方，大海映照着宫阙。众峰呈现出奔腾的姿态，像是追逐野鹿一样。长江水在这里分为九支前进，消失在天尽头。时事变迁，这里灵气不复存在，帝王之气也随之消失。诗人在社会安定的时候来到这里，于是可以在这片楚越之地到处游览。只有高僧才能成为一代宗师，凤凰的灵气才是万物中最为灵秀的。天上众星闪烁，只有月亮才是最明亮的。顺从自然安居乐业，不损坏草木。蔷薇爬满烟窗，野生的蕨菜生长在石壁中间。吴地风行谢安屐，但是只要品格高洁，哪怕是光着脚也可以傲视人间。在山上待了几天，豁然开朗，忘了俗世客套的拜谒交往。谈论经文，观看鹤舞，不时闻到自然的香气，仿佛与世隔绝。这样惬意的游览不能再有，春天过去了，诗人也将远离，于是赋诗一首写在岩壁上，希望可以流传千年。

**题解**

本诗是李白登金陵凤凰台时的感古咏怀之作。金陵是六朝

古都，昔日相当繁华。诗人登台的时候这些昔日繁华景象仿佛展现在面前一样，但是事实上这里早已经是荒凉一片了。这不能不令敏感的诗人产生盛衰兴亡的感慨。这首诗的可贵之处不只在于怀古伤今，更为重要的是它表现了诗人对于家国的关心。此诗以无限的愁情作结，显得十分深沉。

## 登金陵凤凰台①

**凤凰台上凤凰游，凤去台空江②自流。吴宫花草埋幽径③，晋代衣冠④成古丘。三山⑤半落青天外，一水中分白鹭洲⑥。总为⑦浮云能蔽日，长安不见使人愁。**

注释

①金陵，即今江苏南京。凤凰台，其故址在今南京东南凤凰山上。相传南朝宋元嘉年间，有三只凤凰飞落山上，因此作为祥瑞建台。

②江，特指长江。

③幽径，偏僻的小路。

④衣冠，代指豪门贵族。

⑤三山，在今江苏南京西南，长江边上，因三峰排列，南北相连而得名。

⑥一水中分白鹭洲，指秦淮河经南京西入长江，被白鹭洲横截，分为两支。

⑦为，认为。

诗解

凤凰曾经在凤凰台上飞过，如今凤凰已经飞去，凤凰台也已经空无一物。金陵本是繁华胜地，如今也只剩下一片荒凉。吴王宫殿里的花草都已经杂乱不堪，把园中的小路都埋没了，晋代的豪门贵族如今都已经成为荒骨。青天遮盖了半个三山，白鹭洲把秦淮河一分为二。浮云总是能遮盖太阳，皇帝身边的小人也总是迷惑他，诗人看不到长安，不能在皇帝身边为国家做点事情真是十分令人烦恼。这首诗表达了李白深深的家国之忧。

**题解**

庐山是我国著名的风景名胜之一，在江西星子西北，九江南端，现属九江辖区。庐山瀑布，今名开先瀑布，在庐山的南面。这是李白在南游吴越时候写的诗。诗人通过自己的所见、所听、所感，为我们描绘了一条变化万端，极具特色的庐山瀑布，激发着人们对庐山风光的向往和祖国河山的热爱。

## 望庐山瀑布二首

其一

**西登香炉峰①，南见瀑布水。挂流三百丈，喷壑数十里。欻②如飞电来，隐若白虹起。初惊河汉落，半洒云天里。仰观势转雄，壮哉造化③功。海风吹不断，江月照还空。空中乱潨射，左右洗青壁。飞珠散轻霞，流沫沸穹石。而我乐名山，对之心益闲。无论漱琼液④，且得洗尘颜。且谐宿所好，永愿辞人间。**

**注释**

①香炉峰，是庐山西北部的一座高峰。

西登香炉峰，南见瀑布水

②欻，忽然、迅疾。

③造化，自然。

④琼液，甘美的汁液，这里指清澈的瀑布水。

诗解

从西边登上香炉峰，往南看见了庐山瀑布。瀑布长有三百丈，瀑布飞流而下水流冲击沟壑达到十里之远。迅疾得像闪电飞来一样，像一道白色的虹隐藏在山崖之间。开始还以为是天上的银河落下来了，挂在半天中。抬头仰望雄伟的山势，不得不感叹自然的创造真的是太雄壮了。哪怕是猛烈的海风也不能将它吹断，月亮照在上面显得特别的空廓。水珠向空中乱溅，左右拍打清洗着青色的崖壁。溅起的水珠散到空中在阳光中呈现出五彩的颜色，瀑布撞击山石溅起的泡沫像沸腾一样。诗人无比热爱名山胜水，看到它们心里就会觉得特别安静。不要说能喝上这样的琼浆玉液了，更能用它来清洗脸上的污垢，让人觉得清新无比。诗人愿意住到这样一个让人喜欢的地方，再也不问世事。这样美好的胜地的确让人产生隐居的想法，更何况李白这种超尘脱俗的人呢？

其二

**日照香炉生紫烟①，遥看瀑布挂前川。飞流直下三千尺，疑是银河落九天。**

注释

①紫烟，日光照耀下，香炉峰的烟雾呈现出紫色。

诗解

香炉峰在太阳的照耀下，其间缭绕的烟雾呈现出紫色，远远地看到庐山瀑布像直挂在眼前的大河一样。瀑布飞流直下三千尺，让人不禁怀疑它是天上的银河落下来了。李白的这首诗被人推为描写瀑布的绝唱。本诗写出了瀑布雄奇壮美的气魄，想象丰富不俗，语言清新流畅，的确是一首绝唱。

题解

这首诗与《望庐山瀑布》都是李白在游览庐山时写的，但是写法各有千秋。本诗一、二两句写五老峰的景色，首句点名地点，次句使用比喻把五老峰写得非常形象。后两句转为登山远望，自然引出诗人的内心想法，最后以抒情作结，有非常感人的力量。

## 登庐山五老峰①

**庐山东南五老峰，青天削出金芙蓉②。九江秀色可揽结③，吾将此地巢云松④。**

注释

①五老峰，在庐山东南，五峰相连，悬崖突出，像五位老人，由此得名。

庐山东南五老峰，青天削出金芙蓉

②金芙蓉，黄色的芙蓉花。芙蓉也就是荷花。五老峰山色黄而秀丽，所以用芙蓉花来作比喻。

③揽结，采取。『结』是『撷』的假借字。

④巢云松，在云松之间做巢，意思是想要在此隐居安家。现在五老峰下有李太白书堂遗址。

**诗解**

庐山东南的五老峰，像是在苍天中盛开的金色芙蓉花。九江秀丽的景色一览无余，如此美丽的景色让诗人产生了在此筑屋隐居的想法。此诗简练明晰，把五老峰的秀丽景色描写得令人非常神往。

**题解**

李白在青少年时期就深受道家的影响，加上日后的感悟，道家思想更是深入其心。因此，他在游览名山大川的时候往往会生出离世隐居的想法。这首游记诗也不例外。

## 望黄鹤山①

**东望黄鹤山，雄雄半空出。四面生白云，中峰倚红日。岩峦行穹②**

**跨，峰嶂亦冥密③。颇闻列仙人，于此学飞术。一朝向蓬海④，千载空石室。金灶生烟埃，玉潭秘清谧。地古遗草木，庭寒老芝术⑤。蹇⑥余羡攀跻，因欲保闲逸。观奇遍诸岳，兹⑦岭不可匹。结心寄青松，永悟客情毕。**

**注释**

①黄鹤山，在鄂州江夏县东九里，其山势断绝孤立。传说有仙人曾在这里训练黄鹤，黄鹤山由此得名。

②穹，苍穹，即天空。

③冥密，深幽密布。

④蓬海，即蓬莱，传说中的三座仙山之一。

⑤芝术，药草名。

⑥蹇，发语词。

⑦兹，这。

**诗解**

向东远望黄鹤山，它雄伟地矗立在半空中。白云缭绕在它的四周，红红的落日半倚在山巅。起伏的山峦犹如跨在半天中一样，山峰投下的阴影深幽密布。经常听说有诸多仙人，在这里学习飞天术。一天他们飞向了仙山做神仙，他们住过的石屋就空寂下来。山在日光的照耀下被染成金色的，并且生出烟雾来，就像炉灶里生出炊烟一样。山下的潭水非常清幽静谧。这里有古老的树木和经年的老芝术啊，诗人真的是对这里的仙景着迷了，想要在这里长久的保持这种闲逸的状态。看遍了各地的奇伟雄山，惟独觉得黄鹤山是无可匹敌的。诗人想要结束尘世的生活，在这青松白云间长久修行。

题解

这首诗写于诗人晚年流放夜郎途中遇赦由江陵到岳阳的时候，在达观中不时流露出凄凉的影子。岳阳楼是历代迁客骚人抒情感怀的地方，来到这里李白不能不有所感怀。

## 与夏十二登岳阳楼①

**楼观岳阳尽，川迥②洞庭开③。雁引愁心去，山衔好月来。云间连下榻④，天上接行杯⑤。醉后凉风起，吹人舞袖回⑥。**

注释

①夏十二，姓夏，排行十二，生平不详。岳阳楼，坐落在今湖南岳阳西北高丘上。为唐代岳阳西门城楼，高三层，下临洞庭湖，传说是当时的宰相张说被贬到岳阳的时候所建的。

②迥，远。

③开，开阔。

④下榻，指寄居的地方。

楼观岳阳尽，川迥洞庭开

⑤行杯，喝酒时推来推去的酒杯。

⑥回，飘荡，回旋。

**诗解**

登上岳阳楼，远望岳阳山，无边美景尽收眼底。江水流向远方，洞庭湖显得异常浩荡，汪洋恣肆。大雁高飞，带走了诗人的愁苦烦闷，月亮在山间升起，好像是山峰把明亮美好的月亮给衔过来了。云彩好像和诗人所住的地方连为一体，喝酒也好像是在天上一样。酒醉后凉风四起，衣袖翩翩飘舞。这是何等美好的享受啊！

**题解**

这首诗写于天宝十三年（754）中秋节后，那时李白从金陵再度来到宣城。李白在长安被权贵排挤而不得不离开之后，政治上一直处于失意的状态，过着飘荡四方的流浪生活。客中的抑郁和感伤，在秋风袭来的时节，就会更加强烈，让人郁闷不堪。

## 秋登宣城谢朓北楼①

**江城②如画里，山晚望晴空。两水③夹明镜，双桥④落彩虹。人烟⑤寒橘柚，秋色老梧桐。谁念北楼上，临风怀谢公⑥？**

**注释**

①谢朓北楼，谢朓北楼是南齐诗人谢朓任宣城太守时所建，又叫谢公楼，唐朝改为叠嶂楼，是宣城的

著名景点。

②江城，这里泛指水边的城。唐时江南地区的口语，无论大水小水都称为『江』。

③两水，指句溪和宛溪。宛溪在宣城的东北和句溪相会，绕城合流，因此叫做『夹』。

④双桥，指横跨溪水的上、下两桥。上桥叫凤凰桥，在城东南泰和门外；下桥叫济川桥，在城东阳德门外，是隋文帝开皇年间的建筑。

⑤人烟，指炊烟。

⑥谢公，谢朓。

## 诗解

登上谢朓北楼俯瞰这座江边的城市，它美得简直就像在画里一样，傍晚抬头仰望万里晴空真是无尽享受。宛溪和句溪夹着澄清如镜的溪水，凤凰桥和济川桥在水中的倒影像两道彩虹一样。山冈上丛林里的人家冒出一缕缕的炊烟，深碧的橘柚在暮色中显得十分寒冷，梧桐在秋色中也变得苍老。又有谁会想到建造这座城楼的谢公呢？诗中的感伤苍凉情调是无以言表的。

## 题解

这首诗写长江流经天门山一带所呈现的壮丽自然美景。因为是远眺，并且是在风和日丽的时候，所以诗人描写的不是惊涛骇浪，气势雄伟的景象，而是青山、绿水、孤帆、白云，意境十分清新秀美，令人神往。

## 望天门山①

天门中断楚江②开，碧水东流至此回③。两岸青山相对出，孤帆一片日边来。

**注释**

①天门山，在安徽当涂与和县的交界处，东面有山叫东梁山（古代叫博望山），西面有山叫西梁山。两山夹江对峙，就像一座老天设的门户一样，地势非常险要，『天门』由此得名。

②楚江，即长江。因为当涂、和县古代属于楚地，所以将流经这一带的长江称为楚江。

③回，回旋。

**诗解**

这一段的长江像冲开天门一样浩浩荡荡地向东流去，碧绿的江水经过两山相夹的窄口不得不在此回旋。两岸的青山对峙着扑入眼帘，一只孤单的船正乘风破浪从西边太阳落山的地方驶向这里。暗示着诗人不畏艰难险阻在人生道路上满怀激情地前进。

题解

此诗作于天宝十三年（754）冬。李白触景生情，早上看到蒸蒸日出，于是悲叹自己穷困潦倒。晚上看到归鸟还巢，而伤心自己去国离家。语言极为平常，却意蕴丰富，字字心酸。

## 望木瓜山①

**早起见日出，暮见栖鸟还。客心自酸楚，况对木瓜山②。**

注释

①木瓜山，在湖南常德府城东七里。

②「况对」句，意思是说木瓜的味酸，面对着木瓜山会让人联想到木瓜的酸味，同时联想到自己身世的辛酸。

诗解

早上起来抬头看日出，傍晚目送着飞鸟返巢。看到它们有自己的家可以回去，想到这里客居在外的诗人不免伤心，况且是面对着让人联想到酸酸的木瓜的木瓜山呢？诗中的悲凉气氛无以言表。

船下广陵去，月明征虏亭

## 卷十九　古近体诗

**题解**

李白于上元二年（761）暮春的时候从这里乘船往广陵（扬州）去，途中即兴写下了这首诗。本诗语言流畅简洁，意境十分优美。

### 夜下征虏亭①

**船下广陵去，月明征虏亭。山花如绣颊②，江火③似流萤。**

**注释**

①征虏亭，在石头坞，建于东晋，是金陵（今江苏南京）的一大名胜。该亭依山而建，下临江水，风景十分迷人。

②绣颊，也叫『绣面』，或者『花面』，是唐时少女面颊的装饰。这里李白用『绣面』代指少女，进而用来比喻山花。

③江火，江上的渔火。

**诗解**

诗人乘着小船到广陵去，路上仰望征虏亭，它在明亮的月光照耀下轮廓分外清晰。新鲜的山花像少女一样楚楚动人，江水上的渔火远远看去星星点点的，就像天空中飞的萤火虫一样。

这首诗写景简洁明快，诗人用他的神来之笔速速写来，但是一样给人深深的韵味，因为他确实写得非常逼真传神。

**题解**

这首诗虽然是作于『客中』，但是丝毫没有这类题材中普遍带有的离别之悲、思乡之苦，而是呈现出一种昂扬振奋的状态。这首诗充分表现了李白豪放不羁的个性，并且从一个侧面反映了盛唐时期的时代气氛。

## 客中作

**兰陵①美酒郁金香②，玉碗盛来琥珀③光。但使主人能醉客，不知何处是他乡。**

**注释**

①兰陵，在今山东枣庄。

②郁金香，一种香草。古代人们用它来泡酒，浸泡之后酒就会呈现出金黄色。

③琥珀，一种树脂化石，黄色或者赤褐色，色泽晶莹剔透。

**诗解**

兰陵的美酒是用郁金香浸泡而成的，盛在玉碗中呈现出犹如琥珀一样的光泽。如果这里的主人能够让客人过足酒瘾的话，那么就不会在意哪里是他乡，哪里是故乡了。当然这是一种夸张的说法，只是诗人在极度高兴之下的抒情方式。

**题解**

这是秋天的思乡之作。开元二十三年（735），李白在洛阳认识了元参军，当时元参军的父亲担任并州（今山西太原）的府尹，于是二人就在夏天同游太原，直到第二年的暮春才离开。这首诗应作于此间。

## 太原早秋

**岁落[1]众芳歇[2]，时当大火流[3]。霜威[4]出塞早[5]，云色渡河[6]秋。梦绕边城月，心飞故国[7]楼。思归若汾水，无日不悠悠[8]。**

**注释**

①岁落，岁月流逝。

②歇，停歇。这里指众花凋谢。

③大火流，火星向下流。出自《诗经·豳风·七月》『七月流火』。

④霜威，霜的威力，指霜势。

⑤出塞早，指在塞外下霜较内地早。

⑥河，黄河。

⑦故国，故园。指湖北安陆一带。开元二十年（732），李白与故相许圉师的孙女在安陆成婚安家。

⑧悠悠，指相思。

巫山夹青天，巴水流若兹

## 诗解

随着岁月的流逝，美丽的花儿都凋谢了。在火星向下流的时候，也就是炎暑消退的时候。这时塞外就已经开始下霜了，黄河以北已经呈现出一派秋天的气息。看到这边城的月亮，诗人已经梦想回到安陆的家中。诗人对于家乡的思念，就像长长的汾水一样没有尽头，没有一天心里不充满相思之愁。此诗的感情真挚，用对比写出了深沉的相思之情。

## 题解

《上三峡》写于诗人流放途中，诗中描写巫山险峻，巴水纡曲，舟行迟迟，愁令发白。流放者惟觉逆境难熬，心情愤懑，壮丽风光为之减色。

# 上三峡

**巫山夹青天，巴水流若兹。巴水忽可尽，青天无到时。三朝上黄牛[①]，三暮行太迟。三朝又三暮，不觉鬓成丝。**

## 注释

①黄牛，指位于西距宜昌四十公里的黄牛峡。

**诗解**

巫山两边对峙着，中间夹着一片青天，巴水从中间流过。巴水会有尽头，但是却没有办法上到青天。逆流而上黄牛峡，舟行缓慢，用了三天三夜的时间。在这三天三夜之中，不知不觉间诗人的头发都已经花白了。也许这是夸张，但是真切地写出了诗人被流放时候的苦闷心情。

**题解**

乾元二年（759）春天，李白因为永王璘一案，被流放夜郎。他取道四川赴被贬的地方，走到白帝城，忽然收到赦书，他在惊喜交加之下，立即乘船东下江陵，所以本诗题目也叫做《下江陵》。全诗洋溢着诗人经过痛苦绝望之后突然遇赦从内心深处发出的那种深深的喜悦之情。

## 早发白帝城①

**朝辞白帝彩云间，千里江陵一日还②。两岸猿声啼不住，轻舟已过万重山。**

**注释**

①白帝城，在今重庆奉节东。地势高峻，常有云雾缭绕其间。

②还，回来。

**诗解**

早上天气十分晴朗，诗人告别了白帝城，只用了一天的时间就回到了千里之外的江陵。长江两岸的猿猴不住地啼叫，但是原本凄凉哀婉的猿声在诗人听来也不觉得苍凉悲伤。小船轻快地已经飘过了

一万重高山。全诗给人一种轻快灵动的感觉，意境浑然天成。

**题解**

这首诗写于诗人第一次出蜀远游的时候。虽然李白非常热爱蜀中的美好风光，但是年轻的他怀有远大的政治抱负，想要有一番作为，心中满怀对前途的憧憬。全诗基调明快，表现出昂扬奋发的精神。

## 秋下荆门①

**霜落荆门江树空②，布帆无恙③挂秋风。此行不为鲈鱼鲙④，自爱名山入剡中⑤。**

**注释**

①荆门，山名，在今湖北宜都西北的长江南岸，与虎牙山隔江对峙，战国时是楚国的西方门户。

②江树空，指江边的树叶落光了。

③布帆无恙，指一路平安。

④鲈鱼鲙，据说西晋时吴人张翰在洛阳做官，看见秋风，想起了家乡的莼菜、鲈鱼鲙，于是就让人立马驾车回到了家乡。

⑤剡中，在今浙江，境内多名山好水。

**诗解**

在下霜之后，荆门江边的树木都已经光秃秃的了，在秋风中诗人一路平安地前行。这次出行，诗人不会像张翰那样为了家乡而放弃职责，而是想要周游各地，有所作为。本诗运用写景、议论、叙事等各种手法，抒发了青年诗人报效国家的热情。全诗变幻灵活而又浑然天成。

**题解**

这首诗描写诗人夜宿农家，受到农家老妇人热情招待的情景。诗中描写了农家贫苦的生活，也表达了诗人对于他们深切的同情。

## 宿五松山下荀媪家①

**我宿②五松下，寂寥③无所欢。田家秋作苦，邻女夜春④寒。跪进雕胡⑤饭，月光明⑥素盘。令人惭⑦漂母，三谢⑧不能餐⑨。**

**注释**

①五松山，在今安徽铜陵南，相传山上有一棵松树，一根五枝，翠色参天，所以用『五松山』作为山名。媪，老妇人。

②宿，住宿。

③寂寥，寂寞凄清。

④春，春米。

⑤雕胡，即茭白，一种水生植物，穷苦人家用来当做粮食。

我宿五松下，寂寥无所欢

⑥明，照耀。

⑦惭，愧对，惭愧。

⑧三谢，再三道谢。

⑨不能餐，不能下咽。

**诗解**

诗人投宿在五松山下一个老妇人家里，偏僻的山村没有什么值得欢乐的事情。农民家里非常贫苦。秋天本来是收获的季节，可是在繁重的赋税压迫下农民没有一点欢笑。夜里传来邻家妇女春米的声音，想来这位女子现在一定是感觉非常寒冷的。荀家老妇人给诗人送来一盘雕胡饭，明亮的月光照着白色的盘子。生活是如此的艰辛，但是老妇人还是热情地款待了诗人，这让他很感动，同时感到很惭愧，再三辞谢，实在不忍心享用这一顿农家的盛餐。本诗风格朴素自然，写出了诗人对于贫苦人家的深深同情。

**题解**

这首诗约作于开元十四年（726）。当时李白到越中，此诗泛咏西施的绝色美貌以及舍己为国的历史事迹，同时也借西施的不幸遭遇表达了诗人的历史兴亡之感。

## 西施

**西施越溪女，出自苎萝山。秀色掩今古，荷花羞玉颜。浣纱弄碧水，自与清波闲。皓齿[1]信[2]难开，**

**沉吟碧云间。勾践征绝艳，扬蛾入吴关。提携馆娃宫，杳渺讵③可攀？一破夫差国，千秋竟不还。**

### 注释

①皓齿，洁白的牙齿。这里指小巧的嘴巴。

②信，的确，诚然。

③讵，怎么，哪里。

### 诗解

西施是越地的女子，来自于苎萝山。她美丽的容颜是古今美人都难以企及的，就连美丽的荷花在她面前都觉得汗颜而不敢开放了。她在溪水边浣纱，和流水一样清闲自在。她不苟言笑，在青山白云之间暗自低吟。越王勾践为了打败吴国，就想使用美人计，于是极力访寻美女。西施被选中了。结果吴王特别喜爱西施，为她建造了馆娃宫，她住在深宫之中，一般人是不能看到她的。越王打败了吴国之后，从此就再也没有西施的消息了，她也再没有回到家里去了。

### 题解

此诗作于开元十四年（726），当时李白在越中漫游。诗写李白对于王羲之潇洒爽朗的性格的欣赏和钦慕。

## 王右军①

**右军本清真，潇洒在风尘。山阴遇羽客，要此好鹅宾。扫素写道经，笔精妙入神。书罢笼鹅去，何曾**

扫素写道经，笔精妙入神

别主人？

**注释**

①王右军，即王羲之，是我国东晋时的大书法家，曾任右军将军。

**诗解**

王羲之本来就是一个超世高人，他在尘世之间仍然保持着潇洒的个性。他遇到了一个山阴的道士，这个道士养了一群鹅，王羲之非常喜欢这群鹅。但是道士让王羲之替他抄写完《道德经》，肯赠送给他。王羲之欣然同意了，他写的字真是出神入化。写完之后把鹅装好就离开了，并没有跟鹅的主人道别。这是何等潇洒的作风啊！

**题解**

这是一首怀古伤今之作。历史向前演进，风流人物一个接替一个上场，这中间演绎了多少苍凉，只有永恒的月亮见证了这一切。

## 苏台①览古

**旧苑②荒台杨柳新，菱歌清唱不胜春。只今惟有西江月，曾照吴**

**王宫里人。**

注释

①苏台，即姑苏台，是春秋时代吴王游乐的地方，故址在今江苏苏州。

②苑，宫殿。

诗解

吴国旧日宫殿中的苏台已经荒凉不堪，在废墟上生出了青青的杨柳。无限春光之中，一群女子唱着菱歌，歌声久久回荡。所有的这些都映衬了旧日宫殿的破败不堪。如今只有西江上空的月亮，曾经照耀过吴王宫里的人们。

题解

这是一首怀古之作，是李白在游览越中有感于历史上在这里发生过的著名事件而写下的。越王勾践曾被吴王夫差打败，他卧薪尝胆十年之久，终于打败了吴国。经历了岁月的长河，如今诗人用他的如椽巨笔重新回顾了这一事件。

## 越中览古

**越王勾践破吴归，义士还家尽锦衣。宫女①如花满春殿②，只今惟有鹧鸪飞。**

注释

①宫女，指吴宫中的宫女。

越王勾践破吴归，义士还家尽锦衣

②春殿，宫殿。

诗解

越王勾践打败吴国之后返回越国，这是何等的荣耀风光，战士们穿着锦衣回到家乡。想当年吴宫里有多少像花一样美丽的女子，宫殿中充满了欢歌笑语。如今却只有鹧鸪鸟飞来飞去了。诗篇将往日的繁华和今日的苍凉，通过具体事物，作了鲜明的对比，给读者以强烈的感受。李白不愧是大手笔，寥寥几笔就写出了这种历史的沧桑感。

题解

这是李白在途径下邳（今江苏邳县）的时候写的一首怀古之作。诗中满含着对张良的仰慕之情，在怀古的同时又不乏对自己身世的感慨。

## 经下邳圯桥怀张子房①

子房未虎啸②，破产③不为家。沧海得壮士，椎秦博浪沙。报韩虽不成，天地皆振动。潜匿游下邳，岂曰非智勇？我来圯桥上，怀古钦英风。惟见碧流水，曾无黄石公。叹息此人去，萧条徐泗空。

注释

①子房，即张良，字子房。

②虎啸，发威，即闯天下。

③破产，张良的祖父和父亲都是韩国的相国，秦灭韩后，张良散尽家财，召募刺客行刺秦始皇。

诗解

当年张良没有发迹的时候，韩被秦所灭，张良家破人亡，遂立志要打败秦朝报家国之仇。后来张良遇见沧海君，遂有机会结识一个大力士。打造了一根重一百二十斤的铁椎，计谋用此铁椎椎击秦始皇，可惜的是只是击中了秦始皇的副车。张良虽然未能报仇，但是他的英雄胆略让天下人为之震动。为此，张良逃到下邳隐居起来，韬光养晦，难道这不叫智勇超群吗？诗人李白来到圯桥上，想到张良的英雄事迹非常佩服。但是如今只看到碧绿的河水在流淌，却看不到授给张良太公兵法的黄石公了。当今世上没有黄石公这样的人了，只留下一片萧条的景象。其实这是诗人感慨自己的抱负不得实现。

题解

这是一首怀古之作，诗人运用比喻、拟人等艺术手法，表达了他对祢衡深深的怜惜之情，同时寄寓着自己怀才不遇的悲凉之感。

## 望鹦鹉洲①怀祢衡

**魏帝营八极，蚁观②一祢衡。黄祖斗筲③人，杀之受恶名。吴江赋鹦鹉，落笔超群英。锵锵振金玉，**

句句欲飞鸣。鸷④鹗啄孤凤，千春伤我情。五岳起方寸，隐然讵⑤可平？才高竟何施，寡识冒天刑。至今芳洲上，兰蕙不忍生。

**注释**

①鹦鹉洲，在湖北汉阳的西南，是长江中的一个小洲。

②蚁观，当蚂蚁看待。

③斗筲，形容才识短浅。

④鸷，阴鸷凶狠。

⑤讵，怎么。

**诗解**

魏武帝曹操是何等的威风，但是祢衡却把他比喻为蚂蚁，他的性格是多么的傲岸不屈啊！黄祖是一个心胸狭隘的小人，因为不能容忍祢衡而将他杀掉，以至于千载以来都背负着杀贤的恶名。祢衡曾经作赋描写鹦鹉，文不加点，辞采非常华丽，这种才华是一般人所不能企及的。他的文章字字铿锵，像珠子落在玉盘中一样；每一句都很有气势，像要展翅高飞的鸟儿一样。凶猛的恶鸟迫害孤独的鸾凤，千载之后，人们仍不能不为祢衡感到可惜。五岳是在一土一石的基础上矗立起来的，怎么

**曹操**

曹操，即魏武帝，字孟德，沛国谯县（今安徽亳州）人，东汉末年杰出的政治家、文学家、军事家。

能够悄无声息地将它们铲平呢？这就像诗人心中的怨气不能铲平一样。祢衡如此的才华没有施展的地方，由于统治者的昏庸而遭到杀害。至今鹦鹉洲上，兰蕙等芳草因为哀悼祢衡而不肯生长。

**题解**

这是一首借古伤今之作。诗人用几个简单的意象就勾勒出了开阔而又带有寂寞意味的境界，笔力十分雄厚。

## 谢公亭①

**谢亭离别处，风景每生愁。客散青天月，山空碧水流。池花春映日，窗竹夜鸣秋。今古一相接，长歌怀旧游。**

**注释**

①谢公亭，在宣城城北，谢任宣城太守时，曾在这里送别诗人范云。

**诗解**

谢曾在谢公亭送别范云，以至于今日让人每每看到这里的景物不免生出哀愁。客人离去了，只剩下一轮孤月，山谷空寂，碧水长流。景色是何等的苍凉。池中的鲜花在春日的照耀下独自开放，窗外的竹子在秋夜中沙沙作响。想想古时候，再想想今日，不免让人惆怅，只能借高歌来怀想昔日谢公游玩的遗踪了。其实这是在借怀古来抒发诗人自己的惆怅。

题解

本诗有一种萧散自然、风流自成的意趣，格调自然明丽，如行云流水一样流畅。

## 夜泊牛渚①怀古

**牛渚西江夜，青天无片云。登舟望秋月，空忆谢将军②。余亦能高咏，斯人不可闻。明朝挂帆席③，枫叶落纷纷。**

注释

①牛渚，安徽当涂西北紧靠长江的一座山，北端突入江中，即采石矶。

②谢将军，指晋朝镇西将军谢尚。谢尚曾在牛渚听到袁宏吟诗，对他大加赞赏，袁宏于是声名大起。

③挂帆席，扬起征帆，指出游。

诗解

牛渚江上的夜景十分迷人，一片碧海青天，万里无云。诗人登上小船仰望秋夜的月亮，不由地想起了谢尚将军。诗人虽然一样可以吟诗作赋，但是却没有像谢将军一样能赏识人才的伯乐出现。不得已之下，诗人决定天亮之后乘舟远行，也许只有纷纷飘落的枫叶为他送行。这是怎样的一种凄清寂寞的情怀啊！

# 卷二十　古近体诗

**题解**

诗写春光明媚、百花盛开的时节，诗人却穷愁独自饮酒，借酒以消愁。诗中运用丰富的想象，表现了一种难以诉说的孤独之感。

## 月下独酌四首（录一首）

**花间一壶酒，独酌无相亲。举杯邀明月，对影成三人。月既不解①饮，影徒随我身。暂②伴月将影，行乐须及春。我歌月徘徊，我舞影零乱。醒时同交欢，醉后各分散。永结无情游③，相期④邈⑤云汉⑥。**

**注释**

①解，懂得。

②暂，暂且。

③无情游，《庄子·德充符》：『惠子谓庄子曰：「人故无情乎？」庄子曰：「然。」惠子曰：「人而无情何以谓之人？」庄子曰：「道与之貌，天与之形，恶得不谓之人？」惠子曰：「既谓之人，恶得无情？」庄子曰：「是非吾所谓情也。吾所谓无情者，言人之不以好恶内伤其身，常因自然而不益生也。」』朱谏注：『无情者，月与我虽曰三人，然月与影本无情也。』

④相期，相约。

⑤邈，远。

⑥云汉，银河。

举杯邀明月，对影成三人

**诗解**

李白准备一壶美酒，摆在花丛之间，自斟自酌无亲无友，孤独一人。他举起酒杯邀请明月一同饮酒，低头看见自己的影子，诗人、月亮以及影子，已经有三人在一块喝酒了。月亮不晓得畅饮的乐趣，影子徒然伴随着诗人！暂且和无知无觉的月亮和影子做伴吧，应该趁着春宵良辰及时行乐。月亮听诗人唱歌，在九天徘徊不前，影子伴着诗人的舞步，显出一派零乱。清醒之时，他们尽管作乐寻欢，醉了之后，免不了要各自离散。诗人渴望和月亮永结为忘情之友，相约在高远的银河岸边。

**题解**

本诗感情表达得淋漓尽致，有歌行的气势。语言是有文学意味的口语，隽永有韵味。

## 山中与幽人①对酌

**两人对酌山花开，一杯一杯复一杯。我醉欲眠卿②且去，明朝有意抱琴来。**

**注释**

①幽人，隐居的高人。

②卿，对对方的敬称。

**诗解**

诗人和隐居的高士两人在山花怒放的幽美环境中对坐，一杯接着一杯地畅饮。诗人喝醉了想要睡觉，于是就对高人说让他暂且回去，这是何等的洒脱不羁。余兴未尽，于是想要明天抱琴过来继续倾谈。

这首诗简洁明快，充分表达了诗人洒脱不羁的个性。

**题解**

这首诗是写道士的隐居之处的，通过其住处的清幽，表现其志趣的高雅脱俗。

## 寻雍尊师[1]隐居

**群峭[2]碧摩天，逍遥不记年。拨云寻古道，倚树听流泉。花暖青牛卧，松高白鹤眠。语来[3]江色暮，独自下寒烟。**

**注释**

①尊师，对道士的敬称。

②峭，陡峭。这里指陡峭的山峰。

③语来，说话之间。

一为迁客去长沙，西望长安不见家

诗解

陡峭的山峰高耸入天，悠游自在地不知道在那里矗立了多少年了。诗人上山寻找道士，他透过林间的烟雾寻找上山的小路，偶尔停下来在树边静听潺潺的流水声。青牛吃饱了，就卧眠于芳草地上，白鹤闲来倚靠着高高的松树休息。诗人与道士说着说着不知不觉天已经黑了，就独自在夜幕中下山了。

题解

本诗是李白于乾元元年（758）年流放夜郎，经过武昌游览黄鹤楼时所写，抒发了诗人的贬谪之悲和去国之伤。

## 与史郎中钦听黄鹤楼上吹笛

**一为迁客去长沙[1]，西望长安不见家。黄鹤楼中吹玉笛，江城五月落梅花。**

注释

①『一为』句，指西汉贾谊被贬到长沙做太傅。

诗解

当年贾谊被贬到长沙，如今诗人也被流放到夜郎，向西看不到自己在长安的家。这时候，虽然江城仍然是五月炎热的天气，但是听到黄鹤楼中吹奏的玉笛声，不免让人觉得凄凉无比，就像看到梅花纷纷飘落一样。

**题解**

这首诗写于天宝十二年（753）秋天李白游览宣州时，这时已经距他被迫离开长安十年了。长期的漂泊生活，使李白看透了世间的炎凉，从而深切体会了孤寂之感。

## 独坐敬亭山①

**众鸟高飞尽，孤云独去闲。相看两不厌，只有敬亭山。**

**注释**

①敬亭山，在今安徽宣城西北。

**诗解**

天上的鸟儿都高高飞去，飞得无影无踪，寂寥的天空中只有白云悠闲地慢慢飘远。似乎世间的万物都厌弃诗人而去，只剩下风景秀丽的敬亭山和诗人静静相对着，也只有它不会厌弃诗人了。诗人那份横遭冷遇，寂寥清苦的心情在这静谧的场面中深深地表露了出来。

**题解**

这是一首诗人独自排遣愁怀的诗歌，让人读之不免叹息。

## 自遣

**对酒[1]不觉暝[2]，落花盈我衣。醉起步溪月，鸟还人亦稀。**

注释

①对酒，两人对饮。

②暝，日暮。

诗解

两人对饮着不知不觉中天色已经暗了，落花沾满了诗人的衣服。喝醉起来后在月光的照耀下沿着溪水漫步，鸟儿都回窝了，人们也都在自己家里，所以这里很少有人。诗中流露的愁情像涓涓溪流一样绵绵不断，令人不能释怀。

题解

李白早年曾在戴天山中大明寺读书，这首诗可能是这一时期的作品。

## 访戴天山[1]道士不遇

**犬吠水声中，桃花带雨[2]浓。树深时见鹿，溪午不闻钟。野竹分青霭[3]，飞泉挂碧峰。无人知所去，愁倚两三松。**

注释

①戴天山，又叫大康山或者大匡山，在今四川江油。

②雨，这里指露水。

③青霭，青雾。指雾被青色的竹子染成了青色的。

**诗解**

诗人沿着小溪上山寻找道士，一路上泉水淙淙，犬吠声声，桃花带露，鲜艳欲滴。在树林深处的小路上不时看到奔跑的麋鹿，到了正午打钟的时候却只听到溪水的声音而听不到钟声。野生的竹子把薄雾染成了青色，碧绿的山峰上瀑布一泻而下。来到道士的住处，他却不在。谁也不知道道士去了哪里，诗人只好惆怅地倚在松树上。此诗用笔略带迂回，感情也随之流转，久久不绝。

**题解**

东山是东晋著名政治家谢安曾经隐居的地方。李白向往东山是因为仰慕谢安。本诗写得自然流畅，毫无拘束之态。

## 忆东山①二首

其一

**不向东山久，蔷薇几度花。白云还自散，明月落谁家。**

**注释**

①东山，位于浙江上虞西南，山旁有蔷薇洞，相传是谢安游宴的地方。山上有谢安所建的白云、明月二堂。

**诗解**

诗人好久都没有去东山了，也不知道那里的蔷薇花曾经开过几回了。那里的白云自由地飘来又散去，美好的月亮也不知道照在谁家？这儿的白云、明月是这么的淡泊，暗示着诗人自己的情怀是高洁的。

## 其二

**我今携谢妓，长啸绝人群。欲报东山客①，开关扫白云。**

**注释**

①东山客，指谢安。

**诗解**

诗人也想学习谢安当年带着妓女，隐居在东山与人世隔绝。想要在谢安曾住过的东山安家，开门清扫白云洞。

题解

此诗写作年代不详。诗的前半篇极写越中山水的清秀美丽，好像天境、图画，以此为铺垫引发了后半篇的归隐之情。

## 越中秋怀

**越水绕碧山，周回数千里。乃是天镜中，分明画相似。爱此从冥搜，永怀临湍游。一为沧波客，十见红蕖秋。观涛壮天险，望海令人愁。路遐[1]迫西照，岁晚悲东流。何必探禹穴[2]？逝将归蓬丘。不然五湖上，亦可乘扁舟[3]。**

注释

①遐，远。

②探禹穴，乃敬仰圣贤之举。

③乘扁舟，借用范蠡『乘扁舟，出三江，入五湖』的典故。

诗解

越水环绕着青碧的山峰，回旋往复有数千里，乃是天镜中的景象，分明和画中的美景相似。喜爱在这里搜求那些幽冥之处，永远怀揣着临观激流的情致。做了沧波中流落的客人，好多年漂泊在外看到秋天的红蕖。观看云涛好像是天险般壮丽，望着汹涌的大海令人发愁。路途遥远太阳就要下山了，年事已高望着奔流向东的河水更加令人惆怅。何必去敬仰那些圣贤之举，去世后还要归于蓬莱仙山。

还不如像范蠡那样，在五湖上荡舟游玩。

**题解**

李白曾一度热衷于功名，渴望建功立业。但现实的残酷把他的满腔热情都浇灭了，于是时时流露出隐居避世的想法。这一组诗里诗人就着重表达了人生易逝的感伤情绪。

## 拟古十二首（录一首）

**生者为过客，死者为归人①。天地一逆旅②，同悲万古尘。月兔空捣药，扶桑③已成薪。白骨寂无言，青松岂知春。前后更叹息，浮荣何足珍？**

**注释**

①归人，《列子·天瑞篇》载：『古者谓死人为归人。夫言死人为归人，则生人为行人矣。』

②逆旅，旅店。

③扶桑，相传是东海上的参天神树，太阳从那里升起。

**诗解**

活着的人像是匆匆来去的过路人，死去的人仿佛是找到了归宿的人。天地就像是人们寄居的旅店，古往今来有多少人同声悲叹。月亮上玉兔独自捣着药，扶桑树如今也成为干枯的柴薪。埋在地下的白骨阴森凄寂，苍翠的松树四季常青，又哪里可以感觉到春天的温暖呢？想想以前以后的事情不得不叹息，虚浮的荣华有什么值得珍惜的呢？

题解

此诗写作年代不详。约为李白出蜀后于开元十四年（726）游维扬时所作。诗以秋兴起兴，借羁旅之愁的抒发和秋天景色的描写点染衬托出诗人浓重的乡情。全篇情景交融，情真意切。

## 秋夕旅怀

**凉风度秋海，吹我乡思飞。连山去无际，流水何时归？目极浮云色，心断明月晖。芳草歇柔艳，白露催寒衣。梦长银汉[1]落，觉罢天星稀。含悲想旧国，泣下谁能挥？**

注释

①银汉，即银河。

诗解

秋天的凉风渡过秋海，吹起了我的思乡之情。重峦叠嶂没有边际，已逝去的流水何时才能回来呢？抬眼望去，看到浮云灰暗，明月的寒晖令人心断。芳草的柔美艳丽已经消歇，寒冷的白露在催促着更换寒衣。常常梦到银河落了下来，醒来后看到天上的星星稀疏惨淡。心中悲怆思念家乡，泣泪涟涟有谁能挥去呢？

题解

唐玄宗天宝元年（742）到天宝三年（744），李白在长安做翰林学士。在别人眼中，李白是十分荣耀的，认为他得到了皇帝的器重。但实际上皇帝只是把他作为文学侍从。李白因为治国理想落空，心情很不畅快。这首诗就是他在翰林院读书时有感而作。

## 翰林读书言怀呈集贤诸学士

晨趋紫禁中，夕待金门①诏。观书散遗帙，探古穷至妙。片言苟会心，掩卷忽而笑。青蝇②易相点，白雪③难同调。本是疏散④人，屡贻⑤褊促⑥诮⑦。云天属清朗，林壑忆游眺。或时清风来，闲倚栏下啸。严光⑧桐庐溪，谢客临海峤。功成谢人间，从此一投钓。

**注释**

①金门，汉代皇宫的金马门，是汉代宫中博士们会聚待诏的地方。这里指翰林院。

②青蝇，指小人。

③白雪，比喻自己高洁的情怀。

④疏散，性情豁达。

⑤贻，遭遇。

⑥褊促，心胸狭窄。

⑦诮，诽谤。

⑧严光，严子陵。

**严光**

严光，本姓庄，因避汉明帝讳改姓严，名遵，字子陵。光武帝刘秀即位后，多次征召他都避而不去。不久，他归隐富春江，最后在余姚终老，享年八十岁。

**诗解**

诗人早上来到翰林院中，直到傍晚还一直在翰林院中等待皇帝的诏命。闲来翻阅宫中秘藏的珍贵书籍，于中研究古著中的至言妙理。偶尔心领神会，就会禁不住合上书卷，偷偷地发笑。小人们是如此多事，最会找人的毛病，诗人这样情怀高尚的人是无法跟他们沆瀣一气。诗人本来是心胸十分豁达的人，却常常被他们污蔑成心胸狭隘的小人。屋外天空一片晴朗，使诗人豁然开朗，不禁想起了山林的自在生活。那里时不时地吹来一阵微风，可以倚靠栏杆，悠闲地吟咏歌唱。羡慕严子陵可以在桐庐隐居钓鱼为乐，也向往谢灵运那样在山水中自在游玩。一旦功成名就了，诗人就要隐居起来，可以终日钓鱼为乐。

**题解**

此诗作于李白流放赦还之后。当时李白已近暮年，以桃李自喻，可见心中的激愤。最后借商山四皓的典故，表达了烈士暮年、壮心不已的怀抱。

## 览镜书怀

**得道无古今，失道还衰老。自笑镜中人，白发如霜草。扪心空叹息，问影何枯槁？桃李[1]竟何言？终成商山皓[2]。**

**注释**

①桃李，《史记·李将军列传》载：『桃李不言，下自成蹊。』

②皓，指商山四皓。秦末四位贤人，都年八十岁，须发花白。汉高祖想要废太子刘盈，吕后用张良计，厚礼迎接四人，四人跟着太子去见皇帝。皇帝看到太子既然得到了四位贤人的辅助，羽翼已成，就没有废太子。

**诗解**

得道不论古和今，失道就会衰老。自己嘲笑镜中的自己，头上的白发已好像霜草一样的多。扪心自问空自叹息，问影子你为何如此枯槁呢？回答却是桃李不言，下自成蹊，有德有才，终究会像商山四皓那样，有所作为。

**题解**

这首五律写的是听蜀地一位叫濬的和尚弹琴。写法十分别致，首先说『蜀僧抱绿绮，西下峨眉峰』。说明这位琴师是从四川峨眉山下来的。然后描述琴声，不似其他同类诗刻意勾勒，极尽铺陈。只是简单地写到蜀僧一挥手，万壑松涛声，这『一挥手』足见其潇洒，琴艺已达到无技巧境界，信手一弹，涛声阵阵。接下来写琴音产生的效果，净化人的灵魂，听后觉得尘心消除，如悟大道，余音与晚钟交融，如一股轻烟，如一缕幽香，忽忽悠悠回荡耳畔。最后两句写不知不觉天色已黄昏，从侧面衬托出蜀僧琴艺的高超。

## 听蜀僧濬弹琴

**蜀僧抱绿绮①，西下峨眉峰。为我一挥手②，如听万壑松。客③心洗流水，遗响入霜钟④。不觉碧山暮，**

秋云暗几重。

**注释**

①绿绮，本是琴名，汉代司马相如有一张名叫『绿绮』的琴。这里指名贵的琴。

②挥手，弹奏。

③客，指诗人。

④霜钟，指秋天的钟。

**诗解**

四川的僧人带着名贵的琴，从西方峨眉山下来。他为诗人弹奏了一曲，诗人感到就像听到山谷中风吹动上万棵松树一样。诗人的心像被流水洗过一样清明，琴曲的余响和薄暮时寺院的钟声融合在一起，久久都不散去。不知不觉中青山已经罩上了一层暮色，灰暗的秋云重重叠叠，布满天空。

**题解**

诗人咏松，借松言志，表达了高远的志向和奋发向上的精神。尤其是最后两句，清晰地揭示了诗人高远的抱负。

## 南轩松

南轩有孤松，柯叶自绵幂①。清风无闲时，潇洒终日夕。阴生古苔绿，色染秋烟碧。何当凌云霄，直上数千尺！

**孤松**

松的特点是凌霜不凋、冬夏常青，中国人视松为吉祥物，松被视作『百木之长』，视松作长青之树，古代有长生不老松之说。人们赋予其延年益寿、长青不老的吉祥寓意。

注释

①幂，本指覆盖东西的巾，引申为覆盖。

诗解

南轩有棵孤松，枝叶茂盛。清风没有停止的时候，它终日在清风中潇洒悠闲。阴凉处生长出来的绿色苔藓，将秋烟都染成了碧绿色。什么时候能够做那凌霄的白云，可以逍遥直上数千尺！

题解

诗作年代不详。纯系咏物，用语省净，风格清丽。

## 紫藤树

**紫藤挂云木，花蔓宜①阳春。密叶隐歌鸟，香风留美人。**

注释

①宜，相适宜。

诗解

紫藤树高高地挂在云木之上，花枝藤蔓和明媚的春光相得益彰。欢快地啼叫着的鸟儿隐藏在密密的枝叶中，带着花香的春风留给了美人。

题解

这是一首咏物小诗，描写了白鹭鸶飞落沙洲的情景。

## 白鹭鸶①

**白鹭下②秋水，孤飞如坠霜。心闲且未去，独立沙洲傍③。**

注释

①白鹭鸶，即白鹭，是一种体型高大，颈、腿细长的水鸟。

②下，飞落。

③沙洲，江中流沙冲击所形成的小洲。

诗解

一只白鹭鸶飞落在水面上，远远看去像落下来一团白霜。诗人看到这幅画面觉得心里很悠闲，暂且伫立在这沙洲旁边吧。